BASTEI LÜBBE

JERRY COTTON
JUBILÄUM

Nichts geht mehr – außer Mord

Von sanfter Hand

Ein Drehbuch voller Morde

Drei Kriminalromane

BASTEI LÜBBE

BASTEI LÜBBE TASCHENBUCH
Band 31 914

Erste Auflage: April 1998

NICHTS GEHT MEHR – AUSSER MORD
VON SANFTER HAND
EIN DREHBUCH VOLLER MORDE

Lektorat: Rainer Delfs
Titelbild: © 1980 Orion Pictures Company
Umschlaggestaltung: QuadroGrafik, Bensberg
Satz: Fotosatz Steckstor, Rösrath
Druck und Verarbeitung: 41602
Groupe Hérissey, Évreux, Frankreich
Printed in France
ISBN 3-404-31914-1

Der Preis dieses Bandes versteht sich einschließlich der gesetzlichen Mehrwertsteuer

Nichts geht mehr – außer Mord

»Mich schickt Rac«, sagte der Mann. Er zog die rechte Hand aus der Tasche des Trenchcoats.

Charles Stanwell machte keinen Versuch, aus dem Schreibtischsessel aufzustehen. Den Blick fest auf die langläufige Waffe in der Hand des Fremden gerichtet, sagte er: »Sie machen einen Fehler, wenn Sie ...«

Drei Schüsse zerschlugen den Satz. Stanwells Körper bäumte sich auf.

In den gedämpften Knall der Schüsse mischte sich ein Aufschrei. Der Mörder stieß sich vom Schreibtisch ab und schnellte herum.

In der offenen Tür zu dem Anwaltsbüro standen zwei Menschen: eine Frau und ein Kind, ein Junge von zwölf oder dreizehn Jahren.

Der Mann, der Charles Stanwell getötet hatte, schoß auf die beiden.

Kein Zögern hemmte ihn, nicht einmal für die Dauer seines Herzschlages.

»Ein Killer«, sagte Basyl Racoff, »ist nur dann erstklassig, wenn er so wenig menschliche Regungen besitzt wie eine Schlange.«

Racoff ging, während er sprach, mit großen Schritten auf und ab.

Er pendelte zwischen dem Fenster und dem Barschrank an der gegenüberliegenden Wand. Ein nieselnder Novemberregen hüllte die kahlen Bäume des Central Park in graue Schleier.

»Versteh mich nicht falsch, Dinah«, sagte Racoff. »Ich meine nicht, daß ein Spitzenkiller beim Töten Freude oder Lust empfinden darf. Ein Spitzenkiller wird niemals einen Mord bereuen, denn wenn er einen Auftrag ausgeführt hat, hat er nur etwas getan, das seiner Natur entsprach.«

»Dein Freund Larry hat nicht die leiseste Ähnlichkeit mit einer Schlange«, sagte Dinah Ross. Sie streckte den Arm aus, ergriff das Glas, das auf dem niedrigen Couchtisch stand, setzte es an die Lippen, ohne zu trinken.

»Nicht die leiseste Ähnlichkeit«, wiederholte sie. »Ich finde, er sieht sogar gut aus.« Sie rieb das Kinn am Glasrand, eine scheinbar harmlose Geste, die dennoch voller Sinnlichkeit war. »Wenn ich ihn sehe, fällt mir nicht ein kaltes, schleimiges Reptil ein, sondern eine Raubkatze, geschmeidig, kraftvoll, schnell und stark.«

Racoff blieb vor seiner Freundin stehen, beide Hände in die Taschen des seidenen Morgenrocks gebohrt.

»Wer sagt dir, daß ich von Larry gesprochen habe?« fragte er und sah von oben auf Dinah hinunter. »Wenn ich allgemein über die Natur des Berufskillers philosophiere, darfst du nicht an eine bestimmte Person denken. Wahrscheinlich gibt es den idealen Killer in reiner Ausprägung gar nicht, denn er müßte ohne menschliche Schwächen sein.«

Dinah Ross sah an Basyl Racoff hoch. Sie registrierte den gewölbten Bauch unter der Schlafrockseide, das Doppelkinn über dem offenen Hemdkragen, die kleinen Augen, das zynische Lächeln des schmallippigen Mundes. Sie empfand Widerwillen gegen den Mann, dessen plumpes, lastendes Gewicht sie, wenn er sie nahm, in die Kissen drückte mit der erstickenden Schwere eines Alptraumes. Sie kannte Racoffs Alter: 34 Jahre. Kein großer Abstand zu ihren 26, aber in diesem Augenblick hatte sie das Gefühl, sich in der Gewalt eines greisenhaften Wüstlings zu befinden. Sie setzte das Glas an die Lippen und leerte es auf einen Zug.

»Du trinkst zuviel, Dinah«, sagte Racoff, und das zynische Lächeln verschwand langsam von seinem Gesicht. Er sah Dinah lange und durchdringend an. Kein Wimpernschlag milderte den Blick. Als sie ihn nicht mehr ertragen konnte, stand Dinah auf, ging zum Barschrank und füllte ihr Glas. Instinktiv krümmte sie den Rücken, als könne sie sich damit gegen Racoffs Blick schützen.

Sie fürchtete ihn. Er war unheimlich schlau. Manchmal schien es, als könne er die Gedanken anderer Menschen erraten.

Der Gong schlug an. Racoff ging hinaus, um die Tür zu öffnen. Den Rücken seines Morgenrocks zierte eine große chinesische Stickerei, die einen geflügelten und feuerspeienden Drachen darstellte.

Dinah Ross ging zum Fernsehapparat und schaltete ihn ein.

Sie blickte auf die Mattscheibe, ohne die bunten Schatten darauf wahrzunehmen.

Sollte sie sich von Racoff trennen?

Seit vier Jahren lebte sie mit ihm. Er war nie kleinlich gewesen. Er hatte ihr Ringe, Armbänder, Perlenketten und einige Pelzmäntel geschenkt. Keine wirklichen Kostbarkeiten, aber auch nichts Schäbiges.

Sie überschlug den Wert. 30000 Dollar? 40000?

Würde er ihr erlauben, alles mitzunehmen?

Sie hörte Racoffs Stimme vom Flur. Er sprach laut und dröhnend wie ein Politiker, der seine Wähler beeindrucken will.

Wahrscheinlich würde er versuchen, sie mit allen Mitteln zurückzuhalten. Sie wußte zuviel von seinen Unternehmungen und Geschäften. Sie kannte Namen und Zusammenhänge. Zwar hatte Basyl sie nie direkt eingeweiht, aber drei- oder viermal hatte er ihre Schönheit und ihren Sex-Appeal eingesetzt, um Partner oder Gegner gefügig zu machen.

Unwillkürlich schüttelte Dinah Ross den Kopf. Nein, freiwillig würde Racoff sie nicht gehen lassen. Wenn sie sich von ihm lösen wollte, mußte sie ihn zwingen.

Racoff kam nicht allein ins Wohnzimmer zurück. Er hatte einen Arm um die Schultern des Mannes gelegt, den er hereinführte. Er sprach auf den Mann ein, er lachte, ja, er klopfte dem anderen die Wange.

»Ich freue mich, dich zu sehen, Larry«, dröhnte er. »Seit beinahe dreißig Jahren hüpft mir bei deinem Anblick das Herz vor Freude, Larry. Daran hat sich nichts geändert, seit wir beide zum ersten Mal den Stuhl von Lehrer Adam Smith angesägt haben, du das linke Bein und ich das rechte.«

Er entließ den Mann aus der Umarmung.

»Begrüß Dinah und gib ihr ein Küßchen, Larry!«

»Hallo, Larry!« sagte Dinah und ging auf den Mann zu. Sie reichte ihm beide Hände, küßte ihn auf die Wangen und ließ sich von ihm küssen. Sie hielt seine Hände während der Küsse fest. In den Sekunden der engen Berührung roch sie den herben Duft seines Rasierwassers und spürte die leise Rauhigkeit seiner rasierten Haut. Ein seltsam eisiger und alle Poren erregender Schauer überfiel Dinah.

Küßte sie das Gesicht eines Mörders?

Hielt sie Hände, die getötet hatten?

Sie löste sich von Larry Trevor. Nur Blicke verbanden sie noch miteinander, und Dinah las in Trevors Augen Erstaunen, Überraschung und beinahe schon eine Frage.

Plötzlich wußte sie, was sie tun mußte, wenn sie Racoff eines Tages loswerden wollte.

Eines Tages ...

»Einen Drink, Larry?« fragte sie.

»Gern«, antwortete er. »Bourbon auf Eis!«

Er sprach leise wie immer. Seine Stimme hatte keinen besonderen Klang, so wie sein Gesicht keinen besonderen Ausdruck besaß – ein glattes, schmales Jungengesicht, das jünger wirkte als die 34 Jahre, die Trevor alt war. Genauso alt wie Racoff.

Sie waren zusammen zur Schule gegangen, hatten gemeinsam eine Tankstelle betrieben und waren zur selben Zeit nach New York gekommen.

Eigentlich hatte sie sich nie voneinander getrennt.

War es unmöglich, sie voneinander zu trennen?

Dinah hielt Trevor ihr Glas hin.

»Das ist Bourbon! Ich habe ihn gerade für mich gemixt. Macht es dir etwas aus, aus meinem Glas zu trinken?«

»Nichts!« Trevor schüttelte den Kopf und nahm das Glas.

Racoff mischte sich ein. »Lippenstift verdirbt den Geschmack von Bourbon! Bevor du trinkst, sieh nach, ob sie das Glas verschmiert hat!«

Trevor trank und gab das Glas an Dinah zurück.

Racoff zeigte aufs Fenster.

»Ein scheußliches Wetter! Würde es dir gefallen, New York zu verlassen und in den Süden zu gehen, Larry?«

»Wohin genau?«

»Las Vegas, zum Beispiel.«

»Warum nicht?«

Racoff legte einen Arm um Trevors, den anderen um Dinahs Schultern. Er schob beide gegen das Fenster.

»Seht mal raus!« sagte er. »Diese Luft zerfrißt die Lungen und macht impotent. In Nevada braucht sich niemand Sorgen zu machen, weder um den Zustand der Lungen noch um alles andere. Flieg nach Las Vegas,

Larry! Ich gebe dir die Adresse eines Mannes. Er wird dir einen Job als Croupier verschaffen.«

»Croupier? Was ist das?«

»Du wirst hinter einem Spieltisch stehen und das Geld kassieren, das die Leute auf der anderen Seite verloren haben. Man wird dich anlernen. Es ist ein leichter Job.«

»Und du, Basyl?« Larry wandte den Kopf und sah Dinah an. »Und Dinah?« fragte er. Niemals zuvor hatte er diese Frage gestellt.

»Wir werden nachkommen. Ich muß hier in New York abwickeln, Gewinne realisieren und Investitionen flüssig machen. Das wird einen oder zwei Monate dauern. Spätestens im Januar werden wir uns in Las Vegas treffen, und ich glaube, wir werden für alle Zeiten dort bleiben.«

»Willst du ein Spielcasino gründen, Rac?« fragte Dinah.

Racoff lächelte.

»Ich glaube, ich werde ein bestehendes Casino übernehmen, und es wird kein kleines sein. Habt ihr eine Vorstellung davon, wieviel Gewinn ein großes Spielcasino abwirft?«

Er drückte die Finger in die Schultern seiner Freundin und des Mannes, den er oft als Freund bezeichnete. »Eine direkte Beteiligung an der staatlichen Banknotendruckerei würde kaum mehr Geld abwerfen«, erklärte er unter Gelächter.

Hinter ihnen sagte die Stimme eines TV-Sprechers:

»Wir bringen Nachrichten aus New York. Zu dem Mord an dem bekannten Rechtsanwalt Charles Stanwell, bei dem außer Mr. Stanwell die 36jährige Mary McCanzie und ihr 12jähriger Sohn Teddy Opfer des Mörders wurden, teilt die Pressestelle des Homicide Department mit, daß ...«

»Schalt ab, Dinah!« sagte Racoff. »Wen interessiert so etwas schon?«

Charles Stanwells Büro machte einen seltsam durchwühlten und zerstörten Eindruck, obwohl kein Möbelstück verrückt, keine Papier verstreut worden waren. Zu viele Menschen hatten sich während der letzten zwölf Stunden in diesem Büro bewegt, hatten Akten durchblättert, Schubladen durchsucht, Spuren gesichert, Zeugen befragt und Fotos geschossen. Inzwischen hatten die meisten Mitglieder der Gruppe V des Homicide Department das Büro verlassen. Noch bezeichneten Kreidestriche die Umrisse der niedergeschossenen Mary McCanzie und ihres Sohnes, und auch in der Umrißzeichnung war zweifelsfrei zu erkennen, daß eines der Opfer ein Kind gewesen war.

Detective Lieutenant Baldwin, ein schwergewichtiger Graukopf, hockte auf einem Stuhl, stoppelbärtig und übermüdet, aber unvermindert von jenem Gefühl eines grimmigen und ohnmächtigen Zorns erfüllt, das ihn beim Anblick des hingestreckten Jungen ergriffen hatte.

Die Tür wurde geöffnet, und Baldwin hob den Kopf. Andriens, der Fingerabdruckexperte der Gruppe, kam aus dem Schauhaus zurück, wo er die Prints der Opfer genommen hatte.

»Ich habe die Vergleiche durchgeführt, Lieutenant«, sagte er, kniete nieder und breitete die handtellergroßen Plastikplatten auf dem Teppich aus. Baldwin beugte sich vor. Das Blut stieg ihm in den Kopf. Sein Gesicht lief rot an.

Andriens tippte auf eine lange Reihe von fixierten Abdrücken.

»Das alles sind Prints von Charles Stanwell. Diese vier Abdrücke gehören seiner Sekretärin, die seit zwei Tagen Urlaub hat. Zwei andere stammen von der Hand des Hausmeisters, der gestern im Büro die Heizung reparierte.« Er hielt die Platte hoch.

»Der einzige Abdruck von der Frau, die erschossen wurde. Ich fand ihn auf dem Griff der Tür zwischen Wartezimmer und Stanwells Office.«

Andriens legte den Abdruck zurück und wies auf vier Fixierungen.

»Ungeklärte Abdrücke! Die meisten sind schwach und undeutlich. Das spricht dafür, daß sie vor Tagen oder Wochen von irgendwelchen Leuten hinterlassen wurden und nur durch Zufall dem Verwischtwerden entgingen. Ich habe nur eine Ausnahme, diese hier!«

Er reichte dem Lieutenant die Platte.

»Was ist es?« fragte Baldwin.

»Der linke Daumen einer Männerhand. Ich fand ihn auf der Schmalseite von Stanwells Schreibtisch. Kommen Sie, Lieutenant! Ich zeige Ihnen die Stelle.«

Er führte Baldwin zum Schreibtisch, auf dem noch der Graphitstaub lag, mit dessen Hilfe Andriens die Abdrücke gesichert hatte.

»Hier fand ich ihn!« Der Printexperte wies auf die Schreibtischkante. »Meistens werden die Schmalseiten von Tischen und Türen übersehen«, erklärte er, »aber ich habe mir angewöhnt, alles mit Graphit zu bestäuben, was groß und eben genug ist, um einen Abdruck festzuhalten.«

Baldwin wies auf einen großen Fleck auf der Platte über dem Daumenabdruck. »Was ist das?«

»Es war der Abdruck einer Hand, aber er wurde verwischt und brachte nichts Brauchbares.«

Baldwin streckte den Arm aus und legte die Hand auf die Schreibtischplatte. Auf der anderen Seite des Schreibtisches, Baldwin genau gegenüber, stand Stanwells Sessel mit dunklen Flecken an den Stellen, an denen der Bezugsstoff das Blut aufgesaugt hatte. Der Lieutenant drehte sich mit einem Ruck um, und jetzt lagen die weißen Umrißmarkierungen der beiden Körper vor ihm.

Er nahm die Hand von der Schreibtischplatte. »An dieser Stelle muß er gestanden haben«, sagte er. »Wenn die Ballistiker nach Vermessung der Schußkanäle den Standort ausrechnen, werden sie genau diesen Fleck herausfinden, da bin ich schon jetzt sicher. Von diesem Platz schoß er dreimal auf Stanwell, zweimal auf die Frau und einmal auf den Jungen. Natürlich mußte er sich umdrehen, als er auf die McCanzies schoß. Ich denke, daß er es verdammt hastig tat, weil sie ihn überrascht hatten. Wenn man sich hastig umdreht, neigt jeder Mensch dazu, sich abzustoßen, um dem Körper Schwung zu verleihen. Unser Mann machte keine Ausnahme. Er stieß sich mit der freien, der linken Hand vom Schreibtisch ab. Nachdem er die McCanzies niedergeschossen hatte, erinnerte er sich daran, daß er den Schreibtisch berührt hatte. Er verwischte den Handabdruck, aber den Abdruck seines Daumens, der auf die Kante geraten war, übersah er.«

Baldwin biß sich auf die Unterlippe. »Andriens, wenn wir den Kerl fassen, können wir ihn mit Hilfe dieses Abdrucks auf den elektrischen Stuhl bringen, auch wenn es keinen Augenzeugen mehr geben wird.«

»Noch hat der Junge eine Chance, Lieutenant.«

»Fünf Prozent nenne ich keine faire Chance! Andriens, ich werde den Fall dem FBI übergeben. Ich will, daß der

Mörder gefaßt wird. Es gibt nichts, was ich mir mehr wünsche. Ich mag die Luft dieser Stadt nicht atmen bei dem Gedanken, daß es die gleiche Luft ist, die einen Kerl am Leben hält, der ein Kind über den Haufen schießt.«

Er trat ans Fenster, die Hände auf dem Rücken verschränkt, und starrte in die Nacht hinaus.

Minutenlang schwieg er, bis er unvermittelt sagte: »In den Regen mischen sich Schneeflocken. Zum Teufel, in diesem Jahr schneit es schon im November. Ich wette, wir werden den ersten Verkehrszusammenbruch noch vor Weihnachten erleben.«

Ich schob bunte Chips über den Tresen: rote Fünfziger, blaue Hunderter, zwei lilafarbige Fünfhunderter, goldgeränderte und rechteckige, orangegrelle Spielmarken mit den eingestanzten, silberflirrenden Ziffern: 1000.

Der Kassierer hinter dem dick vergitterten Schalterfenster grinste. »Sieht ganz gut aus, Sir, oder?«

Ich schwieg. Der Mann hatte keine Ahnung. Überschlägig gerechnet lag ich mit rund dreitausend Steuerdollar im Minus. Seit ich vor einem Monat den ersten Hunderter auf Rot gesetzt und verloren hatte, war ich nie wieder auf den Paristand meiner Zwanzigtausend-Dollar-Ausrüstung gelangt. Ganz im Gegenteil. Noch jetzt lief es mir kalt den Rücken herunter, wenn ich an die erste Februarwoche dachte, als in einer langen Pechsträhne meine Einsätze zu Wasser geworden waren und sich mein Spielkapital bis auf einen schäbigen Dreitausend-Dollar-Rest verflüchtigt hatte. Damals hatte sich die Alternative abgezeichnet: Mission beenden oder Miss Leeuwerey um Ausstellung einer Anweisung zu bitten.

Es gibt wenige Lebewesen auf Gottes Erde, Skorpione

und Giftschlangen eingeschlossen, mit denen ich den Kontakt mehr scheue als mit Miss Leeuwerey. Ihre Brillengläser sind so massiv, ihr Blick so bohrend, ihre Fragen strotzen vor Mißtrauen, und ihre Äußerungen deuten darauf hin, daß sie jeden von uns für fähig hält, sich durch ungerechtfertigtes Abrechnen von Subway-Fahrten ein Millionenvermögen auf Staatskosten zu machen.

Inzwischen hatte ich die Verluste bis auf knapp siebzehntausend Dollar Gesamtbestand ausgeglichen. Obwohl ich hoch und riskant spielte, wie meine Rolle es vorschrieb, war die Notwendigkeit der Kontaktaufnahme zu Miss Leeuwerey nun glücklicherweise in einige Ferne gerückt.

Der Kassierer sortierte die Chips. Dann zählte er. »4850, Sir! Wie wünschen Sie die Auszahlung?«

»Große Scheine, bitte!«

Links und rechts von den Wechselschaltern standen bewaffnete Hauswächter in den blauen, polizeiähnlichen Uniformen des Diamond-Casinos, schwere Revolver in offenen Halftern am Gürtel, das Sprechfunkgerät in der linken Brusttasche, am Ärmel und auf dem Mützenband in Silberstickerei das Wort »Diamond«.

Am Nebenschalter wechselte das langbeinige, braunhaarige Mädchen, das zwei Stunden lang neben mir am Spieltisch gestanden hatte, grüne Fünf-Dollar-Chips im Wert von fünfundsechzig Dollar.

Ich verstaute meine Notenbündel. Fast gleichzeitig drehten das Mädchen und ich uns um. Nebeneinander gingen wir auf den Ausgang des Wechselraumes zu. Im Ausgang, zwischen einem rothaarigen Wächter und einer schlanken Farbigen, die die Uniform der Diamond-Polizei mit Grazie trug, stießen wir zusammen.

»Sorry«, sagte das Mädchen.

Ich nahm ihren Arm. »Welche Bar bevorzugen Sie? Saphir, Smaragd oder Rubin?«

Alle Einrichtungen des Diamond-Komplexes trugen die Bezeichnungen von Edelsteinen.

»Smaragd kommt nicht in Frage«, antwortete sie. »Bei grüner Beleuchtung sehe ich wie eine Wasserleiche aus.«

Sie war hübsch. Ein schmales, rassiges Gesicht mit schmalrückiger Nase, großer Mund mit perfekt gezeichneten Lippen, ausgeprägtes Kinn und große, langwimprige Augen von faszinierendem Blau. Die Fülle des braunen, glänzenden Haares wurde von zwei Schildpattklammern nur mühsam gebändigt. Sie bewegte sich leicht wie jemand, der viel Sport treibt.

»Also Saphir-Club?«

»Einverstanden!«

Wir verließen den Wechselraum. Ich bemerkte den skeptischen Blick und ein ironisches Lächeln der dunkelhäutigen Diamond-Polizistin.

Vor uns lag der riesige Saal des Diamond-Casinos, groß wie ein überdachtes Baseballfeld, erfüllt von Scheppern und Klingeln der Slotmaschinen, von den pausenlosen Ansagen der Croupiers an einem halben Hundert Roulettetischen, den leisen Aufschreien der Gewinner und den deutlichen Seufzern der Verlierer. Kaum jemand, ausländische Touristen vielleicht ausgenommen, legte den Kopf in den Nacken, um die fantastischen Lichtspiele zu bewundern, die pausenlos über die Decke jagten! Farbsinfonien, Feuerwerke aus Licht und Neon, Gewittertürme raffiniertester Technik. Weltraumkriege in Licht und künstlichem Feuer spielten sich auf der Samtschwärze der Decke ab. Maschinen zersprangen zu sprühenden Kaskaden. Lautlose Explosionen in aufzuckenden Flammen, abgelöst von riesigen glühenden

Edelsteinen in Blau, Rot, Grün und schließlich überstrahlt vom weißen, betäubenden Auffunkeln des Diamanten, Wahrzeichen und Namensgeber des Diamond-Unternehmens.

Und doch blieb der flaue Glanz der Münzen, mit denen Spieler die Slotmaschinen fütterten, stärker, fesselte das fahle Grün der Dollarscheine die Menschen an Roulette- und Bakkarattischen mit größerer Gewalt als das Schauspiel über ihren Köpfen.

»Haben Sie gewonnen?« fragte das Mädchen.

»Heute ja.«

»Ich auch. Fünfundzwanzig Dollar. Eigentlich darf ich nicht spielen. Ich gehöre zu den Angestellten der Diamond Company.«

»Wo arbeiten Sie?«

»In der Show.« Sie lachte. »Versuchen Sie nicht, meinen Namen auf dem Programm zu finden! Ich bin nur eins von zwanzig Chorusgirls.«

»Ich kann nicht nach Ihrem Namen suchen, weil ich ihn nicht kenne.«

»Lilly Levin.« Sie sah mich erwartungsvoll an. Ich verstand die unausgesprochene Frage.

»Jerry«, sagte ich. »Genügt Ihnen das?«

»Vorausgesetzt, daß Sie mich nicht Miss Levin nennen.«

»Ich denke nicht daran. Kommen Sie, Lilly!«

Die drei Diamond-Bars umgaben den Spielsaal wie die Blätter eines überdimensionalen Kleeblattes. Entsprechend der Farben der Edelsteine, deren Namen sie trugen, waren sie in Blau, Grün und Rot gehalten.

Im Saphir-Nightclub glühten in die Wände eingelassene Vitrinen, in denen Saphirschmuck im Wert von vielen hunderttausend Dollar ausgestellt war. Es kam vor, daß ein erfolgreicher Spieler, der seinen Gewinn feierte, zwischen zwei Tänzen eine Vitrine öffnen ließ und seiner Freundin einen Ring oder ein Halsband kaufte.

Die gläserne Tanzfläche, von unten angestrahlt, schimmerte in sattem Blau. Die Bargirls trugen blaue Kleider, die Mixer blaue Jacketts.

Ich legte die Hände um die schmale Taille des Mädchens und hob sie auf einen Barhocker. Obwohl sie groß war, war ihr Gewicht kaum zu spüren.

»Was wollen Sie trinken?«

»Orangensaft mit einem Schuß Champagner! Ich hasse harte Drinks. Sie machen müde und lähmen die Beine.«

Ich orderte die Drinks. »Warum dürfen Sie nicht spielen?«

»Steht im Vertrag! Showpersonal darf die Spielsäle nicht betreten. Trotzdem machen es alle. Die Wächter weisen keinen zurück.«

»Warum spielen sie? Brauchen Sie Geld?«

»Natürlich«, antwortete sie, »aber ich glaube nicht, daß man sein Vermögen im Spielsaal verbessern kann. Mir macht das Spiel Vergnügen, aber ich riskiere nie mehr als zwanzig Dollar. Sie sind ein großer Spieler, Jerry, nicht wahr? Ich sah, wie Sie mit den rechteckigen Platten hantierten. Wieviel ist eine solche Platte wert?«

»Man nennt sie nicht Platte, sondern Plaque. Ihr Wert ist tausend Dollar.«

Ihre Augen wurden rund.

»Tausend Dollar? Solche Summen setzen Sie?«

In mir keimte der Verdacht, daß sie sich naiver gab, als sie in Wahrheit war.

Ich wechselte das Thema. »Erzählen Sie mir von der Show!«

»Dafür bin ich die falsche Adresse, Jerry. Jemand, der

auf der Bühne arbeitet, bekommt von der Show nur blendendes Scheinwerferlicht und die Rücken der Girls in der vorderen Reihe zu sehen.«

»Wollen wir tanzen?« fragte ich.

Sie glitt vom Barhocker.

Klar, daß sie absolut erstklassig tanzte. Ich holte sie ziemlich dicht heran. Zwar wehrte sie sich nicht, aber ich spürte einen Rest Zurückhaltung. Ein Hundert-Dollar-Girl (100 Dollar für eine gemeinsame Stunde im Hotelzimmer) schien sie nicht zu sein.

Später kam sie auf das Glücksspiel zurück.

»Wenn Sie so hoch spielen, müssen Sie reich sein, Jerry. Warum investieren Sie Ihr Geld nicht auf andere Weise?«

»Ich bin nicht reich. Gewinn ohne Risiko macht mir keinen Spaß. Darum versuche ich mein Glück am Roulettetisch.«

»Risiko gibt es auch bei anderen Unternehmen.«

»Von welchen Unternehmen reden Sie?«

Sie sog durch den Strohhalm den Rest ihres Drinks aus dem Glas.

»Zum Beispiel könnten Sie eine Show finanzieren.«

Ich lachte. »Davon verstehe ich nichts, Lilly, aber ich weiß, daß eine gute Show nur mit Millionensummen finanziert werden kann. Darf ich noch einen Drink bestellen?«

»Danke! Für neun Uhr morgens ist eine Probe angesetzt. Ich sollte längst im Bett liegen.«

»Wohnen Sie im Diamond Hotel?«

»Nur indirekt. Für die Angestellten und das Showpersonal liegen die Zimmer in einem separaten Gebäude am Ende des Parkes.« Sie lächelte. »Dicht neben dem Geräteschuppen.«

Wir verließen den Saphir-Nightclub.

Im großen Casino-Saal lief das Spiel auf unvermindert hohen Touren. Ich führte Lilly Levin durch den großen verglasten Gang, der das Casino mit dem 20stöckigen Gebäude des Diamond Hotel verband. In gewisser Weise glich der Diamond-Komplex einem riesigen Termitenhügel, dessen Bewohner nur ungern die Gänge, Räume und Säle verließen, in denen sie alle ihre Bedürfnisse befriedigen konnten: essen, schlafen, lieben und vor allen Dingen ... spielen.

Trotzdem gehörte eine großer tropischer Park zum Diamond-Gelände. Ein umfangreiches, teures Bewässerungssystem zauberte tropisches Wachstum aus Nevadas Wüstenerde.

Ich brachte das Mädchen zum Parkausgang. Lautlos glitten die Flügel der Glastür auseinander. Der schwere Duft tropischer Blüten drang auf uns ein.

Lilly reichte mir die Hand. »Gute Nacht!«

»Lassen Sie sich begleiten! Der Park ist wenig beleuchtet.«

»Ich habe keine Angst, Jerry! Las Vegas ist die sicherste Stadt der USA. Hier werden die Leute nicht in der Dunkelheit überfallen, weil jedes Casino die Möglichkeit hat, ihnen das Geld legal abzunehmen.«

»Überfällt kommen trotzdem vor. Meistens werden sie von ausgenommenen Spielern verübt, die sich neues Spielkapital verschaffen wollen. Natürlich sind sie in diesem Job Amateure und werden meistens gefaßt.«

Ich nahm ihren Arm, und wir gingen in den Park hinaus.

Die Luft war warm.

Die Wassersprenger, die sich auf allen Rasenflächen und über allen Blumenbeeten drehten, lieferten eine angenehme Frische. Groß wie Tennisplätze schimmerten die Rechtecke der beiden Swimming-pools, erhellt von Unterwasserscheinwerfern.

Zwischen den mächtigen tropischen Büschen, die den Weg säumten, herrschte Dunkelheit, wenn auch Las Vegas' Himmel in jeder Nacht das Flackern der tausend Lichtreklamen zurückwirft auf die Stadt.

Wir hatten die Swimming-pools hinter uns gelassen. Wie aus dem Boden gewachsen standen sie vor uns und sperrten den Weg ab. Die Umrisse ihrer Gestalten zeichneten sich ab.

Drei Männer!

Ihre Gesichter waren nicht zu erkennen.

»Gehen Sie zurück zum Hotel!« sagte ich halblaut und gab Lillys Arm frei.

Sie drehte sich um und stieß einen leisen Schrei aus.

Ich wandte den Kopf.

Zwei Männer blockierten den Rückzug.

Aus der Dreier-Gruppe löste sich ein Mann und kam auf uns zu.

»Du hast 'ne Menge Geld bei dir, mein Freund!« sagte er. »Her damit, und wir krümmen dir und deinem Püppchen kein Haar!«

Ich konnte nicht sehen, ob er eine Waffe in den Händen hielt. Ich ließ ihn näher herankommen, bis ich ihn in Reichweite hatte. Dann schoß ich ihn mit einem blitzschnellen Haken ab.

Er fiel um. Trotzdem hatte ich ihn nicht genau genug getroffen, denn er blieb nicht stumm, sondern schrie wütend auf.

Im nächsten Augenblick wurde das Mädchen von meiner Seite weggerissen. Irgend etwas Bösartiges, ein Totschläger oder ein Knüppel, zischte dicht an mir vorbei und streifte meinen linken Arm.

Ich fightete links und rechts, traf, wurde getroffen, tauchte unter einem wilden Schwinger weg, ging in den Mann, der ihn zu landen versucht hatte, hinein und wurde von zwei anderen eine Sekunde später zurückgerissen. Einen der beiden schaffte ich mir mit einem Fußtritt vom Hals.

Der andere biß sich fest und setzte alle Kraft ein, um mich nach unten zu reißen.

Eine Frauenstimme schrie hoch und gellend.

War das Lilly?

Warum schrie sie, wenn sie es gewesen war, die mich in die Falle gelockt hatte?

Der weiße Lichtkegel eines starken Scheinwerfers tastete über das Parkgelände. Eine Trillerpfeife schrillte. Eine zweite Pfeife antwortete mit drei kurzen Stößen.

Sie ließen mich los, warfen sich herum und rannten. Äste brachen knackend, als sie sich in die Büsche stürzten. So überraschend sie aufgetaucht waren, so schnell verschwanden sie. Ich versuchte nicht, einen der Gangster festzuhalten. Ich griff nach meiner Brieftasche, ertastete sie und war froh, nicht dollarlos vor Miss Leeuwereys Brillengläser treten zu müssen.

Der Scheinwerfer erfaßte den Weg, auf dem ich stand, und glitt weiter. Er war auf dem Dach des Casinos postiert. Von zwei Seiten kamen die Männer mit Stablampen. Irgendwer rief: »Stehenbleiben!«

Kurz darauf schrie Lilly Levin empört: »Lassen Sie mich los! Sie tun mir weh!«

Das Licht der Stablampen traf mich.

»Sind Sie überfallen worden, Sir?«

Die Männer trugen die Uniform der Diamond-Polizei.

»Ja, ich glaube, so kann man den Vorgang nennen. Wo ist die junge Lady, die ich begleitete?«

»Das Herzchen habe ich mir gekauft«, antwortete eine Frau.

»Bitte, leuchten Sie!« bat ich die Clubpolizistin. Sie richtete das Licht ihrer Lampen auf die Szene.

Lilly Levin wand sich im Griff der schlanken farbigen Polizistin, die am Ausgang des Wechselraumes gestanden hatte. Sie hatte der Tänzerin fachgerecht die Arme auf den Rücken gedreht. Lilly gab eine unglückliche Figur ab und stieß bei der leisesten Bewegung Schmerzensschreie aus.

»Sie sollten das Mädchen freigeben!« sagte ich.

»Ich denke nicht daran«, entgegnete die Polizistin ungerührt. »Schon im Wechselraum habe ich beobachtet, wie sie auf Ihre Chips starrte, Sir. Kein Zweifel, daß sie mit den Leuten zusammenarbeitet, die Sie überfallen haben. Sie hat den Jungens gesagt, daß es sich lohnt, nach Ihrer Brieftasche zu greifen, Sir!«

Erbarmungslos drückte sie Lillys Arm nach oben.

»Gib Ruhe, Baby!«

»Lassen Sie sie los! Ich werde keine Anzeige erstatten. Sie haben keinen Grund, sie länger festzuhalten.«

»Tut mir leid, Sir«, mischte sich ein Diamond-Polizist mit zwei Silberstreifen auf der Brust ein. »Der Park gehört zum Clubgelände und ist privater Besitz. Mr. Erskine entscheidet, was zu geschehen hat und ob Anzeige erstattet wird oder nicht. Wollen Sie mich bitte zu Mr. Erskine begleiten!«

»Okay, aber sagen Sie Ihrer Kollegin, daß ein halb so harter Griff auch genügt.«

Er gab der Polizistin einen Wink. Sie wechselte den Griff und begnügte sich damit, das Handgelenk ihrer Gefangenen zu umklammern.

Während eine Gruppe Diamond-Polizisten die Parkanlage absuchten, wurden Lilly und ich von der Farbigen und dem Mann mit den Silberstreifen auf der Hemdbrust zu einem Eingang an der Rückfront des Hotels geführt. Durch einen kurzen, menschenleeren Gang erreichten wir einen Aufzug, den der Clubwächter mit einem Spezialschlüssel öffnete.

Die Kabine war mit weißem Leder ausgeschlagen. Es gab nur einen Schaltknopf für die letzte, die 20. Etage.

Der Fahrstuhl schoß nach oben und stoppte. Die Kabinentür glitt zur Seite.

Vor uns stand ein hochgewachsener, hagerer Mann in weißer Smokingjacke.

»Es tut mir leid, daß Sie belästigt wurden«, sagte er und reichte mir die Hand. »Ich bin Walt Erskine!«

Der Erbauer, Besitzer und alleinige Chef der Diamond-Betriebe, des Hotels, des Spielcasinos, der Bars und des Showsaales musterte mich von Kopf bis Fuß. »Hatten Sie Verluste?«

Ich klopfte auf meine Brusttasche. »Alles noch da.«

»Freut mich! Ihr Anzug ist ruiniert. Kaufen Sie sich alles neu, und schicken Sie mir die Rechnung!«

Er sprach schnell. Seine Stimme hatte einen harten, schnarrenden Klang.

»Kommen Sie herein!« sagte er und ging voran.

Die Tür öffnete sich lautlos und automatisch. Die Stirnfront des großen Zimmers bestand aus einem überdimensionalen Fenster, das einen Blick über die ganze Stadt bot, über das Feuerwerk ihrer Lichtreklamen, die Säulen der Hoteltürme, das erleuchtete Doppelband des Strips.

Mit einer Handbewegung bot Erskine mir einen Sessel an. »Einen Drink?«

»Gern! Bourbon auf Eis!«

»Für mich auch, Mark!«

Der Mann, den Erskine aufforderte, die Drinks zu besorgen, stand neben dem Schreibtisch. Wie Erskine trug er einen Smoking.

»Das ist Mark Hale!«

Hale war ungefähr 40 Jahre alt, breitschultrig, kompakt mit kantigem Gesicht, kleinen, unruhigen Augen und dichtem, schwarzem Haar.

»Hallo!« Er hob grüßend die Hand und ging zur rechten Wand. Automatisch wie die Eingangstür öffnete sich der Barschrank.

Ich sah mich nach Lilly Levin um. Man hatte sie nicht in den Wohnraum gebracht.

»Setzen Sie sich doch!« wiederholte Erskine ungeduldig.

Hale brachte die Gläser. Der Chef des Diamond-Casinos nahm sein Glas, ohne zu trinken.

»Haben Sie die Typen erkannt, von denen Sie überfallen wurden?«

»Ihr Park ist ziemlich dunkel, Mr. Erskine.«

»Erinnern Sie sich an irgendwelche Einzelheiten?«

»Ich glaube, es waren fünf Männer. Das ist alles, was ich sagen kann.« Ich nahm einen Schluck von meinem Bourbon. »Zum Glück benutzten sie keine Waffen, abgesehen von einem oder zwei Totschlägern.«

Erskine beugte sich vor, faßte den rechten Ärmel meiner Jacke. »Und von einem oder zwei Messern. Eine Handbreit weiter nach links, und sie hätten mehr aufgeschlitzt als den Stoff.«

Ich blickte auf den Ärmel und grinste ein wenig. »Hatte ich noch nicht bemerkt.«

Erskine suchte meinen Blick. »Anscheinend haben Sie gute Nerven.«

Ich antwortete mit einem Achselzucken.

»Wurden Sie wortlos überfallen?« nahm Erskine das Verhör wieder auf. »Oder hörten Sie die Stimme eines der Gangster?«

»Ja, der Anführer verlangte mein Geld und versprach, das Mädchen und mich laufenzulassen, wenn wir stillhielten.«

»Können Sie den Satz genau wiederholen?«

Ich stellte das leere Glas auf den niedrigen Marmortisch neben meinem Sessel.

»Mr. Erskine, Sie messen dem Zwischenfall zu große Bedeutung bei.«

»Überlassen Sie die Einschätzung solcher Vorkommnisse mir, Mr. Cann«, unterbrach er mich scharf. Ich hatte meinen Namen nicht genannt, aber er kannte ihn. Für einen Augenblick stieg in mir die Frage auf, ob er auch meinen richtigen Namen wußte.

Mark Hale kam mit der Bourbonflasche.

»Noch einen, Cann?« Ich verneinte.

Erskine legte die Finger beider Hände gegeneinander. Er hatte knochige Hände mit starken Gelenken. Er trug keine Ringe, aber in seinem Manschetten funkelten zwei große Diamanten als Knöpfe.

»Alle Casino-Unternehmen in dieser Stadt, Mr. Cann«, sagte er, »gehören der Mafia oder sind in der einen oder anderen Weise von ihr unterwandert. Mit einer Ausnahme: das Diamond-Casino. Ich bin freier Herr meines Unternehmens, und ich will es bleiben. Die Herren aus der Unterwelt haben verschiedene Versuche unternommen, mich aus dem Geschäft zu boxen. Ich habe ihnen die Zähne gezeigt und mich meiner Haut gewehrt, bis sie ihre Absichten aufgaben und mich als Besitzer eines Spielcasinos mit allem, was dazugehört, akzeptierten. Selbstverständlich muß ich immer damit rechnen, daß sie einen neuen Krieg um die Diamond-Gruppe vom Zaun brechen.«

»Mr. Erskine, ich trage knapp fünftausend Dollar in meiner Brieftasche. Ich glaube nicht, daß diese Summe der Mafia viel bei der Eroberung der Diamond Company helfen würde.«

»Es gibt viele Möglichkeiten, ein Casino zu ruinieren und die Kunden zu vergraulen. Wenn ich meine Gäste auf meinem Gelände nicht schützen kann, werden die Zimmer im Diamond Hotel bald leer stehen, und die Croupiers werden sich an den Spieltischen langweilen.«

Er wandte sich an Hale. »Das Mädchen!«

Hale gab den Befehl über eine Sprechanlage weiter. Wenig später wurde Lilly Levin von der farbigen Polizistin in den Raum geführt.

»Für wen arbeiten Sie?« fragte Erskine.

»Ich tanze in der Show, Sir.«

»Das weiß ich!« fauchte Erskine. »Sie sollen mir sagen, für wen Sie in den Spielsälen nach Gästen mit dicken Brieftaschen Ausschau halten.«

»Nein, Sir, Sie irren sich. Ich wußte nichts von dem Überfall.« Sie brach in Tränen aus.

»Hören Sie, Mr. Erskine!« mischte ich mich ein. »Miss Levin lockte mich nicht in den Park, sondern ich schlug ihr den Spaziergang vor. Außerdem schrie sie wie am Spieß, als es passierte. Fragen Sie Ihre Leute, ob nicht das Geschrei sie aufmerksam gemacht hat!«

Er nickte Mark Hale zu, der sofort zum Schreibtisch ging, einen Telefonhörer abnahm und leise mit irgendwem sprach. Nach einer Minute kam er zurück.

»Meany sagt, die Guards hätten das Schreien einer Frau gehört.«

»Okay! Sie sind gefeuert, Miss! Lassen Sie sich Ihre Gage auszahlen, und verschwinden Sie!«

»Zum Teufel, Mr. Erskine, ich finde es höllisch ungerecht, wenn Sie Miss Levin mit Entlassung dafür bestrafen, daß sie mit ihrem Schrei den Raub verhindert hat«, empörte ich mich.

»Leute, die meine Anordnungen mißachten, werden gefeuert. Das Betreten der Spielsäle ist für Angestellte verboten.«

»Sie wissen genau, daß sich niemand darum kümmert. Setzen Sie sich keinen Heiligenschein auf, Mr. Erskine! Wahrscheinlich sehen Sie es in Wahrheit nicht ungern, daß die hübschen Girls der Showtruppe im Spielcasino auftauchen. Das fördert den Umsatz.«

Eine Sekunde lang sah er mich überrascht an. Dann zeigte er ein knappes Lächeln. Gleichzeitig beugte sich Mark Hale zu seinem Chef und flüsterte ihm einige Sätze zu.

Ich erriet, daß er ihm vorschlug, das Mädchen in ihrem Job zu lassen, weil es dann leichter sein würde herauszufinden, ob sie für irgendeine Gang arbeite.

Erskine fällte seine Entscheidung schnell.

»Sie können in der Show bleiben!« sagte er unfreundlich. »Bedanken Sie sich bei Mr. Cann!« Er stand auf. Von einem Augenblick zum anderen verwandelte sich sein Gesicht in eine lüsterne Faunsfratze.

»Nicht jetzt und nicht hier! Sie werden bessere Gelegenheiten finden, Ihren Dank abzustatten.«

Er schnippte mit den Fingern. Die Polizistin brachte Lilly aus dem Zimmer.

Ich stand auf. Erskine hielt mich mit einer Handbewegung zurück. »Seit drei Wochen wohnen Sie im Diamond Hotel. Ich hoffe, Sie spielen auch an unseren Tischen.«

»Fast immer. Ich habe einige Abstecher in andere Casinos gemacht. Dabei entwickelte ich auch nicht mehr Glück als bei Ihnen.«

»Wie steht Ihr Konto?«

»Mit ein paar Tausendern in den roten Zahlen. Trotzdem rechne ich noch damit, Sie zu schröpfen, Mr. Erskine.«

»Nichts dagegen einzuwenden, Jerry Cann. Sollte es umgekehrt kommen und Sie eines Tages blank sein, rufen Sie mich an! Vielleicht kann ich Sie dann wieder auf die Beine stellen.«

Mark Hale begleitete mich hinaus und zum Aufzug am anderen Ende des Flurs. Dieser Lift hatte Schaltknöpfe für alle Etagen des Hotels.

Mein Zimmer lag auf der 12. Etage.

Ich stieg aus dem zerfetzten Anzug und stellte mich unter die Dusche. Dann mischte ich mir aus der Zimmerbar einen Schlummerdrink.

Das Telefon summte. Ich nahm den Hörer ab und meldete mich.

»Es tut mir so leid, Jerry«, flüsterte Lillys Stimme. »Morgen werde ich Ihnen die Wahrheit sagen.«

Der Mann, dessen Aufenthalt in Las Vegas der Grund dafür war, daß ich seit einem Monat Steuerdollars als Einsätze über die Spieltische schob, tauchte nicht an jenem Tag und nicht in jener Nacht im Spielcasino auf. Er kam unregelmäßig, und er blieb nie lange.

Am Morgen nach dem Überfall sah ich Basyl Racoff, als er den Spielsaal betrat. Ich hatte mir angewöhnt, noch vor dem Frühstück mit 3000 oder 4000 Dollar zu jonglieren. Die Zeit zwischen sechs und neun Uhr vormittags war die ruhigste Periode des Tages im Casino. Ein Spieler, der so früh mit relativ hohen Einsätzen spielte, fiel auf, und ich wollte, daß man mich bemerkte. Ich spielte nie lange. Wenn ich einige Hunderter gewonnen oder wenigstens meine Verluste ausgeglichen hatte, hörte ich auf, ging zum Frühstück oder schwamm einige Runden im gekühlten Pool.

Basyl Racoff trug einen weißen Leinenanzug, schwarze Schuhe und einen schwarzen Schlips.

Er sah aus wie ein Mädchenhändler in einem drittklassigen Film. Obwohl er sich seit mindestens zwei Monaten in Las Vegas aufhielt, hatte seine Haut keine Farbe gewonnen. Das fahlblonde Haar fiel in wirren Strähnen bis auf den Kragen. Der Anzug war verknittert und voller Flecke.

Er spielte mit blauen Chips und gewann hintereinander drei Einsätze. Trotzdem wechselte er den Tisch und machte drei Spiele an einem sogenannten Glücksrad mit, das von einem jungen Mädchen bedient wurde. Racoff war ihr einziger Kunde. Sie lächelte ihn an und gab sich Mühe, ihn zu halten, aber er kehrte zum Roulett zurück.

Das Spiel schien ihn nicht besonders zu interessieren. Er setzte seine Chips anscheinend wahllos auf Zahlen, die ihm gerade einfielen, und sah sich immer wieder im Saal um, als erwarte er jemand.

Kurz vor neun Uhr kam Walt Erskine in den Spielsaal. Begleitet von Mark Hale und zwei anderen Angestellten, ging er die langen Reihen der Slotmaschinen ab, blieb vor den abgegrenzten Bakkarattischen stehen, von denen zu dieser frühen Stunde nur einer in Betrieb war, und passierte dann den Bereich der Rouletts.

Basyl Racoff unterbrach sein Spiel, sah Erskine mit unverhohlener Neugier an und starrte ihm nach, bis die

Gruppe im Wechselraum verschwand. Unmittelbar danach brach er das Spiel ab und ging zum Ausgang.

Ich nahm meine Chips und folgte ihm. Racoff stieg auf dem Parkplatz in einen sündhaft teuren Rolls Silver Shadow, der dringend eine Wagenwäsche gebraucht hätte. Alles, was zu Racoff gehörte, schien schmutzig und ungepflegt zu sein, mit Ausnahme der schönen, rothaarigen Frau, die hin und wieder in seiner Gesellschaft auftauchte.

Ich kehrte in den Spielsaal zurück, brachte es in drei Durchgängen auf einen kleinen Gewinn und gab das Spiel auf, das mich in Wahrheit langweilte.

Zehn Minuten später kraulte ich einige Bahnlängen durch den Swimming-pool, an dessen Rand Mädchen zum Braunwerden herumlagen.

Im Wasser war ich allein, bis jemand bei der achten Wende im Hechtsprung in den Pool sprang und neben mir auftauchte.

»Guten Morgen, Jerry«, sagte Lilly Levin.

»Hallo! Haben Sie den Schock überstanden?«

Wir schwammen zum Beckenrand, blieben aber im Pool.

»Sie haben mir die Wahrheit versprochen, Lilly!«

»Der Mann, in dessen Auftrag ich mich an Sie herangemacht habe, Jerry, heißt Dave Forrest.«

»Wollen Sie damit sagen, daß sie wirklich als Lockvogel für Gangster arbeiten?«

»Ja, aber ich wußte es nicht.«

»Diesen Widerspruch müssen Sie mir erklären.«

»Vor zwei Wochen habe ich Forrest an einem Spieltisch kennengelernt. Ich nahm seine Einladung zu einem Drink an. Beim zweiten Glas erzählte er mir, daß er nicht zum Spielen ins Diamond-Casino käme, sondern um große Spieler zu bewegen, ihr Glück in einem anderen Casino zu versuchen.«

»Noch einmal!«

»Zunächst verstand ich ihn auch nicht. Er erklärte mir, daß es kleinere Casinos in Las Vegas gäbe, die in ihrer Existenz bedroht seien, weil sie nicht mehr genug Spieler anziehen. Sie verfügen über keinen großen Hotelkomplex, von dem die Gäste auf dem kürzesten Weg an die Spieltische geschleust werden, sondern sind darauf angewiesen, die Spieler auf irgendeine Weise anzulocken. Manche versuchen es mit Show-Attraktionen oder einem angeschlossenen, preiswerten Restaurant, aber auch darin sind die den großen Unternehmen nicht gewachsen. Forrest sagte, das Casino, für das er arbeite, zahle eine Provision von zehn Dollar für jeden Hundert-Dollar-Schein, den ein großer Spieler, den er gebracht hätte, an der Kasse wechsle, selbstverständlich nicht in Bargeld, sondern in Spielmarken.«

»Und er forderte Sie auf mitzumachen?«

Lilly sah mich unglücklich an. »Er sagte, einem Mädchen würde es viel leichter fallen, einen großen Spieler zu bewegen, es in einem anderen Casino zu versuchen. Wenn er solchen Vorschlag mache, erwecke er sofort Mißtrauen. Außerdem wüßten die Wächter und Angestellten der Diamond Company, daß Anreißer für andere Spielcasinos in ihren Hallen unterwegs seien. Fiele er auf, müßte er mit einer harten Behandlung rechnen. Andererseits wären schnell einige Hunderter zu verdienen.«

»Sie haben sich auf den Vorschlag eingelassen?«

»Jerry, Sie waren mein erster Versuch.«

»Sie haben mir aber nicht vorgeschlagen, das Casino zu wechseln.«

»Ich dachte, ich könnte es am nächsten oder übernächsten Abend versuchen. Ich wollte nicht mit der Tür ins Haus fallen. Außerdem ...«

»Außerdem ... was?«

»Irgendwie schien es mir unfair zu sein. Ich wollte noch einmal darüber nachdenken.«

»Und warum glauben Sie, daß ein Zusammenhang zwischen Forrests Vorschlag und dem Überfall besteht?«

»Er war im Spielsaal. Er sah, daß ich mit Ihnen sprach. Das genügte, um zu wissen, daß Sie viel Geld bei sich hatten.« Sie strich das nasse Haar nach hinten. »Ich fürchte, die ganze Geschichte war erlogen. Er hatte von Anfang an die Absicht, Leute mit viel Geld zu überfallen. Mich benutzte er, um sicher zu sein, daß sich der Überfall lohnte.«

»Haben Sie Forrest unter den Gangstern erkannt?«

»Ich glaube, er war es, der mich festhielt, aber ich bin nicht sicher. Er riß mich an sich und zischte: ›Keinen Laut, Lilly!‹ Ich erkannte seine Stimme nicht, aber er nannte meinen Vornamen. Es muß Forrest gewesen sein.«

»Beschreiben Sie ihn!«

»So groß wie Sie, Jerry! Schwarzhaarig, blaue Augen. Er hat eine Narbe vom linken Mundwinkel zur Kinnmitte.«

»In welches Spielcasino sollten Sie die Spieler bringen?«

»In ›The Saloon‹. Es liegt in der Altstadt.«

»Gehen wir frühstücken!« schlug ich vor.

Sie berührte meine Schulter. Es war angenehm, ihre kühlen Hände auf der nackten Haut zu fühlen. »Werden Sie Mr. Erskine sagen, daß ich ...«

»Unsinn, Lilly! Vergessen wir den Zwischenfall! Heute abend werde ich mir die Show ansehen.«

»Ich fürchte, Sie werden mich kaum von den anderen Mädchen unterscheiden können.«

Sie schwang sich auf den Beckenrand.

»Wollen Sie nicht mit mir frühstücken?«

»Leider unmöglich. Ich muß zur Probe. Laden Sie mich nach der Show zu einem Drink ein, und ich werde nicht nein sagen!«

Sie ging zu den Umkleidekabinen. Auf halbem Weg drehte sie sich um und winkte mir.

Sie bot einen erfreulichen Anblick.

Von allen Seiten.

Das Hotel hieß »La Escalera« und lag in einer schmalen Straße des Mexikanerviertels von Las Vegas.

Die Klimaanlage in Phils Zimmer rumpelte und rumorte. Jenseits der Straße spielten dunkelhäutige Kinder in einem Hof.

An der Wand über dem einfachen Stahlgestell des Bettes hing die vergrößerte Fotografie eines sogenannten Phantombildes, das aus auswechselbaren Bildstreifen von Stirn-, Augen-, Nase- und Mundpartien zusammengesetzte Gesicht eines Mannes. Wie alle Bilder dieser Art wirkte es starr und leblos.

»Racoff war heute morgen im Diamond«, sagte ich. »Er spielte an mehreren Tischen. Aber ich glaube, er war gekommen, um Walt Erskine zu sehen.«

Phil lag auf dem Bett, die Arme unter dem Kopf verschränkt. »Du hast eine Schramme im Gesicht, Jerry.«

»Gestern nacht versuchten fünf Jungens, Miss Leeuwereys Dollars an sich zu bringen.«

Er richtete sich auf. »Überfälle sind selten in Las Vegas?« Er sprach den Satz mit einem Fragezeichen.

»Das denkt auch Erskine. Er vermutet eine Mafia-Aktion zum Zwecke der Geschäftsschädigung.«

»Was vermutest du?«

»Nichts, außer daß sie mein Geld haben wollten.« Ich gab ihm alle Einzelheiten, beschrieb ihm auch Dave Forrest.

»Wenn du nichts Wichtigeres zu tun hast, Phil, kümmere dich um diesen Forrest!«

»Du weißt, daß ich Besseres zu tun habe«, antwortete er ohne Begeisterung. »Seit einem Monat warten wir auf die Chance, irgend etwas über den ...«, er wies mit dem Daumen auf das Foto, »... herauszufinden, ohne eine Ahnung zu haben, ob er wirklich so aussieht.«

Er stand auf und schaltete die rumpelnde Klimaanlage ab.

»Alles, was wir haben, ist ein Daumenabdruck und ein Phantombild, zusammengesetzt nach den Angaben eines armen, 13jährigen Boys, der den Mörder seiner Mutter, den Mann, von dem er selbst zum Krüppel geschossen wurde, genau zwei Sekunden lang sah. Einen Monat brauchten wir, bis wir herausgefunden hatten, daß der Rechtsanwalt Charles Stanwell wahrscheinlich im Auftrag von Basyl Racoff erschossen wurde. Noch ein Monat verging, den wir brauchten, uns Klarheit über Racoff zu verschaffen.«

»Inzwischen wissen wir fast alles über ihn«, ergänzte ich. »Ein Außenseitertyp in der Unterwelt. Er besaß nie eine eigene Gang, baute niemals eine Organisation auf. Er nahm sich in mindestens sechs Fällen den Besitz anderer Leute auf raffinierte, heimtückische und auch brutale Art. Zum ersten Mal benutzte er seine Methode bei der Eroberung der Borough-Hotels. Das war eine Kette von kleinen, intimen Hotels in Ferienorten der Ostküste.

Genau betrachtet, waren es Absteigequartiere der besseren Klasse. Der Besitzer, Cecil Borough, hatte sich nach einer aktiven Laufbahn als Racketgangster auf diese bequeme Art des Lebensunterhaltes zurückgezogen. In kurzer Folge wurden zwei Hotels von Rockerbanden überfallen. Ein drittes Hotel erlebte eine Polizeirazzia. Borough holte zu seinem Schutz eine kleine Gruppe harter Jungens aus seiner Racketzeit. Aber die ehemals harten Schläger waren etwas eingerostet. Und als zwei von ihnen in ihrem Zimmer erschossen aufgefunden wurden, liefen die anderen auseinander und überließen Borough seinem Schicksal. Zwei Wochen später wurde die Hotelkette an eine Gesellschaft verkauft, die Basyl Racoff eigens zu diesem Zweck gegründet hatte. Niemand weiß, ob Cecil Borough die Summe, die als Kaufpreis im Vertrag stand, wirklich erhielt. Noch im selben Jahr kam er bei einem Autounfall um, den er betrunken selber verschuldet hatte. Basyl Racoff verkaufte die Borough-Kette an eine seriöse Firma weiter, die aus den Absteigequartieren Ferienzentren machte. Wahrscheinlich verdiente er bei der Transaktion mehrere hunderttausend Dollar.«

Seit Phil die Klimaanlage ausgeschaltet hatte, breitete sich die Wüstenhitze von Las Vegas auch in dem kleinen, weißgetünchten Zimmer aus.

»Nach der Transaktion mit den Borough-Hotels riß Racoff in schneller Folge verschiedene Unternehmen an sich und stieß sie nach einigen Monaten wieder ab. Er brachte eine große Baufirma in seine Gewalt, bemächtigte sich der Transcontinental-Spedition und wurde für drei Monate Besitzer einer kleinen Drugstore-Kette. Immer waren seine Eroberungszüge von Gewalttaten begleitet, und mindestens fünf Morde wurden im Zusammenhang mit Racoffs Aktivitäten begangen.«

»Er arbeitete nie mit eigenen Leuten. Immer benutzte er bezahlte Schläger. Bei jeder Aktion kaufte er sich eine neue Truppe zusammen. Kein Zweifel, daß er für jeden Mord einen anderen Berufskiller bezahlte.« Phil wandte den Kopf und sah das Phantombild an. »Diesen Mann beauftragte er mit der Ermordung Stanwells. Ich glaube nicht, daß er ihn noch einmal holen wird.«

»Trotzdem führt kein anderer Weg zu ihm als über Basyl Racoff. Phil, die Ermordung Stanwells, Mary McCanzies und das traurige Schicksal des kleinen Teds wären nicht gesühnt, wenn wir nur den Mann fassen würden, der den Finger krümmte. Racoff ist der Urheber aller Verbrechen. Er verdient die gleiche Strafe wie der oder die Mörder, die er ausschickte.«

»Wird verdammt schwer sein, Racoff zu überführen. Niemals wurde er angezeigt. Alle Menschen, die er um Besitz und Vermögen brachte, deren Freunde und Angehörige er ermorden ließ, versuchten zwar zu kämpfen, aber sie wandten sich in keinem Fall an die Polizei.«

»Der Grund liegt auf der Hand. Immer suchte Racoff sich Opfer mit fragwürdiger Vergangenheit aus. Denk an Cecil Borough! Er war ein Racketgangster mit schmutziger Weste. Seine Hotels waren Absteigequartiere. Der Besitzer der Baufirma hatte zweimal unter dem Verdacht betrügerischer Manipulationen vor Gericht gestanden. Die Transportgesellschaft galt als in Schmuggeltransporte verwickelt.«

»Wen wird sich Racoff in Las Vegas aussuchen? Einige Flecken auf der Weste hat wahrscheinlich jeder, denn alle Casinos sind mit der Mafia verfilzt.«

»Mit der Mafia wird sich Basyl Racoff nicht anlegen. Er weiß, daß er gegen die ›ehrenwerte Gesellschaft‹ keine Chance hätte.«

»Glaubst du, er wäre nach Las Vegas gekommen, um die Hot-dog-Stände an den Straßenecken in seine Gewalt zu bringen?«

»Es gibt einen unabhängigen Casinounternehmer in der Stadt.«

»Wen?«

»Walt Erskine und sein ›Diamond‹!«

Die Show im Diamond begann um neun Uhr und dauerte bis Mitternacht. Ich saß am Tisch mit zwei aufgezäumten Ladys im Greisenalter und einem bulligen Texaner, der seinen gewaltigen Rancherhänden ohrenbetäubenden Beifall entlockte, wann immer die Girls auf der Bühne die Beine warfen. Zwischendurch stieß er mir den Ellbogen in die Rippen und keuchte: »Boy, wenn Sie mir helfen, an eins der Mädchen heranzukommen, spendiere ich Ihnen so viel Champagner, daß Sie darin baden können.« Er hieb sich auf die Schenkel. »Es dürfen auch zwei oder drei Girls sein.«

Die weißhaarigen Ladys kicherten wie Schulmädchen und schlugen mit ihren Fächern um sich.

Die Show war erstklassig. Die großen Stars waren zwei Zauberkünstler, die nicht Kaninchen, Mäuse und weiße Tauben aus dem Hut zogen, sondern Großkatzen, Tiger, Löwen und schwarze Panther, auftauchen und verschwinden ließen, mal mit und mal ohne Gitter. Es erhöhte den Reiz, daß die Zuschauer befürchten mußten, die Bestien könnten frei im Saal erscheinen.

Die Girltruppe des Diamond bestand aus gut zwei Dutzend Mädchen. Im rasenden Wechsel der Kostüme und Perücken war es schwierig, Lilly Levin zu erkennen und nicht wieder aus den Augen zu verlieren.

Als um Mitternacht der Vorhang fiel, hängte ich den Texaner ab und schlenderte durch den Spielsaal in die Hotelhalle. Ich setzte mich in einen Sessel und wartete auf Lilly.

Selbstverständlich lief der Betrieb im Casino und im Hotel auf vollen Touren. Las Vegas ist eine Stadt, in der nur wenige Menschen vor Morgengrauen ins Bett gehen. Ich wußte, daß ich mindestens eine halbe Stunde auf Lilly warten mußte. Abschminken und umziehen dauert lange. Ich winkte ein Serviermädchen heran. Sie trug ungefähr die gleiche blaue Diamond-Uniform wie die Wächter, nur viel knapper geschnitten und mit Netzstrümpfen statt scharfgebügelter Hosen. Ich bestellte Orangensaft mit einen Schuß Bourbon. Gerade als sie ihn brachte, entdeckte ich Basyl Racoff, der durch den Haupteingang hereinkam.

Er steckte in dem weißen Leinenanzug, in dem ich ihn am Morgen gesehen hatte. In der Hand hielt er eine schwarze Aktentasche aus Krokodilleder.

»Zwei Dollar, bitte, Sir«, sagte das Serviermädchen.

Ich drückte ihr den Schein in die Hand, stand auf und ging Racoff nach.

Er steuerte die Fahrstühle am Ende der Halle an, betrat eine Kabine und drückte auf einen Knopf.

Die Schachttür schloß sich.

Der Fahrstuhl hatte eine Skala, auf der ein Lichtsignal die Etage anzeigt.

Das Licht wanderte über alle Zahlen nach oben und stoppt auf der letzten, der 20. Etage.

Ich wußte, daß es keine Hotelzimmer auf der 20. Etage gab.

Nur Walt Erskines Wohnung.

Mark Hale nahm den Besucher in Empfang.

Der Koffer in Racoffs Hand entlockte ihm ein Lächeln. Für einen Augenblick war er versucht, Racoff für einen Versicherungsvertreter zu halten. Aber Erskine würde niemals einen Vertreter um Mitternacht in seiner Wohnung empfangen.

»Mr. Racoff?«

»Der bin ich, Mark Hale«, antwortete Racoff, und Hale wunderte sich, daß der seltsame Typ seinen Namen kannte.

Er führte den Besucher in den Wohnraum.

Erskine stand am Fenster, wie immer im weißen Smoking.

Racoff ging auf ihn zu und streckte die Hand aus.

»Ich freue mich, Sie endlich persönlich kennenzulernen, Walt!« trompetete er. »Sie sind ein großer Mann, ja, ich glaube, Sie sind der beste Mann in dieser Stadt.«

Erskine übersah die Hand. An Racoff vorbei befahl er Hale: »Laß uns allein, Mark!«

Hale zog die Augenbrauen hoch. Seit fünf Jahren arbeitete er für Erskine, und niemals hatte ihn der Boß von einem geschäftlichen Gespräch ausgeschlossen.

»Soll ich vorher für Mr. Racoff einen Drink mixen?« fragte er.

»Nein!« antwortete Erskine barsch.

Basyl Racoff betrachtete grinsend seine verschmähte Hand, und als sich die Tür hinter Mark Hale geschlossen hatte, sagte er: »Ich habe sie, glaube ich, nach dem Abendessen gewaschen. Sie sollten eine Hand nicht verschmähen, die ein alter Freund von Ihnen gern gedrückt hat.«

Erskine verschränkt die Hände hinter dem Rücken.

»Sie haben mir den Namen Ken Douglas an den Kopf

geworfen, Racoff. Los, vergeuden Sie nicht meine Zeit! Was haben Sie mir über Douglas zu sagen?«

Racoff ließ sich in einen Sessel fallen. Umständlich öffnete er die Aktentasche, holte einen Recorder heraus und stellte ihn auf den niedrigen Marmortisch. »Hören Sie Ihren alten Freund Ken selbst!« sagte er.

Erskine starrte auf den Recorder. Das Tonband begann zu laufen. Aus dem Lautsprecher drang ein kurzes Husten. Dann eine Männerstimme:

»Hallo, Walt! Ich weiß nicht, ob du meine Stimme erkennst. Immerhin hast du sie zehn Jahre lang nicht gehört, aber ich schwöre dir, ich bin es selbst, dein alter Freund und Ex-Partner Ken Douglas, den du auf deine verdammte, schmutzige Art reingelegt hast. Denkst du noch an die dreckige Arbeit, die wir Seite an Seite gemacht haben? Für dich hat sie sich ausgezahlt! Du bist 'ne große Kanone geworden. Mich hast du mit einer Handvoll Dollar abgespeist und nach Brasilien geschickt. Hast du gehofft, ich würde im Urwald umkommen? Irrtum, alter Junge! Ich lebe noch, und zwei Dinge habe ich während der letzten zehn Jahre gehütet wie meinen Augapfel. Erstens: den 38er Python-Revolver, Registriernummer 4566022, mit dem am 2. Januar 1965 in Los Angeles Bill Fassy erschossen wurde, und zweitens die Geldkassette, die beim Überfall auf die South Californian Bank in Lorsville erbeutet wurde.«

Die Stimme verstummte. Erskine trat einen Schritt auf Racoff zu. Wut funkelte in seinen Augen. Racoff hob eine Hand.

»Moment, Walt! Es geht weiter! Douglas hat Ihnen noch mehr zu sagen.«

Die Tonbandstimme setzte wieder ein.

»Entschuldigung, Walt! Ich brauchte eine Pause und

einen Schluck. Weißt du, ich bin ziemlich abgewirtschaftet. Wahrscheinlich habe ich nicht mehr lange zu leben. Aber ich habe den Wunsch, dir dein übles Verhalten heimzuzahlen. Ich sage dir, was ich tun werde, Walt. Ich schicke den Python-Revolver an die Mordkommission von Los Angeles und schreibe den Polypen, sie sollen den Mordfall Bill Fassy aus ihren Archiven graben. Sie werden leicht feststellen, daß Fassy mit Kugeln aus dem Python umgebracht wurde. Dann brauchen sie nur noch im zentralen Register nachzusehen, wer die Kanone 4566022 kaufte, und sie werden auf deinen Namen stoßen, Walt, denn den Python hattest du lange vor dem Mord legal erworben. Außerdem werde ich die Geldkassette an die Polizei in Lorsville senden. Bei dem Überfall hinterließen die Täter Fingerabdrücke. Das ist zwar lange her, aber die Fotos der Abdrücke befinden sich zweifellos bei den Akten. Ich werde der Polizei vorschlagen, sie mit den Prints von Mr. Walt Erskine zu vergleichen.«

Für einige Sekunden war nur das schwere Atmen des Sprechers zu hören. Dann sagte er: »Das ist alles, Walt! Fahr zur Hölle!«

Racoff schaltete den Recorder ab. »Es tut mir leid, Walt, aber Ken Douglas ließ sich den unfreundlichen Schluß nicht ausreden. Er ist fürchterlich wütend auf Sie, ja, er haßt Sie!« Er zuckte mit den Schultern. »Alle Versager hassen die Erfolgreichen.«

Erskine gelang es, seine Nerven unter Kontrolle zu bringen. »Okay, Racoff, ich vermute, Ihr Auftritt läuft auf eine Erpressung hinaus. Sie wissen, wo Douglas sich aufhält?«

»Selbstverständlich. Ich darf sagen, ich habe ihn in den letzten Monaten unterstützt und eine gewisse Summe in ihn investiert.«

»Besitzt Douglas den Revolver und die Kassette tatsächlich?«

»Nein, Mr. Erskine. Ich besitze sie.« Seine wasserblauen Augen hielten Erskines Blick stand. »Wahrscheinlich denken Sie jetzt über Mord nach«, sagte er. »Natürlich habe ich vorgesorgt. Wenn ich das Diamond Hotel nicht lebend verlasse, wird alles geschehen, was Douglas Ihnen angedroht hat.«

Erskines Gesicht zeigte keine Bewegung.

»Nehmen wir an, ich gehe auf ein Geschäft mit Ihnen ein. Was werden Sie mir liefern?«

»Den Revolver und die Kassette. Und ich werde Ihnen sagen, wo Sie Ken Douglas finden. Den Hals dürfen Sie ihm eigenhändig umdrehen.«

»Wieviel?« fragte Erskine.

»Die Diamond Company«, antwortete Racoff nebenhin und verstaute gleichzeitig den Recorder.

Ganz langsam, als müsse er einen Krampf überwinden, ballte Erskine die Hände zu Fäusten. »Ich habe nicht verstanden«, sagte er mit veränderter Stimme.

»Ich will Ihren ganzen verdammten Laden.« Auch Racoffs Stimme klang anders, laut, herrisch, brutal. »Ich will das Hotel, deine Konten, deine Aktien und vor allen Dingen dein Spielcasino.« Schwerfällig stand er auf. »Und ich lasse nicht mit mir handeln.«

Erskines Gesicht explodierte zu einer Fratze der Wut. Er stürzte sich auf Racoff. »Du erbärmlicher Bastard!« heulte er. »Ich werde dich umbringen! Ich werde ...!«

Er schmetterte Racoff die Fäuste ins Gesicht, trat nach ihm und schlug ihn in den feisten Bauch.

Racoff wehrte sich nicht.

Er schlug nicht zurück. Er versuchte, seinen Kopf mit der hochgehaltenen Aktentasche zu schützen, jammerte auf, als Erskine ihn in den Bauch traf, und flüchtete zur Tür.

Erskine holte ihn ein, entriß ihm die Tasche, schleuderte sie in den Raum und stürzte sich noch einmal auf Racoff. Ein Fausthieb warf Racoff gegen die Wand. Er rutschte daran herunter und rollte sich über den Boden.

»Hör auf, mich zu schlagen!« schrie er. »Oder du gehst noch heute nacht hoch!«

Mark Hale kam in den Raum gestürzt. Er sah, wie Erskine den dicken Burschen mit Fußtritten bearbeitete. Vorsichtig drängte er seinen Chef weg. »Überlaß ihn mir, Walt!«

Er las den Wunsch nach Mord in Erskines Gesicht. »Vorsicht, Walt!« sagte er beschwörend.

Erskine erschlaffte. Seine Fäuste öffneten sich. Er ließ die Arme sinken. Mit einem Ruck wandte er sich ab, stürzte zum Schreibtisch und stützte die Hände auf. Unter heftigen Atemzügen hoben und senkten sich seine Schultern.

Hale bückte sich, packte Racoff an den Jackenaufschlägen und zerrte ihn hoch. Racoff stöhnte und wimmerte. Er blutete aus einer Platzwunde am Kinn und preßte beide Hände auf seinen Bauch.

»Noch einmal laß ich mich nicht so behandeln!« keuchte er.

Hale stieß ihn gegen die Wand und hielt ihn mit einer Hand fest. »Was soll ich mit ihm machen, Walt?«

Ohne sich umzudrehen, antwortete Erskine: »Laß ihn gehen!«

»Wirklich?«

»Ja, laß ihn gehen!«

»Also raus mit dir!«

Er stieß Racoff zur Tür.

»Meine Aktentasche!« verlangte Racoff.

Hale sah sich nach der Aktentasche um.

»Gib sie ihm!« Noch immer drehte sich Erskine nicht um. Hale hob die Aktentasche vom Boden auf und drückte sie Racoff unter den Arm.

»Raus, verdammt!«

Über Hales Kopf hinweg rief Racoff: »Achtundvierzig Stunden Bedenkzeit!«

»Willst du eine Zigarette?« fragte Dinah Ross, und ohne Trevors Antwort abzuwarten, richtete sie sich auf und nahm Feuerzeug und Zigarettenschachtel vom Nachttisch. Das gelöste Haar fiel auf ihre nackten Schultern. Die dünne Decke glitt ab und gab ihren schönen Körper frei.

Sie rauchte zwei Zigaretten an und wandte sich Larry Trevor zu.

»Hier!« sagte sie.

Trevor, beide Arme hinter dem Kopf verschränkt, machte keine Bewegung. »Faul wie die Sünde!« Sie klemmte ihm die Zigarette zwischen die Lippen. »Wenigstens rauchen mußt du selbst.« Dann beugte sie sich über ihn, nahm die Zigarette wieder an sich und flüsterte: »Nein, auch das kann ich für dich tun.«

Sie sog den Rauch ein, preßte ihre Lippen auf seinen Mund und gab den Zigarettenrauch an ihn weiter. Trevor ließ es geschehen.

»Larry, es gibt nichts, was ich für dich nicht tun würde«, sagte sie eindringlich.

Er zog die linke Hand unter dem Kopf hervor, nahm die Zigarette und führte sie selbst zwischen seine Lippen.

Dinah drängte sich an ihn, legte den Kopf auf seine

nackte Brust. »Ich will immer bei dir bleiben, Larry, niemals zurück zu diesem Monster Basyl.«

»Er ist mein Freund«, sagte Trevor nachlässig. »Er hat viele gute Eigenschaften, und er ist schlau.«

»Trotzdem schläfst du mit mir?«

Der Mann lächelte dünn. »Du hast dir solche Mühe gegeben. Ich wollte dich nicht enttäuschen.«

Sie streichelte ihn sanft und zärtlich. »Larry, welche Arbeit machst du für Basyl?«

Sie spürte, wie sich sein Körper in heimlicher Abwehr straffte. »Kümmere dich nicht darum!«

Sie war nahe daran, ihn zu fragen, ob er für Racoff Morde begangen hatte. Ihr Instinkt warnte sie. »Weißt du, daß Basyl sehr reich ist?« fragte sie statt dessen. »Gibt er dir genug Geld?«

»Mir genügt es.«

»Warum machst du dann eine Arbeit, die schlecht bezahlt wird? Nein, Larry, dein Freund Basyl ist ein Egoist. Er behält alles für sich. Dich speist er mit ein paar Dollars ab, mich mit einem neuen Pelzmantel oder ein bißchen Schmuck.«

»Hör schon auf!« sagte Trevor. Seine Stimme ließ nicht erraten, ob er zornig oder gleichgültig war.

Sie bedeckte seine Brust mit vielen Küssen. Ihr Haar fiel auf sein Gesicht.

»He, paß auf! Ich seng' dich an«, sagte er und streckte den Arm aus, um die Zigarette weiter weg zu halten.

»Ich brenne schon, Larry«, flüsterte sie.

Sie wollte, daß er sie noch einmal umarme. Er ließ sich ihre Küsse, die sanfte und doch fordernde Berührung ihrer Hände gefallen. Er griff in ihr Haar und strich es zur Seite, aber er tat es nur, um rauchen zu können. Dann drückte er den Zigarettenrest im Aschenbecher aus.

»Ich muß gehen«, erklärte er ruhig, schob Dinah leicht zurück und stand auf.

Enttäuscht ließ sie sich in die Kissen fallen, erfüllt vom bitteren Gefühl der Niederlage.

Trevor streifte einen Bademantel über.

»Du kannst noch bleiben«, sagte Dinah, und unterdrückter Zorn schwang in ihrer Stimme mit. »Basyl kommt noch nicht.«

Sie schaltete das Licht ein. »Und wenn er käme und uns überraschte, wäre es mir gleichgültig, Larry!« rief sie. »Ich liebe ihn nicht. Dich liebe ich, Larry. Ich werde es ihm sagen.«

»Sei vorsichtig! Bring dich nicht in Schwierigkeiten!« antwortete Trevor in der gleichgültig-unbeteiligten Art, die ihn nie zu verlassen schien.

Er ging ins Badezimmer. Als er zurückkam, war er angezogen.

Dinah Ross hatte einen Morgenrock übergeworfen.

Sie legte die Arme um Trevors Nacken, küßte seine Wangen und suchte seinen Blick. »Wann sehen wir uns wieder, Larry? Allein!«

»Ich werde anrufen.«

»Ich könnte zu dir kommen.«

»Ich werde anrufen«, wiederholte er.

Das Haus, das Basyl Racoff in Las Vegas gekauft hatte, lag am Ende des Strips. Die Leuchtreklamen der großen Spielcasinos flackerten eine Meile nordwärts wie Wetterleuchten.

Der leichte Westwind trug das Röhren der Jets vom nahen Flughafen herüber.

Trevor stieg in seinen Wagen, einen roten Ford Pinto.

Er fuhr nach Süden. Nach ungefähr zehn Meilen bog er nach Osten ab.

Die Straße führte tiefer in die Wüste hinein, ein schmaler Betonstreifen, den die Scheinwerfer des Pintos aus der Dunkelheit der Wüste schnitten.

Trevor fuhr zunächst schnell. Er beobachtete den Kilometerzähler. Nach genau 17 Meilen verlangsamte er die Geschwindigkeit, um die Abzweigung nicht zu verpassen.

Die Abzweigung bestand aus einer Schotterstraße, die in Windungen zwischen bizarren Geländeformationen zu einem Plateau führte.

Die Scheinwerfer erfaßten drei Holzbauten, eine niedrige Steinumwallung und ein verrottetes Stahlgerüst. Eine Bresche in der Steinumwallung diente als Einfahrt.

Larry Trevor parkte den Pinto am Fuß des Stahlgerüsts. Er stieg aus und schwang sich auf die Brüstung der Steinumwallung.

Von hier aus war Las Vegas' Lichtermeer nur als schwefliger Schimmer am Horizont zu sehen. Konturenlos erstreckte sich die Wüste wie ein erstarrtes Meer.

Eine Viertelstunde später sah Trevor die Lichter eines Wagens.

Er sprang von der Mauer und zündete eine Zigarette an. Noch bevor er sie aufgeraucht hatte, rollte Racoffs Rolls-Royce in den Hof.

»Hallo, Larry!« rief Racoff halblaut. Er ließ die Lampen des Rolls eingeschaltet, wälzte sich aus dem Wagen und kam nach vorn. Eine Hand hielt er auf den Magen gepreßt. Er hatte Schmerzen und verzog das Gesicht.

»Bist du geschlagen worden?« fragte Trevor.

»Er bekam einen Wutanfall!« Racoff zwang sich ein Grinsen ab. »Geschäftsrisiko! Als ich seinen ganzen

Laden verlangte, verlor er die Nerven und ging auf mich los.«

»Warum hat er dich nicht umgebracht?«

»Weil er begriff, daß mein Tod für ihn keine Lösung gewesen wäre. Jetzt sucht er nach einem anderen Ausweg. Er glaubt, er hätte achtundvierzig Stunden Zeit.«

»Warum glaubt er das?«

»Weil ich ihm eine Bedenkfrist gegeben habe ...«

»... die du nicht einhalten wirst?«

»Natürlich nicht.« Racoff lehnte sich gegen die Motorhaube des Rolls. »Larry, es genügt nicht, einem Mann zu drohen, man würde gewisses Beweismaterial aus seiner Vergangenheit der Polizei übergeben, wenn man als Gegenleistung seinen ganzen Besitz verlangt. Denn er wird sehr schnell begreifen, daß man in diesem Fall selbst leer ausgehen würde. Man muß ihm zusätzliche Daumenschrauben anlegen.«

Er legte Trevor die Hand auf die Schulter. »Erskine hat einen Sohn.«

»Soll ich ...?« fragte Trevor.

»Oh, nein, Walt Erskine soll seinen Sohn nicht betrauern, sondern er soll sich Sorgen um ihn machen.«

Er kam dicht an Trevor heran, wie es seine Art war. »Aber es wäre gut, wenn Erskine bald einen Toten zu beklagen hätte.«

Für einige Sekunden hing Schweigen zwischen den beiden Männern. Dann nannte Basyl Racoff einen Namen.

»Okay«, antwortete Trevor. Seine Stimme blieb gelassen und gleichmütig wie immer.

»Kannst du ihn innerhalb von 24 Stunden schaffen?«

»Natürlich!«

»Ohne dich würde ich meine Pläne nicht durchführen

können, Larry. Wir sind das beste Team auf diesem Kontinent.«

Trevor versuchte, sich Racoff zu entziehen. Es gelang ihm nicht. Racoff legte den Arm um seine Schulter und brachte ihn zum Pinto.

»Ruf mich an!« sagte er. Schnüffelnd sog er die Luft ein.

»Bist du Dinah zu nahe gekommen?«

Trevor straffte sich. »Was meinst du?«

»Du riechst nach ihrem Parfum.«

Der andere lachte. »Mag sein! Wann immer ich ihr begegne, küßt sie mich auf die Wangen. Gewöhn's ihr ab!«

Phil saß an einem kleinen runden Tisch auf der Terrasse der Mexikaner-Bar. Ein Vordach spendete Schatten. Die schmale Straße zwischen den weiß getünchten Häusern lag im unbarmherzig grellen Licht der Mittagssonne.

Ich setzte mich an den Nebentisch. Die Tische standen so dicht beieinander, daß man leicht sprechen konnte.

»In der Nacht war Racoff bei Walt Erskine«, sagte ich. »Er blieb vierzig Minuten. Als er zurückkam, blutete er aus einer Platzwunde am Kinn, und sein Anzug war noch schmutziger als vorher.«

»Denkst du, er wurde zusammengeschlagen?«

»Zweifellos!«

»Warum?«

»Wann geht ein Mann auf einen Besucher mit den Fäusten los?«

»Wenn der Besucher sich unverschämt beträgt.«

»Oder wenn er zuviel verlangt!«

»Was kann Racoff von Walt Erskine verlangt haben?«

»Das Diamond-Casino, zum Beispiel.«

»Dann wundere ich mich, daß er noch lebt.«

»Basyl Racoff hat ein halbes Dutzend Transaktionen überlebt, mit denen er andere um ihren Besitz brachte.«

»Das Diamond ist ein großer Brocken.«

Durch den Vorhang aus Glasperlenschnüren zwischen Terrasse und Bar kam eine junge Mexikanerin und fragte nach meinen Wünschen. Ich bestellte Kaffee.

»Hast du dich nach Dave Forrest umgesehen?«

Phil nickte. »Ich kann ihn dir zeigen. Wenn wir lange genug hier sitzen bleiben, werden er und seine Freunde aus dem Haus am Ende dieser Gasse kommen. Sie haben es vor einem Monat gemietet.«

»Wie viele Freunde?«

»Drei Typen aus Los Angeles. Claudio Grande, Bud Shoon und Less Mancy.«

»Hört sich an, als zitiertest du eine Fahndungsliste.«

»Im Augenblick werden Forrest und seine Freunde nicht gesucht, obwohl jeder Name eine mehr oder weniger dicke Akte im Archiv der Californian State Police ziert. Claudio Grande arbeitete für einige Bosse, bevor er sich als Zuhälter selbständig machte. Bud Shoon begann mit Autodiebstählen, steigerte sich zu Tankstellenüberfällen und stand zweimal wegen Körperverletzung mit Todesfolge vor Gericht. Less Mancy arbeitete für die berüchtigte Santa-Monica-Gang und wurde dreimal im Zusammenhang mit Raubüberfällen auf Wochenendhäuser verhaftet.«

»Und Dave Forrest?«

»Kommt wie Claudio Grande aus dem Zuhältermilieu, stand wegen eines Messermordes vor Gericht und wurde freigesprochen, weil sein Anwalt einige Geschworene überzeugen konnte, an Notwehr zu glauben.«

Ich dachte an meine zerschlitzte Anzugsjacke.

»Am Überfall im Diamond-Park waren fünf Männer beteiligt.«

Phil machte eine Geste wie jemand, der mehr nicht bieten kann.

»Im Haus wohnen nur vier schräge Vögel.«

»Arbeitet Forrest als Schlepper für notleidende Spielcasinos?«

»Das halte ich für wenig wahrscheinlich. Er und seine Freunde gehören zum Typ des Gewalttäters, der nicht Kleingeld sammelt, sondern bei einem Coup groß absahnen will. Sie haben nur noch nicht die richtige Gelegenheit gefunden. Vielleicht haben sie die Wechselkasse eines großen Casinos im Auge.«

Die Mexikanerin brachte den Kaffee.

»Mir noch eine Tasse!« bat Phil.

Gedankenverloren sah er ihr nach. Sie hatte eine hübsche Figur und einen Gang, bei dessen Anblick ein Mann leicht die ernsten Geschäfte vergaß.

»Mexikanerinnen muß man zuerst heiraten«, sagte ich lächelnd.

»Wer denkt an so etwas?« antwortete Phil scheinheilig und wechselte das Thema. »Was macht das Spiel?«

»Gestern nacht lief es schlecht. Ich schulde Miss Leeuwerey über fünftausend Dollar.«

»Darüber brauchst du dir keine Sorgen zu machen. Deine zwanzigtausend Bucks Grundausrüstung sind als Totalverlust einkalkuliert.«

»Mag sein, aber ich habe den Ehrgeiz, Miss Leeuwerey zu überraschen und ihrer schlechte Meinung über FBI-Agenten einen schweren Schlag zu versetzen.«

Phil machte eine kaum merkliche Bewegung mit dem Kopf. »Sie kommen.«

Die Tür des schmalbrüstigen Hauses am Ende der Gasse war von innen geöffnet worden. Als erster verließ Dave Forrest das Haus. Ich erkannte ihn nach Lilly Levins Beschreibung. Er sah ziemlich gut aus, ein schlanker, ungefähr 35jähriger Sportstyp, leichtgewelltes, schwarzes Haar, sonnengebräunte Haut, helle Augen. Die Narbe zwischen Mundwinkel und Kinn zeichnete sich deutlich ab.

Der Mann, der Forrest folgte, sah aus wie dessen schlecht gelungene Imitation. Auch schwarzhaarig und mit bräunlicher Haut, war er andererseits einen halben Kopf kleiner, dazu mit übertriebener Eleganz angezogen. Zum dunklen Hemd trug er eine gelb-rote Krawatte. Der cremefarbige Anzug aus Rohseide war mit übergroßen Metallknöpfen besetzt. Die Jacke spannte über dem Bauch, obwohl der Mann nicht älter war als Dave Forrest.

»Claudio Grande«, sagte Phil. »Der Blonde, der jetzt kommt, ist Bud Shoon, und Less Mancy erkennst du an der gebrochenen Nase.«

Shoon und Mancy waren kompakte Athleten, bekleidet nur mit Jeans und bunten T-Shirts, unter deren Stoff sich die Brustmuskulatur abzeichnete. Shoon trug das fahlblonde Haar kurzgeschnitten im Army-Stil.

Mancy hatte sich mit einer Löckchen-Frisur verschönen lassen, die zum breiten Gesicht mit der gebrochenen Nase so wenig paßte wie eine Glatze zu einem Schnulzensänger.

Forrest schloß die Tür des Hauses sorgfältig ab. Die Männer lehnten sich gegen die Mauer und warteten.

Wenig später schob sich ein Ford Bronco, ein hochachsiger Geländewagen, durch die schmale Gasse. Solche Schlitten sind in Mode.

Die Playboys in New York klettern hinter das riesige

Steuerrad der hartgefederten Allrad-Fahrzeuge, als wollten sie hinter dem nächsten Häuserblock Löwen jagen. An manchen Stränden werden Rennen damit ausgefahren, und in Nevada wagen sich Verrückte oder Angeber gelegentlich auf einem Bronco, einem Dodge Ramcharger oder einem Range Rover abseits von den Highways ein paar Meilen in die Wüste.

Forrest und seine Freunde umringten den Wagen. Forrest sprach mit dem Mann am Steuer, der sich aus dem Fenster beugte.

Er war grauhaarig, ungefähr zehn Jahre älter als die anderen, mit einem gedunsenen Gesicht und braunen, vorquellenden Augen. Als er Forrest begrüßte, hob er die linke Hand.

Ich konnte erkennen, daß der kleine und der Ringfinger fehlten.

Die Männer wechselten wenig Worte. Dann stiegen alle in den Geländewagen. Forrest und Shoon schwangen sich auf die Beifahrersitze.

Der Grauhaarige am Steuer setzte das Fahrzeug ein paar Yards zurück, wechselte den Gang und bog in eine Quergasse.

Phil schrieb Buchstaben und Zahlen auf die Tischplatte. »Das Kennzeichen«, sagte er.

Die Mexikanerin brachte den zweiten Kaffee. Phil gab ihr zwei Dollar, leerte die Tasse und stand auf. »Ich werde mich um den Mann kümmern.«

Am Abend, als ich mir eine Krawatte umband, rief Phil an: »Der Bronco-Fahrer heißt Shannon Rust. Er verbüßte sechs Jahre wegen eines Bankraubs, aber das gehört zu seiner Jugendzeit. Seitdem wurde er nie wieder gefaßt. Trotzdem arbeitet er noch immer auf der anderen Seite des Gesetzes. Es existieren Hinweise, daß er vor Übernahme und Ausführung von Mordaufträgen nicht zurückschreckt.«

»Er hat Ähnlichkeit mit dem Phantombild.«

»Nein«, sagte Phil. »Das nicht!«

Vor mir standen 500 Dollar auf Rot!

Um den Roulettisch drängten sich drei Dutzend Menschen, die bei jedem Durchgang den Tisch mit Spielmarken bepflasterten, als hinge ihre Seligkeit davon ab. Am wildesten gebärdete sich eine Crew von alten Ladys. Sie drängelten, arbeiteten mit den knochigen Ellbogen, traten tückisch gegen Schienbeine und beschwerten sich gleichzeitig über die Rücksichtslosigkeit der anderen.

»Nichts geht mehr!« tönte der Croupier und warf die Kugel in den kreisenden Kessel.

Von einer Sekunde auf die andere wurde es grabesstill, allerdings nur an diesem Tisch, wo der Augenblick der Wahrheit nahte.

An allen anderen wurde weiter gekämpft, gestritten, hysterisch gelacht, und das Scheppern und Klingeln der Slotmaschinen hörte ohnedies niemals auf.

»17!« rief der Croupier.

Die Kugel lag in einem schwarzen Fach. Die Croupiers am Tischende begannen eifrig zu harken.

Als ersten zog er meinen lilafarbenen 500er-Chip zu sich heran.

Ich blickte von den flinken Händen hoch ins Gesicht des Mannes. Es sah harmlos aus, aber ich fand die kalte Gleichgültigkeit, mit der er meinen Fünfhunderter an sich raffte, wiederwärtig und hundsgemein. Ich wechselte den Tisch.

Im Laufe der nächsten Stunde hatte ich mal Glück und

mal Pech. Alles in allem änderte sich mein Kassenbestand nicht.

Die Zeit zwischen acht Uhr abends und zwei Uhr morgens ist die hektischste Periode in den Spielsälen. In manchen Nächten wandern viele hunderttausend Dollar über die Tische und in die Schlünde der Spielmaschinen.

Kurz vor Mitternacht entdeckte ich Basyl Racoff an einem Bakkarattisch.

Bakkarat wurde in kleinen Gruppen an grünbezogenen Tischen gespielt.

Eine Abgrenzung von roten Kordeln hielt Neugierige fern. Wenn man einen Platz wünschte, mußte man einen Diamond-Polizisten, der den Zugang bewachte, bitten, die Kordel auszuhaken, aber er gab den Zugang nur frei, wenn man ihm 1000 Dollar in Noten oder Chips vorzeigte.

Beim Bakkarat überwacht der Croupier das Spiel, mischt die Karten und verkündet das Ergebnis. Ein Spieler übernimmt die Bank, gibt sie ab, wenn er meint, genug gewonnen zu haben, und muß die Bank abgeben, wenn er verliert.

Als ich mich an den Tisch setzte, hielt eine ältliche Lady die Bank. Sie sah aus wie die Urmutter aller Geier, spielte mit harter Hand und gebleckten Zähnen und rupfte ihre Mitspieler, daß die Geldscheine nur so flatterten. Mir nahm sie im ersten Durchgang 300 Dollar ab, indem sie meinen guten Siebener mit einem Neuner zerschmetterte. Basyl Racoff wurde von ihr geschlachtet, als er, drei Durchgänge später, 3000 Dollar ins Spiel brachte. Unmittelbar danach gab sie die Bank ab und flog mit schwerem Flügelschlag an die Bar, um ihre Beute zu verdauen.

Das Spiel wurde neu geordnet. Zwei Spieler verloren

hintereinander als Bankhalter einige Scheine. Auf diese Weise gelangte die Bank an Racoff.

Ich saß ihm schräg gegenüber. Heute nacht trug er einen blauen Smoking, der so zerdrückt war, als hätte er mehrere Nächte darin geschlafen. Das Hemd schien dasselbe zu sein, das er zu seinem Leinenanzug getragen hatte. Er war schlecht rasiert. Sein widerspenstiges Haar hatte er mit billiger Brillantine gebändigt, deren primitiver Duft wie eine Wolke über dem Tisch lagerte.

Die Blicke seiner kleinen Augen tasteten wieder und wieder die Gesichter seiner Mitspieler ab. Er hantierte schnell und geschickt mit den Karten, machte seine Ansagen präzise, schien aber am Spiel nicht sonderlich interessiert zu sein.

Mit 700 Dollar verlor er gegen meinen Siebener. Er zuckte mit den runden Schultern, grinste kurz und flüchtig und übergab die Kartenbox dem Croupier.

In dieser Sekunde zerhämmerten drei harte Schläge die Geräusche des Spielbetriebes. Drei Schüsse aus einer großkalibrigen Waffe.

Den Schüssen folgten Sekunden tödlicher Stille. Dann schrie eine Frau, gellend und anhaltend.

Panik brandete auf.

Die Menschen verließen die Spieltische. Sie rannten zu den Ausgängen. Diamond-Polizisten zogen die Revolver. Croupiers scharrten hastig die kostbaren Chips in Stahlkassetten.

Die Spieler an meinem Bakkarattisch reagierten wie alle anderen, sprangen auf und griffen nach ihrem Geld. Mit einer Ausnahme! Basyl Racoff blieb auf seinem Platz und sah gelassen von einem zum anderen, als erwarte er die Fortsetzung des Spiels.

Ich stieß meinen Stuhl zurück und übersprang die

Absperrung. Der Wächter hielt sein Walkie-talkie vor den Mund und rief nach Anweisungen.

Die Frau schrie noch immer.

Ich versuchte, sie zu finden. Ich kämpfte mich gegen den Strom rufender, um sich schlagender Menschen zu dem Teil des Saales, in dem die Spielautomaten aufgestellt waren, denn das Schreien schien aus dieser Richtung zu kommen.

Eine Lautsprecherstimme begann, den allgemeinen Lärm zu überdröhnen: »Ladys und Gentlemen, bitte, bewahren Sie Ruhe! Es besteht nicht die geringste Gefahr. Bleiben Sie auf Ihren Plätzen! Unsere Croupiers werden das Spiel sofort wieder aufnehmen! Ich wiederhole: Keine Gefahr! Keine Gefahr!«

Die Slotmaschinen waren in Doppelreihen aufgestellt, zwischen je zwei Reihen ein Gang, gerade breit genug für zwei Spieler. Regelrechte Straßen, gebaut aus Spielautomaten, durchzogen diesen Bereich des Spielsaals. Straßen mit Kreuzungen und Querverbindungen, so daß man von den 25-Cent-Maschinen zu den Ein-Dollar-Automaten wechseln konnte.

Ich entdeckte die schreiende Frau am dritten oder vierten Automaten einer solchen Straße. Sie lag auf den Knien, umklammerte den Ständer der Automaten und schrie wie eine Wahnsinnige. Ganz offensichtlich hatte sie einen Schock oder einen hysterischen Anfall erlitten. Vor ihr bedeckten verstreute Münzen den Boden.

Ich faßte die Frau an den Oberarmen und zog sie hoch.

Sie schrie mir ins Gesicht. Worte konnte sie in ihrem Zustand nicht artikulieren.

»Was ist los?« brüllte ich sie an. Ich wußte, daß ich sie rauh behandeln mußte, wenn ich eine Reaktion erzielen wollte.

Sie schaffte es, halbverständliche Laute über die Lippen zu bringen: »Da ... da ... Blut!«

Ich blickte über sie hinweg.

Einige Schritte tiefer im Automaten-Gang lag ein Mann, das Gesicht nach unten, einen Arm ausgestreckt, den anderen dicht am Körper, beide Beine leicht gegrätscht. Der Mann war mit einem Abendanzug bekleidet.

Zwei Diamond-Polizisten drängten in den schmalen Gang.

»Kümmern Sie sich um die Frau!« Ich drückte die Frau, die jetzt nicht mehr schrie, sondern von heftigem Schluchzen geschüttelt wurde, dem ersten Diamond-Mann in die Arme, ging zu der reglosen Gestalt und bückte mich tief, um das Gesicht zu sehen.

Viel war nicht zu erkennen.

Der Mann war aus nächster Nähe in den Kopf geschossen worden.

Der zweite Polizist folgte mir. »O Gott!« stöhnte er. »Das ist Mr. Hale.«

Ich richtete mich auf.

Hales Mörder hatte sein Opfer durch eine Lücke zwischen den Spielautomaten von der parallelen Straße aus erschossen. Wahrscheinlich hatte er sich vor einem Automaten aufgestellt, den Revolver dicht vor dem Körper im Anschlag. Alle, die ihn sahen, mußten ihn für einen Spieler gehalten haben.

Ich drängte mich an den Diamond-Wächtern vorbei. Noch immer ermahnte die Lautsprecherstimme die Besucher des Casinos zur Ruhe.

Die Panik legte sich. Neugierige begannen, einen Kreis zu bilden. Diamond-Angestellte versuchten, sie zurückzudrängen.

Ich ging in die Parallelgasse, vorbei an den Slotmaschinen.

Die Waffe lag am Ende der Automatenstraße, zusammen mit einem dunklen Lederhandschuh.

Ich hörte Schritte hinter mir. »Bleiben Sie stehen!« sagte eine Frauenstimme. »Umdrehen!«

Ich gehorchte und sah mich der farbigen Diamond-Polizistin gegenüber, die Lilly Levin so hart angefaßt hatte. Sie hielt einen kurzläufigen Colt in der Hand.

»Merkwürdig, daß man immer auf dieselben Leute aufmerksam wird«, sagte sie.

»Haben Sie mich den ganzen Abend beobachtet?«

»Ich sah Sie am Bakkarattisch, Sir.«

»Dann wissen Sie, daß ich dort saß, als die Schüsse fielen. Also stecken Sie Ihre Waffe ein!«

Sie dachte nicht daran. »Was tun Sie hier?«

Ich wies mit dem Daumen über die Schulter.

»Dort liegt die Waffe, mit der Hale erschossen wurde!«

»Woher wissen Sie das?«

»Weil ich sie gefunden habe. Sehen Sie selbst!«

Nebenan entstand Bewegung. Jemand sagte: »Hier liegt er, Sir.«

Ich hörte Schritte und sah in der Lücke zwischen den Automaten Walt Erskines Gesicht.

Er bückte sich, verharrte einige Sekunden und richtete sich wieder auf. »Ruf die Polizei, Meany!« Er drehte sich um. Sein Blick traf mich. »Sie, Cann?«

»Kommen Sie in diese Gasse, Mr. Erskine! Ungefähr an dem Platz, an dem mich Ihre scharfe Polizistin festgenagelt hat, muß der Mörder gestanden haben. Hier hat er die Waffe weggeworfen.«

Erskine kam, begleitet von Meany, dem Chef der Hauspolizei.

»Hast du ihn gestellt, Sally?« fragte er.

»Ja, Mr. Erskine!«

»He, sagen Sie ihm gefälligst, daß Sie mich am Spieltisch gesehen haben, als die Schüsse fielen!«

Erskine sah sie fragend an. »Das ist richtig, Sir«, antwortete sie.

Walt Erskine ging an mir vorbei. Ich folgte ihm. Er bückte sich und wollte die Waffe aufheben.

»Überlassen Sie das besser der Polizei!«

»In Ordnung, Jerry Cann!«

Zu meiner Überraschung legte er mir die Hand für einen Augenblick auf die Schulter, zog sie aber schnell zurück.

»Können sie sich vorstellen, daß zwischen dem Überfall auf Sie und dem Mord an Mark Hale Zusammenhänge bestehen?«

»Glauben Sie, der Gedanke macht mir Spaß, Mr. Erskine? Ich bin nach Las Vegas gekommen, um meine Dollars zu vermehren. Um keinen Preis will ich zwischen die Fronten in Ihrem Privatkrieg geraten.«

»Mark Hale war für mich ein wichtiger Mann. Fast unentbehrlich in besonderen und schwierigen Situationen. Es wird mir schwerfallen, schnellen und guten Ersatz für ihn zu finden.«

»Falls Ihre Worte eine Art Angebot sein sollen, Mr. Erskine, muß ich Ihnen sagen: Rechnen Sie nicht mit mir! Wegen der Art Ärger, die mich in Hales Job erwarten würde, habe ich New York verlassen. Las Vegas ist für mich ein Ferienort, verstehen Sie?«

»Ich verstehe«, sagte er langsam.

Der Chef seiner privaten Polizei, Meany, der Mann mit den beiden Silberstreifen auf dem Uniformhemd, kam und meldete:

»Die Leute vom Homicide Department sind unterwegs, Sir!«

Erskine nickte. Noch immer sah er mich an. »Danke für Ihre Hilfe, Jerry Cann! Ich glaube, Sie sollten jetzt gehen. Ich möchte Belästigungen durch die Polizei für die Gäste des Diamond so gering wie möglich halten. Falls Sie gebraucht werden, weiß ich, wo Sie zu finden sind.«

Er gab mir die Chance, den Polizisten aus dem Wege zu gehen, und ich nahm die Chance wahr.

»Nein, keiner der Forrest-Crew kommt als Mörder von Hale in Betracht«, sagte Phil. »Zur Tatzeit saßen sie alle in der Show des MGM-Casinos. Dort veranstaltet eine brasilianische Truppe jede Nacht Karneval in Rio, bei dem mehr Hüllen fallen als bei allen anderen Shows zusammen.«

»Wurde der Revolver ballistisch untersucht?«

»Eine andere Waffe und ein anderes Kaliber als bei dem Mord in New York.«

»Fingerabdrücke?«

»Keine! Der Handschuh, den er benutzte, lag neben der Waffe.« Wir saßen an der Theke eines schmalen Coffee Shops in der Altstadt. Zu dieser frühen Stunde waren wir die einzigen Gäste.

»Wer untersucht den Mord?«

»Detective Sergeant Bob Shriver, ein guter und verschwiegener Mann«, antwortete Phil. »Ich bin sicher, daß er nichts über mein Gespräch mit ihm weitererzählen wird, nicht einmal seinen Vorgesetzten.«

»Welche Aussagen machte Erskine?«

»Er sagte, er hätte nicht die leiseste Ahnung, aus welchem Grund Mark Hale erschossen worden sei.«

»Hat Sergeant Shriver eine Chance, den Mörder zu finden?«

Statt einer Antwort schnippte Phil mit den Fingern und sagte ziemlich rätselhaft: »Seine Leute fanden eine herrenlose Jacke.«

»Eine Jacke?«

Er nickte. »Grauer Stoff, einreihig geknöpft, leere Taschen. Sie lag ungefähr fünfzig Yards hinter dem Revolver zwischen zwei Spielautomaten.« Er klemmte sich den Strohhalm zwischen die Zähne und sog den halben Inhalt seines Orangendrinks hoch, bevor er sagte: »Natürlich kann irgendein Besucher die Jacke verloren haben, als die Panik ausbrach. Nicht einmal die leeren Taschen sprechen dagegen. In einem Spielcasino sind leere Taschen bei Spielern die Regel.« Er warf mir einen Seitenblick zu und lächelte. »Ich denke, du hast deine Erfahrung, aber das gilt nur für Geld. Auch ein ausgenommener Spieler besitzt seinen Führerschein und vielleicht noch eine angebrochene Packung Zigaretten. In den Taschen dieser Jacke war absolut nichts.«

»Laß uns nachdenken, Phil! Falls der Mörder die Jacke trug, als er Hale erschoß, warum warf er sie nach dem Mord weg?«

»Weil er nicht auffallen wollte.«

»Was war an der Jacke auffällig?«

»Nichts. Eine gewöhnliche, graue Anzugsjacke.«

»Dann war die Kleidung, die er unter der Jacke trug, auffällig. Zum Beispiel eine Art Uniformhemd.«

»Eine Diamond-Uniform?«

»Genau! Hales Mörder lauerte in einer Automatenstraße auf sein Opfer. Er stand vor einem Apparat wie ein Spieler. Wahrscheinlich warf er von Zeit zu Zeit Münzen in den Schlitz, um den Eindruck eines Besuchers zu machen. Den Angestellten des Casinos ist das Spielen verboten. Ein Spieler in Diamond-Uniform wäre sofort aufgefallen. Also tarnte er sich durch eine Jacke und gewann damit einen zweiten Vorteil, denn er brauchte sie nach dem Mord nur auszuziehen, um sich in einen Diamond-Angestellten zurückzuverwandeln.«

»In einen Mann aus Erskines Privatpolizei?«

»Alle tragen eine Art Uniform, nicht nur die bewaffneten Wächter. Auch die Croupiers haben einheitliche, hellblaue Hemden mit aufgestickten Namen des Casinos. Ebenso die Kassierer, die Leute hinter den Wechselschaltern, die Barkeeper. Selbst die Mädchen, die für das Casino arbeiten, sind an ihrer Kleidung als Angestellte der Company zu erkennen.«

»Du glaubst also, Erskines Feind hätte seine Leute in die Mannschaft der Diamond-Company eingeschleust?«

»Wahrscheinlich. Der Mörder kannte Hales Gewohnheiten.«

»Und wer ist Erskines Feind? Basyl Racoff oder die Mafia?«

»Ich weiß es nicht«, antwortete ich. »Als die Schüsse fielen, saß mir Basyl Racoff gegenüber, und ich hatte gerade siebenhundert Dollar von ihm gewonnen.«

Am Wochenende kam Frank Erskine von Los Angeles nach Las Vegas. Er brachte seine Freundin Gladys Andrew mit, ein schmales, braunäugiges Mädchen, das wie Frank an der Universität von Los Angeles Biologie studierte.

Knapp drei Meilen vor der Stadtgrenze erstreckt sich Moonshine Valley. Mit Hilfe künstlicher Bewässerung bietet sich das Tal als grüne Oase im Wüstengebirge dar.

Im Moonshine Valley haben sich die großen Bosse von Las Vegas ihre Villen gebaut. Weiße Gebäudekomplexe inmitten tropischer Gärten mit blauschimmernden Swimming-pools und sonnengeschützten Tennisplätzen.

Die Erskine-Villa trug den gleichen Namen wie alles, was Erskine gebaut hatte: Diamond House.

Seit seine Frau ihn vor acht Jahren verlassen hatte, hielt sich Walt Erskine nur noch selten in der Villa auf. Zwei- oder dreimal im Jahr benutzte er sie, um große Partys für Geschäftsfreunde und Politiker zu geben. Im übrigen zog er die Wohnung im 20. Stock des Hotels vor. Ein farbiger Diener und seine Frau bewachten die Villa und hielten die Räume in Ordnung.

Mehr Personal wurde im Moonshine Valley nicht benötigt. Wenn Erskine eine Party gab, schickte er Angestellte der Company, die die Buffets aufbauten, die Drinks mixten und die Gäste bedienten.

Frank Erskine war daher überrascht, als er seinem Vater auf der Terrasse der Villa begegnete. Die Beziehungen zwischen Vater und Sohn litten noch immer unter dem Bruch der Ehe, an dem Frank seinem Vater die Schuld gab, obwohl es Betty Erskine gewesen war, die es eines Tages satt gehabt hatte, ihren Mann nur an einigen Dutzend von 365 Tagen des Jahres zu sehen. Nach der Scheidung hatte Frank vier Jahre in einem Internat verbracht. Gegen den Wunsch des Vaters war er dann zur Universität gegangen, statt als Juniorchef ein Büro im Verwaltungstrakt der Diamond Company zu beziehen. Ihn interessierten weder das Glücksspiel noch der Hotelbetrieb oder die Shows.

Äußerlich bestand zwischen Vater und Sohn Ähnlichkeit. Sie waren gleich groß. Frank hatte das dichte Haar des Vaters geerbt. Wie Erskine bewegte er sich schnell und geschmeidig. Als Tennisspieler galt er viel im Team der Universität.

Walt Erskine hatte Gefühle für seinen Sohn erst spät in sich entdeckt. Jetzt, da Frank 22 Jahre alt war, hoffte Erskine, ihn eines Tages doch noch als Erben in die Company holen zu können. Er stellte ihm viel Geld zur Verfügung, schenkte Autos, kaufte ein Boot, das in Santa Monica lag, und ermöglichte ihm Reisen.

Frank wies nichts zurück. Er bedankte sich für jede Zuwendung. Aber die Schecks, die er ausstellte, lauteten über bescheidene Summen. Er benutzte das Auto, aber kaum jemals das Boot. Wenn er seinem Vater bei Weekendbesuchen in Las Vegas begegnete, blieb trotz aller Bemühungen Erskines eine unsichtbare Barriere zwischen ihnen bestehen.

Erskine umarmte seinen Sohn. »Schön, daß du gekommen bist, Frank! Warum hast du nicht angerufen?«

»Ich rief gestern an, Dad. Irgendwer in deinem Büro sagte, du wärst nicht erreichbar.«

»Ja, es gab eine Menge Ärger. Stell mich der jungen Dame vor, Frank!«

»Gladys Andrew, Dad. Wir arbeiten im selben Laboratorium bei Professor Drewman.«

»Guten Tag, Mr. Erskine!«

»Willkommen, Miss! Darf ich Sie Gladys nennen?«

»Selbstverständlich.«

Erskine fand die Freundin seines Sohnes nicht gerade aufregend. Sie machte auf ihn den Eindruck eines Teenagers. »Lassen Sie sich von Amy Ihr Zimmer zeigen, Gladys! Ich muß mit Frank über eine geschäftliche Angelegenheit sprechen.«

Während Amy, die Frau des farbigen Dieners, das junge Mädchen in ein Gästezimmer führte, nahm Erskine den Arm seines Sohnes und ging mit Frank in den Arbeitsraum.

»Mark Hale wurde vor zwei Tagen erschossen«, sagte er unvermittelt. »Weißt du, was dieser Mord bedeutet?«

»Nein«, antwortete Frank unsicher. Die Atmosphäre der Gewalt, die das Unternehmen seines Vaters umgab, hatte ihn immer erschreckt.

»Sie wollen mir das Casino abjagen.«

»Die Mafia?«

»Nein, dieses Mal ist es nicht die Mafia, sondern ...«

Er sah seinen Sohn an und brach mitten im Satz ab. Nein, es hatte keinen Sinn, Frank einzuweihen. Welche Hilfe sollte er von ihm erwarten? Und niemals würde Frank Verständnis für die Dinge aufbringen, die er, Walt Erskine, vor vielen Jahren getan hatte.

»Reden wir nicht davon«, sagte er. »Laß dir von meinen Sorgen nicht das Wochenende verderben! Ich werde mit der Sache fertig. Wie lange wirst du bleiben?«

»Bis Dienstag!«

»Vielleicht finde ich Gelegenheit, noch einmal ins Valley zu kommen. Wir könnten zusammen essen oder, noch besser, falls du und das Mädchen euch langweilt, seht euch die Show im Diamond an! Sie ist wirklich erstklassig, und ich verlange von euch keinen Eintritt.«

»Danke, Dad! Ich werde es Gladys sagen.«

Erskine biß sich auf die Unterlippe. In dieser Sekunde wünschte er sich einen Sohn anderer Art, einen entschlossenen, habgierigen jungen Mann, der bereit gewesen wäre, um ein Millionenerbe zu kämpfen, und zwar mit allen Mitteln. Einen Mann, fähig, Taten neu zu begehen, die er, Walt Erskine, begangen hatte, mit denen er den Grundstock zu seinem Vermögen gelegt hatte.

»Ich muß zurück nach Las Vegas«, sagte er.

Frank begleitete seinen Vater zum Wagen. Unbewußt atmete er erleichtert auf, als der Wagen am Ende der Zufahrt zum Diamond House zwischen den Palmen verschwand.

Er schwamm mit Gladys im Pool.

Gegen Abend, als es kühler geworden war, spielten sie eine Stunde lang Tennis. Sie aßen auf der Terrasse. Loogan, der farbige Hausdiener, der vor Jahren als Barkeeper gearbeitet hatte, schob den Barwagen zu den Liegestühlen.

»Darf ich Ihnen einen Cocktail mixen, Mr. Frank?«

»Hast du ein neues Rezept?«

»Ein sehr altes Rezept, aber vorzüglich. Es paßt zu dieser Nacht, denn der Cocktail trägt den Namen Sternenhimmel.«

»Einverstanden, Loogan! Zaubere uns den Sternenhimmel in ein Cocktailglas!«

»Hoffentlich ist es kein Drink, bei dem wir nach einem halben Glas doppelt so viele Sterne sehen, wie am Himmel stehen«, warf Gladys Andrew ein.

»Seien Sie unbesorgt, Miss! Es ist ein sehr milder Cocktail.«

Sie tranken zwei Sternenhimmel, und als Loogan die Terrasse verlassen hatte, küßten sie sich.

Kurz vor Mitternacht gingen sie ins Haus.

Frank fiel ein, daß er vergessen hatte, einen Platz für den geplanten Flug zum Canyon reservieren zu lassen. Er versuchte anzurufen. Die Leitung war tot.

»Vielleicht hat Loogan den Apparat umgestellt«, sagte er. »Ich werde es morgen früh versuchen.«

Er hörte einen dumpfen, halberstickten Schrei und fuhr herum. Der Anblick traf ihn wie ein Faustschlag. Sein Herz begann zu rasen.

Gladys wand sich in den Armen eines maskierten Mannes, der eine Hand auf ihren Mund gepreßt hielt.

Sie drängten durch die offene Terrassentür. Zwei Männer mit Strumpfmasken über den Köpfen stürzten sich auf Frank. Der junge Erskine schlug um sich und erhielt einen Fausthieb. Er brach in die Knie.

»Kümmert euch um den Neger und seine Frau!« befahl ein Mann, dessen Stimme heiser war und der einen Sprachfehler hatte. Er lispelte leicht.

Frank wurden die Arme auf den Rücken gedreht, die Gelenke gebunden. Sie zogen einen Sack aus schwarzem Tuch über seinen Kopf und warfen ihm eine Schlinge über, die sie so fest anzogen, daß er den Sack nicht abschütteln konnte. Er schnappte nach Luft.

»Bringt ihn nicht um!« sagte der lispelnde Mann.

Sie lockerten die Schlinge und zerrten Frank brutal hoch.

Er hörte Schritte.

»Habt ihr den Neger?«

»Saß in der Küche, spielte mit seiner Frau Tric-Trac! Wir konnten bequem zuschlagen.«

Frank war zu sehr geschockt, um die Stimmen zu unterscheiden.

»Was machen wir mit dem Schätzchen?«

»Stopft ihr einen Knebel zwischen die Lippen und legt sie irgendwohin!«

»Kann ich mich für ein paar Minuten zu ihr legen?«

Röhrendes Gelächter folgte der Frage.

»Alle raus!« befahl der Lispler.

Frank wurde auf die Füße gezerrt. »Lauf, Junge!«

Sie stießen ihn vorwärts und dirigierten ihn nach draußen. Als er gegen irgend etwas anrannte, lachten sie. Einmal stolperte er. Sie fingen ihn ab. Zum Schluß stießen sie ihn in einen Wagen. Frank fiel auf einen gepolsterten Rücksitz. Er wurde hinuntergestoßen, bis er zwischen Vorder- und Rücksitz auf dem Wagenboden lag.

Die Männer stiegen ein. Jemand beugte sich zu ihm und zischte: »Bleib still, mein Junge! Wenn du Terror machst, erschieße ich dich! Spürst du's?« Er drückte einen harten Gegenstand an Franks Kopf.

Der Wagen vibrierte, als die anderen Gangster sich in die Sitze warfen.

»Alles klar?« fragte der Lispler. »Wir haben vier Minuten weniger gebraucht als geplant.«

»Also hätte ich die Kleine in aller Ruhe vernaschen können«, sagte ein anderer.

Der Wagen fuhr an. Frank erhielt einen Tritt gegen den Kopf.

Die Szene erinnerte an ihre letzte Begegnung in New York. Dinah Ross saß in einem Sessel. Basyl Racoff ging im Zimmer auf und ab.

Larry Trevor lehnte an der Wand, folgte Racoffs unruhigem Raubtiergang mit den Blicken und ließ das Eis in seinem Glas kreisen.

Aber in New York war an jenem Tag der erste Schnee vom bleigrauen Himmel gerieselt. Hier in Las Vegas drang warme Wüstenluft durch die offenen Fenster. Dinah war erst vor wenigen Minuten von einem nächtlichen Bad im Swimming-pool zurückgekommen, hatte sich flüchtig abgetrocknet und trug nur die knappen Stoffflecken ihres Tangas. Aus dem nassen Haar tropfte Wasser auf den Teppich.

Racoff hatte die Jacke auf einen Stuhl geschleudert. Sein verknittertes Hemd zeigte unter den Achseln große

Schweißflecke. Einzig Trevor schien die Hitze nicht zu spüren.

Racoff redete laut, wie es seiner Art entsprach.

»Wenn du einen Mann in die Enge getrieben hast«, sagte er, »so darfst du nicht glauben, du hättest gesiegt. Jetzt mußt du verhindern, daß er wie eine Ratte reagiert, die dich anspringt, weil sie keinen Ausweg mehr sieht. Denn ihr Biß kann tödlich sein. Und ein verzweifelter Mann mag schnell auf den Gedanken kommen, dich umzulegen, bevor er sich selbst eine Kugel in den Schädel jagt.«

Er blieb vor Dinah stehen und sah auf sie hinunter. »Warum ziehst du dir nichts an?« fragt er mißbilligend.

»Warum soll ich?« fragte sie spöttisch zurück. »Lenk ich dich von deinen klugen Gedanken ab?«

Sie hob die Arme und reckten den Oberkörper. Ihre Brüste zeichneten sich unter dem dünnen, nassen Stoff ab.

Racoff stampfte hinaus auf die Terrasse und kam mit einem weißen Bademantel zurück, den er Dinah zuwarf.

»Anziehen!« blaffte er.

Widerstrebend streifte sie den Mantel über. Racoff beugte sich vor und tätschelte ihr die Wange.

»Gutes Mädchen!«

Dinah drehte den Kopf zur Seite, um dem intensiven Schweißgeruch zu entgehen, den der Mann verströmte.

Racoff nahm seine Wanderung wieder auf. »Ich sagte, man muß verhindern, daß der Gegner wie eine Ratte reagiert. Vergiß nicht, daß du ihm alles nehmen willst, was er je in seinem Leben erworben hat, wofür er 20 oder 30 Jahre kämpfte und worauf er stolz ist! Die meisten Männer würden lieber sterben. Also darfst du ihm nicht sein Hab und Gut ohne Gegenleistung nehmen. Du mußt ihm etwas dafür geben, das ihm wichtiger ist. Auf diese Weise wird aus einem Raubzug eine Art Tauschgeschäft.«

»Basyl, du redest ununterbrochen seit einer Stunde«, stöhnte Dinah. »Mir wird der Mund vom Zuhören trocken. Larry, gieß mir einen Schluck Bourbon nach!«

Trevor löste sich von der Wand, nahm im Vorbeigehen die Bourbonflasche vom Tisch, kam zu Dinah und füllte ihr Glas. Sie suchte seinen Blick. Er lächelte dünn und fragte: »Willst du Soda?«

Das Telefon läutete. Mit großen Schritten trabte Racoff zum Apparat. Er lief so hastig, daß sein Bauch unter dem Hemd wabbelte. Er riß den Hörer ans Ohr, lauschte und sagte: »Ah, gut! Sehr gut!«

Und nach einer Pause: »Ja, ihr bekommt Geld. Die zweite Rate! Wie vereinbart!«

Er legte auf und drehte sich um. Sein Gesicht glänzte vor Triumph.

»Jetzt kann ich ein Tauschgeschäft anbieten, weil ich etwas in der Hand habe, das einem Mann mehr wert ist als sein millionenbringendes Spielcasino.«

Er zog die Jacke an und suchte in den Taschen nach einem Schlüssel, mit dem er einen Wandtresor öffnete. Er packte Notenbündel aus dem Tresor in eine Aktentasche, drückte die Stahltür ins Schloß und zog den Schlüssel ab.

»Wahrscheinlich werde ich erst im Morgengrauen zurückkommen. Gehst du mit, Larry?«

»Wohin?«

»Ich kann dich vor dem Hotel absetzen.«

»Warum, Basyl? Ich habe meinen Wagen mitgebracht. Ich brauche nicht zu laufen.«

Er nahm einen Schluck aus seinem Glas und senkte es mit einer sehr langsamen Bewegung. Sein Gesicht blieb ausdruckslos.

»Oder brauchst du mich, Basyl?« fragte er.

»Nein, nicht sofort«, antwortete Racoff. Er blickte von Trevor zu Dinah Ross, die ihn lächelnd ansah. Seine Augen verengten sich zu Schlitzen.

Plötzlich lachte er auf. »Okay, wie du willst, Larry! Gib Dinah nicht zuviel zu trinken! Sie hat fast genug. Ruf mich morgen an!«

Er verließ den Raum. Sie hörten, wie er die Haustür ins Schloß warf.

Dinah stand aus ihrem Sessel auf. Der Bademantel öffnete sich. Sie legte den Zeigefinger auf die Lippen und lauschte angespannt auf die Geräusche von draußen. Das satte Aufbrummen des Rolls-Motors, das Knirschen, als die Räder sich auf dem Kies des Vorplatzes zu drehen begannen. Dann wurde das Motorengeräusch leiser und verlor sich in der Nacht.

Dinah warf den Kopf herum. Sie ging auf Trevor zu. Die letzten Schritte lief sie.

Der Fernsehapparat dröhnte in solcher Lautstärke, daß der Mann das Klopfen überhörte. Erst als der Besucher mit den Fäusten die Türfüllung bearbeitete, wurde Ken Douglas aufmerksam. Er stelle den Ton des Fernsehers ab, vergewisserte sich, daß der Colt in der Achselhalfter steckte, ging in den Vorraum und öffnete die Tür.

»Bist du taub?« wurde er von Basyl Racoff angeschnauzt.

»Ich war eingeschlafen«, stotterte Douglas.

»Bei dem Krach? Ich hörte deinen Fernsehapparat eine Meile vor dem Haus.«

Er stieß Douglas zur Seite und ging in den Wohnraum.

Der Raum war kärglich eingerichtet. Das Haus, in dem

Douglas wohnte, hatte zwei Zimmer und ein Bad, aus dessen Dusche nur gelegentlich rostiges Wasser tröpfelte. Vor einem Dutzend Jahren hatte irgendein Spekulant den Versuch unternommen, Ferienbungalows in die Wüste zu setzen. Drei Häuser, eine Menge Bauruinen und zwei Millionen Dollar Verlust waren das Resultat. In einem der drei bewohnbaren Häuser hatte Racoff seinen Gewährsmann untergebracht.

»Ich brauche neue Vorräte«, sagte Douglas vorwurfsvoll. Er war ein Mann jenseits der Sechzig mit kantigem, hartfaltigem Gesicht und schütterem Grauhaar. Seine Augen blickten trübe. Die Nase war gerötet und von Adern durchzogen.

»Im Kofferraum sind zwei Kartons. Du kannst sie später holen.«

»Haben Sie mit Erskine gesprochen? Was sagt er? Wird er zahlen?«

»Selbstverständlich wird er zahlen.«

»Wann?« Ken Douglas stampfte mit den Füßen auf. Er trug schwere, plumpe Stiefel. »Rac, ich habe keine Lust, noch wochenlang in diesem Wüstenloch zu schmoren. Ich bin ein alter Bursche und habe nicht mehr viel Zeit. Verdammt! Erskines Dollars sollen mir ein paar süße Jahre auf Jamaica oder Puertorico verschaffen, wo die Mädchen nett zu 'nem Mann mit genug Geld sind.«

»Es hat keinen Zweck, die Sache zu überstürzen, Ken.«

»Wieviel haben Sie von Erskine verlangt? Ich sagte Ihnen, daß ich mit 30000 oder 40000 Dollar zufrieden wäre. Ich war einverstanden, daß Sie die gleiche Summe für Ihre Vermittlung von ihm forderten. 80000 Dollar müssen für Walt ein besseres Trinkgeld sein. Warum zahlt er nicht?«

»Weil er ein harter Typ ist.«

»Oder haben Sie zuviel verlangt, Rac? Wollen Sie einen großen Schnitt machen? Fordern Sie einige hunderttausend Dollar oder mehr? Klar, daß Erskine eine unverschämte Summe nicht zahlen wird. Man muß die Grenzen einhalten. Verdammt, ich hätte mich nicht mit Ihnen einlassen, sondern mich direkt an Walt wenden sollen.«

»Armer Irrer!« Racoff zog verachtungsvoll die Mundwinkel nach unten. »In diesem Fall hätte dein Freund Erskine das Zahlungsproblem mit drei oder vier Kugeln preiswert gelöst.«

Er öffnete die Aktentasche, holte einen Kassettenrecorder heraus und stellte ihn auf den Tisch.

»Zeit für eine neue Botschaft an Mr. Erskine. Ich habe dir den Text aufgeschrieben. Lies ihn durch und versuch, der Sache Nachdruck zu verleihen, indem du richtig betonst!«

Douglas klopfte die Taschen seiner Jacke ab. »Wo ist meine Brille?« murmelte er.

Als er den Text auf Band sprach, verhaspelte er sich zweimal. Racoff mußte die Stellen löschen und wiederholen lassen.

Endlich war die Prozedur beendet. Racoff packte den Recorder in die Tasche.

»Komm mit und hol dir die Vorräte!« befahl er.

Ken Douglas versperrte die Tür.

»Wann werde ich Geld sehen?« fragte er drohend.

»Sobald Erskine gezahlt hat«, antwortete Racoff und wollte den anderen zur Seite schieben.

Douglas griff unter die Jacke, zog den Revolver und hielt ihn Racoff unter die Nase.

»Hören Sie gut zu! Ich lasse mich nicht reinlegen. Wenn Sie versuchen, mich zu betrügen, werde ich Sie überall finden und Sie umlegen. Klar, Rac?«

»Verdammter alter Schwätzer!« fauchte Racoff, schlug die Hand mit der Waffe zur Seite und verließ den Bungalow.

Douglas folgte ihm, verstaute den Revolver und hob die beiden Kartons aus dem Kofferraum des Rolls.

Grußlos warf Racoff sich hinters Steuer, startete und fuhr an.

Douglas sah dem Wagen nach, bis die Dunkelheit der Wüstenstraße die Rücklichter aufgesogen hatte.

Um drei Uhr morgens spielte ich immer noch. Ich war hundemüde. Das Spiel langweilte mich zum Erbarmen. Das stupide Hinundherschieben bunter Plastikplättchen ekelte mich an. Aber ich schien eine Erfolgssträhne erwischt zu haben. Seit zwei Stunden kamen bei nahezu jedem Durchgang mehr Chips zu mir zurück, als ich eingesetzt hatte.

Ich war es meiner Rolle als Spieler und der Spesenabteilung von Miss Leeuwerey schuldig, weiterzumachen. Ich schätzte, daß ich dabei war, die 20000 Dollar Grundausstattung zu überschreiten.

Ein Angestellter des Casinos trat an mich heran, räusperte sich und fragte leise: »Mr. Jerry Cann?«

Die kreisende Kugel fiel in ein Fach. Der Croupier rief Zahl und Farbe. Mit der Farbe lag ich richtig.

»Sir, Mr. Erskine möchte Sie sprechen«, flüsterte der Angestellte.

Ich lehnte mich zurück. »Mann, ich habe eine Glückssträhne. Hat Erskine Angst, ich könnte die Bank sprengen?«

»Sir, ich weiß nur, daß Mr. Erskine Sie dringend zu sehen wünscht.«

Ich füllte meine Taschen mit Chips und stand auf. Der Clerk führte mich zu den Fahrstühlen.

»Zwanzigste Etage, Sir!«

Die Kabine schoß nach oben. Als die Schachttür zurückglitt, stand ich Walt Erskine gegenüber.

Er trug den weißen Smoking, in dem er nach acht Uhr abends immer aufzutreten pflegte. Die Orchidee im Knopfloch fehlte. Mit einer Handbewegung lud er mich ein, ihm zu folgen. Wie bei unserer ersten Begegnung brachte er mich in den Wohnraum.

»Mein Sohn Frank ist entführt worden«, sagte er trocken. »Männer drangen in meine Villa im Moonshine Valley ein. Sie überwältigten Frank und verschleppten ihn. Ein junges Mädchen, das Frank aus Los Angeles mitgebracht hat, und ein Dienerehepaar wurden geknebelt und gefesselt. Der Diener konnte sich befreien, lief zum nächsten Nachbarn und rief bei mir an.«

»Sie alarmierten die Polizei?«

»Nein«, antwortete er. »Ich gab Befehl, Sie zu suchen.«

»Warum mich?«

»Weil ich hoffe, daß Sie mir helfen können. Ich halte Sie für den richtigen Mann. Sie sind vor einem Monat aus New York gekommen, brachten zwanzigtausend Dollar mit und versuchen seitdem, Ihr Geld am Spieltisch zu vermehren.«

»Heute war ich auf dem besten Weg. Leider ließen Sie meine Glückssträhne unterbrechen. Mit Absicht, Mr. Erskine?«

Er wischte die Frage mit einer Handbewegung vom Tisch.

»Ich vermute, daß Sie Ihre zwanzigtausend Dollar illegal erworben haben«, sagte er. »Ich brauche einen Mann, der das harte Handwerk versteht. Ich zahle gut.«

»Soll ich Ihren Sohn finden? Kidnapping ist ein Job für die Polizei.«

»Am liebsten möchte ich die Polizei draußenhalten, aber das geht nicht mehr. Der Nachbar hat sie bereits alarmiert.« Er hielt eine Tonbandkassette hoch. »Ich kenne die Bedingungen der Entführer. Die Kassette wurde mir vor zwanzig Minuten zugeschickt. Ich werde auf die Bedingungen nicht eingehen. Ich kenne auch den Mann, der die Entführung, die Ermordung Mark Hales und den Überfall auf Sie organisiert hat.«

»Nennen Sie der Polizei seinen Namen, und sie erledigt den Rest.«

»Ich kann der Polizei den Namen nicht nennen.«

»Warum nicht?«

Statt einer Antwort sagte er: »Ich biete Ihnen hunderttausend Dollar, Jerry Cann.«

»Welche Arbeit soll ich dafür leisten?«

»Sie holen sich den Mann und setzen ihm die Daumenschrauben an, bis er singt.«

»Folterung?«

Erskine nickte. »Bis er das Versteck meines Sohnes verrät und das Versteck einiger anderer Dinge, an denen mir gelegen ist.« Er hielt die Kassette hoch. »Sagen Sie ja, dann werde ich Ihnen zwanzigtausend Dollar Vorschuß geben und Ihnen die Kassette vorspielen.«

»Sorry, Mr. Erskine! Sie haben mir ein Angebot gemacht, als Mark Hale umgelegt worden war. Ich mußte ablehnen, weil ich niemals in Sachen einsteige, in denen die Polizei schon herumstochert.«

»Ich mache Sie zum reichen Mann, Jerry Cann.«

»Ich versuche lieber, an Ihren Roulettischen reich zu werden.«

Erskine biß sich auf die Lippen. »Auf einen Wink von

mir würde sich die Polizei mit Ihnen beschäftigen«, sagte er drohend.

»Davor habe ich keine Angst, Sir. Meine Weste ist verhältnismäßig sauber. Augenblicklich werde ich in keinem Staat der USA gesucht.«

Das Telefon auf dem Arbeitstisch summte. Erskine nahm den Hörer ab, lauschte und befahl: »In zwei Minuten.«

Er wandte sich an mich. »Die Polizei ist im Hotel, Jerry. Gehen Sie, und denken Sie über mein Angebot nach!«

Am Morgen sah ich Lilly Levin seit drei oder vier Tagen zum ersten Mal. Wir begegneten uns in der Hotelhalle. Sie war auf dem Weg zu den Swimming-pools.

»Kommen Sie mit, Jerry!« forderte sie mich auf.

»Leider unmöglich. Ich habe eine Verabredung in der Downtown.«

Ein paar Sekunden lang sah ich ihr nach. Ach, zum Teufel, was veranlaßt einen Mann eigentlich, irgendwelchen Gangstern nachzulaufen, statt sich mit einem hübschen Mädchen in die Sonne zu legen?

Ich traf Phil auf der Terrasse der kleinen Bar. Noch in der Nacht hatte ich ihn angerufen, ihn von der Entführung des Erskine-Sohnes und über mein Gespräch mit Erskine informiert.

Er wies auf das Haus am Ende der Gasse. »Leer«, sagte er. »Alle ausgeflogen. Soweit ich feststellen kann, seit gestern. Warum hast du Erskines Angebot nicht angenommen?«

»Weil ich seine Forderungen nicht erfüllen kann. Er erwartet, daß ich einen Mann mit allen Mitteln zum Sprechen bringe. Mit allen Mitteln, Phil! Folterung ausdrücklich eingeschlossen. Ich vermute, daß Basyl Racoff dieser Mann ist. Racoff ist der Mann, der den Mörder zu Stanwell schickte. Okay, so weit laufen unsere und Erskines Interessen parallel. Aber wenn wir Racoff wegen eines Erpressungsversuches an Erskine verhaften, würde Erskine seine Beschuldigung sofort zurückziehen. Er sucht nicht die Hilfe des FBI, sondern die Unterstützung durch einen Gangster und mit den Methoden eines Gangsters.«

»Das stimmt mit seinem Verhalten im Fall der Entführung überein«, ergänzte Phil. »Der Polizei gegenüber behauptete er, die Entführer hätten sich noch nicht gemeldet. Er verschwieg die Tonbandkassette.«

»Sonstige Einzelheiten?«

»Nicht einmal die Zahl der Entführer steht fest. Das Mädchen, eine Freundin des jungen Erskines, will mindestens vier Männer gesehen haben. Der Diener und seine Frau wurden so überraschend zusammengeschlagen, daß sie keine Aussagen machen konnten.«

»Glaubst du, daß Racoff die Crew um Dave Forrest und Shannon Rust angeheuert hat, um Erskines Sohn zu entführen?«

»Das entspräche seiner Arbeitsmethode in anderen Fällen. Sollte Forrest oder ein anderer der Mannschaft sich sehen lassen, werde ich mich so lange an seine Fersen heften, bis ich weiß, warum die Bande das Quartier gewechselt hat.«

Wir trennten uns. Ein Taxi brachte mich ins Diamond zurück. Den Anblick bewaffneter Uniformierter waren sie gewöhnt. Wahrscheinlich hielten die meisten die Beamten für Angehörige der privaten Diamond-Polizei.

Der Betrieb im Casino lief auf halben Touren. Zu dieser Stunde kamen hauptsächlich Leute in die Spielunternehmen, die kaum die Regeln der großen Glücksspiele kannten und sich damit begnügten, die Automaten zu füttern. Dort, wo vor einigen Tagen Mark Hale gelegen hatte, standen zwei Frauen in bunten Sommerkleidern, steckten Geldstücke in den Schlitz, drückten den Hebel, starrten fünf Sekunden lang auf die Walzen und begleiteten das Resultat mit kleinen Lauten der Enttäuschung. Hastig, als leisteten sie eine Akkordarbeit, wiederholten sie die Handgriffe.

An den Roulettischen war wenig los. Wie immer während der ruhigen Stunden war die Besatzung auf einen Croupier reduziert, der alle Vorgänge, die zum Spiel gehörten, allein erledigte. Er setzte den Kessel in Gang, warf die Kugel, zahlte die Gewinne aus und kassierte die Einsätze.

Mir fiel das rote Haar einer Frau auf, die allein an einem Tisch stand und einige Einsätze machte. Ich hatte sie zwei- oder dreimal in Basyl Racoffs Begleitung gesehen. Inzwischen wußte ich, daß sie Dinah Ross hieß, eine Nightclub-Laufbahn hinter sich hatte und seit mindestens zwei Jahren Racoffs Freundin war.

Zweifellos war sie eine schöne Frau, kein Mädchen mehr. Sie hatte eine perfekte Figur mit einem leichten Hauch Üppigkeit. Das Gesicht wurde von großen, grünlichen Augen und dem ausgeprägten, sinnlichen Mund beherrscht.

Sie schien guter Laune zu sein, denn sie wechselte einige Sätze mit dem Croupier und lachte über seine Antwort.

Der Croupier war jung wie die meisten Angestellten an den Spieltischen. Er trug das blaue Hemd mit der Silberstickerei auf der Brust. Den Rechen, mit dem er die Chips bewegte, handhabte er mit der mühelosen Geschicklichkeit eines Jongleurs. Als Dinah Ross lachte, blieb sein Gesicht glatt und gleichgültig.

Sie setzte neu. Sie machte ihre Einsätze mit gelben 5-Dollar-Chips. Soweit ich sehen konnte, gewann sie ein Carré und erhielt den achtfachen Einsatz.

Der Croupier schob ihr die kleine Säule der Chips zu. Sie streckte die Hand aus, um den Gewinn anzunehmen. Für eine Sekunde berührten ihre Finger den Handrücken des jungen Mannes, und sie hielt die Berührung einen Atemzug länger aufrecht als notwendig.

Dann lachte sie wieder, nahm die Chips und verließ das Roulett.

Ich folgte ihr. Sie schien es nicht eilig zu haben. Langsam schlenderte sie aus dem Spielcasino in den Park. Unter den Palmen war eine Bar aufgebaut. Dinah Ross setzte sich auf einen Hocker und ließ sich einen Drink geben.

Im Wasser des Swimming-pools entdeckte ich Lilly Levin. Ich zog einen Korbsessel an den Beckenrand. Lilly kam an den Rand geschwommen wie ein gut dressierter Delphin.

»Leisten Sie mir Gesellschaft bei einem Orangen-Flip?« fragte ich.

Während ich dem Keeper winkte, schwang sie sich aufs Trockene.

»Hat Dave Forrest sich jemals wieder bei Ihnen gemeldet?«

Sie wrang das Wasser aus ihren Haaren. »Nicht mehr seit dem Überfall. Weiß Mr. Erskine, daß ich Forrest verdächtige?«

»Nein, ich denke, er wird den Überfall nicht der Polizei melden.«

»Und der Mord an Mr. Hale? Könnten Zusammenhänge zwischen Forrest und dem zweiten Verbrechen bestehen?«

»He, worüber zerbrechen Sie sich Ihren hübschen Kopf? Überlassen Sie die Detektivarbeit der Polizei!«

Der Keeper brachte die Flips. Von meinem Platz aus konnte ich Dinah Ross gut beobachten. Sie trank einen Daiquiri aus einer halben Kokosnußschale, betrachtete die Menschen und rauchte eine Zigarette. Einmal trafen sich unsere Blicke. Sie senkte nicht die Augen, sondern sah mich und dann Lilly neugierig an. Kurz darauf zahlte sie und verschwand in Richtung Hotelhalle.

Später ging ich noch einmal durch den Spielsaal. Am Tisch des jungen Croupiers setzten zwei ältere Männer und drei aufgeregte Frauen, die die Regeln nur unvollkommen kannten und nach jedem Spiel in eine heftige Diskussion verfielen. Der Croupier hatte alle Hände voll zu tun.

Ich überlegte, ob ich Basyl Racoff an diesem Tisch gesehen hatte.

Und ob damals derselbe Croupier das Roulett bedient hatte?

Zehn Stunden später, kurz vor Mitternacht, verlor ich den vierten Tausender beim Black Jack. Was immer ich während der letzten drei Stunden unternommen hatte, es hatte Geld gekostet. Wenn ich weiterspielen wollte, mußte ich Dollarscheine in Chips umwechseln.

Ich wechselte 2000 Dollar in vier Chips zu 500. Mit den Plastikplättchen spielend, ging ich an den Roulettischen entlang und wartete auf eine Eingebung, an welchem Tisch ich mein Glück neu versuchen sollte. Gleich darauf ertappte ich mich dabei, daß ich den Croupiers in die

Gesichter blickte und nach dem blonden, jungen Croupier Ausschau hielt, an dessen Tisch Basyl Racoffs rothaarige Freundin gespielt hatte.

Ich fand ihn nicht. Wahrscheinlich hatte er dienstfrei.

Also wählte ich einen Tisch, an dem zwei junge Mädchen, eine zierliche Japanerin und eine junge Schwarze das Spiel führten. Alle Spieler an diesem Roulett waren Männer. Vielleicht verschmerzt ein Mann den Verlust eines Monatslohns leichter, wenn er dafür wenigstens angelächelt wird.

Ich fand einen Platz an der Schmalseite, setzte einen 500er auf Rot und verlor ihn in Sekundenschnelle.

30 Sekunden später waren zwei weitere Chips zu je 500 Dollar aus meiner Tasche in die Kasse des Diamond-Casinos gewandert. Für mich verwandelte sich das gleichmäßige Lächeln der Mädchen in höhnisches Grinsen.

Ich setzte den letzten Chip. Hartnäckig blieb ich auf Rot.

Ein Mann drängte sich neben mich. Er stieß mich an.

Ich sah Phil. Das war eine echte Überraschung. Bis jetzt hatten wir es vermieden, uns im Casino zu treffen.

Phil setzte zwei schäbige 5-Dollar-Chips auf Schwarz. Als er sich vorbeugte, flüsterte er: »Muß dich sprechen! Sofort!«

»Nichts geht mehr!« rief die Schwarze.

»Wo?« flüsterte ich zurück.

»Parkplatz! Fünfte Wagenreihe!«

Die Kugel fiel in ein Fach.

»28! Schwarz!« Die Japanerin machte die Ansage und gleichzeitig kleine Verbeugungen nach allen Richtungen.

Mein goldgeränderter 500er-Chip wurde blitzschnell vom Rechen weggerafft. Phil erhielt zwei gelbe Fünfer zu seinem Einsatz, steckte alles in die Tasche und ging.

Ich ließ ihm einige Minuten Vorsprung, bevor ich das Casino verließ und zum Hotelparkplatz ging.

Er wartete an einem Mustang Cobra, dreifarbig lackiert und mit dem Bild einer Klapperschlange auf der Kühlerhaube.

»Steig ein«, agte er. »Ich weiß nicht, wie dicht wir rankommen, aber ich will dir den Platz zeigen.«

Ich stieg ein. Phil steuerte den Cobra vom Parkplatz auf den Strip, die große, vielspurige Schlagader von Las Vegas, die Spielcasinos, Luxushotel mit Luxushotel verbindet, bis sie sich in der Wüste verliert.

Jenseits aller Lichtreklamen bog Phil auf eine Nebenstraße ein.

»Am Nachmittag kam Dave Forrest nach Las Vegas zurück«, erklärte er. »Er fuhr den Bronco, den Geländewagen, den Shannon Rust aus Los Angeles mitgebracht hatte. Er holte zwei Koffer aus dem Haus, verlud sie, schloß ab und fuhr weg. Ich hängte mich an.«

Er ließ kurz den Scheinwerfer aufleuchten.

»Es war schwierig, ihn nicht zu verlieren und nicht aufzufallen. Bis auf diese Straße konnte ich ihm folgen. Dann wurde das Risiko zu groß. Ich mußte ihn ziehen lassen. Als es dämmerte, versuchte ich herauszufinden, welches Ziel er angesteuert hatte. Ich glaube, ich weiß es.«

Er fuhr eine halbe Stunde mit hohem Tempo. Plötzlich schaltete er die Beleuchtung des Mustangs aus, wendete den Wagen und fuhr mit stark gedrosselter Geschwindigkeit zurück.

Die Nacht war sternklar, aber ohne Mond. Das Band der Straße zeichnete sich schwach ab. Phil beugte sich weit vor und starrte angespannt nach vorn, um den Mustang auf der Fahrbahn zu halten.

»Links zweigt eine Schotterstraße ab«, sagte er. »Paß auf, damit wir sie nicht verfehlen!«

Als ich eine Art Einschnitt zwischen zwei bizarren Felsformationen entdeckte, faßte ich nach Phils Arm.

»Ist das die Straße?«

Phil stoppte, stieg aus und verschwand in der Dunkelheit.

Nach wenigen Minuten kam er zurück.

»Ja, das ist die Straße!«

Was er eine Straße nannte, war ein geschotterter, vielfach gewundener Weg. Hier ohne Licht zu fahren, war halsbrecherisch. Kein Schlagloch ließ sich vermeiden. Manchmal schienen Felsbrocken den Weg zu sperren.

»Weiter sollten wir nicht fahren!« entschied Phil. Er öffnete das Handschuhfach und reichte mir ein großes Nachtglas.

Ungefähr 300 Yards folgten wir der Straße.

»Such den Horizont ab!« sagte Phil.

Ich setzte das Glas an die Augen.

»Rechts von der ausgezackten Felsnadel!«

In der Vergrößerung zeichnete sich der Felsen scharf wie ein Scherenschnitt gegen den helleren Himmel ab. Nach Phils Anweisung schwenkte ich das Fernglas langsam nach rechts.

»Sieht aus wie ein Haus! Nein, mehrere Häuser oder Hütten!«

Ich bewegte das Glas noch einen Zoll nach rechts.

»Ein Stahlgerüst.«

»Auf der Plattform standen die Kameras, als die große Belagerung gedreht wurde«, erklärte Phil. »Der Regisseur verlangte einen ungewöhnlichen Blickwinkel für die Massenszenen.«

»Staffage für einen Film?«

»Richtig, Jerry! Seit Jahren nicht mehr benutzt, aber wahrscheinlich noch bewohnbar.«

»Du glaubst, Forrest und seine Freunde wären dort oben?«

»Kein schlechter Platz als Versteck für ein Kidnapping-Opfer. Tagsüber ist es unmöglich, unbemerkt heranzukommen. Nachts wird jedes Licht auf viele Meilen gesehen.«

»Sollen wir nachprüfen, ob irgendwer dort oben steckt?«

»Wenn du mich fragst«, er lachte leise, »so gehe ich lieber selbst, als daß ich einen Streifenwagen der State Police hinschicke.« Er berührte meine Schulter. »Warte!«

Lautlos verschwand er in der Dunkelheit. Nach einigen Minuten hörte ich den Motor des Mustangs. Kurz darauf kam Phil zurück.

»Ich habe den Wagen von der Straße ins Gelände gefahren. Leider ist der Platz nicht besonders gut.«

Wir folgten der Straße. Nach zwei Meilen stieg sie an. Wenn ich das Glas an die Augen setzte, sah ich Blockhäuser, das Stahlgerüst und eine niedrige Mauer.

Die Mauer bestand aus lose aufgeschichteten Steinen.

Phil flüsterte an meinem Ohr: »Im linken Haus schimmert Licht!«

Es war nur ein schmaler Spalt. Sie hatten eine Fensteröffnung nicht sorgfältig genug verhängt.

»Vielleicht eine Hippie-Kommune«, flüsterte ich zurück.

Phil ließ sich in die Hocke sinken. »Hörst du?« fragte er.

»Meinst du die Musik?«

Ich spürte, daß er nickte. Aus dem Haus drang Schlagermusik.

Das Gelände war mit Steinen übersät. Wenn wir Geräusche vermeiden wollten, mußten wir vorsichtig auftreten. Wir blieben im Schatten der Mauer und arbeiteten uns näher an das Haus heran.

30 oder 40 Yards trennten uns von dem Bau, als eine Tür knarrte. Gleichzeitig fiel ein breiter Lichtstreifen auf den Vorplatz, und die Gestalten zweier Männer zeichneten sich ab.

Phil und ich preßten uns an die Mauer.

»Ruf ihn an!« sagte einer der Männer. »Sag ihm, er soll bis morgen noch einmal 20000 Dollar rausrücken!«

Der Mann hatte einen Sprachfehler. Er lispelte.

»Die Zahlung des Restes sollte erst nach einer Woche fällig werden. So habe ich es mit ihm vereinbart«, antwortete der andere.

Der Mann mit dem Sprachfehler lachte: »Zum Teufel mit allen Absprachen! Er ist auf unsere Hilfe angewiesen. Also laß uns den Preis erhöhen. Denk daran, wie teuer das Benzin geworden ist!«

»Er wird toben.«

»Sag ihm, wenn er nicht zahlt, würden wir den Jungen nach Hause schicken. Ich wette, er wird umgehend das Scheckbuch zücken.«

Sie gingen nebeneinander über den Hof. Am Fuß des Stahlgerüstes zeichneten sich die Umrisse einen hochrädrigen Wagens ab.

Der Schlag wurde geöffnet. Der Motor sprang an, und die Scheinwerfer flammten auf.

Phil nutzte das Motorengeräusch und flüsterte: »Shannon Rust und Dave Forrest.«

Als der Wagen anfuhr, strichen die Scheinwerfer über den Hof, ohne uns zu erfassen. Das Fahrzeug, anscheinend der Bronco, rollte durch eine breite Lücke in der

Mauer auf die Straße. Das Motorengeräusch wurde schnell leiser.

Shannon Rust ging zur dritten, der niedrigsten Hütte. Wir hörten, wie er gegen die Türfüllung hämmerte.

Beim Öffnen kreischte die Tür in den Angeln. Der Mann, der aus dem Haus kam, hielt eine Taschenlampe in der Hand.

Für einen Augenblick traf der Lichtstrahl Shannon Rust. Ich erkannte sein graues Haar.

»Alles okay, Mancy?« fragte er.

Mancy antwortete mit einer zu hohen, heiseren Stimme: »Wann werde ich abgelöst, Shan? Nicht einmal 'ne vernünftige Sitzgelegenheit finde ich in dem Stall.«

»Vier Stunden für jeden.« Er nahm Mancy die Taschenlampe aus der Hand, leuchtete ihm in das breite Schlägergesicht, das von der Löckchenfrisur umrahmt wurde wie von einer schlechtsitzenden Perücke. »Wie verhält sich der Junge?«

»Stöhnt!« antwortete Mancy lakonisch.

Rust verschwand im Haus, kam nach zwei Minuten zurück und gab die Taschenlampe an Mancy.

»Er hält's noch eine Weile aus. Wenn Claudio dich ablöst, werden wir ihm zu trinken geben.«

Er ging zum Haupthaus, dessen Tür noch offenstand, trat ein und schloß sie. Auch Less Mancy ging in die Hütte zurück.

Ich stieß Phil an. »Eine bessere Chance bekommen wir nie wieder!«

Wir huschten an der Mauer entlang zur Hütte am Fuß des Gerüstes. Ich tastete mich zur Tür und preßte mich mit dem Rücken gegen die Holzbohlen. Phil stand auf der anderen Seite.

»Alles klar?«

»Moment noch!« flüsterte Phil. »Siehst du die Lichter?«

Über die niedrige Mauer hinweg sah ich die Lichter eines Wagens, die sich rasch näherten.

»Der Bronco kommt zurück. Wahrscheinlich hat Forrest meinen Wagen gesehen. Er fährt schnell.«

Aufgeben? Wenn Forrest den Mustang entdeckt hatte und seine Kumpane alarmierte, würden sie vielleicht in Panik geraten und ihr Opfer umbringen.

Ich klopfte gegen das Holz.

Das Motorengeräusch des Broncos war schon zu hören.

Die Türangeln kreischten. Das Licht der Taschenlampe trag ins Leere.

»Was ist denn?« sagte Mancy.

Ich löste mich mit einer Drehung von der Wand, ging mit einem linken Haken in den Mann hinein und traf ziemlich gut. Mancy fiel auf den Rücken und verlor die Lampe, die nicht zerbrach, sondern den Lichtstrahl schräg gegen die Decke richtete.

Mancy war nicht ausgeknockt, aber vor Überraschung unfähig zur Gegenwehr. Ich stürzte mich auf ihn. Ein genauer Haken auf den Punkt löschte sein Bewußtsein aus.

Das Signalhorn des Broncos röhrte durch die Nacht.

Ich faßte die Taschenlampe und ließ den Lichtkegel durch den Raum gleiten.

An der Rückwand lag ein Mensch, einen dunklen Sack über dem Kopf, die Hände auf dem Rücken gefesselt.

Ich zerrte den Sack weg, sah das Gesicht eines jungen Mannes, packte ihn unter den Achseln und stellte ihn auf die Füße.

»Raus! Schnell!«

Mancy trug einen Revolver im Gürtelholster.

»Meine Fesseln!« stöhnte der Mann.

»Später!«

Ich fischte Mancys Revolver aus dem Holster, löschte die Lampe und zog den jungen Mann aus dem Haus.

Phil sah ich nicht.

Forrest ließ das Horn des Broncos wieder und wieder aufröhren. Es klang wie der Warnschrei eines Tieres.

»Über die Mauer!«

In dieser Sekunde wurde die Tür des Haupthauses aufgerissen. In der Mitte des Hofes zuckte Mündungsfeuer auf. Aus Phils 38er dröhnte ein Schuß durch die Nacht.

»Springen!« befahl ich und versetzte dem Jungen einen Stoß. Dann sprang ich selbst.

Der Sprung wurde zum Fall. 20, 30 Fuß fiel das Gelände steil ab, bevor es in eine schräge Geröllhalde überging. Ich schlug auf, rutschte und rollte in einer Lawine aus Staub und Steinen noch einmal ein Dutzend Yards.

Wieder dröhnten Schüsse in rascher Folge. Das Signalhorn des Broncos war verstummt.

Nur eine Körperlänge von mir entfernt lag der Junge reglos im Schutt. Ich kniete über ihm, löste seine Handfesseln, und drehte ihn auf den Rücken. Er atmete, war aber bewußtlos, und sein Gesicht war übel zerschrammt.

Ich schüttelte und ohrfeigte ihn. Es blieb keine Zeit für sanftere Methoden. Als er die Augen öffnete, zog ich ihn hoch, legte seinen linken Arm um meine Schulter und stützte ihn. So stolperten wir vorwärts.

Noch immer fielen Schüsse. Ich konnte nur ahnen, was sich oben zwischen den Hütten abspielte. Wir waren an der der Straße abgewandten Seite über die Mauer gesprungen. Wenn wir die Straße erreichen wollten, hätten wir um den flachen Hügel, auf dem die Blockhütten standen, herumgehen müssen. Ich verzichtete darauf. So gut es ging, schleppte ich den Jungen tiefer in die Wüste hinein. Zwar war nichts zwischen Phil und mir verabredet. Trotzdem war ich sicher, daß seine Schüsse keinen anderen Zweck hatten, als die Aufmerksamkeit der Gangster auf sich zu lenken.

Ein neuer Feuerwechsel brach aus. Zwischen den Schüssen Rufe und Gebrüll. Einmal wischte ein Autoscheinwerfer durch die Nacht.

»Sind Sie Erskines Sohn?« fragte ich.

»Ja«, stöhnte er. »Ich fürchte, ich kann nicht mehr. Meine Arme schmerzen ...«

Die lange Fesselung hatte seine Gelenke erstarren lassen.

»Sie müssen durchhalten. Wir sind noch zu dicht dran.«

Ich weiß nicht, wie lange es dauerte, aber ich zwang ihn, zwei oder drei Meilen zu laufen. Als ich ihm endlich erlaubte, sich in den Staub sinken zu lassen, war die Nacht in der Wüste längst wieder still geworden.

Das Telefon schrillte.

Dinah Ross schreckte aus dem Schlaf hoch.

»Larry«, flüsterte sie und streckte den Arm aus. Der Platz neben ihr war leer. Erst jetzt fiel ihr ein, daß Trevor gegangen war. Rechtzeitig eine halbe Stunde vor Basyls Rückkehr in die Villa. Sie hatte sich schlafend gestellt, um nicht mit Racoff sprechen zu müssen. Später war sie dann wirklich eingeschlafen.

Hartnäckig wiederholte sich das Klingeln.

Dinah Ross stand auf, ging in den Wohnraum, nahm den Hörer ab und meldete sich.

Eine Männerstimme sagte: »Ich will Rac sprechen!«

»Wer sind Sie?«

»Gib mir Rac!« brüllte der Anrufer. »Oder ihr werdet alle ein blaues Wunder erleben – blau wie die Farbe von Polizeiuniformen.«

»Ich hole ihn.«

Sie fand Racoff auf einer Couch im Arbeitszimmer. Nur die Schuhe hatte er abgestreift. Sein Mund stand weit offen. Er schnarchte röchelnd.

Sie schüttelte ihn. Racoff nahm oft Schlafmittel. Dann war er nur schwer zu wecken. Als er endlich die Augen aufschlug, starrte er Dinah verständnislos an.

»Ein Mann will dich am Telefon sprechen«, sagte sie. Racoffs Anblick war für sie kaum zu ertragen.

»Soll zur Hölle fahren!« Racoffs Augen schlossen sich wie unter der Last eines unsichtbaren Gewichts.

»Er droht mit der Polizei!« schrie sie Racoff an.

Unfähig, die Wirkung des Schlafmittels abzuschütteln, stöhnte er. »Ich komm' nicht hoch! Gib mir den Apparat.«

Sie holte das Telefon vom Schreibtisch, schaltete die Leitung um und gab Racoff den Hörer.

»Wer ...?« röchelte er.

Der Mann am anderen Ende schrie so laut, daß Dinah Bruchstücke verstand.

»... der Junge ... verschwunden ... auf uns geschossen ... alle verhaftet bis auf mich und ... lassen dich hochgehen, wenn wir ...«

Dinah sah, wie Racoff die Augen rollte. Das Zeug, mit dem er sich vollgepumpt hatte, lähmte sein Gehirn. Er sprach stockend und mit schwerer Zunge.

»Ja, ich habe verstanden!« stieß er hervor. »Ruf noch einmal an! In zehn Minuten! Ich bin nicht in Ordnung.«

Er ließ den Telefonhörer fallen, bedeckte das Gesicht

mit beiden Händen und stöhnte: »Oh, verdammte Idioten!«

Mühsam wälzte er sich von der Couch. Dann knurrte er Dinah an: »Hilf mir!«

Auf sie gestützt, schleppte er sich zum Schreibtisch und öffnete eine Schublade, in der Medikamentenpackungen und Tablettenröhrchen lagen. Er schluckte hintereinander drei rote Kapseln. Dann verlangte er Wasser.

Dinah wußte, daß Racoff ebenso häufig Aufputschmittel nahm, wie er andererseits schwere Schlaftabletten schluckte, um zwischen den langen Perioden hektischer Aktivität ein paar Stunden Ruhe zu finden.

Das Zeug in den roten Kapseln wirkte rasch. Sein Gesicht belebte sich. Die Atemzüge wurden schneller. Er begann wild zu fluchen und beschimpfte Leute, die Dinah nicht kannte, als Idioten und Bastarde. Als das Telefon läutete, riß er den Hörer aus der Gabel. »Ich höre!« schrie er barsch.

Fünf Minuten lang ließ er den Anrufer sprechen, bevor er die erste Frage stellte: »Wer außer dir weiß, daß ihr für mich arbeitet?«

Die Antwort schien ihn zu befriedigen, denn er sagte: »Okay, ich sehe ein, daß ihr die Stadt verlassen müßt. Wo finde ich euch?«

Er lauschte und befahl: »Wiederhol die Adresse!«

Der nächste Satz des Anrufers versetzte ihn in Wut. Er schrie: »Ja, ich werde kommen, und ich werde auch Geld mitbringen!«

Krachend schmetterte er den Hörer auf die Gabel, ließ sich auf die Couch fallen und blaffte: »Bring Whisky!«

Dinah holte ein Glas und füllte es mit Scotch. Racoff nahm es ohne Dank, trank einen Schluck und starrte vor sich hin. Nach zwei Minuten hob er mit einem Ruck den Kopf. »Ruf Larry an!«

»Warum ich?«

»Weil es weniger auffällt, wenn eine Frau ihn anruft.«

»Ich weiß nicht, wo ich ihn erreichen kann.«

Zu ihrer Überraschung lachte Racoff ihr ins Gesicht. »Du schläfst mit ihm und kennst seine Telefonnummer nicht?«

»Das ist nicht wahr«, log sie.

Er wischte ihre Behauptung mit einer Handbewegung weg. »Ruf ihn an!« Er nannte eine Anschlußnummer. »Wenn die Zentrale dich nicht verbinden will, sag ihnen meinetwegen, euer gemeinsames Kind sei krank.«

Dinah Ross gehorchte. Tatsächlich war es schwierig, Larry zu erreichen. Schließlich wurde die Verbindung hergestellt.

Sie flüsterte: »Basyl will dich sprechen« und gab den Hörer an Racoff weiter.

»Triff mich in zwanzig Minuten vor Eingang C des Flughafens, Larry!« Seine Stimme nahm den freundschaftlichen Tonfall an, den er sich immer zulegte, wenn er mit Trevor sprach. »Es sind einige Schwierigkeiten entstanden, aber du, Larry, und ich werden sie gemeinsam meistern.«

Er trennte die Verbindung und stand eine Minute lang in Nachdenken versunken. Dann befahl er: »Bring mir die Schuhe.« Dinah mußte ihm behilflich sein, die Schuhe anzuziehen. Er bückte sich nicht gern. Sein Bauch war ihm im Wege. Als sie vor ihm kniete, sagte er von oben herab: »Wenn wir Pech haben, verlierst du heute nacht deinen Liebhaber. Hast du gehört, daß ich von unserem Pech gesprochen habe? Ich brauche Larry bei dieser Aktion so dringend wie du ihn im Bett.«

Als die Sonne aufging, wurde es nicht nur ohne Übergang hell, sondern auch innerhalb 30 Minuten schon warm.

Ich hatte nicht die leiseste Ahnung, wohin wir uns wenden sollten, um die nächste menschliche Behausung oder wenigstens eine Straße zu erreichen. Frank Erskine befand sich in schlechtem Zustand. Der Sprung über die Mauer, der zum Sturz entartet war, hatte ihn übel zerschrammt. Uns beiden klebte die Zunge am Gaumen.

Natürlich hoffte ich, daß Phil die Auseinandersetzung mit Erskines Entführern überstanden hatte und irgend etwas unternehmen würde, uns zu suchen, aber es war auch möglich, daß er sich in einer ähnlichen Situation befand wie wir. Ich fragte den jungen Erskine, ob er weitergehen könne. Er nickte und stand auf.

»Haben Sie einen Vorschlag, welche Richtung wir wählen sollen?«

Er hob den Kopf und starrte in die Sonne. »Nein«, sagte er resigniert.

»Ich denke, wenn wir in östlicher Richtung gehen, müßten wir irgendwann die Straße nach Las Vegas erreichen.«

Sein verschrammtes Gesicht zeigte ein Lächeln. »Irgendwann werden wir verdursten.«

Wir setzten uns in Bewegung. Um ihn abzulenken, fragte ich ihn: »Wer waren die Leute, die Sie entführten?«

»Ich weiß es nicht. Ich habe von keinem das Gesicht gesehen.« Ihm fiel ein Gedanke ein. Er blieb stehen. »Als ich entführt wurde, war ein Mädchen bei mir, Gladys Andrew. Wissen Sie, wie es ihr geht?«

»Ich glaube, sie kam mit dem Schrecken davon und . . .«

Mir fiel eine Staubwolke auf, die nicht wieder zusammensank, sondern sich fortsetzte. Kurz darauf konnte ich erkennen, daß der Staub von einem Lastwagen aufgewirbelt wurde, der in mäßigem Tempo nach Westen fuhr. Der Laster würde uns in ungefähr 500 Yards Abstand passieren.

»Warten Sie!«

Ich lief los, und während ich lief, winkte ich mit den Armen, um den Fahrer auf mich aufmerksam zu machen. Der Laster war ein Uraltmodell, in grellen Farben rot und gelb bemalt.

Der Fahrer sah mich und brachte den Wagen zum Stehen. Er beugte sich aus dem Fenster und schrie: »Mann, bist du aus 'nem Flugzeug gefallen?«

Zugegeben, ich sah merkwürdig aus, denn ich trug einen blauen Anzug, Krawatte und schwarze Schuhe, alles vom Wüstenstaub grau überpudert.

Der Fahrer sprang aus dem Wagen. Er hatte einen Vollbart und schulterlanges Haar. Von der Ladefläche kletterten zwei Mädchen in knöchellangen, bunten Kleidern, behängt mit Ketten aus Knochen und durchbohrten Steinen. Erst, als ich neben dem Laster stand, entdeckte ich, daß eine schmale unbefestigte Piste in die Wüste führte.

»Können sie uns nach Las Vegas bringen?« fragte ich den Bärtigen. Die Mädchen kamen näher. Sie waren leidlich hübsch, aber sie hätten unbedingt ein Bad gebraucht.

»Nicht sofort, Bruder«, antwortete er. »Wir müssen die Vorräte ins Camp bringen, bevor es zu heiß wird.«

»Ich bin nicht allein.«

»Hol den anderen! Wir warten!«

Frank Erskine kam mir auf halbem Weg entgegen. Die Mädchen waren inzwischen wieder auf die Ladefläche gestiegen. Sie halfen dem jungen Erskine hinauf.

Der Lastwagen war mit einer Menge Gerümpel aller

Art und vielen Plastiktüten voll Lebensmittel beladen. Die Mädchen erklärten uns, daß sich die Bewohner des Camps von den Überresten aus den großen Hotelküchen in Las Vegas ernährten. Dreimal in der Woche fuhren sie in den Nachtstunden die Lieferanteneingänge der Paläste ab und luden auf, was sonst weggeworfen worden wäre. Sie hätten Freunde unter dem Küchenpersonal, die sie gut versorgten. »Manchmal haben wir Gänseleber und Kaviar im Überfluß«, sagte ein Mädchen lachend.

Das Camp lag in einem Taleinschnitt. In zusammengeschusterten Hütten und drei Zelten lebten knapp zwei Dutzend junge Leute. Sie bekannten sich zu irgendeiner indischen Sekte, deren menschlicher Gott vermutlich die Spenden seiner Anhänger in irdischem Luxus verpraßte.

Wir warteten, bis der Laster abgeladen worden war. Der Bärtige, der eine Art Chef der Kommune zu sein schien, verlangte von uns Geld für die Fahrt.

»Benzin müssen wir kaufen«, sagte er. »Das verschenkt längst niemand mehr.«

Ich fand 20 Dollar. Er verstaute das Geld und lächelte anscheinend, was im Bartgestrüpp nicht sicher auszumachen war.

»Als wir heute morgen aus Las Vegas kamen, waren eine Menge Streifenwagen unterwegs. Die Polizei hatte eine Straßensperre aufgebaut. Sie suchten irgendwen. Ich kenne Pisten abseits der Straßen, auf denen man die Sperren umfahren kann. Wenn du Wert darauf legst, Bruder, kommt es mir auf einen kleinen Umweg nicht an.«

»Ein guter Gedanke, Bruder«, antwortete ich lachend.

Unnötig, die Fahrt durch die Wüste zu beschreiben. Ohne angehalten zu werden, erreichten wir gegen elf Uhr den Stadtrand von Las Vegas.

Ich ließ den Bärtigen stoppen und erklärte Frank

Erskine: »Gehen Sie in die nächste Telefonzelle, rufen Sie Ihren Vater an, und lassen Sie sich abholen! Ihr Vater wird Ihnen sagen, wieviel und was Sie der Polizei erzählen sollen. Lassen Sie auf jeden Fall mich aus Ihrer Geschichte weg! Behaupten Sie, Ihnen wäre die Flucht gelungen. Ohne fremde Hilfe!«

Ich wartete, bis er die Telefonzelle betreten hatte, und bat den Bärtigen: »Fahr mich in die Altstadt, Bruder!«

Er brachte mich bis zu dem kleinen Hotel, in dem Phil wohnte. Wir verabschiedeten uns herzlich voneinander.

Hinter der Theke saß der dicke Hotelbesitzer und polierte seinen schwarzen Schnauzbart.

»Mr. Decker auf seinem Zimmer?« fragte ich.

»No, Señor. Mr. Decker kam in den frühen Morgenstunden ins Hotel und verließ es vor zwei Stunden.«

»Ich werde auf ihn warten. In seinem Zimmer!«

Er zuckte mit den Schultern und gab mir die Schlüssel, denn Phil hatte ihm gleich zu Anfang unserer Mission mit Hilfe eines 50-Dollar-Scheins klargemacht, daß er zu allem, was Phil oder ich sagten, wünschten oder vorschlügen, am zweckmäßigsten nicken sollte.

Ich ging hinauf und betrat Phils Zimmer.

Das Foto des Phantombildes über dem Bett fesselte meinen Blick.

Ausdruckslos! Ohne Kennzeichen! Ohne Merkmale! Ein Gesicht wie von einer ungelenken Kinderhand gemalt.

Mir fiel ein Kindervers ein: Punkt, Punkt, Komma, Strich – fertig ist das Mondgesicht.

Nun ja, die Spezialisten in New York hatten das Phantombild nach den Angaben eines Kindes zusammengesetzt. Niemand durfte erwarten, daß ein Zwölfjähriger sich innerhalb von zwei oder drei Sekunden ein Gesicht so einprägte, daß er es Wochen später und nach einem schweren Schock beschreiben konnte. Ich zog meine Kleider aus, duschte lange und gründlich, wickelte mir ein Handtuch um die Hüften und wartete auf Phil.

Er kam kurz nach ein Uhr.

»Verdammt froh, dich zu sehen, Alter«, sagte er. »Aber ich wußte, daß du es geschafft hattest. Vor einer Stunde rief Walt Erskine an und teilte mit, seinem Sohn sei die Flucht gelungen. Er befände sich in Sicherheit, habe einen Schock erlitten und könne nicht vernommen werden.«

Er hielt mir die Zigarettenpackung hin.

»Wer hat euch in die Stadt zurückgebracht?«

»Wir stießen auf Angehörige einer Hippiekommune. Sie brachten uns in ihrem alten Lastwagen nach Las Vegas. Wie ist die Sache bei dir gelaufen, Phil?«

»Ich versuchte, die Junges abzulenken, um dir und Erskine einen Vorsprung zu verschaffen. Sie ließen sich auf eine Schießerei mit mir ein. Natürlich hätten sie merken müssen, daß sie es mit einem einzelnen Mann zu tun hatten, aber sie gerieten in Panik und verloren die Nerven. Jeder dachte nur noch daran, die eigene Haut zu retten. Forrest und Shannon Rust flohen im Bronco. Claudio Grande, Bud Shoon und Less Mancy flüchteten zu Fuß. Leider stießen sie auf meinen Mustang, zerschlugen ein Fenster und schlossen die Zündung kurz. So gelang es ihnen, den Wagen in Gang zu bringen. Sie erreichten den Highway und fuhren einer Patrouille in die Arme. Noch einmal brach eine Schießerei aus. Bud Shoon wurde verwundet. Grande und Mancy nahmen die Arme hoch. Als sie gegen sieben Uhr morgens im Hauptquartier der State Police vernommen wurden, war ich dabei.«

»Gaben sie zu, an der Entführung beteiligt gewesen zu sein?«

»Sie versuchten, sich rauszureden. Shoon und Mancy behaupteten, von Rust und Forrest für einen Job angeheuert worden zu sein, ohne gewußt zu haben, daß es sich um eine Entführung handelte.«

»Nannten sie den Namen des Auftraggebers?«

»Nein, sie kannten ihn nicht. Mit dem Auftraggeber hatten allein Dave Forrest und Shannon Rust gesprochen. Beide konnten zunächst entkommen.«

»Zunächst?«

»Vor einigen Stunden fiel einem Müllfahrer ein hellgrauer Mercury auf, der am Rande der Müllkippe stand. Er ging hin und fand zwei Leichen. Die Toten wurden als Shannon Rust und Dave Forrest identifiziert.«

Als ich das Diamond Hotel betrat, sah ich äußerlich nicht mehr nach dem Marsch durch die Wüste aus, denn Phil hatte den Sohn seines Hotelwirts einen sauberen Anzug und frische Wäsche für mich aus dem Diamond holen lassen.

Durst hatte ich noch. Ich bestellte an der Hallenbar ein Glas Fruchtsaft. Der Keeper sah mir ins Gesicht.

»Mr. Cann?« erkundigte er sich.

»Richtig!«

»Mr. Erskine möchte benachrichtigt werden, sobald Sie im Hotel gesehen worden sind.«

»Okay, benachrichtigen Sie!«

Er rief einen Hausapparat an.

»Mr. Cann sitzt an der Hallenbar, Sir«, meldete er, lauschte und reichte mir den Hörer.

»Bitte, kommen Sie in meine Wohnung«, sagte Walt Erskine.

»In zwei Minuten!«

Ich gab dem Keeper den Hörer zurück, leerte das Glas, zahlte und ging zu den Aufzügen.

Als die Schachttür auf der 20. Etage zurückglitt, wartete Walt Erskine.

Sein Gesicht hatte sich verändert, war magerer und härter geworden. Die Augen lagen tief in den Höhlen.

Er führte mich in den luxuriösen Wohnraum.

»Wollen Sie etwas trinken?«

»Nicht so früh am Tag!«

»Okay, lassen wir die Umwege! Ich will mich bei Ihnen bedanken. Sie haben meinen Sohn rausgeholt.«

Er nahm ein längliches, schmales Papier vom Schreibtisch und reichte es mir.

»Ich hoffe, die Summe entspricht Ihren Erwartungen.«

Es war ein Scheck über 50000 Dollar.

»Ich werde Sie nicht fragen, auf welche Weise Sie herausfanden, wer Frank entführte und wo er gefangengehalten wurde. Niemand wird Sie fragen, Jerry Cann. Ich unterhalte gute Beziehungen zur Polizei. Ich weiß, daß drei Entführer verhaftet wurden und daß man die Leichen der beiden Männer fand, die das Kidnapping organisierten. Die Polizei wird darauf verzichten, Frank zu befragen, denn die Ärzte haben einen schweren Schock und absolute Vernehmungsunfähigkeit festgestellt und bescheinigt. Ich habe ihn an einen ruhigen Ort bringen lassen, wo er sich erholen soll.«

»Das alles hört sich so an, als wären Sie an der Aufklärung der Entführung nicht interessiert.«

»Im Augenblick bin ich an der Frage interessiert, ob Sie diesen 50000-Dollar-Scheck annehmen werden oder nicht, Jerry Cann. Wie Sie sehen, ist es ein Barscheck. Sie können die Dollarscheine in ihre Tasche stopfen. Niemand wird wissen, an wen das Geld ausgezahlt wurde.«

»Ausgenommen Sie, Mr. Erskine!«

»Richtig, denn ich hoffe immer noch auf Zusammenarbeit.«

»Wenn ich richtig zähle, bieten Sie mir den Job zum dritten Mal an. Meine Antwort hat sich nicht geändert. Ich kam nach Las Vegas, um Urlaub zu machen und ein paar Dollars an den Spieltischen zu verdienen.«

»Wie paßt Franks Befreiung in Ihr Programm?«

»Überhaupt nicht, Mr. Erskine. Ich bin unfreiwillig hineingeschlittert und konnte nicht mehr zurück. Erinnern Sie sich, daß das hübsche Mädchen aus dem Diamond-Ballett und ich in Ihrem Park überfallen wurden? Sie wollten das Mädchen feuern. Ich legte ein gutes Wort für Lilly Levin – so heißt sie – ein. Am anderen Tag rückte sie mit der Wahrheit heraus. Sie war von einem gewissen Dave Forrest für eine Tätigkeit angeworben worden, die Ihnen wenig gefallen hätte, Mr. Erskine. Ich kümmerte mich um diesen Forrest. Er gehörte zu der Crew, die Ihren Sohn entführte. Wenn Ihre Beziehungen zur Polizei wirklich gut sind, wird man Ihnen gesagt haben, daß einer der Erschossenen als Dave Forrest identifiziert wurde. Mit Forrest war ich auf der richtigen Fährte. Er und seine Freunde fühlten sich sicher und verhielten sich leichtsinnig.«

Er löste sich vom Schreibtisch und streckte die Hand aus.

»Geben Sie mir den Scheck zurück, Jerry Cann!«

Ich gab ihm das Papier. Er zerriß den Scheck in kleine Fetzen.

»Seit unserer ersten Begegnung hielt ich Sie für einen Gangster, der sich mit seiner Beute nach Las Vegas abgesetzt hatte. Jetzt bin ich überzeugt, daß Sie ein Schnüffler sind.«

Ich lächelte. »Auf der Basis dieser neuen Erkenntnis wäre eine Zusammenarbeit zwischen uns denkbar.«

»Wen suchen Sie?«

»Einen Mörder.«

Er biß sich auf die Unterlippe.

»Kann ich Einzelheiten erfahren?«

»Tatsächlich wissen wir kaum mehr über ihn, als daß er einen Auftragsmord in New York verübte. Den Namen des Auftraggebers kennen wir.« Ich beobachtete Erskine scharf. »Basyl Racoff.«

Er hatte seine Nerven unter Kontrolle. Sein Gesicht zeigte keine Bewegung.

»Basyl Racoff«, wiederholte ich. »Ich weiß, daß Sie den Namen nicht zum ersten Mal hören.«

»Sie irren sich! Ich kenne niemanden, der so heißt.«

»Am Morgen nach der Entführung Ihres Sohnes boten Sie mir viel Geld, wenn ich mir einen bestimmten Mann vornähme, ihm die Daumenschrauben anlegte und ihn zur Herausgabe gewisser Gegenstände zwänge. Falls ich den Auftrag annähme, wollten Sie mir eine Kassette vorspielen und mir den Namen nennen. Hätte ich zugestimmt, Sie hätten den Namen Basyl Racoff genannt.«

»Eine Vermutung, die ich nicht bestätigen werde, Jerry Cann – falls Sie tatsächlich so heißen.« Er machte eine Handbewegung zur Tür. »Da Sie kein Geld annehmen dürfen, lassen Sie mich wissen, auf welche Weise ich Ihnen meinen Dank für Franks Befreiung abstatten kann!«

»Helfen Sie mir, Racoff zu fassen! Wir brauchen Beweismaterial gegen ihn. Sie können es liefern. Nur über Racoff kommen wir an die Männer heran, die für ihn Morde begehen.«

»Ich bin nicht die richtige Adresse«, antwortete er eisig.

»Sie wissen, daß es Racoff war, der Mark Hale umbringen ließ.«

»Detective Sergeant Shriver hofft, diesen Mord aufklären zu können.«

»Und auf Racoffs Befehl wurden Shannon Rust und Dave Forrest erschossen!« Ich war wütend und schrie.

»Sie werden nicht erwarten, daß mich der Tod der Gangster, die meinen Sohn entführten, besonders berührt.«

»Verdammt, haben Sie nicht begriffen, daß Racoff Ihren Sohn entführen ließ?«

»Ich fürchte, es hat keinen Zweck, unser Gespräch fortzusetzen«, sagte er mit schneidender Schärfe.

Ich öffnete die Tür.

»Sie müssen eine Menge Dreck am Stecken haben, Walt Erskine«, sagte ich. Zu meinem Erstaunen lächelte er.

Ich ging zum Schalter des Hoteltresors, ließ mein Schließfach öffnen und mir eine Kassette geben. Ohne Begeisterung zählte ich mein Kapital. Ganze 9000 Dollar besaß ich noch. 5000 Dollar ließ ich wieder einschließen.

Hatte es noch Sinn, die Rolle des anrüchigen Spielers beizubehalten? Soweit es Walt Erskine betraf, war meine Tarnung geplatzt.

Und Racoff?

Würde Erskine ihm sagen, daß die Polizei ihm auf den Fersen saß? Nein, Erskine hatte keinen Grund, seinen Feind zu warnen. Was immer Racoff gegen Erskine in den Händen hielt, nach der Befreiung seines Sohnes würde Erskine nicht aufgeben, sondern mit erbitterter Energie versuchen, Racoff auszuschalten und zu erledigen, ohne selber dabei aufzufliegen. Beide Männer führten einen Krieg im Dunkel gegeneinander. Einmischung der Polizei hätte für beide den Untergang bedeutet.

Ich durfte mein Ziel nicht aus den Augen verlieren. Ich war nicht nach Las Vegas gekommen, um Walt Erskine vor Racoff zu schützen oder umgekehrt. Ich wollte den Mörder finden, der in Racoffs Auftrag Stanwell erschossen, Mary McCanzie getötet und den kleinen Ted zum Krüppel gemacht hatte.

Wenn Walt Erskine uns nicht helfen wollte und konnte, mußte ich Racoff zum direkten Angriff auf mich provozieren. Ich mußte erreichen, daß er mich für einen Feind hielt. Für einen gefährlichen Feind, gegen den er einen seiner Killer einsetzte.

Wenn ich den Anschlag des Killers überlebte, den Mörder faßte und ihn zum Reden brachte, dann konnte ich Racoff die Hand auf die Schulter legen.

Ich wußte, daß sich ein Mann wie Racoff lange wehren würde. Doch irgendwann, vielleicht erst nach Monaten, wenn er erkannte, daß es für ihn keinen Ausweg gab, würde er zusammenbrechen und alle, die jemals für ihn gearbeitet hatten, mit in seinen Untergang reißen. Dann würde er Namen nennen. Viele Namen. Darunter auch den Namen des Killers, den er in New York in das Anwaltsbüro geschickt hatte.

Diese Gedanken waren Zukunftsmusik. Ich ging in den Park hinaus, wählte einen Liegestuhl im Schatten einer Palme und versuchte, etwas von dem Schlaf nachzuholen, den ich in der vergangenen Nacht versäumt hatte.

Nach einer halben Stunde wurde ich von der Berührung einer kühlen Hand geweckt. Ich blinzelte und sah in Lilly Levins Gesicht.

»Sie machen sich rar, Jerry«, sagte sie. »Gestern nacht

kam ich nach der Vorstellung in den Spielsaal und suchte Sie vergeblich. Haben Sie das Spielen aufgegeben?«

»Ich werde es bald aufgeben müssen. Gestern verlor ich eine Menge Geld.«

Lilly trug ein leichtes Sommerkleid, das ihre gebräunten Arme freiließ. Das Haar hatte sie zu einem Pferdeschwanz zusammengebunden. Sie war ungeschminkt und strahlte unverdorbene Frische aus.

»Warum machen Sie nicht einen Ausflug zum Canyon, statt zu spielen?«

»Würden Sie mitkommen?«

»Mit Vergnügen.«

Ich richtete mich auf. Mein Blick fiel auf die Leute an der Pool-Bar. Nach dem Lunch drängten sich ein gutes Dutzend Personen zum ersten Nachmittagsdrink an der Bar. Zwischen ihnen entdeckte ich Basyl Racoff.

Er hatte den Anzug gewechselt. Statt des hellen, verknitterten Leinenanzugs trug er eine grüne Hose und eine großkarierte Jacke. In der Hand hielt er ein großes Glas, aus dem ein Strohhalm ragte.

Sah Racoff mich an? Die Frage war schwer zu entscheiden, denn er drehte sich nach wenigen Sekunden um, stellte sein Glas auf die Bartheke, zahlte und ging in Richtung des Spielsaals.

Ich sprang aus dem Liegestuhl auf und nahm Lillys Arm.

»Kommen Sie mit!«

»Wohin?«

»An einen Spieltisch! Ich hoffe, Sie werden mir Glück bringen.«

»Vor einer Minute sprachen Sie noch von einem Ausflug zu den Canyons.«

»Vorher muß ich das Geld fürs Flugticket gewinnen.«

Ich wollte Racoff nicht aus den Augen verlieren. Er benutzte den Haupteingang, blieb vor den Roulettischen sehen und sah nach links. Ich folgte seinem Blick und erkannte, was seine Aufmerksamkeit erregt hatte. Am Roulettisch mit der Nummer 16 stand zwischen vier oder fünf anderen Spielern Racoffs schöne rothaarige Freundin.

Die Spieler verdeckten den Blick auf den Croupier. Erst als Racoff zu dem Tisch ging, seine Freundin mit einer groben Geste anstieß, sah ich den Croupier für einen Augenblick. Es war derselbe blonde Mann, an dessen Tisch Dinah Ross gestern gespielt hatte.

Mit seiner Freundin verließ Racoff den Spielsaal.

Lilly merkte, daß ich mich für die beiden interessierte. Sie stellte keine Fragen.

Ich drängte mich zwischen die Spieler an den Roulettetisch. Der Croupier stand mit leicht gesenktem Kopf und beobachtete die kreisende Kugel.

Ich setzte einen Hunderter auf Rot. Er hob den Kopf und sah mich an.

»Nichts geht mehr, Sir!«

Mit dem Rechen schob er meinen Hunderter zurück.

Die Kugel fiel in ein Fach. Halblaut verkündete er das Resultat, tippte mit der Kante des Rechens auf das Feld, das gewonnen hatte, kassierte die Verlustsätze und zahlte die Gewinne aus.

»Alles bezahlt!« rief er. »Machen Sie Ihr Spiel!«

Ich setzte die Hundert-Dollar-Note. Auf einfache Chancen darf beim Roulett auch mit Geldscheinen gespielt werden.

Ich achtete nicht auf die Kugel, sondern sah dem Mann ins Gesicht.

Nein, ich konnte nichts Besonderes darin entdecken.

Vielleicht war er einige Jahre älter, als sein Aussehen vermuten ließ. Er hatte zwei scharfe Falten an den Mundwinkeln. Seine Lippen waren schmal. Sein Kinn sprang leicht vor.

Ich gewann. Er schob einen blauen 100-Dollar-Chip zu meinem Geldschein. Wie alle Croupiers trug er dünne, weiße Zwirnhandschuhe, um das Infektionsrisiko beim Hantieren mit den Chips, die durch viele Hände gegangen waren, herabzusetzen.

»Neues Spiel, Ladys und Gentlemen!«

Ich ließ Einsatz und Gewinn stehen.

Nach zehn Sekunden fiel die Kugel auf Schwarz. Ich hatte verloren und verließ den Tisch.

Lilly wartete auf mich.

»Gewonnen?«

Ich überhörte ihre Frage, denn ich dachte intensiv darüber nach, was uns auf den Gedanken gebracht hatte, daß Racoff sich immer anderer Berufsmörder bediente, statt alle Verbrechen durch ein und denselben Mann begehen zu lassen.

»Treib dich nicht dauernd an Larrys Tisch herum!« schnauzte Racoff seine Freundin an.

Sie saßen nebeneinander in dem Rolls, dessen Innenraum nicht weniger verschmutzt war als sein Äußeres.

Dinah schwieg.

Sie hatte dem quälenden Wunsch nachgegeben, Larry zu sehen, weil sie nicht wußte, was in der Nacht geschehen war. Racoff war nicht nach Hause gekommen, und sie hatte nicht erwartet, ihm im Diamond-Casino zu begegnen.

Sie hatte keine Möglichkeit gefunden, mit Larry zu

sprechen, denn immer hatten mehrere Spieler an seinem Tisch gestanden.

»Ich habe dir nicht erlaubt, in das Casino zu gehen!« schrie Racoff.

»Früher hast du nichts dagegen gehabt«, wehrte sie sich.

»Früher! Früher!« äffte er nach. »Früher war die Situation nicht so kritisch wie heute. Keinen Schritt wirst du in Zukunft ohne meine Erlaubnis machen!«

»Du kannst mich nicht einsperren, Rac!« Sie war wütend, und sie fühlte sich überlegen, weil sie sah, daß Racoff in schlechter Verfassung war. Um überhaupt bis jetzt auf den Füßen zu bleiben, mußte er eine Menge Aufputschmittel jenen drei roten Kapseln nachgeschoben haben, die ihn aktionsfähig gemacht hatten. Dinah merkte, daß ihm das Steuern des Rolls schwerfiel. An einer Kreuzung vermied er nur um Haaresbreite einen Zusammenstoß.

»Laß mich fahren!« schlug sie vor.

Bereitwillig räumte er den Platz hinter dem Steuer, wechselte auf den Beifahrersitz, streckte die Beine aus und rieb sich die Augen.

»Danke, Darling«, sagte er. »Ich fühle mich total erledigt. Die letzten zehn Stunden haben mich geschafft. Sei nett zu deinem alten Rac und hilf mir.«

Sie kannte den plötzlichen Stimmungsumschwung, den Racoff unter der Wirkung von Medikamenten manchmal erlitt. Er wurde dann weinerlich und wollte bemitleidet werden.

»Wohin soll ich dich fahren?«

Er schien nachzudenken. »Ja, fahr mich«, sagte er schließlich. »Warum soll ich zu dir kein Vertrauen haben? Wir sind schon Jahre zusammen, oder? Abgesehen davon, was könntest du tun? Nein, ich weiß, du wirst mir helfen. Es ist eine große Sache, und wir alle werden sehr reich werden.«

Er schien ihre Frage, wohin sie fahren solle, vergessen zu haben.

»Wohin?« wiederholte sie.

»Geradeaus bis zum Stadtrand! Ich sage dir, wann du abbiegen mußt.«

Er versank in Gedanken, dann schreckte er auf.

»Nächste Abzweigung links!« Gleich darauf stellte er die Frage: »Hast du den Kerl mit dem Mädchen gesehen?«

»Welchen Kerl und wo?«

»Im Casino, verdammt! Ein großer Kerl mit einem dieser Gesichter, auf das die Weiber fliegen. Ein knallharter Typ. Das Mädchen war eine Schönheit. Braunes Haar, lange Beine und eine Prachtfigur!« Er schnalzte mit den Lippen, sah Dinah bösartig an und knurrte: »Manchmal begreif' ich nicht, warum ich dich nicht längst gegen 'ne Jüngere und Bessere ausgetauscht habe.«

Sie überhörte die Beleidigung.

»Nein, ich kann mich an den Mann und das Mädchen nicht erinnern.«

»Weil du nur noch auf Larry starrst!« Er begann, in seinen Taschen zu kramen. »Ich weiß, daß ich dem Mann beim Bakkarat gegenübersaß. Ich verlor 700 Dollar an ihn. Es war an dem Abend, als Mark Hale erschossen wurde. Der Mann reagierte als erster und ganz anders als die übrigen Leute, die alle in Panik verfielen. Er versuchte sofort herauszufinden, wo die Schüsse gefallen waren.«

Bei den letzten Sätzen hatte sich seine Stimme in kaum verständliches Gemurmel verloren.

Jetzt fuhr er hoch.

»An dem Schild nach rechts!« befahl er.

Die Aufschrift war verwittert und nur noch teilweise lesbar.

»Ferienparadies ... Bungalows aller Größen ... Finanzierung.«

Die Straße führte, von Schlaglöchern übersät, in ein Gelände, das von Bauruinen, zurückgelassenen Maschinen und verrottetem Material übersät war.

»Stopp vor dem letzten Haus!«

Bis auf den Außenanstrich, eine Behelfstür und fehlende Treppenstufen schien das Haus bewohnbar.

Racoff stieg aus dem Wagen und schüttelte den Kopf. Dinah kannte seine Fähigkeit, in kritischen Augenblicken die letzten Reserven seines Körpers zu mobilisieren. In solchen Situationen arbeitete sein Gehirn präzise. Seine Reflexe funktionierten.

»Bleib im Wagen!«

Er sah sie drohend an, als wolle er seinem Befehl Nachdruck verleihen, drehte sich um und stampfte auf den Bungalow zu.

Er hämmerte mit der Faust gegen die Tür. Nach einer Minute wurde sie von einem stoppelbärtigen alten Mann geöffnet, der neugierig zu Dinah herüberstarrte.

Racoff drängte den Alten ins Haus und schrammte die Tür zu.

Eine Minute ließ Dinah verstreichen. Dann öffnete sie vorsichtig den Schlag. Sie achtete sehr darauf, kein Geräusch zu machen, als sie zum Haus ging.

Alle Läden waren geschlossen. Dahinter mußten Fenster offenstehen, denn Dinah hörte Racoffs und des Alten Stimmen, bevor sie das Haus erreicht hatte.

Sie stritten sich.

»Nein, er hat noch nicht nachgegeben!« schrie Racoff.

»Dann werde ich selbst mit ihm reden.«

»Genau das wirst du nicht tun, alter Narr!«

»Ich will hier raus, will mindestens fünftausend Meilen zwischen mich und die verdammte Wüste legen. Sie fahren in 'nem feinen Schlitten durch die Landschaft, mit 'ner rothaarigen Klassepuppe auf dem Beifahrersitz. Mich lassen Sie in Hitze und Einsamkeit schmoren.« Er schlug mit der Faust auf den Tisch. »Ich gebe Ihnen eine letzte Frist von vierundzwanzig Stunden.«

»Paß auf, Ken! Streng dein eingerostetes Gehirn an, damit du begreifst, was ich dir vorschlage! Durch eine einfache Drohung ist dein Freund Walt nicht zum Zahlen zu bringen. Glaub mir, ich habe eine Menge Zusatzarbeit geleistet! Aber ich muß ihn noch mehr unter Druck setzen. Er wird weiche Knie bekommen, wenn er sieht, daß du das Beweismaterial besitzt. Ich werde ihm die Dinge unter die Nase halten, die für ihn das Ende als großer Geschäftsmann und angesehener Millionär bedeuten. Also gib mir die Kassette und den Python-Revolver.«

»Nein!« Douglas kreischte seine Weigerung hinaus. »Sie wollen mich ausbooten! Sie verkaufen meine Beweise an Walt und lassen mich leer ausgehen.«

»Zum Henker, ich weiß nicht einmal, ob die Sachen wirklich existieren.«

»Sie existieren, und ich besitze sie. An Walts Reaktion müssen Sie gemerkt haben, daß ich die Wahrheit sage.«

»Nichts habe ich gemerkt!« tobte Racoff. »Keinen Cent rückt er heraus. Er lacht über mich.«

»Nein, er lacht nicht über uns«, sagte Douglas ernst. »Warum hat er nicht die Polizei gerufen und Sie wegen Erpressung verhaften lassen? Er weiß, daß ich ihn ruinieren kann. Ich schwöre, ich werde nicht zögern.«

»Also gib mir die Kanone und die verdammte Kassette!«

Douglas schüttelte den Kopf.

»Um keinen Preis«, wiederholte er beharrlich. Als Racoff auf ihn zuging, führte Douglas eine Hand unter die Jacke.

»Bleiben Sie, wo Sie sind! Sie wissen, daß ich eine Waffe habe.«

Racoff wechselte die Taktik. »Wir wollen uns nicht streiten, Ken«, sagte er. »Du mußt einsehen, daß es keinen Sinn hat, Erskine eine Drohung nach der anderen zu schicken. Er hat Nerven aus Stahl. Kapierst du, daß er glaubt, wir würden ihn nicht an die Polizei verraten, weil wir dann selber nichts von seinem Reichtum erben könnten? Damit liegt er sogar richtig, denn ich will mich nicht an Walt Erskine rächen. Ich will Geld aus ihm rausschlagen. Okay, wenn er die Polizei nicht fürchtet, dann gibt es eine andere Organisation in Las Vegas, die für Beweismaterial gegen einen Spielcasinobesitzer eine hohe Summe zahlen würde.«

»Von wem sprechen Sie?«

»Von der Mafia! Hör zu, Ken! Ich werde deinem alten Freund Walt die Kassette und den Revolver unter die Nase halten. Ich werde ihm sagen: Zahle jetzt, oder ich spiele diese Dinge der Mafia in die Hände. Kapiert, Ken?«

»Machen Sie, was Sie wollen!« antwortete Douglas. »Der Revolver und die Kassette bleiben bei mir, bis Walt gezahlt hat.«

Racoff stöhnte auf und vergrub das Gesicht in den Händen. Er spürte, daß er den Alten nicht überzeugen konnte. Okay, er würde einen anderen Weg finden, die Beweise gegen Erskine in seine Hand zu bringen, sie tatsächlich zu besitzen, wie er es in der ersten Begegnung mit Erskine behauptet hatte.

»Schon gut, Ken«, sagte er erschöpft. »Bewahr Geduld für zwei oder drei Tage! Fehlt dir irgend etwas? Brauchst du Tabak oder Whisky? Alles noch da? In Ordnung, mein Alter! Ich werde morgen kommen und Geld mitbringen. Vielleicht nicht die ganze Summe, aber einen Teil.«

Racoff verließ das Haus. Ken Douglas folgte ihm nach draußen, hauptsächlich, um einen Blick auf die Frau werfen zu können.

Als die Männer aus dem Haus kamen, saß Dinah hinter dem Steuer. Racoff duldete nicht, daß Douglas mit ihr sprach. Er beeilte sich beim Einsteigen und schrie: »Fahr los!«

Während der Fahrt sprach er nicht, sondern starrte nur vor sich hin und kaute an den Fingernägeln.

Dinah fuhr zur Villa, ließ Racoff aussteigen und brachte den Rolls in der Garage unter.

Sie ging ins Haus und fand Racoff im Wohnzimmer. Er schwankte und sah erschreckend verfallen aus.

Schwer stützte er sich auf die Frau.

»Ich muß schlafen, Dinah!« keuchte er. »Fühl, wie mein Herz hämmert! Verdammt, wenn ich nicht ein paar Stunden schlafen kann, werde ich sterben.«

Er ließ sich auf die Couch fallen. »Bring mir die Tabletten und Wasser!«

»Welche Tabletten?«

»Die flache, blaue Schachtel!«

Sie holte die Schachtel und ein Glas Wasser.

Racoff nahm zwei Tabletten, leerte das Glas in einem Zug und öffnete die Finger. Das Glas fiel auf seinen Körper und rollte von dort auf den Boden. Der dicke Teppich bewahrte es vorm Zerspringen.

Dinah hob es auf. Sie ging zum Barschrank, füllte Bourbon in das Glas und führte es an die Lippen. Dann wurde ihr bewußt, daß Racoff daraus getrunken hatte. Sie schüttete den Bourbon in den Behälter für die Eiswürfel, nahm ein sauberes Glas und trank daraus.

Von der Couch drang Racoffs röchelndes Schnarchen zu ihr.

Vor Haß wurde ihr fast schlecht.

»38er-Munition«, sagte Phil. »Der Wagen, in dem Forrest und Shannon Rust gefunden wurden, gehörte Forrest. Keine fremden Fingerabdrücke! Keine Zeugen!«

Wir saßen in Phil Zimmer. Die Fenster waren geöffnet. Von der Straße drang die Musik einer mexikanischen Mariachi-Gruppe. In einem Haus schräg gegenüber wurde eine Hochzeit gefeiert, und die Gäste tanzten auf der Straße.

Von Las Vegas' nächtlichem, hektischem Spielfieber war in den Altstadtgassen nichts zu spüren.

»Ich denke darüber nach, ob Racoff einen anderen Killer auf Forrest und Rust angesetzt hat als beim Mord an Mark Hale?«

»Schwer zu beantworten. Bis jetzt heuerte er für jedes Unternehmen neue Helfer an. Forrest und Rust hatten nie zuvor für ihn gearbeitet. Ich bin überzeugt, auch der Killer ist ein anderer als der Mann, der in New York Stanwell und Mary McCanzie erschoß. Aber ich weiß nicht, ob er in Las Vegas nur Mark Hale oder auch die beiden anderen tötete.«

Ich sah das Phantombild über Phils Bett an.

»Wenn du an einen anderen Mörder in Las Vegas als in New York glaubst, warum hast du dann das Bild aufgehängt? Nach unserer Theorie müßte der Mann, der vielleicht so aussieht wie das Bild, in New York leben.«

Die Frage verwirrte Phil für einen Augenblick.

»Okay, Jerry«, gab er zögernd zu, »aber als wir auf Racoffs Fährte nach Las Vegas kamen, suchten wir Stanwells Mörder, keinen anderen. Niemand wußte, daß in Racoffs Umfeld neue Morde begangen würden.«

Klatschen und Gelächter belohnten unten auf der Straße die Mariachis für ihre Musik.

»Phil, ich frage mich seit heute, ob wir vielleicht einen Kurzschluß in unserer Theorie haben. Weil wir wußten, daß sich Basyl Racoff bei jedem Raubzug immer neuer Schlägertrupps, Rockerbanden und Entführungsgangs bedient, nahmen wir als selbstverständlich an, daß er auch für jeden Mord einen anderen Berufskiller einkauft. Wir können uns irren. Woher wollen wir wissen, ob nicht die blutige Arbeit von immer demselben Mann geleistet wird?«

»Bei allen Morden wurden andere Waffen benutzt.«

»Glaubst du, ein ausgekochter und intelligenter Gangster wie Racoff würde versäumen, seinem Henker für jeden Mord eine neue Waffe in die Hand zu drücken? Waffen lassen sich leicht beschaffen. Wichtiger scheint mir der Umstand zu sein, daß die Morde nach nur einer Methode begangen wurden. Nie wurden Menschen, von denen wir annahmen, daß Racoff ihr gewaltsames Ende wünschte, erdolcht oder erdrosselt. Nie wurden sie mit einem Gewehr erschossen oder durch eine Maschinenpistolengarbe niedergemäht. Immer bediente sich Racoffs Mörder eines Revolvers. Immer trat er seinem Opfer gegenüber und tötete aus nächster Nähe, ein schneller, kaltblütiger und entschlossener Killer.«

Die Mariachi-Musik setzte neu ein. Ich trat ans Fenster.

Die Mädchen, die unten tanzten, trugen mexikanische Tracht, lange Kleider mit bestickten Röcken und bunte Kämme im aufgesteckten Haar.

Ich schloß das Fenster. Wir redeten von Mord. Die heitere Musik, das Gelächter, das Händeklatschen störten mich.

»Ein Mörder für alle Verbrechen, Phil!« sagte ich, streckte die Hand und zeigte auf das Phantombild. »Dieser Mann ist in Las Vegas.«

»Dann müssen wir ihn finden können!«

»Nach dem Bild, Phil? Jeder Mann um die Dreißig sieht ungefähr so aus.«

Ich legte die Hände auf den Rücken.

»Phil, ich möchte Teddy McCanzie nach Las Vegas kommen lassen!«

Als Dinah Ross am Morgen ins Arbeitszimmer kam, lag Racoff unverändert auf der Couch und schlief. Er schnarchte nicht mehr, sondern atmete tief bei weit geöffnetem Mund. Schweißgeruch füllte das Zimmer. Dinah öffnete ein Fenster.

Sie hörte das Motorengeräusch eines Autos und ging nach vorn.

Trevors roter Pinto stoppte vor dem Eingang. Sie lief hinaus und öffnete die Tür.

Trevor trug Jeans und ein weißes Hemd. Sie umarmte und küßte ihn. Er ließ sie gewähren, ohne ihre Küsse zu erwidern.

»Du legst los, als wäre Rac nicht zu Hause«, stellte er spöttisch fest.

»Er schläft seit zehn Stunden.« Sie suchte Trevors Blick. »Larry, hilf mir, dieses Scheusal loszuwerden!«

»Dazu braucht du nicht mich. Kauf dir ein Flugticket und nimm eine Maschine nach irgendwo!«

»Nicht allein, Larry! Nur mit dir und mit Geld aus Racoffs Tasche. Es steht uns zu! Dir und mir!«

Er befreite sich aus ihrer Umarmung.

»Mal hören, was Basyl dazu sagt!«

Er ging in den Arbeitsraum. Bei Racoffs Anblick lachte er, stellte sich vor die Couch und stieß den Schlafenden mit der Schuhspitze an.

Sofort öffnete Racoff die Augen.

»Du hast dich nicht gemeldet, Rac«, sagte Trevor. »Ich glaubte schon, du hättest dich abgesetzt.«

»Warum bist du hier?« fragte Racoff im Liegen. »Deine Arbeit beginnt um neun Uhr!«

»Habe mit einem anderen getauscht, weil ich wissen wollte, was bei dir läuft.«

Racoff richtete sich auf, fuhr mit allen zehn Fingern durchs wirre Haar. Sein innerer Motor sprang an. Das Gesicht belebte sich.

»Ich war am Ende meiner Kräfte, Larry! Weißt du, mein Junge, in den letzten acht Tagen habe ich eine Menge Speedtabletten geschluckt, um auf den Füßen bleiben und an allen Drähten ziehen zu können. Als dann die verdammte Schweinerei passierte, mußte ich mir eine kleine Atombombe reinschieben, oder ich wäre nicht aktionsfähig gewesen. Ich bin nicht so eiskalt wie du, Larry. Der Zusammenbruch gestern war danach einfach unvermeidlich.« Er beugte sich vor. »Jetzt bin ich wieder obenauf, und wir werden unser Geschäft neu beleben.«

Trevor wich vor dem Geruch, der von Racoff ausging, zurück. Racoff bemerkte es und lachte.

»Ich bin kein hübscher Anblick, was? Und ich stinke wie ein Misthaufen, nicht wahr? Okay, ich stelle mich unter die Dusche. Dinah kann ein Frühstück für uns machen! Eier, Speck und so starken Kaffee, daß der Löffel darin stehen bleibt.«

»Basyl, wer hat den jungen Erskine befreit? Die Polizei?«

Schon unterwegs zum Badezimmer drehte sich Racoff in der Tür um. »Ich weiß es nicht genau, aber ich glaube, die Polizei mischte erst im zweiten Akt mit. Im Diamond läuft ein neuer Mann herum. Vielleicht ein Nachfolger für Mark Hale, obwohl ich ihn schon im Casino sah, als Hale noch lebte.« Er warf einen bösen Blick auf Dinah. »Kein Thema für ein Gespräch vor Weiberohren!«

Während Racoff im Badezimmer verschwand, ging Dinah Ross in die Küche. Trevor folgte ihr, stellte sich hinter sie, griff nach ihr und biß sie in den Nacken. Seine Hände preßten ihre Brüste.

Sie wand sich unter seiner Berührung. »Oh, Larry, ich hantiere mit kochendem Wasser. Laß mich los, oder der Speck wird verbrennen!«

Er gab sie frei, setzte sich auf die Tischkante und zündete eine Zigarette an.

»Warum riskierst du deinen Kopf für ein Stinktier wie Basyl?« fragte sie.

»Ich riskiere nichts, außer daß er mich in deinem Bett erwischt.«

»Das wäre ihm gleichgültig. Er würde dir verzeihen.«

Seine Augen blieben kalt, aber seine sonst so ausdruckslose Stimme war voll Spott, als er antwortete: »Mir gewiß, aber dir würde er nicht verzeihen.«

»Ich liebe dich, Larry!« sagte sie heftig. »Ich will nicht, daß du für Basyl ...«

Unter der Drohung in seinem Blick brachte sie das Wort »Mord« nicht über die Lippen.

»Häng ihn ab, Larry!« flehte sie.

»Der Speck brennt an!« Er drehte sich um und ging in den Wohnraum.

Dinah belud ein Tablett mit den Utensilien des Frühstücks und deckte den Tisch auf der kleinen Terrasse.

Racoff kam, in einen bunten Bademantel gehüllt, aus dem Duschraum.

»Setz dich, Larry!« dröhnte er. »Willst du Kaffee? Toast?«

Er häufte Speck und Ei auf seinen Teller, trank laut schlürfend vom Kaffee.

»Sprechen wir über unser Problem!« Er schob eine Portion Speck und Ei in den Mund und schlang alles ohne Kauen herunter. »Wir müssen beweisen, daß wir es immer noch ernst meinen. Dieser neue Mann wäre das richtige Objekt, falls er ...« Er unterbrach sich und sah Dinah an. »Ich will nicht, daß du zuhörst. Zuviel Wissen macht ein Frau häßlich und stumpf im Bett! Verschwinde und schließ die Terrassentür!«

Sie hatte keine andere Wahl, als zu gehorchen. Bevor sie die Tür schloß, verstand sie noch einen halben Satz.

»... wenn er dort läge, wo Mark Hale gelegen hat ...«

In der Nacht, als ich Phils Hotel verlassen hatte, war ich in die mexikanische Hochzeit geraten. Der Brautvater hatte mich aufgefordert, mit ihnen zu feiern. Die Mariachis hatten mich umdrängt und einige glutäugige Mädchen waren unter rhythmischem Händeklatschen auf mich losgegangen. Schließlich hatten sie sich damit begnügt, daß ich ein riesiges Glas Tequila auf das Wohl des Brautpaares leerte.

Irgendwann muß jeder Mensch eine Pause einlegen.

Am Morgen nach dem Frühstück traf ich Lilly. Wir fuhren zum Flugplatz Scenic Airways, wählten einen Hubschrauberflug und ließen uns zusammen mit einer kleinen Gruppe japanischer Touristen zum Grand Canyon fliegen.

Nach einer Stunde lag der Canyon unter uns, eine 200 Meilen lange, zerklüftete und an den Rändern vielfach zerfranste Scharte im Leib der Erde.

Der Pilot ließ die Maschine tief zwischen die Wände absinken. Bizarre Gesteinsformationen schienen um die Maschine hochzuwachsen. Die Aufwinde rüttelten den Helikopter, als wollten sie ihn vom Himmel schütteln. Die beiden Japanerinnen in der Touristengruppe wimmerten und hielten sich die Augen zu. Die Männer machten Kamikaze-Gesichter.

Wir landeten bei der Arizona Lodge, mieteten Mulis und ritten auf schmalen Pfaden zum Grund des Canyons, bis die Mulis ihren Durst am Wasser des Colorado River löschen konnten. Erst am späten Nachmittag brachte die Maschine uns nach Las Vegas zurück. Es gab einen kurzen Abschied, denn Lilly mußte rechtzeitig zur Show hinter der Bühne sein. Wir verabredeten uns für Mitternacht im Saphir-Nachtclub.

Ich zog mich um und rief Phil an. »Das Flugzeug, in dem Teddy kommt, landet morgen früh, neun Uhr und fünfzehn Minuten«, sagte er.

»Ich werde am Flughafen sein.«

Zum Dinner ging ich in eines der Hotel-Restaurants. Ich ließ mir Zeit. Der Spielsaal lockte mich nicht. Den Restbestand meines Vorzeigegeldes wollte ich für morgen schonen.

Gegen zehn Uhr wechselte ich aus dem Restaurant an die Hallenbar. Ich ließ mir einen Bourbon auf Eis geben und beobachtete den Auftrieb der Gäste, die zwischen Hotel und Spielcasino unterwegs waren.

Kurz vor elf Uhr kam Walt Erskine in die Halle. Er trug den weißen Smoking und eine Orchidee, die als sein Markenzeichen galt, am Revers. Zwei Männer begleiteten ihn. Beide waren solide, stämmige Gestalten. Die Art, in der sie ununterbrochen ihre Umgebung musterten, verriet, daß Erskine sich Leibwächter zugelegt hatte.

Er entdeckte mich, machte seinen Bodyguards ein Zeichen zurückzubleiben und kam an die Bar.

»Haben Sie den Spaß am Spiel verloren, Jerry Cann?« fragte er.

Auf der anderen Seite der Theke kam der Mixer herangeschossen. »Welchen Drink, Sir?«

Erskine blickte auf mein Glas. »Was trinken Sie? Bourbon? Okay, dann auch Bourbon für mich.«

Der Keeper brachte den Drink so schnell, daß das Glas wie hingezaubert vor dem Diamond-Chef stand.

»Cheerio und noch einmal vielen Dank!« Erskine trank mir zu. »Sie haben meine Frage nicht beantwortet.«

»Ich möchte einen Rest meines Geldes nach Hause zurückbringen.«

»Ihr Geld?« fragte er mit einem Unterton von Spott. »Ich denke, irgendwem werden Sie Rechenschaft darüber ablegen müssen, oder?«

»Jedenfalls nicht meiner weinenden Frau und meinen nach Brot schreienden Kindern«, antwortete ich. »Warum interessieren Sie sich dafür?«

»Weil ich immer noch nach einer Möglichkeit zur Zusammenarbeit suche. Wenn ich Ihnen Geld anbiete, wäre das Bestechung, und ich weiß nicht, wie Sie darauf reagieren würden. Aber ich kann anordnen, daß Ihnen am Spieltisch Kredit eingeräumt wird – irgendeine

Summe, mit der Sie Ihr Glück versuchen können. Wenn Sie gewinnen, gehört der Gewinn Ihnen, und es wäre legales Geld.«

»Und wenn ich verlöre?«

»Dann müßte das Diamond-Casino einen leichtfertig gewährten Kredit als Verlust abschreiben. So etwas kommt oft vor. Spielern, die große Verluste erlitten haben, geben wir durch einen Kredit eine letzte Chance.«

»Was verstehen Sie unter großen Verlusten?«

»Hunderttausend Dollar oder mehr.«

Ich lachte.

»Nur ein Zehntel dieser Summe sind aus meiner Tasche in Ihre Kasse gewandert, Mr. Erskine.«

»Sie wollen mich nicht verstehen, Jerry Cann.«

»Ich verstehe Sie sehr gut. Sie wollen, daß ich Sie von Basyl Racoff befreie, ohne daß Racoff Sie mitreißt. Aber ich kann mich nur mit Racoff befassen, wenn Sie als Zeuge gegen ihn auftreten. Wollen Sie als Zeuge auftreten, Mr. Erskine?«

Er leerte sein Glas. »Ihr Drink geht auf Kosten des Hauses«, sagte er und wollte sich abwenden. Ich berührte seinen Arm.

»Sie wissen, daß ich einen Mörder suche. Sollte Basyl Racoff, der vermutlich ein verdammt übler Bursche ist, als Leiche gefunden werden, würden wir genauso intensiv nach seinem Mörder fahnden, denn Mord läßt sich nicht rechtfertigen. Nicht einmal durch den schlechten Charakter des Opfers.«

»Okay, Jerry Cann. Sollte dieser Glücksfall eintreten, werde ich hoffentlich über ein Alibi verfügen.«

Zusammen mit seinen Leibwächtern ging er in den Bürotrakt.

Ich wechselte von der Bar in den Spielsaal, in dem sich

die Menschen um die Tische drängten, an den Slot-Maschinen arbeiteten, verbissen um die Einsätze beim Black Jack und Bakkarat kämpften.

Ich sah allen Croupiers an den Roulettischen ins Gesicht. Dinah Ross' bevorzugter Spielpartner schien dienstfrei zu haben, denn ich fand ihn nicht.

Mein Blick fiel auf die Spieler am Bakkarattisch Nr. 4. Zwischen einer jungen, schwarzhaarigen Frau und einem übergewichtigen Mann im dunklen Anzug überragte Basyl Racoffs wuchtige Gestalt die Mitspieler.

Ich trug rund 3000 Dollar in der Tasche, und an dem Tisch, an dem Racoff spielte, war ein Platz frei.

Der Wächter an der Absperrung warf einen kurzen Blick auf das Notenbündel, das ich ihm diskret zeigte, und hakte die Kordel aus.

Ich wartete das Spiel ab. Der Bankhalter verlor. Racoff kassierte vier 500-Dollar-Chips und übernahm die Bank.

Ich bekam die ersten Karten, nachdem ich 500 Dollar gesetzt hatte. Mit einer Sechs sah die Sache nicht schlecht aus. Racoff schlug mich mit einer Sieben, kassierte und grinste mich an.

»Sie sind noch zweihundert Dollar im Vorteil. Beim letzten Mal nahmen Sie mir siebenhundert Dollar ab.«

»Bitte, keine Gespräche während des Spiels«, mahnte der Croupier, der den Tisch überwachte.

Demonstrativ packte Racoff vier Chips zu 500 Dollar aufeinander, was bedeutete, daß er ein Spiel um 2000 Dollar anbot.

Ich blätterte meine Scheine auf den Tisch. Der Croupier nahm sie, zählte blitzschnell nach und verkündete: »Zweitausend Dollar.«

Drei Mitspieler gingen im Vertrauen auf mein Glück mit. Sie begnügten sich mit bescheidenen Einsätzen.

Racoff packte vier Chips zusätzlich auf den Bankpool, um alle Einsätze abzudecken.

Der Croupier zog die Karten aus dem Schlitten. Ich hatte eine 4 und ein Bild, das im Bakkarat nicht zählt. Also verlangte ich eine Karte und bekam 3, zusammen also 7.

Racoffs erste Karten waren mit den meinen nahezu identisch: eine 4 und ein bedeutungsloses Bild. Als der Croupier seine dritte Karte umwarf, damit die Bildseite oben lag, war es eine 5, zusammen also 9 – die beste Kombination, die beim Bakkarat möglich ist. Er kassierte alles, meine 2000 und die Einsätze der anderen.

»Jetzt bin ich im Plus«, sagte er mit der Stimme eines Mannes, der sich satt und behaglich wie nach einer üppigen Mahlzeit fühlt.

»Bemerkungen sind nicht erlaubt, Sir!« Der Croupier schüttelte den Kopf.

Racoff ignorierte die Mahnung.

»Wenn Sie sich die Scheine wiederholen wollen, halte ich die Bank für einen neuen Durchgang.«

»Keine Absprachen, Sir!« schrie der Croupier. »Oder ich unterbinde das Spiel!«

»Nicht nötig!« Ich stand auf. »Die Höhe Ihrer Einsätze kann ich nur einmal mithalten.«

»Gebe die Bank ab!« erklärte Racoff und raffte Geld und Chips zusammen.

Ich wartete auf ihn jenseits der Absperrung. Sein Gang war seltsam watschelnd. Er setzte die Füße weit nach außen, und der Oberkörper schwankte.

Ich dachte, er würde stehenbleiben, eine Gespräch mit mir anfangen, aber er klopfte mir lediglich im Vorbeigehen auf die Schulter und sagte: »Versuchen wir's morgen noch einmal miteinander!«

Ich hatte mehr erwartet, aber ich konnte ihn nicht zwingen, sich für mich zu interessieren. Ich sah ihm nach und starrte auf seine ausgebeulten Taschen, in denen nun auch meine Dollars steckten.

Zwar fehlte eine Stunde bis Mitternacht, und Lilly warf in der Diamond-Show noch die Beine, aber ich ging in die Saphir-Bar und parkte auf einem Barhocker.

Nein, ich war alles anderes als zufrieden mit mir. Ich machte mir Vorwürfe, daß ich sinnlos gegen Racoff gespielt hatte. Warum hatte ich am Spieltisch den Kontakt mit ihm gesucht, statt ihn auf irgendeine andere Weise anzugehen? Bot die Spielerrolle überhaupt noch eine Chance? Erskine hatte mich durchschaut, und Racoff ignorierte mich. Beide blockierten sich gegenseitig und wollten nicht, daß Dritte sich einmischten. Ihr Krieg ähnelte dem Kampf zweier Familien, von denen keine sich an die Polizei wendet, sondern deren Mitglieder sich gegenseitig ausrotten.

Der Barkeeper schob mir den bestellten Drink über die Theke. Er war ein rundgesichtiger Farbiger mit eisgrauen Löckchen auf dem Schädel.

»Soll ich raten, ob Sie gewonnen oder verloren haben, Sir?« fragte er. Im ultravioletten Licht der Barbeleuchtung phosphoreszierte sein Raubtiergebiß. »Wenn ich richtig rate, geht Ihr erster Drink auf meine Rechnung.«

»Raten Sie!«

»Sie haben gewonnen, Sir.«

»Irrtum, mein Freund! Ein Mistkerl hat mir das Fell über die Ohren gezogen.«

Er rollte mit den Augen. »Auf jeden Fall sind Sie ein Mann, der einen Verlust mit Haltung trägt«, sagte er und trug dick auf. »Sie zeigen ein Gewinnergesicht!«

Als Lilly eine halbe Stunde nach Mitternacht die Bar

betrat und zu mir kam, beugte sich der Keeper zum zweiten Mal über die Theke.

»Ich sagte, Sie sehen aus wie ein Gewinner. Wenn ich die Lady ansehe, weiß ich, daß ich recht hatte. Der erste Drink auf meine Rechnung. Was schmeckt Ihnen, Miss?«

Lilly tätschelte seine runde, dunkle Wange. »Orangensaft, damit es nicht so teuer wird.«

»Ich werde ihn mit einem Schuß Champagner aufpeppen.«

Die Begeisterung des Keepers war leicht zu verstehen. Lilly sah erstklassig aus. Sie trug ein hautenges, dunkelblaues Abendkleid, in das Metallfäden eingewebt waren. Wann immer das Licht eines der über der Tanzfläche kreisenden Scheinwerfer auf Lilly fiel, flirrten schillernde Funken über ihre Gestalt, als stünde sie unter Hochspannung. Das Kleid ließ ihre Schultern und Arme frei.

Sie dankte dem Mixer für den Orangenflip mit einem Blick, auf den er mit heftigem Augenrollen reagierte.

»Waren Sie in der Show, Jerry?«

»Nein, ich spielte zwei Runden Bakkarat, aber fragen Sie mich nicht nach dem Erfolg!«

»Ich will heute nacht nicht über Geld reden. Alle Leute in Las Vegas sprechen ständig von Geld. Sie erzählen, wieviel sie gewonnen oder verloren haben. Sie behaupten, Spielsysteme zu kennen, mit denen man viele Dollars gewinnen könnte. Sie jammern, wenn die Systeme nicht funktionieren. Alle Gedanken kreisen um Geld. Ich glaube, daß es Erlebnisse gibt, die schöner sind als ein Volltreffer beim Roulett, eine Neun beim Bakkarat, ein Hit an einer Slot-Maschine!«

Der Barmixer klatschte in die Hände. »Bravo, Baby, bravo!«

»Tanzen Sie mit mir, Jerry!« sagte Lilly.

Es waren viele Gäste in der Saphir-Bar. Alle Tische waren besetzt. Auf der nicht sehr großen Tanzfläche bewegten sich ein Dutzend Paare. Eine Menge fröhlicher Leute tranken, lachten und flirteten längs der Bartheke.

Licht im Nachtclub lieferten außer den kreisenden farbigen Scheinwerfern über der Tanzfläche die Tischlampen, die Beleuchtung an der Bar und die Schmuckvitrinen an den Wänden, in denen Spotlichter die ausgestellten Saphirjuwelen anstrahlten.

Mit Lilly zu tanzen war eine angenehme Beschäftigung, viel angenehmer als mit einem Schlitzohr wie Basyl Racoff um harte Dollars zu spielen. Ich weiß nicht, von welchen Gefühlen sie in jener Nacht bewegt wurde. Als die Combo einen langsamen Blues intonierte, legte sie beide Arme um meinen Nacken und kam ganz dicht heran. Aus einer Handspanne Abstand sah sie mir in die Augen. Ich roch ihre Haut und ihr Parfum. Zwischen den leicht geöffneten Lippen schimmerte das Weiß ihre Zähne.

Als so ungefähr auf der halben Strecke des Blues das Licht erlosch, nahmen die Gäste den Zwischenfall als Gag. Ein vielstimmiges Ah und Oh stieg auf, und einige gekitzelte Schreie von Girls, deren Tänzer keine Zeit verloren und die Dunkelheit ausnutzten, denn es war eine nahezu völlige Dunkelheit. Nicht nur die Scheinwerfer über der Tanzfläche, auch die Tischbeleuchtung und die Lampen an der Bar fielen aus. Lediglich die Spotlichter in den Schmuckvitrinen, die an einem anderen Stromkreis hingen, brannten weiter. Aus ihnen drang ein schwacher weiß-blauer Lichtschimmer.

Der Blues erstarb. Lilly und ich blieben stehen, und ich hielt sie fest.

Ein weißer Lichtkegel fiel vom Eingang her quer durch

den Raum, wanderte nach links, erfaßte Menschen, Männer und Frauen, die geblendet die Augen schlossen, abwehrend die Hände hoben oder die Gesichter aus dem scharfen, schmerzenden Licht zur Seite wandten.

Irgendwer rief: »Bringt das Licht in Ordnung, verdammt!«

Ein Glas zersprang klirrend.

Der Lichtstrahl, dirigiert von der Hand, die die Lampe hielt, glitt weiter, holte einen Menschen aus der Dunkelheit, entließ ihn und griff nach dem nächsten. Es war wie ein unheimliches Prüfen, wie das Auswählen durch eine geheimnisvolle Macht. Alle schienen die Bedrohung zu spüren, denn es war sehr still geworden.

Das Licht erfaßte eine schwarzhaarige Frau am Rande der Tanzfläche, tippte ihrem Partner ins Gesicht, verweilte eine Sekunde auf einem großen, bulligen Mann, der unwillkürlich den Kopf vorschob wie ein Stier, um auf ein noch unbekanntes Hindernis loszustürmen, strich flüchtig über die Tanzpartnerin des Mannes und erfaßte Lilly und mich.

Ich kann nicht beschreiben, warum ich so reagierte, wie ich es tat. Das Licht traf uns, und ich begriff, nicht nur mit dem Vertand, sondern mit jedem Nerv, daß ich gemeint war – allein ich.

Ich stieß Lilly weg, beförderte sie aus der Gefahrenzone und sprang selbst aus dem Stand nach der anderen Seite, schnellte in einem Hechtsatz aus dem Licht in die schützende Dunkelheit.

Der Schuß knallte wie ein gewaltiger Peitschenschlag. Er löste die Panik aus, die schon hinter der Stille gelauert hatte. Während die Menschen aufschrien und auseinanderstoben, landete ich irgendwo zwischen den Beinen von Sesseln und Tischen.

Der Lichtstrahl folgte mir. Ich wälzte mich nach rechts. Ein Hindernis stoppte mich. Ich fuhr hoch, besessen von dem einzigen Gedanken: raus aus der tödlichen Helligkeit!

Der zweite Schuß! Ein heißes, böses Pfeifen dicht an meinem Ohr und der splitternde Einschlag der Kugel in Holz.

Ich prallte gegen einen Tisch und riß ihn um. Gläser zerklirrten. Ein Sektkühler schepperte. Gleichzeitig krachte der dritte Schuß. Die Kugel traf die Metalleinfassung der Tischplatte und jaulte als Querschläger durch den Raum.

Ich kauerte mich hinter den umgestürzten Tisch.

Für Sekunden wurde es seltsam still in der Bar. Keine Schreie mehr, nur noch leises Wimmern und das erregte Atmen vieler Menschen in der Dunkelheit.

Ich nahm den Kopf aus der Deckung. Der Mann hatte die Lampe gesenkt. Der Lichtstrahl war auf den Boden gerichtet. Quer über die Tanzfläche und ohne Eile kam der Mann auf mich zu. Immer, wenn er vor der hellen Fläche einer beleuchteten Vitrine vorbeiging, sah ich Kopf und Oberkörper als Schattenriß. Menschen, die ihm im Weg standen, flüchteten an die Wände. Uns trennten nur noch sechs, sieben Yards.

Ich ließ mich auf den Rücken gleiten, zog die Knie an und stemmte beide Füße gegen die Innenseite der Tischplatte.

Fünf Schritte noch! Jetzt noch vier! Er blieb stehen und hob die Lampe. Der Lichtkegel erfaßte die Tischplatte.

Ich trat mit voller Kraft zu. Der Tisch schlitterte über die glatte Tanzfläche und krachte gegen den Mann, der überrascht und erschreckt durchzog. Er verlor für zwei Sekunden die Kontrolle. Mit einem weiten Sprung rettete ich mich dicht an die Mauer. Nur eine Armlänge neben mir leuchtete das Rechteck einer Wandvitrine.

Ich fiel über einen umgestürzten Barhocker, faßte den Hocker an den langen Metallbeinen und sprang auf. Im schnellen Entschluß schmetterte ich den Sitz gegen das Glas der Vitrine. Das Glas splitterte. Schrilles Läuten einer Alarmglocke setzte ein. An den Wänden begannen rote Lampen zu flackern.

Genau das hatte ich erwartet und erhofft.

Der Lichtstrahl beschrieb einen weiten Kreis und erlosch. Alle Geräusche gingen im gellenden Klingeln unter.

Ich stieß mich von der Wand ab, rannte über die Tanzfläche und erwischte den Ausgang. Auch in den Vorräumen brannte kein Licht. Irgendwer schrie laut um Hilfe.

Noch einmal krachten zwei Schüsse. Ich sah kein Mündungsfeuer. Trotzdem waren sie irgendwo in der Nähe gefallen. Ich versuchte hinzufinden. Aber ich rannte mich fest und verlor die Orientierung.

Zehn Sekunden nach den letzten beiden Schüssen drangen ein halbes Dutzend Diamond-Polizisten in die Saphir-Bar ein. Scheinwerferlicht nagelte mich an der Wand fest. Ein Uniformierter brüllte mich an: »Arme hoch und keine Bewegung!«

Ein anderer schrie: »Verdammt, was ist mit dem Licht los? Paddy, kümmere dich um die Sicherungen! George, schalt den Alarm ab! Wozu noch das Geklingel? Wir sind ja da!«

Er wechselte den Tonfall und rief beschwörend: »Bewahren Sie die Ruhe, meine Herrschaften! Speziell ausgebildete Angestellte des Diamond garantieren für Ihre Sicherheit!«

Das Licht leuchtete auf.

»Irgendjemand hat an der Schalttafel rumgespielt!« teilte Paddy mit.

Der Diamond-Polizist, der mir seine Waffe vor die Magengrube hielt, sah mich ratlos an.

»Sind Sie ein Gast, Sir?«

»Ja«, antwortete ich und schob den Lauf der Kanone sanft zur Seite.

Eine neue Gruppe von Wächtern preschte heran. Gleichzeitig quollen die Gäste aus der Bar in die Garderobe. Die Diamond-Leute versuchten, sie aufzuhalten.

»Niemand darf den Club verlassen! Bitte, bleiben Sie auf Ihren Plätzen!«

Die Leute schimpften wütend zurück: »Sollen wir uns von dem Verrückten umlegen lassen?« kreischte eine Frau. Der Chef der Diamond-Leute fragte höflich und ratlos: »Von welchem Verrückten, Ma'am?«

Ich bahnte mir einen Weg in den Club. Es sah aus, als hätte eine größere Saalschlacht darin stattgefunden.

Lilly Levin stand an der Bar und hielt mit beiden Händen das Kleid fest, das einen langen Riß vom Saum bis zur Hüfte aufwies. Außerdem blutete ihr Arm aus zwei kleinen Schnittwunden.

Der Mixer kümmerte sich um sie. Er tupfte das Blut mit einer Serviette ab.

Lilly kam mir entgegen.

»Tut mir leid, daß ich Sie rauh behandeln mußte«, sagte ich.

Sie sah mich aus großen Augen an. »Warum wollte der Mann Sie umbringen?«

»Ich werde ihn fragen, wenn ich ihm wieder begegne.«

»Machen Sie keine Witze, Jerry!«

Der Mixer fragte: »He, Sir, wollen Sie einen Drink auf den Schreck?«

Inzwischen hatte der Kommandoführer der Diamond-Polizei die zertrümmerte Vitrine entdeckt.

»Also ein Raubüberfall!« entschied er. »Benachrichtigt Mr. Erskine!«

Ich faßte seinen Arm und zog ihn von der Vitrine. »Das Glas habe ich zerschlagen, um den Alarm auszulösen. Der Schmuck liegt zwischen den Glastrümmern. Nichts wurde gestohlen. Die Leute lügen nicht. Ein Mann kam an die Bar und schoß um sich. Versuchen Sie, seinen Fluchtweg festzustellen! Er kann nicht den Hauptausgang benutzt haben, oder er wäre Ihnen und Ihren Leuten in die Arme gelaufen.«

Was ich sagte, leuchtete ihm ein. Wir gingen in den Vorraum zurück. Eine junge Frau in der hellblauen Bluse der Diamond-Angestellten stürzte uns entgegen.

»Meany, in Flur B liegt einer deiner Leute!« schrie sie.

Flur B war ein zweimal abgewinkelter Korridor, der von der Garderobe zu einigen Vorratsräumen führte. Zwei Schritte hinter dem ersten rechtwinkligen Knick lag ein Mensch in der Uniform der Privatpolizei auf dem Gesicht.

»Das ist Sally!« rief der Chef und kniete neben der jungen Farbigen nieder, mit der ich zweimal zusammengestoßen war. Vorsichtig drehte er sie um.

»Einen Arzt!« rief Meany.

Sallys Revolver lag auf dem Boden. Ich hob ihn auf und ließ die Trommel ausschwenken. Alle sechs Kammern waren gefüllt. Nein, Sally hatte nicht auf mich geschossen.

Während sich die Diamond-Polizisten um ihre Kollegin bemühten, ging ich den Flur weiter. Nach dem zweiten Winkel endete er vor einer Wand, in die ein nicht sehr großes Fenster eingelassen war. Frische Luft traf mich.

Das Fenster war hochgeschoben. Ich beugte mich hinaus. Knapp zehn Fuß tiefer lag die Zufahrtsstraße für die Lieferanten des Diamond Hotel.

Ich ging zurück. Der Hotelarzt kam mit zwei Gehilfinnen, die im Normalfall ohnmächtige Ladys nach hohen Spielverlusten wiederbelebten. In fliegender Hast bereitete der Arzt eine Spritze vor, während die Helferinnen Plasmaflaschen auspackten.

Walt Erskine und seine neuen Bodyguards fand ich im Vorraum. Erskine ließ sich von Meany, dem Chef seiner Polizei, Bericht erstatten. Als Meany mich sah, sagte er: »Mr. Cann hielt sich im Saphir-Club auf, Sir! Er weiß mehr als ich.«

Erskine kam zu mir. Die Guards, die ihm folgen wollten, schickte er mit einer Handbewegung zurück.

»Also?« fragte er.

»Der Mann war darauf aus, mich abzuschießen«, antwortete ich.

»Warum Sie?«

»Vielleicht nimmt er mir übel, daß ich Ihren Sohn rausgeholt habe. Meine Beteiligung daran könnte sich inzwischen herumgesprochen haben.«

»Das weiß niemand außer Frank und mir.«

»Ich gebe Ihnen nicht die Schuld, Mr. Erskine. Im Grunde genommen habe ich mir gewünscht, daß er mich als nächstes Ziel wählen würde. Ich hoffte, ich könnte ihn fassen. Er war zu geschickt. Ich muß froh sein, daß er es seinerseits nicht geschafft hat. Ich hatte eine Unmenge Glück. So viel Glück an Ihren Spieltischen, Mr. Erskine, und das Diamond-Casino wäre in kurzer Frist pleite.« Erskine dachte eine Minute lang nach.

»Der Bastard muß sich im Diamond-Gelände verdammt gut auskennen«, stellte er fest. »Er wußte, wo die

Schalttafel für die Beleuchtung hängt. Er kannte Flur B, der nur von Angestellten betreten wird.« Er kniff die Augen zusammen. »Ist es einer von meinen Leuten?«

Weißgekleidete Männer einer Ambulanz brachten eine Transporttrage.

»Wahrscheinlich«, antwortete ich, »aber wenn ich richtig informiert bin, beschäftigt Diamond Company ungefähr achthundert Personen.«

Dinah Ross wurde von Racoffs wütendem Geschrei aus dem Schlaf gerissen.

»Wach auf!« Er kniete auf dem Bett und rüttelte sie an den Schultern.

Sie stieß ihn zurück und fauchte ihn an: »Laß mich los! Bist du verrückt geworden?«

Er gab sie frei, blieb aber kniend auf ihrem Bett. »Dein Larry ist 'ne Null!« brüllte er. »Ein Nichts! Hält sich für den größten, den besten, den einzigartigsten Profi aller Zeiten! Und ich Narr habe ihm geglaubt, ihm vertraut, mein Schicksal in seine Hände gelegt!«

Sein Gesicht schien anzuschwellen, als er sich vorbeugte. Eine dicke Ader zeichnete sich auf der Stirn ab.

»Ein Versager!« heulte er.

Sie krallte ihre Hände in seine Jackenaufschläge. »Haben sie Larry gefaßt?«

»Ah, die Lady hat Angst, sie müßte auf ihren Bettpartner verzichten?« schrie Racoff. »Wie ist er denn im Bett? Bringt er da wenigstens 'ne Leistung zustande, he?« Er schüttelte die Fäuste. »Eigenhändig möchte ich den Bastard erwürgen!«

»Zum Teufel, antworte, Basyl!« Ihre Stimme überschlug sich. »Ist Larry verhaftet?«

Von einer Sekunde auf die nächste beruhigte sich Racoff.

»Glaubst du, dann könnte ich mir erlauben, auf deinem Bett herumzusitzen? Nein, er ist entwischt.« Er packte ein Kissen und warf es gegen die Wand. »Seine Haut hat er gerettet, aber meine Pläne sind geplatzt. Es macht mich verrückt, wenn ich daran denke, daß Erskine in seinem Luxus thront und sich über die Stümper, mit denen ich arbeiten muß, halb totlacht.«

»Wo ist Larry?« beharrte Dinah.

»Dort, wo er immer ist! Verdammt, denk endlich an mich und nicht ausschließlich an diesen Idioten!«

Dinah warf alle Bedenken über Bord.

»Laß uns Schluß machen, Basyl!« sagte sie.

»Was meinst du?«

Sie richtete sich auf, überwand sich und streichelte seine feisten, schweißbedeckten Wangen.

»Du hast so viel Geld gemacht in den letzten Jahren, daß es für uns alle reicht. Alles, was du angefangen hast, ist dir gelungen. Larry und ich, wir haben dir geholfen, so gut wir konnten. Ich weiß, ich habe nicht viel getan, aber Larry ... Gib zu, Basyl, daß du ohne Larry nicht die Hälfte erreicht hättest! Warum willst du ihn, dich, uns alle bei einer Sache ruinieren, die zu schwierig ist? Gib auf, Basyl und laß und irgendwohin gehen, wo wir ohne Furcht leben können!«

»Zusammen?« fragte er lauernd.

»Warum nicht? Aber wenn du andere Pläne hast, werde ich dir nicht im Wege stehen. Gib mir ein wenig Geld, Basyl, und ich werde an irgendeinen Ort gehen, wo ich dich nicht störe!«

»Mit Larry?«

Sie wußte, daß sie hätte nein sagen sollen, aber sie

zögerte eine Sekunde zu lang, bevor sie sich zur Lüge entschloß.

Die Sekunde genügte für Racoff.

Ohne Wutausbruch, ohne Geschrei begann er, Dinah zu schlagen.

Am frühen Vormittag landeten in rascher Folge vier Charter-Jumbos und brachten 2000 Rentner und Pensionäre aus dem Norden zum Spielen nach Las Vegas. Vorübergehend war der Flughafen überflutet von lauten, alten Männern und grauhaarigen Ladys, die in ihren Handtaschen nach dem Hotelgutschein kramten.

Phil und ich kämpften uns durch die Menge zum VIP-Raum der Delta Airlines.

Die planmäßige Maschine der Gesellschaft kam aus Los Angeles.

Wir waren allein im luxuriösen Warteraum für Sondergäste. Eine Ground Hosteß fragte nach unseren Wünschen, bot Kaffee, Whisky oder Champagner an. Wir lehnten ab.

Durch das Fenster konnten wir das Flugfeld überblicken. Die Delta-Maschine landete pünktlich und rollte zum Flugsteig 5. Zehn Minuten später öffnete die Hosteß die Tür.

»Bitte, hier entlang, Miss!«

Ein Rollstuhl wurde von Dr. Kate Meadow, Ärztin am Saints Hospital in New York, geschoben. Im Stuhl saß ein zwölfjähriger, rothaariger Junge: Ted McCanzie, seit dem Herbst des letzten Jahres querschnittgelähmt durch eine Kugel in den Rücken.

Teddy kannte uns. Wir hatten mehrere Male mit ihm gesprochen. »Hallo, Mr. Cotton! Guten Morgen, Mr.

Decker!« rief er. »Dr. Meadow sagte mir, daß ich Sie treffen würde.«

Er hatte sich mit der ungeheuren Lebensenergie der Jugend erholt. Mit kräftigem Druck schüttelte er uns die Hand.

»Vor zwei Wochen wurde ich in einer Spezialklinik untersucht«, erzählte er eifrig. »Die Ärzte sagten, ich hätte eine Chance, aus dem Rollstuhl wieder rauszukommen.« Er drehte sich zu Dr. Meadow um. »Stimmt doch, Kate?«

»Ja, es stimmt, Teddy!« Sie nahm einen Schal, der um seine Schulter lag, an sich. »In Las Vegas wirst du ihn nicht brauchen.«

Wir begrüßten die Ärztin. Kate Meadow war eine Frau von ungefähr 35 Jahren mit einem herben, aber anziehenden Gesicht.

»Phil wird mit Ihnen in ein Hotel fahren«, erklärte ich. »Er wird mit Ihnen beraten, ob wir Ted einer gewissen Belastung aussetzen können. Ich hoffe, Sie werden zustimmen.«

Vor dem direkten Ausgang des VIP-Raumes war ein Krankenwagen vorgefahren.

Ich ging zu Teddy und fuhr ihm durch den roten Haarschopf.

»Ich sehe dich später wieder, mein Junge!«

Ich verließ den Flughafen durch den Hauptausgang. Die letzten Pensionäre aus den Charter-Jumbos wurden in Busse verladen.

Auf mein Zeichen stoppte ein Taxi. »Diamond!« sagte ich beim Einsteigen.

Das Taxi brachte mich zum Haupteingang des Hotels. In der Halle herrschte der übliche Morgenbetrieb. Noch wurde in den Sälen an Spätaufsteher das Frühstück serviert. Ich fuhr zu meinem Zimmer hoch, nahm einen Koffer aus dem Schrank, öffnete ihn und entfernte den Boden. Darunter lag mein 38er und das Holster. Ich legte das Schulterholster an und zog die Jacke darüber.

Der Fahrstuhl brachte mich in die Halle. Im Tresorraum ließ ich mir aus meinem Schließfach die letzten 5000 Dollar geben.

»Wollen Sie den Safe behalten, Sir?« fragte der Angestellte.

»Nein, danke!«

Ich gab den zweiten Schlüssel zurück.

Zwei Minuten später betrat ich den Spielsaal, ging zum Wechselraum und ließ mir für meine Dollar fünf rechteckige, orangefarbene Plaques geben. Auf jedem Plaque war die silberflirrende Ziffer 1000 eingestanzt.

Auch das Diamond-Casino hatte seinen Anteil vom Schwarm der Pensionäre abbekommen. Mehr weißhaarige Ladys als sonst bevölkerten den Spielsaal. Sie setzten kleine Beträge beim Black Jack oder an den Rouletts. Die meisten fütterten die Automaten.

Ich ging an den Roulettischen entlang. An Tisch 9 arbeitete der Croupier, den ich suchte. Nur zwei Spieler setzten an seinem Tisch, eine sehr dicke Schwarze in einem bunten Kleid und ein schwitzender Glatzkopf, der die Jacke ausgezogen hatte und über dem linken Arm hielt.

Aus zwei Schritten Abstand sah ich dem Spiel zu. Bei den meisten Durchgängen gewann die Schwarze. Der schwitzende Mann verlor. Beide setzten 5-Dollar-Chips. Als sie etwa 80 oder 90 Dollar gewonnen hatte, machte sie Schluß. Der Mann versuchte sein Glück in einem Gewaltakt und setzte vier Chips auf Einzelzahlen, von denen jede, falls sie gefallen wäre, 175 Dollar gebracht hätte, aber die Kugel endete in einem Fach mit einer nicht gesetzten Zahl. Fluchend gab der Mann auf.

Ich trat an den Tisch.

Der Croupier hob den Kopf. Unsere Blicke trafen sich.

Ich lächelte. Sein Gesicht blieb unbewegt. »Hallo«, sagte ich.

»Machen Sie Ihr Spiel!« Er sprach die Aufforderung ausdruckslos und mechanisch.

»Wie hoch ist das Limit an Ihrem Tisch?«

Er hob die rechte Hand und wies auf das Schild, auf dem die Limits, bis zu denen gesetzt werden konnte, vermerkt waren.

»15 000 auf einfache Chancen!« las ich. »Ich werde bescheidener anfangen.«

Ich legte die fünf Plaques auf den grünen Filz, nahm einen und setzte ihn auf Rot.

Er wartete einige Sekunden, versetzte den Kessel in Schwung und warf die Kugel.

»Nichts geht mehr«, murmelte er.

Die Kugel kreiste, sprang klackend von Fach zu Fach, blieb in der 4 liegen.

»Vier rot!«

Mit dem Rechen schob er zwei 500-Chips zu meinem Einsatz.

»Machen Sie Ihr Spiel!« sagte er.

Die Frau trug eine große Sonnenbrille. Ihr Gesicht war stark geschminkt.

Der Angestellte hinter der Empfangstheke des Diamond Hotel machte eine leichte Verbeugung.

»Sie wünschen, Ma'am?«

»Ich will Mr. Erskine sprechen.«

»Sind Sie angemeldet, Ma'am?«

»Ich muß Mr. Erskine sprechen.«

Der Angestellte hob beide Hände. »Mr. Erskine empfängt Besucher nur, wenn eine Verabredung besteht.«

»Rufen Sie an, und sagen Sie ihm, ich käme von Ken Douglas!«

Noch immer zögerte der Clerk. »Ich fürchte, Mr. Erskine wird unter allen Umständen ablehnen, Sie zu empfangen. Er hat Anweisung gegeben, daß ...«

Die Frau legte einen 20-Dollar-Schein auf den Tisch.

»Okay, ich werde es versuchen, obwohl ich mir wahrscheinlich einen Anschnauzer einhandeln werde.« Der Angestellte ließ den Geldschein verschwinden. »Wie lautet der Name, den ich nennen sollte, Ma'am?«

»Ken Douglas.«

Er nahm den Hörer vom Apparat, wählte 111, den privaten Hausanschluß, machte, als Erskine sich meldete, unwillkürlich eine Verbeugung und flüsterte seine Botschaft. Sekunden später sagte er bestürzt: »Ja, Sir! Sofort, Sir!«

Er legte auf und eilte um die Theke herum. »Mr. Erskine erwartet Sie, Ma'am. Ich bringe Sie zum Fahrstuhl!«

Er begleitete die Frau bis in die Kabine. »Drücken Sie den Knopf für die zwanzigste Etage!«

Als die Schachttür auf der 20. Etage zurückrollte, stand Walt Erskine vor der Besucherin. Er war ohne Jacke, trug ein weißes Hemd mit Manschettenknöpfen, in denen große Diamanten funkelten.

»Kommen Sie!« sagte er und führte die Frau in den großen Wohnraum. Mit einer Handbewegung wies er ihr einen Sessel zu. Sie blieb stehen, und Erskine lehnte sich gegen seinen Schreibtisch.

»Ich weiß, wer Sie sind«, sagte er. Sein Blick glitt über die ganze Gestalt, vom roten Haar bis zu den Schuhen aus Schlangenleder. »Sie heißen Dinah Ross und lassen sich von Basyl Racoff aushalten.«

Sie nahm die Brille ab. »So war es bis gestern.«

Ihr rechtes Auge war fast zugeschwollen. Trotz des starken Make-up waren die Spuren der Mißhandlung unübersehbar.

»Sie sind geschlagen worden? Von Racoff?«

»Ja«, antwortete sie lakonisch.

Erskine verschränkte die Arme. Bei der Bewegung sprühten die Diamanten an seinen Manschetten vielfarbiges, kaltes Feuer. »Ich höre.«

»Racoff weiht mich in seine Geschäfte nicht ein«, sagte Dinah, »aber ich weiß, daß er Sie zu erpressen versucht. Das Material für die Erpressung besitzt ein Mann mit Namen Ken Douglas. Wenn Sie meine Forderung erfüllen, werde ich Ihnen sagen, wo Sie Ken Douglas finden können. Wieviel ist Ihnen das wert, Mr. Erskine?«

»Wieviel fordern Sie?«

»100 000 Dollar.«

Er dachte nach. »Ich wäre bereit, die Summe zu zahlen«, antwortete er nach einigen Sekunden, »aber nicht nur für Ken Douglas' Aufenthalt. Ihr schlagender Freund Basyl besitzt zwei Gegenstände. Verschaffen Sie mir die Gegenstände, und ich werde einige Scheine zulegen!«

»Ein Revolver und eine Geldkassette?«

»Richtig!«

»Diese Sachen hat Douglas.«

»Sie irren sich. Douglas besaß sie. Revolver und Kassette stammen aus unserer gemeinsamen Vergangenheit, aber Basyl Racoff brachte sie an sich.«

»Nein, Mr. Erskine. Er versuchte, Douglas zur Herausgabe zu bewegen. Er drohte ihm, aber Douglas blieb fest. Wenn Racoff Ihnen sagte, er besäße den Revolver und die Kassette, dann hat er geblufft.«

»Vielleicht haben Sie recht. Wo finde ich Ken Douglas?«

Sie schwieg und sah ihn an. Er lächelte dünn. »Ich verstehe«, sagte er, griff zum Telefonhörer und drückte eine Taste.

»Bringen Sie mir 100 000 Dollar in zwei Aktentaschen in die Wohnung!« befahl er. »Legen Sie in jede Tasche 50 000. Nein, ich habe keine besonderen Anweisungen für die Stückelung! Die Nummern der großen Scheine brauchen nicht registriert zu werden.«

Er ließ den Hörer in die Gabel gleiten. »Das Geld wird gebracht. Wollen Sie in der Zwischenzeit einen Drink?«

»Gern!«

Er füllte ein Glas und reichte es ihr. Erst jetzt setzte sie sich, hielt das Glas mit beiden Händen und trank in kleinen Schlucken.

»Ich möchte Ihnen noch eine Frage stellen, Dinah Ross. Sie wissen, daß Mark Hale erschossen wurde, und in der vergangenen Nacht versuchte irgendwer, einen gewissen Jerry Cann umzubringen. Anscheinend hat Racoff einen Killer ins Diamond eingeschleust. Wissen Sie, wer unter meinen Leuten für ihn arbeitet?«

»Nein«, antwortete Dinah ohne Zögern.

»Sie haben die Fronten gewechselt. Ein vernünftiger Entschluß. Sie werden gut dabei fahren. Natürlich will ich die Bedrohung, die Basyl Racoff für mich bedeutet, mit Stumpf und Stiel ausrotten. Es ist wichtig für mich, seinen Killer zu kennen. Ich zahle für jede Information.«

»Nein, ich weiß nichts über die Leute, die für Basyl arbeiten.« Sie stellte das Glas auf den Clubtisch. »Geben

Sie mir das Geld! Ich will die Stadt verlassen. Wenn ich Racoff jetzt in die Hände fiele, würde er mich umbringen.«

»Eigenhändig oder durch seinen Henker?«

Der Türgong schlug an und enthob Dinah der Notwendigkeit zu antworten.

Erskine verließ den Wohnraum. Nach kurzer Zeit kam er mit zwei schwarzen, identischen Aktentaschen zurück. Eine gab er Dinah.

»Öffnen Sie! Ich glaube, wir brauchen die Zeit nicht mit Nachzählen zu vergeuden. Es sind 50 000 Dollar.«

Sie öffnete die Taschen und sah gebündelte Geldscheine.

»Ich habe 100 000 Dollar verlangt.«

Erskine wies auf die zweite Aktentasche. »Die andere Hälfte erhalten Sie, wenn ich mich überzeugt habe, daß Sie mir nicht nur Lügen verkauft haben. Sie können im Diamond auf mich warten. Wo finde ich Ken Douglas?«

»Er haust in einem Bungalow, der zu einer unfertigen Feriensiedlung gehört.« Sie beschrieb den Weg, den sie gefahren war.

»Ich weiß Bescheid«, sagte Erskine. »Verlassen Sie jetzt meine Wohnung! Es ist besser, wenn wir nicht zusammen gesehen werden.«

Er begleitete sie nicht zum Fahrstuhl, sondern drückte auf den Rufknopf einer Sprechanlage.

»Einen Wagen!« befahl er. »Der Jeep genügt!«

Er zog die schwarze Anzugsjacke an und überlegte einige Sekunden lang. Dann öffnete er ein Schreibtischfach und entnahm ihm eine flache Pistole. Als er die Wohnung verließ, trug er die schwarze Aktentasche unter dem Arm.

In der Hotelhalle sah er Dinah Ross. Sie hatte die dunkle Brille aufgesetzt und stand in der Nähe des Zeitungskiosks.

Erskines Leibwächter sprangen aus ihren Sesseln auf und kamen auf ihn zu.

»Nein, ich brauche euch nicht«, sagte er entschieden.

Vor dem Hoteleingang riß der Portier die Mütze vom Kopf. Er wollte Erskine zum Wagen begleiten.

»Schon gut!« Erskine winkte ärgerlich ab.

Der Jeep, ein kleiner, offener Geländewagen, stand in der Auffahrt. Erskine stieg ein, warf die Aktentasche auf den Beifahrersitz und fuhr an.

Er mußte einem Bus ausweichen, der ausländische Rundreise-Touristen zu einem schnellen Spiel ins Casino brachte. Ihm fiel ein, daß er den Geschäftsführer der Reisegesellschaft mit 5000 Dollar bestochen hatte, damit die Busse sein Casino anfuhren.

Ich setzte 3000 Dollar.

»Nichts geht mehr!« sagte der Croupier.

Seit einer Stunde spielte ich am Roulettisch 9, und ich spielte hoch, denn nach den Regeln des Diamond-Casinos hatte ein Spieler, der Einsätze über 1000 Dollar machte, Anspruch auf individuelle Bedienung. Anders ausgedrückt, ich konnte verlangen, daß Tisch 9 für mich allein reserviert blieb. Genau das wollte ich. Ich nahm das Recht, allein zu spielen, wahr. Zwei- oder dreimal hatte ich harmlose Leute, die ihre Fünfer-Chips zu meinen 1000-Dollar-Plaques setzten wollten grob verscheucht.

»Rot!« verkündete der Croupier. Er schob drei 1000er zu den gesetzten Plaques.

Seit ich spielte, hatte ich gewonnen, verloren, wieder

gewonnen. Im Augenblick besaß ich 15 000 Dollar in 15 orangefarbigen Kunststoffplatten.

»Machen Sie Ihr Spiel!«

Seit 60 Minuten standen wir uns gegenüber. Mindestens dreißigmal hatte er diesen Satz ausgesprochen, ohne den Tonfall zu ändern.

Ein Gewinn von 5000 Dollar hätte mich auf pari gebracht. Ich überlegte, ob ich den Einsatz riskieren sollte.

Eine Frau trat an den Tisch. Wegen der großen, dunklen Brille erkannte ich Dinah Ross nicht auf den ersten Blick.

»Sorry, Madam«, sagte ich unfreundlich. »Das Spiel an diesem Tisch ist für mich reserviert.«

Sie wandte unwillig den Kopf, zuckte mit den Achseln und fauchte: »Ich will nur ein paar Worte mit dem Croupier sprechen.«

Racoffs Freundin sah verändert aus. Sie war stark geschminkt. Unter der Schminke zeichneten sich Schwellungen und Verfärbungen ab.

Ohne meine Antwort abzuwarten, beugte sie sich über den Spieltisch.

»Larry, ich ...«

»Unterbrechen Sie nicht das Spiel, Ma'am!« sagte er.

»Nur fünf Sekunden, Larry!«

Von meinen Platz am Tisch konnte ich den Hauptgang des Casinos überblicken, und ich hatte immer wieder zwischen den Spielen hingesehen.

Ein Rollstuhl, in dem ein Kind sitzt, mag ein seltener Anblick in einem Spielcasino sein. Trotzdem schien niemand auf den Rollstuhl und Teddy McCanzie zu achten. Menschen in einem Spielcasino sind total auf sich und ihr Glück oder Pech beim Spiel fixiert.

Teddy wandte den Kopf munter nach rechts und links, streckte die Hand aus, zeigte auf irgend etwas und sprach mit Phil, der hinter ihm ging und den Rollstuhl schob. Drei Schritte hinter Phil sah ich Dr. Meadow.

»Machen Sie Ihr Spiel!« sagte der Croupier, ohne die Frau weiter zu beachten.

»Gehen Sie weg, Ma'am!« knurrte ich. »Sie stören!«

Verwirrt trat Dinah Ross zwei Schritte zur Seite.

Die hellen Augen des Croupiers starrten mich an. Ihr Blick war nicht mehr ausdruckslos.

Ich schob alle 15 Tausender aufs nächste Feld.

Auf Schwarz!

Das Rad kreiste. Er warf die Kugel.

Er sagte den üblichen Satz nicht, aber ich las ihn in seinem Blick.

Nichts geht mehr! Außer Mord!

Ken Douglas hörte das Motorengeräusch und stand von der zerschlissenen Couch auf. Er ging zur Tür und öffnete.

Vor dem Bungalow stand ein offener Jeep. Der Mann am Steuer trug einen schwarzen Anzug – eine seltsame Bekleidung für die Fahrt in einem offenen Wagen und über staubige Straßen.

»Hallo, Ken!« sagte der Mann und sprang vom Fahrersitz.

Douglas hatte Fotos von Walt Erskine in den Zeitungen gesehen. Er hatte immer gewußt, daß Erskine auf der gesellschaftlichen Rangskala eine hohe Stufe erreicht hatte. Trotzdem wurde ihm in diesem Augenblick der Begegnung bewußt, welcher Unterschied zwischen ihnen klaffte. Erskines Aussehen schüchterte ihn ein.

Erskine machte zwei Schritte auf das Haus zu, kehrte noch einmal um, beugte sich in den Wagen und nahm eine Aktentasche vom zweiten Sitz. »Hätte ich beinahe vergessen!«

Er reichte Douglas die Hand.

»Lange nicht gesehen, Ken. Kann ich reinkommen?«

Douglas gab den Eingang frei, schloß die Tür und folgte dem anderen.

Im Wohnraum sah Erskine sich um, ohne eine Miene zu verziehen. »Kommen wir zum Geschäft, Ken! Du hast mir durch Basyl Racoff, diesen verdammten Bastard, eine Menge Unfreundliches an den Kopf geworfen. Du hast dich an einer Entführung beteiligt.«

»Stimmt nicht, Walt!« Douglas mußte sich räuspern, um sprechen zu können. »Mit der Entführung hatte ich nichts zu tun. Das hat Racoff allein organisiert.«

»Du hast die Kassette besprochen und mir gesagt, daß ich Frank nicht wiedersehen würde, wenn ich Racoffs Wünsche nicht erfüllte.«

»Das war nicht auf meinem Mist gewachsen, Walt. Ich mußte sagen, was er mir vorschrieb.«

»Ken, warum hast du dich mit Racoff eingelassen? Warum hast du nicht einfach bei mir angerufen? Du hättest mir sagen können, daß es dir nicht gutgeht. Glaubst du, ich hätte mich geweigert, dir unter die Arme zu greifen? Ohne Drohung? Ohne Erpressungsversuch?«

Douglas trat von einem Bein auf das andere. Er fühlte sich ins Unrecht gesetzt. Gleichzeitig wußte er, daß irgend etwas an Erskines Worten nicht der Wahrheit entsprach. Immer hatte Erskine es verstanden, ihn mit glatten Sätzen zu überfahren. Sein Unbehagen brach sich Bahn.

»Ganze 5000 Dollar hast du mir in die Hand gedrückt,

als du mich loswerden wolltest!« polterte er. »Mehr wäre nicht möglich, hast du gesäuselt, aber ich sollte dir eine Adresse nennen, sobald ich Brasilien erreicht hätte. Dann würdest du mir regelmäßig Geld schicken.« Er spuckte aus. »Keinen Cent habe ich erhalten.«

»Wohin sollte ich dir Geld schicken, Ken? Ins Gefängnis? Du bist am Tage deiner Ankunft eingelocht worden.«

»Und du wußtest, daß ich in Brasilien hochgehen würde. Nur aus dem Grund hast du mich hingeschickt.«

»Nein, Ken! Ich half dir, die Staaten zu verlassen, weil du auf den elektrischen Stuhl gesetzt worden wärst.«

Douglas schüttelte die Fäuste. »Seht euch Walt Erskine an, den uneigennützigen Freund! Tut so, als hätte der Henker nicht zwei Stühle aufbauen müssen, wenn ich geschnappt worden wäre! Einen für mich und den anderen für ihn.«

»Du irrst dich, Ken! Aber laß uns nicht mehr von der Vergangenheit reden. Du brauchst Geld!« Er warf ihm die Aktentasche zu. »Genug für den Anfang?«

Douglas öffnete die Tasche, griff hinein und faßte in Geldbündel.

»Wieviel ist es?«

»50 000 Dollar.«

Über Douglas' Gesicht breitete sich ein Grinsen.

»Hört sich verdammt gut an, Walt. Vielleicht hätte ich doch bei dir anrufen sollen.«

»Das hätte uns zusätzliche Probleme erspart. Noch weiß ich nicht, wie ich Racoff ausschalten soll.«

»Auf mich kannst du zählen, Walt! Von mir erfährt Racoff nichts mehr.«

»Er weiß mehr als genug! Ken, ich habe dir die 50 000 nicht nur fürs Schweigen gegeben. Ich will meinen alten Colt und die Kassette. Wo sind sie?«

»Ich weiß nicht, ob ich sie jetzt schon herausrücken soll.«

»50 000 sind ein guter Preis. Gib mir die beiden Gegenstände, und einer Erneuerung unserer alten Freundschaft steht nichts mehr im Weg! Ken, ich brauche deine Hilfe, um Racoff loszuwerden. Sobald wir unseren Teil der Affäre abgewickelt haben, müssen wir darüber reden, was wir mit dem verdammten Gauner machen. Weißt du, daß er meinen ganzen Laden verlangte? Wenn du mir gegen ihn hilfst, ist noch eine Menge Geld für dich drin.«

»Okay«, antwortete Douglas, verlockt von der Vorstellung, Erskines Partner werden zu können. »Racoff habe ich vorgelogen, meine Erinnerungsstücke an dich, Walt, lägen in einem Banktresor. In Wahrheit hatte ich sie immer bei mir. Wenn er es gewußt hätte, würde ich nicht mehr leben.«

Er rückte einen kleinen Schrank von der Stirnwand, kniete nieder und zog dicht über dem Fußboden zwei gelockerte Steine aus der Mauer. Dann griff er in die Öffnung und brachte einen Gegenstand von der Größe und Form einer Zigarrenkiste ans Licht, eingeknotet in ein schmutziges Tuch.

Er richtete sich auf. »Hier, Walt!«

Erskine nahm den Gegenstand, stellte ihn auf den Tisch, entknotete das Tuch und schlug es auseinander.

Vor ihm stand eine grünlackierte Stahlkassette, deren Deckel nicht mehr schloß, da er vor Jahren gewaltsam aufgestemmt worden war. Die Aufschrift war noch lesbar: South Californian Bank, Filiale Lorsville.

Er öffnete den Deckel.

Der Python-Colt lag in der Kassette. Lauf und Trommel schimmerten matt. Kein Rostfleck war zu sehen.

Erskine nahm die Waffe in die Hand. Drei Finger und

der Daumen schlossen sich um den Griff. Die Kuppe des Zeigefingers berührte den Abzug.

Die Vergangenheit kehrte zurück. Er sah Bill Fassy vor sich, das feiste, bleiche Gesicht, die aufgerissenen erschrockenen Augen, als Erskine statt der vereinbarten 30 000 Dollar den Python aus der Aktentasche holte. Er erinnerte sich, daß die Ware, für die er Fassy mit drei Kugeln aus dem Python bezahlte, über 100 000 Dollar eingebracht hatte, den Grundstock für seine Arbeit in Las Vegas.

Er legte die Waffe in die Kassette zurück.

»Wenn du nicht ein alter, schwatzsüchtiger Idiot geworden wärst, Ken, würde ich dich schonen«, sagte er kalt.

Douglas gelang keine Abwehrbewegung. Die Kugeln aus der Pistole, die Erskine aus der Jackentasche zog, trafen ihn. Der schwere Körper rutschte von der Couch herunter, schlug schwer und dumpf auf den Boden.

Die Kassette und die Aktentasche nahm Erskine an sich. Ohne sich noch einmal nach Douglas umzusehen, verließ er den Bungalow. Er wußte nicht, daß er einen Mann zurückließ, der noch lebte.

Der Jeep sprang nicht sofort an. Erskine startete zum zweiten Mal.

Durch das Schnarren des Anlassers hörte er ein Krachen. Er warf den Kopf herum, sah, daß die hölzernen Läden vor einem Fenster aufflogen, sah Douglas' Kopf mit dem verfilzten Haar, das häßliche Gesicht, in dem die weit aufgerissenen Augen in leidenschaftlichem Haß brannten, die beiden Fäuste, die einen Revolver umklammerten.

Erskine wollte nach der Pistole greifen. Douglas' erste Kugel traf seine Schulter. Kraftlos fiel sein Arm herab.

Die zweite Kugel zerschmetterte eine Rippe und drang tief in den Brustkorb ein.

Die dritte Kugel, abgefeuert von der Hand eines sterbenden Mannes, tötete Walt Erskine.

Die Kugel fiel in das Fach.

18! Schwarz!

Ich hatte 15 000 Dollar gewonnen.

Der Croupier schob 15 Tausend-Dollar-Chips zu meinem Einsatz.

Der Rollstuhl!

Zwanzig Schritte noch zwischen Rollstuhl und Roulettisch. Teddy blickte nach der anderen Seite. Dann, als der Abstand noch zehn Schritte betrug, drehte er den Kopf.

Ich behielt den Croupier im Blick.

»Machen Sie Ihr Spiel!« flüsterte er.

Das Gesicht war nicht mehr ausdruckslos, nicht kalt und gleichgültig. Verzweiflung und wilder Überlebenswille zeichneten sich ab.

Nichts geht mehr! Außer Mord!

Der Mann war bereit zum letzten Einsatz.

Ich hörte den hellen Schrei von Teddys Jungenstimme.

»Der Mann da . . .!«

Ein Schrei wie ein Vogelruf!

»Meine Mammy!«

Die Stimme kippte über. Hoch, kreischend, fast unverständlich, in letzter Anstrengung schrie Teddy: »Er hat auf meine Mammy geschossen!«

Ich sah die blitzschnelle Bewegung, mit der der Croupier unter den Tisch griff. Instinktiv wußte ich, daß er rücksichtslos um sich schießen würde.

Ich warf mich über den Roulettisch.

Die Chips – meine 30 000 Dollar – schepperten auf den Boden. Ich bekam den Mann zu fassen. Meine Hände krallten sich um seinen Hals, und mit dem vollen Gewicht meines Körpers riß ich ihn mit mir zu Boden. Verzweifelt streckte er die Hand nach der Waffe aus, die er mit Heftpflaster an der Unterseite des Roulettisches befestigt hatte. Sie war schon außer seiner Reichweite.

Er bäumte sich auf und wollte mich abschütteln. Ich riß einen Haken hoch, traf sein Kinn und schlug noch einmal zu.

Sein Körper wurde schlaff. Die Augen drehten sich nach oben. In seinem Bewußtsein gingen die Lichter aus.

Ich richtete mich auf und tastete ihn ab.

Phil stand auf dem Spieltisch, den 38er in der Hand.

»Okay, Jerry?« Er warf mir ein Paar Handschellen zu.

»Okay!« bestätigte ich. »Kümmere dich um die rothaarige Frau!«

Dinah Ross hatte nicht geschrien, hatte sich nicht von der Stelle bewegt.

Phil sprang vom Tisch und berührte ihre Schulter.

»Miss Ross, ich nehme sie vorsorglich in Haft. Sie werden als Zeugin benötigt.«

Alles war so schnell abgelaufen, daß die Neugierigen sich erst jetzt zu sammeln begannen. Teddy befand sich in der Obhut von Dr. Meadow, die sofort den Rollstuhl übernommen und den weinenden Jungen aus dem Casino gefahren hatte.

Eine Gruppe Diamond-Polizisten preschte heran. Der Anblick von Phils 38er veranlaßte sie, nach ihren Revolvern zu greifen.

»Das ist eine FBI-Aktion!« rief Phil und hielt mit der linken Hand den Ausweis hoch.

Ich beugte mich über den Croupier. Er blutete leicht

aus einer Platzwunde der Unterlippe. Als ich ihn anfaßte, um ihn auf die Füße zu stellen, schlug er die Augen auf.

»Verhaftet wegen Mordes!« sagte ich und zog ihn hoch. Er wehrte sich nicht.

»Das ist Trevor«, erklärte einer der Diamond-Polizisten.

»Bringen Sie uns in einen Raum, in dem wir ungestört sind!« verlangte Phil.

Die Diamond-Leute machten sich daran, uns einen Weg durch den Kreis der Neugierigen zu bahnen.

»Moment! Dreißig dieser Plättchen gehören mir.«

Ich sammelte die 30 Plaques ein und verstaute sie in den Jackentaschen.

Unter dem Geleit der Polizisten brachten wir Dinah Ross und Larry Trevor in ein kleines Abrechnungsbüro.

Phil verlangte ein Telefon und rief das Homicide Department an. Er ließ sich mit Detective Sergeant Bob Shriver verbinden.

»Bob, kommen Sie ins Diamond-Casino!«

Später erzählte er mir, Sergeant Shriver habe geantwortet: »Oh, Gott, nicht schon wieder. Wissen Sie, daß ich das Diamond erst vor wenigen Stunden verlassen habe?«

Phil lachte. »Ich denke, der Fall ist ausgestanden. Bitte, bringen Sie einen guten Fingerabdruckexperten mit.«

Dinah Ross schüttelte die Erstarrung ab, in die sie unter dem Schock der Verhaftung gefallen war.

»Warum werden wir festgehalten?« schrie sie. »Ich habe nichts verbrochen, und Larry ...«

»Es hat keinen Zweck, Dinah Ross«, unterbrach ich. »Teddy McCanzie hat den Mann erkannt, der seine Mutter erschoß.«

Trevor, der an der Mauer lehnte und die Augen halb geschlossen hielt, grinste verächtlich.

»Der Boy spinnt! Muß er im Rollstuhl gefahren werden, weil er nicht normal ist?«

Mit zwei schnellen Schritten ging Phil auf Trevor zu. Es sah aus, als wolle er ihn schlagen. Aber er faßte nur die Handschellen und drückte Trevors Arme hoch, so daß die Handfläche zu sehen war.

»Wir werden dir beweisen, daß ein Junge nicht vergißt, wie der Mörder seiner Mutter aussah.« Seine Stimme zitterte vor Zorn. Er ließ Trevors Arme los und wandte sich an Dinah Ross.

»Nehmen Sie Ihre Brille ab!«

Nur zögernd gehorchte sie.

»Wer hat Sie geschlagen? Basyl Racoff?«

Sie gab keine Antwort.

Noch immer hielt sie eine schwarze Aktentasche unter dem Arm.

»Öffnen Sie die Tasche!«

Sie reagierte nicht. Phil nahm ihr die Tasche aus den Händen, öffnete sie und kippte den Inhalt auf den Schreibtisch.

Eine Menge gebündeltes Geld purzelte aus der Tasche. Phil sah sich die Banderolen an.

»Kasse des Diamond-Casino!« las er den Aufdruck laut vor. »Wer gab es Ihnen?«

Dinah Ross begriff, daß alles verloren war. Sie barg das Gesicht zwischen den Händen und schluchzte haltlos.

Meany, der Chef der Diamond-Truppe, kam ins Büro. Er sah müde und alt aus.

»Okay, Mr. Cann, seit gestern nacht war mir klar, daß durch Sie noch eine Menge Ärger auf uns zukommen würde.«

»Mein Name ist Jerry Cotton«, erklärte ich. »Wo ist Ihr Chef?«

»Mr. Erskine hat das Hotel verlassen. Er ließ sich einen Wagen geben und ...« Aus Loyalität zu seinem Chef wollte er nicht weitersprechen.

Phil wies auf das Geld.

»... und Dollars massenweise«, ergänzte er.

Meany nickte. »Hunderttausend Dollar.«

Phil versuchte, Dinah Ross zum Sprechen zu bringen.

»Sie wissen, wohin Erskine gefahren ist. Antworten Sie!«

Sie reagierte nicht. Ihr Schluchzen hatte sich zu einem Weinkrampf gesteigert. Ihr Körper wurde von unkontrollierten Zuckungen geschüttelt. Sie begann, an ihren Haaren zu zerren und laute Schreie auszustoßen.

»Sie braucht einen Arzt«, sagte ich. »Besorgen Sie einen Doc, Meany!«

Der Chef der Diamond-Polizei telefonierte nach dem Hotelarzt. Noch vor dem Arzt kam Detective Sergeant Shriver und brachte zwei Experten für Fingerabdrücke mit. Sergeant Shriver war ein stämmiger Mann mit rundem Gesicht und dichtem schwarzem Haar. Nur wer flüchtig hinsah, konnte ihn für einen harmlosen Angestellten halten. Wen der Blick aus Shrivers hellen Augen traf, wußte, daß er vorsichtig sein mußte.

»Hallo, Decker!« Der Sergeant hob grüßend die Hand, musterte uns alle knapp und bemerkte die Handschellen an Trevors Gelenken.

»Informieren Sie mich, G-man!« bat er Phil.

Phil trat zu Larry Trevor.

»Der FBI beschuldigt diesen Mann, Morde in New York und Las Vegas begangen zu haben. Er wurde von einem Augenzeugen erkannt.«

»Von einem verkrüppelten, geistig behinderten Jungen in einem Rollstuhl!« fauchte Trevor. »Schöner Zeuge!«

»Halt den Mund!« befahl Bob Shriver und fragte Phil: »Was sollen wir mit ihm machen?«

»Nehmen Sie alle Fingerabdrücke! Können Ihre Leute einen Vergleich an Ort und Stelle durchführen?«

»Ja, wir haben alles mitgebracht.«

Shrivers Experten packten die mitgebrachten Geräte aus. In wenigen Minuten hatten sie Trevors Abdrücke festgehalten.

Phil griff in die Innentasche seiner Jacke, holte die Fotokarte eines Fingerabdrucks heraus und gab sie den Fachleuten. »Vergleichen Sie! Es ist der Abdruck des linken Daumens!«

Sie hatten einen Spiegelprojektor mitgebracht, ein Gerät, das ungefähr einem doppelten Dia-Projektor entspricht und mit dessen Hilfe man zwei Fingerabdrücke auf eine Leinwand projizieren und zur Deckung bringen kann, falls sie identisch sind.

Während die Print-Spezialisten den Projektor aufbauten, kam der Arzt. Er ließ Dinah Ross auf eine Couch legen und gab ihr eine Beruhigungsspritze. Nach wenigen Minuten ließen die konvulsivischen Zuckungen nach. Der Weinkrampf ebbte ab.

»Ein schwerer seelischer Schock!« erklärte der Arzt und, gewöhnt an die üblichen Zwischenfälle in einem Spielcasino, setzte er hinzu: »Hat sie viel verloren?«

Niemand antwortete. Niemand sagte ihm, daß Dinah Ross alles, absolut alles verloren hatte.

Shriver, Phil und ich blickten gespannt auf den kleinen Bildschirm, auf dem sich die zwei Fingerabdrücke übereinanderschoben. Wir beobachteten, wie die schwarzen Linien unscharf, verschwommen blieben, bis beide Abdrücke haargenau aufeinanderlagen und im selben Augenblick aus zwei Abdrücken ein einziger wurde.

»Identisch!« Das Urteil der Spezialisten bedeutete für Trevor die Verurteilung.

Sein sonst so beherrschtes Gesicht entgleiste zu einer Fratze des Hasses und der Rachsucht.

»Warum hackt ihr nur auf mir herum?« schrie er mit überkippender Stimme. »Soll ich allein ausbaden, was Racoff angezettelt hat? Warum kümmert ihr euch nicht um den?«

»Genau das werden wir«, antwortete Shriver trocken und griff nach dem Telefon.

Durch die verschmutzte Frontscheibe des Rolls sah Basyl Racoff den Jeep vor Douglas' Bungalow. Erschrocken trat er auf die Bremse.

Er wartete einige Minuten. Da alles still blieb, fuhr er im Schrittempo näher, stoppte und stieg aus.

Walt Erskines Oberkörper lag über dem Steuerrad. Die Arme hingen schlaff herab.

Vorsichtig, als fürchte er, Erskine könne plötzlich auffahren, schlich Racoff an den Jeep heran. Er bückte sich, um in Erskines Gesicht blicken zu können. Als er die offenen und starren Augen sah, wurde ihm klar, daß der Mann, dessen Besitz er an sich reißen wollte, tot war.

Er richtete sich auf, drehte sich zum Haus um und entdeckte das offene Fenster.

»Ken!« rief er. »Hörst du mich, Ken?«

Vorsichtig, wie er sich dem Jeep genähert hatte, schlich er sich an das Fenster, reckte den Kopf und sah ins Haus.

Ken Douglas lag unmittelbar unter dem Fenster auf dem Gesicht.

Noch einmal rief Racoff den Namen, und als er keine Antwort erhielt, als er erkannte, daß auch Douglas tot war, sagte er laut, an die Adresse des Toten gerichtet: »Du Idiot, habe ich dir nicht prophezeit, daß es so kommen würde?«

Racoff vermutete, daß Douglas seine Drohung verwirklicht und sich direkt an Erskine gewandt hatte.

Er bohrte die Hände in die Jackentasche, dachte nach und kam zu dem Ergebnis, daß sein Plan gescheitert war. Erskines Besitz würde an dessen Sohn fallen.

Er, Racoff, besaß keine Möglichkeit, den jungen Erskine zu erpressen. Wahrscheinlich war es besser, Las Vegas zu verlassen und das Glück an einem anderen Ort zu versuchen.

Ursprünglich hatte Racoff geplant, den nächsten Coup in Dallas zu landen, war dann aber nach Las Vegas gekommen, weil Erskine und das Diamond-Casino der größere, der verlockendere Brocken gewesen war.

Erledigt! Aus! Das Diamond würde er nun nicht mehr schlucken können. In Racoffs rastlosem Gehirn verwoben sich die Fäden des neuen Plans zum Netz, in dem ein Mann aus Dallas sich bis zur Wehrlosigkeit verstricken sollte.

Racoff ging in die Hütte, blickte sich um und überlegte, daß es am besten wäre, alles so zu lassen, wie er es vorgefunden hatte. Was konnte die Polizei feststellen? Nichts anderes, als daß sich Walt Erskine und ein Kumpel aus alten Zeiten offensichtlich in die Haare geraten waren und sich gegenseitig umgebracht hatten.

Racoff verließ den Bungalow und inspizierte kurz den Jeep. Er sah die Aktentasche auf dem Beifahrersitz, öffnete sie vorsichtig, fand sie vollgestopft mit Geldscheinen. Es war zuviel Geld für einen gierigen Mann wie Racoff, um es zurückzulassen.

Er trug die Aktentasche zum Rolls, verstaute sie im

Kofferraum, startete den Wagen, wendete und fuhr nach Las Vegas.

Auf dem Strip kamen Racoff zwei Streifenwagen mit heulenden Sirenen und flackerndem Rotlicht entgegen. Kein ungewöhnliches Ereignis in Las Vegas.

Racoff, der die Absicht gehabt hatte, zur gemieteten Villa in der Nähe des Flughafens zu fahren, stieß die Reihenfolge um und entschloß sich, Larry Trevor im Casino aufzusuchen, ihm als erstem zu sagen, daß Las Vegas und das Diamond aufgegeben werden müßten. Larry war für Racoff wichtiger als Dinah.

Die erstickende Hitze des frühen Nachmittags lastete auf der Stadt. Zwar glitten Autos über die vielfachen Fahrbahnen des Strips. Aber die durch ständige Berieselung am Leben gehaltenen Grünanlagen der Mammuthotels und ihrer Spielpaläste waren menschenleer.

Racoff stelle den Rolls auf dem Parkplatz des Casinos ab. Er kannte Larrys Einteilung und wußte, an welchem Tisch er arbeitete.

Zweifellos besaß Basyl Racoff einen sicheren Instinkt für Gefahr. Im Augenblick, in dem er das Casino betrat, spürte er, daß nicht alles so war wie gewöhnlich. Zwar wurde an vielen Tischen und Automaten gespielt, aber es standen auch Menschen in Gruppen zusammen und diskutierten über irgendwelche Ereignisse.

Racoff näherte sich vorsichtig der Straße der Roulett-tische. Vor Nummer 9, dem Tisch, an dem Larry hätte arbeiten sollen, standen gleich vier Diamond-Polizisten. Sie hielten Neugierige auf angemessene Entfernung. Der Tisch war nicht abgeräumt, das heißt, daß die Spielmarken noch in den Sortierfächern lagen.

Basyl Racoff zog sich in den Bereich der Spielautomaten zurück. An einer der kleinen Erfrischungsbars, von denen ein knappes Dutzend über das Casino verteilt waren, verlangte er ein großes Glas eisgekühlten Orangensaft. Er zahlte mit einem 5-Dollar-Schein und wies das Wechselgeld zurück.

»Was ist los bei euch?« fragte er. »Gab es Ärger?«

Der Barkeeper, ein junger Italo-Amerikaner, gesprächig gemacht durch Racoffs großzügiges Trinkgeld, nickte eifrig.

»Der Croupier an Tisch neun wurde verhaftet.«

»Warum? Unterschlagung?« Racoff gelang es, gleichmütig zu erscheinen, obwohl die Mitteilung ihm den Schweiß auf die Stirn trieb.

»Nein, es muß mehr dahinterstecken als eine krumme Abrechnung! Ein Junge in einem Rollstuhl spielte eine Rolle. Es heißt, er habe in dem Croupier den Mörder seiner Mutter erkannt. G-men sollen die Falle gestellt haben. Einer von ihnen spielte an Tisch neun und überwältigte den Mörder. Außerdem wurde eine rothaarige Frau festgenommen, die sich in der Nähe aufhielt, aber ich weiß nicht, aus welchem Grund.«

Racoff hielt sein Glas lange in der Hand, ohne zu trinken.

»Wissen Sie den Namen des Croupiers?« fragte er schließlich.

»Ja, Sir! Der Mann heißt Larry Trevor und arbeitete seit knapp drei Monaten im Diamond.« Er beugte sich weit vor und flüsterte: »Ich glaube, daß die Mafia auf Mr. Erskines Unternehmen scharf ist. Vor einigen Tagen wurde unser Geschäftsführer erschossen, und in der vergangenen Nacht gab es eine Schießerei im Saphir-Nightclub. Wahrscheinlich arbeitete auch Trevor für die Mafia.«

Racoff nippte an seinem Glas.

»Sie sagten, ein G-man habe diesen Croupier verhaftet. Was ist über den Mann bekannt?«

»Er lebt schon seit Wochen im Hotel und spielte mit großen Summen. Er nannte sich Jerry Cann. Sicherlich nicht sein richtiger Name. Ich habe ihn ein- oder zweimal an der Pool-Bar bedient. Er war mit einem Mädchen aus der Girltruppe zusammen, einem Spitzengirl, Sir!«

Racoff stellte das Glas zurück. Seine Hand zitterte. Er verließ die Bar. Der Keeper rief ihm nach: »Viel Glück beim Spiel!«

Racoff dachte nicht daran, Hals über Kopf aus dem Diamond-Casino zu flüchten. Er war kaltblütig genug, sich zwischen zwei grauhaarigen Ladys an einen Automaten zu stellen. Während er mechanisch Münzen einwarf und den Hebel zog, dachte er nach. Er würde den Rolls auf dem Parkplatz zurücklassen, mit einem Taxi zur Villa fahren, in der er etwa 80 000 Dollar verwahrte. Sollten die Schnüffler schon in der Villa sein, blieb ihm keine andere Wahl, als sich zum Flughafen bringen zu lassen und die nächste startende Maschine zu nehmen, gleichgültig, welches Ziel sie anflog.

Er schrak zusammen, als der Automat, an dem er spielte, zu scheppern und zu klingeln begann, Lichtsignale aufblinkten und ein Strom von Münzen in die Auffangmulde rasselte.

Die alte Lady am Nebenapparat schlug die Hände zusammen. »Oh, Sie Glückspilz! Drei Joker! Sie haben fünfzig Dollar gewonnen! Gratuliere! Gratuliere!«

»Danke«, murmelte Racoff. Er schaufelte die Münzen aus der Mulde in die Jackentasche. Einige fielen auf den Boden. Er machte sich nicht die Mühe, sie aufzuheben. Hastig drückte er sich an der Alten vorbei. Sie sah ihm erstaunt und mißbilligend nach, schüttelte den Kopf und bückte sich steifgliedrig, um die Münzen einzusammeln. Racoff holte die Aktentasche mit den 50 000 Dollar aus dem Rolls. Immer warteten Taxis vor dem Casino. Der Fahrer des Taxis, das Racoff wählte, war ein junger Farbiger.

»Flughafen!« befahl Racoff.

Unterwegs ließ er halten, stieg aus und rief von einer Telefonzelle den Anschluß seiner Villa an.

Es dauerte lange, bis der Hörer abgehoben wurde. Eine Männerstimme meldete sich mit einem kurzen »Hallo!«

»Sind Sie Hertz-Autoverleih?« fragte Racoff.

»Nein. Wer sind Sie?«

»Sorry. Falsche Verbindung!« Racoff legte auf und ging zum Taxi zurück.

Als sie den Flughafenbereich anfuhren, dirigierte er den Wagen zur Frachtabfertigung um. Er zahlte und wartete, bis das Taxi verschwunden war. Dann ging er zu Fuß an den weißen, hitzeglühenden Mauern des Gebäudes entlang zum Passagierterminal.

Rechtzeitig sah er die aufgefahrenen Streifenwagen, die Kette uniformierter Polizisten vor den Eingängen, die Detektive in Zivil, die jeden musterten, der den Flughafen betrat.

Racoff kehrte um und drückte sich in eine Mauernische, die etwas Schatten bot. Er japste vor Anstrengung. Sein Herz schlug heftig und schmerzend.

Kein Zweifel! Larry, dieser Bastard, und Dinah, die verliebte Nutte, hatten gesungen. Für ihn, Racoff, gab es nur noch ein Problem zu lösen. Raus aus Las Vegas und rüber nach Mexico! Er hatte genug Geld im Ausland untergebracht.

Las Vegas zu verlassen war schwierig. Die Autostraßen konnten leicht überwacht werden, ebenso der Flughafen.

An eine Flucht quer durch die Wüste war ohne Führer und ohne entsprechende Ausrüstung nicht zu denken. Er mußte sich irgendwo verstecken, bis der erste Eifer der Polizei abgeflaut war.

Er löste sich aus der Mauernische und erreichte unter Umgehung des Terminals die Straße. Nach einiger Zeit gelang es ihm, ein Taxi zu stoppen, das ihn in die Stadt zurückbrachte. Das Taxi passierte eine Straßensperre. Aber Wagen, die stadteinwärts fuhren, wurden nicht kontrolliert.

Racoff ließ sich bei einem Autoverleih absetzen. Er mietete einen unauffälligen japanischen Wagen, zahlte Gebühr und Kaution mit Erskines Geld.

Innerhalb der Stadt hielt er sich für sicher. In dem grünen Datsun würde ihn niemand vermuten. Er hoffte, daß sein Rolls auf dem Parkplatz des Casinos noch nicht entdeckt worden war, denn im Handschuhfach lag ein Revolver mit einer Packung Reservemunition. Racoff hatte nie eigenhändig mit der Waffe gearbeitet. Jetzt, da kein Larry für die schmutzige Arbeit zur Verfügung stand, fühlte Racoff den Wunsch nach einer Waffe wie ein körperliches Bedürfnis, wie Hunger und Durst.

Er parkte den Datsun in der Nähe des Rolls, beobachtete lange und sorgfältig die Umgebung, bevor er hinüberging, den Rolls öffnete und Waffe und Munition an sich nahm. Als er wenig später den Datsun an der Reihe der geparkten Fahrzeuge zur Ausfahrt steuerte, fiel ihm eine Frau auf, die gerade einen angejahrten, roten Käfer abschloß.

Der Anblick der Frau durchfuhr Racoff wie ein Schlag. Er nahm das Gas weg und wartete, bis sie vor ihm zur Ausfahrt ging. Sie trug weiße Jeans, leichte Mokassins, ein T-Shirt.

Racoff hatte sie an der Seite dieses Jerry Cann gesehen.

Eine Idee keimte in seinem Gehirn und nahm Gestalt an.

Er legte den Gang ein und gab Gas.

Trevors Zusammenbruch war vollständig. Er packte aus, angetrieben von wildem Haß gegen Basyl Racoff. Die merkwürdige Bindung, die Abhängigkeit voneinander, die zwischen beiden Männern 30 Jahre lang bestanden hatte, zerschmolz in einem Ausbruch von Feindschaft.

Trevor gab zu, Mark Hale in Racoffs Auftrag erschossen zu haben. Er gestand, daß er im Saphir-Club versucht hatte, mich umzulegen, ebenfalls auf Racoffs Befehl. Racoff hatte ihn in New York in Stanwells Büro geschickt. Wo immer er hingegangen war, einen Menschen zu töten, war es Racoff gewesen, der ihm die Namen genannt hatte.

Die Vernehmung fand im Hauptquartier der Polizei statt, und Detective Sergeant Shriver leitete sie. Der Sergeant begnügte sich mit einem allgemeinen Geständnis. Nach zwei Stunden ließ er Racoffs Exfreund in die Zelle bringen.

Von Racoff selbst hatten wir bis zu diesem Zeitpunkt nichts erfahren, obwohl alle Flugpassagiere überprüft, alle Ausfallstraßen überwacht wurden. Die Beamten in Racoffs Villa hatten einen Anruf gemeldet, angeblich eine falsche Verbindung.

Noch mehr beunruhigte uns, daß Walt Erskine verschwunden blieb. Durch Trevor wußten wir, daß sich Racoff bei seinem großen Erpressungsversuch eines gewissen Ken Douglas, eines ehemaligen Partner Erskines, bediente. Wo Racoff diesen Douglas untergebracht hatte, konnte Trevor uns nicht sagen, und Dinah Ross war nicht vernehmungsfähig. Die 50 000 Dollar in ihrem Besitz ließen vermuten, daß sie Erskine das Versteck dieses Douglas verraten hatte. Solange wir nicht mit ihr sprechen konnten oder Erskine wieder auftauchte, gab es darüber keine Gewißheit.

Am späten Nachmittag fuhren wir in einem Streifenwagen zu Phils Hotel. Phil packte seine Sachen zur Umsiedlung ins Diamond. Als letztes löste er das Phantombild von der Wand, hielt es eine halbe Minute in den Händen und zerriß es.

»Wird nicht mehr gebraucht«, sagte er lakonisch.

Der Streifenwagen setzte uns vor dem Hotel ab. Wir fühlten uns erschöpft und erleichtert zugleich. Phil rief Dr. Meadow an und erkundigte sich nach Teddys Zustand. Die Ärztin konnte uns beruhigen. Teddy würde die seelische Belastung, der er durch die Begegnung mit dem Mörder ausgesetzt worden war, verkraften.

Noch immer trug ich dreißig 1000-Dollar-Plaques in der Tasche. Ich tauschte sie gegen 30 000 Dollar um und ließ mir ein Tresorfach geben, in das ich das Geld einschloß.

Gegen sieben Uhr erlaubten wir uns einen Drink an der Bar. Wir saßen noch beim ersten Bourbon, als ein Hotelpage zu uns kam.

»Mr. Cann?« fragte er, obwohl ich inzwischen unter meinem richtigen Namen eingetragen war. Ich nickte, und er gab mir einen flachen Umschlag.

»Wurde für Sie abgegeben, Sir.«

»Von wem?«

»Das weiß ich nicht, Sir! Der Umschlag lag auf der Empfangstheke. Niemand weiß, wer ihn gebracht hat, aber er trägt Ihren Namen.«

Ich riß den Umschlag auf. Ein flacher, vergoldeter Autoschlüssel fiel in meine Hand. Die verschlungenen Buchstaben R und R wiesen ihn als Schlüssel zu einem Rolls-Royce-Wagen aus.

Außer dem Schlüssel enthielt der Umschlag einen schmalen Streifen Papier mit wenigen, hingekritzelten Worten:

»Anruf um neun Uhr – Lilly!«

Zwei Minuten nach neun Uhr schrillte das Telefon.

»Gespräch für Sie, Mr. Cann!« sagte ein Mädchen in der Telefonzentrale.

Ich nahm den Hörer ab. Phil preßte den zweiten Hörer ans Ohr.

Das Atmen eines Menschen, sonst nichts!

Ich sagte: »Melden Sie sich!«

»Jerry, ich werde von einem Mann festgehalten.«

Lilly Levins Stimme! Es überraschte uns nicht. Wir wußten längst, daß Lilly nicht zur Nachmittagsprobe gekommen war.

»Ich will den Mann sprechen.«

Wieder das Atmen. Dann ein kurzes »Ja?«

»Ihre Bedingungen, Racoff!«

Er räusperte sich und fragte: »Du bist ein Schnüffler?«

»Ja! FBI!«

»Du wirst mich aus Las Vegas rausbringen und zur mexikanischen Grenze begleiten.«

»Einzelheiten, verdammt!« blaffte ich.

»Du fährst mit meinem Rolls allein voraus. An der Sperre sagst du den Cops, daß der nachfolgende Wagen nicht kontrolliert werden darf. Dieser Wagen wird von dem Mädchen gesteuert, und ich werde hinter deiner

Freundin sitzen und die Mündung eines Revolvers an ihren Hinterkopf halten.«

»Warum gibst du nicht auf, Racoff? Du bist am Ende.«

»Hör zu, Schnüffler! Ich sage dir, was mit deiner Freundin geschehen wird, falls du nicht auf meine Bedingungen eingehst. Ich werde sie gut verpackt in die Wüste hinausbringen, sie irgendwo hinlegen und mich nicht um sie kümmern. Mag sein, daß ihr mich irgendwann schnappt, aber sie wird bis dahin längst verdurstet sein. Was, glaubst du, bleibt von ihrem appetitlichen Körper nach drei oder vier Tagen in der Wüste übrig? Nun, Schnüffler, macht dir die Vorstellung Beine?«

»Ja«, antwortete ich. »Wohin soll ich kommen?«

»Strip! Fahrbahn stadtauswärts in Höhe des Holiday Inn Hotel! Wenn ich außer dir einen Polizisten sehe, werde ich nicht kommen, sondern deine Freundin in die Sonne legen.«

»Okay! Noch Anweisungen?«

Er zögerte, sagte dann »nein« und legte auf.

Phil sah mich an.

»Wir können nichts riskieren, bevor wir sicher wissen, daß das Mädchen mit Racoff in einem Wagen sitzt«, beantwortete ich seine unausgesprochene Frage. »Erst dann entscheiden wir, ob es eine Chance gibt, ihn zu überrumpeln. Wir informieren niemand. Die kleinste Panne, eine Indiskretion, ein Tip an die Presse – alles kann genügen, Lilly Levin einem schrecklichen Tod auszuliefern.«

Ich stand auf.

»Racoff ist ein Gehirngangster. Er kann schnell denken, aber ich zweifle, ob er auch fähig ist, schnell zu handeln. Schießen und zuschlagen, das haben immer andere für ihn besorgt. Ich glaube, ich kann ihn irgendwo auf der

Strecke zwischen Las Vegas und Mexico überwältigen. Bring mich zum Rolls!«

Auch den Rolls hatten wir schon am Nachmittag untersucht. Ich stieg ein und betätigte den Knopf für den Elektromotor des Seitenfensters.

»Mach Sergeant Shriver klar, daß wir diese Runde ohne ihn spielen müssen!« bat ich Phil.

»Hals- und Beinbruch, Jerry!«

Ich startete. Der Motor sprang an. Mein Blick fiel auf den Tankanzeiger. Die Nadel pendelte an der Grenze des roten Warnfeldes.

Ich beugte mich aus dem Fenster.

»Hör zu, Phil . . .«, sagte ich.

Das Holiday Inn Hotel liegt nicht weit von der Stadtgrenze in der Nähe des Golfplatzes. Ich parkte den Rolls 100 Yards vor der Einfahrt zum Hotel, stieg aus, lehnte mich an die Karosserie und wartete.

Eine halbe Stunde dauerte es, bis ein Wagen in 20 Schritt Abstand hinter mir stoppte. Die Scheinwerfer flammten auf und erloschen.

Ich ging zu dem fremden Wagen. Das Innere war unbeleuchtet. Als ich ihn bis auf drei Schritt erreicht hatte, hörte ich Racoffs Stimme: »Bleib stehen!«

Ich gehorchte. Im Widerschein der Straßenlampen waren die Umrisse der Insassen nur zu ahnen.

»Oh, Jerry . . .«, flüsterte Lilly.

»Hör zu, G-man! Das Mädchen sitzt fest vor meiner Kanone. Sie ist angeschnallt. Ich habe das Schloß verkeilt. Es läßt sich nicht mehr auslösen. Sie kann nicht wegtauchen und sich nicht fallen lassen. Ich erwische sie immer. Klar?«

»Klar«, bestätigte ich. »Bringen wir's hinter uns! Wie weit willst du heute nacht noch kommen?«

»Bis Los Angeles.«

»Über 200 Meilen! Genug Benzin im Tank?«

Er antwortete unsicher. »Ja, ich glaube, es genügt.«

»Deine Staatskarrosse ist nahezu trocken. Du mußt damit rechnen, daß wir nachts auf der ganzen Strecke nicht einen Tropfen bekommen können. Kaum ein Tankstellenbesitzer ist noch bereit, auf seinen Schlaf zu verzichten.«

»Einverstanden!«

Ich hob die Hand und sagte laut: »Keine Angst, Lilly! Sie werden diesen Zwischenfall überstehen. Ich garantiere dafür.«

Ich ging zum Rolls zurück, stieg ein und fuhr an. Im Rückspiegel sah ich, daß Racoffs Wagen folgte.

Nach einer knappen Meile sah ich die Lichtreklame einer offenen Tankstelle. Ich steuerte den Rolls an die vordersten Säulen. Der Tankwart kam aus seiner Box und wischte sich die Hände an einem Lappen.

»Voll, wenn möglich.«

»Sie verlangen viel, Mister!« antwortete er und grinste.

Er ging zum Heck des Rolls, öffnete den Verschluß, führte das Mündungsstück des Schlauches ein und ließ das Benzin in den Tank sprudeln.

Gespannt beobachtete ich im Rückspiegel die Auffahrt, zwei Autolampen tauchten auf. Ein grüner Datsun rollte hinter dem Heck des Rolls vor die Säulen. Da die Tankstelle voll beleuchtet war, konnte ich hinter der Windschutzscheibe Lilly Levins Gesicht erkennen.

Der Tankwart rief: »Ich komme sofort!«

Er füllte den Tank des Rolls, schraubte den Verschluß auf und kam ans Seitenfenster.

»Mann, Ihr Schlitten hat nicht einen Tank, sondern eine Badewanne eingebaut. Fünfzehn Gallonen!«

Ich zahlte, sah den Mann an und sagte: »Wir riskieren es jetzt!«

»Machen wir!« antwortete er, stopfte das Geld in die Brusttasche seines Overalls und ging zum Datsun.

Ich startete den Rolls.

»Wieviel, Madam?« fragte der Tankwart.

Ich legte den Rückwärtsgang ein, sah, wie der Tankwart den Schlauch aus der Halterung nahm, ihn mit beiden Händen faßte und an den Datsun heranging.

Ich trat den Gashebel durch und gab die Kupplung frei. Mit einem Ruck setzte sich der Rolls in Bewegung, rammte mit der vollen Wucht seiner zwei Tonnen den Datsun, verwandelte das Vorderteil des leichten Japaners in zerknäultes, verknautschtes Blech.

Im selben Augenblick hieb der Tankwart, niemand anders als Phil, das schwere stählerne Mundstück des Tankschlauches in das Seitenfenster, ließ den Schlauch fallen und fuhr in einer Art Hechtsprung mit beiden Armen, Kopf und Schulter durch das zertrümmerte Fenster in den Wagen.

Ich sprang aus dem Rolls, rannte nach hinten und zerrte am Fahrerschlag des Datsun, bis die Tür aufsprang.

»Ich hab' ihn!« schrie Phil.

Der Druck des Aufpralls hatte Racoff nach vorn zwischen Vorder- und Rücksitz geworfen und Phil hielt den feisten Mann unten.

Lilly Levin hing unverletzt im Sicherheitsgurt, der sie davor bewahrt hatte, von den Beharrungskräften in die Frontscheibe geschleudert zu werden.

Ich half Phil, Basyl Racoff aus dem Wagen zu zerren.

Widerstandslos ließ er alles mit sich geschehen, – ein feister, schlecht riechender Mann am Ende seines Weges.

Irgendwo in der Nacht blinkte regelmäßig die Lichtreklame eines Spielcasinos.

In New York war der Frühling eingezogen und schien jedermann gute Laune zu machen. Die Menschen auf den Straßen, in den U-Bahnen waren freundlich zueinander wie selten.

Auch ich war guter Laune, als ich an die Tür mit dem Schild »Abrechnung« klopfte.

»Herein!« antwortete Miss Leeuwereys strenge Stimme.

Ich betrat ihr kleines Büro. Durch das Fenster fiel ein Sonnenstrahl auf den makellos aufgeräumten Schreibtisch.

»Guten Morgen, Miss Leeuwerey!«

»Guten Morgen, Mr. Cotton!« Ihre Brille blitzte. Sie trug das blonde Haar zurückgekämmt in einer strengen Frisur. Hatte ich sie jemals in einem anderen Kleid gesehen als in diesem blauen, bis an den Hals zugeknöpften sackähnlichen Gebilde?

Ich übergab ihr die Formulare. »Die Abrechnung für den Einsatz 79 JC 14«, sagte ich.

Sie nahm die Formulare entgegen wie ein Beglaubigungsschreiben.

»Und der Rest des eingesetzten Kapitals«, sagte ich hinzu und begann aus allen Taschen gebündelte Dollarnoten zu holen, jedes Päckchen zu 1000 Dollar.

Miss Leeuwerey blickte auf den wachsenden Geldhügel. Langsam öffnete sich ihr Mund. Dann hob sie den Kopf, sah mich an: »Wieviel?« fragte sie.

»28, 29 ...«, zählte ich. »Warten Sie, es müßte noch irgendwo ...« Ich klopfte meine Taschen ab. »Ah, hier steckt es!« Das letzte Notenbündel zog ich aus der Gesäßtasche. »Entschuldigen Sie!«

»Wieviel?« Ihre Stimme verriet aufkeimende Panik.

»Dreißgtausend.«

»Ihr Vorschuß betrug nur zwanzigtausend Dollar!« Der Zeigefinger tippte auf die Eintragung. »Nehmen Sie den Überschuß zurück!«

»Es ist FBI-Geld, Miss Leeuwerey!«

»Wie kann es FBI-Geld sein, wenn Sie nur zwanzigtausend erhalten haben? Packen Sie ein, was nicht hierher gehört! Warum bringen Sie überhaupt Bargeld? Wissen Sie nicht, wie man einen Scheck ausschreibt?«

»Okay, ich werde das Geld einzahlen und Ihnen einen Scheck über dreißigtausend Dollar bringen!«

»Zwanzigtausend!«

»Dreißigtausend, Miss Leeuwerey! Ich habe mit FBI-Geld während eines FBI-Einsatzes im FBI-Auftrag gespielt und zehntausend Dollar gewonnen. Der Gewinn ist FBI-Geld, ebenso sicher wie aus der Verbindung eines Hahnes mit einem Huhn und dem daraus entstehenden Ei wieder ein Huhn wird.«

»Unterlassen Sie Ihre unanständigen Vergleiche!« fauchte sie. »Es gibt keine Möglichkeiten, Überschüsse zu verbuchen. Der FBI ist keine Handelsfirma, die Gewinne macht.«

»Und ich, verehrte Miss, riskiere nicht meine Pension und den Frieden meiner alten Tage, indem ich mich an lumpigen zehntausend Dollar bereichere, nur weil Sie buchungstechnisch nichts damit anzufangen wissen. Meinetwegen unterschlagen Sie die Summe und kaufen sich dafür endlich ein neues Kleid!«

»Darf ich einen Vorschlag machen?« sagte eine Männerstimme. Ich drehte mich um. Im Türrahmen stand unser Chef, John D. High.

»Guten Tag, Sir!« wünschten Miss Leeuwerey und ich wie aus einem Mund.

John D. High trat an Miss Leeuwereys Schreibtisch.

»Könnten wir Jerrys zehntausend Dollar als Stiftung für einen guten Zweck vereinnahmen?« fragte er.

»Ja, das wäre möglich, Sir, aber wir müßten das Geld dann auch dafür wieder ausgeben.«

Mr. High nickte. »Teddy McCanzies Operation ist eine äußerst kostspielige Angelegenheit. Wären alle einverstanden, daß wir die zehntausend Dollar für diesen Zweck beisteuern?«

»Selbstverständlich, Sir!« sagte ich.

»O ja, Sir«, hauchte Miss Leeuwerey und nahm vor Rührung die Brille ab, um sich die Augen zu tupfen.

Sie hatte große, dunkelblaue Augen.

Genau betrachtet, war sie eigentlich hübsch. Sie hätte sich nur eine andere Frisur und ein netteres Kleidchen zulegen müssen.

Und vielleicht wäre es gut, wenn sich jemand fände, der sie mal küßte.

Ich war nahe daran, es zu tun.

Auf jeden Fall würde ich ihr morgen Blumen bringen.

ENDE

Von sanfter Hand

Das harte Bremsmanöver kam so überraschend, daß Patrolman James Harries mit der Brust gegen das Armaturenbrett knallte. In der nächsten Sekunde dreht sich der Streifenwagen der New York City Police auf dem schlierigen Asphalt der Beach Street. Harries versuchte sich festzukrallen. Es ging zu schnell. Bevor seine Finger Halt fanden, schlug er mit dem Kopf gegen den Türholm.

»Rechts vor dir, James!«

Sergeant Matt Mayberrys Zuruf riß Harries aus der Benommenheit, die sich wie ein weicher Watteteppich über sein Bewußtsein gelegt hatte.

»Die Frau!«

Patrolman James Harries riß die Augen auf. Die Frau, die Sergeant Mayberry meinte, bestand für Harries nur aus einem schlanken Schatten, der sich eilig bewegte und schließlich mit der Fassade der Eisenwarenhandlung verschmolz, die sich schräg gegenüber auf der anderen Straßenseite befand.

»Da stimmt was nicht, Partner.«

Wer wie Sergeant Matt Mayberry mehr als die Hälfte seines Lebens täglich in einem Patrolcar der New Yorker City Police zugebracht hatte, bekam einen untrüglichen Blick für Ärger. Harries' Blick war in dem Moment wieder klar, als der Sergeant die Tür aufstieß und auf die Beach Street sprang. Er sah den Sergeant, mit dem er seit einigen Wochen unterwegs war, nach der Dienstwaffe greifen. Im selben Augenblick sah er auch die Frau wieder, die aus dem Schatten der Fassade trat und am Straßenrand stehenblieb.

Unzweifelhaft hatte sie den Streifenwagen und Sergeant Mayberry entdeckt. Sie hob die Hand, winkte und schrie etwas, das Harries nicht verstehen konnte.

Sergeant Mayberry, der zwei Sekunden lang zögernd

stehengeblieben war, hatte inzwischen den 38er Smith & Wesson-Dienstrevolver aus der Halfter gerissen. Er entfernte sich langsam vom Streifenwagen, hob die Waffe mit der Linken und gab James Harries mit der Rechten zu verstehen, daß er ihm folgen solle.

Bis zu diesem Zeitpunkt hatte Harries nichts begriffen. Er sah die Frau und den Sergeant und nahm natürlich an, daß Mayberry mehr als er gesehen hatte.

Harries stieß die Beifahrertür des Streifenwagens auf. Mehr aus Gewohnheit als verstandesgemäß schlossen sich seine Finger um den Griff der Dienstwaffe.

In dieser Sekunde zerrissen die Scheinwerfer eines Wagens die Dunkelheit.

Ein alter Chevrolet Monte Carlo schlingerte aus der schmalen Seitenstraße, aus der auch die junge Frau in die Beach Street gekommen war. Er drehte sich halb und blieb schließlich so stehen, daß sich die junge Frau mitten im Scheinwerferlicht befand.

Harries hielt die Luft an.

Sergeant Matt Mayberry blieb stehen. Er erhob sich auf die Zehenspitzen. Die blaue Schirmmütze rutschte ihm in den Nacken, als er den Kopf zurücklegte, um besser sehen zu können.

»Polizei!«

Die junge Frau am Bordstein drehte sich um.

Harries sah zum erstenmal ihr Gesicht. Schmal, mit eingefallenen Wangen. Ein etwas strenger Gesichtsausdruck, der durch die langen blonden Haare, die bis zur Schulter reichten, noch unterstrichen wurde. Auffallend waren die großen Augen, in denen sich Angst und Entsetzen spiegelte. Geblendet von dem Scheinwerferlicht des Chevrolet, kniff sie die Augen nun etwas zusammen. Ihr Blick war auf der Suche nach Mayberry, der sich mitten auf der Beach Street in die Hocke niederließ, die Dienstwaffe mit beiden Händen packte und den Chevy anvisierte.

»Polizei!«

Patrolman James Harries stieß die angehaltene Luft aus. Vor vier Wochen war er von der Polizeiakademie zum 1. Revier in der Downtown geschickt worden. Seitdem hatte Mayberry ihn unter seine Fittiche genommen, um dem jungen Beamten zu zeigen, daß er sich einen Beruf ausgesucht hatte, von dem man besser nicht träumt. Bis auf einige kleine Zwischenfälle, die von Mayberry allesamt mit leichter Hand gelöst worden waren, hatte es aber keine wirklichen Gefahrensituationen gegeben.

Jetzt war das anders. Harries spürte das Kribbeln, das bei seinen Füßen begann und schließlich durch seinen ganzen Körper flutete. In diesen Sekunden fühlte er sich hilflos und verlassen wie ein Kind im Dunkeln.

Sein Blick glitt über den auf dem feuchten Asphalt knienden Sergeant hinweg zum Chevy. Dann weiter zu der jungen, schlanken Frau, die wie ein Star im Scheinwerferlicht stand.

Harries zog die Dienstwaffe, spannte den Hammer und hob den 38er, ohne recht zu wissen, wie er sich verhalten sollte.

Zwei Sekunden später brach die Hölle los. Zum erstenmal bekam Harries am eigenen Leib zu spüren, was es hieß, Polizist in New York zu sein.

Aus dem Seitenfenster des Chevy zuckten Mündungsblitze durch die Nacht. Die Schußexplosionen brachen sich an den hohen Fassaden und wurden als Echo zurückgeworfen.

Die junge Frau stand nicht mehr im Scheinwerferlicht.

Sie wurde aus dem Lichtschein hinausgeschleudert und stürzte dort auf den dunklen Teil der Straße. Noch einmal drehte sie sich. Es sah aus, als versuche sie, sich zu erheben. Dann zuckte ihr Körper wie gepeitscht zusammen, als weitere Schüsse aus dem Chevy abgegeben wurden. Sie rollte über den Gehsteig und blieb auf dem Rücken liegen.

Wie ein Film zog das vor den Augen des jungen Patrolman James Harries ab.

Sergeant Matt Mayberry sprang auf. Zwei Schüsse hatte er auf den Chevy abgegeben, in dem sich der Killer klein machte.

Der Motor des Wagens brüllte auf.

Wie ein Fels in der Brandung stand Sergeant Matt Mayberry in der Beach Street, hielt die Dienstwaffe in beiden Händen, brachte sie in Anschlag und krümmte den Finger.

Dreimal bäumte sich der Smith & Wesson in seinen Fäusten auf, als der Chevy einen Satz nach vorn machte, der Motor abgewürgt wurde und der Wagen schräg zur Fahrbahn stehend wieder zum Halten kam.

Harries hechtete um den Streifenwagen herum, umrundete die Kühlerhaube und ließ sich vor dem linken Vorderreifen in die Knie nieder. Erst nach dieser Aktion wurde ihm bewußt, daß er genau das Falsche getan hatte: vor dem Reifen saß er wie auf dem Präsentierteller. Wenn der Killer im Chevy Gelegenheit dazu erhielt, konnte er ihn leicht treffen.

Harries ließ sich auf den feuchtglänzenden Asphalt fallen.

Der Chevy, der schräg zur Fahrbahn stand, löste sich in dieser Sekunde in einem hellen Feuerblitz auf. Eine dumpfe Explosion rollte durch die Beach Street, und die

Flammensäule stieg zehn Fuß hoch in den Nachthimmel auf.

Sergeant Mayberry stand noch immer hochaufgerichtet auf der Straße. Mit zusammengekniffenen Augen starrte er in das Feuer. Sein Blick war auf der Suche nach dem Killer, der entweder in den Flammen schmorte und einen ersten Vorgeschmack auf die Hölle empfing oder den Wagen durch die Beifahrertür schon lange verlassen hatte. Mayberry hatte es nicht sehen können.

»Geh von der anderen Seite ran, Cop!« schrie der Sergeant dem jungen Patrolman zu. »Versuch ihn in die Zange zu nehmen!«

Harries sprang auf. In diesem Moment hatte er grenzenloses Vertrauen zu dem im Dienst ergrauten Sergeant. Mayberry, davon war James Harries überzeugt, versuchte die Sache so zu regeln, daß keiner von ihnen in eine tödliche Gefahr geriet. Er spurtete los, schlug einen Haken zum Gehsteig auf der rechten Seite, wollte so den brennenden Chevy passieren und schließlich irgendwo in Deckung gehen, von wo aus er die Straße auf der anderen Seite des brennenden Wagens einsehen konnte.

Er gelangte drei Schritte weit, als Mayberrys Schrei ihm in den Ohren gellte.

Harries blieb stehen. Die Beine versagten ihm einfach den Dienst. Selbst wenn er es gewollt hätte, er war gar nicht mehr dazu in der Lage, auch nur einen einzigen Schritt zu laufen. Sein Kopf ruckte nach links. Er sah Mayberry.

Der Sergeant taumelte zurück. Seine Rechte war in den Stoff des Hemdes gekrallt, wo sich das Polizeiabzeichen befand. Verzweifelt versuchte er die Linke mit dem schweren 38er zu heben und die Waffe wieder auf den brennenden Chevy zu richten. Es gelang ihm nicht.

Aus dem Flammensee heraus fielen die nächsten beiden Schüsse. Jedesmal wurde Mayberry einen Schritt weiter zurückgetrieben. Sein massiger Körper bäumte sich wie unter Schlägen auf. Dann stürzte er wie ein gefällter Baum und blieb lang ausgestreckt auf der Straße liegen.

Etwas in Harries' Brust zerriß schmerzhaft. Er spürte den Kloß, der ihm in der Kehle steckte. Noch immer war er nicht fähig, sich von der Stelle zu rühren. Zum erstenmal in seinem Leben hatte er einen Menschen sterben sehen.

Rechts neben seinem Kopf klatschte ein Projektil gegen die Fassade des Hauses, wurde als Querschläger zurückgetrieben und erwischte Harries an der Schulter.

Der harte Schlag und der einsetzende Schmerz rissen Harries aus der Lethargie. Brüllend sprang er einige Schritte zurück, prallte mit der Hüfte an den Streifenwagen, und dann schoß er.

Seitlich des brennenden Chevy sah er den Schatten des Killers, der die Frau und den Sergeant erschossen hatte. Eine mittelgroße, hagere Gestalt. Der helle Trenchcoat war im Widerschein der Flammen beinahe weiß. Harries sah den eckigen Kopf, das eingefallene Gesicht und den altmodischen Borsalinohut, den der Kerl trug.

Von nun an gab es in Harries nur einen Gedanken: Er wollte den Kerl erwischen, um welchen Preis auch immer.

Der Kopf des jungen Patrolman war klar. Seine Gedanken arbeiteten wie mechanisch und ließen ihn die Dinge tun, die ein Polizist in dieser Situation zu tun hatte.

Er visierte den Mann neben dem brennenden Chevy an, jagte einen Schuß hinüber und zog mit der Linken die Tür des Streifenwagens auf.

Harries sah den Mann zusammenzucken. Hatte er ihn getroffen? Dann tauchte der Kerl weg, aber der helle Trenchcoat war im Licht der flackernden Flammen noch gut zu erkennen. Der Killer lag am Boden und drehte sich auf die Seite.

Harries' Hand tastete nach hinten. Er schnappte sich das Mikro, zog es an sich heran und jagte mit klarer Stimme einen Hilferuf an alle Wagen.

Dann richtete sich Harries wieder auf. Der Killer hatte sich ebenfalls erhoben und versuchte zu fliehen.

Harries schoß auf ihn und sah die Funken, die seine eigenen Kugeln auf dem Asphalt schlugen. Plötzlich änderte der Killer die Richtung. Anstatt den Fluchtweg über die Beach Street in Richtung Greenwich Street fortzusetzen, schlug er einen Haken und rannte auf die Lagerhalle der Eisenhandlung zu. Mit der Schulter drückte er die Scheibe eines Fensters ein und zog sich mühsam ins Innere.

Harries stockte der Atem.

Seit vier Wochen fuhr er mit Mayberry in dieser Gegend Streife. Er kannte sie beinahe so gut wie seine Westentasche und war sicher, daß es aus der Lagerhalle der Eisenhandlung kein Entkommen gab. Das langgestreckte Steingebäude verfügte über kein Fenster, das wußte Harries genau.

Wenn der Killer gerade in dieses Gebäude geflüchtet war, so hieß das nichts anderes, als daß er sich in der Gegend nicht auskannte.

Harries stieß die angehaltene Luft aus. Er sprang in den Streifenwagen, startete ihn und lenkte ihn um den brennenden Chevy herum. Er drehte ihn so, daß der Kühler zur Lagerhalle zeigte. Dann schaltete er alle Lichter ein und verließ den Wagen schnell wieder, bevor der

Killer aus der Lagerhalle das Feuer auf ihn eröffnen konnte.

Schweiß rann ihm über die Stirn, als er hinter dem Streifenwagen Deckung bezog. Mit dem Handrücken wischte er sich darüber hinweg. Er hatte das gute Gefühl, alles richtig zu machen.

Niemand, auch Sergeant Mayberry nicht, der seinen Job wie kein zweiter beherrschte und sämtliche Tricks im Streifendienst kannte, hätte es besser tun können.

Mayberry!

Harries' Blick ruckte nach rechts.

Mayberry lag noch immer so, wie er gefallen war. Keinen Deut hatte er sich von der Stelle gerührt. Genau wie die junge Frau, die nur zehn Yards von ihm entfernt auf dem Gehsteig lag.

Tote!

Harries erschauderte. Die Waffe in seiner Hand zitterte. Sekundenlang war er versucht wegzulaufen. Schließlich kämpfte er die natürliche Angst nieder, hob den Revolver und feuerte zu seiner eigenen Beruhigung einfach zwei Schüsse durch das Fenster, durch das der Killer in die Lagerhalle gelangt war.

Drinnen rührte sich nichts.

Beach Street, Feuergefecht zwischen der Besatzung eines Streifenwagens und einem Killer. Wenn die Meldung korrekt war, hatte es zwei Tote gegeben.

Ich fing den Funkspruch am Spring Street Terminal auf, warf Phil Decker einen kurzen Blick zu und drehte den Jaguar schließlich quer über die Straße.

Zu Hilfe gerufen wurden die Patrolcars der New York City Police. Da wir uns ebenfalls nicht weit von der

Beach Street befanden, war es selbstverständlich, daß wir uns auf den Weg machten, um den Cops unsere Hilfe anzubieten.

Es war 2.30 Uhr nachts. Wir hatten den letzten Bus aus Chicago überprüft, aber der Mann, den wir erwarteten, war nicht gekommen. Ein normaler Auftrag nach einem Hilfeersuchen der Kollegen aus Chicago, die einen ihrer Klienten vermißten und annahmen, daß er mit dem Bus auf dem Weg nach New York war. Ich hatte das Funksprechgerät auf die Frequenz der New Yorker City Police geschaltet.

»Hier noch einmal Patrolman James Harries«, gab ein Cop mit aufgeregter Stimme durch. »Schickt für alle Fälle auch einen Rettungswagen!«

»Unterwegs, Harries. Die ersten Wagen müssen gleich eintreffen. Hat sich etwas geändert?«

»Nichts. Der Mann befindet sich noch im Schuppen der Eisenhandlung. Er kann nicht entkommen. Es gibt keine Fenster. Ich stehe auf der Straßenseite und werde ihn bestimmt nicht vorbeilassen!«

»Okay.«

Ich befand mich in der Greenwich Street, Ecke Vandam Street, als dieses letzte Gespräch über den Äther ging. Vor mir die großen Kreuzungen im Dreieck Canal und Watts Street, kurz vor der Einfahrt in den Holland Tunnel. Selbst um diese Zeit herrschte noch Verkehr. Frachtwagen, auf dem Weg nach Jersey City, einige Taxis und einige Privatfahrzeuge.

Ich setzte das Rotlicht und schaltete die Sirene ein. Sicher ist sicher, auch wenn der Respekt vor Rotlicht und Sirene in letzter Zeit immer mehr zu wünschen übrigließ. Aber um diese Zeit konnte niemand später behaupten, er hätte nichts gehört und gesehen.

Phil griff automatisch nach den Gurten und rutschte tiefer in den Sitz, als ich das Gaspedal durchtrat. Er starrte mit zusammengezogenen Augen in den hellen Lichtteppich, den die aufgeblendeten Scheinwerfer des Jaguars vor uns auf die Straße legten.

»Ich weiß nicht, wie das mit der Versicherung für G-men ist«, knurrte er mich von der Seite an. »Schließlich mischen wir uns in eine Sache ein, die nicht unser Job ist.«

Ich drehte den Kopf und zeigte ihm die Zähne.

Beinahe etwas zu lange.

Der Truck kam aus der Desbrosses Street, hinter der großen Kreuzung der Watts Street, wo ich eigentlich nichts mehr erwartete. Er war halb in die Kreuzung eingefahren, als ich ihn bemerkte. Ein großes, dunkles Ungetüm, das sich dem Jaguar wie eine riesige Barrikade in den Weg schob. Zu der Sirene und dem Rotlicht setzte ich die Hupe ein.

Der Fahrer mußte uns längst bemerkt haben. Entweder schlief er, oder sie hatten ihm auf seinen Weg nach New York auf dem Highway mit einem Strafzettel bedacht, so daß er gegen alles, was nach Polizei roch, eine ungeheure Wut im Bauch hatte.

Phil machte sich noch kleiner.

Ich schätzte die Entfernung. Vielleicht zehn Yards. Eine Vollbremsung hätte uns wirklich das Genick gebrochen. Erstens kann man auch einen Jaguar mit 70 Meilen Stundengeschwindigkeit nicht innerhalb von zehn Yards herunterbremsen, zweitens war die Straße durch den Regen so glitschig, daß sich die Rakete auf Rädern selbständig gemacht hätte.

Die einzige Möglichkeit war die, mehr Geschwindigkeit aufzunehmen, um gerade noch vor der Schnauze des

Trucks über die Kreuzung zu huschen. Ich trat das Gaspedal durch. Die 270 PS trieben den Wagen voran. Rechts von mir wurde der Schatten des Trucks bedrohlich groß. Gleichzeitig knallte der Fahrer des Trucks mir mit sämtlichen Hupen einen dröhnenden Fluch um die Ohren.

Ich schoß regelrecht an ihm vorbei. Als ich den Truck passierte, gab es zwischen seiner platten Schnauze und meinem Heck kaum mehr als eine Handbreit Spielraum.

Phil stieß die angehaltene Luft aus, drehte mit einem Ruck den Kopf und starrte aus dem Rückfenster. Der Truck war lange in Richtung der Hudson Street verschwunden.

»Verdammt!« keuchte Phil. Mehr brachte er nicht heraus. Der Schreck stand ihm noch im Gesicht geschrieben.

Ich setzte ein etwas gequältes Grinsen auf. »War doch Platz genug, Freund«, sagte ich und war versucht, die Fahrt zur Beach Street abzubrechen, um mir den Fahrer des Trucks zu schnappen. Was er getan hatte, war unverantwortlich. Leute, die sich im Verkehr so rüpelhaft und rücksichtslos benahmen, gehörten nicht hinter das Steuer.

»Wenn der wüßte, was für ein Glück er hat, daß wir ihm nicht folgen können, würde er sich selbst gratulieren«, keuchte Phil, tastet nach den Zigaretten und zündete mit zitternden Fingern zwei Stäbchen an. Eine Zigarette schob er mir zwischen die Lippen. Ich brauchte sie genauso wie mein Freund. Um Haaresbreite waren wir am Tod vorbeigerast.

Zwei Patrolcars jagten aus der Hubert Street, bogen mit gellenden Sirenen und Rotlicht in die Greenwich Street und setzten sich wie Leithunde vor unseren Jaguar. Ich brauchte den Wagen der New Yorker City Police nur noch zu folgen.

Drei weitere Fahrzeuge befanden sich schon am Einsatzort. Mitten auf der Straße stand ein ausgebrannter Chevrolet Carlo, aus dem noch schwarze Rauchwolken stiegen. Es roch nach verbranntem Gummi. Scheinwerfer waren auf die Lagerhalle einer Eisenhandlung gerichtet und fingen ein zerbrochenes Fenster ein. Nicht weit vom Eingang entfernt lag eine Frau auf dem Gehsteig. Rechts daneben, noch auf der Straße, lag zusammengekrümmt ein Cop.

Für die beiden kam jede Hilfe zu spät. Wer auch immer den Rettungswagen angefordert hatte, es war nicht nötig gewesen.

Phil und ich stiegen aus, nachdem ich den Jaguar im Schutz eines Streifenwagens abgestellt hatte. Zwei Cops kamen uns entgegen und schauten uns mißtrauisch an. »FBI«, sagte ich und zeigte meinen Ausweis. »Wer leitet den Einsatz?«

»Bis jetzt noch niemand«, antwortete einer der Cops. Ein junger Bursche, der für sein Alter ein hartes Gesicht und kalte Augen hatte. »Der Lieutenant und der Captain sind unterwegs. Captain Sommer vom 1. Revier.«

Der Cop wollte mir noch mehr berichten, als ein neutraler Oldsmobile heranraste und direkt neben uns zum Halten gebracht wurde.

»Wo ist Harries?« brüllte ein fettleibiger Mann, der sich mühsam aus dem Oldsmobile schälte.

»Hier, Sir!«

Ein junger Patrolman näherte sich uns. Sein linker Arm hing kraftlos nach unten. Das Hemd war an der Schulter aufgerissen und blutverschmiert. Ein junges, verzweifeltes Gesicht. Harries konnte die Tränen nicht zurückhalten, die ihm über die Wangen liefen. Mit einer müden, resignierenden Handbewegung deutete er auf den zusammengekrümmt auf dem Asphalt liegenden Polizisten.

»Sergeant Mayberry ist tot, Sir«, sagte er mit beinahe versagender Stimme. »Ich konnte nichts tun. Der Killer sitzt in der Lagerhalle. Er erschoß die junge Frau und schließlich ...«

Der Fette legte dem jungen Patrolman die Hand auf die Schulter. »Okay, Harries«, sagte er. »Okay. Warten Sie auf den Rettungswagen, und lassen Sie nach Ihrer Schulter schauen! Sieht nicht gut aus, aber Sie werden's überleben, denke ich.«

»Denke ich auch, Sir.«

Harries wandte sich ab und verschwand hinter dem Wall von Streifenwagen.

»Was ist mit euch?«

Ich drehte mich um. Der Mann, der hinter uns stand, war klein, Der Blick seiner eng zusammenstehenden grauen Augen durchbohrte mich beinahe.

»FBI«, sagte ich. »Special Agents Phil Decker und Jerry Cotton.«

Er wich einen halben Schritt zurück. Es hatte den Anschein, als würden seine Lippen noch schmaler, aber das ging eigentlich gar nicht.

Der Fette stieß ein heiseres Lachen aus. Es klang wenig begeistert. »Das ist Lieutenant Duvall, ich bin Captain Sommer«, sagte er. »Der Lieutenant mag keine G-men. Ich weiß nicht warum, aber es ist so. Er kommt aus Chicago. Vielleicht war sein Vater Schwarzbrenner, und Jungens aus eurem Verein haben dem Alten das Handwerk gelegt.«

Duvall knurrte etwas Unverständliches. Dann lief er dem Patrolman Harries nach und war wenig später aus unserem Blickfeld verschwunden.

»Ist das ein FBI-Fall?« fragte Sommer und rieb sich mit dem Handrücken über die feuchtglänzende Stirn.

»Nicht, daß ich wüßte«, antwortete ich. »Wir waren nur in der Nähe, als die Meldung über Funk kam.«

Der Rettungswagen erschien und wurde weitab vom Geschehen geparkt. Falls der Killer wirklich in der Lagerhalle der Eisenhandlung saß, konnte er den Wagen nicht mit Blei eindecken. Einige Leute stiegen aus, rannten geduckt über die Straße und trennten sich. Zwei Männer gingen zu der Frau auf dem Gehsteig, zwei andere zu dem Polizisten, der auf der Straße lag. Es dauerte nur wenige Sekunden. Dann richteten sie sich wieder auf und schüttelten den Kopf.

Die beiden waren tot, das hatte Patrolman Harries richtig durchgegeben.

Captain Sommer nahm die breiten Schultern zurück und richtete sich zu seiner vollen Größe auf. Sie war respektabel. Allein mit seiner wuchtigen Erscheinung konnte er Leute davon abhalten, etwas Unüberlegtes gegen ihn zu unternehmen. Sein Blick ruckte zur Lagerhalle der Eisenhandlung.

»Okay«, preßte er zwischen den zusammengebissenen Zähnen hindurch. »Okay, Freund, wir schnappen dich! Darauf kannst du Gift nehmen!«

Mark Frechette wurde bleich und preßte sich den Hörer dichter ans Ohr. Nervös kratzte er sich am Kopf. Die Asche fiel von der Zigarette, die ihm im Mundwinkel klebte.

Frechette verteilte sie mit einer wütenden Handbewegung auf dem Hosenbein seines dunkelblauen Anzugs.

»Das ist allein deine Sache, Powell«, sagte er wütend.

»Du hast ihn ausgesucht. Sorg dafür, daß er uns keine Schwierigkeiten machen kann!«

Ian Powell, der sich am Ende der Leitung befand, stieß einen leisen Fluch aus. »Die Bullen haben ihn eingekreist. Er sitzt in einer Lagerhalle in der Beach Street und hat nicht die geringste Chance, den Cops die Hacken zu zeigen.«

»Hast du Kontakt zu ihm?«

»In der Lagerhalle gibt es ein Telefon.«

»Wirklich keine Möglichkeit rauszukommen?«

»Keine.«

Frechette strich sich über die vollen grauen Haare, die im Lichtschein der Bar bläulich schimmerten, weil er einen Aufheller nach jeder Haarwäsche benutzte, um die letzten dunklen Strähnen ebenfalls zu bleichen.

»Er kennt dich, Powell. Du kannst sicher sein, daß er den Mund nicht hält, wenn die Cops ihn zu packen kriegen. Hat er seinen Auftrag erfüllt?«

»Sue Silbert ist tot.«

Frechette atmete erleichtert auf. Er griff nach seinem Whiskyglas. Als ein Barmädchen in seine Nähe kommen wollte, vertrieb er sie mit einer unwilligen Handbewegung.

»Aber er hat auch einen Cop erwischt.«

Frechette verschluckte sich. Er hustete und stellte das Glas auf die Theke zurück. »Sag das noch einmal!« verlangte er dann.

»Er hat auch einen Cop erwischt! Sie haben ihn überrascht und hätten ihm beinahe einen Strich durch die Rechnung gemacht.«

»Dann erwisch ihn, Powell, oder schieß dir selbst eine Kugel durch den verdammten Schädel!«

Frechette warf den Hörer wütend auf die Gabel zurück

und schob das Telefon so weit nach hinten, daß es beinahe von der Theke gerutscht wäre. Einige Sekunden blieb er sitzen. Dann stand er auf und ging in den hinteren Teil der Bar, wo zwei Männer am Tisch saßen und auf ihn warteten.

John Wilder schob seine Sonnenbrille zurecht. Er mußte sie tragen, weil er unter der Basedowschen Krankheit litt, die ihm die Augäpfel weit aus den Höhlen preßte. Er schaute Frechette fragend an, der sich schweigend setzte und sich eine Zigarette anzündete.

Dennis Hardcastle, der zweite Mann, war glatzköpfig. Er hatte ewig mit dem Gewicht zu kämpfen und trug deshalb Maßkleidung. Gut und teuer. Genau wie seine handverlesenen Oberhemden, die er immer mit goldenen Manschettenknöpfen verzierte, oder seine Seidenkrawatten, die immer eine mit Brillanten verzierte Nadel zierte. Normalerweise machte er auf seine Umwelt einen gelassenen, ruhigen Eindruck, aber jetzt war er genauso nervös wie Wilder.

»Okay«, sagte Frechette. »Die Kleine kann uns keine Schwierigkeiten mehr bereiten.«

Wilder stieß die angehaltene Luft aus. Hardcastle lehnte sich entspannt in dem weichen Sessel zurück und trank einen Schluck Martini. Dann grinste der Mann mit dem etwas aufgeblasen wirkenden Gesicht.

»Für die Dreißgtausend, die uns die Sache gekostet hat, haben wir ja auch anständige Arbeit erwarten können«, sagte der Glatzkopf.

Frechette starrte ihn wütend an. »Hättet ihr nicht so laut mit Loogan herumpalavert, hätte Sue Silbert nichts verstehen und uns keine Schwierigkeiten machen können, verdammt!«

Hardcastle zuckte zusammen. Wilder spielte wieder

nervös mit der Sonnenbrille. Durch die extrem dunklen Gläser hindurch, an die er sich lange Zeit hatte gewöhnen müssen, belauerte er Frechette. Er hatte Psychologie und Betriebswirtschaft studiert, hatte verschiedene Jobs in Personalabteilungen großer Unternehmen gehabt und verfügte über eine beinahe sprichwörtliche Menschenkenntnis. Frechette sah er auf den ersten Blick an, daß mit dem Tod von Sue Silbert die Probleme noch lange nicht gelöst waren.

»Welche Schwierigkeiten hat es gegeben?« fragte er.

Frechette berichtete von dem, was sich in der Beach Street abgespielt hatte. »Und?« fragte John Wilder. »Kann dein Mann das geradebiegen?«

Frechette lachte auf. »Er wird es müssen«, antwortete er. »Ich habe ihm deutlich zu verstehen gegeben, daß er sich sonst selbst eine Kugel durch den verdammten Schädel schießen kann.«

Dennis Hardcastle hielt sich aus dem Gespräch heraus. Gewalt war ihm zuwider, und er hatte es deshalb auch verstanden, sich um den Army-Dienst zu drücken. In seinem Leben hatte er immer nur ein Ziel gehabt: Sehr schnell sehr viel Geld zu verdienen und sich frühzeitig aus dem aktiven Arbeitsleben zurückzuziehen. Noch nie zuvor hatte er besser verdient als in den letzten beiden Jahren. Wenn der Geldregen auch in der nächsten Zeit nicht versiegte, dann hatte er sein Ziel erreicht.

»Das heißt, wir brauchen uns weiter keine Gedanken zu machen?« fragte John Wilder.

Mark Frechette zuckte mit den Schultern. »Das heißt, wir werden abwarten müssen, wie Powell seine Aufgabe löst«, antwortete er. »Und mit Sue Silbert sind nicht alle Probleme aus der Welt.«

Das stimmte. Sue Silberts Tod war nur eine Randerscheinung der eigentlichen Schwierigkeiten, die Wilder, Hardcastle und im gewissen Sinne auch Frechette hatte.

Der Aufsichtsratsvorsitzende der South Food Corporation war vor drei Monaten gestorben. Ein neuer Mann stand zur Wahl. Alles hing davon ab, daß man jemand auf den Sessel hob, der sich um nichts kümmerte, sondern wie bislang alles Wilder und Hardcastle, den stellvertretenden Direktoren der South Food überließ, solange die Bilanzen stimmten und die Dividende gleichmäßig stieg. Dafür sorgten Hardcastle und Wilder. Darüber sollte sich in der Zukunft auch kein Aktionär beklagen müssen, obgleich die beiden zusammen mit Mark Frechette, dem Mafioso, Riesengeschäft in die eigene Tasche machten.

Diebesbanden im ganzen Land arbeiteten gezielt für Frechette und stahlen Ware, die sich über die Supermarktkette South Food Corp. leicht wieder absetzen ließ. Den Transport der Ware besorgte Cameron Mandell, ein ehemaliges Mitglied der ehrenwerten Gesellschaft, dem die Mafia einen Fuhrbetrieb aufgebaut hatte. John Wilder und Dennis Hardcastle waren dafür verantwortlich, daß die gestohlenen Waren schnell umgeschlagen wurden, nicht durch die Bücher liefen und dennoch mit den notwendigen Papieren legal gemacht werden konnten, falls es einmal eine Kontrolle gab.

Zwei Jahre lief dieses Geschäft. Es sollte weiterlaufen, aber nach dem Tod des Aufsichtsratsvorsitzenden der South Food Corp. gab es die ersten Schwierigkeiten. Clark Loogan, den Wilder und Hardcastle als nächsten Boß sehen wollten, gefiel einigen Leuten nicht, die für einen anderen Mann, für Lemmy Laverty, plädierten.

Lemmy Laverty, ein eisenharter Manager, der sich aus

den Slums der Bronx in eine Spitzenposition hochgearbeitet hatte und dem der Ruf vorauseilte, daß Recht, Ordnung und Gerechtigkeit die Stützpfeiler seines Lebens waren. Laverty, das war allen klar, würde sich niemals und unter keinen Umständen in die schiefen Geschäfte hineinziehen lassen. Und wenn er der erste Mann der South Food geworden war, war es nur noch eine Frage der Zeit, bis er seinen beiden Direktoren auf die Schliche kam. Laverty würde nicht nur alles auffliegen lassen, sondern auf einer gerichtlichen Untersuchung mit anschließender Verurteilung bestehen. Laverty war also gefährlich und verfügte schon jetzt über zuviel Einfluß, als daß man ihn einfach kaltstellen oder ausschalten konnte. Joe Bendix stützte ihn, ein alter Freund der Laverty-Familie, der heute mehr als ein väterlicher Freund für Laverty war und der alles dafür tat, daß sein Schützling den Sprung in die Chefetage von Clark Loogan schaffte.

Von Loogan, der ebenfalls beste Beurteilungen hatte, hielt Bendix nichts. Still und heimlich hatte er sich darangemacht, Loogan Steine in den Weg zu werfen. Er tat es mit einer solchen Verbissenheit, daß Frechette, Wilder und Hardcastle oftmals den Eindruck gewannen, als ahne Bendix, daß Loogan genau der Boß war, den die Mafia sich wünschte und den sie schon in der Hand hatte.

Das waren die eigentlichen Probleme. Darüber hatten Wilder und Hardcastle in der Golden Gate Bar gesprochen, und Sue Silbert hatte alles mitgehört. Kurz danach hatte sie durchblicken lassen, daß sie etwas wußte, und Forderungen angemeldet. Frechette nannte diese Forderung schlicht und einfach Erpressung. Es war eine alte Weisheit, daß man die Mafia nicht erpreßte. Also hatte

Frechette dafür gesorgt, daß Sue Silbert aus dem Weg geschafft wurde. Daß sich dabei erneut Schwierigkeiten einstellten, damit hatte niemand rechnen können.

Frechette bestellte noch einen Whisky. Wilder nahm einen Martini, Hardcastle winkte ab.

Er spielte nervös an seiner mit Diamanten besetzten Krawattennadel.

»Wenn das schiefgeht und die Polizei . . .«

Frechette winkte mit einer ärgerlichen Handbewegung ab. »Nichts geht schief, und die Polizei wird gar nichts«, fuhr er Hardcastle in die Parade. »Hast du dir Gedanken über Laverty gemacht?«

»Und einige graue Haare dabei bekommen«, stöhnte der dickliche Glatzkopf. »Unser Problem ist und bleibt Joe Bendix. Er will den Jungen ganz nach oben treten und sich damit selbst bestätigen, weil er etwas Ähnliches wie Vaterstelle an Laverty vertritt. Er blockiert Clark Loogan.«

»Also ist Bendix der nächste, der verschwinden muß«, stellte Frechette ohne jede menschliche Regung fest.

Hardcastle zuckte zusammen. Er warf Wilder einen Blick zu. Der hob die Schultern und ließ sie wieder sinken.

»Dann werden einige Leute Alarm schlagen«, mahnte Hardcastle. »Das Gerangel im Vorstand wird öffentlich breitgetreten, und der FBI könnte auf die Idee kommen, daß Bendix sterben mußte, weil Loogan unter allen Umständen erster Mann der South Food werden muß. Unsere Unterlagen sind auf den ersten und auch auf den zweiten Blick sauber. Aber wenn man sie genau unter die Lupe nimmt und den Papierbestand mit dem realen Warenbestand vergleicht, dann fliegen wir auf.«

Mark Frechette winkte ab. »Loogan ist unser Mann,

der uns in Ruhe weiterarbeiten läßt«, stellte er sachlich fest. »Aber Loogan hat gegen die Bendix-Clique keine Chance. Die will Laverty nach oben boxen. Also werden wir, wenn es keine andere Möglichkeit mehr gibt, Bendix einen sanften Tod sterben lassen. Damit wecken wir keine schlafenden Hunde. Aber noch ist es nicht soweit, Gentlemen. Zuerst das eine Problem, dann das andere.«

Hardcastle strich sich über die feuchtschimmernde Glatze.

Wilder lächelte und hob das Glas. »Auf Clark Loogan und den Fortbestand unserer guten Geschäfte«, sagte er. »Frechettes Vorschlag ist der einzig richtige: Schwierigkeiten aus dem Weg räumen, bevor sie zur Lawine werden und uns überrollen können. Sue Silbert haben wir geschafft. Bendix und Laverty werden kaum schwieriger sein.«

Frechette grinste breit. Er hob das Glas und stieß mit John Wilder an. Wilder war ein Mann nach seinem Geschmack. Direkt, nicht zögernd und zaudernd wie der dicke Hardcastle. Er beschloß, mit John Wilder darüber zu reden, ob man Hardcastle nicht ebenfalls abhängen konnte.

Das Fahndungsfoto auf meinem Schreibtisch zeigte einen hageren Mann, der als besonderes Kennzeichen eine Warze auf der linken Wange dicht neben dem Nasenflügel hatte. Es war angeheftet an einer roten Akte, wie sie für Leute angelegt wird, die von besonderem Belang für den FBI sind.

Terry Arkin, Beruf: Killer.

Ich hatte die Akte nicht angefordert und konnte zunächst auch nichts damit anfangen, bis Zeerookah, mein indianischer Kollege, das Office betrat und auf eben diese rote Akte deutete.

»Der Mann aus der Beach Street«, sagte Zeerookah, nahm sich Phils Stuhl und setzte sich.

Phil hatte heute seinen freien Tag. Für ihn hatte die Nacht etwas länger gedauert, die wir uns zuerst am Spring Station Terminal und schließlich noch in der Beach Street um die Ohren geschlagen hatten. Aus der Beach Street waren wir verschwunden, nachdem Captain Sommer uns zu verstehen gegeben hatte, daß er auch ohne die Hilfe des FBI zurechtkam. Es war in der Tat sein Fall. Ich hatte auch kein großes Bedürfnis gehabt, die ganze Nacht in der Lower Broadway herumzuhängen.

»Und?« fragte ich. »Weißt du, wie es abgelaufen ist?«

»Schnell und schmerzlos«, antwortete Zeerookah. »Der Killer hat sich noch zwei Stunden in der Lagerhalle verschanzt. Allem Anschein nach hat er von dort telefonisch Kontakt zu seinen Auftraggebern aufgenommen. Sie haben ihn aufs Dach bestellt. In einem der Nebengebäude lauerte inzwischen ein zweiter Mann, der Terry Arkin mit einem einzigen Schuß tötete.«

Ich setzte mich auf, trank den Rest Kaffee aus dem Pappbecher und warf ihn schließlich in den Papierkorb unter dem Schreibtisch.

»Arkin tötete eine Frau namens Sue Silbert, die als Bedienung im Golden Gate Club am Sheridan Square in Greenwich Village arbeitete, und Sergeant Matt Mayberry, der während der Streifenfahrt auf die Frau aufmerksam wurde, die sich offensichtlich vor Arkin auf der Flucht befand. Sue Silbert ist ein völlig unbeschriebenes Blatt. Im Gegensatz zu Arkin. Freiberuflicher Killer, der die meisten Aufträge von der Mafia erhielt. Zweimal wegen Mord angeklagt, zweimal aus Mangel an Beweisen wieder auf freien Fuß gesetzt. Er wohnte zuletzt in der Spring Street in Little Italy und verzog vor einem halben Jahr mit unbekannter Adresse. Bekannte wollen wissen, daß er sich nach New Jersey abgesetzt hat, weil ihm der Boden in New York zu heiß unter den Füßen wurde.«

Ich schaute meinen indianischen Kollegen an, der ohne Zweifel der bestangezogene G-man des Districts war. Einen Großteil seines Gehalts steckte Zeerookah in teure Maßkleidung und seidene Krawatten. Gute Kleidung war sein Hobby, wie meins der Jaguar war, der ebenfalls viel von meinem Gehalt verschlang.

»Willst du damit sagen, wir haben den Fall?«

Zeerookah zuckte mit den Schultern. »Die Cops gehen davon aus, daß Arkin zur Erledigung seines Auftrags aus New Jersey herübergekommen ist. Also FBI-Sache. Außerdem bringt man ihn in engen Zusammenhang mit der Mafia.«

»Also aus zwei Gründen FBI-Sache«, sagte ich.

»So sieht Mr. High das auch. Du sollst dich darum kümmern, Jerry. Um Arkin, um den Mann, der Arkin mit einem einzigen Gewehrschuß erledigt hat, und um Sue Silbert, die Bedienung im Golden Gate Club und ein völlig unbeschriebenes Blatt war. Etwas ist nicht Ordnung.«

»Haben wir weiter Informationen?«

»Keine. Was in der Beach Street geschehen ist, steht im Bericht der City Police.«

»Was ist mit dem Patrolman, der den Sergeant begleitete?«

»Liegt im Krankenhaus. Es war die erste Schießerei, in die er verwickelt wurde. Er braucht einige Zeit, um das alles zu verkraften. Er wurde ja verwundet. Man hat ihm eingeredet, daß er wegen der verletzten Schulter im Krankenhaus bleiben muß.«

»Wenigstens das haben sie richtig gemacht«, sagte ich.

»Wie meinst du das?«

Ich zuckte mit den Schultern. »Der Captain wollte Phil und mich nicht dabeihaben. Er wollte sich den Killer auf seine Art schnappen. Aber er hat Fehler begangen. Auf jeden Fall hätten die höheren Etagen der umstehenden Häuser durch Polizisten gesichert werden müssen, da es offensichtlich einen Ausstieg auf das Dach gab.«

»Sie haben das Gebäude umstellt und hermetisch abgeriegelt. Das erschien ihnen ausreichend.«

»Welches Krankenhaus?«

»St. Vincent's Hospital, 12th Street.«

Ich stand auf und zog mir den leichten Mantel an, denn es hatte zu regnen begonnen. Ich wandte mich noch einmal an meinen indianischen Kollegen.

»Besorg mir mehr über Arkin! Namhafte Verbindungen zur Mafia. Zum anderen versuche, etwas über den Golden Gate Club und etwas mehr über die junge Frau, Sue Silbert, rauszubekommen! Ich bin gegen Mittag zurück.«

Patrolman James Harries lag in der chirurgischen Abteilung. Die Kugel war ihm aus der Schulter geschnitten worden. Keine ernste Sache, erfuhr ich vom Stationsarzt. Wenn es das allein gewesen wäre, hätte er das Krankenhaus schon lange wieder verlassen können. Aber er hatte einen Schock davongetragen. Deshalb behielt man ihn vorsichtshalber einige Tage unter Beobachtung.

Harries lag in einem Einzelzimmer. Als ich es betrat, kümmerte sich gerade eine Schwester um ihn. Ein nettes, dunkelhaariges Mädchen, dem Harries schon wieder interessiert nachschaute. So schlimm konnte es um ihn also nicht stehen.

Er hatte mich gestern nacht kurz gesehen und erkannte

mich auf den ersten Blick wieder. Ich zog mir einen Stuhl ans Bett und setzte mich.

»Das ist gestern noch schlimm ausgegangen«, sagte er.

Ich nickte. Ich sagte ihm, daß ich alles wissen müsse, woran er sich erinnere.

Er redete beinahe eine halbe Stunde lang ununterbrochen. Ich störte seinen Monolog nicht und wartete, bis er sich erschöpft in die Kissen zurückgleiten ließ.

»Haben Sie keinen zweiten Mann bemerkt, Harries?«

»Nein.« Er schüttelte den Kopf. »Ich bin sicher, daß es auch keinen gegeben hat.«

»Warum?«

»Dann wäre ich tot, G-man.«

Ich schaute ihn zweifelnd an.

»Ein zweiter Mann hätte mich, nachdem Arkin in die Lagerhalle geflüchtet war, leicht erschießen können.«

Daran hatte ich nicht gedacht. Ich nickte, stand auf und reichte ihm die Hand.

»Für einen Anfänger haben Sie sich ausgezeichnet gehalten, Patrolman«, sagte ich beim Abschied. »Männer wie Sie braucht die Polizei.« Er wurde etwas rot. Wahrscheinlich hatte sein Captain ihm das ebenfalls gesagt, und jetzt, als ich es wiederholte, begann er daran zu glauben. Auf keinen Fall konnte es schaden, wenn er etwas Selbstvertrauen und Selbstsicherheit bekam. Beides brauchte er, wenn er sich als Streifenpolizist auf den Straßen New Yorks behaupten wollte.

In der Tür wandte ich mich noch einmal zu ihm um. »In welcher Gegend wohnen Sie?«

»Christopher Station, Greenwich Village.«

Das war ganz in der Nähe des Sheridan Square.

»Kennen Sie die Golden Gate Bar?« fragte ich ihn.

Er nickte. »War mal ein alter, mieser Schuppen, bis er

einen neuen Besitzer bekam. Der steckte einiges Geld in den Laden, und schon kamen die Gäste wieder.«

»Welche Art Gäste?«

»Ziemlich normale Menschen, kann man sagen«, antwortete Harries. »Natürlich sind einige bunte Vögel darunter und einige Leute mit Geld, denen die Atmosphäre gefällt. Hauptsächlich verkehren dort Fernfahrer, die in New York übernachten. Es gibt einige kleine Hotels um den Sheridan Square herum, in denen die Trucker absteigen, während ihre Wagen bei den Docks neu beladen werden.«

»Sind Sie mal dort gewesen?«

»Zweimal. Ist aber schon einige Zeit her.«

»Sie haben die Frau deutlich gesehen, bevor Arkin sie erschoß.«

»Das ist richtig, Sir.«

»Aber Sie haben sie nicht erkannt?«

»Nein.« Er schüttelte den Kopf und schaute mich aus großen Augen an. »Sollte ich sie kennen?«

»Sue Silbert«, sagte ich. »Sie arbeitete als Bedienung im Golden Gate Club.«

»Ich habe sie nicht gekannt«, versicherte Patrolman Harries. »Ich sagte, es ist schon eine ganze Weile her, seit ich das letzte Mal dort war. Vielleicht ein Jahr, möglicherweise noch länger.«

»Okay, Harries. Gute Besserung! Vielleicht schaue ich noch einmal rein.«

Der Besuch hatte mir keine neuen Erkenntnisse gebracht. Ich verließ das Krankenhaus und fuhr zum Sheridan Square.

Von unterwegs nahm ich Kontakt mit Zeerookah auf.

»Der Besitzer heißt Cameron Mandell«, sagte Zeerookah, der sich inzwischen erkundigt hatte. »Er hat vier

Trucks zu laufen und als Nebenbeschäftigung die Bar. Einige Vorstrafen. Die letzte liegt fünf Jahre zurück. Betrug, Hehlerei und Körperverletzung. Er war mit einer heißen Ladung der Mafia unterwegs, wurde auf dem Highway geschnappt und schlug zwei Polizisten zusammen, bevor man ihn bändigte. Der Staatsanwalt forderte ihn damals zur Zusammenarbeit gegen die Mafia auf und stellte ihm Straffreiheit in Aussicht. Cameron Mandell hielt den Mund, wurde zu drei Jahren verurteilt und hat sie bis zum letzten Tag abgesessen. Danach ist er nie wieder aufgefallen. Er wurde selbständiger Unternehmer. Zuerst mit einem alten Truck. Dann lief das Geschäft immer besser, denn er kaufte nach und nach die anderen Fahrzeuge. Ist hoch verschuldet bei verschiedenen Banken, aber er ist ein guter Rückzahler. Sie hatten keinerlei Schwierigkeiten mit ihm. Deshalb halfen sie ihm auch mit einem hohen Kredit, als er die Golden Gate Bar übernahm. Scheint wirklich sauber geworden zu sein, Jerry.«

»Okay, Indianer. Ich fahre raus. Was ist mit Sue Silbert?«

»Ich versuche noch, etwas über sie rauszufinden. Einverstanden?«

Dagegen war nichts einzuwenden. Ich beendete das Gespräch mit Zeerookah und fuhr weiter.

Arkin war mit der Mafia in Verbindung zu bringen, Cameron Mandell, der Besitzer der Golden Gate Bar, ebenfalls. Und Sue Silbert, die von Arkin getötet worden war, war in der Golden Gate Bar beschäftigt gewesen. Mr. High hatte wirklich recht. Da lief etwas, von dem wir noch keine Ahnung hatten.

Ian Powell, Frechettes rechte Hand, der in der Nacht die Sache mit Arkin in der Beach Street so eben noch geradegebogen hatte, stellte seinen Wagen ins Halteverbot, direkt vor den Eingang St. Lukes Place 1634, stieg aus und betrat das etwas heruntergekommene Apartmenthaus.

Noch war die Sache mit Sue Silbert nicht erledigt. Sie war zwar tot, aber sie konnte geredet haben. Wahrscheinlich mit ihrer Freundin Mona Ingwert, die im selben Haus wohnte.

Um ganz sicher zu sein, mußte auch diese junge Frau verschwinden. Ian Powell war für die menschenverachtende Art.

Aber Frechette haßte alles Aufsehen, was die Police und vielleicht auch den FBI noch mißtrauischer machen konnte. Er bestand darauf, zuerst eine andere Möglichkeit auszuprobieren. Nur wenn die nicht klappte, sollte Ian Powell es auf seine Art erledigen.

Powell nahm den Aufzug in den 4. Stock. Niemand beobachtete ihn. Einen Hausmeister gab es nicht, und um diese Zeit waren die meisten Hausbewohner an ihren Arbeitsplätzen.

Mona Ingwert, Fotomodell. Das stand auf der vergilbten Visitenkarte, die mit einem Reißnagel mitten auf der Tür befestigt war.

Ian Powell rückte die Krawatte gerade und läutete. Ein doppelter Big-Ben-Schlag ertönte. Dem ersten schloß sich ein leiseres Echo an. Powell wartete. Es dauerte eine ganze Weile. Er war schon versucht, erneut zu läuten, als sich Schritte der Tür näherten.

Es gab einen Spion. Powell war sicher, daß Mona Ingwert sich erst vergewisserte, wer vor der Tür stand. Sie kannte ihn nicht, und in dieser Gegend war schon so viel passiert, daß man selbst am hellichten Tag kaum noch für einen Fremden die Tür öffnete.

Powell lächelte. Er versuchte ein freundliches, unverfängliches Gesicht zu machen und sympathisch zu wirken.

Auf die meisten wirkte er ohnehin sympathisch. Er war groß, hatte eine athletische, durchtrainierte Figur und ein markantes Gesicht.

»Ja?« fragte Mona Ingwert von innen.

»Es ist wegen Sue«, sagte Powell ruhig. »Ich muß mit Ihnen sprechen, Miss Ingwert.«

»Polizei?«

Powell nickte. Für den Fall, daß sie ihn nach einem Ausweis fragte, wollte er eine alte Clubkarte mit Paßbild vor den Spion halten.

Die Frage nach dem Ausweis kam nicht.

Zwei schwere Riegel wurden zurückgeschoben. Dann rasselte auch noch eine Kette.

Jede Wohnung in der Gegend war zur Festung geworden. Lausige Zeiten für Junkies, die in solchen Apartmenthäusern unterwegs waren auf der Suche nach schneller Beute, die sich leicht in Bargeld für den nächsten Trip umschlagen ließ.

Sekunden verstrichen. Dann wurde die Tür aufgezogen.

Powell lächelte die Frau an.

Mona Ingwert war gerade über 20, ziemlich groß und langbeinig, und sie hatte eine ausgezeichnete Figur. Die langen dunklen Haare waren mit zwei Spangen hochgesteckt, aber sie ließen sich nicht alle bändigen. Einige Strähnen hatten sich selbständig gemacht und hingen bis auf ihre Schultern hinab.

»Wegen Sue Silbert?« fragte sie noch einmal.

Powell nickte erneut. »Können wir uns drinnen unterhalten?«

»Natürlich.«

Powell folgte ihr und schloß die Tür hinter sich. Er betrat ein gemütliches, modern eingerichtetes Wohnzimmer.

Mona Ingwert ging zur Couch, setzte sich und schlug die langen, makellos gewachsenen Beine übereinander.

»Sie wissen, was geschehen ist?«

Mona Ingwert nickte. »Schrecklich«, sagte sie. »Weiß man inzwischen mehr über den Täter?«

»Noch nicht. Was glauben Sie, warum man Sue umgebracht hat?«

Ian Powell ließ sie nicht für eine Sekunde aus den Augen.

»Ich habe dafür auch keine Erklärung«, antwortete das junge Fotomodell.

Entweder sagte Mona Ingwert die Wahrheit, oder aber sie war eine begnadete Schauspielerin.

Ian Powell blieb mißtrauisch. »Hat sie mit Ihnen gesprochen?«

»Wir haben uns einigemal in der Woche gesehen. Wir sind zusammen ausgegangen und haben natürlich miteinander gesprochen. Über die Arbeit, über unsere Wünsche und über Männer im allgemeinen.« Mona Ingwert lächelte. »Das ist nun einmal so, wenn zwei Frauen allein leben.«

»Nicht über Dinge, die Sues Leben bald verändern sollten?«

»Nein.«

»War die Polizei schon hier?«

Erst nachdem er die Frage gestellt hatte, wurde Powell bewußt, daß er sich damit selbst entlarvt hatte.

Mona Ingwert war aufgeweckt genug, um augenblicklich über die Frage zu stolpern. »Dann sind Sie nicht von der Polizei?«

»Nein.«

Das schwarzhaarige Fotomodell stand auf und strich sich den Morgenmantel über die Hüften glatt.

»Wer sind Sie?«

»Ein Freund, der es gut mit Ihnen meint«, antwortete Powell. »Ich meine, durch Sues Tod werden Sie eine Menge Schwierigkeiten bekommen. Das tut mir in der Seele weh. Ich will Ihnen helfen, den Schwierigkeiten aus dem Weg zu gehen.«

»Und wie?« fragte Mona Ingwert. Sie schaute ihn fragend und mißtrauisch zugleich an.

»Sie werden für einige Zeit aus der Stadt verschwinden und Urlaub machen«, antwortete Powell.

Ein leises Lächeln huschte über Monas Gesicht. Dann schüttelte sie den Kopf. »Ich werde keinen Urlaub machen, sondern in dieser Stadt bleiben und darauf warten, daß mein Agent mich anruft und mir endlich mal wieder einen Auftrag anbietet. So ist das, Mister.«

Powell behielt sein Lächeln, aber es war keineswegs mehr so freundlich. Er griff ins Jackett, holte einen Umschlag heraus und legte ihn auf den Tisch.

»Darin sind ein Ticket nach Hawaii, eine Buchung für das Aloha Hotel, für vier Wochen mit möglicher Verlängerung, und zehntausend Dollar Taschengeld, Miss«, sagte er leise.

Mona Ingwert starrte auf den Umschlag. Dann hob sie den Blick wieder zu Powell, der sie aus zusammengekniffenen Augen belauerte.

»Sie fangen jetzt an, Ihre Koffer zu packen, Baby. Danach fahren wir gemeinsam zum Kennedy International Airport, und ich setze Sie in die richtige Maschine. Sie werden mit niemandem reden. Jetzt nicht, und sie werden auch von Hawaii aus keinen Kontakt mit irgendeiner Person aufnehmen. Haben Sie das verstanden?«

Mona Ingwert strich sich über die Haare. »Sie sind verrückt!« keuchte sie.

»Das ist die eine Möglichkeit«, sagte Powell unbeeindruckt, griff noch einmal unter das Jackett und zog einen 38er aus der Schulterhalfter. Langsam hob er die Waffe und zielte auf Monas Bauch. »Und das hier ist die andere Möglichkeit, Baby, Du hast drei Sekunden, um dich zu entscheiden.«

Mona Ingwert erbleichte. Sie starrte auf die Waffe. In diesem Moment war ihr klar, daß es bitterer Ernst war. Der Mann bluffte nicht. Sie schluckte trocken und nickte.

»Okay, dann fang an zu packen, Baby!«

»Was hat das alles zu bedeuten?«

»Kümmere dich um nichts, genieß deine Ferien und nimm mit niemandem Kontakt auf! Solange du dich genau daran hältst, geht es dir gut. Man wird dich benachrichtigen, ob du den Urlaub verlängern mußt oder zurückkehren kannst. Amüsier dich, Baby! Vergiß New York, das schlechte Wetter und alles, was Sue Silbert dir jemals gesagt hat! Alles!«

Mona Ingwert rieb sich die Augen. Ihre Gedanken jagten sich. Verzweifelt versuchte sie sich daran zu erinnern, ob Sue ihr jemals etwas gesagt hatte, was anderen Menschen gefährlich werden konnte. Sie konnte sich nicht daran erinnern.

»Haben wir und richtig verstanden, Mona?«

Mona nickte schnell und heftig. Was auch immer hinter der ganzen Sache und Sues Tod steckte, sie wollte nicht hineingezogen werden.

»Ich werde das tun, was Sie verlangen«, versicherte sie.

»Natürlich«, sagte Powell grinsend. »Du bist eben ein schlaues Mädchen. Beeil dich mit dem Packen! Nimm nicht zuviel mit! Es ist warm auf Hawaii.«

Während Mona Ingwert ins Schlafzimmer ging, um den kleinen Koffer zu packen, griff Powell nach dem Telefon und gab Frechette durch, daß Sues Freundin sich wie erwartet auf die Reise machte.

»Weiß sie etwas?«

»Ich glaube nicht«, antwortete Powell. »Wahrscheinlich ist das Geld zum Fenster rausgeschmissen.«

»Laß das mal meine Sorge sein!«

»Natürlich«, antwortete Powell. »Dennoch hätte ich meine Methode für besser gehalten. Sie schließt jedes Risiko aus.«

Am anderen Ende der Leitung lachte Frechette leise auf. »Nur mit dem Unterschied, daß wir die Cops und vielleicht auch den FBI aus dem Winterschlaf aufwecken würden. Noch bestimme ich, und noch geschieht alles genauso, wie ich es entschieden habe.«

»Natürlich«, wiederholte Powell. »Ich setze die Kleine in die richtige Maschine. Es kann noch einige Zeit dauern.«

»Mach dir einen netten Tag! Ich brauche dich nicht mehr.«

Powell legte auf, lehnte sich im Sessel zurück und zündete sich eine Zigarette an. Einen netten und ruhigen Tag hatte er nach den gestrigen Geschehnissen bitter nötig.

Die Golden Gate Bar befand sich im Schnittpunkt Seventh Avenue – 4th Street, einen knappen Steinwurf vom Sheridan Square entfernt. Von der Seventh Avenue gab es einen Zugang, der über einen schmalen, unbewachten Parkplatz zu dem etwas zurückversetzten Haus führte. Eine verschwindend kleine rote Neonreklame, in der das Golden Gate abgebildet war, befand sich über dem schmalen Durchlaß, den nicht einmal zwei Personenwagen gleichzeitig passieren konnten. Jetzt war die Leuchtreklame aus. Aber auch wenn sie eingeschaltet war, war sie so unauffällig, daß die meisten Menschen einfach daran vorbeiliefen. Also eine Insider-Kneipe, wie es hier in Greenwich Village viele gab.

Ich stellte den Jaguar auf dem Parkplatz ab. Drei Fahrzeuge standen dort geparkt. Ein Mercury, ein alter Plymouth Volare und eine Karosse, neben der mein Jaguar mit Sicherheit nicht auffiel. Es war ein schwarzer Maserati Biturbo. Ein Fahrzeug, das bestimmt keinem Trucker oder einem der Angestellten gehörte.

Vielleicht konnte sich Cameron Mandell einen solchen Wagen leisten, obgleich Zeerookah schnell herausgefunden hatte, daß der Mann bei vielen Banken hoch verschuldet war. Wenn man für vier Trucks und eine Kneipe Kredit bekam, fiel wahrscheinlich ein kleiner Sportwagen mit ab.

Ich stieg aus und umrundete den Maserati, dessen Sitze mit weißem Leder bezogen waren. New Yorker Kennzeichen. Nichts Verdächtiges an dem Wagen. Dennoch notierte ich mir für alle Fälle die Nummer.

Dann ging ich den schmalen Weg zum Eingang des Clubs, der sich zehn Schritte entfernt befand. Er lag in den Kellerräumen eines alten Hauses, dessen Wohnungen offenbar leerstanden. Spekulationsobjekt! Wenn man die Mieter aus diesen alten Häusern erst einmal vergrault hatte, ließ man sie eine ganze Weile leer, renovierte und vermietete sie später zu einem Preis, der wirklich Rendite abwarf. Die Gegend hier bot sich dazu regelrecht an. Es war gerade Mittag vorbei, aber es herrschte reger Betrieb.

Vielleicht saßen zehn Männer um die hufeisenförmige Theke herum. Ein Farbiger und ein blondes Mädchen taten hinter der Theke Dienst. Einige Tische waren besetzt. Ganz hinten in der Ecke des Raumes spielten einige Männer Billard. Die Musikbox plärrte *On The Road Again*, und ein Jeansmädchen mit halb offenstehender Bluse und glasigem Blick wiegte sich so sehr in den Hüften, daß es aussah, als würde sie jeden Moment in der Mitte durchbrechen.

Niemand nahm Notiz von ihr. Ich setzte mich an die Bar, bestellte ein Bier und schaute mich um. Ich suchte den passenden Mann zum Maserati und fand ihn nicht auf Anhieb.

Die meisten Gäste trugen Jeans, Polohemden oder leichte Pullover. Zwei Anzugmenschen sahen auch nicht so aus, als könnten sie sich einen Luxussportwagen wie den Maserati leisten.

Ich trank einen Schluck, als das Jeansmädchen mich entdeckte, sich von der Musikbox löste und zu mir kam. Zuerst stellte sie sich neben mich, schaute mich durchdringend, prüfend an, dann schwang sie sich auf den Nebenhocker und streckte die Hand nach meinen Zigaretten aus.

»Kann ich eine haben?«

Ich nickte und gab ihr Feuer. Die Jeans saßen so straff, daß sie unmöglich ein Feuerzeug in den Taschen haben konnte.

»Du bist kein Trucker?« fragte sie.

Ich schüttelte den Kopf.

»Das ist gut«, sagte sie. »Ich kann die Scheißkerle nicht mehr ausstehen.«

Sie sprach einen starken Südstaatenslang. Alabama, schätzte ich.

Neben mir hörte ein bulliger Typ mit breiten Schultern, riesigen, schaufelartigen Händen und Igelhaarschnitt, was das Jeansmädchen sagte. Er verzog sein breitflächiges, etwas gemein wirkendes Gesicht zu einem schmierigen Grinsen.

»Auch wenn du es nicht zugeben willst, Baby«, sagte er und wälzte dabei einen Kaugummi von einer Backentasche in die andere. »Es hat dir noch nie besser gefallen als in der Kabine meines Trucks.«

»Scheißkerl!« sagte die Kleine.

Ich fühlte mich etwas unbehaglich in meiner Haut. Sie versteckte sich hinter mir und beschimpfte den Knaben aus der sicheren Deckung. Vielleicht verließ sie sich auch darauf, daß ich sie in Schutz nehmen würde, wenn der Kerl handgreiflich wurde.

»Glaubst du vielleicht, der Korinthenkacker ist besser?«

Er meinte mich. Ich kannte ihn nicht, und bestimmt er mich auch nicht.

»Sicher«, antwortete die Kleine. Er hat nicht so dreckige Finger wie du.«

Der Trucker mit dem Igelschnitt schaute mich an. Dann rutschte sein Blick zu meinen Händen. »Möglich«, räumte er ein. »Aber mit seinen Greifern kann er auch nicht richtig zupacken. Nicht so, wie du es gerne hast.«

Er griff nach meiner Hand und umschloß sie mit seinen stahlharten Fingern, um sie schließlich ein Stück anzuheben und in brüllendes Gelächter auszubrechen.

Zwei Männer, wahrscheinlich seine Freunde, lachten mit. Andere schauten interessiert in unsere Richtung. Es war eine Situation entstanden, die mir nicht gefiel.

»Kannst du mir das erklären?« fragte ich. »Ich verstehe den Witz nicht.«

Er starrte mich an. Da lag etwas in seinen Augen, was mich zur Vorsicht mahnte. Es war das irre Leuchten, das Junkies normalerweise beim Anblick einer aufgezogenen Spritze bekommen.

»Dann kannst du auch gleich meine Hand loslassen, damit ich mein Bier in Ruhe trinken kann«, fügte ich hinzu.

Der Trucker mit dem Igelschnitt grinste nur.

»Mach keinen Unsinn, Jake!« verlangte der Farbige, der den Barkeeper spielte.

»Solange ich zurückdenken kann, habe ich mir von einem verdammten Nigger noch niemals sagen lassen, was ich zu tun und zu lassen habe!«

Der Farbige zuckte zusammen. Seine Hände ballten sich zu Fäusten. Als er die Zähne zusammenbiß, traten seine Wangenmuskeln hart hervor.

»Ich sagte, du sollst meine Hand loslassen, Jake«, wandte ich mich wieder an meinen Nachbarn. »Was zwischen der Kleinen und dir ist, geht mich nichts an.«

»Korinthenkacker«, sagte Jake. Seine Finger umschlossen meine Hand wie ein Schraubstock.

Er wollte Streit. Ich schien ihm gerade das richtige Objekt, an dem er seine Wut austoben konnte. Vielleicht hatte er vorgehabt, das Jeansmädchen weiter mitzunehmen, und sie war ihm in New York abgesprungen.

Ich nahm die noch volle Bierdose mit der Linken, hob sie an und setzte sie mit Wucht auf seine freie Hand, die auf der Theke lag.

Er ließ meine Hand los.

Die Augen traten ihm aus dem Kopf. Wie elektrisiert zog er die getroffenen Hand zurück, um sie sich unter die

Achsel zu stecken. Es hatte ihm weh getan. Das war auch meine Absicht gewesen.

Bevor ich etwas sagen konnte, wurde die Tür seitlich der Theke geöffnet. Zwei Männer kamen in den Barraum. Einer sehr groß und mager mit eingefallenen Wangen und stechenden dunklen Augen. Der andere einen halben Kopf kleiner, korrekt gekleidet in einem dunklen Anzug und mit intelligentem Gesichtsausdruck. Einer der jungen Managertypen, die sich auf Erfolgskurs befinden und nach den Sternen greifen.

Ihm gehört der Maserati, schoß es mir durch den Kopf.

»Was ist hier los, James?« wandte sich der Hagere mit den eingefallenen Wangen an den farbigen Keeper.

»Jake verkraftet nicht, daß die Kleine ihn nicht mehr begleitet, und versucht sich an einem Gast abzureagieren.«

Der Hagere ruckte herum. Er nahm Jake und mich in Augenschein.

Dadurch wurde ich abgelenkt. Für einen kurzen Moment vergaß ich Jake. Das rächte sich jetzt. Jake rief sich auf gemeine Art wieder in Erinnerung.

Er knallte mir seinen Ellenbogen in die Nierenpartie und fegte mich mit diesem Schlag vom Hocker. Ich riß das Jeansmädchen mit mir zu Boden, weil sie nicht schnell genug ausweichen konnte.

Der Schmerz nahm mir die Luft weg. Zwei Sekunden lang verschwamm mein Blick. Was sich um mich herum abspielte, konnte ich nur schemenhaft erkennen. Aber zum Glück sah ich, wie Jake sich in die Höhe schraubte. Eine wirklich eindrucksvolle Erscheinung. Schon sein Aussehen garantierte ihm, daß niemand Streit mit ihm suchte.

Der verschwommene Schatten kam einen Schritt auf

mich zu. Das Jeansmädchen neben mir kreischte. Ich drehte mich mit einer halben Rolle geistesgegenwärtig zur Seite.

Jake trat nach mir. Seine Füße steckten in schweren Springerstiefeln, die an der Vorderkappe mit Messing beschlagen waren. Wozu dies diente, wußte ich nicht. Aber hätte er mich mit diesem Tritt getroffen, wäre ich mit einigen gebrochenen Rippen und inneren Verletzungen im Krankenhaus aufgewacht. Der Schrei des Jeansmädchens bewahrte mich gerade noch vor der Katastrophe.

Der Nebel vor meinen Augen riß.

Jake taumelte nach dem verunglückten Tritt, den er mit aller Wut und Inbrunst geführt hatte, in den Barraum. Er knallte gegen einen Tisch, verlor das Gleichgewicht und konnte sich schließlich am Handlauf der Theke festhalten.

Das alles nahm einige Sekunden in Anspruch. Zeit für mich, mich etwas von dem gemeinen Schlag mit dem Ellenbogen in die Nieren zu erholen.

Ich stand auf und rieb mir demonstrativ den Staub aus der Kleidung. Niemand sollte sehen, daß ich den Nierenschlag noch immer nicht ganz verdaut hatte.

Mehr Zeit blieb mir nicht. Der Hagere versuchte zwar andeutungsweise, Jake aufzuhalten, aber er schaffte es nicht. Oder er wollte es plötzlich auch nicht mehr. Ich wurde das Gefühl nicht los, daß ich ihm genausowenig gefiel, wie ich Jake gefiel.

Jake stieß sich von der hufeisenförmige Theke ab und schnellte mit seinen beinahe zwei Zentnern vor. Eine drohende Masse Mensch, die sich so leicht nicht aufhalten lassen würde, wenn sie sich einmal in Bewegung befand.

Ich wich aus. Damit hatte er gerechnet. Der Igelhaarschnitt bescherte ihm zwar einen etwas dümmlichen Gesichtsausdruck, aber was Keilereien anging, war er nicht auf den Kopf gefallen.

Da hatte er im Laufe der Jahre die Erfahrung gesammelt, die man brauchte, um immer heil über die Runden zu kommen.

Genauso schnell wie ich zur Seite auswich, änderte der Trucker seinen Kurs. Mitten in die Vorwärtsbewegung hinein schlug er einen Haken und hatte mich so wieder vor dem Bug.

Ich hatte die Wahl: Ich konnte mich von Jake liebevoll in die Arme und an seiner Brust zerquetschen lassen, oder ich mußte ihn auf eine Art und Weise abblocken, die sicherlich nicht sportlich war.

Ich entschied mich für die zweite Möglichkeit. Auch einem G-man sitzt das Hemd näher als die Jacke.

Ich zog den rechten Fuß hoch und traf den Koloß von einem Mann dicht oberhalb der silbernen Gürtelspange. Dann ließ ich mich fallen und rollte geschickt aus seinem Aktionsradius.

Es hörte sich an, als entweiche auf einen Schlag alle Luft aus einem Autoreifen. Jake stieß dieses Geräusch aus. Normalerweise holt ein solcher Tritt einen Mann von den Beinen, aber Jake taumelte nur zwei Schritte zurück. Er schaute sich mit glasigen Augen um, war auf der Suche nach mir und preßte beide Hände gegen den Bauch. Auch seine Gesichtsfarbe hatte sich geändert. Sie hatte einen Stich ins Violette bekommen. Das sah nicht sehr gesund aus.

Ich sprang wieder auf. Ich wollte die Bar mit heilen Knochen verlassen, sobald ich einige Fragen wegen Sue Silbert gestellt hatte. Wenn ich jetzt zögerte und dem Trucker mit dem Igelschnitt die nötige Erholungspause einräumte, dann würde die Sache für mich schlecht ausgehen.

Von der Seite sprang ich auf Jake zu. Ich rief ihn dabei an. Er wirbelte in meine Richtung. Viel zu spät versuchte er seine Hände als Schutz nach oben zu ziehen.

Mein rechter Haken traf ihn seitlich am Kinn und stellte ihn auf die Zehenspitzen. Ich tänzelte einen halben Schritt nach links, wich so seinem unkontrollierten Schlag aus und setzte nach. Eine Doublette auf die Leber. Dann noch einmal der rechte Haken, der ihm schon eben nicht geschmeckt hatte.

Diesmal holte ich ihn von den Beinen.

Er neigte sich zur Seite und verlor das Gleichgewicht. Die Gläser hinter der Theke wackelten und klirrten im Regal, als der wuchtige Kerl wie ein gefällter Baum zu Boden schlug. Rülpsend drehte er sich auf die Seite. Für eine Sekunde sah es aus, als versuche er wieder aufzustehen. Dann jedoch verdrehte er die Augen wie ein verliebtes Girl und verlor das Bewußtsein.

Die Knöchel meiner rechten Hand waren aufgerissen. Mit einem Taschentuch tupfte ich das Blut ab. Dann ging ich an die Theke zurück, nahm die Dose Budweiser und trank einen Schluck.

»Ich habe gewußt, daß du es ihm geben wirst«, sagte das Jeansmädchen, das die Schlägerei verursacht hatte. Sie kniete sich auf den Hocker neben mir, beugte sich nach vorn und hauchte mir einen Kuß neben den Mundwinkel. »Ein wirklicher Scheißkerl! Das kannst du mir glauben.«

Ich glaubte ihr, aber ich ging nicht darauf ein.

Der Hagere und der Managertyp kamen an die Theke. Der Hagere bestellte einen Whisky, musterte mich von der Seite und schüttelte den Kopf.

»Es ist besser für Sie, wenn Sie verschwunden sind, bevor Jake wieder aufwacht«, sagte er leise.

Ich nickte.

»Das ist ein unverbindlicher Rat«, sagte er. »Sie brauchen ihn natürlich nicht anzunehmen.«

»Natürlich nicht.« Ich trank noch einen Schluck aus der Bierdose und sah mich um.

Die anderen Kerle waren friedlich. Niemand versuchte mir Schwierigkeiten zu machen. In manchen Truckergesichtern entdeckte ich Genugtuung und Freude darüber, daß Jake endlich eine Abreibung bekommen hatte.

Das Jeansmädchen war ebenfalls zufrieden, winkte mir zu und verließ fröhlich pfeifend die Golden Gate Bar.

Der Hagere starrte ihr nach. In seinem Blick lag keine Freundlichkeit. Er mochte sie nicht, das war ihm deutlich anzusehen.

»Nochmals, Mandell«, sagte der Managertyp, »falls es keine Verwandten oder Bekannten gibt, die sich um Sue kümmern, rufen Sie mich an! Ich werde die Kosten für die Beerdigung übernehmen.«

Augenblicklich war mein Interesse geweckt. Doch bevor ich etwas sagen konnte, drehte sich der Managertyp um und verließ mit federnden Schritten die Bar. Für eine Sekunde war ich versucht, ihm zu folgen. Dann verwarf ich den Gedanken. Ich wußte, welchen Wagen er fuhr, und ich hatte mir die Nummer notiert. Außerdem schien er hier in der Bar bekannt zu sein.

Ich zündete mir eine Zigarette an.

Cameron Mandell, der Besitzer der Golden Gate Bar, belauerte mich. Er versuchte mich einzuordnen, aber er fand nicht die richtige Schublade.

»Wollten Sie nur ein Bier trinken?« fragte er nach einer ganzen Weile.

»Ich wollte mit Ihnen sprechen, Mr. Mandell.«

Er stand von seinem Hocker auf und trat dichter an mich heran. »Worüber?«

»Über Sue Silbert«, antwortete ich.

»Und wer sind Sie?«

»Special Agent Jerry Cotton.« Ich zeigte ihm mein Abzeichen und deutete dann auf Jake, der sich langsam am Boden drehte. »Es ist besser, Sie lassen ihn wegbringen, damit er keinen Unsinn mehr anstellt.«

»Schafft ihn raus! Sagt ihm, er kann sich einen neuen Job suchen, wenn er sich die nächsten Stunden wieder hier blicken läßt!«

»Ihr Angestellter?«

Cameron Mandell nickte.

»Ein Fahrer«, antwortete er. »Ich weiß auch nicht, was mit ihm los ist. Normalerweise ist er ein verläßlicher und friedfertiger Mann. Daß die Kleine nicht mehr in seine Fahrerkabine steigen will, scheint ihn doch getroffen zu haben.«

Zwei Männer trugen Jake nach draußen. James, der farbige Keeper fragte, ob ich noch etwas haben wolle. Ich bestellte noch ein Bier.

»Schrecklich, die Sache mit Sue«, sagte Cameron Mandell, ohne daß ich ihn darauf ansprach. »Wahrscheinlich ein verrückter Killer. Ich kann mir nicht vorstellen, daß jemand etwas gegen das Mädchen gehabt haben kann, Mister.«

»Seit wann arbeitete sie bei Ihnen?«

»Knapp ein Jahr. Sie kam mit einem Truck aus Austin. Jedenfalls hat sie das behauptet. Ich habe sie behalten, weil ich jemand wie sie brauchte. Seitdem war sie hier, und ich war mit ihr zufrieden. Absolut verläßlich. Ein Schatz von einem Mensch. Etwas leichtlebig, was Männer angeht, aber was sagt das schon in der heutigen Zeit!«

»Sie meinen, Sue Silbert hatte viele Freunde. Intime Freunde?«

Mandell zuckte mit den Schultern. »Einige«, antwortete er schließlich und winkte ab. »Aber da ist nicht einer drunter, der etwas gegen sie hat. Im Gegenteil Die Burschen haben sich immer für sie zerrissen. Jeder wollte ihr einen Gefallen tun. Jeder versuchte, ihr die Wünsche von den Augen abzulesen. Sie war ein hübsches Mädchen, sie hat es selbst gewußt, aber sie hat es nie ausgenutzt. Wirklich ein Jammer.«

Er sprach langsam und leise, aber er brauchte nicht erst nach den passenden Worten zu suchen. Was er sagte, hörte sich durchaus ehrlich an.

»Hatte sie einen besonderen Freund?«

»Sie meinen was Festes?«

Ich nickte. Genau das meinte ich.

»Nein«, antwortete Cameron Mandell sofort. »Wenigstens weiß ich nichts von einem festen Freund. Hast du eine Ahnung, James?«

Der farbige Keeper schüttelte den Kopf. »Sie hatte mal einen festen Freund in Austin und wurde von ihm enttäuscht, hat sie mir gesagt. Sie hatte sich vorgenommen, sich nie wieder an einen Kerl zu hängen. Allem Anschein nach hat sie sich daran gehalten. Wirklich, Sir, ich kenne auch keinen Mann, den man als Sues festen Freund bezeichnen könnte.«

»Eine Freundin?«

James nickte sofort. »Ein Fotomodell«, antwortete er bereitwillig. »Mona Ingwert. Sie wohnt im selben Block wie Sue.«

Neue Gäste kamen, um die James sich kümmern

mußte. Ich hielt ihn nicht von der Arbeit ab und sprach wieder mit Cameron Mandell. Es kam aber nichts dabei heraus.

Sue war ein nettes Mädchen, verläßlich und ehrlich gewesen. Eine Angestellte, wie Cameron Mandell sie sich nicht besser wünschen konnte. Ihre Männerbekanntschaften waren zahlreich, aber nie ernst gewesen. Streit hatte es nicht gegeben. Keiner hatte ein schlechtes Wort über sie geäußert. Ein wahrer Engel!

Dennoch war sie tot. Erschossen von Terry Arkin, einem Mafiakiller, den es hinterher selbst erwischt hatte, bevor er der Polizei lebend in die Hände fallen und reden konnte. Ein so untadeliger Engel, wie man sie mir beschrieben hatte, konnte Sue Silbert also nicht gewesen sein. Etwas war faul an dem Mädchen. Sie mußte in etwas verstrickt gewesen sein oder etwas gewußt haben, das der Mafia gefährlich war. Die ehrenwerte Gesellschaft schickte nicht einfach einen Killer aus, um ein anständiges Mädchen erschießen zu lassen.

Ich verließ die Golden Gate Bar und war schon jetzt sicher, nicht zum letztenmal hiergewesen zu sein.

Lemmy Laverty fuhr den schwarzen Maserati Biturbo vor den Eingang des Barbizon Hotels und warf dem Portier den Schlüssel zu.

»Wann soll der Wagen wieder hier stehen, Sir?«

Laverty warf einen schnellen Blick auf seine Rolex. »Halb drei«, sagte er. »Ich bin pünktlich wie immer, Jakob.«

Ein Fünfer wechselte den Besitzer. Laverty konnte sich darauf verlassen, daß sein Wagen zur angegebenen Zeit wieder vor dem Eingang stehen würde und er nur noch einzusteigen brauchte. Ihm gefiel dieses Hotel, das immer aufmerksame und zuvorkommende Personal und die Anonymität des Hauses. Seitdem er im Vorstand der South Food Corporation saß, benutzte er es für alle wichtigen Gespräche.

Joe Bendix erwartete ihn an der Bar und atmete erleichtert auf, als Laverty endlich erschien.

Bendix war 62 Jahre alt, grauhaarig und etwas untersetzt. Er hatte ein sonnengebräuntes, weiches Gesicht, von dem die Leute, die ihn besser kannten, wußten, daß es sich von einer Sekunde zur anderen in eine eiskalte, harte Landschaft verwandeln konnte. Bendix hielt ein großes Aktienpaket der South Food.

Seitdem er dafür gesorgt hatte, daß Laverty vor 15 Jahren das College besuchte, um Betriebswirtschaft zu studieren, träumte er davon, den Jungen, den er wie einen eigenen Sohn liebte, auf einem der bestbezahlten und einflußreichsten Sessel des Unternehmens zu sehen.

Bendix war ein alter Bekannter der Laverty-Familie. Nach dem tödlichen Unfall von Lavertys Vater hatte er mehr oder weniger Vaterstelle an dem Jungen vertreten. Er hatte seine Karriere in die Hand genommen und Laverty langsam, aber sicher nach oben gebracht.

Heute war er davon überzeugt, daß die South Food-Supermarktkette keinen besseren Mann in der Führung finden konnte als Laverty. Laverty war wie er selbst geworden: strebsam, ehrlich und so weit möglich zu jedermann gerecht. Er haßte Geschäft durch Hintertüren oder am Rande der Legalität, auch wenn sie Gewinn versprachen. Trotz seiner erst 36 Jahre verfügte Laverty über das Fingerspitzengefühl und die Sachkenntnis, die einen Topmanager ausmachten.

»Als du eben hereinkamst, Lemmy«, sagte er, »habe ich

für einen kurzen Moment geglaubt, es wäre Sam, dein Vater. Du hast verdammt viel von ihm. Er würde stolz auf dich sein.«

Laverty nickte. »Danke«, sagte er. »Ich denke, ich habe auch viel von dir, Joe.«

»Sam. Dein Vater und ich waren immer ein gutes Gespann«, sagte Joe Bendix, und seine Augen bekamen einen feuchten Schimmer. »Wenn du eine Mischung aus uns beiden geworden bist, so ist das völlig in Ordnung.«

Bendix nahm seinen Martini-Cocktail und trank einen Schluck.

Der Keeper fragte Laverty gar nicht erst. Er brachte einen Black Label ohne Eis und Wasser und zog sich diskret wieder zurück.

»Niemand weiß etwas«, sagte Laverty. »Ich habe mit Mandell gesprochen. Sues Tod ist für alle völlig überraschend gekommen.«

Bendix lachte leise, aber keineswegs fröhlich. »Vielleicht wollte sie sich nur wichtig machen, Lemmy«, sagte er dann. »Du bist ein netter Junge. Sieh es einmal so: Sie hat dir einige Dinge angedeutet, um sich interessant bei dir zu machen.«

Genau daran hatte Lemmy Laverty auch schon gedacht. Diese Erklärung reichte ihm nun, nachdem Sue Silbert ermordet worden war, nicht mehr aus.

»Es geht um dich und mich«, wandte er sich wieder an Bendix. »Sie sagte, sie habe etwas Schreckliches gehört und wolle mich später einweihen.«

»Über dich und mich – in einer Bar wie dem Golden Gate?«

»Schließlich bin ich dort Gast. Schließlich wird sie von Mandell geleitet, mit dem unsere Firma in enger Geschäftsverbindung steht. Und soweit ich mich erinnere, verkehren dort auch hin und wieder andere Spitzenleute der South Food Corporation.«

Bendix trank den Rest seines Cocktails und winkte ab, als Sam der Keeper, ihn fragend ansah.

»Ich kann mir keinen Reim darauf machen«, sagte er dann. »Um dich und mich! Was? Und woher will sie es gewußt haben, Lemmy?«

»Ich weiß nicht, worum es geht. Ich weiß auch nicht, woher sie etwas erfahren hat. Aber sie ist tot. Wir sollten es nicht auf die leichte Schulter nehmen.«

»Die Polizei kümmert sich darum. Sie wird es herausfinden.«

Lemmy Laverty zündete sich eine Zigarette an, rauchte einen Zug und drückte sie sofort wieder aus.

In Gedanken versunken, vergaß er einen Moment, daß Bendix es nicht mochte, wenn in seiner Gegenwart geraucht wurde.

»Entschuldigung«, murmelte er. »Ich mache mir vielleicht wirklich zuviel Gedanken, Joe.«

»Natürlich«, Bendix nickte und legte Laverty die Hand auf die Schulter. »In zwei Wochen ist es soweit. Wir sollten uns mehr darauf konzentrieren, es ist verdammt nicht einfach, an einem Mann wie Clark Loogan vorbeizuziehen. Er ist zehn Jahre älter, und viele der Männer, die den neuen Vorstand zu wählen haben, sagen, das seien auch zehn Jahre mehr Erfahrung. Er hat bislang nicht viel geleistet, aber er mußte sich auch nie verstecken. Zudem gibt es da einige Leute, die ihn liebend gern als ersten Mann sähen, weil er unkompliziert ist.«

»Du meinst Wilder und Hardcastle?«

»Ja.« Bendix bestellte sich doch noch einen Martini-Cocktail. »Sie hatten bei dem alten Boß freie Hand, solange die Bilanzen und die Dividende stimmten. Sie werden es bei Loogan ebenfalls haben. Ein Mann wie du, der sich um alles selbst kümmert, wäre ihnen lästig.«

Laverty lachte leise auf. »Kann ich gut verstehen«, sagte er. »An Wilders und Hardcastles Stelle würde ich wahrscheinlich genauso denken. Vizedirektoren lassen sich nicht gern in die Karten schauen und kochen lieber ihr eigenes Süppchen. Dagegen ist im Grunde auch nichts einzuwenden, solange sie erfolgreich sind. Ich könnte ihnen sogar versichern, daß ich ihnen keine Steine in den Weg legen werde, wenn die Wahlmänner mich in zwei Wochen auf den Chefsessel heben.«

»Du kannst es ihnen versichern, Junge«, sagte er, »aber sie werden es dir nicht glauben. Jedesmal, wenn du eine Sprosse auf der Karriereleiter erklommen und in eine neue Stellung gerückt bist, gingst du erst einmal den kleinen Dingen nach, um dich mit allem vertraut zu machen. Und wenn dir etwas nicht gefiel, gab es, soviel ich weiß, auch immer Veränderungen.«

»Deine Schule, Joe«, sagte Laverty. »Mit Sicherheit wird es einige Veränderung im Betrieb geben, wenn man mich zum neuen Boß wählt. Aber diese Veränderungen betreffen doch nicht Wilder und Hardcastle. Du solltest es ihnen mal deutlich sagen.«

»Sie mögen mich nicht besonders, Joe, was übrigens auf Gegenseitigkeit beruht. Wir verkehren auch nicht im selben Club. Ich bin noch von der alten Schule. Ich halte nicht viel von der Lässigkeit, mit der heute Geschäfte gemacht werden. Es ist zwecklos. Wilder und Hardcastle stehen hinter Clark Loogan. Falls du es nicht schaffst, ist er wirklich der beste Mann nach dir. Das kann und will ich ihm nicht absprechen.«

»Verkehrt er im selben Club wie die beiden Vizedirektoren?«

»Keine Ahnung. Darum habe ich mich noch nicht gekümmert. Vielleicht sollte ich es tun. Vielleicht finde ich dabei etwas, was Loogan zurückwirft und dir die Tür ins Chefbüro weit aufstößt.«

Laverty blickte den grauhaarigen alten Mann zweifelnd an. Joe Bendix lächelte, als er den Blick des jungen Laverty auffing. Aber dann schüttelte er den Kopf.

»Natürlich werde ich das nicht tun, Junge«, sagte er schnell. »Ich meine, Politik sollte von den Leuten gemacht werden, die am meisten davon verstehen. Auch Geschäftspolitik. Menschen, die man nur deshalb bevorzugt, weil sie eine besonders weiße Weste haben, haben noch nie etwas zustande gebracht. Wenn man so lange im Management ist, gibt es immer schwarze Flecken. Du wirst Chef, weil du die Wahlmänner mit deiner Leistung überzeugst – oder du wirst zweiter Chef.«

»Anders würde ich es auch nicht haben wollen«, sagte Laverty. »Clark Loogan und ich sind keine besonders guten Freunde, aber ich denke, wir respektieren einander, weil jeder vom anderen weiß, was er wert ist. Ich sollte mich vielleicht mal wieder mit ihm treffen, damit niemand auf die Idee kommt, hinter den Kulissen der South Food würde gemeuchelt. Okay?«

Bendix stimmte zu.

Nicht aus Überzeugung. Denn er hielt nicht viel davon, wenn man sich mit seinen Feinden oder Konkurrenten verbrüdert. Aber es entsprach Lavertys Mentalität. Er war noch immer der bescheidene Junge, der aus einfachen Verhältnissen kam und mühselig seinen Weg nach oben gefunden hatte. Man konnte einen Menschen nicht von Grund auf ändern. Fair Play, das war Lavertys Grundsatz. Selbst dann noch, wenn jemand von hinten nach ihm trat.

Bendix schaute den Mann an, den er erzogen und geführt hatte. Er hatte das gleiche weiche Gemüt wie Sam, sein Vater, der es im Leben nur darum zu nichts gebracht hatte, weil er nicht hart genug gegen seine Konkurrenten vorgegangen war. Sam hatte jedem immer mehr gewünscht als sich selbst. Eine gute, edle Charaktereigenschaft sicherlich, aber im harten Geschäftsleben führte sie meistens zum vorzeitigen Aus. Lemmy hatte diese Charaktereigenschaft geerbt.

Solange Bendix den jungen Laverty im Berufsleben nach vorn gepeitscht hatte, war das immer ein Punkt, über den Laverty beinahe gestolpert wäre. Man konnte ihn nicht ändern. Er blieb ein Mann, der nicht nachschlug, auch wenn man ihm übel mitspielte. Laverty erreichte seine jeweilige Stellung immer durch Intelligenz und dadurch, daß er fachlich besser war als seine Konkurrenten. Jetzt aber stand er Clark Loogan gegenüber, und der war mit allen schmutzigen Wassern gewaschen.

Um Laverty dennoch an die Spitze zu boxen, mußte Bendix seine ganze Kraft und seinen ganzen Einfluß in Vorstandskreisen einsetzen. Oder aber, er mußte wirklich etwas gegen Loogan ausgraben, was den Mann plötzlich nicht mehr so geeignet für den Chefsessel eines großen Betriebes erscheinen ließ. Der Alte hatte lange darüber nachgedacht und sich noch nicht entschieden.

Vielleicht würde er es tun. Vielleicht dann, wenn sich herausstellte, daß Loogan zusammen mit den beiden Vizedirektoren die meisten Wahlmänner schon auf seiner Seite hatte. Vielleicht würde er es wirklich tun. Als letzten Dienst für Laverty. Denn Bendix war krank. Er hatte Lungenkrebs. Noch nicht im fortgeschrittenen Stadium, hatte ihm der Doktor versichert, aber dennoch unheilbar. Er würde vielleicht noch ein Jahr leben. Laverty auf dem

Chefsessel der South Food Corporation. Sein Lebenswerk. Bendix wollte es erreichen, und er konnte es erreichen. Das wußten auch die Leute, die er gegen sich hatte. Leute wie Wilder, Hardcastle und Clark Loogan. Wenn es auch nur einen wirklich schwarzen Punkt in Loogans Leben gab, von dem bislang niemand etwas wußte, dann würde er ihn finden.

In diesem Zusammenhang gesehen, war das, was Sue Silbert vor ihrem Tod Laverty anvertraut hatte, doch nicht aus der Luft gegriffen. Dann hatte sie wirklich etwas Schreckliches gehört, was gegen ihn und Laverty gerichtet war.

»Woran denkst du, Joe?« Lavertys Frage riß den alten Mann aus seinen schwarzen Gedanken. Er wandte sich Laverty zu. Ein flüchtiges Lächeln huschte über sein faltenreiches Gesicht. Jedesmal, wenn Bendix lachte, schienen die Furchen in seinem Gesicht so tief, daß man den Grund nicht mehr sehen konnte.

»An die Kleine«, gab Bendix zu.

»Sue Silbert?«

Bendix nickte. »Ich denke, sie wollte sich wichtig machen, Junge«, sagte er, obgleich er jetzt vom Gegenteil überzeugt war. »Du solltest dir deswegen keine grauen Haare wachsen lassen. Die Polizei bearbeitet die Sache. Manchmal klären die Jungens ja auch etwas auf.«

Was Bendix sagte, daran glaubte er selbst nicht. Laverty kannte den Alten lange genug. Er versuchte ihn zu täuschen, um ihn nicht aufzuregen. Das tat er sonst nie. Es paßte nicht zu Bendix, der sein Leben lang mit offenen Karten gespielt hatte – wenigstens ihm gegenüber. Etwas stimmte nicht. Laverty sah es seinem väterlichen Freund an, aber er schwieg darüber.

Ich traf Mona Ingwert nicht an. Niemand im Haus konnte mir sagen, wo ich die junge Frau, die als Fotomodell arbeitete, erreichen könnte. Ich nahm mir vor, es zu einem späteren Zeitpunkt noch einmal zu versuchen, und fuhr ins Office zurück. Der Chef wartete auf mich. Ich erstattete ihm einen ersten Zwischenbericht.

»Das ist wirklich nicht viel, Jerry.«

Ich mußte Mr. High zustimmen. Im Grunde war es gar nichts.

»Ein völlig harmloses Mädchen, Sue Silbert, wird erschossen«, sagte ich. »Sie hatte eine Menge Männerbekanntschaften. Man behauptet zwar, daß keiner dieser Männer ihr fester Freund gewesen sei, also auch kein Grund zur Eifersucht bestanden habe, aber man könnte es trotzdem in Betracht ziehen, wenn ihr Mörder nicht ausgerechnet ein Mafiakiller gewesen wäre. Und wenn dieser Killer nicht nach vollendeter Tat von einem anderen Killer ausgelöscht worden wäre, nur damit er der Polizei nicht in die Hände fällt. Das heißt, er kannte seinen Auftraggeber, oder er hätte wenigstens eine brauchbare Spur zu ihm legen können. Durch diesen Killer wird aus dem harmlosen Mädchen aus Austin plötzlich eine interessante Persönlichkeit. Dazu kommt, daß sie im Betrieb eines Mannes arbeitet, Cameron Mandell, der vor einigen Jahren ebenfalls noch mit der Mafia in einen Topf geworfen werden konnte.«

»Und jetzt?«

»Jetzt betreibt er legale Geschäfte, die von verschiedenen Banken geprüft und als kreditwürdig angesehen wurden. Er scheint den Sprung von einer Seite des Gesetzes auf die andere geschafft zu haben. Da soll mir noch einer sagen: Einmal Gangster, immer Gangster! Cameron Mandell ist die rühmliche Ausnahme ...«

»Die vielleicht nur die Regel bestätigt«, vollendete der Chef. »Wer hat sich um Mandell gekümmert?«

»Zeerookah«, antwortete ich. »Das heißt, er hat die Wühlarbeit geleistet, und ich habe seiner Golden Gate Bar einen Besuch abgestattet. Es gab einigen Ärger mit einem Trucker, dem sein Mädchen weggelaufen war, aber sonst ist dort alles in Ordnung. Mandell kann sich, wie alle anderen auch, keinen Reim darauf machen, warum es gerade ein so anständiges Mädchen wie Sue Silbert erwischt hat.«

Der Chef erhob sich hinter dem Schreibtisch und wanderte einige Schritte durch das Büro. »Ich habe dennoch ein unangenehmes Gefühl bei der ganzen Geschichte, Jerry«, sagte er, als er neben mir stehenblieb. »Wir kommen auch gar nicht darum herum, uns um den Fall zu kümmern. Terry Arkin, der Killer, ist aus New Jersey herübergekommen, um hier in Manhatten eine strafbare Handlung zu begehen. Klarer FBI-Fall.«

»Wir ermitteln weiter, Sir«, sagte ich. »Und wenn es etwas herauszufinden gibt, dann finden wir es. Früher oder später.«

»Okay, Jerry. Ich lasse Ihnen freie Hand in diesem Fall.«

Ich ging in mein Office zurück. Wenig später kam Zeerookah mit zwei Bechern Kaffee herein. Einen davon stellte er vor mich auf den Schreibtisch.

»Ich habe Arkins Lebenslauf studiert, Jerry«, sagte er. »Aus seinem Umfeld laufen in Manhattan noch einige interessante Leute herum, die uns vielleicht weiterhelfen können.«

»Du meinst, die uns sagen können, wo er zuletzt gewohnt hat?«

»Möglich.«

Ich trank einen Schluck Kaffee und las die Namen auf

dem Zettel, den Zeery mir zuschob. Alles Bekannte, die uns so wenig leiden konnten, daß sie sich lieber die Zunge abbeißen als sich mit uns unterhalten würden. Nicht einmal über das Wetter von morgen.

Ich tippte mit dem Finger auf den Namen Archie Teacher.

»Archie arbeitet noch immer im illegalen Glücksspiel?« fragte ich Zeerookah.

Er nickte. »Straßenlotterie«, sagte er. »Seit geraumer Zeit arbeitet er auch als Bankier.«

»Du meinst, er hat Geld auf der Straße?«

»Nicht zuwenig, Jerry. Aufgeteilt in kleinen Beträgen an eine Menge Kunden. Eine ziemlich sichere Sache nach dem alten Strickmuster. Leihst du dir heute 100, zahlst du nächste Woche 120 Dollar. Kein Beinbruch, wenn du nicht zahlen kannst, aber dann kostet es dich 150 Dollar. Danach bekommst du eine Verwarnung, die noch einmal 50 Dollar mehr kostet. Wenn du dann nicht zahlen kannst, landest du im Krankenhaus. Und wenn du da wieder rauskommst, schuldest du Archie 300 Dollar. Und dann bezahlst du. Selbst dann, wenn du deine eigene Großmutter bestehlen mußt.«

Ich sah die kleine, fette Kröte mit den vorquellenden Glubschaugen im Geiste vor mir. Immer ungepflegt. Nie von den armen Leuten zu unterscheiden, denen er im Kreditgeschäft das Hemd über die Ohren zog. Jammern konnte er besser als alle seine Schuldner zusammen. Ein Mann, mit dem man auf den ersten Blick wirklich Mitleid bekam, wenn man ihn nicht kannte.

Ich kannte ihn.

Ich hatte nicht die Spur Mitleid mit Archie Teacher. Im Gegenteil. Es würde mir sogar Spaß machen, der Kröte etwas ans Bein zu binden.

Ich bin wirklich nicht rachsüchtig oder nachtragend, aber es gibt Zeitgenossen, denen wünscht man die Pest an den Leib. Archie Teacher gehörte dazu.

»Womit willst du ihn aus der Reserve locken?«

»Weiß ich noch nicht.«

»Er würde sich eher den Mund zunähen, Jerry.«

»Natürlich. Das gilt für alle Bekannten von Arkins. Ein Mädchen wurde ermordet, ein Sergeant der City Police hat sein Leben verloren, und ein Killer wurde von einem anderen Killer erledigt, weil man sich nicht auf seine Verschwiegenheit verlassen konnte. Archie Teacher kann für uns etwas Ähnliches wie ein Richtungsweiser werden. Vielleicht finde ich einen Dreh, um ihm den Mund zu öffnen. Wer sind seine Helfer?«

»Du meinst, seine Geldeintreiber?«

»Richtig.«

»Das läßt sich in Erfahrung bringen.«

»Dann finde es heraus, Zeery! Aber etwas schnell. Ich habe den Eindruck, daß Schnelligkeit geboten ist.«

Mark Frechette kaute zufrieden an seinem Filet Mignon. Er sah aus wie ein glückliches Baby, dem man soeben aus den nassen Windeln geholfen hat.

»Na also«, sagte er. »Hübsche Mädchen mögen die sanfte Methode. Ein paar Wochen Urlaub auf Hawaii, da vergißt man eine graue Stadt wie New York und will an nichts mehr erinnert werden.«

Ian Powell nickte grinsend. »Ich hätte nichts dagegen gehabt, die Kleine zu begleiten und an Ort und Stelle auf sie aufzupassen.«

»Lustmolch!« sagte Frechette. »Hatte sie Angst?«

»Ja.«

»Genügend?«

»Ich denke schon.«

»Okay, dann sind wir damit fertig. Es hätte leicht ins Auge gehen können.«

»Wenn du schon für die sanfte Methode bist, dann hättest du auch Sue Silbert bezahlen können.«

Jetzt sah Frechette nicht mehr zufrieden aus.

Er schob den Teller mit dem halben Filet beiseite, rieb sich die Lippen und warf die Serviette auf den Tisch.

»Sie versuchte mich zu erpressen. Das mag ich nicht. Einem Mann wie mir setzt man nicht das Messer auf die Brust, wenn man etwas Kleingeld braucht. Sie war ein nettes Mädchen. Sie hätte mich ganz normal um Geld bitten können. Bei hübschen Mädchen bin ich noch nie kleinlich gewesen.«

Ian Powell nickte beruhigend. »Okay, okay«, sagte er. »Es ist alles in Ordnung. Was ist mit Joe Bendix?«

Der Kellner kam in das Séparée des eleganten Feinschmeckerrestaurants. Schweigend und fast lautlos räumte er ab, als Frechette ihm das Zeichen dazu gab.

»Dessert, Mr. Frechette?«

»Später.«

»Einen Cognac für mich«, bestellte Ian Powell.

»Später«, sagte Frechette erneut.

Der Kellner ging.

Powell wandte sich wütend an Frechette. »Ich bin kein Kind mehr!«

»Ich mag es nicht, wenn jemand zu saufen anfängt, bevor die Arbeit erledigt ist. Das gilt für jeden. Cameron Mandell hatte Besuch von einem G-man, während Laverty bei ihm war und sich nach den Kosten für Sue Silberts Beerdigung erkundigte.«

»Was hat das zu bedeuten?«

»Noch nichts. Sprich mit Mandell! Er soll vorsichtig sein. Er soll sich an das halten, was abgesprochen wurde. Sie war ein nettes, braves Mädchen. Ihr Tod ist eins der großen Rätsel dieser Zeit. Sie war mit jedermann Freund und kennt Laverty, weil er in der Golden Gate Bar hin und wieder ein Bier getrunken hat. Daran soll er sich halten. Das ist alles.«

Ian Powell kratzte sich am Kopf. »Ist der G-man auf Laverty aufmerksam geworden?«

»Anscheinend nicht. Aber ich traue keinem Bullen. Erst recht nicht, wenn soviel auf dem Spiel steht.«

»Okay«, sagte Powell. »Ich spreche mit Mandell. Wilder und Hardcastle sollen die Golden Gate Bar in der nächsten Zeit meiden. Du solltest sie darauf aufmerksam machen, daß der FBI in der Bar herumschnüffelt.«

Frechette läutete nach dem Kellner, der sofort zur Stelle war. Der Mann war nur für diese Séparées zuständig und wartete ständig vor der Tür.

»Espresso und zwei Cognac, wie immer«, bestellte Frechette.

»Wenn der FBI Mandell und seine Geschäft überprüft, dann kommen die G-men zwangsläufig auf die Supermarktkette«, sagte Powell.

»Ich habe daran gedacht und darüber mit Wilder gesprochen. Da besteht keine Gefahr. Für jede Anlieferung sind Papiere und Rechnungen vorhanden, sobald die Ware erst einmal im Supermarkt eingetroffen ist. Unser Problem ist Joe Bendix. Der ist aus härterem Holz als Laverty. Wenn der erst einmal Blut gerochen hat, wenn der etwas wittert, dann beginnt er zu graben. Du weißt doch: Wer tief bohrt, wird auch fündig. Jemand sollte sich um Bendix kümmern. Nichts gegen den Mann unternehmen. Nur überwachen. Verstanden?«

»In Ordnung.«

Kaffee und Cognac wurden serviert.

»Wir dürfen keinen einzigen Fehler machen, Ian. Das Geschäft ist eine Goldader, wie wir sie nie wieder finden werden.«

»Okay.« Powell stieß mit Frechette an. »Ist etwas unterwegs?«

»Zwei Fahrzeuge. Sie kommen morgen abend. Vielleicht auch etwas früher. TV, Videos und Haushaltsartikel auf dem einen Transporter. Zigaretten und Schnaps auf dem anderen. Für beides ist gerade ein großer Bedarf.«

Powell trank den Cognac.

Das Geschäft war eine Goldader, da hatte Frechette vollkommen recht. Der Traum eines jeden Hehlers: Heiße Ware ohne Schwierigkeiten unverfänglich in den eigenen Geschäften umschlagen, das Geld schon in Händen halten, noch bevor die Ware an den Mann gebracht ist.

Hardcastle war für den Einkauf zuständig. Es war bekannt, daß er sich die Lieferanten selbst aussuchte und sie eiskalt abservierte, wenn sie nicht auf seine Preisvorstellungen eingingen. Er kaufte, was Frechette zusammenstehlen ließ, und zahlte nach Ablieferung der Ware an verschiedene Scheinfirmen, hinter denen Frechette stand. John Wilder, der für den Verkauf zuständig war, sorgte dafür, daß die auf diese Weise in den Supermarkt geschleusten Artikel durch aggressive Werbung schnell umgeschlagen und damit wieder Platz für neue Lieferungen geschaffen wurde.

Wirklich eine Goldader, wie es keine zweite gab. Vor zwei Jahren hatte Frechette sie angebohrt, weil Hardcastle Pech im Spiel gehabt und für seine Verhältnisse viel zu hoch in der Kreide gestanden hatte. Danach hatten sie John Wilder geködert. Es war nicht schwierig gewesen. Wilder war verrückt nach schnellem Geld und war ihnen bereitwillig in die Arme gelaufen.

Seitdem blühte das Geschäft, an dem alle verdienten. Die South Food Corporation, die die heiße Ware günstig einkaufte, Mandell, der die Ware auf seinen Trucks transportierte. Die Diebe, die die fremden Lager überall im Land ausräumten. Und natürlich am meisten sie selbst. Ein Geschäft, das sich Frechette von keinem kaputtmachen ließ. Nicht von Joe Bendix und nicht von dem möglichen neuen Boß Lemmy Laverty.

»Okay«, sagte Powell. »Dann sorge ich dafür, daß Bendix einen Schatten bekommt. Danach fahre ich zu Mandell.«

Die langbeinige, rothaarige Frau war eine Augenweide. Es war geradezu ein kleines Wunder, daß es in der Minetta Lane noch keinen Unfall gegeben hatte. Fast jeder Autofahrer drehte sich nämlich nach der attraktiven Frau um, die lässig am Kotflügel eines alten Dodge gelehnt stand und offenbar verträumt in die Gegend schaute.

In Wirklichkeit beobachtete Mary Abrams jedoch den gegenüberliegenden Eingang des französischen Feinschmeckerrestaurants, in dem Frechette speiste. Der silbergraue Caddy des Mafioso parkte schräg hinter dem schmalen Haus, halb in der Einfahrt. Seit zwei Stunden stand Mary Abrams hier.

Mary Abrams war 27 Jahre alt, in Austin, Texas, geboren und mit ihrem Mann nach Los Angeles gegangen, um dort eine Boutique zu eröffnen. Aus der einen Boutique war inzwischen eine ganze Ladenkette geworden. Ihre Ehe war darüber kaputtgegangen, und seitdem hatte sie sich noch mehr ins Geschäft gestürzt. Mit Erfolg. Ihre Mode war bekannt.

Inzwischen besaß sie ein eigenes Studio und entwarf die eigenen Modelle, die sie in ihren Boutiquen exklusiv verkaufte. Es ging ihr ausgezeichnet. Sie hatte nur höchst selten an die verkorkste Kindheit in Austin, nicht oft mehr an die beiden Brüder und die Schwester gedacht, die Texas ebenfalls verlassen und sich irgendwo anders niedergelassen hatten.

Zwei Jahre lang hatte absolute Sendepause geherrscht. Sie hatten sich aus den Augen verloren. Jeder der beiden Schwestern hatte mehr oder weniger auf ein Lebenszeichen von der anderen gewartet.

Vor drei Tagen hatte nun Sue angerufen. Sie hatte erzählt, wie es ihr in der Zwischenzeit ergangen war und daß sie als Bedienung im Golden Gate Club in New York arbeitete. Es gehe ihr ausgezeichnet, hatte sie versichert, und sie würde demnächst an das ganz große Geld herankommen. Mit dem Geld wollte sie in Marys Geschäfte einsteigen.

Solange Mary sich zurückerinnerte, war Sue nie ein Mensch gewesen, der die Chance gehabt hätte, an viel Geld heranzukommen. Dazu war sie einfach zu naiv. Jetzt aber hatte sich das geändert. Sue hatte ihr von einem im Golden Gate Club belauschten Gespräch berichtet. Es ging um eine Supermarktkette, um die Mafia, einige leitende Angestellte, einige Personen, die umgebracht werden sollten, und um sehr viel Geld. Die Namen Laverty und Frechette waren gefallen. An Joe Bendix erinnerte sie sich und an einen Mann namens Clark Loogan.

Worum es wirklich ging, hatte Mary Abrams nicht begriffen. Wohl aber, daß ihre Schwester Sue im Begriff stand, eine Riesendummheit zu begehen. Sie plante, jemand zu erpressen, und war sicher, spätestens heute eine halbe Million Dollar bar in der Hand zu haben.

Mary hatte versucht, es ihrer Schwester auszureden. Und sich sofort auf den Weg nach New York machen wollen. Geschäftliche Dinge waren dazwischengekommen. Also war Mary Abrams erst heute in New York eingetroffen. Einen Tag zu spät, denn Sue war tot. Erschossen von einem Killer. Die Polizei stand, den Zeitungsmeldungen nach, vor einem Rätsel. Sie, Mary Abrams, war nach dem Gespräch mit ihrer Schwester schlauer. Sie kannte Namen und wußte, warum Sue sterben mußte.

Sue, die kleine Schwester, die einmal in ihrem Leben eine Chance gesehen hatte, an Geld heranzukommen, hatte es wieder einmal nicht geschafft. Sie war tot. Kaltblütig erschossen. Irgendwo in der Stadt saßen die Leute, die für diesen Mord verantwortlich waren, und die Polizei wußte von nichts.

Im ersten Impuls wollte Mary New York gleich wieder verlassen. Dann jedoch wurde sie anderen Sinnes und blieb. Sie war entschlossen, die Mörder ihrer Schwester zu entlarven, die über Sues Schicksal entschieden hatten.

Wo sie ansetzen und wie Sues wirre Telefongeschichte richtig zu deuten war, wußte sie nicht. Sie hatte nur Namen, an die sie sich halten konnte. Aber Mary war intelligent, zielstrebig und verbissen. Die Namen würden ihr weiterhelfen. Sie wollte mit diesen Personen Verbindung aufnehmen, und sie war sicher, die Schuldigen an Sues Tod schnell zu finden.

Zuerst suchte sie Mark Frechette, den Sue einen Mafioso genannt hatte. Deshalb wartete sie in der Minetta Lane vor dem Restaurant Chez Jacques, bis zu dem sie ihn verfolgt hatte.

Ein Autofahrer hupte, winkte aus dem offenen Fenster

und warf ihr eine Kußhand zu. Mary Abrams lächelte. Fürchterliche Dinge waren ihr über diese Stadt berichtet worden, aber bislang hatte sie keinen Grund, sich über New York zu beklagen. Sie fand die Stadt faszinierend. New York war von Los Angeles grundverschieden und herrlich aufregend.

Sie zündete eine Zigarette an, rauchte einen Zug und setzte sich wieder in den gemieteten Dodge. Weitere zehn Minuten verstrichen. Dann entdeckte sie Frechette. Der grauhaarige Mann mit der Adlernase kam aus dem Restaurant. Er blieb am Eingang stehen, reckte sich und ging dann zu seinem in der Einfahrt parkenden silbergrauen Caddy.

Mary Abrams startete den Dodge. Sie wartete auf den richtigen Moment. Alles mußte wie Zufall aussehen. Keiner durfte merken, daß sie, die Frau aus Los Angeles, Sue Silberts Schwester war. Nur dann rechnete sie sich eine Chance aus, die Verantwortlichen für Sues Tod zur Rechenschaft ziehen zu können.

Als Frechette den silbergrauen Cadillac langsam zurücksetzte, wendete Mary Abrams über die Minetta Lane. Frechette stoppte. Aber noch deutete nichts darauf hin, daß er auf den Dodge aufmerksam geworden war.

Mary Abrams fuhr sehr langsam. Erst als Frechette Gas gab, um die Nobelkarosse mit einem eleganten Schwung auf die Hauptfahrbahn zu setzen, beschleunigte Mary.

Ihr Timing war gelungen. Sie befand sich im richtigen Augenblick hinter dem silbergrauen Caddy. Frechette setzte seine Nobelkarosse mit Bravour in die Seite des Dodge.

Mary Abrams würgte den Motor ab und ließ sich über dem Steuer zusammensinken. Aus den Augenwinkeln beobachtete sie im Rückspiegel, wie der großgewachsene, wuchtig wirkende Mann aus dem Caddy stieg, einen Moment verstört in die Welt schaute und sich dann mit langen Schritten dem Dodge näherte. Rasch schloß Mary Abrams wieder ihre Augen.

Die Fahrertür wurde aufgerissen. »Miss?«

Mary rührte sich nicht. Leise stöhnte sie.

»He, Miss«, sagte Frechette eindringlicher. »Ist Ihnen etwas passiert?«

Eine Hand griff nach ihren Schultern. Behutsam zog Frechette sie vom Steuer weg und lehnte sie gegen den Sitz.

Mary öffnete die Augen.

Verwundert sah sie sich um, faßte sich an den Brustkorb und stöhnte erneut.

»Es ist meine Schuld, Miss«, sagte Frechette leise. »Ich habe Sie nicht gesehen. Ich werde einen Krankenwagen rufen.«

Vorsichtig drehte sich Mary Abrams zur Seite. Sie blickte in Frechettes sympathisches Gesicht. Die erste Frage, die sie sich stellte, war: Konnte ein Mann, der so besorgt um ein vermeintliches Unfallopfer war, einen Mord befehlen?

»Ich glaube, es geht«, sagte Mary mit schwacher Stimme.

Frechette beugte sich in den Wagen und schüttelte den Kopf. »Es ist vielleicht doch besser, einen Krankenwagen zu rufen«, sagte er. »Sie sind blaß. Ist Ihnen übel?«

Mary nickte. Mit dem Handrücken rieb sie sich über die Stirn. Ganz nebenbei bemerkte sie, daß Frechette auch in dieser Situation den Sinn für Schönheit nicht verloren hatte. Er sah ihr in den tiefen Ausschnitt der Bluse und bewunderte ihren Busen.

»Helfen Sie mir bitte heraus!«

Frechette griff ihr unter die Achseln, zog sie aus dem beschädigten Fahrzeug und lehnte sie an die Karosserie.

Einige Passanten waren stehengeblieben. Neugierige, wie es sie bei jedem Unfall gibt. Alle gafften, aber keiner rührte auch nur einen Finger.

»Bitte«, sagte Mary Abrams leise. »Kümmern Sie sich darum, daß der Dodge von der Straße kommt! Dann bringen Sie mich bitte von hier weg! Ich mag es nicht, angestarrt zu werden.«

Der Besitzer kam aus dem Restaurant.

»Schaff den Dodge auf den Hof, Jacques!« rief Frechette ihm zu. »Ich melde mich später wegen des Wagens. Okay?«

»Okay, Sir.«

Mary Abrams stützte sich auf Frechette. Gebeugt ging sie zu dem Caddy, der kaum eine Schramme abbekommen hatte. Frechette half ihr galant auf den Beifahrersitz. Dann stieg er selbst ein.

»Es tut mir wirklich leid, Miss«, sagte er. »Vielleicht ist es doch besser, wenn wir ins Krankenhaus fahren.«

Mary schüttelte den Kopf. »Wahrscheinlich ist es nicht so schlimm. Ich möchte mich hinlegen, Mister ...«

»Mark Frechette«, sagte der Mafioso. Erneut huschte sein Blick unwillkürlich zum Ausschnitt der Bluse.

»Ich bin Mary Abrams.«

»Sie kommen nicht aus New York?«

»Aus Los Angeles. Ich wollte für einige Tage hier ausruhen und nebenbei Geschäfte machen. Und jetzt ...«

Sie verzog das Gesicht, als hätte sie Schmerzen. »Barbizon Plaza Hotel, bitte.«

»Ich bringe Sie hin. Okay?«

Mary nickte. So hatte sie es geplant. Der erste Kontakt war hergestellt.

Jetzt mußte sie nur noch dafür sorgen, daß der Fisch anbiß und am Haken zappelte.

Eine halbe Stunde später war es soweit. Sie hatte sich von Frechette in ihre Suite bringen lassen und war ins Bad gegangen, während der Mafioso, den sie nicht unsympathisch fand, im Wohnzimmer der Suite wartete.

Sie zog sich aus. Natürlich hatte sie keine Schramme abbekommen. Ihr Körper war genauso makellos wie vor dem Unfall. Aber darüber würde Frechette sicherlich nicht stolpern, wenn sie über Schmerzen in der Brust klagte. Sie hüllte sich in eins der weißen Badelaken und ging ins Wohnzimmer der Suite zurück.

»Bringen sie mir einen Martini, Mr. Frechette?«

Frechette beeilte sich. Vom ersten Moment an war er von ihr begeistert. Schöne Frauen gab es viele, und seine Jagdstrecke war beachtlich. Aber von Mary Abrams ging etwas aus, was ihn auf unbeschreibliche Art und Weise faszinierte. Er brachte ihr den Drink zur Couch.

»Und?« fragte Frechette.

»Auf jeden Fall ist etwas nicht in Ordnung«, sagte Mary. »Es tut weh. Ich muß mit der Brust auf das Steuer gefallen sein.«

Frechette kniete vor ihr nieder.

»Es ist nichts zu sehen«, sagte Mary. Als wäre es das Selbstverständlichste von der Welt, öffnete sie den Knoten des Badetuches und entblößte ihren Oberkörper. »Ungefähr hier.«

Sie deutete auf eine Stelle zwischen ihren straffen, mittelgroßen Brüsten.

Frechette schluckte trocken. »Es ist wirklich nichts zu sehen«, sagte er mit rauher Stimme. Er war versucht, die Finger auszustrecken, um zu fühlen, aber im letzten Moment beherrschte er sich.

»Ich werde mich etwas hinlegen und später den Hotelarzt kommen lassen, wenn es nicht besser wird«, sagte Mary und legte sich das Badetuch wieder um.

Frechette nickte und stand auf. Er trank den Whisky hastiger als sonst und legte seine Visitenkarte auf den Tisch.

»Ich möchte, daß Sie mich verständigen, Miss Abrams«, sagte er. »Auf jeden Fall.«

»Es wird schon nichts Schlimmes sein.«

»Nennen Sie mich bitte Mark!« sagte Frechette. »Schließlich sind wir alte Bekannte. Wir hatten schon einen Unfall zusammen.«

»Einverstanden, Mark. Aber jetzt muß ich mich wirklich hinlegen. Okay?«

»Sind Sie einverstanden, daß Sie mich auf jeden Fall heute abend anrufen? Und wenn es Ihnen besser geht, darf ich Sie doch zum Dinner einladen?«

Sie nickte.

Frechette machte einen höflichen Diener. Wenig später hatte er die Suite im Barbizon Plaza verlassen. Als die Tür hinter ihm ins Schloß fiel, stand Mary Abrams auf, zündete sich eine Zigarette an und holte sich noch einen Drink.

Frechette war Mafioso, wenn Sues Informationen stimmten. Er war der erste Berufsverbrecher, den sie kennenlernte. Nicht unbedingt ihr Typ, aber doch ein sympathisch wirkender Mann, zu dem man durchaus Vertrauen haben konnte, solange man nicht sicher wußte, daß er sich mit Verbrechen seinen Lebensunterhalt verdiente.

Sie wartete eine halbe Stunde. Dann zog sie sich an und verließ die Suite. Sie ging in die gemütliche Bar des Barbizon, setzte sich an die Theke und hörte gerade, wie der Keeper sagte: »Niemand hat angerufen, Mr. Laverty. Mr. Bendix ist noch einmal zurückgekommen, weil er sein Feuerzeug vergessen hatte. Eine Nachricht hat er nicht hinterlassen.«

Mary drehte sich unauffällig um.

Laverty, das war kein sehr häufiger Name. Wenn dieser Mann der Lemmy Laverty war, von dem Sue gesprochen hatte, dann schaute ihr Fortuna wirklich über die Schulter.

Er war groß, schlank und athletisch. Sein dunkler Anzug saß korrekt. Auf seinem schmalen und etwas eckigen Gesicht zeichnete sich schon wieder der erste Schatten eines schwarzen Bartes ab.

Ihre Blicke kreuzten sich. Beim erstenmal schaute Lemmy Laverty schnell wieder zur Seite. Beim zweitenmal lächelte er.

Mary Abrams erhob sich von ihrem Platz und ging zu Lemmy Laverty, der einige Hocker entfernt saß. Der Keeper hatte die Bar für einen Moment verlassen, um eine neue Flasche zu holen.

»Es ist nicht meine Art, jemanden anzusprechen«, sagte Mary leise. »Sie erinnern mich aber an jemand, den ich vor einem halben Jahr auf den Bermudas gesehen habe. Tommy McCullem aus Liverpool?«

Laverty sah sie an und schüttelte lachend den Kopf. »Für die Bermudas hatte ich in den letzten Jahren keine Zeit, und ich bin Amerikaner, auch wenn meine Vorfahren aus Irland kamen. Tut mir leid, Miss ...«

»Mary Abrams«, sagte sie. »Bitte entschuldigen Sie! Es ist mir peinlich.«

Sie wollte sich wegdrehen und spürte plötzlich die Hand dieses Mannes auf der Schulter. Eine sachte, scheue Berührung.

»Wenn Sie erlauben, würde ich Sie gern zu einem Drink einladen«, sagte er. »Oder trinken Sie nicht mit Amerikanern, die irische Vorfahren haben?«

Der Blick seiner samtweichen dunkelbraunen Augen traf sie wie ein Blitz. Sie fühlte sich plötzlich auf eine unerklärliche Art zu ihm hingezogen. Sie spürte, daß sie rot wurde, und nannte sich selbst eine dumme Gans. Sie war eine erfolgreiche amerikanische Geschäftsfrau und wurde rot, nur weil ein junger Mann ihr etwas zu trinken anbot, den sie nett und anziehend fand!

Mary Abrams nickte.

»Ich bin Lemmy Laverty«, sagte er und beschrieb mit der ausgestreckten Hand eine weite Runde. »Das Barbizon Plaza ist so etwas wie mein Zuhause.«

»Heißt das, daß Sie hier wohnen?«

»Hin und wieder«, sagte er. »Ich habe eine Suite für das ganze Jahr. Wenn ich nach geschäftlichen Besprechungen keine Lust mehr habe, nach Queens zu fahren, bleibe ich hier. Manchmal wochenlang.«

»Ich komme aus Los Angeles«, sagte Mary Abrams, als sie sich neben Laverty gesetzt hatte. »Ich habe hier ebenfalls eine Suite gemietet, aber ich bleibe nicht wochenlang. Jetzt tut es mir beinahe schon nicht mehr leid, Sie angesprochen zu haben.«

Laverty lachte, winkte dem Keeper und gab die Bestellung auf. Black Label ohne Eis und Wasser für sich, Martini-Cocktail für Mary.

Sie beobachtete ihn.

Auch von Laverty und einem Mann namens Joe Bendix hatte Sue gesprochen. Im positiven Sinn, wenn sie sich richtig an die Tonlage erinnerte. Es hatte sich angehört, als seien die beiden in Gefahr. Auf jeden Fall erschien es Mary auf den ersten Blick unwahrscheinlich, daß ein Mann wie Laverty etwas mit dem Tod seiner Schwester zu tun hatte.

»Wie lange bleiben Sie?« fragte er.

Mary zuckte mit den Schultern. »Weiß ich noch nicht sicher«, antwortete sie ausweichend. Dann berichtete sie von Geschäften, die sie hier eventuell machen wolle, und auch von dem Unfall mit Frechette, den sie gerade gehabt hatte. Während sie von Frechette sprach, beobachtete sie Laverty sehr genau. Nichts in seinem Gesicht deutete darauf hin, daß er diesen Mann kannte.

Eine Stunde später, nach dem dritten Martini, wußte sie beinahe alles von Laverty. Sie kannte seine Position innerhalb der South Food Corporation und wußte, daß er vor beinahe unlösbaren Schwierigkeiten stand, was die Chefwahl in zwei Wochen anging. Sie hörte von Joe Bendix, dem väterlichen Freund und Gönner, und von Clark Loogan, dem zweiten Mann, der neben Laverty zur Diskussion für den Chefsessel stand.

Laverty erzählte in seiner frischen, offenen Art. Sie gewann immer mehr den Eindruck, daß er sie zumindest auch sympathisch fand.

Nach dem vierten Martini hatte sie sich mit Laverty zum Abendessen in dem Restaurant in der Minetta Lane verabredet, vor dem sie heute nachmittag auf Frechette gewartet hatte. Warum sie ausgerechnet dieses Restaurant nannte, wußte Mary Abrams selber nicht. Aber sie hatte sich dazu entschieden, es Frechette mitzuteilen, wenn sie ihn anrief.

King Kong schlug so hart und unbarmherzig zu, daß mir ein kalter Schauer über den Rücken rieselte.

King Kong, das war Peter Ansara, einer von Teachers

Geldeintreibern, dem ich seit einer Stunde nachlief wie ein kleiner Hund. Der Mann, der wirklich starke Ähnlichkeit mit einem Gorilla hatte, hatte mich noch nicht bemerkt. Er ahnte nicht einmal, daß ein G-man ihn beobachtete, als er einen ziemlich abgerissenen Mann in einem Hinterhof traf und ohne Warnung zusammenschlug.

Jedenfalls hatte er das vor. Daß ich es nicht soweit kommen ließ, war selbstverständlich.

Der Unglücksknabe mit den abgewetzten Jeans und den tiefen Sorgenfalten in dem schmalen, verhärmt aussehenden Gesicht wurde gleich vom ersten Schlag Ansaras von den dürren Beinen geholt und drehte sich wie ein außer Kontrolle geratener Kreisel im Staub des Hinterhofs.

»Zweihundert Dollar«, sagte Ansara in einem Tonfall, der fast gemütlich klang. »Entweder du zahlst, oder du wirst die nächsten Wochen flüssige Nahrung zu dir nehmen müssen. Archie wartet nicht gern, und ich habe nicht viel Zeit, um mich mit miesen Typen wie dir aufzuhalten. Verstanden, Seymore?«

Ich war sicher, daß Seymore, der Geschlagene, nichts von dem verstand, was Ansara ihm erzählte. Dennoch nickte der Magere, spuckte Blut und versuchte, wieder auf die Beine zu kommen. Er schafft es nur halb. Dann knickten die Beine wieder ein, und er stürzte erneut zu Boden.

»Hast du das Geld, du Laus?«

Seymores Gesicht verzog sich zu einem weinerlichen Ausdruck. Er wußte, was ihn erwartete. Seine großen Augen flehten King Kong Ansara um Gnade an. Ein unverbesserlicher Optimist.

Von diesem Mann war keine Rücksicht zu erwarten.

Ansara erledigte seinen Job mit ebenso viel Gefühl wie eine Maschine. Wahrscheinlich empfand er sogar noch Freude dabei, wenn er einen hilflosen Menschen zusammenschlagen konnte.

»Hast du das Geld?«

Seymore schüttelte den Kopf. »Ich habe letzte Woche den Job verloren ...«

»Ich will keinen Lebenslauf, sondern bare Münze, du Laus! Also nichts?«

Ich wartete, bis sich Ansara dem Unglücksraben wieder näherte. Dann löste ich mich aus der Mauernische und trat schnell auf den Hofplatz.

»Zweihundert Dollar?« fragte ich.

King Kong Ansara blieb stehen, als wäre er vor ein unsichtbares Hindernis gelaufen. Wie in Zeitlupe drehte er sich zu mir um, während sich Seymore zur Seite rollte, um erst einmal aus dem Gefahrenbereich von Ansaras Füßen herauszukommen.

»Wer bist du, Komiker?« fragte Ansara, als er mich eine Weile angestarrt hatte. Er überlegte, wo er mich schon einmal gesehen hatte. Aber er kannte mich nicht.

»Ein Freund«, antwortete ich.

Ansara deutete fassungslos auf Seymore. »Von dem da?« fragte er ungläubig.

Ich nickte. »Man kann sich seine Freunde nicht aussuchen, Mann«, sagte ich. »Man bekommt sie in die Wiege gelegt, oder sie ziehen nebenan ein. Zweihundert Dollar?«

»Willst du vielleicht für die Laus bezahlen?«

»Ich hab's seiner Frau versprochen.«

Ansara grinste. »Hast du ein Verhältnis mit seiner Frau?« fragte er anzüglich.

Er hatte Seymore unterschätzt. Ich ebenfalls. Als die

Sprache auf seine Frau kam, stand der Magere mit einem Satz wieder auf den Beinen. Ich traute meinen eigenen Augen nicht, aber er stürmte nach vorn und rammte Ansara die Faust mit aller Kraft in den Rücken. Er hatte kleine Fäuste und dünne Arme, aber die Wut verlieh ihm ungeahnte Kräfte.

Ansara taumelte. Mit einem wütenden Schrei drehte er sich dann wieder um. Mitten in einen wilden Haken hinein, zu dem Seymore ansetzte. Ansara versuchte zwar im letzten Moment, den Kopf beiseite zu drehen, aber es gelang ihm nicht. Die Faust des mageren Mannes traf ihn mitten in das unansehnliche Affengesicht.

Seymore war über seinen Teilerfolg erstaunt. Wahrscheinlich hatte er sich nicht zugetraut, daß er einmal auf einen Mann wie Ansara losgehen würde. Er stand da und starrte Archie Teachers Geldeintreiber aus weit aufgerissenen Augen an.

Ansara rieb sich das Blut aus dem Gesicht, schaute auf seine blutverschmierten Finger und stieß einen klagenden Laut aus.

»Ich mach dich alle, Mann!« keuchte er dann. »Bei Gott, ich mach dich so alle, wie es gerade geht!«

Er meinte es ernst. Was Ansara zuviel an Kraft besaß, hatte er zu wenig an Gehirn.

»Was ist mit dem Geld?« fragte ich, bevor Ansara das in die Tat umsetzen konnte, was seine wenigen grauen Gehirnzellen gerade beschlossen hatten. »Ich stehe hier nicht eine Ewigkeit rum.«

»Später«, sagte Ansara. »Erst mache ich die Laus alle.«

Entsetzen spiegelte sich auf Seymores Gesicht. Er warf mir einen gehetzten Blick zu. Ich gab ihm zu verstehen, daß er sich keine Sorgen machen müsse. Sehr beruhigte ihn das zwar nicht, aber es trug doch dazu bei, daß er erst einmal vor King Kong Ansara davonlief. Bis an die Mauer, die den Hof zur Straße einfriedete. Dann an der Mauer entlang und dann mit Kurs auf mich. Irgendwie erinnerte er mich an das Jeansmädchen aus dem Golden Gate Club.

Auch sie hatte bei mir Deckung gesucht, während sie einen Trucker beschimpfte.

Ansara war nicht sehr schnell auf den Beinen. Er versuchte Seymore den Weg abzuschneiden, aber das mißlang. Der Magere erreichte mich und blieb zitternd neben mir stehen.

»Ich weiß nicht, wer Sie sind, Mister«, keuchte er außer Atem. »Aber der Kerl bringt mich wirklich um.«

»Doch nicht wegen zweihundert Dollar«, sagte ich.

»Was wissen Sie denn davon? Ich kenne zwei Männer, die sich von Archie Geld geliehen haben und es nicht pünktlich zurückzahlen konnten. Beide landeten im Krankenhaus. Einer zahlte nach seiner Entlassung, der andere schickte seine Tochter, die die Schuldsumme bei Archie abarbeiten mußte.«

»Sie meinen ...«

»Archie nutzte es weidlich aus und behandelte das Mädchen einen Monat lang wie eine Hure«, antwortete Seymore. »Danach schämte sich die Kleine so, daß sie die Stadt verließ. Bis heute weiß niemand, wo sie ist. Vielleicht hat sie sich umgebracht.«

Ich spürte wieder das feine Kribbeln in mir aufsteigen. Dann schaute ich Ansara an. »Sind die Sitten wirklich so rauh?« fragte ich scheinheilig.

»Noch viel rauher, Mann!« stieß King Kong Ansara wütend hervor. »Archie Teacher hát die Kleine in jeder Weise ausgenutzt und machte dabei noch ein verdammt gutes Geschäft.«

Ich holte Zigaretten aus der Tasche und bot Seymore eine an, ohne Ansara aus den Augen zu lassen.

Ansara verstand die Welt nicht mehr. Irgend etwas mußte an mir dran sein. Und das faszinierte ihn so, daß er für einen Moment vergaß, die Laus Seymore umzubringen. Es fiel ihm erst wieder ein, als meine Zigarette brannte und ich den zweiten Zug rauchte.

Dann kam er grunzend nach vorn.

»Okay«, sagte ich. »Ich zahle für Seymore, aber nur an Archie.«

»Bist du übergeschnappt?«

»Ich habe gesagt, ich zahle an Archie, Mann!«

Ansara blieb stehen. Mißtrauen flammte in seinen Augen auf. Dann ruckte sein Blick zu Seymore. »Kennst du den Mann?«

»Mein Freund«, sagte Seymore. Etwas anderes fiel ihm so schnell nicht ein. Er rechnete wahrscheinlich damit, daß ich ihm auch weiterhin helfen würde, wenn er mich als seinen Freund bezeichnete. Ich hatte nichts dagegen. Seymore tat mir leid. Ich hoffte, er würde eine Lehre aus dem Zwischenfall ziehen und sich nie wieder von einem Kredithai auf der Straße Geld leihen.

»Vielleicht braucht er gar nicht zu zahlen«, sagte Ansara. »Vielleicht hat er auch eine hübsche Tochter, die Archie auf den Strich schicken kann.«

Seymore wollte wieder auf ihn losmarschieren. Ich packte ihn bei den Schultern und riß ihn zurück.

»Verdammt, mach keinen Unsinn!« sagte ich.

»Okay, das Geld«, verlangte Ansara und streckte seine Pratze nach vorn. Mit der anderen Hand fingerte er in der Tasche herum und zog sie mit einem Stilett wieder heraus. »Ich meine, alles, was du in der Tasche hast, Mann!«

Die Klinge beschrieb einen Bogen. Versuchshalber stieß Ansara mit dem Messer nach vorn und zog die Hand dann wieder zurück.

»Alles! Hast du mich verstanden?«

Seymore duckte sich. Seine Angriffslust war angesichts des Messers auf den Nullpunkt gesunken.

»Okay«, sagte ich. »Okay, keine Aufregung!«

Er hielt mich für ängstlich und ungefährlich. Ich konnte in aller Ruhe den 38er Dienstrevolver ziehen.

Sekunden später starrte Ansara mit weitaufgerissenen Augen in die Mündung. Dümmer als er jetzt aussah, ging es gar nicht.

Die Hand mit dem Messer fiel herab. Seine Finger lösten sich vom Griff, und das Stilett schepperte auf den Betonboden.

»War doch nur ein Witz, Mann«, keuchte er. »Ehrlich ...«

»Wo ist Teacher?« fragte ich.

»Washington High Bar«, antwortete Ansara wie aus der Pistole geschossen.

»Allein?«

»Ein Mann wie er ist nie allein. Wer viele Schuldner hat, hat auch viele Feinde.«

Ich nickte. Hinter mir betrat Zeerookah den Hofplatz.

»Alles gehört?«

Zeery nickte.

Ich wandte mich an Seymore. »FBI«, sagte ich. »Wir brauchen Sie als Zeugen, Mr. Seymore.«

Seymore nahm den Kopf tief zwischen dic Schultern. Abneigung schlug mir entgegen. Seine Finger zitterten, als er einen letzten Zug rauchte und die Zigarette wegschnippte.

»Haben Sie mich verstanden, Mr. Seymore?«

»Dann kannst du dir schon jetzt einen Sarg aussuchen«, sagte Ansara.

Mit einem Satz war Zeerookah bei ihm. Ansara schwieg sofort. Handschellen klickten. Zeerookah betete ihm seine Rechte vor. Einen Spruch, den Ansara mindestens so gut beherrschte wie Zeerookah.

»Ob Sie mich verstanden haben, Mr. Seymore?« wiederholte ich meine Frage.

»Die werden mich umbringen«, sagte Seymore ängstlich.

»Wer?« fragte ich. »King Kong wandert für zwanzig Jahre wegen Mordversuchs an einem G-man hinter Gitter. Was Archie angeht, den bringen wir mit Ihrer Aussage wegen Erpressung, Nötigung, Anstiftung zur Gewalt und Wucher vor den Richter. Ich weiß, daß der Staatsanwalt schon seit einigen Monaten sehnsüchtig auf Archie wartet, daß er deshalb sogar nachts wachliegt.«

Einige Sekunden verstrichen, dann nickte Seymore. »Sie können auf mich rechnen, G-man«, sagte er leise. »Ich denke, ohne Ihre Hilfe wäre ich jetzt tot.«

»Nimm sie beide mit, Zeerookah!« wandte ich mich an meinen Kollegen. »Seymore soll seine Aussage zu Protokoll geben und unterschreiben.«

Je länger man einem unentschlossenen Mann Zeit ließ, um so unwahrscheinlicher wurde es, daß er Mut genug behielt, um eine Aussage gegen einen Kredithai wie Archie Teacher zu unterschreiben.

Natürlich konnte er später widerrufen, das war sein gutes Recht.

Aber ich schätzte ihn so ein, daß er bei seiner einmal gemachten Aussage bleiben würde, wenn er sah, daß Teacher ihm wirklich nicht mehr gefährlich war.

»Wo bist du?« fragte mich Zeerookah.

»Im Washington High Club«, antwortete ich. »Teacher wird sich freuen, mich zu sehen.«

»Gehst du allein hin?«

»Schick Joe Brandenburg und Steve Dillaggio raus!« sagte ich. »Wenn du fertig bist und es noch notwendig ist, komm auch selber nach!«

Ich schob die Waffe in die Halfter und klopfte Seymore auf die Schulter. »Okay«, sagte ich. »Ich habe mich wirklich nicht in Ihnen getäuscht. Daß Sie ein verdammt harter Bursche sind, haben Sie ja schon bewiesen, als Sie auf den Widerling losgegangen sind.«

Seymore brauchte diesen Zuspruch. Ich wußte, daß Zeerookah ihm auf der Fahrt ebenfalls einreden würde, daß Amerika nur zu dem geworden war, was es ist, weil es immer Männer wie ihn gegeben hätte.

Ich wartete, bis Zeerookah seinen Gefangenen in einen herbeigerufenen Streifenwagen verladen hatte und mit Seymore abfuhr. Dann machte ich mich auf den Weg zur Washington High Bar.

Nach allem, was ich über Archie Teacher und das Mädchen gehört hatte, freute ich mich richtig auf die fette Kröte.

Hinter Waukegan, nördlich von Chicago, sah Stockton sie zum erstenmal im Rückspiegel. Wagen 342 der Illinois State Police. Automatisch ruckte Irwin Stocktons Blick zum Tacho. 30 Meilen zeigte der Tacho an. Er war in Ordnung, und die Geschwindigkeit war für die State Road 42 ebenfalls in Ordnung.

Stockton rieb sich den Schweiß von der Stirn. Er zündete sich eine Zigarette an. Sie konnten ihn nicht meinen. Sie fuhren einfach hinter ihm her. Aus Spaß. Oder um ihm einen Schreck einzujagen. Man wußte ja nie, was in den Schädeln von Polizisten vor sich ging. Für Stockton mußte jemand, der sich einen solchen Job aussuchte, ohnehin einen Dachschaden haben.

Er fuhr weiter, gemächlich mit den hier vorgeschriebenen 30 Meilen, verlangsamte manchmal das Tempo und beschleunigte dann wieder. Wenn sie mit ihm spielen wollten, konnte er das auch.

Bis nach Zion waren es noch zehn Meilen. Fünf Meilen hinter Zion war er die Illinois State Police ohnehin los. Dort begann Wisconsin. Dort hatten sie nichts mehr zu suchen.

Sie blieben hinter ihm und gingen jedes Tempo mit.

Stockton dachte zum erstenmal an die Ladung. Schnaps und Zigaretten aus einem Zolldepot in Skokie. Wann, wie und unter welchen Umständen die Ware den Besitzer gewechselt hatte, wußte Stockton nicht. Es war gestohlene Ware, das wußte er um so besser. Weil er sie für Cameron Mandell fuhr, bekam er auch ein Gehalt, das das Gehalt anderer angestellter Trucker um mehr als das Doppelte überstieg. Zwei Jahre lang machte er diesen Job nun schon. Niemals war etwas passiert. Keine Kontrollen, außer den üblichen Verkehrskontrollen, in die man immer mal wieder geriet.

Jetzt jedoch hatte er es im kleinen Finger, daß etwas anbrannte. Er roch den Gestank. Er dachte an die Staatsgrenze nach Wisconsin. Jetzt, als er Zion, das letzte kleine Kaff vor der Grenze durchfahren hatte, lagen noch fünf Meilen vor ihm.

Stockton betete zu allen Heiligen, die ihm gerade in den Sinn kamen. Er beschwor sie, die kleinen Teufel zu bekämpfen, die die State Police dazu bringen wollten, ihn zu kontrollieren.

Ein Blick in den Rückspiegel. Der Streifenwagen befand sich noch hinter ihm.

Die 173 zweigte nach links ab und führte auf den Tri-State Tollway, den er wegen möglicher Kontrollen gemieden hatte.

Die Tollways wurden strenger kontrolliert, und man hatte keine Chance, sie zu verlassen, außer an der nächsten Zahlstelle. Wahrscheinlich wäre es diesmal doch besser gewesen, den Tollway zu benutzen.

Stockton fluchte still. Seit Waukegan fraß er die Zigaretten regelrecht in sich hinein. Eine aus, die andere an, und immer wieder die prüfenden Blicke in den Rückspiegel. Es konnte einen Mann, der heiße Ware fuhr, nerven, wenn die Bullen im Windschatten fuhren. Es war beinahe so, als hätten sie nichts Besseres zu tun, als ihm bis nach Wisconsin das Geleit zu geben.

Ein Hinweisschild machte darauf aufmerksam, daß der Staat Illinois nach zwei Meilen endete und Wisconsin begann.

Noch zwei Meilen! Sah so aus, als hätte er zu den richtigen Heiligen gebetet, als würde er die Staatsgrenze erreichen, bevor es den Bullen einfiel, einen New Yorker Truck zu überprüfen.

Stockton beschleunigte und schaute auf den Meilenzähler.

Noch eine Meile. Sein Gesicht verzog sich zu einem zufriedenen Grinsen. Gewohnheitsgemäß schnippte er die ausgerauchte Zigarette aus dem Fenster. Als er sich befriedigt zurücklehnen wollte, wurde ihm sein Fehler bewußt.

Warum, zum Teufel, machte er die Bullen extra scharf, indem er ihnen eine Zigarettenkippe gegen die Windschutzscheibe schnippte?

Eine Sekunde später brüllte die Sirene hinter ihm auf. Sie war nicht zu überhören.

Stocktons Blick huschte zum wiederholtenmal zum Meilenzähler. Noch weniger als eine Meile. Wenn er jetzt Gas gab, konnte er Wisconsin erreichen, bevor sie ihn stoppen konnten. Der Schweiß rann übers Gesicht. Er mußte sich entscheiden. Jetzt, sofort!

Er nahm den Fuß vom Gas. Es war sinnlos. Selbst wenn er Wisconsin erreichte, einen Truck wie diesen konnte er nicht unsichtbar machen. Die Illinois State Police würde ihre Kollegen aus Wisconsin einschalten. Vielleicht sogar den FBI. Es war wirklich sinnlos. Und noch stand nicht fest, daß sie auch die Ladung überprüfen würden. Vielleicht waren sie nur wütend über die Zigarettenkippe, die er ihnen vor die Windschutzscheibe geschnippt hatte. Vielleicht verpaßten sie ihm nur deswegen einen gepfefferten Strafzettel. Sollten sie! Geld spielte bei einem solchen Transport keine Rolle. Nicht auffallen und sicher in New York ankommen, darauf kam es an.

Stockton hielt am rechten Fahrbahnrand, stellte den Motor ab, schaltete die Innenbeleuchtung des Fahrerhauses ein und stieß die Tür auf. Sämtliche Papiere hielt er in der Hand, als er auf die Straße sprang.

Die Cops kamen zu zweit. Einer hielt sich etwas zurück. Seine Rechte lag griffbereit auf dem Kolben der Dienstwaffe, die hoch aus der Halfter herausstach.

»Etwas nicht in Ordnung, Officer?« fragte Stockton leutselig.

»Das frage ich mich schon, seit wir uns in Waukegan drangehängt haben«, antwortete ein bulliger Sergeant. Die Hose saß ihm so straff, daß der Bauch hoch über den Gürtel gedrückt wurde.

»Und?« fragte Stockton grinsend.

»Ich denke, Sie sind verrückt, Baby«, sagte der Polizist. »Und Verrückte dürfen wenigstens in Illinois keinen Truck fahren.«

»Verrückt, warum?«

»Ich habe noch nie einen Trucker gesehen, der die Bullen absichtlich heiß macht, indem er ihnen seine Zigarettenkippe gegen die Windschutzscheibe schnippt.«

»Tut mir leid.«

»Führerschein, Ladepapiere!«

Stocktons Herz sackte ein Stück tiefer. Führerschein war in Ordnung. Ladepapiere, das konnte eine Menge Ärger nach sich ziehen.

»Was ist drauf auf der Rostschleuder?« fragte der Sergeant.

»Schnaps und Zigaretten«, antwortete Stockton wahrheitsgemäß, denn sie würden es ja doch nachprüfen.

»Gibt's die nicht in New York, Mann?«

Stockton zuckte mit den Schultern. »Ich bekomme einen Auftrag und fahre hin, damit meine Familie leben kann, Officer. Wenn ich Schnaps und Zigaretten fahren soll, fahre ich Schnaps und Zigaretten. Wenn's tote Hühner oder Schweine sein sollen, fahre ich tote Hühner oder Schweine. Das sieht man den Dollars nicht an, die ich am Monatsende dafür bekomme.«

»Zollware?« fragte der Sergeant.

Stockton wurde bleich, denn die Ware stammte in der Tat aus einem Einbruch in ein Zollager. »Ich verstehe nicht . . .«

»Ich will wissen, ob Sie aus dem Hafen und damit auch durch den Zoll gefahren sind.«

»Ja, natürlich.« Stockton nickte.

»Zollpapiere«, sagte der Sergeant. Plötzlich hielt auch er die Rechte am Knauf seiner Dienstwaffe.

»Im Wagen«, sagte Stockton.

»Okay, wir schauen selbst nach. Stell dich am Wagen auf! Beine auseinander, und keine Bewegung!«

»Mann, Sie können hier doch nicht ...«

Er bekam einen kurzen Haken in die Rippen. Die Luft blieb ihm weg. Geduckt ging er den einen Schritt und stellte sich genau so an den Wagen, wie der Sergeant der State Police es verlangte.

In diesem Moment fand Stockton sich damit ab, daß er New York so bald nicht wiedersehen würde.

Archie Teacher saß an der Theke der Washington High Bar und sah wie immer mit seinen abgerissenen Sachen und seiner unrasierten, ungewaschenen Visage erbarmungswürdig aus. Ich sah ihn an. Ich dachte an das Mädchen, das bei ihm die Schuld ihres Vaters abgearbeitet hatte.

»Hallo, Archie!« Er bemerkte mich erst, als ich schon neben ihm stand. Er wußte natürlich, daß Ärger in der Luft lag, wenn sich ein G-man zu ihm bemühte.

»Cotton«, sagte er. Aus seinem Mundwinkel klang das wie eine Beleidigung. »Freut mich wirklich.«

»Mich auch, Archie. Sieht so aus, als würdest du für ein paar Jährchen zur Schlankheitskur müssen.«

»Du hattest schon immer einen seltsamen Humor, den außer dir niemand versteht«, antwortete er und warf einen Blick in die Runde. Einige Gäste schauten interessiert zu uns herüber. Von denen wußte keiner, daß ich ein G-man war.

»Hast du einen besseren Humor?« fragte ich.

Er nickte und wandte sich an die Gäste. »Tausend Dollar für seine Schneidezähne!« sagte Teacher.

Er mußte verdammt nervös sein, wenn er sich dazu hinreißen ließ. Einige Zeitgenossen, deren Kleidung nicht viel besser als Archies aussahen, machten sich augenblicklich auf den Weg. Sie näherten sich aus verschiedenen Richtungen.

Ich konnte jetzt sagen, daß ich G-man sei, konnte meine Waffe zeigen und vielleicht auch auf einen der Männer schießen. Einige würde das abhalten. Aber in einem solchen Haufen gab es immer ein paar Verrückte, die eine Menge Stunk in Kauf nehmen, wenn sie eine Chance sehen, an 1000 Dollar heranzukommen.

»Seltsamer Humor, Archie!« sagte jemand.

Ich drehte mich automatisch zum Ausgang. Phil stand da. Der 38er lag locker in seiner Rechten. Er lächelte wie eine Schlange kurz vor dem tödlichen Biß.

»Du kannst sie noch zurückhalten und anschließend allein aus dieser Wanzenbude rausgehen. Oder aber du läßt sie rennen, und sie tragen dich mit den Füßen zuerst nach draußen.« Ich fand, daß Phil ihm seine beiden Möglichkeiten wunderbar plastisch und allgemeinverständlich auslegte.

Diese Art von Humor verstand Archie Teacher. »Okay, Jungens«, sagte er. »Das war doch nur ein Witz. Die Knaben sind G-men. Ihr wollt doch keinen Ärger mit der Bundespolizei, he? He, Charles, gib allen noch einen auf meine Rechnung!«

Das verblüffte den Barkeeper so sehr, daß er Teacher mit weitaufgerissenen Augen anstarrte. Solange er hinter der Theke stand – und das waren immerhin schon zehn Jahre –, hatte Teacher noch nie eine Lokalrunde gegeben. Er war im Gegenteil für seinen beinahe sprichwörtlichen Geiz verschrien.

»'ne Runde für alle, Charles«, wiederholte Teacher. Es

war die einzige Möglichkeit für ihn, die Spannung zu lockern. Wenn die Burschen einsahen, daß es außer einem Freidrink nichts zu verdienen gab, würden sie auch keinen Finger krumm machen.

Phil kam langsam ins Lokal. Die Waffe hielt er in der Hand. Er traute dem Frieden genausowenig wie ich.

»Kann man dich nicht einmal einen Tag allein lassen?« fragte Phil. »Als ich von Zeerookah hörte, daß du Archie einen Besuch abstattest, habe ich spontan beschlossen, meinen freien Tag zu opfern, um dabeisein zu können.«

Archie grinste schief. »Das nimmst du mir wohl doch nicht übel, Cotton«, sagte er und nagte nervös auf seiner Unterlippe.

»Natürlich nicht. Ich verstehe doch einen Witz, Archie.«

Archie nickte zufrieden. Jedenfalls gab er sich alle Mühe, ein zufriedenes, unverfängliches Gesicht zu ziehen. Aber in seinen Glubschaugen blitzte es plötzlich auf.

»Achtung, Phil!« brüllte ich, obgleich ich nicht mal wußte, was los war.

Wir spritzten auseinander, als der erste Schuß fiel.

Der Kerl stand neben dem Fenster. Er war so betrunken, daß er sich kaum auf den Beinen halten konnte.

»Für 'nen Tausender schieße ich dem Kerl die Schneidezähne raus!« verkündete er und drückte erneut ab.

Nur eine Handbreit von mir entfernt klatschte die Kugel in die Theke und riß ein Loch ins Holz.

»Weg mit der Kanone, Mann! FBI!«

Phil bewegte sich nach rechts. Er versuchte, seitlich an den Burschen heranzukommen. Ein Gast stellte meinem Kollegen ein Bein. Phil verlor das Gleichgewicht, versuchte sich auf den Beinen zu halten und ließ sich dann doch fallen, weil die Waffe des Betrunkenen in seine

Richtung herumschwang. Die Kugel holte zwei Gläser vom Tisch, traf den Messingumlauf an der Theke und schlug schließlich klatschend in die Wand. Kalk und Staub rieselten auf den üblen Zeitgenossen hinab, der Phil gerade ein Bein gestellt hatte.

Ich rannte los, warf einige Stühle um, schnappte mir einen Tisch und hielt ihn wie einen Schild vor mich, während ich auf den Betrunkenen zustürmte. Ich hoffte darauf, daß der Kerl durch Phil noch abgelenkt wurde.

Das ging nicht auf.

Als der nächste Schuß aufbellte, wies der Tisch, den ich vor mich hielt, an der Seitenkante ein sauber gestanztes Loch auf. Zehn Zentimeter weiter nach rechts, und das Loch wäre in mir gewesen.

Dann erreichte ich den Burschen, traf ihn voll mit der Tischplatte und drückte ihn durch das geschlossene Fenster auf die Straße.

Phil sprang mit einem einzigen Satz hinterher. Ich hörte den Mann noch brüllen, als ich wieder zu Archie Teacher herumwirbelte.

Archie witterte Morgenluft und befand sich auf dem Weg zur Tür.

»Draußen stehen zwei Cops, die dich nicht leiden können, Archie!« schrie ich ihm nach.

Er blieb stehen. Eine Sekunde lang. Dann entschloß er sich dazu, die Flucht nach vorn fortzusetzen. Ich saß ihm im Nacken. An mir führte kein Weg vorbei. Draußen rechnete er sich eine Chance aus.

Er startete erneut. Es war erstaunlich, welche Geschwindigkeit seine fette Figur entwickelte.

Ich hielt den 38er in der Faust. Mit einem gezielten Schuß konnte ich ihn stoppen. Aber Schießen in einem geschlossenen Raum, in dem sich noch andere aufhalten, birgt immer ein unberechenbares Risiko. Ich setzte ihm nach, obgleich es unmöglich war, ihn noch in der Washington Bar einzuholen.

Er stieß die Tür auf, und dann kam er plötzlich genauso schnell zurück, wie er nach draußen wollte. Ganz unfreiwillig, mit wildrudernden Armen.

Im Rückwärtsgang rannte er einen Tisch um, konnte sich nicht mehr auf seinen kurzen Beinen halten und krachte zu Boden.

Als er zu schreien begann, sah ich Zeerookah. Er betrat die Bar und schüttelte den Kopf. »Er verwechselte mich mit einem Geist und wollte mitten durch mich hindurch«, sagte er.

»Was ist mit Phil?«

»Joe Brandenburg ist bei ihm. Zusammen haben sie den Kerl außer Gefecht gesetzt.«

Ich atmete erleichtert auf und schaute in die Runde. Plötzlich waren es lauter friedliche Menschen. Sie saßen artig an den Tischen, führten keine großen Reden und warteten geduldig auf die Dinge, die da kommen sollten. Reuige Sünder und Unschuldslämmer, obgleich sich hier mehrere 100 Jahre Knast ein Stelldichein gaben. Die Heilsarmee hätte ihre Freude an diesen Burschen gehabt.

Archie Teacher rollte sich schwerfällig auf die Seite und rappelte sich wieder auf. Er fühlte sich schlecht und ungerecht behandelt.

Warum, war mir unklar. Auf jeden Fall brüllte Archie als erstes nach seinem Rechtsanwalt. Schwankend stand er mitten im Club und warf giftige Blicke auf die Männer, die ihm nicht halfen.

»Okay, Archie.« Ich packte ihn am Revers seines alten Jacketts und zog ihn dicht an mich heran. »Du hast dir eine Menge Schwierigkeiten eingehandelt. Manche

Dinge von denen, die hier gerade vorgefallen sind, könnte ich allerdings auf einen Schlag vergessen.«

Seine Glubschaugen nahmen einen irren Ausdruck an.

»Zwei Namen, die dir zu Terry Arkin einfallen, Archie!«

Ich ließ ihn los. Er wich bis an die Theke zurück. Schweiß stand ihm auf der Stirn. Nervös zuckte er mit den Mundwinkeln.

»Arkin«, wiederholte ich. »Terry Arkin.«

»Powell und Frechette«, antwortete er. Er sah nicht sehr intelligent aus, aber das war bei ihm Tarnung. Er war schlau wie ein Fuchs und erkannte im Bruchteil einer Sekunde genau, wann es für ihn einen Vorteil gab und wann nicht. »War das alles?« fragte er.

»Beinahe, Archie. Kennst du Arkins letzte Höhle?«

Der Fette schüttelte den Kopf.

»Wo würdest du ihn suchen?«

»River Plate«, antwortete er. »'n Sambaschuppen am Broadway.«

Seine Bereitwilligkeit erstaunte mich nun doch etwas. Wahrscheinlich wußte er, daß es Arkin erwischt hatte, und er erwartete keine Schwierigkeiten aus dieser Richtung.

»Ist die Sache damit erledigt?« fragte er schließlich hoffnungsvoll.

»Soweit sie uns beide angeht, ja. Aber King Kong wurde geschnappt, als er in deinem Auftrag einen Mann namens Seymore krankenhausreif schlagen wollte. King Kong behauptet das. Er behauptet auch, daß du dir von einem anderen Schuldner seine minderjährige Tochter ausgeliehen und sie mißbraucht hast.«

Die Fettmassen in seinem Gesicht rutschten nach unten, so daß er plötzlich ein vierfaches Kinn hatte.

»Schlimm, was manche Menschen über andere erzählen«, sagte er dann salbungsvoll. »Sehe ich vielleicht aus wie ein Kerl, der solche Schweinereien macht, G-man?«

Zwei Sekunden lang schaute ich ihn durchdringend an. »Genauso siehst du aus, Archie«, sagte ich dann und gab Zeerookah einen Wink.

Er verpaßte Archie Handschellen und brachte ihn nach draußen. Ich folgte ihnen. Phil und Joe Brandenburg traf ich auf der Straße. Ein Wagen der New York City Police parkte am Straßenrand und hatte den Betrunkenen schon aufgenommen. Archie paßte auch noch rein. Joe Brandenburg fuhr für die Sicherheit mit.

Ich zündete mir eine Zigarette an. »Das war's für heute«, sagte ich und strich mir über die Haare. »Wer hat Nachtdienst?«

»Steve Dillaggio.«

»Okay, er soll sich um Frechette und Powell kümmern. Ich will morgen alles Wissenswerte auf dem Schreibtisch haben. Erledigst du das, Zeery?«

»Sicher.«

Ich nickte Phil zu. »Nachdem du schon einen Teil deines freien Tages geopfert hast, lade ich dich zu einem späten Abendessen ein.«

»Ich habe stark damit gerechnet«, antwortete mein Freund. »Das war auch der einzige Grund, warum ich mich in eine so miese Gegend begeben habe, um dich zu beschützen, G-man.«

Frechette trug es mit Fassung, als Mary Abrams ihn anrief und mitteilte, daß aus dem gemeinsamen Abendessen nichts werden könne, weil sie einen anderen

Bekannten getroffen habe, dem sie verpflichtet sei. Vielleicht zu einem späteren Zeitpunkt.

Frechette war dennoch neugierig. Er machte sich auf den Weg in die Minetta Lane, denn Mary hatte ihm gesagt, daß sie im Restaurant Chez Jacques speisen wolle.

Der verbeulte Dodge stand noch immer halb in der Hofeinfahrt. Er würde morgen früh abgeschleppt werden. Aber der Wagen war es nicht, der Frechettes Blicke wie magisch anzog. Es war vielmehr der schwarze Maserati Biturbo, der neben dem Eingang des Restaurants parkte und im Lichtschein einer Straßenlaterne matt glänzte.

Frechette kannte den Wagen. Laverty fuhr einen Maserati Biturbo.

Mary Abrams, die wunderschöne Frau aus Los Angeles, und Lemmy Laverty, der Mann, der der große Stolperstein für ihn und die guten Geschäfte werden konnte?

War das Zufall, oder steckte mehr dahinter?

Frechette wollte eigentlich weiterfahren. Aber jetzt stieg er aus. Er betrat das kleine intime Restaurant, das auch über verschiedene Séparées verfügte, in denen man in aller Ruhe zu zweit dinieren konnte.

Jacques, der Besitzer, kam ihm aufgeregt in der Empfangshalle entgegen.

»Wir haben Sie heute abend nicht erwartet, Sir«, sagte er händeringend. »Alles wichtige Gäste. Aber wenn Sie es wünschen, werde ich einen Tisch freimachen.«

»Ich nehme nur einen Drink an der Bar«, sagte Frechette. »Kann ich die Tischliste sehen?«

Jacques schaute ihn fragend an.

»Ich denke, daß ein Bekannter von mir hier ist. Ich weiß es aber nicht sicher, und ich will mich auch nicht im Restaurant umschauen.«

»Moment, Sir.«

Frechette ging an die intime Bar, an der er allein saß. Er zündete sich eine Zigarette an, bestellte einen Port 1928 und nippte am Glas.

Jacques kam zurück und legte ihm die Gästeliste vor.

Lemmy Laverty für zwei Personen. Kein Séparée, sondern ein Tisch im Restaurant.

»Danke Jacques.« Frechette erhob sich von der Bar. »Ich sage doch schnell guten Abend.«

»Natürlich, Sir.«

Frechette wollte sie wenigstens sehen. Es war schließlich unverfänglich, wenn er sich nach dem Unfall von heute mittag nach ihrem Befinden erkundigte.

Er betrat das Restaurant. Mary Abrams kehrte ihm den Rücken zu, aber an ihren wunderbaren roten Haaren war sie zu erkennen. Sie hatte zusammen mit Laverty einen Nischenplatz, ganz hinten im Restaurant. Die Tische ringsum waren reserviert, aber noch nicht besetzt. Frechette zögerte einen Moment, dann machte er sich doch auf den Weg.

»Hallo, Mary«, sagte er leise, als Mary Abrams ihn entdeckte.

Sie war nicht die Spur verlegen. Sie lächelte. Frechette glaubte ihrem Blick zu entnehmen, daß sie den Abend viel lieber mit ihm verbracht hätte.

»Das ist Mr. Frechette, der Mann, mit dem ich am Mittag vor der Tür einen Zusammenstoß hatte«, sagte Mary zu Laverty. »Das ist Lemmy Laverty, Mark.«

Frechette machte eine höfliche Verbeugung.

»Ich will nicht weiter stören«, sagte er. »Ich wollte mich nur vergewissern, daß es Ihnen auch wirklich wieder besser geht.«

»Danke, Mark.«

Da war wieder dieser Blick, mit dem sie ihn anhimmelte und zum Ausdruck brachte, daß sie Laverty am liebsten gegen ihn ausgetauscht hätte. Und diesmal, davon war Frechette überzeugt, irrte er sich nicht.

»Wir nehmen wieder Verbindung auf«, sagte er. »Ich wünsche Ihnen weiterhin einen schönen Abend.«

Er nickte Laverty zu und entfernte sich wieder aus dem Restaurant. Die Schöne aus Los Angeles und Laverty, der sie offensichtlich bewunderte. Vielleicht war das die Lösung seiner Probleme. Vielleicht konnte Mary Abrams den jungen Mann in eine Sache hineinziehen, die seine Wahl zum Boß der South Food unmöglich machte.

Frechette ging an die Bar zurück, nahm noch einen Port und ließ sich das Telefon geben. Der Keeper zog sich diskret zurück, als Frechette wählte.

Powell meldete sich.

»Laverty ist zusammen mit einer Frau im Restaurant Chez Jacques in der Minetta Lane«, sagte er. »Er fährt den schwarzen Maserati. Ich will, daß ihn jemand im Auge behält. Okay?«

»Wer ist die Frau?«

»Die kenne ich. Sie ist in Ordnung. Um sie braucht sich niemand zu kümmern. Verstanden?«

»Ja.«

»Was ist mit Bendix?«

»Der klebt den ganzen Abend an Loogan. Sieht so aus, als wolle er Loogan bei irgend etwas erwischen.«

»Was macht Loogan?«

»Im Moment ist er an der Grand Army Plaza und ißt.«

Frechette trank noch einen Schluck Port. Bendix! Wenn es ihnen gelang, diesen Mann kaltzustellen, sanken Lavertys Chancen, zum Boß der South Food Corp. gewählt zu werden, in den Keller.

»Loogan soll in unser Casino gehen«, sagte Frechette.

»Damit man eine Verbindung zwischen Loogan und uns herstellen kann?«

»Er soll in unser Casino gehen und Bendix mitziehen«, sagte Frechette scharf. »Wir schnappen den Alten heute nacht und machen ihn fertig.«

Am anderen Ende der Leitung schluckte Powell trocken.

»Ich treffe mich mit dir in zwei Stunden im Casino, Powell. Es wäre gut, wenn Loogan kurz vorher eintrifft.« Frechette legte auf. Er warf einen Blick zu dem Vorhang, der das Restaurant von der Bar trennte, und dachte an Laverty. Der Junge war bei Mary erst einmal in guten Händen und konnte ihnen zumindest heute abend nicht mehr in die Quere kommen. Bendix war wichtig. Sie mußten den Alten ausschalten, um ganz sicherzugehen. Wenn er jetzt schon hinter Loogan herschnüffelte, wurde er zu einer unberechenbaren Gefahr.

Das Schrillen des Telefons riß mich aus dem Schlaf. Ich tastete nach dem verdammten Apparat und meldete mich.

Steve Dillaggio war an der Strippe.

»Eine Meldung vom FBI Chicago, Jerry«, sagte Steve. »Die State Police hat einen Truck von der Straße gefischt. Der Wagen gehört Cameron Mandell. Bei der Ladung handelt es sich ohne Zweifel um gestohlene Güter aus einem Zollager in Skokie, Chicago. Schnaps und Zigaretten. Empfänger der Ladung ist die South Food Corporation in New York.« Mit einem Schlag war ich hellwach. Ich setzte mich auf, tastete im Dunkeln nach den Zigaretten und zündete mir eine an.

»Was haben die Kollegen unternommen?«

»Noch nichts. Sie denken, da steckt mehr dahinter, und wollen die Pferde noch nicht scheu machen.«

»Was ist mit dem Fahrer?«

»Den hält die State Police inzwischen hin. Alkoholtest und so.«

»Er kann also nicht wissen, daß der FBI eingeschaltet worden ist und man inzwischen weiß, woher seine Ladung stammt?«

»Er hat die Cops verärgert und muß annehmen, daß das alles nur Schikane ist.«

»Okay, Steve. Die sollen den Transport unbeanstandet durchgehen lassen. Die Cops sollen wirklich die bösen Buben spielen, damit der Fahrer an Schikane glaubt.«

»Das gebe ich durch.«

»Gib gleichzeitig eine Meldung an die New Yorker Highway Police durch! Ab morgen mittag sollen sie auf den Truck achten und den FBI verständigen, wenn sie ihn vor New York gesichtet haben.«

»Okay.«

Steve legte auf, nachdem er mir weiterhin eine gute Nacht gewünscht hatte.

Ich drückte die Zigarette aus und schloß die Augen.

Ein Truck von Mandell mit gestohlenen Waren unterwegs von Chicago nach New York, um die South Food Corporation-Supermarktkette zu beliefern! In Mandells Bar hatte Sue Silbert gearbeitet, und ich hatte dort einen Mann namens Laverty getroffen, der demnächst neuer Boß der Supermarktkette werden sollte. Das jedenfalls waren die Informationen, die ich über den Fahrer des schwarzen Maserati Biturbo bekommen hatte.

Die Kollegen aus Chicago hatten recht? Da steckte mehr dahinter!

Bendix folgte Loogan in das illegale Casino, schrieb sich unter einem falschen Namen ein und bezahlte 20 Dollar, wofür man ihm eine Quittung ausschrieb.

Clark Loogan, der Mann, der für den Chefsessel der South Food leicht favorisiert war, in einem illegalen Casino am Hall Place in East Village! Im ersten Moment erschien Bendix das wie eine Geschenk.

Nun jedoch zweifelte er. Er fragte sich, ob ein Mann wie Loogan wirklich so dumm sein konnte, zwei Wochen vor einer entscheidenden Wahl noch in ein solch illegales Etablissement zu gehen.

Er hatte es aber getan! Bendix hatte es mit eigenen Augen gesehen. Doch jetzt, als er sich selbst in den weitflächigen Spielsälen befand, war Loogan wie vom Erdboden verschluckt. Das nährte in Bendix den Verdacht, daß etwas nicht stimmte.

Er ging an die gemütliche Bar, bestellte einen Whisky und schaute sich noch einmal suchend um. Loogan ließ sich nicht blicken.

»Vielleicht kann ich Ihnen helfen«, sagte in diesem Moment eine dunkelhaarige, schlanke Frau. Sie hatte sich Bendix von der Seite genähert und stand nun neben ihm an der Bar.

»Ich glaube nicht«, antwortete Bendix freundlich.

»Sie sind zum erstenmal hier, nicht wahr?«

»Das stimmt.«

»Mr. Loogan nicht.«

»Wie kommen Sie auf Mr. Loogan?« fragte Bendix, und sein Mißtrauen flammte auf.

»Zuerst betrat Mr. Loogan den Club, anschließend Sie. Nun scheint es, als hätten sie sich aus den Augen verloren. Ich weiß, wo Mr. Loogan sich aufhält.«

Bendix setzte das Glas ab. Er sah sich das Girl etwas

genauer an. Sie war dunkelhaarig, nicht sehr groß und hatte eine volle, sehr gut entwickelte Figur. In zehn Jahren würde sie fett sein, wenn sie nicht aufpaßte, aber das tat ihrer jetzigen Schönheit keinen Abbruch. Ein sehr enges rotes Kleid schmiegte sich um ihre Kurven. Vorn tief ausgeschnitten, mit Blick auf den Ansatz ihrer großen, strammen Brüste.

»Sind Sie Angestellte?«

»Ich bin Susan«, sagte die Schwarzhaarige. »Ich studiere Kunstgeschichte und arbeite hier, wenn ich Geld brauche. Es ist kein schwieriger Job. Man kann ihn gut hin und wieder nebenbei machen.«

»Was beinhaltet der Job?«

»Den neuen Gästen alles zu zeigen und sie auch darauf aufmerksam zu machen, daß es im ersten Stock einen besonders eleganten Spielsaal für besondere Gäste gibt. Mr. Loogan spielt dort. Immer mit großen Summen, und meistens hat er kein Glück.«

Von diesem Moment an war Bendix' Interesse voll geweckt. Es erschien ihm ein Glücksfall, daß die Kleine ihm über den Weg gelaufen war. Sie kannte sich nicht nur aus, sie redete auch ziemlich unbefangen und schien sich keine Gedanken darüber zu machen, daß sie damit Schaden anrichten konnte.

»Wenn ich Sie nach oben bringe, bekomme ich mehr Prozente«, sagte die Schwarzhaarige. »Ich kann doch ehrlich zu Ihnen sein, oder?«

»Natürlich.« Bendix lächelte. »Ich bin verschwiegen wie ein Pharaonengrab. Auf mich können Sie sich verlassen. Kennen Sie Loogan?«

»Sehr gut. Er hat mich zweimal als Begleiterin durch die Nacht ausgewählt.«

Bendix schaute sie fragend an. »Was bedeutet das?«

»Das bedeutet, Sie suchen sich ein bestimmtes Mädchen unter den Angestellten aus, gehen mit ihr zusammen in den exklusiven Spielsaal, und wenn Sie müde sind, ruhen Sie sich in einem der Zimmer bei einem leichten Snack aus. Ausruhen, kein Sex.«

Bendix strich sich über die grauen Haare. »Kann man sich vorher ausruhen?«

»Was bedeutet das?«

»Sich mit dem Mädchen zurückziehen, von mir aus auf eins der Zimmer, und etwas mit ihr trinken, bevor man zu spielen beginnt?«

»Natürlich«, sagte die schwarzhaarige Susan.

»Okay, dann gehen wir.«

Susan hakte sich bei ihm unter und warf einen schnellen Blick in den Spiegel hinter der Bar. Sie sah Frechette, der ganz hinten im Barraum saß und zufrieden grinste. Auch die Schwarzhaarige war zufrieden. Es lief alles nach Plan, und 1000 Dollar waren ihr sicher.

Als Mary Abrams an diesem Morgen aufwachte, hatte sich ihr Leben verändert. Sie schaute auf das zerknautschte Kopfkissen neben sich und hörte Stimmen an der Tür der Suite. Sie richtete sich auf, strich die Flut ihrer langen roten Haare in den Nacken und streckte sich wohlig. Sie hatte ein herrliches Gefühl von Zufriedenheit.

»Frühstück, Darling.«

Lemmy Laverty stand in der offenen Tür zum Schlafzimmer.

Er schob den Servierwagen vor sich her, den er dem Kellner an der Tür abgenommen hatte.

Er setzte sich neben sie auf das Bett, nahm sie in die Arme und zog sie für einige Sekunden an sich.

»So bin ich schon lange nicht mehr aufgewacht und verwöhnt worden«, sagte Mary Abrams leise.

Laverty schaute sie lächelnd an. »Und ehrlich gesagt, kann ich mich nicht daran erinnern, daß ich eine Frau jemals so verwöhnt hätte«, sagte er dann und zog den Servierwagen dicht ans Bett heran, so daß sie beim Frühstücken nicht aufstehen mußten.

Mary erinnerte sich an einen herrlichen Abend und an einen Abschluß, der sie wie selbstverständlich, als wäre es nie anders gewesen, in Lavertys Suite geführt hatte. Daß sie zusammengeblieben waren, hatte sich nach einem solchen Abend einfach ergeben müssen.

»Ich bin noch nie so froh gewesen, mit einem Engländer verwechselt worden zu sein«, sagte Laverty zwischen zwei Bissen.

Erst in diesem Moment dachte Mary Abrams an den wirklichen Grund, der sie nach New York geführt hatte. Noch war sie nicht sicher, ob es besser war, alles für sich zu behalten oder ihm die Wahrheit zu sagen. Sue war tot, ihre Schwester hatte behauptet, daß sich Laverty und ein Mann namens Bendix in Gefahr befänden.

»Wer ist Bendix?« fragte Mary.

Laverty verschluckte sich. Er schaute sie aus großen Augen verständnislos an. »Woher kennst du den Namen?«

»Wer ist Bendix?«

»Ein alter Mann, der Vaterstelle an mir vertritt, seitdem ich meinen Vater verloren habe«, antwortete er. »Ich möchte wissen ...«

»Bitte beantworte mir einige Fragen, Lemmy!« sagte sie weich. »Es ist wichtig. Okay?«

Laverty stellte die Kaffeetasse aus der Hand, nickte und zündete sich eine Zigarette an. »Okay«, sagte er.

»Hast du Sue Silbert gekannt?«

»Natürlich. Sie bediente in der Golden Gate Bar, in der ich manchmal Gast bin.«

»Oberflächlich gekannt also.«

»Oberflächlich, wie ein Gast die Angestellte einer Bar kennenlernt. Sie ist tot. Sie wurde vor zwei Tagen erschossen. Niemand kann sich das erklären.«

»Du auch nicht?«

»Nein. Aber was soll ...«

Mary legte ihm den Arm um die Schultern und preßte sich an ihn. »Sie war meine Schwester, Lemmy. Sie hat mich vor einigen Tagen angerufen. Sie stand im Begriff, eine große Dummheit zu begehen. Sie wollte jemanden erpressen. Bevor ich es ihr ausreden konnte, war es schon zu spät.«

Lemmy Laverty setzte sich steil auf. »Deine Schwester?«

»Ja. Wir ähneln uns nicht sehr.«

»Das tut mir leid, Mary.«

»Sue hat von dir und Bendix gesprochen, Lemmy. Ihr seid in Gefahr, hat sie gesagt. Ich weiß nicht, um was es geht, aber ich glaube nicht, daß sie mich angelogen hat. Dazu bestand kein Grund. Wir sprachen uns das erste Mal nach zwei Jahren.«

Laverty stand vom Bett auf. Auf seiner Wanderung durch das große elegante Schlafzimmer der Suite nahm er seine Kaffeetasse mit.

Hin und wieder trank er einen Schluck. »Was hat sie noch gesagt?«

»Sie sagte, es gehe um eine Supermarktkette, um die Mafia, um einige leitende Angestellte und um sehr viel Geld. Der Name Clark Loogan fiel.«

Laverty setzte sich wieder. Die Gedanken drehten sich

wild in seinem Kopf. Das alles war etwas nebelhaft, aber Sue Silbert war tot. Erschossen von einem Mafiakiller, soweit er informiert war.

Mary Abrams ließ ihn nicht für eine Sekunde aus den Augen. »Sagt dir das alles etwas?«

»Nein«, antwortete Laverty. »Aber ich werde dahinterkommen, darauf kannst du dich verlassen.«

»Ich habe Angst, Lemmy. Ich wollte auf eigene Faust herausfinden, wer für Sues Tod verantwortlich ist, aber jetzt habe ich Angst.«

Laverty legte ihr den Arm um die Schultern und zog sie an sich.

»Gut, daß du es mir gesagt hast«, sagte er. »Dann war der Unfall mit Frechette also nicht echt?«

»Ich habe ihn provoziert, um den Mann kennenzulernen.«

»Was weißt du über ihn?«

»Eigentlich nichts. Sue sagte, er habe etwas mit der Mafia zu tun. Ich kann mir das nicht vorstellen.«

»Es geht um mich«, sagte Laverty nach einer ganzen Weile. »Einige Leute wollen verhindern, daß ich zum neuen Boß gewählt werde.«

»Warum?«

»Ich weiß es nicht. Vielleicht haben sie Angst, daß ich in der neuen Stellung etwas herausfinde.«

Eine ganze Weile schaute Mary ihn zweifelnd an. »Der Supermarkt und die Mafia?« fragte sie dann. »Was wollen Verbrecher mit einem Supermarkt?«

Laverty wußte es auch nicht. Sue Silbert wurde ermordet, weil sie etwas erfahren und versucht hatte, die Mafia zu erpressen. Etwas, was mit der South Food Corporation zusammenhing.

Wo anders sollte sie es erfahren haben als im Golden

Gate Club? Er verkehrte dort hin und wieder, andere Leute aus dem Vorstand ebenfalls. Wilder, Hardcastle und andere. Dazu kam, daß Mandell, der Besitzer, mit seinen Trucks hin und wieder für den Supermarkt unterwegs war.

Laverty griff zum Telefonhörer und versuchte Bendix zu erreichen. Vergeblich. Zu Hause war sein väterlicher Freund nicht. Er versuchte es im Betrieb und an anderen Stellen.

Bislang hatte sich Bendix nirgends sehen lassen.

»Komisch«, wandte er sich an Mary Abrams. »Normalerweise ist er immer zu erreichen, oder er sagt mir zumindest, wo ich ihn finden kann.«

»Wen meinst du?«

»Joe Bendix, meinen Freund.«

»Mein Gott, vielleicht ...« Mary Abrams sprach es nicht aus.

Laverty begriff, was sie sagen wollte. Ein eiskalter Schauer rieselte ihm den Rücken hinab. Wenn Sue Silbert richtig gehört hatte und man es auf Bendix und ihn abgesehen hatte, dann hatten sie Bendix vielleicht schon erwischt!

Mechanisch strich er sich ein Brötchen und aß. Mary brachte keinen Bissen mehr herunter.

»Du solltest dich an die Polizei oder den FBI wenden«, sagte sie in Lavertys Schweigen hinein.

»Das ist unmöglich«, antwortete er. »Ich weiß ja nichts. Ich habe nicht einmal einen Verdacht. Was sollte ich den G-men denn sagen?«

»Dann muß es einen anderen Weg geben. Vielleicht über Frechette.«

»Möglich«, sagte Laverty gedehnt.

»Ich kann versuchen, etwas zu erfahren, Lemmy. Frechette kennt mich. Er hat keinen Argwohn. Ich kann es wenigstens versuchen.«

»Das ist zu gefährlich.«

Mit einem Ruck richtete sich die rothaarige Frau aus Los Angeles auf. Das Laken rutschte ab. Mit nacktem Oberkörper saß sie da. Unter ihrem schweren Atem hob und senkte sich ihr Busen.

»Ich hätte es auch getan, wenn ich dich nicht kennengelernt hätte«, sagte sie trotzig. »Deshalb habe ich den Unfall verursacht. Ich kann dir helfen, und ich werde es tun, Lemmy. Ob du es willst oder nicht.«

»Warum?«

»Dummkopf«, sagte sie, schlang ihre Arme um ihn und küßte ihn. »Ich würde es einfach nicht schön finden, dich zu verlieren, nachdem ich dich gerade kennengelernt habe.«

Lemmy Laverty lachte leise und streichelte die Flut der langen roten Haare.

»Und wenn dir das nicht gefällt, tue ich es für Sue. Ich bin eine Frau, aber manchmal vermag eine zarte Hand mehr auszurichten als ein Revolver.«

Eine Nacht in der Zelle hatte Archie Teacher wenigstens äußerlich verändert: Er hatte heute morgen geduscht. Sein Anwalt hatte ihm zudem frische Sachen gebracht, damit er einen anständigen Eindruck machte. Noch etwas war mit Archie Teacher geschehen: Er hatte die Sprache verloren.

Zehn Minuten lang war es ein sehr einseitiges Gespräch. Dann verlor ich die Geduld.

»Hör mir gut zu, Archie! Du hast ein paar Namen genannt, aber wir wollen mehr. Heute nacht sind wir nicht untätig gewesen. Wir haben eine Menge Leute gefunden, die gegen dich aussagen, weil sie automatisch ihre Schulden los sind, wenn du nicht mehr frei herumläufst. Es sieht nicht gut für dich aus. Und noch schlechter, wenn du nicht zur Zusammenarbeit mit uns bereit bist. Von mir aus sprich mit deinem Anwalt! Wenn er ehrlich ist, wird er dir nichts anderes sagen. Oder gebrauch einfach deinen Verstand, Mann! Ein paar gute Worte für die Jury hast du nur von uns zu erwarten. Leute, die wie du gelebt und Geld verdient haben, haben sich keine Freunde gemacht. Hast du das gut verstanden?«

Er verstand es. Er verfluchte seinen Anwalt und die ganze Welt, die sich angeblich gegen ihn verschworen hatte. Meinetwegen konnte er Himmel und Hölle verfluchen, wenn er nur redete. Unsere Informationen über Frechette waren dürftig. Und von Powell wußten wir lediglich, daß er Frechettes rechte Hand war und alles tat, was Frechette von ihm verlangte. Daß er zur Mafia gehörte, war für uns klar. Aber allein auf diesen Verdacht hin konnte man in einem freien Land einem Menschen noch keinen Strick drehen.

Zwei Stunden lang beichtete Archie sich alles von der Seele. Dann hatten wir ein umfassendes Bild und fanden endlich das Loch, wo wir das Brecheisen ansetzen konnten.

Spielende Kinder fanden Bendix zwischen den Trümmern im Keller eines Abbruchhauses in der Bowery. Sie verständigten die Polizei. Die Cops unterrichteten den FBI, weil Bendix einigemal den Namen Sue Silbert und Lemmy Laverty erwähnte.

Als Phil und ich im Vincent's Hospital eintrafen, in

dem auch noch immer der Patrolman James Harries lag, fing der Arzt uns vor dem Zimmer auf der Privatstation ab und holte uns in sein Büro. Er ließ sich die Ausweise zeigen und bot uns einen Kaffee an, den Phil und ich dankend annahmen.

»Was ist mit ihm?« fragte ich.

Dr. Wooster setzte ein besorgtes Gesicht auf. »Rauschgift«, sagte er dann. »In einer Zusammensetzung und einer Menge, die zum Koma führt.«

Phil und ich schauten uns zweifelnd an.

»Ich weiß, was Sie sagen wollen, Gentlemen. Aber Leute in seiner Stellung und vor allem in seinem Alter rasten manchmal regelrecht aus. Dann greifen sie zu den unmöglichsten Mitteln. Irgendwann sehen sie, daß es nicht mehr weitergeht, daß sie die Spitze erreicht haben. Aber sie wollen sich nicht damit abfinden. Wenn sie es schließlich doch müssen, versuchen sie, sich zu betäuben.«

»Und verlieren das Maß?«

Dr. Wooster, ein älterer gesetzter Mann, der sicherlich über viel Erfahrung verfügte, nickte bedächtig. »Und verlieren das Maß. Oder jemand dreht ihnen einen Rauschgiftcocktail an, den sie nicht vertragen. Beide Möglichkeiten sind wahrscheinlich.«

»Was wissen Sie über Bendix?«

»Er sitzt im Aufsichtsrat der South Food Corporation und ist dort ein wichtiger Mann. Ein wichtiger Mann, der aber nichts mehr bewegen kann. Verstehen Sie? Er bekommt einen Haufen Geld fürs Nichtstun.«

»Wer ist sein behandelnder Arzt?«

»Ich.«

»Hat man ihn deshalb hierher gebracht?«

»Ja. Von der Bowery aus sind wir das Krankenhaus,

das man am schnellsten erreichen kann. Zudem hatte er einen Rettungspaß bei sich, auf dem ausdrücklich der Vermerk steht, daß er nur von mir behandelt werden will – sofern die Möglichkeit besteht.«

Ich verstand. »Gebrauchte er Drogen?« fragte ich.

»Sie erwarten doch nicht wirklich eine Antwort darauf?« fragte Dr. Wooster zurück. »Ich denke, ich brauche Sie nicht auf meine Schweigepflicht als Arzt aufmerksam zu machen.«

»Vielleicht geht es um ein Verbrechen«, sagte Phil.

»Selbst dann darf ich Ihnen keine Auskünfte erteilen. Ich würde mich strafbar machen.«

»Wen haben Sie verständigt?«

»Lemmy Laverty«, antwortete Dr. Wooster.

Als hätte er nur auf sein Stichwort gewartet, betrat Lemmy Laverty in dieser Sekunde das Arztzimmer. Er sah Phil und mich an. Mich erkannte er wieder. Vor zwei Tagen hatten wir uns im Golden Gate Club gesehen.

»Wer sind die Männer?« wandte er sich an Dr. Wooster.

»G-man Phil Decker, und ich bin G-man Jerry Cotton«, stellte ich uns vor. »Wir sind wegen desselben Mannes hier.«

»Was ist mit Joe?«

Wooster erzählte Laverty die gleiche Geschichte. Schon an seiner abwehrenden Haltung war Laverty anzusehen, daß er nichts von allem glaubte.

»Unsinn«, stieß er schließlich wütend hervor. »Joe hat nie Rauschgift oder etwas anderes genommen. Niemals! Ich kenne ihn seit dreißig Jahren.«

Dr. Wooster lächelte. »Ich kenne ihn beinahe fünfzig Jahre, Lemmy. Ich sage, sein Zustand ist auf eine Überdosis eines teuflisch gemixten Zeugs zurückzuführen. Das kannst du mir glauben.«

Laverty zog den Kopf zwischen die Schultern. »Kann ich zu ihm?«

»Nein. Genausowenig wie die G-men. Er liegt im Koma. Wir tun alles, um ihn zu retten.«

Laverty setzte sich. Mit dem Handrücken wischte er sich über die feuchtglänzende Stirn.

»Er wurde in einem Abbruchhaus in der Bowery gefunden«, sagte Phil. »Haben Sie eine Ahnung, wie ein Mann wie er in diese Gegend kommt?«

»Nein«, antwortete Laverty. »Es gibt für mich nur eine Erklärung: Jemand hat ihm das Zeug gespritzt und ihn anschließend dort hingeschleppt. In der Hoffnung, er würde daran zugrunde gehen.«

Auf den ersten Blick sah es wirklich so aus, aber auch nur auf den ersten Blick.

»Wenn man ihn hätte umbringen wollen«, sagte ich zu Laverty, »dann hätte man nur die Dosis erhöhen müssen.«

»Dann verstehe ich das alles nicht, Mr. Cotton.«

»In diesem Fall sieht es mir mehr danach aus, als wolle ihn jemand für eine gewisse Zeit außer Gefecht setzen und zudem auch noch in Verruf bringen.«

»Das kann gut möglich sein«, bestätigte Dr. Wooster. »Die Polizei hat uns seine Papiere gegeben. Dieses Foto haben wir in seiner Brieftasche gefunden.«

Dr. Wooster legte es so auf den Tisch, daß wir es alle sehen konnten. Es zeigte Joe Bendix nackt mit einem jungen, schwarzhaarigen Mädchen im Bett. Ein Sofortbild. Wo eine solche Aufnahme gemacht worden war, konnten gut und gern noch weitere Bilder geschossen worden ein. Wenn man ihm eins davon zu seinen Papieren gelegt hatte, hieß das nichts anderes, als daß man ihm eine Warnung zukommen lassen wollte. Paß auf, Junge! Hieß das.

Wenn du den Mund auftust und einige unüberlegte Dinge berichtest, tauchen auch die anderen Fotos auf!

Phil erkannte es ebenfalls so, und er schwieg genau wie ich. Lemmy Laverty schien jetzt schon mit den Nerven am Ende. Warum sollten wir ihn unnötig aufregen?

»Bendix nannte Ihren Namen, Mr. Laverty. Und den Namen eines ermordeten Mädchens, Sue Silbert. Deshalb wurde der FBI eingeschaltet.«

»Und was hat der FBI damit zu tun?«

Dr. Wooster wurde telefonisch weggerufen. »Sie können in meinem Büro bleiben, solange Sie wollen, Gentlemen«, sagte er. »Falls Sie Kaffee brauchen, läuten Sie meiner Sekretärin.«

Wir nahmen das Angebot dankend an.

»Was hat der FBI damit zu tun?« stellte Laverty die Frage erneut.

»Sue Silberts Killer kam aus New Jersey. Damit ist es automatisch FBI-Angelegenheit.«

Laverty nickte. Ich sah ihm an, daß er etwas sagen wollte und sich dann doch zurückhielt.

»Die Supermarktkette, in der Sie vielleicht Chef werden, kommt ins Gerede, Mr. Laverty. Man kann Sie mit dem ermordeten Mädchen in Zusammenhang bringen, und Mandell, der Besitzer des Golden Gate Club, fährt mit einigen Trucks für die South Food Corporation. Jetzt findet man Mr. Bendix, und er nennt ebenfalls den Namen der Ermordeten. Was läuft da, Mr. Laverty?«

Laverty zündete sich eine Zigarette an, öffnete das Fenster und streckte den Kopf an die frische Luft. Eine ganze Weile starrte er einfach nach draußen. Phil und ich ließen ihn in Ruhe. Er wußte etwas, was uns weiterhelfen konnte.

Laverty mußte selbst damit herauskommen. Einen

Mann wie ihn konnte man nicht dazu zwingen, etwas zu sagen.

Beinahe zwei Minuten verstrichen. Dann drehte er sich wieder zu Phil und mir um.

»Es geht um mich«, sagte er schließlich. »Jemand will verhindern, daß ich der nächste Boß der Supermarktkette werde. Warum, weiß ich nicht, aber es soll verhindert werden. Um ihr Ziel zu erreichen, schrecken die Leute nicht einmal vor Mord zurück.«

»Sie meinen den Mord an Sue Silbert?«

»Ja.«

Obgleich mich das überraschte, tat ich so, als wäre das nichts Neues für mich. »Warum hat man Sue Silbert umgebracht, Mr. Laverty? Ich möchte Ihre Version.«

»Sie hat ein Gespräch belauscht. Ein Gespräch über die South Food. Es ging um Bendix, um mich, um die neue Chefposition, in der man mich auf keinen Fall sehen will, weil irgendwelche Leute etwas zu verheimlichen haben. Es wurde davon gesprochen, Bendix und mich notfalls umzubringen. Sue versuchte, einige Personen zu erpressen. Deshalb erschoß man sie.«

Phil stieß die angehaltene Luft aus. »Sie scheinen bestens informiert.«

»Erst heute morgen«, antwortete Laverty. »Von einer Frau, die behauptet, Sues Schwester zu sein. Sie wollte mich warnen, denn Sue hat sie angerufen und ihr alles berichtet. Beinahe alles. Den Namen des Mannes oder der Organisation, die hinter allem steht, hatte Sue verschwiegen.«

»Wo ist die Frau jetzt?«

»Keine Ahnung«, sagte Laverty. »Sie sprach mich an, erzählte, was sie erzählen wollte, und verschwand wieder.«

»Einfach so?«

»Das ist wirklich alles, was ich Ihnen sagen kann.«

Ich nickte, obgleich ich sicher war, daß er die Unwahrheit sagte. Er kannte die Frau. Sie befand sich noch in der Stadt, und ich wurde den Gedanken nicht los, daß auch sie im Begriff stand, eine Dummheit zu begehen.

»Wollen Sie uns helfen?« fragte ich schließlich.

»Wenn ich kann!«

»Verschwinden Sie für einige Zeit einfach von der Bildfläche!« sagte ich. »Die Burschen meinen es ernst. Man will wirklich Sie.«

Laverty lachte leise auf. »Sie verstehen die ganze Sache nicht«, sagte er. »Nachdem diese Sache mit Bendix geschehen ist, brauchen die Leute mich nicht mehr zu fürchten. Bendix wird mit Rauschgift und, nach dem Foto zu urteilen, wahrscheinlich auch mit Prostitution in Zusammenhang gebracht. Das macht ihn bei einigen Personen unmöglich. Nämlich bei den Männern des Vorstands, die in zwei Wochen den neuen Boß des Unternehmens wählen. Ich bin Bendix' Ziehkind. Ich glaube, so kann man das nennen, denn meinen ganzen Erfolg habe ich größtenteils ihm zu verdanken. Er hat immer gewußt, was für mich richtig ist. Jetzt, nachdem das geschehen ist, entziehen sie Bendix und damit auch mir das Vertrauen.«

Allmählich durchschaute ich die Firmenpolitik und auch das, was die Gangster damit bezweckt hatten, den alten Mann so zuzurichten. »Mir droht wirklich keine Gefahr mehr«, wiederholte Laverty. »Clark Loogan wird die Wahl leicht gewinnen, und die maßgeblichen Leute haben genau den Boß, den sie sich gewünscht haben.«

»Um weiterhin faule Dinger drehen zu können?« fragte Phil.

»Vielleicht«, antwortete Lemmy Laverty. »Ich habe dafür keine Beweise.«

Aber wir hatten sie – oder würden sie wenigstens bald bekommen. Von diesem Moment an war ich mir meiner Sache völlig sicher.

Laverty erhielt den Rat, trotzdem vorsichtig zu sein und uns immer wissen zu lassen, wo er sich aufhielt. Vor allen Dingen wollten wir Nachricht, wenn etwas geschah, was ihm nicht geheuer war.

Er versprach es halbherzig, ließ uns seine Privatadresse da und auch seine Zweitadresse im Barbizon Plaza Hotel. Dann verließ er das Krankenhaus als geschlagener Mann, denn die Gegenseite hatte in seinen Augen ihr Ziel erreicht.

Aber nicht das war es, was ihn wirklich niederdrückte. Es war vielmehr die Angst um seinen Ziehvater und Freund Joe Bendix.

Der Truck mit den gestohlenen Sachen aus Chicago traf am Nachmittag in New York ein. Die Highway Police entdeckte ihn früh genug und ließ uns eine Mitteilung zukommen. Phil und ich machten uns auf den Weg zur South Food Corporation. Ohne Schwierigkeiten gelangten wir auf das Firmengelände. Es gab nicht viel zu sehen. Der Truck wurde an eine Rampe gefahren. Dann herrschte Sendepause. Niemand dachte daran, ihn zu entladen. Er stand einfach da.

Stockton, der Fahrer, verließ in seinem Privatwagen das Gelände. Seine Adresse kannten wir. Also ließen wir ihn ungehindert fahren.

Phil und ich warteten eine Stunde. Dann ließen wir uns durch Steve Dillaggio und einen anderen Kollegen ablösen. Sie sollten den Truck nicht aus den Augen lassen. Ich war sicher, daß noch etwas geschehen würde, und wollte wissen, welche Personen sich an der Ware zu schaffen machten und wohin man die Ware brachte.

»Die klauen das Zeug zusammen und verkaufen es an den Supermarkt«, sagte Phil, als wir unterwegs einen Kaffee tranken. »Im Supermarkt sitzen einige Leute, die mitspielen. Jetzt fürchten sie, daß Laverty ihnen auf die Spur kommt, wenn er den Chefsessel erklimmt. Mit dem zweiten Kandidaten, Clark Loogan, haben sie ein Stillhalteabkommen, wahrscheinlich mit Gewinnbeteiligung.«

»Mandell«, erinnerte ich ihn. »Er transportiert das Zeug. Jemand muß ihm die Aufträge geben.«

Phil lachte leise auf. »Er braucht nur den Mund zu halten und zu behaupten, daß er von nichts weiß. Damit ist er aus dem Schneider. Daß er mal mehr oder weniger zur Mafia gehört hat, kann man ihm nicht mehr vorwerfen.«

Wieder einmal hatte mein Freund recht. Wir mußten einen anderen Weg finden. Einen sehr leisen Weg. Solange wir nicht schlauer waren, durfte niemand darauf aufmerksam werden, daß wir in dieser Richtung operierten. Dann fiel mir das Jeansmädchen ein. Sie hatte in Jakes Kabine gesessen oder gelegen und einige Fahrten mit dem Kerl gemacht, dem ich im Golden Gate das Nachsehen gegeben hatte.

Das Jeansmädchen konnte uns weiterhelfen. Vielleicht wußte die Kleine, von wem Jake dirigiert worden war und von wem er seine Einsatzorder erhalten hatte.

»Woher kennen Sie Laverty?« fragte Frechette, der Mary Abrams an diesem Mittag in einem Café am Central Park South traf. Sie hatte ihn, wie versprochen, angerufen und sich besonders hübsch für ihn gemacht. Alle Männer im Café drehten sich nach ihr um.

»Von einer Modemesse in Los Angeles«, antwortete Mary. »Das liegt einige Jahre zurück. Laverty arbeitete damals für ein Bekleidungszentrum. Er hat eine Suite im selben Hotel wie ich. Zufall, vielleicht ein glücklicher.«

Frechette schaute sie fragend an.

Mary lachte. »Ich bin nicht allein zu meinem Vergnügen in der Stadt. Ich versuche Geschäfte zu machen.«

»Mit Laverty?«

»Selbst mit dem Teufel, wenn's wirklich etwas einbringt.«

Sie nahm den Kaffee und schaute mißmutig in den grauen Tag. Es sah nach Regen aus. Viel lieber hätte sie neben Lemmy Laverty im Bett gelegen.

»Können wir nicht über etwas anderes als Geschäfte sprechen?«

»Laverty interessiert mich«, sagte Frechette.

»Warum?«

»Ich sehe in ihm eine Konkurrenz, was Sie angeht, Mary. Es ist immer gut, seine Feinde zu kennen.«

Perlend lachte die rothaarige Frau aus Los Angeles auf. Als Frechette nach ihrer Hand griff, hielt sie still.

»Der Junge ist doch keine Konkurrenz«, sagte sie dann. »Er hat Schwierigkeiten. Ich will keinen Freund, Mann oder Geliebten, der sich nicht voll auf mich konzentrieren kann. Daran ist schon meine erste Ehe gescheitert.«

Sie lauschte dem Klang ihre Stimme. Normal, überzeugend, nicht zu ernst oder gar melodramatisch. So warf sie die Angel aus. Der Köder war sie selbst. Sie hoffte, daß Frechette anbiß.

»Gestern abend sah er aber noch ziemlich locker aus.«

»Nichts als Schein«, antwortete Mary. »Je weiter der

Abend fortschritt, um so mehr kam alles wieder in ihm hoch. Er sagt, einige Leute gönnten ihm die Stellung nicht, die er anstrebt. Er sieht bereits Gespenster. Er faselt von Mafia, Mord und Totschlag. Vor einem solchen Hintergrund kann man nicht gesellig sein.«

Frechette lachte. Nicht echt. Er zwang sich das Lachen ab.

Mary schüttelte den Kopf.

»So lustig ist das gar nicht, Mark. Ich habe zu Anfang auch gedacht, er erzähle einen Witz. Aber Laverty meint das ernst. Mafia, Mord und Totschlag. Genauso hat er sich ausgedrückt. Er meint, jemand in der Firma spiele falsch und habe Angst davor, daß er den ganzen Schwindel aufdecken könne.«

»Wirklich keine sehr angenehme Unterhaltung«, stimmte Frechette höflich zu. »Sie hätten doch besser mit mir ausgehen sollen, nachdem wir uns schon auf die nette Art kennengelernt haben.«

Mary zuckte mit den Schultern. »Ich konnte ihn nicht vor den Kopf stoßen. Wenn sich Geschäfte und Geld abzeichnen, muß man einfach mit den Wölfen heulen. Ist das bei Ihnen anders?«

»Ich weiß es nicht. Ich kümmere mich nicht mehr um Geschäfte. Ich habe genug getan in meinem Leben und genug verdient.«

Sie schaute ihn scheinbar interessiert an. »Welche Branche?«

»Handel. Import-Export. Auch Kleidung. Vielleicht kann ich etwas für Sie tun.«

»Phantastisch, Mark.« Diesmal streichelte sie seine Hand und strahlte ihn wie ein verliebter Teenager an.

»Werden Sie Laverty noch einmal sehen?«

»Das läßt sich nicht vermeiden und ist abgesprochen.

Heute abend oder morgen. Wir treffen uns im Barbizon Plaza.«

Für den Fall, daß Frechette aus irgendeinem Grund mißtrauisch wurde und sie vielleicht überwachen ließ, hatte sie ihm mit dieser Äußerung den Wind aus den Segeln genommen. So konnte er nicht darüber stolpern, wenn sie sich mit Laverty traf.

»Der Junge interessiert mich wirklich«, sagte Frechette.

»Aber er ist keine Konkurrenz«, versicherte sie erneut. »Ich mag graue Haare und eine gewisse Persönlichkeit. Er hat nichts davon.«

»Ich meine auch nicht als Konkurrent. Ich meine, wenn er mit seinem jetzigen Job nicht klarkommt, habe ich vielleicht etwas für ihn.«

»Das kann doch nicht Ihr Ernst sein, Mark? Für einen Mann mit solchen Wahnvorstellungen?«

»Die kann man ihm sicherlich ausreden, wenn man weiß, welche Ursache sie haben.«

Mary Abrams verstand ausgezeichnet. Laverty beunruhigte Frechette. Jetzt sollte sie Laverty aushorchen und Frechette anschließend berichten. So stellte Frechette es sich vor, und er konnte nicht einmal ahnen, daß er damit ihren eigenen Plänen entgegenkam.

»Sie meinen, ich solle die Ursache herausfinden, damit Sie wissen, ob Laverty für Sie geeignet ist oder nicht?«

»Würden Sie das schaffen?«

»Ich bin eine Frau«, sagte Mary. »Er mag mich. Wenn ich es wirklich darauf anlege, wird er sich bei mir ausweinen. Nur sehe ich da für mich keinen Nutzen drin. Ich vergeude meine kostbare Zeit mit einem Mann, von dem ich nichts habe.«

Frechette lächelte wie eine Hyäne. »Ein Dienst ist den anderen wert, Mary«, sagte er salbungsvoll. »Ich höre mich unterdessen nach möglichen Kunden für Ihre Mode um. Ich bin sicher, daß wir zum Schluß beide das bekommen, was wir wollen.«

Mary Abrams tat so, als müsse sie sich das alles überlegen.

»Okay«, sagte sie schließlich zögernd. »Aus dieser Sicht betrachtet, sieht das natürlich etwas freundlicher aus. Ich als Detektivin für einen Mann, der mich mit seinem Cadillac beinahe totgefahren hätte. Ist das nicht wirklich komisch?«

Frechette stimmte lachend ein. Er war zufrieden, denn er war überzeugt davon, daß sich Laverty dieser Frau anvertrauen würde, wenn sie es wirklich darauf anlegte. Der gestrige Unfall schien sich als Glücksfall zu erweisen.

Mafia, Mord und Totschlag! Wenn Laverty diese Worte wirklich gebrauchte, dann war ihm etwas aufgefallen. Dann hatte er schon einen bestimmten Verdacht. In diesem Fall war es völlig richtig gewesen, Bendix auszuschalten. Laut Wilder, Hardcastle und Clark Loogan war Laverty ohne Bendix' Hilfe nicht einmal die Hälfte wert.

Bendix hatte ihnen gestern nacht keine Schwierigkeiten bereitet. Zusammen mit Susan war er auf deren Zimmer gegangen und hatte den Knockout-Cocktail getrunken. Dann war es ein leichtes gewesen, ihm die Droge zu spritzen und einige schweinische Fotos von ihm und Susan zu schießen.

In diesem Moment fragte sich Frechette, warum sie nicht schon viel früher so reagiert hatten. Vielleicht wäre es dann gar nicht zu dem Zwischenfall mit Sue Silbert gekommen, der doch einige Schwierigkeiten heraufbeschworen hatte.

Trotz allem war es äußerst wichtig zu erfahren, wieviel Laverty wußte. Wenn der Mann wirklich zu einer Gefahr wurde, mußte er verschwinden. Daran führte kein Weg vorbei.

Mary Abrams schaute zur Uhr. »Tut mir leid, Mark«, sagte sie. »Ich muß zum Friseur und zur Massage.«

Frechette nickte. Es war ihm nicht einmal unangenehm, sie jetzt loszuwerden. Je eher sie sich um Laverty kümmerte, um so besser für ihn.

»Natürlich«, sagte er bedauernd und versuchte enttäuscht zu wirken. »Es würde mich wirklich freuen, wenn wir uns einmal länger als immer nur für einige Minuten sehen könnten, Mary.«

»Vielleicht heute abend, nachdem ich mit Laverty gesprochen habe. Sie wollen etwas wissen, also müssen Sie mir auch die Zeit geben, es herauszufinden. Ich werde vorsichtig und geschickt vorgehen müssen, damit er nicht mißtrauisch wird und in mir einen schönen Spitzel sieht. Und nicht vergessen, Mark: Eine Hand wäscht die andere. Okay?«

Mary Abrams stand auf, beugte sich zu Frechette hinab und küßte ihn, für Frechette völlig überraschend, auf den Mund. Als er sie daraufhin festhalten wollte, drehte sie sich geschickt ab und winkte ihm zu. Dann verließ sie das Café und atmete erleichtert auf, als sie die Straße erreichte.

Bis jetzt, so fand sie, hatte es gar nicht besser laufen können.

Ihre Gedanken waren bei ihrer Schwester Sue, die morgen begraben wurde. Ein sinnloser, schrecklicher Tod.

Lemmy Laverty sollte nicht das gleiche Schicksal widerfahren.

Lynn Parkinson – so hieß das Jeansmädchen – wohnte in einer schmierigen kleinen Pension. Eine Absteige für Leute, die keine Wohnung und nur wenig Geld hatten. Als ich die Pension betrat, standen einige wild aussehenden Rucksacktouristen vor dem Reception Desk und feilschten mit einem fetten, glatzköpfigen Mann um einen besseren Zimmerpreis. Soviel ich verstand, planten sie, zu fünft in einem Zimmer zu hausen.

Ich schob mich dazwischen. Die Diskussion konnte ewig dauern.

»Lynn Parkinson suche ich«, wandte ich mich an den Fetten.

»Und wer soll das sein?«

»Eine kleine Maus aus Alabama, mit engen Jeans«, sagte ich. »Ich bin der Geldbriefträger. Ich bringe den Kies, damit sie ihre Rechnung hier bezahlen kann.«

»Dann können Sie gleich einen Zwanziger als Anzahlung hierlassen.«

»Natürlich.«

Ich legte vier Fünfer auf den Desk. Der Fette zog sie an Land, bevor sich einer der Rucksacktouristen das Geld schnappen und eilig damit verschwinden konnte. So abgebrannt sahen die Jungens aus, daß es jedem von ihnen zuzutrauen war.

»Nummer 32 im 3. Stock«, sagte der Fette.

Ich ging zum Aufzug.

»Die Kleine ist doch okay?« rief er mir fragend nach.

»Mann«, sagte ich. »Sie bezahlt pünktlich die Miete, da muß sie doch okay sein, oder? Und du glaubst doch wohl nicht, daß Jake sich etwas in die Fahrerkabine lädt, was ihm Schwierigkeiten einbringen könnte.«

»Der nimmt doch alles mit, was einen Rock anziehen kann! Wenn er voll ist, dann schreckt er nicht einmal vor einem Schotten zurück.« Ich konnte darüber nicht lachen, aber das zeigte ich ihm nicht. Ich stieg in den Aufzug und schloß die Tür hinter mir.

Jake war mit der Kleinen unterwegs gewesen. Sie war nicht auf den Kopf gefallen und hatte hellhörige Ohren. Also mußte sie wenigstens etwas aufgeschnappt haben. Ich war wirklich hoffnungsvoll, als ich die Tür erreichte, einen Moment zögerte und sie dann einfach zu öffnen versuchte.

Sie war in der Tat nicht abgeschlossen.

Ich landete in einem mittelgroßen, schlecht möblierten Raum, den ein ungemachtes Bett zierte. Ein wackliger Tisch und ein Stuhl, der vor Elend beinahe selbst zusammenstürzte.

Jake kniete über ihr, holte aus, und seine gewaltige Pratze landete mitten in ihrem Gesicht.

»Du Schlampe kannst weder aus mir noch aus einem anderen einen einzigen Cent herausholen!« keuchte der stiernackige Kerl.

Ich wollte auf ihn zuspringen, aber das Jeansmädchen verriet mich.

Sie hatte mich erblickt und stieß einen erschreckten Schrei aus.

Mit einem Satz sprang Jake vom Bett und wirbelte herum. Diesmal ging es hier in der schäbigen Pension um größere Sachen. Er hielt einen 38er in der Faust. Sein Gesicht war wutverzerrt.

»Schon wieder du?« keuchte er und versprühte dabei einen feinen Speichelregen. »FBI-Bulle, du bist lästig wie eine Wanze!«

Ich blieb stehen und setzte ein unverfängliches Grinsen auf. »Keine Panik!« sagte ich und deutete auf Lynn Parkinson, die sich aufgesetzt hatte. »Ich wollte ihr nur sagen, daß sie mich nicht noch einmal in Schwierigkeiten bringen soll.«

»Und deswegen kommst du extra her?«

»Ich war in der Gegend.«

Hinter seiner breiten Stirn arbeiteten die Gedanken. Nicht sehr schnell, aber er fand doch etwas, über das er stolperte. »Und deswegen hast du herumgeschnüffelt, bis du ihren Namen und ihre Adresse wußtest?«

»Eine schreckliche Angewohnheit.« Ich nickte.

Lynn weinte leise. Ihre Schultern zuckten. Bislang hatte sie ihr Gesicht verborgen gehalten. Als sie jetzt die Hände herunternahm, sah ich die Schwellungen, die bald in allen Regenbogenfarben schimmern würden. Er hatte voll zugeschlagen. Es störte ihn nicht, daß sie ein Mädchen war und dazu nicht einmal besonders kräftig.

»Scheißkerl!« sagte ich.

Jake grinste breit. »Nur zu«, sagte er herausfordernd. »Vielleicht ist es die letzte Rede, die du in deinem Leben halten kannst, FBI-Bulle!«

Ich starrte ihn an, sah seine Augen schmal werden und bemerkte das unstete Flackern seiner Pupillen. Er hatte nicht zuviel getrunken. Vielleicht hatte er Pepmittel genommen, wie es unter den Truckern weitverbreitet ist. Er war unberechenbar. Ich glaubte, was er sagte. Die Gefahr zu übersehen wäre tödlich gewesen.

»Er hat Angst«, meldete sich Lynn Parkinson vom Bett her. Sie schwang die Beine über den Rand und stand auf. »Er hat eine Scheißangst, weil er den Mund nicht gehalten hat.«

»Halt's Maul, du Ratte!«

Der Lauf des 38ers schwang drohend zu Lynn Parkinson herum.

Sie nahm ihn nicht ernst, oder sie hatte wirklich keine

Angst. Vielleicht glaubte sie, daß ein Schläger nicht gleichzeitig auch ein Schießer war.

»Er hat mir Dinge über seinen Job erzählt, die niemand wissen darf. Alles Scheißkerle! Das habe ich doch schon gesagt.«

Sie stand neben dem Bett. Ihr Blick war starr auf den Trucker gerichtet. Dann strich sie sich selbst mit einer beinahe zärtlichen Berührung über die Blessuren. Sie zuckte zusammen. Natürlich bereitete das Schmerzen. Tränen lösten sich aus ihren Augen und zogen eine helle Bahn auf ihrem dunklen Teint.

»Ich weiß, daß dich dein Boß gestohlene Sachen durch die Gegend fahren läßt«, stieß Lynn wütend heraus und sprang auf ihn zu.

Mit einem Schlag wehrte Jake sie ab.

Er war mit ihr beschäftigt, aber er vergaß mich nicht. Er hatte die Waffe in die andere Hand genommen und zielte auf mich. Ich rührte mich nicht von der Stelle. Die Situation war so geladen, daß er abdrücken würde, noch bevor er den Verstand einschalten konnte.

»Das sind keine Neuigkeiten«, sagte ich beiläufig.

Seine Augen weiteten sich. Ungläubig starrte er mich an und rieb sich mit dem Handrücken über die feuchte Stirn.

Lynn bewegte sich. Stöhnend richtete sie sich auf und lehnte sich an die Wand, weil sie sich aus eigener Kraft nicht auf den Beinen halten konnte. Sie zitterte wie Espenlaub. Von ihrem hübschen Gesicht war nicht mehr viel zu sehen. Die Augen schwollen ihr zu. Blut lief ihr aus der Nase, und die Oberlippe war aufgeplatzt. »Ihr werdet dafür bezahlen«, sagte sie kaum verständlich. »Ich schwöre es. Ihr werdet dafür bezahlen, Mann! Du und Mandell!«

Sie stieß sich von der Wand ab, obgleich ich ihr einen beschwörenden Blick zuwarf. Seitlich versuchte sie an Jake heranzukommen. Etwas in ihrem Verstand hatte abgeschaltet. Sie wußte nicht mehr, was sie tat. Anders war es nicht zu erklären, daß sie sich erneut der Gefahr aussetzte, geschlagen zu werden.

Als der Schlag kam, befand sie sich mit dem Fenster auf einer Höhe. Vielleicht einen halben Meter war sie davon entfernt.

Jake schlug aus der Drehung heraus, mit der Faust. Ein Schlag, der einen ausgewachsenen Ochsen von den Beinen holen konnte. Die Kleine war ihm ausgeliefert.

Ich sah es, als ich vorsprang. Die Waffe in seiner Hand schreckte mich nicht. Er würde das Mädchen totschlagen, wenn ich nichts unternahm. Und wahrscheinlich hatte er wirklich vor, mich ebenfalls als Leiche zurückzulassen.

Lynn stieß einen gellenden Schrei aus. Sie wurde zurückgeschleudert. Abwehrend streckte sie die Hände nach vorn. Dann knallte sie gegen das sich in Hüfthöhe befindliche Fenster und war plötzlich verschwunden.

Ich bekam es gerade noch mit, als Jake feuerte und ich mit meinem Kopf in seinen Bauch stieß.

Die Kugel zog haarscharf über mich hinweg. Ich spürte noch den Hitzestrich, den sie auf meinem Rücken hinterließ. Dann hatte ich alle Hände voll zu tun.

Ich umklammerte ihn mit beiden Armen und riß den schweren, kräftigen Mann zu Boden.

Blitzschnell rollte ich mich beiseite, damit er nicht auf mich stürzte. Ich schaffte es. Dicht neben mir knallte der Trucker mit dem Igelhaarschnitt auf die knarrenden Dielen. Er brüllte wie ein verwundetes Raubtier. Genauso benahm er sich auch. Sein Verstand hatte abgeschaltet. Für ihn gab es nur noch ein Ziel: mich umzubringen.

Der Springerstiefel mit der Messingplatte an der Vorderkante zuckte in meine Richtung. Er traf mich an der Hüfte. Ich spürte den dumpfen Schlag, keinen Schmerz. Dann sah ich die Waffe wieder. Er hatte sie beim Sturz festgehalten wie eine Kostbarkeit. Jetzt schwang der Lauf erneut auf mich.

Er drückte ab, noch bevor er das Ziel anvisiert hatte. Er traf mich nicht. Ich befand mich in Bewegung, brachte die Rechte unter das Jackett und riß die Dienstwaffe aus der Halfter.

Mit dem Fuß hebelte ich den wackligen Tisch um. Er kippte.

Ich rollte mich hinter die Platte und verschwand so aus seinem Blickfeld. Eine wirkliche Deckung war der Tisch nicht. Die 38er Projektile durchschlugen die Platte, als wäre sie aus Papier.

Über mir splitterte das Holz. Das nächste Loch saß etwas tiefer.

Vor dem dritten Schuß rollte sein hysterisches Lachen durch den Raum. Dann zischte die Kugel seitlich an mir vorbei.

Mit beiden Füßen versetzte ich dem Tisch einen Stoß und katapultierte ihn dorthin, wo ich Jake vermutete. Ich kannte Kerle wie ihn. Wenn die erst einmal in Fahrt kamen, waren sie so selbstsicher, daß sie es nicht mal für nötig hielten, die Stellung zu wechseln.

Jake war nicht anders.

Ich hörte seinen wütenden Schrei, dann die Explosion des nächsten Schusses. Kalk und Staub rieselten ins Zimmer. Seine letzte Patrone hatte er auf die Zimmerdecke abgefeuert. Ich sprang auf.

Er kniete drei Schritte von mir entfernt. Den Tisch hatte er mit einer wütenden Handbewegung beiseite gefegt.

Seine Augen waren blutunterlaufen. Ganz langsam hob er den 38er und drückte ab.

Der Hammer schlug auf die leere Patronenkammer.

Alle Farbe wich auf einen Schlag aus seinem Gesicht. Als er sich nach vorn warf, um meine Beine zu greifen, sprang ich mit den Füßen zuerst auf ihn zu.

Ich erwischte ihn an der Brust. Er stieß einen röchelnden Schrei aus. Sein massiger Körper wurde bis an die gegenüberliegende Wand geschleudert.

Sofort stand ich wieder auf den Beinen. Der 38er bäumte sich zweimal auf. Rechts und links neben ihm klatschte mein Blei in die Wand und ließ den billigen Verputz spritzen.

»Mein Gott, nein!« brüllte er und streckte in panischer Angst die Hände nach vorn. »Das darfst du nicht! Du bist Bulle!«

Er hielt mich wirklich für genauso mies, wie er es selbst war. Er erwartete, daß ich ihn mit einem Schuß erledigen würde.

»Auf den Bauch, Jake!«

Er drehte sich um, machte sich flach und spreizte die Arme weit ab.

Ich sprang zum Fenster, das Lynn aus dem Rahmen gebrochen hatte. Sie lag drei Stockwerke tiefer auf der Straße. Eine dichte Menschentraube hatte sich um sie gebildet. Einige Personen schauten zu dem Fenster auf, aus dem sie gefallen war.

In mir zog sich etwas zusammen. Ich dachte an Sue Silbert, das erste tote Mädchen in diesem Fall. Wenn es eine Gerechtigkeit gab, würde Lynn überleben. Sie hatte nichts damit zu tun. Sie war in die ganze Geschichte hineingerutscht, weil sie sich zu einem Scheißkerl wie Jake in die Fahrerkabine des Trucks gesetzt hatte.

»Sie liegt unten, Jake«, sagte ich mit einer Stimme, die ich selbst nicht als meine eigene erkannt hätte. »Falls sie tot ist, wirst du schmoren. Zuerst auf dem Stuhl, anschließend in der Hölle!«

Er jaulte wie ein kleiner Hund. Es waren keine menschlichen Töne. Verwunderlich, daß ein großer Kerl wie er solche Töne ausstoßen konnte.

»Es ist nicht meine Schuld!« schrie er den Boden an. »Es ist nicht meine Schuld. Es war ein Unfall!«

Ich strich mir die Haare aus dem Gesicht. Die Tür wurde aufgestoßen. Der glatzköpfige Fette streckte seinen polierten Schädel ins Zimmer.

»Mach die Tür wieder zu und ruf die Polizei und einen Rettungswagen, Kojak!« brüllte ich ihn an.

Augenblicklich verschwand der Glatzkopf. Die Tür schlug ins Schloß.

Ich setzte mich auf das Bett und zündete mir eine Zigarette an.

»Es war ein Unfall, G-man.«

Sicher, er hatte es nicht so gewollt, aber Lynn lag dort unten, und vielleicht war sie tot. Und er hatte sein ganzes Magazin auf mich leergeschossen. Das hieß, mich hatte er auf jeden Fall töten wollen. Ob sein Verstand dabei abgeschaltet gewesen war oder nicht, spielte keine Rolle. Männer wie ihn durfte man nicht frei herumlaufen lassen. Sie waren eine Gefahr für jeden anständigen Bürger.

»Cameron Mandell gab den Auftrag, nannte den Ort und schickte dich persönlich los, um die gestohlenen Sachen abzuholen. War es so, Jake?«

»Ja!«

Er redete noch immer zum Boden, denn er wagte es nicht, seine Stellung zu verändern.

»Dreh dich um und setz dich hin!«

Er drehte sich um. Unter seinem Körper hatte sich eine Lache gebildet. Er hatte sich vor Angst in die Hose gepinkelt.

»Wie oft hat er dich losgeschickt?«

»Oft. Ich weiß es nicht mehr.«

»Was war deine letzte Fuhre?«

»Hemden, Waschmittel, Schokolade und Konserven.«

»Von wo?«

»Baltimore«, kam es wie aus der Pistole geschossen. Er traute mir immer noch nicht und starrte angsterfüllt meinen 38er an.

»Cameron gab dir selbst den Ort und die Zeit an?«

»Natürlich.«

»Wohin ging die Ware?«

»South Food Corporation.«

Ich hatte nichts anderes erwartet.

»Was geschah weiter damit?«

»Keine Ahnung. Wirklich nicht. Ich stellte den Truck an die Rampe und verschwand. Am nächsten Tag habe ich den Wagen wieder abgeholt.«

»Jemand muß die Sachen in Empfang genommen und dafür gezeichnet haben, Jake.«

Er schüttelte den Kopf. »Nicht bei mir. Ich habe den Truck abgestellt und bin wieder verschwunden. Das ging immer so.«

Als die Zimmertür zum nächstenmal aufgestoßen wurde, standen zwei Cops draußen. Sie hielten mir die Dienstwaffe entgegen.

»FBI«, sagte ich. »Special Agent Jerry Cotton. Nehmt den Kerl mit, und schafft ihn an die Federal Plaza!«

»Ihren Ausweis, Sir!«

An ihrer Stelle und in einer lausigen Absteige wie dieser wäre ich auch vorsichtig gewesen. Ich legte den 38er neben mich auf das Bett, griff vorsichtig in die Tasche und streckte dem Cop schließlich meinen Ausweis entgegen. Der andere hielt mich mit seiner Dienstwaffe in Schach.

»Okay, Sir. Entschuldigen Sie, ich ...«

»Das ist in Ordnung, Officer«, sagte ich, steckte meine Waffe wieder ein und stand auf. »Was ist mit dem Mädchen auf der Straße?«

»Sieht nicht besonders gut aus. Aber sie lebt. Er deutete auf das Fenster. »Ist sie da hinausgefallen?«

Ich nickte und deutete auf Jake. »Er hat sie rausgestoßen.«

Ich sagte es nur, damit sie wußten, mit wem sie es zu tun hatten. Jetzt würden sie ihn sicherlich nicht mit Glacéhandschuhen anfassen.

Noch vor ihnen verließ ich das Zimmer und rannte nach unten. Gleichzeitig mit mir traf der Rettungswagen ein. Zwei Streifenwagen der City Police standen am Straßenrand. Die Cops hatten inzwischen die Neugierigen von der Straße gedrängt.

Ich wartete, bis der Arzt sie untersucht und die Nadel für die Infusionslösung gesetzt hatte. Ein Sanitäter hielt den Beutel mit der hellen Flüssigkeit hoch, als man sie auf die Trage legte. Dann ging ich zu ihr.

Lynn war bei Bewußtsein. Es erschien mir wie ein Wunder. Aus weit aufgerissenen Augen schaute sie mich an. Schmerzen hatte sie nicht. Der Arzt hatte Morphium gespritzt.

»Was ist ...?«

Ich schüttelte den Kopf. »Alles okay, Lynn«, sagte ich mit weicher Stimme und streichelte ihr gezeichnetes Gesicht. »Mach dir keine Sorgen! Ich werde dich besuchen.«

»Meine Sachen ...«

Sie hatte sicher nicht mehr als eine Tasche voll, aber das war der ganze Reichtum, den sie besaß.

»Ich passe auf sie auf«, versprach ich.

»Ich weiß nicht ...« Sie schlief, bevor die Trage in den Rettungswagen geschoben war.

»Was ist mit ihr?« fragte ich den Arzt.

»Das weiß ich nicht«, antwortete er schroff. »Daß sie noch lebt, ist ein Wunder.« Er deutete zum 3. Stock. »Ein Schutzengel muß sie da runtergetragen haben.«

»Welches Krankenhaus?«

»Wir bringen sie ins Beekman Downtown Hospital«, sagte der Arzt. »Sind Sie ein Verwandter?«

»Etwas Ähnliches«, antwortete ich, denn in diesem Moment fühlte ich mich für das Jeansmädchen verantwortlich.

Das Beekman Hospital war gut. Es wurde von der medizinischen Fakultät der Pace University betrieben.

Ich starrte dem Rettungswagen nach und dem Patrolcar, in dem Jake weggebracht wurde. Jake redete. Jetzt, und er würde dabei bleiben. Er würde alle Hoffnung darauf setzen, daß es ihm half, wenn er sich zur Zusammenarbeit bereit zeigte. Wenn es nach mir ginge, hoffte er allerdings umsonst. Möglicherweise hatte er das Leben eines jungen Mädchens zerstört. Und er hatte sein ganzes Magazin auf einen G-man abgefeuert. Burschen wie er verdienten kein Mitleid.

Steve Dillaggio meldete sich um 7 Uhr. Der Truck wurde entladen. Nicht durch Leute aus dem Supermarkt, sondern durch eine Sonderschicht von drei Gelegenheitsarbeitern, die vom Arbeitsamt geholt worden waren.

Mit einer Kamera hielt Steve alle Tätigkeiten um den Truck herum fest und filmte den Mann, der die Leitung über diese Arbeit hatte. Ein glatzköpfiger, schwergewichtiger Mann, der Maßkleidung und übertrieben viel Gold trug. Von den Ringen über die Manschettenknöpfe bis zur Krawattennadel.

Etwas länger als eine Stunde dauerte das. Dann schlossen sich die Türen. Die Gelegenheitsarbeiter wurden ausbezahlt, waren allem Anschein nach sehr zufrieden mit ihrem Lohn und verschwanden.

Von diesem Augenblick an tat sich auf dem Gelände der South Food Corporation nichts mehr.

Die Garagen und das Bürohaus, das sich dicht neben den Garagen befand, wurden bewacht. Phil und ich entdeckten es im letzten Moment, als wir uns zu Fuß dem Gelände näherten. Zwei Männer hatte Cameron Mandell als Wache abgestellt.

Ob das immer so gewesen war, wußten wir nicht. Möglicherweise aber waren die Wachen neu. Cameron Mandell hatte sie vielleicht nach Stocktons Pech in Chicago hingestellt. Es war zwar alles glattgegangen, und Stockton hatte nur von Schikane einiger Cops der State Police sprechen können, aber wenn man wie Cameron Mandell schiefen Geschäften nachging, wurde man von der kleinsten Kleinigkeit aufgeschreckt.

Mandell war wie meistens um diese Zeit in der Golden Gate Bar. Zwei unserer Männer behielten ihn im Auge und würden uns sofort Nachricht geben, wenn er sich von dort entfernte.

Mr. High hatte uns innerhalb einer halben Stunde einen Durchsuchungsbefehl für Mandells Firma besorgt.

Es wäre also leicht gewesen, alles auf den Kopf zu stellen und mit einer großen Streitmacht anzurücken. Aber das Risiko wollte ich nicht eingehen. Vielleicht gab es keine belastenden Unterlagen in den Büroräumen, und dann schreckten wir alle auf, die mit diesem Geschäft zu tun hatten.

Jakes Aussage lag uns ebenso vor wie der Untersuchungsbericht der Kollegen aus Chicago, aber das alles erschien mir nicht ausreichend. Diesmal durften wir keine halben Sachen machen. Zuviel stand auf dem Spiel. Also hatten Phil und ich uns dazu entschieden, den Firmenräumen in aller Stille einen Besuch abzustatten.

»Und jetzt?« fragte Phil.

Ich deutete zur Rückfront. »Wenn du die Knaben hier beschäftigst, versuche ich es von der Seite.«

Er krauste die Stirn. »Wer sagt dir, daß nicht noch ein Mann drinnen ist?«

Ich zuckte mit den Schultern. »Dann werde ich versuchen, mit ihm fertig zu werden. Wenn das nicht klappt, gibt es ja noch immer dich.«

Ich nickte ihm zu, lief an der Mauer entlang, die das Firmengelände einfriedete, und ließ zwei Minuten verstreichen. Ganz schwach hörte ich Stimmen. Phil, so schien es, hatte ein Gespräch mit den beiden Wachtposten angefangen.

Ich sprang hoch.

Meine Finger krallten sich an den Mauersims. Mit einem Klimmzug war ich oben und schwang mich über die Mauer.

Bis zum Haus waren es 20 Yards. Ich legte sie mit geduckten Sprüngen zurück. Ein Fenster war nur angelehnt. Ich wartete einen Moment. Dann schwang ich mich in das Gebäude. Nichts war zu hören. Nur hin und wieder Wortfetzen von der Vorderseite, wo Phil sich mit den Wachtposten allem Anschein nach stritt.

Ich rannte weiter. Nach einigem Suchen fand ich das Büro. Es war abgeschlossen. Sekunden später hatte ich das einfache Schloß geöffnet und huschte hinein.

Es gab nicht viel Papierkram. Ich nahm mir den Geschäftsordner dieses Jahres vor. Mit einer Minox fotografierte ich jedes Blatt, stellte den Ordner wieder ins Regal zurück und wollte gerade verschwinden, als mein Blick auf den Schreibtisch fiel.

In Gold eingerahmt war Mandells Beginn im Frachtgeschäft verewigt. Das Bild zeigte ihn vor seinem ersten Truck. Er stand zwischen einer Frau, die nichtssagend war, und einem Mann, der mein Interesse weckte.

Mark Frechette! Jeder Zweifel war ausgeschlossen, auch wenn Frechette zum Zeitpunkt der Aufnahme, die einige Jahre zurücklag, noch nicht so grau wie heute gewesen war. Seine Adlernase war unverkennbar.

Der Kreis begann sich zu schließen.

Ich schoß auch eine Aufnahme dieses Fotos, verließ das Büro, schloß es hinter mir ab und verschwand aus dem Gebäude. Ich benutzte denselben sicheren Weg, den ich gekommen war.

Erst als ich aus dem Fenster sprang, sah ich den Kerl. Ihm war es zu langweilig geworden, sich mit Phil zu streiten, oder Mißtrauen hatte ihn befallen.

Er zuckte herum und schaute auf, als ich sprang und direkt auf seinen Schultern landete. Das kam so überraschend für ihn, daß er nicht einmal einen warnenden Schrei für seinen Kollegen loswerden konnte.

Unter dem Anprall brach er zusammen. Ich begrub ihn unter mir, holte aus und setzte ihm die Faust an den Schädel. Ganz leise stöhnte er, bevor er in den Schlaf fiel.

Ich stand auf, warf noch einen Blick auf den bewußtlosen Wächter und war sicher, daß er mich später nicht wiedererkannte. Alles war zu schnell gegangen, als daß er sich mein Gesicht hätte einprägen können.

Ich ließ ihn liegen, überquerte die Mauer und rannte zu unserem Wagen, der in einer schmalen Seitenstraße hinter einer Lagerhalle stand.

Ich hupte zweimal und wartete.

Zwei Minuten verstrichen. Dann tauchte Phil auf und stieg ein.

»Okay«, sagte ich, als er mir einen fragenden Blick zuwarf. »Einer hätte mich beinahe überrascht. Ich konnte ihn früh genug schlafen legen.«

»Dann wissen sie, daß jemand ins Büro eingestiegen ist.«

Ich nickte. »Sie werden an einen Einbrecher denken und annehmen, daß er früh genug entdeckt wurde und die Flucht ergriff.«

»Hast du etwas Interessantes gefunden?«

»Ein Foto, das Mandell, eine Frau und Frechette friedlich vereint neben einem neuen Lastwagen zeigt.«

»Frechette?«

Ich nickte. »Zu Frechette gehört Ian Powell, und mit den beiden läßt sich Terry Arkin in Verbindung bringen, der Sue Silbert getötet hat. Mandell arbeitet als Zulieferer gestohlener Waren an die South Food, und Frechette steckt mit in der Sache. Langsam wird mir klar, um was es geht.«

Phil zündete sich eine Zigarette an und kratzte sich am Kopf. »Frechette macht schiefe Geschäfte mit der South Food«, sagte er. »Einige hohe Herren arbeiten innerbetrieblich mit. Sie kaufen die gestohlenen Sachen offiziell auf – wenigstens auf dem Papier – und bezahlen Frechette dafür über ein Scheinkonto. So läßt sich die ganze Konterbande ohne Schwierigkeiten über die Supermarktkette verscherbeln. Niemand ahnt auch nur, daß das Waschpulver, das er gerade kauft, in der letzten Woche in Boston oder sonstwo aus einem anderen Warenlager gestohlen worden ist. Das ist eine wahre Goldgrube. Ein Geschäft, bei dem sich alle Beteiligten goldene Finger einhandeln.«

»So ist es«, stimmte ich meinem Freund zu. »Der alte Boß, der sich um nichts kümmerte, hat das Zeitliche gesegnet. Den möglichen Nachfolger, Clark Loogan, haben sie sich selbst gezogen. Den haben sie in der Hand. Mit ihm an der Spitze kann alles wie bisher weiterlaufen. Aber plötzlich taucht Lemmy Laverty als zweiter Bewerber für den Chefsessel auf. Laverty ist bekannt als ein Mann, der die Nase in jeden Geschäftsablauf steckt und auch mit den kleinsten Dingen vertraut sein will. Mit anderen Worten, wenn er in der Chefetage Platz nimmt, ist das Geschäft gestorben.«

»Also müssen sie ihn rausboxen, und dabei ist ihnen jedes Mittel recht«, fuhr Phil fort. »Darum schnappen sie sich auch mit Bendix den Mann, der voll hinter Laverty steht und mit dessen Hilfe der Junge den Sprung in die Chefetage schaffen könnte.«

Ich öffnete das Fenster und atmete die frische Luft ein. Es war kühl geworden, und es begann zu regnen.

»Das alles müssen einige Leute im Golden Gate Club in allen Einzelheiten besprochen haben. Sue Silbert schnappte es auf. Sie kannte die Namen der beteiligten Personen und wußte, was gegen Laverty und Bendix laufen sollte. Statt zur Polizei zu gehen, versuchte sie Frechette zu erpressen. Das war ihr tödlicher Fehler. Frechette schickte Terry Arkin, der schon öfter für ihn gearbeitet hat. Der tötete Sue Silbert und einen Sergeanten und geriet selbst in Schwierigkeiten. Um keine Spur zu sich selbst zu legen, mußte Frechette Arkin aus dem Weg räumen lassen, bevor die Polizei ihn schnappte. Ich nehme an, Powell bereinigte die Schwierigkeiten.«

Ich startete den Wagen. »Wohin?« fragte Phil.

»Barbizon Plaza«, antwortete ich. »Oder nach Queens. Je nachdem, wo sich Laverty aufhält. Er kennt den Betrieb. Wenn wir ihm das Geschäft erklären, kann er uns sagen, welche leitenden Angestellten das schmutzige Spiel mitmachen.«

Ich versuchte Zeerookah zu erreichen und hatte Glück. Weniger glücklich stimmte mich das, was ich von ihm hörte.

»Laverty hat sich nicht wieder gemeldet«, sagte er.

Ich stieß einen Fluch aus. »Schick jemand, oder fahr selbst nach Queens raus!« sagte ich. »Wenn ihr Laverty dort erwischt, konserviert ihn! Er schwebt in akuter Lebensgefahr.«

»Wo seid ihr zu erreichen?«

»Im Barbizon Plaza Hotel«, antwortete ich.

»Okay, ich melde mich.«

»Noch was, Zeery. Die Kollegen sollen gut auf Mandell aufpassen. Falls er die Stadt plötzlich verlassen will, sollen sie ihn unter einem fadenscheinigen Grund festnehmen. Kein Aufsehen. Okay?«

»Ich geb's weiter, Jerry.«

»Versucht, Frechette aufzuspüren! Und Ian Powell. Aber der wird keine Schwierigkeiten bereiten. Wo Frechette ist, hält sich auch seine rechte Hand auf. Nichts unternehmen gegen die Männer! Nur im Auge behalten!«

»Das hört sich so an, als starte gleich eine Großoffensive.«

»Damit hast du den Nagel mitten auf den Kopf getroffen. Beeil dich mit Laverty!«

Phil lehnte schweigend und nachdenklich an der Seitentür.

Ich fuhr die Sixth, die Avenue of the Americas hinauf zum Central Park Süd, wo das Barbizon Plaza Hotel steht.

»Ich werde es aus ihm herausbekommen«, sagte Lemmy Laverty entschlossen und schaute Mary Abrams fest in die Augen. »Verdammt, ich werde es aus ihm herausbekommen. Verlaß dich darauf!«

»Das ist Sache der Polizei oder des FBI, Lemmy.«

»Die haben keine Beweise. Sie müssen einen Mann wie Frechette mit Glacéhandschuhen anpacken. Ich nicht.«

Plötzlich hatte sie Angst.

Sie dachte, daß Laverty etwas anstellen würde, dem er nicht gewachsen war.

Laverty sah die Frau aus Los Angeles zögern. Er legte ihr den Arm um die Schulter und zog sie eng an sich.

»Sue, deine Schwester ist tot, und Bendix haben sie auch so gut wie umgebracht. Ich habe noch einmal mit Dr. Wooster gesprochen. Bendix' Chancen stehen nicht gut. Er ist zu alt, und wenn er aus dem Koma erwacht, wird er wahrscheinlich einen Gehirnschaden zurückbehalten. Er ist ein Mann, den ich genauso liebe wie meinen Vater. Ich weiß nicht, ob ich ihm ein Erwachen aus dem Koma wünschen soll.«

Mary Abrams schaute ihn an. Lemmy Laverty hatte sich verändert. Da gab es keine Weichheit mehr in seinem Gesicht. Es war kantig geworden. Das Gesicht eines Mannes, der innerlich leidet. Es war ein anderer Laverty als der, den sie gestern kennengelernt hatte. Ein Mann und ein Kämpfer.

Sie spürte Mitleid mit ihm. Und Liebe. So hatte sie sich noch nie zu einem Mann hingezogen gefühlt.

»Ich will nicht, daß dir etwas passiert, Lemmy«, sagte sie leise. »Ich liebe dich.«

Laverty nickte. Für eine Sekunde bekam er wieder den sanften, beinahe melancholischen Gesichtsausdruck. Er griff nach ihrer Hand, drückte und küßte sie.

»Ja«, sagte er. »Ich weiß es, und ich bin glücklich darüber. Ich liebe dich auch, Mary. Gleich vom ersten Moment an. Später, wenn das alles hinter uns liegt, werden wir Zeit füreinander haben. Jetzt müssen wir etwas unternehmen. Du hast selbst einmal gesagt: Eine Frau kann mit zarter Hand mehr erreichen als ein Mann mit einem Revolver.«

»Das glaube ich noch immer.«

»Dann geh zu Frechette! Sag ihm, ich weiß alles! Wenn er nicht will, daß ich den FBI einschalte, soll er sich mit mir treffen. Heute abend im Madison Square Park. Gib ihm die Nummer vom Park Savoy Hotel! Dort kann er mich erreichen und alles absprechen.«

In diesem Hotel saßen sie jetzt. Laverty hatte plötzlich eine Abneigung gegen das Barbizon Plaza Hotel entwickelt, ohne sich das erklären zu können. Er fühlte sich dort nicht mehr sicher. Der FBI kannte die Adresse und zu viele andere Leute auch. Nach dem, was mit Bendix geschehen war, war er nirgends mehr sicher, bis die Sache ausgestanden war. Er trug eine Waffe. Zum erstenmal in seinem Leben bewußt.

Laverty war ein ausgebildeter Combat-Schütze. Auf verschiedenen Managerseminaren war er durch die ganz harte Schule gegangen. Man hatte ihm beigebracht, wie er sich vor möglichen Entführungen schützen und sich seiner eigenen Haut wehren mußte. Aber er hatte nie damit gerechnet, einmal auf diese Fähigkeiten zurückgreifen zu müssen.

Jetzt war es soweit.

Noch einmal versuchte Mary ihn davon zu überzeugen, daß es Sache der Polizei und des FBI war. Sie redete gegen eine Mauer. Lavertys Argument, daß die Cops nichts gegen Frechette in der Hand hatten, also auch nichts gegen ihn unternehmen oder etwas aus ihm herausbekommen konnten, leuchtete ihr immer mehr ein.

Mary stand auf, verließ die Bar des Park Savoy Hotels und betrat eine Telefonkabine, um Frechette anzurufen. Sie war sicher, daß er sehnsüchtig auf ihren Anruf wartete.

Laverty sah ihr nach. Eine wunderschöne Frau war sie. Schön und sanftmütig. Eine Frau, die niemand etwas zuleide tun konnte und bedingungslos hinter dem Mann stand, den sie liebte. In diesem Moment wünschte sich Laverty, daß Bendix noch einmal aus dem Koma erwachte, daß er Mary Abrams sah und ihm zu seiner Wahl beglückwünschen konnte. Es würde den Mann, der sein Leben in die Hand genommen und gelenkt hatte, über vieles hinwegtrösten und ihn vielleicht friedlicher sterben lassen.

Laverty rieb sich die Augen, zündete sich eine Zigarette an und hob mit einer trotzigen Handbewegung das Cognacglas.

Großoffensive hatte Zeerookah es genannt. Damit lag er völlig richtig. Nicht nur, weil Mr. High den gleichen Ausdruck gebrauchte.

In aller Ruhe hörte sich der Chef die Geschichte an. Mit keinem Wort unterbrach er Phil. Ich stand neben dem Fenster und hörte ebenfalls noch einmal sehr aufmerksam zu. Auf diese Weise, das hatte sich herausgestellt, konnte man am besten überprüfen, ob man einen Fehler begangen hatte.

Ich entdeckte keinen.

Frechette ließ stehlen. Mandell transportiere. Die South Food kaufte und brachte die Ware wieder an den Mann. Genau nach diesem einfachen Schema lief alles ab. Sie fürchteten Laverty als neuen Boß. Sie hatten ihren eigenen Favoriten, Clark Loogan, und taten alles, um Laverty aus der Chefetage fernzuhalten.

Das Telefon läutete. Mr. High hob ab, nickte und legte wieder auf.

»Nachricht aus dem St. Vincent's Hospital«, sagte Mr. High mit heiserer Stimme. »Joe Bendix ist gestorben.«

Ich setzte mich, schlug die Beine übereinander und starrte für einen Moment zu Boden. Ein schwerer Schlag für Laverty, den wir aus den Augen verloren hatten. Hoffentlich beging er keine Dummheit, wenn er davon erfuhr.

»Die Beweise gegen Mandell sind ausreichend«, fuhr Phil in seinem Bericht fort. »Wir haben die Aussage seines Fahrers und die fotografierten Unterlagen aus seinem Büro. Er wußte von den Diebesfahrten und teilte sie selbst ein. Mandell kann sich nicht mehr herausreden. Der glatzköpfige Dicke, der das Ausladen des Lastwagens überwachte, ist Dennis Hardcastle. Er leitet den Einkauf und ist einer der stellvertretenden Direktoren. Der zweite Vize heißt John Wilder und ist für den Verkauf verantwortlich. Möglicherweise arbeiten beide mit Frechette zusammen.«

Mr. High nickte.

»Was ist mit Frechette?«

Phil zuckte mit den Schultern. »Beweisen können wir nur, daß er Mandell kennt. Es gibt das Foto, und es gibt alte Akten, aus denen hervorgeht, daß Mandell während seiner Mafiazeit Kontakt mit Frechette hatte. Sonst haben wir nicht den geringsten Beweis. Auch nicht gegen Ian Powell, der Frechettes rechte Hand ist. Daß es eine Verbindung zwischen Terry Arkin, dem Killer, und Frechette und Powell gegeben hat, damit können wir auch nichts anfangen. Die beiden sind momentan draußen.«

»Und Loogan?«

»Spielt nach unseren Erkenntnissen gar keine Rolle. Loogan ist eine Figur, die sich beliebig verschieben läßt. Er tut, was man ihm sagt. Frechette scheint den Mann in der Hand zu haben. Wir überwachen ihn. Bislang ohne Ergebnis.«

»Wo ist Frechette zur Zeit?«

»Keine Ahnung«, antwortete Phil. »Überall, wo er sich sonst aufhält, ist er noch nicht aufgetaucht. Genausowenig Ian Powell.«

»Das sieht danach aus, als hätten sie etwas vor oder als seien sie aus der Stadt verschwunden, Phil.«

»Sie haben etwas vor, Sir«, mischte ich mich zum erstenmal in das Gespräch ein. »Es hat mit Lemmy Laverty zu tun. Ihn können wir auch nirgends aufspüren. Die beiden bekannten Adressen, sein Haus in Queens und das Barbizon Plaza Hotel, haben nichts gebracht. Dort hält er sich nicht mehr auf. Er verließ das Hotel zusammen mit einer Frau, Mary Abrams aus Los Angeles, eine reiche, erfolgreiche Geschäftsfrau aus der Modebranche – und Sue Silberts Schwester. Los Angeles hat uns das auf Anfrage mitgeteilt.«

»Was hat das zu bedeuten, Jerry?«

»Sue telefonierte vor ihrem Tod mit ihrer Schwester. Sie teilte ihr mit, daß sie ein wichtiges Gespräch im Golden Gate Club belauscht habe und Kapital daraus schlagen wolle. Also Erpressung. Das erfuhren wir von Laverty. Seiner Aussage nach sollte Sues Schwester New York schon wieder verlassen haben.«

»Das könnte heißen, daß Laverty und Mary Abrams sich zusammengetan haben und auf eigene Faust etwas planen.«

Eine andere Erklärung fiel mir auch nicht ein. »Sie denken, daß wir nichts gegen Frechette und die anderen unternehmen können, und wollen sich nicht damit abfinden, daß die Verbrecher weiterhin ungeschoren durchs Leben gehen können.«

»Das ist verrückt«, sagte Mr. High. »Ein Manager und eine Geschäftsfrau! Die beiden laufen in den sicheren Tod, Jerry. Gegen Frechette, Ian Powell und einige andere Leute haben sie nicht die kleinste Chance.«

»Wir versuchen sie zu finden, bevor sie Unheil anrichten können«, sagte Phil. »Solange wir damit keinen Erfolg haben, werden wir nichts anderes unternehmen, was Frechette nervös macht. Es würde nur auf Laverty und Mary Abrams zurückschlagen.«

Mr. High nickte. Einen besseren Vorschlag hatte er auch nicht.

Mary Abrams traf Frechette in einem kleinen Restaurant in East Village. Frechette war nicht allein. Bei ihm am Tisch saß ein dunkelhaariger, athletisch gebauter Mann mittleren Alters. Er hatte wachsame helle Augen, die immer auf der Suche waren und nur einmal flüchtig über ihre Reize strichen. Ein gefährlicher Mann, so schätzte Mary Abrams ihn auf den ersten Blick ein. Ein Mann, der etwas anderes im Kopf hatte, als sich mit den Reizen einer Frau zu beschäftigen, die er doch nicht bekommen konnte.

»Mr. Powell«, stellte Frechette seinen Tischnachbarn vor und rückte Mary den Stuhl zurecht.

Unter dem Tisch zauberte er einen Rosenstrauß hervor. »Das war das Beste, was in New York zu bekommen ist. Wahrscheinlich sind die Rosen in Los Angeles schöner.«

»Das wäre nicht nötig gewesen, Mark.«

Frechette winkte dem Kellner, der die Rosen an sich nahm und wegging.

»Eine Hand wäscht die andere«, sagte Frechette und deutete auf Ian Powell. »Mein Freund ist Einkäufer für mehrere Boutiqueketten, die auch Filialen auf dem europäischen Markt haben. Er wird sich später mit Ihnen unterhalten. Vielleicht entdecken Sie gemeinsame Interessen.«

Erneut huschte Powells Blick über die schöne Frau. Er zwang sich ein Lächeln ab. »Ich muß noch ein Gespräch führen«, sagte er dann, entschuldigte sich, stand auf und ging in einen anderen Raum.

Mary Abrams schaute ihm nach. Der Mann war nie und nimmer Einkäufer in der Modebranche, darauf hätte sie jede Wette gehalten. Schon die Zusammenstellung seiner Kleidung sprach dagegen, daß er etwas von der Modebranche verstand. Er bewegte sich eher wie ein Preisboxer zwischen den Tischen hindurch.

»Er ist verrückt«, sagte Mary, nachdem Powell verschwunden war.

»Mr. Powell?«

»Lemmy Laverty«, sagte sie.

Der Kellner kam. Er hatte die Blumen in eine Vase getan und stellte sie nun auf den Tisch.

»Danke«, sagte Mary Abrams. »Bringen Sie mir bitte einen trockenen Martini!«

»Warum ist Laverty verrückt?«

»Er kennt Sie, Mark, und er hält nicht besonders viel von Ihnen.«

Frechettes Brauen huschten erstaunt in die Höhe. Langsam senkten sie sich wieder. »Ich kenne ihn jedenfalls nicht«, sagte er. »Ich habe ihn nur gestern im Chez Jacques neben Ihnen am Tisch gesehen.«

»Haben Sie vielleicht etwas mit seiner Firma zu tun?«

»Nicht, daß ich wüßte.«

Mary ließ den großen, eleganten grauhaarigen Mann mit der Hakennase nicht für eine Sekunde aus den Augen. Sie tat es so geschickt, daß es Frechette nicht auffiel. Er war nervös und konnte seinen inneren Gemütszustand nicht gut verbergen.

»Kennen Sie ein Mädchen namens Sue Silbert? Es wurde ermordet, behauptet Laverty.«

Erneut schüttelte Frechette den Kopf. Mit einem goldenen Dupont-Feuerzeug zündete er sich eine Zigarre an. Er wartete, bis der Kellner den Martini für Mary gebracht und sie einen kleinen Schluck getrunken hatte.

»Was noch?« fragte er dann.

»Es ist lächerlich.« Sie winkte ab. »Ich will mir den Abend nicht schon wieder verderben lassen.«

»Wahrscheinlich finde ich es genauso lächerlich«, sagte Frechette. »Berichten Sie es mir, Mary! Und dann schweigen wir darüber.«

Powell kam zurück. Sein Gesicht wirkte noch verschlossener. »Schlechte Nachrichten vom Modemarkt?« fragte Mary.

Er starrte sie für einen kurzen Moment beinahe feindselig an. Dann zwang er sich zu einem Lächeln und schüttelte den Kopf. »Nicht für mich«, antwortete er und lehnte sich auf seinem Stuhl zurück.

»Kennt Mr. Powell Laverty?«

Powell schüttelte den Kopf. »Wer soll das sein?«

»Ein Verrückter. Weil Mark es wollte, habe ich mich mit dem Mann unterhalten.«

»Und?« fragte Powell. »Interessant? Oder ist das ein Geheimnis zwischen Ihnen und Mr. Frechette?«

»Unsinn«, sagte Frechette. Dann wandte er sich wieder an Mary, streichelte ihre Hand und lächelte beruhigend. »Also, Mary, was hat Laverty von sich gegeben?«

»Wirklich?«

»Ich bitte Sie darum, Mary.«

»Okay.« Mary Abrams trank noch einen Schluck Martini. Sie spürte ihre Beine zittern. Sie stellte die Füße platt auf den Boden, und das Zittern hörte auf. »Laverty sagt, er hätte Sie durchschaut, Mark. Er sagt, Sie hätten Sue Silbert ermorden lassen, und Sie hätten es auf ihn und Bendix abgesehen, weil Sie verhindern wollten, daß Laverty den Chefsessel der South Food Corporation einnimmt. Und das alles, weil Sie krumme Geschäfte mit der Supermarktkette betreiben. Krumme Geschäfte, in die auch die Vizedirektoren und ein Mann namens Cameron Mandell verwickelt wären. Er sagt, er weiß alles. Er möchte sich mit Ihnen treffen, falls Sie nicht wollen, daß er sich an den FBI wendet.«

Frechette war etwas bleich geworden, aber er fing sich schnell wieder. Er rauchte einen Zug und nickte bedächtig.

»Mir scheint, der Mann ist wirklich übergeschnappt.«

Powell saß beinahe regungslos und steil aufgerichtet

am Tisch. Er bemühte sich um einen unbeteiligten Gesichtsausdruck, aber das gelang ihm nicht. Seine Lider schlugen schneller als normal. Im steten Wechsel schloß er die Hände zu Fäusten und öffnete sie wieder.

»Was sagen Sie dazu, Mr. Powell?«

Powell schaute sie aus flackernden Augen an und zuckte schließlich mit den Schultern. »Ich kenne den Kerl nicht«, antwortete er. »Verrückte gibt es überall. Man muß sie reden lassen und nicht hinhören, denke ich.«

»Oder sich wirklich mit ihnen treffen und einiges klarstellen«, sagte Frechette.

»Oder das«, gab Powell zu.

»Was denken Sie darüber, Mary?«

»Ich weiß nicht«, antwortete Mary schnell. »Ich denke, ich will mit allem nichts zu tun haben. Ein totes Mädchen, ein schwerkranker alter Mann und betrügende Vizedirektoren. Damit will ich wirklich nichts zu tun haben.«

Um ihre Angst und innere Unruhe zu überspielen, trank sie ihr Glas leer.

»Wie soll ich mit Laverty Verbindung aufnehmen?«

»Er hat mir eine Telefonnummer gegeben.« Mary suchte den Zettel heraus und schob ihn Frechette zu.

»Sonst nichts?«

»Das hat mir gereicht. Wenn es nach mir gegangen wäre, hätte ich mir die Schauergeschichte gar nicht angehört. Aber Sie hatten mich darum gebeten, Mark.«

Mark Frechette schob den Zettel mit der Telefonnummer in die Tasche und warf Powell einen fragenden Blick zu.

»Wenn Sie einverstanden sind, Lady, würde ich Sie und Mr. Frechette gern in ein anderes Restaurant einladen.«

»Das ist ein ausgezeichneter Vorschlag«, stimmte Frechette augenblicklich zu.

Mary nickte. Fünf Minuten später, als sie das Restaurant verließen, bereute sie es. Und als sie in Frechettes silbergrauen Cadillac stieg, wußte sie, daß sie einen großen Fehler begangen hatte. Im Restaurant hätte sie sich noch ohne Schwierigkeiten verabschieden können. Jetzt nicht mehr.

Powell hielt ihr die hintere Tür auf. Als sie einstieg, schob er sie mit einem Ruck beiseite und setzte sich neben sie.

»Ich verstehe nicht ...«

Die restlichen Worte verschluckte Mary Abrams. Sie spürte den harten Gegenstand, der sich ihr in die Rippen bohrte. Als sie nach unten schaute, sah sie die Waffe, die Powell in der Hand hielt.

Frechette stieg ein und startete sofort.

»Was ist los?« fragte er nach hinten.

»Frag das Schätzchen, ob sie Sue Silbert kennt, Mark!«

Mary zuckte zusammen. Natürlich kannten die beiden sich. Natürlich hatten sie ihr die ganze Zeit über nur Theater vorgespielt. Ein ungehobelter Klotz wie Powell paßte nicht in die Modebranche.

»Kennst du Sue Silbert?« fragte Frechette, der den höflichen Ton ebenfalls ablegte.

»Woher soll ich ...«

Sie schrie leise auf, als Powell ihr den Lauf des Revolvers hart in die Rippen stieß.

»Mary Abrams«, sagte er. »Geboren in Austin, Texas. Ihr Mädchenname ist Silbert. Abrams war ihr erster Mann, von dem sie geschieden ist. Nur den Namen hat sie von ihm behalten.«

Frechette stieß einen ellenlangen Fluch aus. »Also ist

auch Laverty kein alter Bekannter, den du auf einer Modemesse in Los Angeles kennengelernt hast«, stellte er fest.

»Natürlich nicht«, keuchte Powell. »Laverty und dieses Schätzchen haben sich gegen uns verbrüdert. Laverty braucht immer jemand, der auf ihn aufpaßt und ihn steuert. Nachdem Bendix es nicht mehr kann, hat er sich die Kleine ausgesucht. Ich finde, sie sieht bedeutend besser als Bendix aus.«

Powell lachte schallend, schlang ihr den Arm um die schmale Taille und zog sie an sich. Gierig tasteten seine Finger über ihren Körper.

Mary Abrams bäumte sich auf. Mit einem Ruck versuchte sie sich von dem Verbrecher zu befreien. Lieber wollte sie aus dem fahrenden Wagen auf die belebte Straße springen, als sich von dem Mann anfassen zu lassen.

Mit einem Schlag ins Gesicht warf Powell sie in die Polster zurück. Halb bewußtlos versuchte sie seinen nächsten Schlag abzuwehren, aber es gelang ihr nicht.

Ihr letzter Gedanke galt Laverty. Sie dachte, daß es doch ein Fehler gewesen war, den FBI nicht zu verständigen.

Als sie wieder erwachte, befand sie sich in einem billigen Motelzimmer. Sie kannte die Stadt nicht und konnte mit einem Blick durch das Fenster unmöglich feststellen, wo sie sich befand. Es hätte auch nichts genutzt. Sie war nicht allein.

Frechette saß am Tisch, Powell stand neben dem Fenster. Eine Flasche Whisky stand auf dem Tisch. Die Gläser der beiden Männer waren gefüllt.

»Sie ist wieder unter die Lebenden zurückgekehrt, Mark.«

Frechette drehte sich zu ihr herum und grinste schwach. »Du hast mich aufs Kreuz gelegt«, sagte er leise. »Das kann ich auf den Tod nicht ausstehen. Man betrügt mich nicht, und man erpreßt mich nicht. Deine Schwester wollte mich erpressen. Du weißt, was mit ihr geschehen ist. Dir wird es nicht besser ergehen!«

Mary richtete sich auf. Sie fühlte sich leer, und sie fror. Das Atmen fiel ihr schwer. Tränen stiegen ihr in die Augen. Die beiden Gestalten vor ihr verwischten bis zur Unkenntlichkeit.

»Zu welchem Anschluß gehört die Nummer, die Laverty dir aufgeschrieben hat?«

»Das weiß ich nicht.« Es kam schnell und überzeugend. Sie fragte sich, woher sie noch den Mut nahm, die beiden Verbrecher anzulügen, die schon ihre Schwester auf dem Gewissen hatten. »Er hat mir die Nummer gegeben. Das ist alles.«

Powell löste sich von seinem Fensterplatz. In drohender Haltung näherte er sich dem Bett. Instinktiv wich Mary Abrams so weit zurück, bis sie die Zimmerwand in ihrem Rücken hatte.

»Der Bastard weiß also genau, was gelaufen ist?« fragte Powell.

Sie nickte. Sie brachte es nicht fertig, den Kopf zu schütteln. Besonders tapfer war sie nie gewesen, und sie hatte es auch nie sein wollen. Wozu auch? Sie war eine Frau. Sie wollte von einem Mann in Schutz genommen werden, wenn es notwendig war.

»Und er will sich wirklich mit mir treffen?« fragte Frechette.

»Ja.«

»Um mich umzulegen?«

Mary Abrams überlegte schnell und scharf. Von ihrer

Antwort hing vielleicht Lemmy Lavertys Leben ab. »Nein«, antwortete sie.

Powell setzte sich neben sie auf das Bett, griff nach ihrem Arm und zog sie mit einem harten Ruck an sich heran.

»Was will er dann, Schätzchen?«

»Ich weiß nicht.« Sie schüttelte den Kopf. Tränen schossen ihr in die Augen, als Powells flache Hand sie ins Gesicht traf. »Ich denke, er will sich mit Frechette einigen.«

Der große, wuchtige Mann mit der Hakennase erhob sich vom Tisch. Er strich sich gedankenverloren über die grauen Haare und legte die hohe, breite Stirn in Falten.

»Sich mit mir einigen?« fragte er verständnislos.

In den wenigen Sekunden hatte sich Mary Abrams alles durch den Kopf gehen lassen. Solange sich Frechette durch Laverty nicht bedroht fühlte, gab es vielleicht doch noch eine Chance. Für Lemmy und für sie.

»Ja«, erwiderte sie. »Ich soll sagen, daß ihr seine Moral etwas zu hoch einschätzt. Er hat nichts dagegen, ebenfalls eine Menge Geld zu verdienen. Schließlich käme er aus kleinen Verhältnissen, sagte er.«

Powell glaubte ihr kein Wort. Vor diesem Mann mußte sie sich hüten. Frechette war zwar der Boß, aber Powell war der gefährlichere der beiden.

Frechette setzte sich wieder und massierte sich die Schläfen. »Ruf Mandell an! Dann Wilder und Hardcastle. Nimm auch Verbindung mit Clark Loogan auf, wenn du ihn erreichst! Ich will wissen, ob noch alles in Ordnung ist.«

Powell stand vom Bett auf und verließ den Raum, um zu telefonieren. Mary kauerte sich auf dem Bett zusammen, und Frechette starrte aus dem Fenster in den Regen hinaus. Nur aus den Augenwinkeln beobachtete er sie noch. Jedes Interesse an ihr schien eingeschlafen. Er hatte andere Probleme.

Zehn Minuten verstrichen. Dann kam Powell zurück und nickte. »Nichts«, sagte er. »Alles ist ruhig. Nirgends ist etwas passiert, was uns mißtrauisch machen müßte. Sieht ganz so aus, als wolle Laverty sich in das Geschäft hängen. Vielleicht haben wir seine Moral wirklich zu hoch eingeschätzt. Das heißt, Bendix hat ihn zwar zur Tugend erzogen, aber dennoch keinen braven Jungen aus ihm machen können.«

Mary Abrams atmete erleichtert auf. Das konnte auch für sie die Rettung bedeuten. Sekundenlang glaubte sie es. Doch als sich Frechettes Gesicht zu einem gemeinen Grinsen verzog, schmolz diese Hoffnung wie Butter in der Sonne.

»Vielleicht will er sich wirklich reinhängen«, sagte Frechette bedächtig. »Aber unser Club hat Mitglieder genug. Außerdem haben wir Clark Loogan, und der kommt uns auf die Dauer billiger. Der will keine Prozente. Der gibt sich mit einer bestimmten monatlichen Zahlung zufrieden.«

Powell verfiel in das gleiche Grinsen. Er machte ein Kopfbewegung zu Mary Abrams. »Und sie?« fragte er lauernd.

»Ich denke, daß wir sie zusammen mit Lemmy Laverty verabschieden müssen.«

Frechette griff nach dem Telefon, das sich in diesem Raum befand.

Er wählte die Nummer, die auf Lavertys Zettel stand. Einige Sekunden verstrichen. Dann meldete sich das Park Savoy Hotel.

»Mr. Laverty, bitte«, sagte Frechette höflich.

»Moment, Sir.«

Es knackte einige Male in der Leitung. Dann meldete sich Laverty am anderen Ende.

»Frechette hier. Ich habe gehört, du willst dich mit mir treffen, Lemmy.«

»Ja.«

»Geht es um größere Beträge?«

»Ich weiß alles, Frechette. Ich kann auch die G-men verständigen.«

Frechette lachte schallend auf. »Das wirst du doch nicht tun.«

»Und warum nicht?«

»Weil du nicht schuld am Tod von Mary Abrams sein willst, Bastard. Die Kleine ist hier. Du kannst dich darauf verlassen, daß sie keinen angenehmen Tod haben wird!«

Schweigen am anderen Ende der Leitung.

»Hast du mich nicht verstanden, Lemmy?«

»Ich will mit ihr sprechen.«

»Später. Jetzt kannst du sie hören.«

Frechette gab Powell ein Zeichen. Der hob die Hand und fetzte Mary mit einem Griff die Bluse vom Körper. Gellend schrie sie auf.

»Da hast du sie gehört, Bastard. Wenn du noch mehr hören willst, brauchst du es nur zu sagen.«

»Verdammter Hund!«

»So gefällst du mir ausgezeichnet, richtig schön wütend. Wenn du dich abgeregt hast, hör mir zu!«

Einige Sekunden verstrichen. »Ja?« fragte Laverty dann.

»In genau einer Stunde machst du dich auf den Weg in die Südlagerhalle der South Food. Die Tür ist offen. Du läßt den Wagen draußen stehen und kommst zu Fuß. Hast du verstanden? In einer Stunde fährst du los. Vom

Savoy brauchst du eine halbe Stunde. Das ist um 9.30, Bastard.«

»Was habt ihr mit uns vor?«

»Wir werden uns einigen, Lemmy«, sagte Frechette. »Du gehst auf meine Bedingungen ein und spielst mit, oder wir erledigen es auf die harte Tour. Such es dir aus, und komm mit einem klaren Entschluß!« Frechette legte auf.

Powell schaute ihn fragend an. »Hättest du keinen besseren Ort aussuchen können?« fragte er.

»Einen besseren Ort gibt es nicht«, antwortete Frechette. »Es ist seine Firma. Er trifft sich mit den Vizedirektoren in der Lagerhalle, um etwas nachzuprüfen. Dabei fällt ihm etwas auf den Kopf. Arbeitsunfall. Zwei honorige Zeugen. Glatter geht's nicht.«

Bei den Worten des großen, grauhaarigen Mannes zuckte Mary Abrams wie unter Peitschenhieben zusammen. Schon lange versuchte sie nicht mehr, ihre Blößen zu bedecken. Aus weit aufgerissenen Augen starrte sie den Mann mit der Hakennase an. Jetzt, so fand Mary, hatte er wirklich Ähnlichkeit mit einem beutesuchenden Geier.

»Und unser Schätzchen?«

»Niemand außer Laverty weiß, daß es sie überhaupt gibt. Ich meine, als Schwester von Sue Silbert. Wenn sie verschwindet und jemand die Hotelrechnung bezahlt, wird man sie nur in Los Angeles vermissen. Mit uns steht sie in keiner Verbindung. Uns wird also auch niemand fragen. Verstanden?«

Powell nickte grinsend. Mary erschauderte. Was Frechette sagte, war durchaus realistisch. Wenn sie spurlos verschwand, konnten Frechette und Powell nicht damit in Verbindung gebracht werden.

»Warum erledigen wir das nicht gleich?«

»Dummkopf!« brauste Frechette auf. »Vielleicht kommt Laverty mit einem Ballermann. Dann können wir ihn nur zur Vernunft bringen, wenn wir ihm die Frau vorführen. Verstanden?«

Powell nickte und wandte sich wieder Mary Abrams zu. Er starrte auf ihre nackten Brüste und leckte sich genießerisch die Lippen.

»Hast du was dagegen, wenn ich mich vorher noch etwas mit ihr beschäftige?«

»Ja«, antwortete Frechette zu Powells großer Überraschung. »Wir sind Gentlemen und keine Vergewaltiger. Falls du ein Mädchen brauchst, gebe ich dir fünfzig Dollar. Dann kannst du dir eine Nutte kaufen.«

Powell zog den Kopf ein und stieß einen leisen Fluch aus, gab aber keinen weiteren Kommentar. Frechette war der Boß. Wenn er einmal etwas sagte, blieb er auch dabei.

Mary Abrams senkte ihr Gesicht in die Handflächen. Sie weinte. Ihre Schultern zuckten. Dann schüttelte sich ihr ganzer Körper wie in einem Krampf.

Erst nachdem Powell sie erneut ins Gesicht geschlagen hatte, war es vorüber. Dann dachte sie daran, daß sie noch nicht verloren waren. Weder Laverty noch sie selbst. Solange ein Mensch lebte, mußte er Hoffnung haben.

»Ich rufe Wilder und Hardcastle an«, sagte Frechette. »Ich will sie beide dabeihaben. Eine gemeinsam produzierte Leiche verbindet.«

Die Fahndung nach dem schwarzen Maserati Biturbo war zusammen mit dem Kennzeichen an alle Streifenwagen der Stadt hinausgegangen. Es war unsere einzige Chance, Lemmy Laverty zu finden. Aus dem Krankenhaus hatten wir erfahren, daß er dort angerufen hatte. Zu diesem Zeitpunkt wußte er also schon von Bendix' Tod. Das machte ihn noch unberechenbarer. Ich wußte, wie sehr er an dem alten, grauhaarigen Mann gehangen hatte. Seinem Ersatzvater.

Frechette hatten wir ebenfalls noch nicht aufgespürt. Ich glaubte auch nicht daran, daß es uns gelingen würde. Lemmy Laverty war unsere Chance, und Laverty würde uns auf geradem Weg zu Frechette führen.

An allen anderen Fronten herrschte Ruhe. Loogan aß gemütlich in der Sunken Plaza Promenade, zwischen dem British Empire Building und dem La Maison Française. Keine Aufregung, keine Hektik. Ein normaler Mann in einer großen Stadt, der darum bemüht war, den Abend so angenehm wie möglich zu verbringen.

Cameron Mandell arbeitete in seinem Golden Gate Club. Einmal war er zwischendurch ans Telefon gerufen worden. Unser Kollege hatte nicht herausgefunden, wer der Anrufer war.

Phil und ich standen mit dem Jaguar in der Lower West Side. Die Gebäude der South Food Corporation befanden sich auf dem Industriegelände der verlängerten West 71st Street, hinter dem Kleeblatt des West Side Express Highway. Steve Dillaggio hatte seinen Posten auf dem Gebiet der Supermarktkette inzwischen aufgegeben. Nachdem der Truck entladen worden war, hatten wir kein Interesse mehr an der Firma. Was wir wissen wollten, hatten wir herausgefunden.

»Ein kleiner schwarzer Maserati Biturbo mitten in dieser großen Stadt, und doch muß er auffallen wie ein Mann mit Frack und Zylinder in der Bowery.«

Er mußte auffallen, das war sicher. Sobald er sich mit dem Wagen unterwegs befand, kam er gar nicht umhin, irgendwann einem Patrolcar zu begegnen. Alle Cops, die sich an diesem Abend auf Streife in der Stadt befanden, hatten den Auftrag, die Augen besonders weit nach einem Maserati aufzusperren. Jemand mußte ihn sehen. Ich war sicher. Deshalb war ich auch nicht nervös.

»Er muß verrückt sein, es auf eigenen Faust zu versuchen«, sagte Phil. »Was denkt er sich dabei?«

»Er denkt wahrscheinlich an Bendix«, antwortete ich. »Jetzt, da Bendix tot ist, läuft er Amok, wenn er nur den geringsten Verdacht hat.«

»Und den hat er«, sagte Phil.

Ich lehnte mich in den Sitz des Jaguars zurück und schloß die Augen.

Hardcastles Glatze schimmerte feucht. Die Deckenbeleuchtung spiegelte sich auf der Platte. Nervös zupfte er an seiner Krawattennadel.

»Müssen wir unbedingt dabeisein?« fragte er mit weinerlicher Stimme.

Frechette grinste. »Es ist unser aller Geschäft«, antwortete er. »Gute Zeugen für einen Unfall sind die halbe Miete.«

John Wilder, der zweite Vizedirektor, lachte leise. Ihm machte es nichts aus, Zeuge eines Mordes zu werden, wenn es nur bedeutete, daß die Geschäfte weiterliefen und er sich bald zur Ruhe setzen konnte.

Mary Abrams lag apathisch auf dem nackten Betonboden vor einem Stapel hochaufgeschichteter Kartons. Sie hielt die Augen geschlossen. Was um sie herum geschah, interessierte sie nicht besonders. Sie wartete auf Lemmy Laverty und auf ein Wunder. Denn nur das konnte sie noch retten.

Die breite Holzschiebetür war geschlossen. Die kleine Tür, die sich rechts befand, stand ein Stück offen. Dadurch mußte Laverty kommen.

Auf der gegenüberliegenden Seite hatte Powell mit dem Gabelstapler gearbeitet. Schwere Kisten waren so ineinander verschoben, daß der ganze Stapel in sich zusammenstürzen würde, wenn die untere Kiste mit dem Gabelstapler angefahren wurde. Powell saß noch immer auf dem Hubfahrzeug.

Sobald sie Laverty in die richtige Stellung gebracht hatten, würde er die unterste Kiste verschieben. Unweigerlich mußte Lemmy Laverty unter dem zusammenstürzenden Stapel begraben und erdrückt werden.

Powell hatte es im Kopf schnell überschlagen. Vier Tonnen Gewicht würden auf Laverty fallen. Das konnte er nicht überleben. Sobald alles vorüber war, wollte Powell die unterste Kiste so präparieren, daß es aussah, als sei sie zusammengebrochen und habe so das Unglück ausgelöst.

Höhere Gewalt!

Mit zwei Zeugen wie Wilder und Hardcastle war das eine klare Sache.

Alles war vorbereitet. Sie warteten nur noch auf Lemmy Laverty. In zehn Minuten mußte er erscheinen.

Die Meldung kam vom Wagen 45, der sich auf der Amsterdam Avenue befand.

»Objekt gesichtet«, gab der Officer durch. »Fährt Richtung Sherman Square. Hohe Geschwindigkeit. Wir folgen.«

»Haltet euch weit zurück!« ordnete ich an.

»Okay, Sir.«

Phil richtete sich steil auf. Wie gebannt starrte er auf das Sprechfunkgerät.

»Wagen 45 an Cotton.«

»Ja.«

»Objekt ist in die West 71st Street abgebogen. Kommt direkt in Ihre Richtung. Ende.«

»Bleiben Sie zurück, Wagen 45!« gab ich durch. »Wir übernehmen. Ende.«

Ich schaltete den Jaguar aus dem Funksprechverkehr aus und drehte den Kopf in Richtung, aus der Laverty kommen mußte. Er war auf dem Weg zur South Food. Was mochte das nun wieder bedeuten?

Drei Minuten verstrichen. Dann entdeckte ich ihn im Rückspiegel. Ich wartete den günstigsten Moment ab und setzte den Jaguar mit einem Ruck so zurück, daß Laverty nicht an uns vorbei kam. Beinahe gleichzeitig verließen Phil und ich den Jaguar und tauchten neben dem Maserati Biturbo auf.

Laverty saß etwas zusammengesunken hinter dem Steuer. Dann öffnete er die Tür und stieg aus. Sein Gesicht war eingefallen, fast hohlwangig, als habe er seit Tagen nichts mehr gegessen. Wie zwei glühende Kohlen standen die dunklen Augen in dem Gesicht. Seine Schultern fielen nach vorn. Er war die menschgewordene Hilflosigkeit.

»Verdammt, Laverty ...«

Er schaute Phil an und schüttelte den Kopf. »Es hat keinen Zweck, G-men«, sagte er leise. »Sie sind in der Südlagerhalle, und sie haben Mary Abrams, Sues Schwester. Wenn ich in genau fünf Minuten nicht dort bin, werden sie Mary töten.«

»Wer?« fragte ich. Ich ahnte es, aber ich wollte es genau wissen.

»Frechette und Powell«, antwortete Laverty bereitwillig. »Ich muß weiter.« Das klang entschlossen. Aber so wie es aussah, hatte er nicht den Hauch einer Chance, gegen Frechette und Powell zu bestehen. Erst recht nicht, wenn sie Mary Abrams als Geisel hatten.

»Unsinn, Laverty«, sagte ich und versuchte ruhig und sachlich zu bleiben. Alles andere hätte ihn nur aufgeregt. »Wir versuchen es zu dritt. Okay?«

Es sah aus, als fände er sich damit ab. Aber dann sprang er mit einem Satz zurück, prallte mit dem Rücken an den flachen Sportwagen und hielt plötzlich eine 45er Automatic in der Faust.

»Hören Sie mir gut zu!« wandte er sich an mich. »Ich fahre allein. Ich werde Mary dort herausholen, oder wir sterben zusammen. Das ist kein besonderes Risiko, denn sie werden Mary auf jeden Fall umbringen, wenn ich nicht pünktlich bin. Haben Sie das verstanden?«

»Das ist Wahnsinn ...«

Er hob die 45er. Ich wußte, wie ein Mann aussieht, der schießen wird, wenn man ihm Schwierigkeiten macht. Laverty sah in dieser Sekunde genauso aus.

»Ich habe noch nie auf einen Menschen geschossen«, sagte er. »Zwingen Sie mich nicht! Ich fahre wieder los.«

Phil wollte etwas sagen.

Ich winkte ab. »Okay, Laverty«, sagte ich. Etwas anderes blieb mir gar nicht übrig. Er hielt die 45er in der Faust, und im Moment war die Waffe einfach das beste Argument.

»Legen Sie Ihre Waffen auf die Straße!«

Phil und ich legten unsere Dienstrevolver auf die Straße. Ich konnte ihn wirklich nicht aufhalten, aber ich wußte wenigstens, wohin er fuhr. Wir würden eingreifen und ihn nicht seinem Schicksal überlassen.

Laverty stieg ein, startete den Maserati, lenkte ihn um den Jaguar herum und gab Gas.

Sekunden später waren nur noch die roten Rückleuchten zu sehen.

Phil und ich nahmen die Waffen wieder an uns und sprangen in den Jaguar. Ich folgte Laverty. Aber nicht so schnell, daß es ihm auffallen konnte.

»Der Mann ist mit den Nerven fertig«, sagte Phil ruhig. »Er schafft das auf keinen Fall. Nicht gegen Frechette und Powell. Wenn die Frau noch lebt, wird man sie ebenfalls umbringen.«

Ich nickte gelassen. In solchen kritischen Momenten ist es wichtig, einen kühlen Kopf zu bewahren. Überhastete Aktionen bergen oft Fehler, die verheerende Folgen nach sich ziehen.

Als wir mit abgeblendeten Scheinwerfern auf den Hof der South Food auffuhren, stand der schwarze Maserati Biturbo rechts neben der Lagerhalle. Gerade noch sahen wir den Schatten Lavertys durch die kleine Tür ins Innere der Halle verschwinden.

Es gab nur diese eine Tür, und einer der Gangster würde sie im Auge behalten. Das war auch für uns keine Chance. Ich setzte den Jaguar bis zur Einfahrt auf das Gelände zurück.

»Was soll das?« fragte Phil.

Ich stoppte neben Mandells Truck, der gestern in Chicago aufgefallen war.

»Und?« fragte Phil.

»Es gibt nur eine Möglichkeit, Freund«, antwortete ich. »Wir statten ihnen mit dem Truck einen Besuch ab. Unterwegs kannst du inbrünstig darum beten, daß sie überrascht genug sind, damit wir Laverty und die junge Frau aus der Gefahrenzone bringen können.«

Ich hatte es mir blitzschnell durch den Kopf gehen lassen. Dort in der Halle wurde zur Endabrechnung geblasen. Die konnte nur in Lavertys Exekution münden. Und in diesem Fall, da hatte Laverty vollkommen recht, würde man auch Mary Abrams aus Los Angeles umbringen.

Nur durch schnelles, beherrschtes und überraschendes Eingreifen konnten wir den Gangstern einen Riegel vorschieben.

Die Türen des Trucks standen offen. Ich schaltete ihn kurz. Der schwere Diesel sprang stotternd an. Ein bullerndes Geräusch, das von einem starken Wind in die entgegengesetzte Richtung der Lagerhalle getragen wurde.

Ich schob mir den 38er vorn in den Hosenbund. Phil hielt die Waffe in der Hand. Ich schaute ihn an. Mein Freund nickte.

Ich gab Gas, beschleunigte bis in den dritten Gang hinauf und steuerte das schwere Fahrzeug auf die breite Holzschiebetür zu

Jetzt konnten sie uns innen hören, aber es blieb ihnen kaum Zeit darüber nachzudenken, was dieses Geräusch verursachte.

»Verdammt, warum hat keiner gesagt, daß noch ein Lastwagen kommt?« fauchte Frechette aufgeregt.

Jeder warf dem anderen einen fragenden Blick zu. Nur Laverty wußte in dieser Sekunde genau, was sich wenig später abspielen würde.

Krachend bohrte sich die platte Schnauze des 3-Tonners durch das Holz und durchbrach es glatt. Im aufgeblendeten Scheinwerferlicht sah ich zuerst Laverty. Er fiel auf, weil er sich in Bewegung befand. Er sprang den großen grauhaarigen Frechette wie ein Tiger an.

Dann entdeckte ich die beiden anderen Männer, die saubere Anzüge trugen. Dann Mary Abrams, die auf dem Boden lag und dem Geschehen mit weit aufgerissenen Augen folgte. Zum Schluß sah ich Powell auf dem Gabelstapler.

Die Kerle mit den guten Anzügen spritzten auseinander, als ich den Truck zum Stehen brachte.

Phil und ich sprangen gleichzeitig in die Halle.

Ian Powell stieß einen beinahe tierischen Schrei aus.

Laverty schrie ebenfalls. Aus Wut, aus Verzweiflung und um Frechette abzulenken. Er rammte dem großen, schweren Mann den Kopf in den Bauch. Dennoch gelang es Frechette, die Waffe abzudrücken. Laverty bäumte sich auf. Er schaffte es dennoch, das Bein nach oben zu reißen. Er traf die Waffenhand. Der 38er wurde Frechette aus der Hand geschleudert, schepperte auf den Boden und rutsche auf Mary Abrams zu.

»FBI!« schrie Phil.

Frechette wirbelte herum. Er griff eine Eisenstange und rannte auf mich los.

Ich stand ihm am nächsten, während Phil das Geschehen mit der Waffe abdeckte.

Ich starrte in sein verzerrtes Gesicht. Er würde mich mit der Stange erschlagen. Frechette hatte nichts zu verlieren. Ob er zum Schluß auch noch einen G-man auf dem Gewissen hatte, spielte keine Rolle mehr. Mehr als einmal konnten sie ihn nicht auf den elektrischen Stuhl schnallen.

Ich drückte ab. Eine andere Möglichkeit, ihn zu stoppen, gab es nicht.

Mein Blei traf ihn in der rechten Schulter, schleuderte ihn herum und holte ihn von den Beinen.

Laverty rappelte sich hoch. Sein weißes Hemd war blutverschmiert. Er taumelte in die Mitte der Halle und schob sich wie ein lebender Schutzschild zwischen Phil und Powell.

Powell hatte den Gabelstapler in Bewegung gesetzt. Die beiden Greifeisen waren bis zur Mitte hochgezogen. Spitz und gefährlich waren sie auf Laverty ausgerichtet, der wie ein Denkmal in der Halle stand. Unfähig, sich zu bewegen. Und noch immer stand er so, daß Phil und ich nicht eingreifen konnten.

»Laverty!«

Mein Schrei brach sich gespenstisch in der riesigen Halle.

Er rührte sich nicht.

Powell befand sich noch fünf Yards von ihm entfernt. Niemand konnte ihn aufhalten. Lavertys Schicksal war besiegelt. Noch zwei Sekunden, dann würde er von dem einen der beiden Greifeisen aufgespießt werden.

Ich hechtete zur Seite, um freies Schußfeld zu bekommen. Phil setzte sich mit einem Sprung zur anderen Seite ab.

Dann sah ich Powell, sah sein haßverzerrtes Gesicht hinter der Plexiglasscheibe des Gabelstaplers. Er hatte genausowenig zu verlieren wie Frechette.

Ich riß die Waffe hoch, wußte aber schon in dieser Sekunde, daß ich Laverty nicht mehr retten konnte.

Dann bellte ein Schuß auf. Dann noch einer.

Mein Kopf ruckte nach rechts.

Mary Abrams kniete auf dem Betonboden. Sie hielt die

Waffe in der Hand, die Laverty Frechette aus der Hand geprellt hatte. Mit bewegungslosem, tränenüberströmtem Gesicht drückte sie ein drittes Mal ab.

Das Plexiglas des Gabelstaplers zersplitterte. Powell hing in dem eisernen Schalensitz, nach hinten zurückgeworfen, und der Stapler stand. Er mußte die Bremse getreten haben. Jetzt kippte er nach vorn. Seine Hand zuckte nach unten. Wahrscheinlich, um den Gang wieder einzulegen und um sein Vorhaben in die Tat umzusetzen, denn Laverty stand noch immer bewegungslos mitten in der Halle.

Ich hielt den 38er in beiden Händen. Phil ebenfalls. Mary Abrams hatte geschossen, aber vielleicht hatte sie ihn nicht so erwischt, daß er kampfunfähig war.

Ein Ruck lief durch den Gabelstapler. Er bewegte sich rückwärts. Powell hatte den falschen Gang erwischt und stand mit dem Fuß auf dem Gas. Das Hubfahrzeug schoß zurück. Es rammte die unterste Kiste eines ziemlich schiefgestapelten Kistenhaufens. Alles fiel in sich zusammen und begrub Powell und den Stapler unter sich.

Ich ließ die Waffe sinken. Phil rannte zu Laverty, der wie gebannt dastand und fasziniert auf den Kistenhaufen starrte, unter dem Powell begraben war.

Ich lief auf Mary Abrams zu.

Sie hielt die Waffe noch immer in beiden Händen. Tränen rannen ihr über das Gesicht. Immer wieder schüttelte sie den Kopf.

»Ich wollte nicht schießen«, stammelte sie. »Mein Gott, ich wollte nicht schießen. Aber er hätte Lemmy getötet.«

Ich ließ mich neben ihr in die Hocke nieder, nahm ihr die Waffe aus der Hand, legte ihr den Arm um die Schulter und zog sie an mich.

»Okay, Mary«, sagte ich leise. »Okay. Sie haben ihm

das Leben gerettet, nachdem er sich in Gefahr gebracht hat, um Sie zu retten. Alles okay.«

Laverty kam mit staksigen Schritten heran. Er wies Phils helfende Hand ab, näherte sich Mary bis auf einen Schritt und brach dann zusammen. Den letzten Yard legte er auf dem Boden kriechend zurück und bettete seinen Kopf auf ihrem Schoß.

»Alles okay«, sagte er. »Wir haben es hinter uns. Wir können über andere Dinge reden, Darling.«

Frechette drehte sich über den nackten Beton der Lagerhalle. Seine Augen waren blutunterlaufen. Er starrte mich haßerfüllt an, dann auf den Truck, der mitten in der Halle stand. Schließlich schüttelte er den Kopf.

»So etwas kann auch nur einem G-man einfallen«, sagte er und verlor das Bewußtsein.

Hinter den Kistenstapeln krochen Wilder und Hardcastle hervor. Mit erhobenen Händen und bleichen Gesichtern.

Ich drehte mich um und ging nach draußen, um die Cops und einen Rettungswagen zu verständigen. Gleichzeitig gab ich an die Kollegen durch, daß sie mit ihrer Arbeit beginnen konnten.

Binnen fünf Minuten verhafteten sie Cameron Mandell und Clark Loogan.

Phil und ich trafen Mary Abrams am nächsten Morgen im Krankenhaus, wo wir Laverty noch einige Fragen zu stellen hatten. Sie hielt Rosen in der Hand und stellte sie gerade in die Vase, die auf dem Nachtschrank neben Lavertys Bett stand.

Sie sah erschöpft aus. Ich war sicher, daß sie die Nacht nicht geschlafen hatte, daß die Szene in der Lagerhalle ihr wie ein Alptraum selbst durch das wache Bewußtsein gegeistert war. Sie hatte einen Menschen erschossen.

Wir behaupteten, Powell sei durch die über ihm zusammenstürzenden Kisten erdrückt worden. Aber das glaubte sie nicht. Und inzwischen wußten wir auch, daß Powell genau diese Kisten vorher so präpariert hatte, daß sie später über Laverty zusammenstürzen und ihn begraben sollten.

Mary setzte sich neben Laverty auf das Bett. Die zarten Hände, die gestern noch die Waffe gehalten hatten, streichelten das Gesicht des bleich aussehenden Topmanagers, der nun doch den Chefsessel der South Food bekommen würde.

Wenn er ihn noch haben wollte ...

Lemmy Laverty nahm ihn nicht. Nach seiner Genesung verließ er vier Wochen später New York und flog zu Mary Abrams an die Westküste. Als Powell und Frechette durch die Jury zum Tode verurteilt wurden, hieß Mary Abrams inzwischen Mary Laverty. Mandell, Hardcastle und Wilder wurden lebenslänglich hinter Gitter geschickt.

Ein harter, aber ein gerechter Urteilsspruch der strengen Jury – war am nächsten Tag in der New Yorker Morgenzeitung zu lesen.

ENDE

Ein Drehbuch voller Morde

Von der Frau war kaum etwas zu sehen. Halbverdeckt von einer kunstvoll geschnittenen Buchsbaumhecke, stand sie so, daß der fahle Lichtschein einer Peitschenlaterne sie nicht ganz erreichte.

Sie war groß und schlank. Die langen blonden Haare hingen ihr wirr in der Stirn. Ihr Kleid war zerfetzt wie nach einem Kampf. Bis zur Hüfte hinauf reichte der Riß. Über der Brust hielten die Fetzen des weißen Leinenkleides gerade noch die Brüste bedeckt.

Etwas Lauerndes, Unberechenbares lag in den großen Augen, die zur im Dunkel liegenden Straße gerichtet waren. Sie stand unbeweglich da wie ein Denkmal. Kalt, starr und leblos, hätte der kaum bedeckte Busen sich nicht unter dem Atem gehoben und gesenkt.

Deutlich war die Waffe zu sehen, die die Blondine in der Hand hielt. Noch zielte der Lauf gegen den feuchtglänzenden Asphalt.

Als dann die aufgeblendeten Scheinwerfer eines Cadillac die Dunkelheit zerrissen und einen Lichtteppich auf die Fahrbahn legten, kam Leben in die bewegungslos dastehende Blondine. Zuerst huschte sie raubtierhaft geschmeidig noch tiefer in den Schatten der Buchsbaumhecke, um vom Scheinwerferlicht nicht eingefangen zu werden. Langsam wie in Zeitlupe hob sie den 38er. Mit der linken Hand strich sie sich die Haare aus der Stirn. Schweiß glänzte auf ihrem Gesicht, das starr wie eine Maske wirkte.

Sie schlug nicht einmal mit den Wimpern. Es war der Ausdruck einer Frau, die gelitten hatte und nun voller Haß war. Voll von tödlichem Haß. Unzweifelhaft wartete sie auf den Mann, der Urheber ihrer Leiden gewesen war. Der Cadillac glitt näher und rollte langsam aus. Er hielt zwei Yards von der hinter der Buchsbaumhecke lauernden Blondine entfernt am Straßenrand. Die Scheinwerfer verloschen.

Sekundenlang zeichnete sich der Schatten eines kräftig gebauten, dunkelhaarigen Mannes hinter der Windschutzscheibe ab.

Die Fahrertür wurde aufgestoßen, und die Innenbeleuchtung flammte auf.

Der Mann mit den dunklen Haaren hatte ein scharfgeschnittenes, schmallippiges Gesicht. Unsympathisch wäre es auch ohne die Narbe gewesen, die sich von der Nasenwurzel bis zum linken Mundwinkel hinabzog. Die tiefliegenden Augen, über denen sich buschige Brauen spannten, strahlten etwas aus, das zur Vorsicht mahnte. Für einen Moment blieb er noch sitzen. Das Feuerzeug flammte auf, als er sich eine Zigarette anzündete. Im flackernden Widerschein wirkte die Narbe in seinem Gesicht rot und frisch.

Dann stieg er aus. Klatschend fiel die Tür ins Schloß. Der Mann blieb an die Karosserie gelehnt stehen. Dreimal, im Sekundenabstand, leuchtete die Glut der Zigarette auf. Dann stieß er sich vom Wagen ab und wollte an der Buchsbaumhecke vorbei zur Auffahrt des Hauses. Es stand von der Straße versetzt. Ein parkähnlicher Garten lag davor. Die weiße Fassade wirkte wie ein Fremdkörper in der Gegend.

Einen Schritt weit kam der Mann. Dann blieb er mit einem Ruck stehen, und seine Augen weiteten sich. Die Blondine trat hinter der Hecke hervor. Sie stand voll im Lichtschein der Peitschenlaterne. Ihr starrer Blick ruhte mitleidlos auf dem großen, dunkelhaarigen Mann. Sie hob die Waffe, nahm sie in beide Hände und schüttelte den Kopf, als der Mann etwas sagen wollte.

»Zu spät, Johnny«, sagte sie mit leiser, aber doch zwingender Stimme. »Blake hat wirklich alles versucht, aber er hat mich nicht festhalten können. Jetzt liegt er drin.«

Ein Ruck lief durch den Körper des breitschultrigen Mannes. Die Blondine lachte. Es klang unsicher und hektisch. Trotz der Waffe, mit der sie den Mann bedrohte, hatte sie Angst. Deutlich war das aus ihrem bleichen Gesicht herauszulesen. Die Waffe in ihrer Hand zitterte. Sie bewegte sich schwankend von rechts nach links.

Der Mann zog den Kopf zwischen die Schultern. Noch einmal glühte die Narbe in seinem Gesicht und verriet, daß er nicht einfach stehenbleiben und sich erschießen lassen würde. Er wollte vielmehr die Unsicherheit der Frau ausnutzen, um das Blatt zu seinen Gunsten zu wenden. Mit einem Riesenschritt versuchte er, die Frau zu erreichen, um die Waffe beiseite zu schlagen.

Die Frau schoß. Die Waffe bäumte sich in ihrer Hand auf, und ihr Gesicht nahm einen panischen Ausdruck an. Wie von einer unsichtbaren Faust getroffen, wurde der dunkelhaarige Mann zurückgeschleudert. Krachend schlug er gegen die Karosserie des Cadillac. Er versuchte, einen Schrei auszustoßen. Es wurde ein unartikulierter, gurgelnder Laut. Dann knickten ihm die Beine ein. Wie ein Stein stürzte er auf den noch nassen Asphalt und blieb bewegungslos liegen.

»Aus und schneiden!«

Scheinwerfer flammten auf. Die Kamera, die auf einen Schlitten montiert war, rollte zurück.

»Das war einfach phantastisch, Maggie!«

Burt Parker, der Regisseur der Fernsehserie ›Golden Gate‹, übertrieb diesmal nicht, wie es sonst seine Art war. Ich war genauso beeindruckt wie der ganze technische

Aufnahmestab. Realistischer konnte sich eine solche Szene auch im richtigen Leben nicht abspielen.

»Wirklich, Maggie …«

In diesem Moment begann Maggie Ferries, einer der weiblichen Stars von Golden Gate, zu schreien. Sie ließ die Waffe fallen und schlug sich in einem hysterischen Anfall die Hände vor das Gesicht. Der zerfetzte Leinenstoff des Kleides fiel so weit auseinander, daß ihre Brüste plötzlich bloßlagen. Aber in dieser Sekunde interessierte sich niemand dafür. Selbst die Pressefotografen, die den Außenaufnahmen beiwohnten, vergaßen die Auslöser zu drücken und verpaßten damit die einmalige Chance, als erste Maggie Ferries mit nacktem Busen zu fotografieren.

Alle Blicke richteten sich auf den großen, dunkelhaarigen Mann, der Sam Sommer war. Er hatte am Nachmittag auf der Pressekonferenz noch angekündigt, daß er sich mit einem wirklich stilvollen Abgang aus der Golden-Gate-Produktion verabschieden wolle.

Wie recht er damit behielt, hatte Sommer da noch nicht wissen können. Sommers Abschied war endgültig. Er war tot.

Maggie Ferries brach zusammen.

Ich schob die Leute des zweiten Aufnahmestabes brüsk beiseite und stürmte nach vorn. Als erster erreichte ich den Cadillac. Erst jetzt reagierten die Bildreporter der Zeitschriften und Tageszeitungen, die beinahe täglich von den Außenaufnahmen berichteten und den üblichen »Hinter-der-Kamera-Klatsch« an den Leser brachten. Ein wahres Gewitter von Blitzlichtern prasselte auf mich nieder.

Das ganze Aufnahmeteam setzte sich beinahe gleichzeitig in Bewegung. Abwehrend streckte ich die Hände nach vorn.

»FBI!« schrie ich den Filmleuten entgegen. »Jeder bleibt auf seinem Platz!«

Genausogut hätte ich gegen eine Brandung anreden können. Man kannte mich nicht. Vielleicht hielten sie mich für einen Spinner, der sich wichtig machen wollte. Solche Leute fanden sich auch bei Außenaufnahmen ein, immer darauf aus, wenigstens einmal im Rampenlicht zu stehen.

Die Leute kamen näher wie eine unheilvolle Phalanx aus Menschenleibern.

»FBI! Jeder bleibt auf seinem Platz!«

»Habt ihr das nicht verstanden, ihr Idioten?«

Burt Parkers Stimme übertönte meine um einige Lautstärken. Und sie hatte hier bei weitem mehr Gewicht. Die Menschen blieben stehen. Selbst die Reporter vergaßen, weiter auf die Auslöser zu drücken.

»Alles zurück auf seinen Platz!«

Ich kniete mich neben Sam Sommer nieder. Obgleich seine weitaufgerissenen Augen starr in den kalifornischen Nachthimmel gerichtet waren, tastete ich nach dem Puls seiner Halsschlagader. Nichts bewegte sich unter meinen Fingern.

»Einen Krankenwagen und die Polizei!« rief ich Parker zu.

Parker gab es weiter.

Ich richtete mich auf und ging zu Maggie Ferries, die auf dem Gehsteig unter der Peitschenlaterne kauerte, den Kopf zwischen den beiden Händen barg und schluchzte. Sie schrie nur deshalb nicht, weil sie die Zähne in den rechten Handballen gegraben hatte.

Einen Schritt von ihr entfernt lag der 38er auf der Straße. Eine Waffe, die mit Blindmunition geladen sein sollte.

Ich legte dem Star der Golden-Gate-Serie den Arm um die Schultern.

»In Ordnung«, sagte ich, weil mir in diesem Moment nichts anderes einfiel. »In Ordnung, Maggie.«

Sie hob das Gesicht aus den Handflächen und starrte mich fassungslos an. Dann huschte ihr Blick zu Sam Sommer. Sie sah seine gebrochenen Augen und verlor das Bewußtsein.

Ich fing sie gerade noch auf und ließ sie sanft auf den nassen Asphalt gleiten.

Burt Parker kam als einziger in meine Nähe. Er war unnatürlich bleich. Schweiß rann in Strömen über sein Gesicht. Mit einer hilflosen Geste rieb er sich die Augen.

»Das kann und will ich nicht glauben«, stammelte er leise. »Mein Gott . . .«

Er brach ab, griff nach den Zigaretten und zündete sich eine an. Dann bot er mir das Päckchen an. Ich bediente mich.

»Die Requisite!« brüllte Parker. »Verdammt, ich will jeden Schwanz, der sich in den letzten Stunden auch nur in die Nähe des Requisitenwagens verirrt hat. Jeden!«

Was er anordnete, war völlig richtig. Es zeugte davon, daß er auch in einer solchen Situation noch immer Herr der Lage war, aber es war auch völlig sinnlos. Der Kerl, der die Blindmunition gegen scharfe Patronen ausgetauscht hatte, befand sich bestimmt nicht mehr in der Nähe.

»Der verdammte Anruf, G-man«, sagte Parker. »Das war also doch ernst gemeint!«

Am Mittag war der Anruf gekommen. Jemand hatte laut und deutlich angekündigt, daß bei den Außenaufnahmen etwas passieren werde. Parker wandte sich daraufhin an den Produktionschef, der mit einem FBI-

Beamten vom District Office Los Angeles bekannt war. Sie hatten mich geschickt, weil mich keiner kannte und ich versichert hatte, es mache mir Spaß, vor meinem Rückflug nach New York bei den Außenaufnahmen für Golden Gate dabei zu sein.

Ich hatte einige Folgen der Serie gesehen, und Maggie Ferries gehörte zu meinen Lieblingsschauspielerinnen.

Drohungen, wie Burt Parker sie erhalten hatte, waren nichts Besonderes. Sie gehörten zum täglichen Brot in der Film- und Fernsehbranche. Obgleich ich sicher war, daß Parker die Drohung auch nicht eine Sekunde lang ernst genommen hatte, war er doch auf Nummer Sicher gegangen. So kam es, daß ich Zeuge eines kaltblütigen Mordes geworden war. Anders als Mord konnte man es nicht bezeichnen. Wer die Blindmunition mit scharfen Patronen vertauscht hatte, hatte diesen tödlichen Verlauf geplant.

Ein Mord, wie das Drehbuch ihn übrigens in dieser Folge vorschrieb. Es war Sommers letzte Rolle in dieser Serie. Man hatte ihn nicht einfach aus der Story rausschreiben, sondern ihn sterben lassen wollen. Das war für den Zuschauer aufregender.

»Es war alles wirklich ernst gemeint«, wiederholte Parker mit heiserer Stimme. »Jemand muß den Verstand verloren haben, verdammt noch mal!«

Alles mit einem Fluch zu unterlegen, das war Parkers Art. Das konnte er auch in dieser Situation nicht ablegen.

Ein kleiner, spitznasiger Mann bahnte sich einen Weg durch das Aufnahmeteam.

»Ich bin Arzt«, sagte er, warf eine flüchtigen Blick auf den toten Sam Sommer und ging dann zu Maggie Ferries. Er untersuchte die bewußtlose Frau mit kundigen Handgriffen, öffnete seine Aktentasche und zog eine farblose Flüssigkeit in den Kolben einer Spritze. Nachdem er Maggie Ferries das Serum injiziert hatte, stand er wieder auf.

»Mehr kann ich nicht tun«, sagte er zu Burt Parker. »Sie hat einen schweren Schock erlitten und muß auf dem schnellsten Weg ins Krankenhaus gebracht werden.«

Kein Wunder, daß Maggie Ferries einen schweren Schock erlitten hatte.

Aus der im Drehbuch vorgeschriebenen Szene war blutiger Ernst geworden.

Sie hatte einen Menschen erschossen!

Burt Parker schwitzte, rieb sich mit einem weißen Taschentuch über die Stirn und schüttelte verständnislos den Kopf.

Captain Hank Morgan von der Los Angeles Metropolitan Police leitete die Untersuchung. Ich befand mich zwar in Parkers Wohnwagen, hielt mich aber aus der Vernehmung heraus.

»Ich kann nichts erklären, Captain«, versicherte Burt Parker zum wiederholten Mal. »Ich nahm die telefonische Drohung ebensowenig ernst wie alle anderen auch. Vor den Aufnahmen sprach ich noch mit den Beteiligten. Niemand wollte die Aufnahmen auf einen anderen Tag verlegen.«

»Wäre das möglich gewesen?« Ich mischte mich zum erstenmal ein.

Parker schaute mich zweifelnd an. »Es hätte viel Geld gekostet und den Terminplan durcheinander geworfen«, antwortete er. »Aber im Prinzip wäre es natürlich möglich gewesen.«

»Mit anderen Worten, Sie hätten es den Leuten auszureden versucht, wenn jemand dafür gestimmt hätte, die Aufnahmen zu verschieben.«

»Mit Sicherheit«, gab Parker zu. »Ich muß mich ans Budget und an die Termine halten, oder sie feuern mich. Dann stehe ich auf der Straße.«

Das nahm ich Parker nicht ab. Seit mehr als 20 Folgen war er Regisseur von Golden Gate. Er galt in der Filmbranche als der Mann, der dem Publikum auch den schlimmsten Kitsch schmackhaft verpackt verkaufen konnte.

»Also war der Täter ziemlich sicher, daß heute gedreht werden würde.«

»Im Grunde schon.« Burt Parker nickte. »Sie wollen doch wohl nicht darauf hinaus, daß der Kerl aus unserem Team kommt und mich und meine Entscheidungen genau kennt?« Er schaute mich wütend an.

Ich war ein New Yorker G-man, mit dem er eigentlich, so sah er es, nichts zu tun hatte. Wenn ich jetzt auch noch sein Team beschuldigte, war ich bei ihm ganz untendurch.

»Das müssen wir wohl fürs erste annehmen.« Captain Hank Morgan nahm mir die Antwort ab. Er reckte seine hünenhafte Gestalt, die in einem zerknitterten grauen Anzug steckte, der beinahe aus allen Nähten krachte, als er seine Muskeln anspannte. Zwischen seinen vollen Lippen klebte der Stummel einer kalten Zigarre. Sie bewegte sich im Rhythmus seiner Kaubewegungen. Es sah aus, als fräße er sie langsam auf.

Parker schnellte mit einem Satz in die Höhe.

»Verdammt, setzen Sie sich wieder hin, Mann!« fauchte Morgan in einem Tonfall, der eigentlich nicht notwendig gewesen wäre. Es war nur verständlich, daß Parker auf diese Art und Weise reagierte. Jeder andere hätte es auch getan. Aber vielleicht mochte er Parker nicht, oder die Golden-Gate-Serie gefiel ihm nicht.

Parker setzte sich, griff nach seinem Whiskyglas und nahm einen kräftigen Schluck.

»Wer hat denn Ihrer Meinung nach die Hände im Spiel?« fragte ich, nachdem sich Parker wieder beruhigt hatte.

Seine Augen wurden schmal. »Die gottverdammten Hunde vom Broadway«, sagte er überzeugt.

›Broadway‹: das war die Konkurrenzserie, die nach dem gleichen Muster aufgebaut war wie Golden Gate. Seit Jahren wetteiferten diese beiden Produktionen um die Zuschauergunst. Und damit auch um die Millionen, die verschiedene Sponsoren in solche aufwendigen Produktionen steckten.

»Die verdammten Stümper drehen genau wie wir in Los Angeles, weil es hier die besten Studios und die niedrigsten Produktionskosten gibt«, sagte er, nachdem er meinen fragenden Blick aufgefangen hatte. »Nur wichtige Milieuaufnahmen werden von denen in New York und von uns in San Francisco gemacht und später in den Streifen hineingeschnitten. Es ist üblich, daß eine Gesellschaft sich den billigsten Produktionsort aussucht. Der Zuschauer merkt es nicht. Er glaubt, daß sich die Handlung in San Francisco abspielt, wenn die Golden Gate zweimal in den Streifen geschnitten ist, oder in New York, wenn die Brooklyn Bridge oder das Empire State Building zu sehen ist.«

Nach der langen Rede trank er einen weiteren Schluck. Das Glas war leer. Er schenkte sich wieder ein. Er war bekannt wegen seiner Flüche und seines gewaltigen Alkoholkonsums. Aber noch niemand hatte ihn bei der Arbeit betrunken gesehen – ja, nicht mal bei einer Party.

»Die Leute vom Broadway also«, sagte Captain Hank Morgan bedächtig.

»Natürlich. Die wollen uns vom Bildschirm schießen und den großen Geldsegen allein einstreichen. Das ist doch bekannt.«

Bekannt war eigentlich nur, daß es eine scharfe Konkurrenz zwischen den beiden gleichermaßen spannenden und unterhaltenden Serien gab und daß es in den Einschaltquoten immer ein Kopf-anKopf-Rennen gegeben hatte. Mal lag die eine Serie, mal die andere in der Gunst des Zuschauers vorne.

Ich schaute Hank Morgan zweifelnd an.

Er schüttelte den Kopf. »So kommen wir nicht einen Schritt weiter, Mr. Parker«, sagte der Captain. »Wo ist die Liste der Personen, die mit der Requisite zu tun hatten?«

»Die Liste ist fertig. Die Beteiligten warten vor dem Wagen. Ich habe kurz mit ihnen gesprochen. Niemand hat etwas Verdächtiges gesehen, und von meinen Leuten hat natürlich niemand etwas mit der Sache zu tun.«

Was sollte Burt Parker auch anders sagen?

»Arbeiten Sie immer mit demselben Stab?« fragte ich.

»Seit zwei Jahren.«

»Nie neue Gesichter?«

»Mal ein neues Scriptgirl, mal neue Kabelschlepper oder neue Beleuchter. Keine wichtigen Umbesetzungen. Im Grunde ist es seit zwei Jahren dasselbe Team.«

»Dann brauche ich die Liste aller Personen, die in den letzten zwei Jahren mal für Sie gearbeitet haben und irgendwann ausgeschieden sind.«

Parker lächelte mitleidig und genehmigte sich den nächsten Schluck. »Das fragen Sie am besten die Buchhaltung, die die Löhne ausbezahlt. Ich habe anderes zu tun, als mich um jedes neue Gesicht zu kümmern. Okay?«

Captain Hank Morgan nickte. »Okay«, sagte er.

»Kann ich gehen?« fragte Parker.

»Wohin?«

»Mann Gottes, ins Krankenhaus natürlich! Verdammt, mit Maggie Ferries steht oder fällt die Serie! Jemand muß sie doch wieder seelisch aufrichten. The Show must go on! Wir sind keine Beamten, die sich ins Bett legen und erholen können.«

Morgan sah aus, als wolle er an die Decke des niedrigen Wohnwagens gehen. Aber im letzten Moment beherrschte er sich.

»Das Drehbuch«, sagte ich, als Parker aufstand und seinen Wohnwagen verlassen wollte. »Wer kennt das Drehbuch?«

Er blieb stehen. Seine Augen wurden schmal, als er sich zu mir herumdrehte. Dann schüttelte er den Kopf.

»Nur wenige Leute kennen das Drehbuch«, sagte er. »Der Schreiber, der Produktionschef, ich ... vielleicht noch zwei, drei andere.«

»Und die Schauspieler?«

»Die bekommen am Vorabend den Text der Szene, die ich am nächsten Tag drehen werde«, sagte er. »Das ist eine Vorsichtsmaßnahme. Ich traue keinem der Kerle, die für unsere Konkurrenz Broadway arbeiten. Sie würden alles tun, was uns schadet. Mit einem fertigen Drehbuch in den falschen Händen kann allerhand passieren. Begreifen Sie?«

Ich begriff es durchaus nicht. Aber da Morgan nicht einhakte, schien wenigstens ihm Parkers Bemerkung einzuleuchten.

Der Regisseur duckte sich durch die Tür des Wohnwagens ins Freie. Dann blieb er mit einem Ruck stehen und drehte sich wieder zu Morgan und mir um.

»Der verdammte Einbruch«, sagte er leise und schlug sich mit der flachen Hand gegen die hohe Stirn. »Warum, verdammt, habe ich nicht früher daran gedacht?«

»Was für ein Einbruch?«

»Vor drei Tagen stieg jemand ins Verwaltungsgebäude der Produktion ein, schlug den Nachtwächter nieder und durchsuchte die Räume. Verschwunden war nichts. Es gab ja auch höchstens die Portokasse zu stehlen. Aber selbst die hat man liegengelassen.«

Ich verstand genau, worauf der Regisseur hinauswollte. »Sie meinen, bei diesem Einbruch kann sich jemand Einblick in das Drehbuch verschafft haben?«

»Sie sind ein verdammt schlaues Kerlchen und finden sich schnell in diesem Dschungel zurecht. Ich glaube, ich muß meine verdammt schlechte Meinung über den FBI revidieren, Mr. Cotton. Natürlich hatte der Einbrecher es auf das verdammte Drehbuch abgesehen. Ich denke, er hat es fotokopiert und wieder in den Stahlschrank zurückgelegt.«

Ich schwieg dazu.

Es erschien mir etwas sehr weit hergeholt. Im nachhinein konnte man natürlich die tollsten Geschichten um den Einbruch spinnen. Erst recht nach dem Mord vor zwei Stunden.

»Wer hat den Einbruch bearbeitet?«

»Siebzehntes Revier West«, antwortete Parker. »An Namen kann ich mich nicht erinnern. Sie schickten eine verhungert aussehende lange Gestalt, für die ich Verwendung in einem Horrorstreifen gehabt hätte.«

»Mit der Beschreibung werden wir ihn sicherlich schnell finden«, sagte Hank Morgan sauer und schaute

Parker wütend nach, als der diesmal wirklich verschwand.

»Kann da was dran sein?« fragte ich den Captain.

»Möglich«, antwortete Morgan gedehnt, »aber ich glaube nicht daran.«

»Und die Geschichte von der bösen Konkurrenz?«

Morgan strich sich nachdenklich über seine kurzgeschorenen Haare. Sie waren so kurz, daß die Kopfhaut rosig durchschimmerte. »Soll ich Ihnen sagen, was ich denke, G-man?«

»Natürlich.«

»Sam Sommer war bekannt für seine Weibergeschichten. Wenn unter einem Weiberrock hübsche Beine hervorschauten, rannte er hinterher, und natürlich bekam er sie meistens auch ins Bett. Das ist nun mal so, wenn man berühmt ist. Sommer störte es auch nicht, ob die Frau einen Ring trug und verheiratet war. Er vernaschte sie und schob sie wieder ab. Ich denke, er ist an die Frau eines rachsüchtigen Mannes geraten, der über genügend Phantasie verfügte und sich einen wirklich stilvollen Abgang für Sommer ausdachte.«

Ich schaute Morgan skeptisch an.

Er grinste schief. »Wenn ich damit dem Attorney komme, schickt er mich in die Klapsmühle. Aber das ist meine Meinung.«

»Dann müßte dieser Mann zumindest im Filmgeschäft zu Hause gewesen sein.«

»Natürlich«, antwortete Morgan überzeugt. »Dachten Sie vielleicht, daß Sommer vor den Frauen von Kollegen haltmachte, wenn sie gut aussahen und ihn haben wollten?«

Es war Morgans Version. Sie entbehrte nicht einer gewissen realistischen Grundlage. Viel weiter hergeholt erschien mir Parkers Geschichte von der bösen Konkurrenz aus New York, die ebenfalls wegen der günstigen Kosten ihre Serie Broadway in Los Angeles produzierte. Das einzige, was mich in diesem Moment noch nachdenklich stimmte und mißtrauisch machte, war der Einbruch ins Produktionsbüro, in dem sich auch das Drehbuch befunden hatte.

Einen Tag später war ich populär in der Stadt. Das Bild auf allen Titelseiten zeigte den G-man Jerry Cotton, der am Cadillac stand und abwehrend die Hände nach vorn streckte, um die Leute des Aufnahmeteams zurückzuhalten.

MORD UNTER DEN AUGEN DES FBI!

Das war nur eine der reißerischen Schlagzeilen. Die Presse walzte das Geschehen zur klassischen Tragödie aus. Parker hatte ein Interview gegeben und mit seinen Anschuldigungen gegen die Broadway-Macher nicht hinterm Berg gehalten. Futter für sensationsgeile Journalisten. Was Parker sagte, konnte gedruckt werden. Es waren Zitate, für die allein Parker geradestehen mußte.

Das alles konnte mich nicht treffen. Es war eine eigene Welt. Und wenn das Leben der Menschen die darin lebten, aus Verleumdungen und leichtfertigen Anschuldigungen bestand, dann war es nicht meine Sache.

Aber Parker ging noch einen Schritt weiter.

Er behauptete, der FBI hätte den Drohanruf, den der Produktionschef an den FBI weitergegeben hatte, nicht ernst genug genommen. Er behauptete, bei etwas gutem Willen hätte der Mord an Sam Sommer verhindert werden können. Gleichzeitig nannte er es lächerlich, einen Mann aus New York zu den Aufnahmen zu schicken, der sich in der Branche nicht auskannte.

Diese Bemerkungen konnte man so oder so auslegen. Indirekt schob er mir die Schuld an Sommers Tod zu, deutlich genug, daß auch der Mann von der Straße es aus den Zeilen herauslesen konnte.

»Ich habe mit Mr. High in New York gesprochen, Jerry«, sagte Logan Unkler, der Districtchef des FBI Los Angeles. »Wir vereinbarten, daß Sie in Los Angeles bleiben und den Fall übernehmen.«

»Das ist doch keine FBI-Sache, Sir.«

Logan Unkler, ein mittelgroßer Mann, der sich betont leger kleidete und trotz seiner fünfzig Jahre noch einen dynamisch jugendlichen Eindruck auf seine Umwelt machte, zuckte mit den Schultern. Er deutete auf die Zeitungen, die auf seinem Schreibtisch ausgebreitet lagen.

»Man zieht uns in die Sache rein, also steigen wir auch ein. Nicht ganz offiziell und nicht mit allen Möglichkeiten, aber wir bleiben am Ball. Schließlich erhebt Parker Anschuldigungen gegen ein in New York ansässiges Unternehmen, die Produktionsgesellschaft von Broadway.«

»Okay, Sir«, sagte ich, nicht gerade himmelhoch jauchzend. Aber warum sollte ich nicht noch einige Tage in Los Angeles bleiben? Am Morgen hatte ich mit Phil telefoniert. Es regnete an der Ostküste, und es war kalt. Schnee lag in der Luft.

»Sprechen Sie mit Sergeant Mulligan vom Siebzehnten Revier West, der den Einbruch ins Produktionsbüro von Golden Gate bearbeitet hat! Anschließend setzen Sie sich mit Captain Hank Morgan zusammen! Vielleicht haben seine Vernehmungen etwas Neues zutage gebracht. Im übrigen betrachten Sie das hier als einen verlängerten Urlaub, Jerry. Ich denke, es wird eine normale, kaum weltbewegende Aufklärung des Verbrechens geben.«

Gegen einen verlängerten Urlaub war wirklich nichts einzuwenden, und ich schloß mich Logan Unklers Meinung an, was die Aufklärung des Mordes an Sam Sommer anging.

»Lemmy Everdell macht Schwierigkeiten! Erledige das auf die übliche elegante und endgültige Art und Weise!« Das war alles.

Bruce Gortham legte den Telefonhörer auf und wälzte sich träge zur Seite. Sein Blick fiel auf die Digitaluhr, die auf dem Nachttisch stand. 2.08 Uhr nachmittag. Durch die schweren Brokatvorhänge der Suite im Fairbank Hotel fiel kaum ein Lichtschimmer. Die Ruhe war himmlisch, und nach einer langen Partynacht hatte Bruce Gortham zwölf Stunden Schlaf nötig gehabt.

Das rothaarige Girl, das neben ihm lag, hatte er gestern auf der Party kennengelernt. Ein Sternchen, das nach den Sternen greifen wollte und jede nur mögliche Beziehung zum Filmgeschäft suchte. Tausende gab es davon in dieser Stadt, die man auch die Stadt der gefallenen Engel nannte. Tausende, und jedes der Mädchen war mindestens so hübsch wie ein Filmstar, der es zu etwas gebracht hatte. Gortham hatte sie angesprochen, und sie waren sich schnell einig geworden.

Laura hieß sie, daran erinnerte sich Gortham. Ihren Nachnamen wußte er nicht. Dafür interessierte er sich auch nicht. Nach dem späten Frühstück würde sie sich anziehen und brav verschwinden wie alle anderen auch. Wenn sie kein großes Theater machte, würde er ihr einen

Hunderter geben und einige Adressen, an die sie sich wegen ihrer weiteren Karriere wenden konnte.

Jetzt bewegte sie sich neben ihm, richtete sich auf und schaute ihn verschlafen an. Auch ungeschminkt war sie eine Augenweide. Sie strich sich die langen roten Haare in den Nacken. Das dunkle Bettlaken aus Satin glitt von ihrem Körper.

Gortham schaute auf ihre mittelgroßen, festen Brüste, den sanften Knick ihrer Taille und die fraulich nach außen gewölbten Hüften. Einen Moment lang empfand er beinahe Mitleid mit dem Girl, weil er sicher war, daß sie es genausowenig schaffen würde wie die meisten anderen. Nach einer Odyssee durch viele Betten würde sie der Stadt eines Tages enttäuscht den Rücken drehen oder als Verkäuferin oder Kellnerin in einer Hamburgerkette landen. »Ausgeschlafen?« fragte Gortham.

Das rothaarige Girl nickte. »Das Telefon hat mich geweckt.«

Augenblicklich verscheuchte Gortham jeden Anflug von Gefühl aus seinen Gedanken. Eine Sekunde lang mußte er überlegen, ob sie etwas gehört haben konnte. Natürlich nicht. »Lemmy Everdell macht Schwierigkeiten. Erledige das auf die übliche elegante und endgültige Art und Weise!«

Mehr an Dialog war nicht gefallen. Er selbst hatte nicht ein Wort von sich gegeben, aus der die Rothaarige Rückschlüsse ziehen konnte.

»Okay«, sagte er. »Geh ins Bad, und mach dich hübsch! Ich bestelle das Frühstück.«

Das Girl nickte, drehte sich aus dem Bett heraus, streckte sich vor den zugezogenen Gardinen wie ein müdes Tier und ging ins Bad. Gortham verfolgte sie mit Blicken. Sie war verdammt schön, sie war still, stellte keine Fragen und keine Forderungen. Laura aus einem kleinen Bauernkaff in Texas. Gortham zündete sich eine Zigarette an. Warum sollte er sie wegschicken – bei solchen Qualitäten? Es konnte wirklich nicht schaden, wenn er sich in der nächsten Zeit eine feste Freundin zulegte. Bei seinem Job konnte eine Frau manchmal wichtig sein. Vor allem, wenn es darum ging, ein wackliges Alibi zu stützen.

Bruce Gortham hörte die Dusche, stand auf und folgte Laura ins Bad. Die Duschvorhänge waren nicht vorgezogen. Sie streckte ihren nackten, wohlgeformten Körper unter dem scharfen Wasserstrahl, hielt die Augen geschlossen, wußte aber, daß er da war und lächelte in seine Richtung.

»Hast du Pläne?« fragte Gortham.

»Die kennst du doch.«

Natürlich kannte er sie. Star werden, berühmt sein, im Geld schwimmen. Einen Prinzen heiraten, viele niedliche Kinder kriegen und glücklich sein bis ans Lebensende.

»Hast du einen festen Freund in der Stadt? Jemand, zu dem zu gehörst?«

»Dich«, sagte Laura und drehte die Dusche ab. Mit dem Handrücken rieb sie sich die Augen, öffnete sie und schaute ihn an.

»Das ist gut«, sagte Gortham. »Aber ich bin eifersüchtig und halte nichts von Frauen, die sich in meine Angelegenheiten mischen.«

Sie lächelte entwaffnend.

»Wie heißt du, außer Laura?«

»Christie.«

»Komischer Name.«

»Ich konnte ihn mir nicht aussuchen.«

»Okay, ich bestelle jetzt das Frühstück.«

Gortham ging ins Schlafzimmer der Suite zurück und gab seine Bestellung telefonisch auf. Fünf Minuten verstrichen. Laura war noch im Bad beschäftigt. Dann kam der Kellner mit dem Frühstückswagen. Neben dem Frühstück brachte er die neuesten Mittagsausgaben der wichtigsten Zeitungen aus Los Angeles.

Sommers Tod wurde mit dicken Schlagzeilen von den Titelseiten verkündet. Darunter Fotos von Sommer, von Maggie Ferries und die Aufnahme eines G-man, der sich gestern auf dem Gelände aufgehalten hatte.

MORD UNTER DEN AUGEN DES FBI!

Bruce Gortham lachte leise, überflog die Artikel flüchtig und schob die Zeitungen beiseite. Laura Christie kam aus dem Bad. Nackt, schön, verlockend. Die personifizierte Verführung. Einen Moment blieb sie stehen. Dann schlang sie sich das Handtuch um die Hüften, verknotete es und kam zu ihm an den Tisch.

»Ich habe mich selten so gut gefühlt«, sagte sie, küßte ihn und preßte sich einen Atemzug lang zitternd an ihn. Dann setzte sie sich, schlug die langen Beine übereinander und schenkte ihm Kaffee ein.

»Bist du ein bekannter Mann?« fragte sie schließlich zwischen zwei Bissen.

»Man kennt mich«, antwortete Gortham. »Aber ich arbeite meistens zurückgezogen und in aller Stille.«

Dann grinste er. Er fand, daß es treffend beschrieben war. *Zurückgezogen und in aller Stille*. Wie es sich für einen Killer gehört.

Sergeant Mulligan vom Siebzehnten Revier West sah genauso aus, wie Parker ihn beschrieben hatte. Er war hohlwangig, hatte tief zurückliegende Augen und eine etwas nach vorn gewölbte Stirn. Arme und Beine waren im richtigen Verhältnis zu seinem Körperbau: Lang und dünn. Für einen Horrorfilm würde es wohl doch nicht reichen.

»Da war nichts, G-man«, versicherte er. »Jemand schlug den Nachtwächter nieder, lief durch einige Räume, ohne verwertbare Spuren zu hinterlassen, und verließ das Gebäude auf dem gleichen Weg, bevor der Nachtwächter aus dem Reich der Träume in die Wirklichkeit zurückkehrte. Ich habe mich ausführlich mit der Sekretärin von Don Vincente Leyonne unterhalten. Sie sagt, der Schreibtisch habe genauso ausgesehen, wie sie ihn am Abend zurückgelassen habe.«

Ich schaute den hochgewachsenen, hageren Mann zweifelnd an. Er grinste leicht und spielte nervös mit seinem Kugelschreiber.

»Ich habe es zwar nicht ins Protokoll geschrieben, Sir«, sagte er dann, »aber wenn der Nachtwächter nicht niedergeschlagen worden wäre, würde ich das Ganze für einen blinden Alarm gehalten haben.«

»Weil nichts verschwunden ist? Weil sich niemand sichtbar an irgendwelchen Gegenständen zu schaffen gemacht hat?«

Sergeant Mulligan nickte. »Wenn ein Dieb irgendwo einsteigt, will er Beute machen, oder? Aber nicht einmal die bescheidene Portokasse wurde angerührt. Ich weiß nicht, was ich davon halten soll. Die Akte liegt noch in meinem Schreibtisch. Aber sie wird zu den unerledigten Fällen ins Archiv wandern. So ist das.«

Parkers Version war mir noch im Ohr. Nach der Aussage Mulligans wurde sie immer wahrscheinlicher. Der Einbrecher hatte es auf das Drehbuch abgesehen gehabt. Er fand es in einem Panzerschrank, fotokopierte es und machte sich davon, ohne etwas anderes anzurühren. Nur, wenn es wirklich so gewesen war, warum hatte man nicht wenigstens versucht, einen Einbruch echter Diebe vorzutäuschen, und hatte andere Dinge mitgehen lassen?

Vom Siebzehnten Revier West fuhr ich ins Headquarters der Metropolitan Police. Captain Hank Morgan kam gerade von einer Unterredung mit dem Staatsanwalt zurück. Worum es gegangen war, wußte ich nicht. Auf jeden Fall hatte er schlechte Laune. Was er vom Staatsanwalt einstecken mußte, versuchte er jetzt auf mich abzuwälzen.

»Ich habe das nicht gern, wenn ortsfremde G-men aus New York in meinen Fällen herumfischen«, sagte er unfreundlich.

Ich setzte mich, schlug die Beine übereinander und zündete mir eine Zigarette an. »Lassen Sie mir einen Kaffee kommen, regen Sie sich ab, Captain, und dann unterhalten wir uns über den augenblicklichen Stand der Ermittlungen! Freundlich, ungezwungen oder dienstlich, wobei jeder seine Stellung und seine Verbindungen spielen lassen kann, um dem anderen Schwierigkeiten zu machen. Okay?«

Er setzte sich, belauerte mich eine Weile und griff dann nach dem Telefon.

»Zwei Kaffee, Elma«, sagte er und legte wieder auf.

»Okay, Morgan, so ist es auch besser.«

»Ich habe ihm meine Version vom eifersüchtigen Ehemann nahebringen wollen«, knurrte der Captain. »Wir vorausgesehen, hat er mich für verrückt erklärt.«

»Was hat er denn von sich gegeben?«

»Nichts anderes, als daß ich meinen fetten Arsch in Bewegung setzen und den Mörder herbeischaffen soll«, antwortete Morgan grinsend. »Er ist ein ungehobelter

Bauer aus Carolina, den es irgendwann einmal nach Los Angeles verschlagen hat. Auch als Staatsanwalt kann er seine lümmelhafte Erziehung nicht verbergen.«

Eine Polizistin brachte den Kaffee. Eine sehr hübsche Polizistin mit kurzen dunklen Haaren und einer straffsitzenden Uniform, die die Stromlinien ihres Körpers richtig zur Geltung brachte. Los Angeles steckte voller hübscher Geschöpfe. Auch die Polizei hatte ihren Teil abbekommen.

»Das ist nur äußerlich«, grinste Morgan, als ich der Polizistin bewundernd nachschaute. »Sie hat Haare auf den Zähnen und schon zwei Männern den Laufpaß gegeben. Komisch, daß die meisten Leute immer auf die äußerlichen Schönheiten der Stadt hereinfallen und nicht oder zu spät sehen, daß sie innerlich genauso verfault ist wie New York, Chicago oder eine andere Großstadt.«

»Wahrscheinlich liegt das am schönen Wetter.«

Captain Hank Morgan nickte, trank einen Schluck und schaute mich an. »Hat Ihr Verein offiziell damit zu tun?« fragte er.

»Das hängt von den Ermittlungen ab«, wich ich aus.

»Es wurde so gut wie nichts ermittelt«, versicherte Morgan. »Wir haben uns die ganze Nacht um die Ohren geschlagen. Angeblich keine fremden Personen auf dem Gelände und keine fremden Personen am Requisitenwagen. Das behaupten alle, mit denen wir gesprochen haben. Aber wenn Sie jemand fragen, welche ihm bekannten Personen sich eigentlich auf dem Aufnahmegelände aufgehalten haben, fallen ihm nicht mehr als drei Namen ein. Nämlich gerade die Kollegen, mit denen er eng zusammenarbeitet.«

»Mit anderen Worten: Selbst wenn sich ein Fremder dort aufgehalten hätte, wäre es nicht aufgefallen.«

»Genau darauf läuft es hinaus.«

Das machte die Sache auch nicht leichter. Eine Vielzahl von Personen konnte unerkannt die Waffe oder die Munition ausgetauscht haben.

In diesem Moment schoß es mir wie ein Blitzschlag durch den Kopf.

»Ist die Waffe in der Ballistik gewesen?«

Morgan starrte mich verständnislos an.

»Was soll denn das nun schon wieder, Cotton?« fragte er. »Die Kanone ist auf die Produktionsgesellschaft eingetragen, und man besitzt dafür auch einen Waffenschein.«

»Ein 38er sieht auf den ersten Blick aus wie ein 38er«, sagte ich. »Ihnen und mir würde es vielleicht auffallen, wenn man uns plötzlich eine andere als die gewohnte Kanone in die Hand gäbe. Maggie Ferries aber kann da keinen Unterschied feststellen.«

Sein Gesicht wurde länger. Von der gesunden Kaliforniabräune blieb nicht viel übrig. Dann stieß er einen Fluch aus, schnappte nach dem Telefon wie ein Habicht nach der Beute und brüllte seine Anordnungen lautstark durch die Muschel.

»Verdammt!« keuchte er wütend. »Daß ausgerechnet mir das passieren muß.«

»Auch ein Captain ist nur ein Mensch«, sagte ich, aber das tröstete den wuchtigen Mann nicht über seinen Schmerz hinweg.

Jedesmal wenn er Don Vincente Leyonne gegenübersaß, kam sich Erwin Wainscott vor wie bei seiner eigenen Hinrichtung. Von dem greisen Mann mit den schlohweißen Haaren ging etwas unbeschreiblich Zwingendes aus. Schon wenn einer den Don ansah, wurde in einem das schlechte Gewissen wach, und man erinnerte sich an alle seine Sünden.

Die Zeitungen lagen auf dem riesigen Schreibtisch ausgebreitet, allerdings nur die Titelblätter. Manche Stellen hatte Don Vincente Leyonne rot unterstrichen.

Vincente Leyonne war über siebzig Jahre alt, hatte ein stark gebräuntes Gesicht mit einer Haut, die wie dünnes Leder wirkte und sich über den hervorstehenden Backenknochen spannte. Er trug sein schlohweißes Haar streng zurückgekämmt. Über der Oberlippe wölbte sich ein gewaltiger Schnäuzer. Die kleinen Augen des Alten waren noch immer sehr hell und wachsam. Nichts entging ihm, vorausgesetzt, er interessierte sich dafür.

Ein alter Mafioso, der in den Annalen des FBI seinen Platz hatte, aber für den sich die Bundespolizei schon lange nicht mehr interessierte. Vincente Leyonnes wilde Zeit lag lange zurück, und er hatte sie gut überstanden. Eine Verurteilung wegen einer Steuersache, mehrere Anklagen wegen Verdachts auf Mitgliedschaft in einer kriminellen Vereinigung.

Jedesmal hatte die Jury ihn mangels Beweisen freigesprochen.

Er hatte Millionen gescheffelt. Irgendwann fand er heraus, daß man im Filmgeschäft mit den nötigen Mitteln und den richtigen Beziehungen ausgestattet noch mehr Millionen auf einigermaßen legale Weise machen konnte. Er gründete die Golden-Gate-Produktion, machte einige erfolgreiche Filme und stieg schließlich ins Seriengeschäft fürs Fernsehen ein, als es mit den Filmen bergab ging. Die meisten verantwortlichen Mitarbeiter, die er um sich geschart hatte, stammten aus alten Mafiafamilien, zu denen er ausgezeichnete Kontakte unterhalten hatte, und bestanden durchweg aus Männern, die ihr

Fach beherrschten. Denn nichts haßte Don Vincente Leyonne mehr als Dilettanten.

»Was kann uns das kosten, Erwin?« wandte sich der weißhaarige Alte an Wainscott, der seit zwei Jahren Produktionschef war und von dem er nichts anderes als große schwarze Zahlen erwartete.

»Nichts«, antwortete Wainscott, zupfte sich die blaugepunktete Krawatte gerade und reckte seine kurze, aber athletische Gestalt. »Wir haben Sommer aus der Serie rausschreiben lassen und die Szene so stilecht im Kasten, daß die Leute vom Broadway graue Haare bekommen und versuchen werden, uns durch gerichtliche Schritte davon abzuhalten, die Szene über den Bildschirm laufen zu lassen. Also Publicity, die wir brauchen.« Don Vincente Leyonne richtete sich hinter dem Schreibtisch auf. Seine kalten Augen durchbohrten ihn, so empfand Wainscott es. Der Alte suchte wie immer nach einem schwachen Punkt. Sie mochten sich nicht besonders. Er kam aus einer Familie, die sich mit der von Leyonne nie grün gewesen war.

Eine uralte Feindschaft. Aber es gab Männer, die legten die Vergangenheit nie ganz ab. Leyonne gehörte dazu. Dennoch hatte der Alte ihn in den Stab genommen und Karriere machen lassen. Dies aber wirklich nur darum, weil Wainscott eine sehr feine Nase für die richtigen Produktionen und noch nie einen Flop gelandet hatte. An einem solchen Mann war Don Vincente Leyonne, trotz seiner Abneigung der Wainscott-Familie gegenüber, nicht vorbeigekommen.

»Ich hasse diese Art von Publicity«, sagte der Don. »Sie bringt uns vielleicht negativ ins Gerede. Das kann schnell auf uns zurückschlagen.«

Wainscott zündete sich eine Zigarette an. Er deutete

auf die Zeitungsausschnitte. »Jemand will uns nicht nur ins Gerede bringen, Don. Jemand will uns den Hahn abdrehen und vom großen Geld vertreiben. Auf das, was geschehen ist, hatten wir keinen Einfluß. Hätte es jemand anderen von der festen Besetzung erwischt, würden wir uns in Schwierigkeiten befinden. Der Zuschauer will keine neuen Gesichter, nachdem er sich an die alten gewöhnt und sich mit ihnen identifiziert hat.«

Leyonne strich sich über die Haare, faltete die Zeitungen zusammen und warf sie in den riesigen Papierkorb, in den er mit Vorliebe Drehbücher steckte, die ihm nicht gefielen.

»Der FBI ist mit der Sache beschäftigt?«

Wainscott zuckte mit den breiten, muskulösen Schultern. »Bislang ist noch niemand bei uns gewesen. Und wenn, dann haben wir nichts zu verbergen. Parker behauptet ganz richtig, daß es sich um einen Anschlag der Konkurrenz handelt, Don. Broadway kann nichts Besseres geschehen, als wenn unsere Serie, aus welchen Gründen auch immer, kaputtgeht und vom Zuschauer nicht mehr angenommen wird.«

»Hatten wir in der letzten Zeit Ärger mit den Broadway-Leuten?«

»Sie haben Danny, deinem Enkel, eine kleine Rolle gegeben. Nicht weil sie von seinen schauspielerischen Qualitäten überzeugt sind, sondern weil sie sich von ihm einige Interna aus unserer Produktion versprechen.«

Don Vincente Leyonne stand auf. Seine hagere Gestalt war weit nach vorn gebeugt. Nach einem Unfall vor einigen Jahren trug der Alte ein Stützkorsett, ohne das er gar nicht stehen konnte.

»Das solltest du nicht einmal denken, Wainscott!« sagte er wild, und sein Zeigefinger stach auf ihn zu. »Nicht einmal denken! Ich habe dich groß gemacht, ich kann dich wieder fallen lassen und dafür sorgen, daß jede Studiotür für dich verschlossen bleibt. Vergiß das nie!«

»Noch immer die alten Familiengeschichten, Don?«

Vincente Leyonne setzte sich wieder. Mit einer ärgerlichen Handbewegung winkte er ab. »Was ist mit Danny?« fragte er.

Wainscott zuckte mit den Schultern. »Er war vor einigen Tagen auf dem Gelände und auch hier im Haus. Er unterhielt sich mit einigen Leuten und wünschte unserer Serie einen baldigen Tod. Vielleicht hat er es nicht ernst gemeint, Don, vielleicht doch. Er war nebenan im Büro und sprach mit Diana, fragte sie über unsere Autoren und neue Drehbücher aus. Du kannst darüber denken, wie du willst. Ich bin der Produktionschef. Wenn ich denke, daß uns jemand schaden will, um seine eigene Karriere zu fördern, dann kümmere ich mich darum. Dann kommt es nicht darauf an, wie er heißt und ob es mir jemand krummnehmen wird. Du warst in Miami, Don. Angeblich wußte er es nicht, obgleich es in allen Zeitungen gestanden hat, und angeblich kam er, um seinen Großvater zu sehen. Ich sage damit nichts gegen Danny. Ich sage nur, daß ich vorsichtig bin. Wenn das falsch ist, verdammt, dann suche dir einen neuen Mann! Aber erzähl keine Märchen über mich bei der Presse!«

Schweigend hörte Don Vincente Leyonne zu, machte sich einige Notizen und schaute Wainscott wieder an.

»Ich weiß, daß du ein guter Mann bist, Erwin«, sagte er beinahe mit weicher Stimme. »Hätte ich dich sonst als meinen alleinigen Nachfolger für die Golden-Gate-Produktion bestimmt?«

»Okay, Don.«

»Ich will, daß sich der FBI um die Sache kümmert.

Sommer war ein guter Schauspieler. Wir haben ihm einiges zu verdanken. Kommt Maggie darüber hinweg?«

»Sie ist Profi wie wir alle. Sie steht morgen wieder vor der Kamera. Ich weiß nicht, wie Parker es geschafft hat, aber er hat sie aufgerichtet.«

Der weißhaarige Alte nickte zufrieden. »Ich bin stolz auf euch alle«, sagte er. »Wir sind wie eine große Familie, die zusammenhält. Das soll so bleiben. Ich wollte, Danny gehörte dazu.«

»Sprich mit ihm, Don! Mach ihm deutlich, daß er es dir und seiner Familie schuldig ist!«

Don Vincente Leyonne nickte nachdenklich. »Er ist es mir schuldig, das stimmt«, sagte er leise. »Vielleicht sollte ich wirklich mit ihm sprechen.«

Die National Mountain Police, die für die National Forest San Bernadino und San Gabriel Mountains zuständig ist, fand die Leiche zufällig, als sie mit dem Helikopter das unwegsame Gebiet des Devil Canyon und des Bear Canyon Creek routinemäßig überflog. Eine auffällige Anzahl von Bussarden kreisten über der Sohle einer steil abfallenden Schlucht, die selbst für erfahrene Bergsteiger nur schwer zu erreichen war.

»Drück den Vogel tiefer!« sagte Lieutenant Downey, der zusammen mit Sergeant Bolsa den Routineflug durchführte.

»Wahrscheinlich abgestürztes Wild«, sagte Bolsa, der mexikanischer Abstammung war und von dem man behauptete, daß er die Naturschutzgebiete besser als jeder andere kenne.

»Sei nicht so faul, Mann!«

»Es war eine lange Nacht. Meine Tochter hatte Zahnschmerzen, und ich mußte mit ihr zur Klinik. Danach habe ich kaum noch Schlaf gefunden.«

Downey, der mit Bolsa seit vielen Jahren befreundet war, grinste und deutete mit dem Daumen nach unten auf die Talsohle.

Bolsa legte die Libelle auf die Seite, flog einen Bogen und ging tiefer. Das Rotorengeräusch verscheuchte die Bussarde, die aufflogen und zum Cogswell Reservoir abdrehten.

Eine Minute später wurde Bolsa bleich. Deutlich waren die Umrisse eines Menschen zu sehen, der zwischen den sich hochauftürmenden Felsen lag. Bewegungslos, mit verrenkten Gliedern.

Bolsa setzte den Helikopter in einiger Entfernung butterweich auf die unebene Landefläche. Zusammen mit Downey verließ er die Maschine, bahnte sich einen Weg durch das Geröll und erreichte den Toten als erster. Der Mann konnte noch nicht lange hier liegen, das fiel Bolsa auf den ersten Blick auf.

Vielleicht seit heute nacht. Und er konnte unmöglich von den steil aufragenden Felshängen in die Schlucht abgestürzt sein. Dazu lag er viel zu sehr in der Mitte der Talsohle.

Bolsa strich sich die leicht gelockten dunklen Haare in den Nacken. Plötzlich schwitzte er und tastete mit zitternden Fingern nach den Zigaretten. Sein ausgestreckter Zeigefinger hob sich gegen den azurblauen Himmel, der die San Gabriel Mountains an diesem Morgen überspannte.

»Der kam von dort oben«, wandte er sich an Downey, der ebenfalls entsetzt auf die zerschmetterte Leiche des Mannes schaute.

»Man warf ihn einfach ab und verließ sich darauf, daß

ihn hier in dieser Wildnis niemand findet. Wenn die Bussarde nicht gewesen wären ...«

»Ich rufe die Mordkommission«, sagte Downey und hastete zum Helikopter zurück, während Bolsa neben dem Toten in die Knie ging und die Taschen des Mannes durchsuchte.

Lemmy Everdell, geboren in San Diego, wohnhaft in Los Angeles, Inglewood, 1724 La Brea Avenue. Neben dem Führerschein fand Bolsa einen Firmenausweis der Lazy Brown Promotion, North Hollywood, Magnolia Boulevard.

An Ausweispapieren war das alles. Daneben befanden sich Zigaretten in den Taschen des Toten, einige lose Dollarscheine, ein Foto, das ihn zwischen zwei Schönen zeigte, und ein Streichholzbriefchen der Santa Ana Bar in Santa Monica. Das war nicht viel Hinterlassenschaft für einen Mann, der vierzig Jahre alt geworden und eines unnatürlichen Todes gestorben war.

Ich sprach mit Phil, weil es mir wichtig erschien, nähere Informationen über die Broadway Produktion zu erhalten, die zwar in Los Angeles produzierte, ihren Hauptsitz aber am Hudson unterhielt – aus welchem Grund auch immer.

Eisregen in New York. Die Straßenschluchten sollten sich von einer Minute auf die andere in spiegelnde Eisbahnen verwandelt haben. Ein Verkehrschaos sondergleichen. Auch für die Polizei und die Rettungsfahrzeuge war kaum ein Durchkommen. Das alles hörte ich von Phil.

Wenn ich wie jetzt aus dem Fenster meines Hotelzimmers schaute und den strahlend blauen kalifornischen

Himmel sah, die Menschen in Freizeitkleidung, die Mädchen in kurzen Röcken oder straffsitzenden Hot Pants, kam kein Funke Sehnsucht nach New York in mir auf. Vor meinem Hotel am Ocean Boulevard in Long Beach aus konnte ich den Boulevard und den Strand herunter bis nach Alamitos State Beach schauen. Die Coke war eisgekühlt und die Sonnenblende über dem Balkon so angebracht, daß man auch wirklich keinen Sonnenstich bekommen konnte.

Ich hatte mit Logan Unkler gesprochen. In Übereinstimmung mit Mr. High bestand Unkler auf meinem Bleiben in Los Angeles. Die beiden Distriktchefs der Ost- und Westküste trauten der Sache nicht. Von Logan Unkler wußte ich, daß er seine besten Männer darauf angesetzt hatte, alle Verbindungen innerhalb der Golden-Gate- und der Broadway-Produktion zu durchleuchten, zu entflechten und einen umfassenden Bericht zu erstellen.

Als das Telefon läutete, wußte ich, daß es Captain Hank Morgan war.

»Sie hatten recht, Cotton«, gab er unumwunden zu. »Der 38er wurde einfach ausgetauscht. Die Waffe, mit der Sommer getötet wurde, ist brandheiß und bei einem Überfall in Pasadena benutzt worden.«

»Worum ging es da?«

»Ein Buchmacher wollte nicht so wie die Mafia. Man verpaßte ihm zwei Kugeln aus dieser Waffe, womit die Meinungsverschiedenheiten geregelt waren. FBI-Fall.«

»Danke, Captain.«

»Keine Ursache, G-man«, antwortete Hank Morgan. »Ehrlich gesagt bin ich froh, wenn ich mit dem ganzen Fall nichts mehr zu tun habe. Don Vincente Leyonne, der der Golden-Gate-Produktion vorsteht, soll früher einmal ein großes Tier bei der Mafia gewesen sein. Und die Männer, die er in den wichtigsten Stellungen um sich geschart hat, dürften der Mafia auch nicht fernstehen.«

»Sind das Vermutungen oder Tatsachen, Captain?«

»Vielleicht Halbwahrheiten«, wich Morgan aus.

»Die bringen uns nicht weiter.«

Hank Morgan lachte. »Ich beneide Sie wirklich nicht.«

»Okay, falls ich Trost brauche, wende ich mich vertrauensvoll an Sie, Captain. Wird es Ihnen nicht langweilig, ohne den Golden-Gate-Fall?«

Für einige Sekunden Schweigen am anderen Ende. Ich dachte schon, Morgan würde den Hörer wütend auflegen, als er sich wieder meldete. »Da ist 'ne merkwürdige Sache passiert gestern nacht. Ein Toter in den San Gabriel Mountains. Jemand hat ihn aus einem Sportflugzeug oder einem Hubschrauber aussteigen lassen.«

»Alte Vietnam-Methode.«

»Ja«, sagte Morgan.

»Kennt ihr den Mann?«

»Nur seinen Namen, denn aktenkundig ist er nicht. Lemmy Everdell. Ein kleiner Angestellter der Lazy Brown Promotion aus North Hollywood.«

»Hat die Firma etwas mit Golden Gate oder Broadway zu tun?«

»Ohne Lazy Brown Promotion würde es Golden Gate, Broadway und andere Produktionen gar nicht geben. Lazy Brown verteilt die Werbegelder aus der Wirtschaft. Viele Millionen! Wahrscheinlich das wichtigste Unternehmen für die Film- und Fernsehbranche.«

»Aus einem Sportflugzeug oder einem Helikopter geworfen?« erkundigte ich mich noch einmal.

»Ja, aus einem von beiden. Jeder Zweifel ist ausgeschlossen. Soll ich diese Akte auch dem FBI zuschieben?«

»Das muß Logan Unkler entscheiden. Ich bin hier nur

Gastarbeiter. Aber interessieren würde mich die Geschichte schon.«

»Ich mache eine Meldung an die Bundespolizei«, versprach Captain Hank Morgan. »Sobald die ersten Untersuchungen abgeschlossen sind.«

»Okay«, sagte ich und beendete das Gespräch.

Lemmy Everdell von der Lazy Brown Promotion. Es gab also einen Zusammenhang mit Golden Gate und mit Broadway. Aber es gab auch einige Verbindungen zu anderen Produktionen, das hatte Hank Morgan ausdrücklich anklingen lassen.

Ich rief den FBI an und verabredete mich mit einem Kollegen aus Los Angeles.

Bruce Gortham duckte sich automatisch, als der Mann die Liberty Bar betrat. Er erkannte ihn auf den ersten Blick und wußte, in welche Schublade er ihn einzuordnen hatte: FBI. Der Mann hatte auf den Titelseiten der meisten Zeitungen gestanden. Ein G-man namens Jerry Cotton aus New York, der sich bei den Außenaufnahmen zu Golden Gate aufgehalten hatte.

Aus zusammengezogenen Augen beobachtete Gortham den G-man, der ihn nicht kannte, von dem also keine direkte Gefahr für ihn ausging. Die Gefahr war Tony Allert, der Besitzer der Liberty Bar, der als Waffenlieferant auftrat und von dem auch der 38er stammte, den er kurz vor der Aufnahme der letzten tödlichen Szene gegen die 38er-Requisite ausgetauscht hatte.

Bis zu diesem Zeitpunkt war Gortham überzeugt davon gewesen, ganze Arbeit verrichtet zu haben. Nun aber wurde ihm der Fehler bewußt: Er hatte die Polizei und den FBI unterschätzt. Sie hatten sich nicht einfach damit abgefunden, daß die Munition des 38ers vertauscht worden war, sondern die Waffe ballistisch untersucht und festgestellt, daß sie heiß war. Und für heiße Waffen kam natürlich Tony Allert in Frage.

Plötzlich begann Gortham zu schwitzen. Dieser kleine Fehler konnte zur Katastrophe werden, wenn er ihn nicht schnell ungeschehen machte.

Gortham legte einen Schein auf den Tisch und verließ die Liberty Bar.

Der Barkeeper warf ihm einen langen verständnislosen Blick nach. Noch nie hatte sich Gortham so still und heimlich aus der Bar davongestohlen.

Ich fragte den fülligen Mann hinter der Bar zum zweitenmal nach Tony Allert. Erst jetzt verstand er mich. Während meiner ersten Frage galt sein Interesse ganz und gar dem großen, elegant gekleideten Mann, der grußlos die Liberty Bar verließ.

»Hat er vielleicht nicht bezahlt?«

Der Keeper drehte sich endlich um.

»Das sind schon zwei Fragen, bevor Sie auch nur einen Schluck getrunken haben. Das ist hier eine Bar und kein Auskunftsbüro.«

»Budweiser«, bestellte ich.

Der untersetzte Mann, der eine weiße Smokingjacke trug, stellte die Dose unwillig auf die Theke. Er mochte mich nicht. Nicht als Gast, weil ich zu wenig konsumierte, und nicht als Mensch, weil ich ihn mit Fragen behelligte.

»Der Boß will nicht gestört werden«, sagte der Keeper schließlich. »Lassen Sie Ihre Visitenkarte und Telefonnummer hier. Das Sekretariat wird Sie benachrichtigen, sobald es einen freien Audienztermin gibt. Noch weitere Fragen?«

»Der Mann, der gerade die Bar verlassen hat, kam mir bekannt vor.«

»Robert Redford«, knurrte der Keeper. »Aber nicht weitersagen!«

Ich grinste ihn breit an. »Weißt du eigentlich schon, daß du entlassen bist?«

Dem dicklichen Mann traten die Augen aus den Höhlen heraus. Er starrte mich an wie einen Geisteskranken.

»Tony Allert hat mir deinen Job angeboten, Freund. Wenn du mich weiterhin so schlecht behandelst, nehme ich das Angebot an.«

»Selten so gelacht! Schau mal bei Metro Goldwyn Meyer rein, die suchen immer Komiker.«

Ich deutet zum Telefon. »Ruf Allert an! Vielleicht bin ich wichtig. Wenn du mich jetzt wegschickst, könnte er es dir übelnehmen.«

»Wichtig?« Er musterte mich von oben bis unten und fand nichts, was an mir besonders wichtig aussah.

»Ich plane einen Umsturz und muß zweihundert Mann mit dem nötigen Gerät ausstatten.«

Der Keeper wich einen Schritt zurück. Seine Augen flackerten. »Wirklich ein Komiker«, sagte er dann. »Aber darüber kann hier niemand lachen. Das Bier ist vom Haus. Such dir eine andere Tränke!«

Der Kollege, mit dem ich mich vor einer Stunde getroffen hatte, war schon überzeugt davon gewesen, daß mich hier niemand mit offenen Armen empfangen würde. Allert war mißtrauisch gegen jeden, den er nicht mindestens zehn Jahre lang persönlich kannte. Deshalb war er auch noch nie aufgeflogen, obgleich bekannt war, daß er jedes waffentechnische Problem bis zur Ausstattung einer Kleinarmee augenblicklich lösen konnte. Alle Anfragen nach Waffen erledigte Allert prompt, in bester Qualität und zu freundlichen Preisen, die sich auch der Mann von der Straße leisten konnte. Das hieß noch lange nicht, daß Allert auch den 38er geliefert hatte, mit dem Sommer erschossen worden war.

Aber es bestand durchaus die Möglichkeit, daß er uns mit der Adresse eines möglichen anderen Lieferanten versorgen konnte.

Ich winkte den Keeper heran, holte den 38er aus der Tasche und legte ihn so auf die Theke, daß ihn außer uns beiden niemand sehen konnte.

»Reklamation«, sagte ich leise. »Entweder Allert biegt das wieder gerade, oder ich veranstalte hier einen Zwergenaufstand.«

Diesmal hatte der Keeper es wirklich eilig. Er griff zum Telefon und rief eine Hausnummer an. Dabei sprach er so leise, daß ich nichts verstand.

»Okay«, sagte er, als er wieder auflegte. »Eine Treppe, zweite Tür links.«

»Warum nicht gleich so?«

Der Keeper zuckte mit den Schultern und wandte sich einem neuen Gast zu.

Allerts Büro war nicht zu verfehlen. Links und rechts neben der Tür standen seine beiden Aufpasser und erwarteten mich schon.

»Reklamation?« fragte einer.

Ich nickte.

»Zeig mal her!«

Ich deutete zur Tür. »Drinnen!«

»Kleine Probleme erledigen wir hier vor der Tür, Mann!«

Der größere der beiden, der langes blondes Haar hatte, stieß sich von der Wand ab und kam mir entgegen.

»Mach uns keinen Ärger!« sagte er. »Gib die Kanone her, und wir bringen sie rein!«

Ich schüttelte den Kopf.

Er holte so weit aus, als müsse er die Faust aus Long Beach holen. Dann schlug er zu wie ein Wilder.

Ich drehte mich leicht beiseite.

Der Blonde wurde wie von unsichtbaren Kräften nach vorn gerissen. Er passierte mich auf einem halben Schritt Abstand und bekam einen linken Haken genau auf den Punkt, bevor er den Gang kreuzte und mit dem Schädel zuerst gegen die gegenüberliegende Wand knallte. Das war zuviel für ihn. Er kippte wie ein nasser Sack um, drehte sich auf die Seite und warf mir aus glasigen Augen einen vorwurfsvollen Blick zu. Dann verlor er das Bewußtsein.

»Verdammt stürmisch dein Kollege«, sagte ich zu dem Mann mit kurzen roten Haaren, der eine eingeschlagene Nase hatte und schon Speck auf den Hüften sammelte. Der Gürtel seiner Jeans schnitt hinein und ließ es über den Hosenbund quellen.

Er warf einen ungläubigen Blick au den Blonden, dann verzog sich sein Gesicht zu einer Fratze.

Ich wußte, was er vorhatte. Ich verspürte wenig Lust, mich kämpfend in Allerts Büro durchzuschlagen, nachdem ich mit halbwegs friedlichen Mitteln schon so weit gekommen war.

Ich zog einfach den 38er, mit dem Maggie Ferries die tödlichen Schüsse abgegeben hatte. Die Unternehmungslust des Rothaarigen bekam auf einen Schlag ein Tief. Seine Kinnlade klappte nach unten. Die Augen, die von undefinierbarer Farbe waren, wurden rund.

»Willst du aufmachen und mich anmelden, oder kann ich so rein?«

Er zuckte zusammen, warf noch einen schnellen Blick auf seinen schlafenden Kollegen und trat dann freiwillig einen Schritt beiseite.

»Nicht, daß du später auf dumme Gedanken kommst, Bruder«, sagte ich sanft. »Erst wenn Allert ausdrücklich nach dir verlangt, hast du deinen Auftritt.«

Er nickte. Dabei hatte er verblüffende Ähnlichkeit mit einem geläuterten Kind, das von nun an brav sein will.

Es war mein eigener Fehler. Normalerweise falle ich auf einen solchen Gesichtsausdruck nicht hinein. Diesmal war ich zu leichtgläubig.

Ich hatte gerade die Tür einen Spaltweit geöffnet, als der Rothaarige mich von hinten wie ein Raubtier ansprang. Es kam so überraschend, daß ich mit der Schulter die Tür ganz aufstieß und zu Boden stürzte.

Tony Allert war klein und glatzköpfig. Er saß hinter einem viel zu großen Schreibtisch und sprang jetzt mit einem Satz auf.

Ich hatte keine Zeit, mich um den Waffenlieferanten zu kümmern. Der Rothaarige drehte sich wie eine Katze von mir herunter, ließ sich zur Seite gleiten und versuchte, mir seinen schweren Schuh direkt ins Gesicht zu stoßen.

Gerade noch konnte ich den Kopf beiseite drehen. Dann griff ich nach dem Bein, riß mit aller Kraft daran. Der Bursche schlug schwer zu Boden. Ich war wütend über seine Hinterlist und wütend über mich selbst, weil ich darauf reingefallen war.

Der Rothaarige brüllte wie am Spieß. Seine runden Augen traten ihm weit aus den Höhlen und wurden wäßrig. Vermutlich hatte er sich beim Sturz das Kniegelenk ausgekugelt. Das tat verdammt weh. Er schlug wild mit den Händen um sich und bekam den 38er zu packen, den ich aus der Ballistik geholt und mitgenommen hatte. Seine Finger krallten sich um die Waffe. Er riß sie hoch. Genau wie eben im Gang verzerrte sich sein Gesicht. Er sah aus wie jemand, der ohne Überlegung schießen und einen Menschen töten würde.

Tony Allert, der bislang regungslos hinter seinem riesigen Schreibtisch gestanden hatte, reagierte erst jetzt. Mit zwei Schritten umrundete er das Möbelstück. Er tauchte seitlich von mir auf. Ich wich nach rechts aus, weil es den Anschein hatte, als wollte er auf mich losgehen. Das täuschte. Seine Rechte zuckte hoch. Der plötzlich ausgestreckte Zeigefinger richtete sich wie ein Degen auf den Rothaarigen.

Allert sagte kein Wort. Der Rothaarige zuckte zusammen. Tränen rannen über sein Gesicht. Sein Brüllen war in ein Wimmern übergegangen.

»Ich gehe kaputt!« sagte er kaum verständlich. »Verdammt, ich gehe kaputt!«

Ohne die Waffe in seiner Hand hätte man es für eine Lustspielszene halten können.

Allert wollte etwas sagen, aber der Rothaarige schien seinen Boß gar nicht mehr wahrzunehmen. Der Lauf der 38er ruckte nach oben. Dann drückte er ab.

Es klickte, als der Hammer auf die leere Patronenkammer schlug. Es klickte noch zweimal, bevor er begriff, daß die Waffe nicht geladen war. Dann schleuderte er sie nach mir. Er verfehlte mich um mehr als einen Yard, und schließlich raubte der Schmerz ihm das Bewußtsein.

Allert starrte mich an wie einen Geist. Seine Glatze schimmerte feucht. Das Neonlicht der Deckenbeleuchtung, die auch am Tage nie ausgeschaltet war, spiegelte sich darin.

»Du mußt sie mal wieder schleifen«, sagte ich gemütlich. »Sie sind eine stumpfe Waffe, wenn's wirklich einmal gefährlich wird.«

Allert umrundete den Schreibtisch erneut und setzte sich wieder. Seine Hand tastete zum Telefon, als der Kasten anschlug. Mit einem wütenden Ruck hob er ab. Es hatte den Anschein, als wolle er den Anrufer augenblicklich zur Schnecke machen, aber es handelte sich wohl um jemand, mit dem er nicht so umspringen konnte. Er nickte einigemal, und sein rundes Gesicht wurde im selben Maße länger, wie seine Gesichtsfarbe bleicher wurde.

»Okay«, sagte er und legte den Hörer auf die Gabel zurück. Während des Gesprächs hatte er mich nicht aus den Augen gelassen. Ich wurde das Gefühl nicht los, daß über mich gesprochen worden war.

Allert lehnte sich auf seinem Platz zurück. Er deutete auf seinen rothaarigen Leibwächter. »Was ist mit dem anderen?« fragte er.

»Der schläft im Gang«, antwortete ich. »Hatten wohl beide eine anstrengende Nacht hinter sich.«

»Was dagegen, wenn ich sie rausschaffen lasse?«

Ich schüttelte den Kopf.

»Das ist dein Büro«, sagte ich.

Er telefonierte. »Schick mal ein paar Männer rauf, die hier abräumen!« sagte er und legte wieder auf.

Ich setzte mich und zündete mir eine Zigarette an. Es dauerte nur zwei Minuten, dann erschienen einige Leute und brachten den schlafenden Rothaarigen heraus.

»Zum Doc?«

Allert nickte.

Hinter den Männern fiel die Tür ins Schloß.

»Okay«, sagte Allert dann, »worum geht es, G-man?«

Jemand hatte mich erkannt und Allert angerufen. Oder

jemand wußte von meinem beabsichtigten Besuch bei Allert und hatte ihn vor mir gewarnt.

Ich legte die Waffe auf den Tisch, die ich vom Boden aufgehoben hatte. Er warf einen schnellen Blick darauf.

»'ne 38er Military & Police«, sagte er.

»Kommt er dir bekannt vor?«

Allerts Augen weiteten sich. »Mann, von denen habe ich Tausende gesehen. Die gleichen sich wie ein Ei dem anderen.«

»Dieser nicht«, sagte ich. »Die Seriennummer ist ausgestanzt und der Hammer angefeilt, damit er sich nicht in der Halfter verhaken kann.«

Allert nahm den 38er auf, betrachtete ihn sorgfältig und legte ihn wieder auf die Schreibtischplatte zurück. Dann stand er auf und trat ans Fenster. Er lehnte sich mit dem Rücken an die Fensterbank. Es sah unverfänglich aus, aber ich war sicher, daß er damit jemandem ein Zeichen gab. Vielleicht signalisierte er, daß es in der Tat um die Waffe ging.

»Ich habe das Ding noch nie gesehen«, sagte Allert. »War das alles?«

Ich drückte die Zigarette aus. Alles war friedlich, und Allert machte nicht die geringsten Schwierigkeiten. Dennoch spürte ich regelrecht, daß etwas in der Luft lag.

Ich stand auf, und plötzlich kam Allert mir entgegengeflogen. Seine Augen waren weit aufgerissen. Verständnislosigkeit zeichnete sich auf seinem Gesicht ab. Dann traf ihn ein zweiter Schuß. Sein Körper bäumte sich auf, und in diesem Moment fiel auch die riesige Panoramascheibe aus dem Rahmen.

Ich warf mich zu Boden.

Das nächste Projektil zog seine Bahn quer durch das große Büro und klatschte an der anderen Seite in ein

Gemälde von Monet, das durch eine Alarmanlage gesichert war. Augenblicklich klang ein schriller Heulton auf. Die Sensoren der Alarmanlage reagierten auf den Schlag der Kugel genauso wie auf unbefugte Hände, die das wertvolle Gemälde von der Wand nehmen wollten.

Die Tür wurde aufgestoßen. Einer der Männer, die den Rothaarigen gerade rausgebracht hatten, kam herein. Er blieb verwundert stehen.

»Deckung, Mann!« schrie ich ihn an.

Zu spät! Er reagierte sehr langsam. Als er mir einen fragenden Blick zuwarf, erwischte ihn die nächste Kugel und warf ihn zurück. Brüllend ging er zu Boden und drehte sich auf die Seite. Sein weißes Hemd war auf der Brust blutverschmiert.

»Draußenbleiben!« schrie ich, als Schritte aufklangen und es sich anhörte, als wollten noch weitere Männer ins Büro stürmen.

Die Schritte verstummten. Dafür hörte ich Flüche.

Die Scherben der großen Scheibe waren durch das ganze Büro verstreut. Ich robbte durch das Glas an Allert vorbei zum Fenster. Auf der gegenüberliegenden Straßenseite gab es eine Reihe von Häusern. In einem mußte der unbekannte Heckenschütze stecken.

Schon als ich mich seitlich vom Fenster erhob und mich dicht an die Wand drückte, war mir klar, daß ich den Burschen weder lokalisieren noch schnappen konnte.

Ich atmete tief durch, hielt den 38er Dienstrevolver in beiden Händen und sprang vor das Fenster. Für den Bruchteil einer Sekunde ließ ich mich sehen, dann tauchte ich unter die Fensterbrüstung.

Nichts geschah. Der Kerl war verschwunden. Er hatte sein Ziel erreicht. Allert war für alle Zeiten stumm.

Neben der Tür tauchte ein Schatten auf. Dann noch

einer. Die beiden Männer hielten Waffen in der Hand und zielten auf mich.

»FBI!« sagte ich. »Von einem der gegenüberliegenden Häuser wurde geschossen.«

Sie schauten sich zweifelnd an. Dann huschten ihre Blicke zu dem toten Tony Allert und dem verwundeten Kollegen. Die Waffen verschwanden.

Ich angelte das Telefon vom riesigen Schreibtisch und rief die Metropolitan Police und einen Rettungswagen. Mehr konnte ich nicht tun.

Danny Leyonne war 26 Jahre alt, sah aus wie ein Mann aus dem Modejournal und war auch so gekleidet. Elegant von den Schuhen bis zur sorgsam gefönten Frisur. Sein braungebranntes Gesicht wirkte streng, und die dunklen Augen glühten wie zwei Kohlen. So stand er vor dem Schreibtisch, hinter dem Don Vincente Leyonne saß, und seine schlanken Finger zitterten, als er sich eine Zigarette anzündete.

»Wainscott ist ein verdammter Hund, der mich noch nie leiden konnte«, stieß er wild und aufgeregt hervor.

Der alte Mann mit den schlohweißen Haaren winkte ungeduldig ab. Noch immer reichte diese Bewegung aus, um Danny sofort zum Schweigen zu bringen. Der Alte war sein Großvater. Er hatte ihn erzogen, nachdem sein Vater gestorben war. Von Kindesbeinen an hatte Danny ihm immer ein hohes Maß an Verehrung entgegengebracht.

»Setz dich!«

Danny Leyonne setzte sich. Er schlug die langen Beine übereinander und zupfte die Bügelfalten seiner Hose zurecht.

»Wainscott ist ein Mann, der die Dinge nicht durch eine rosafarbene Brille sieht. Deshalb hat er Erfolg. Deshalb wird er anerkannt.«

Danny Leyonne senkte den Blick.

»Du arbeitest noch immer für die Konkurrenz«, sagte der Alte nach einer Minute Schweigen. »Ich habe mit Parker gesprochen. In den nächsten Folgen kommt eine neue Person in die Serie. Du könntest sie spielen.«

Danny schaute den weißhaarigen Alten einige Sekunden lang an. Dann schüttelte er den Kopf. »Ich habe gesagt, ich gehe meinen eigenen Weg.«

»Der führt dich von einer Nebenrolle in die andere. Die Kerle von Broadway beschäftigen dich nur, weil sie mich damit treffen wollen. Der Enkel des großen Don Vincente bei der Konkurrenz! Einige Leute nehmen es mir schon übel. Sie denken, ich wollte nichts für dich tun.«

»Wenn das so ist, kann ich das mit einer Pressemeldung schnell aus der Welt schaffen.«

Vincente Leyonne strich sich über die Haare. Er beobachtete den Jungen und stellte Charakterzüge an ihm fest, die er früher in diesem Alter auch gehabt hatte. Der Junge war rebellisch, uneinsichtig und undankbar.

»Wir stammen aus derselben Familie, Danny. Ich habe Vaterstelle an dir vertreten.«

»Und ich habe mich immer betragen wie ein anständiger Sohn.«

»Bis jetzt ja«, sagte der Alte besonnen. Er kannte die Verletzlichkeit des Jungen. Er wollte ihn nicht unnötig kränken. »Wir haben Schwierigkeiten, Kleiner. Wir denken, daß sie uns von der Seite gemacht werden, der du dich verschrieben hat. Ein Mann wurde erschossen. Die Polizei steht vor einem Rätsel. Aber Wainscott scheint zu ahnen, wie es geschehen konnte.«

»Wie?«

»Jemand ist hier eingebrochen und hat die Drehbücher fotokopiert, Danny. Ein Mord, der nur im Drehbuch stand, wurde wirklich begangen. Wir können da nicht einfach zusehen.«

»Das ist Unsinn.«

Don Vincente Leyonne zuckte mit den Schultern. »Der Einbrecher kannte sich jedenfalls ausgezeichnet aus. Er wußte auch, daß sich die Drehbücher im Stahlschrank des Sekretariats befanden ...«

». . . und ich kenne den Code«, sagte Danny.

»Kennst du ihn?«

Danny nickte, zupfte an seiner Krawatte und legte den Kopf in den Nacken.

»Aber du hast hier weder eingebrochen, noch hast du den Tip an die Leute von Broadway weitergegeben.«

Steile Unmutsfalten furchten Dannys sonst glatte Stirn. »Du erwartest doch nicht wirklich, daß ich dazu etwas sage, Großvater?«

»Ich erwarte, daß du dich loyal verhältst. Ich erwarte, daß du die Hand nicht beißt, die dich gefüttert hat. Ich erwarte, daß du dich nicht gegen die Organisation stellst, die dich zu dem gemacht hat, was du heute bist.«

»Die Organisation?« Danny Leyonne erbleichte. Mit den Fingerspitzen massierte er sich die pochenden Schläfen, während er den alten Mann nicht aus den Augen ließ.

Die Organisation! In seinem Kopf drehten sich die Gedanken.

»Was soll das heißen?« fragte er heftiger, als er es beabsichtigte.

»Was ich gesagt habe. Du warst eine verlauste kleine Straßenratte, als dein Vater starb. Es ging uns allen nicht besonders gut. Schlechte Zeiten damals. Und unruhig. Jeder hatte mit sich selbst zu tun. Dennoch haben sie dich aufgenommen und dich behandelt, wie sie es deinem Vater und mir schuldig waren, Danny.«

»Die Organisation? Du meinst die Mafia?«

»Davon rede ich, Danny, und du weißt es auch verdammt genau. Es ist kein Geheimnis, daß dein Vater dazugehörte. Und ich auch.«

»Und jetzt?«

»Weich mir nicht aus, Junge! Hör mir zu! Sie haben deine Mutter finanziell abgesichert, weil ich damals noch nichts für sie tun konnte. Sie haben dafür gesorgt, daß du eine vernünftige Ausbildung bekommen hast. Sie haben dich nicht nur am Leben gehalten, sondern dir auch ein Leben ermöglicht, in dem du dich selbst verwirklichen konntest.«

»Ich dachte, du ...«

»Ich war damals nichts, Kleiner. Es dauerte Jahre, bis ich nach oben kam. Es dauerte Jahre, bis ich etwas für dich tun konnte. Hast du das gut verstanden?«

Danny schwindelte. Er schloß die Augen. Als er sie wieder öffnete, tanzten die Einrichtungsgegenstände noch immer vor seinen Augen. Der weißhaarige Alte, der für ihn eine gottähnliche Institution gewesen war, wurde zu einem verwischten Schatten.

Sein Vater hatte für die Organisation gearbeitet und war für sie gestorben.

Eine schlimme Sache damals. Aber bestimmte Leute hatten dafür gesorgt, daß er als anständiger Mann begraben wurde. Ganz schwach nur konnte er sich an diese Zeit erinnern. Das meiste hatte er irgendwann aufgeschnappt. Er hatte den alten Geschichten keine große Bedeutung beigemessen. Vor allen Dingen hatte er nie damit gerechnet, daß sie eines Tages auf ihn zurückschlagen würden.

»Meine Erziehung, meine Ausbildung – das alles wurde von Mafiageld bezahlt?«

Don Vincente Leyonne nickte.

»Mit Geld, an dem Blut und Tränen klebten, Großvater?«

Die knöcherne Hand des Alten hob sich und krachte zur Faust geballt auf den Schreibtisch. »Es war Geld wie jedes andere auch«, sagte er scharf. »Es hielt dich und deine Mutter am Leben. Es verschaffte deinem Vater ein anständiges Begräbnis. Es ist deine verdammte Pflicht als Leyonne, dich loyal zu verhalten und dich dankbar zu zeigen, Junge. Du arbeitest für die falschen Leute. Du gibst ihnen Munition in die Hand, mit der sie auf uns von Golden Gate schießen. Du hast unsere Leute dafür bezahlen lassen, um vor der Kamera stehen zu können, aber du stehst vor den falschen Objektiven. Dein Platz ist bei Golden Gate. Wir kaufen dich aus deinem Vertrag aus und geben dir einen anderen, viel besseren. In zwei Jahren bist du der Star, der du immer werden wolltest.«

»Von Mafiageld, von dem auch meine Ausbildung bezahlt wurde?«

»Von dem Geld, von dem auch die ersten Produzenten bezahlt wurden, damit du vor der Kamera stehen konntest.«

»Das ist nicht wahr!«

Mit einem Satz sprang Danny Leyonne auf. Seine Hände ballten sich zu Fäusten. Es sah aus, als wolle er auf den alten weißhaarigen Mann losgehen. »Verdammt, das ist nicht wahr!«

Die Tür flog auf. Wainscott erschien, sprang mit großen Schritten herein und zog Danny vom Schreibtisch weg.

»Verdammt, setz dich hin und benimm dich nicht wie ein Idiot!« schrie er.

Don Vincente Leyonne war noch bleicher geworden. Sein Atem ging schwer. Mit zitternden Händen tastete er in die Schreibtischschublade, in der sich die Tabletten befanden. Er schob sich eine Kapsel zwischen die Zähne, zerbiß sie und schloß die Augen.

Danny sah das Elend seines Großvaters und spürte Wainscotts Hände, die ihn auf den Stuhl drückten.

»Kein Wort mehr!« keuchte der Produktionschef. »Verdammt, kein Wort mehr, oder ich vergesse, daß du hier unter Naturschutz stehst!«

Mit einer wilden Körperdrehung befreite sich Danny Leyonne von Wainscotts Händen. Er sprang auf und schlug noch aus der Drehung heraus zu. Seine Faust traf den Produktionschef mitten ins Gesicht und schleuderte ihn zu Boden.

»Danny ...«

Der junge Mann wandte sich zum Schreibtisch. Don Vincente hatte wieder Farbe bekommen. Tief und traurig lagen seine Augen in dem totenkopfähnlichen Schädel, über dem sich die Haut spannte.

»Danny ...«

Wainscott versuchte sich zu erheben. Danny sprang auf ihn zu und schlug dem Produktionschef die Faust in den Nacken. Bewegungslos blieb Wainscott liegen.

Danny Leyonne strich sich die langen dunklen Haare aus dem Gesicht. In seinen schwarzen Augen lag ein unheilvoller Glanz, als er seinen Großvater anschaute. »Ihr habt mich in die ersten Rollen eingekauft?«

Don Vincente nickte. »Du bist über schauspielerisches Mittelmaß nie hinausgewachsen. Anders hättest du es nicht geschafft!«

»Mafiageld hat Mutter und mich am Leben gehalten. Mit Mafiageld wurde meine Ausbildung bezahlt?«

Wainscott regte sich, stöhnte und kam in die Hocke. Blut rann über sein Gesicht. Mit dem Handrücken wischte er darüber hinweg. Dann wuchtete er sich in die Höhe, taumelte und lehnte sich an Don Vincentes Schreibtisch.

»Was du bist, hast du ihm zu verdanken«, sagte Wainscott leise und deutete mit dem ausgestreckten Zeigefinger auf Don Vincente. »Ohne ihn und seine Freunde hättest du nicht einmal genug zu essen bekommen, um dir in die Windeln scheißen zu können, Kleiner. Vielleicht wäre es besser gewesen, wenn du verhungert wärst. Dann nämlich hätte der Don nicht mehr erleben müssen, daß du nach der Hand schnappst, die dich ernährt hat. Das tun Verräter, Kleiner! Miese kleine Verräter!«

Danny beachtete Wainscott nicht. Er hatte den Mann geschlagen. Der war wütend. Von ihm konnte er nur Gehässigkeiten erwarten.

»Stimmt das alles?« wandte er sich statt dessen an seinen Großvater. Don Vincente nickte. Unendlich tiefe Trauer breitete sich in dem Alten aus, denn in diesem Moment wußte er sicher, daß er seinen Enkel verloren hatte. Er kannte ihn zu gut, um sich Illusionen hinzugeben. Danny hatte seinen Charakter. Wenn er sich eine Meinung gebildet, wenn er einen Entschluß gefaßt hatte, dann gab es kein Zurück mehr.

»Ich werde den Namen Leyonne ablegen, Don«, sagte er hart. »Ich werde arbeiten, Geld verdienen und jeden Cent zurückbezahlen. Jeden! Das Geld für meine Mutter, das Geld für das Begräbnis meines Vaters, meinen Lebensunterhalt, meine Ausbildung und die Dollars, mit denen ihr mich in die erste Rolle eingekauft habt. Ich werde es zurückbezahlen, und ich werde darüber nachdenken, wie ich euch vernichten kann!«

»Damit bist du doch schon beschäftigt, Danny«, sagte Wainscott bissig.

Danny Leyonne drehte sich zu ihm um. Ein breites Grinsen huschte über das nun ganz und gar nicht mehr jugendliche Gesicht.

»Vielleicht hast du recht, Wainscott«, sagte er zischend. »Vielleicht hast du wirklich recht. Und wenn nicht, dann wirst du in nächster Zeit recht bekommen.«

Danny Leyonne drehte sich um.

Er verließ das Büro seines Großvaters, ohne sich noch einmal umzuschauen. Krachend fiel die Tür hinter ihm ins Schloß.

»Er ist eine Ratte, Don«, sagte Wainscott und rieb sich über sein blutendes Gesicht. »Er kämpft wie eine Ratte, und er benimmt sich wie eine Ratte. Du kannst mich feuern, aber du kannst mich nicht von meiner Meinung abbringen: Danny ist ein elender Bastard ohne Ehrgefühl, ohne Achtung vor Leuten, die sich sein Leben lang schützend vor ihn stellten.«

Don Vincente schwieg.

Er starrte seinen Produktionschef an, aber er sagte kein Wort. Fast schien es so, als ginge sein starrer Blick mitten durch Wainscott hindurch.

»Und er wird uns bekämpfen wie eine Ratte, Don!«

Jetzt erst nickte der weißhaarige Alte, und jetzt erst fand er sich damit ab, daß Danny nicht aus dem gleichen Holz wie er geschnitzt war. Er, Vincente Leyonne, war immer treu gewesen. Er hatte die Hierarchie der Familie anerkannt, hatte sie heilig gehalten und war immer bereit gewesen, alles dafür zu geben.

Danny war anders. Danny kannte keine Dankbarkeit.

Er wollte ausbrechen und verschanzte sich hinter einer Moral, die er nicht von ihm gelernt hatte.

»Beruf eine Pressekonferenz ein!« sagte der Alte nach einigem Überlegen. »Parker soll dabei sein. Du auch, Erwin.«

»Was willst du den Reportern sagen?«

»Ich werde deinen und Parkers Verdacht stützen und andeuten, daß Broadway ihm eine ganz große Karriere versprochen hat, wenn er uns erledigt. Er haßt uns von diesem Moment an, Erwin. Ein Leyonne, der haßt, ist gefährlich. Wir können es nicht einfach hinnehmen. Es steht für uns zuviel auf dem Spiel.«

Wainscott nickte.

»Ich will, daß du den Zwischenfall hier vergißt, Erwin«, sagte der Alte. »Du wirst aus persönlicher Rache nichts gegen den Jungen unternehmen. Hast du das verstanden?«

Erwin Wainscott lachte breit. »Du traust mir nicht, Don?«

»Du kommst aus einer hinterhältigen Familie«, sagte der Don. »Ich kann mich gut an die Zeit erinnern, in denen ihr euch gegen die Organisation gestellt habt und dafür bezahlen mußtet.«

»Da war ich noch zu klein, um mitzumischen oder mich dagegenzustellen.«

Don Vincente nickte besonnen. »Richtig, Erwin. Aber jetzt bist du ein wichtiger Mann. Jetzt kennst du deinen Platz und deine Verantwortung.«

»Das stimmt. Ich werde gegen den Jungen nichts unternehmen. Es ist nicht das erste Mal, daß ich zusammengeschlagen wurde.«

Ein flüchtiges Lächeln huschte über das zerknitterte Gesicht des alten Mannes. Es hatte den Anschein, als wäre er in den letzten Minuten um viele Jahre älter geworden. Wie dünnes Pergament war seine Haut.

»Beruf die Pressekonferenz ein und informiere Parker! Ich will mich vorher noch einmal mit ihm unterhalten.«

Wainscott nickte.

»Und wasch dich, Erwin!« sagte Don Vincente, als Wainscott schon in der offenen Tür stand. »Sonst denken die Presseleute wirklich, daß unsere Serie mit Blut und Tränen geschrieben wird.«

»Ja, Sir!«

»Linda soll mich mit Lazy Brown Promotion verbinden, Erwin. Ich will wissen, was im nächsten Jahr läuft.«

Die Suche nach dem unbekannten Schützen wurde nach einer Stunde ergebnislos abgebrochen. Allert war mausetot, einer seiner Männer lebensgefährlich verletzt. Niemand konnte sich einen Reim auf das Geschehen machen. Ich hielt meinen Verdacht so lange zurück, bis ich Logan Unkler, dem Chef des FBI District Los Angeles, gegenübersaß.

»Es ging um die Waffe, mit der Sommer erschossen wurde«, sagte ich. »Jemand, der mich von den Presseberichten her kannte, hat gesehen, wie ich die Liberty Bar betrat, und sich einen Reim darauf gemacht.«

»Das heißt, Allert gab die Waffe weiter, mit der schon ein Buchmacher erschossen wurde.«

»Leute wie Allert sammeln heiße Waffen ein«, sagte ich. »Das ist oftmals sicherer für Gangster, als zu versuchen, die Waffe verschwinden zu lassen. Er bewahrt sie einige Zeit auf, läßt sie abkühlen und bringt sie dann wieder in Umlauf. Meistens gehen solche heißen Waffen in den Export. Vielleicht ist ihm diesmal ein Fehler unterlaufen. Auf jeden Fall hätte er uns sagen können, an wen er die Waffe geliefert hat.«

Logan Unkler lehnte sich auf seinem Platz zurück. Er strich sich über die graumelierten Haare und schlug die langen Beine übereinander.

»Okay«, sagte er nach einiger Zeit. »Nehmen wir einmal an, es ist so, wie Sie es mir gerade erzählt haben. Das heißt dann, daß Allert mit der Mafia zusammenarbeitet, denn die Abrechnung mit dem Buchmacher ging einwandfrei auf das Konto der ehrenwerten Gesellschaft. Das heißt, er gab die Waffe von damals versehentlich wieder an einen Mann der Mafia. Und das heißt, hinter dem Mord an Sommer steckt die ehrenwerte Gesellschaft.«

Ich nickte überzeugt.

Unkler griff nach dem Päckchen und zündete sich eine Zigarette an.

Ganz langsam schüttelte er den Kopf. »Da kann aber etwas nicht stimmen«, sagte er. »Don Vincente Leyonne ist der Boß der Golden-Gate-Produktion. Er ist ein Mann, der mehr als sein halbes Leben mit der Mafia verbunden war. Alle seine Spitzenleute standen mehr oder weniger mit der ehrenwerten Gesellschaft in Verbindung. Also liegt der Verdacht nahe, daß die Golden-Gate-Produktion eine Firma der Mafia ist.«

»Der Verdacht?« fragte ich.

»Die Vermutung«, verbesserte sich Unkler und lächelte. »Meine Männer haben die Golden-Gate-Produktion durchleuchtet, und zwar gründlich. Nicht erst jetzt. Und was kam heraus? Golden Gate ist einwandfrei kein Unternehmen der Mafia! Nicht die kleinste Spur von Querverbindungen! Sauber bis auf die letzte Zahl in den Bilanzen!«

»Wunderbar«, sagte ich. »Dann haben wir doch wenigstens einen Anhaltspunkt, Sir.«

Unkler schaute mich fragend an. Er konnte meinen Gedankengang so schnell nicht nachvollziehen.

»Dann versucht die Mafia Fuß zu fassen bei Golden Gate, die Gesellschaft vielleicht zu übernehmen, falls sich die Geschehnisse negativ auf das Geschäftsleben der Golden Gate auswirken.«

»Damit würde sich die Mafia gegen Leute wenden, die früher einmal für sie gearbeitet haben.«

»Ich habe noch nie daran geglaubt, daß es unter Gangstern eine Moral gibt, Sir.«

Unkler wiegte bedenklich den Kopf. »Wenn es stimmte, Jerry, wären sie sicher anders vorgegangen. So wie alles abgelaufen ist, weisen sie ja mit den Fingern auf sich selbst.«

»Und nehmen an, daß der FBI nicht an soviel Dummheit glaubt«, vollendete ich.

Unkler massierte sich die Schläfen. »Meine besten Männer klopfen den Fall für diesen Aspekt hin ab«, sagte er schließlich. »Kümmern Sie sich um den anderen!«

»Um die Broadway-Produktion?«

»Ja. Es geht um verdammt viel Geld. Mehr, als wir beide uns vorstellen können. Erwischt es die eine Serie, fließt das ganze Geld der anderen zu. Durch die Einschaltquoten wird dann aus dieser Serie ein Machtfaktor, der die Werbegelder wie ein riesiger Staubsauger in sich hineinsaugt.«

Einschaltquoten!

Ich hatte für einen Moment glatt vergessen, wo ich mich befand. Alles drehte sich um Einschaltquoten. Je höher die Sehbeteiligung, um so größer das Interesse der Wirtschaft, ihre Werbespots in dieser Sendung unterzubringen. Die Produktionsgesellschaft konnte in diesem Fall beinahe astronomische Summen für die Spots verlangen. Sie wurden bezahlt. Wegen der Millionen von Zuschauern, die überall im Land vor der Mattscheibe sitzen, um eine Serie zu verfolgen und auf die die Produktwerbung dann wie ein warmer Regen niederging.

Einschaltquoten! Das war das Zauberwort.

»Ein Kollege von mir kümmert sich in New York um die Broadway-Produktionsgesellschaft«, sagte ich.

»Mr. High hat mir das inzwischen mitgeteilt, Jerry.« Unkler nickte. »Gehen Sie davon aus, daß jemand Golden Gate vom Schirm haben will, daß aber nicht die Mafia dahintersteckt! Um alles andere kümmern sich meine Männer. Noch Fragen?«

Es gab keine Fragen mehr. Unkler hatte sich klar und deutlich ausgedrückt. Je länger ich darüber nachdachte, um so mehr schloß ich mich seiner Meinung an. Was hier vor sich ging, war ein Kampf der Giganten Golden Gate und Broadway in unvorstellbaren Höhen. Der Sieger dieses Kampfes konnte sich ein goldenes Verwaltungsgebäude bauen.

»Was wissen Sie über die Lazy Brown Promotion?« fragte ich.

Unkler zog einen dünnen Ordner heran. »Sie verwaltet und verteilt im Auftrag vieler multilateraler Firmengruppen Unsummen an Werbegeldern«, antwortete Unkler. »Die größte Macht in diesem Geschäft, aber so strengen Marktgesetzen unterworfen, daß sie nichts unter dem Ladentisch verteilen können. Sie sponsern kleine Serien mit wenig Mitteln, und sie stopfen das große Geld in die Serien mit den höchsten Einschaltquoten.«

»Also Broadway und Golden Gate.«

Unkler nickte. Er deutete auf das Telefon. »Ich kann Ihnen eine Unterredung mit Lazy Brown vermitteln.«

»Das könnte mir helfen, Sir.«

Unkler telefonierte. Es dauerte nur wenige Minuten. Seine reizende Sekretärin brachte mir inzwischen einen Kaffee und Gebäck.

»Okay«, sagte Unkler, nachdem er aufgelegt hatte. »In zwei Stunden, Jerry. Lazy Brown erwartet Sie.«

Zum erstenmal war Bruce Gortham froh, ein Mädchen nicht weggeschickt zu haben. Er saß auf der Veranda der gemieteten Villa in Beverly Hills und schaute entspannt zum Swimmingpool. Laura Christie, die rothaarige Schöne aus dem kleinen Bauernkaff in Texas, drehte ihre Runden in dem azurblauen Wasser. Wie ein geschmeidiger Delphin, nur viel schöner im Evakostüm.

Sie lenkte Gortham ab, und genau das war es, was der Killer brauchte: Ablenkung. Er hatte einen Fehler begangen und ihn gerade noch ausbügeln können, bevor er auf ihn zurückschlagen konnte. Allert hatte sich an die Befehle gehalten, die er dem Waffenhändler telefonisch gegeben hatte. Er hatte verlangt, daß Allert sich mit dem Rücken zum Fenster aufstellte, wenn der G-man wirklich wegen des verdammten 38ers gekommen war. Er, Gortham, hatte mit einem Präzisionsgewehr in der verlassenen Büroetage des gegenüberliegenden Hauses gewartet. Allert hatte sich mit dem Rücken zum Fenster aufgestellt, und Gortham hatte geschossen. Es war eine alte Weisheit, daß man einen Zeugen stumm machen mußte, noch bevor er Gelegenheit dazu hatte, sein Wissen an die verkehrten Leute auszuplaudern.

Erledigt und aus! Niemand hatte ihn in dem riesigen

Bürogebäude beachtet. Die Leute, die ihm begegnet waren, hatten ihn nicht einmal richtig angeschaut. In einem solchen Gebäude lief jeder Angestellte mit eigenen Sorgen beladen herum und fand keine Zeit, sich um andere zu kümmern.

Gortham lehnte sich auf seinem Platz zurück und trankt seinen Whisky, während er nachdachte und gleichzeitig Laura Christie beobachtete, die jetzt aus dem Swimmingpool stieg. Neben dem Becken blieb sie stehen, schüttelte die nassen, langen Haare aus und streckte sich unter der warmen Sonne Kaliforniens.

Sie sah zufrieden aus, fand Gortham. Sie konnte auch zufrieden sein. Es war für sie angenehmer, ihm die Zeit zu vertreiben und dafür ein schönes Leben zu haben, als ihre Stunden in einem Produktionsbüro durchzubringen, wo es nach Schweiß roch und wo hinter jeder dickgepolsterten Tür ein Bett stehen konnte, auf dem ein Mädchen wie Laura beweisen sollte, daß sie für den Job geeignet war.

Sie kam zu ihm, setzte sich auf die Lehne seines Sessels, und das Wasser auf ihrer nackten, sonnengebräunten Haut näßte sein Hemd.

Seine Finger strichen über die Rundungen ihres Körpers. Sie zitterte. Die Brustspitzen richteten sich sofort auf. Sie war nicht nur schön, sie steckte auch voller Sinnlichkeit und sprang augenblicklich auf sexuelle Reize an.

»Was hast du gemacht, bevor du nach Los Angeles kamst?«

Sie stand von der Lehne auf, kauerte sich auf das satte Grün des Rasens und lehnte ihre Hüfte an seine Beine.

»Ich war Bulle«, sagte sie.

Gortham glaubte seinen eigenen Ohren nicht trauen zu können. »Was?« fragte er, und starrte sie fassungslos an.

»Bulle«, antwortete sie. »So richtig mit Uniform, mit Handschellen und Revolver am Gürtel.«

Gortham lachte glucksend, schaute sie an und stellte sie sich in einer tristen, alles verdeckenden Uniform vor.

»Das ist die Wahrheit«, sagte Laura Christie. »So lustig wie sich das anhört, war es nicht.«

Sie lehnte sich weiter zurück, so daß er, ohne sich nach vorn beugen zu müssen, ihre Brüste streicheln konnte.

»Und?« fragte er.

»Nachdem einige Aufnahmen von mir im Penthouse erschienen und meine Kollegen wußten, was ich unter der verdammten Uniform verbarg, wollte plötzlich jeder mit mir zusammen Streife fahren. Alle legten es darauf an, mich über die Sitze zu legen.«

»Scheißkerle«, sagte Gortham. Das meinte er auch. Für ihn konnte nur ein Perverser oder ein Verrückter eine Uniform anziehen und mit dem Gedanken leben, daß er für viel zu wenig Geld ständig Gefahr lief, erschossen zu werden.

Laura stimmte lachend zu. Es war genauso, wie sie es Gortham gesagt hatte. Jetzt konnte sie darüber lachen, damals nicht.

»Und weiter?«

»Nachdem die Nacktbilder erschienen waren, erhielt ich die Kündigung. Moralischer Verfall oder so ähnlich haben sie es genannt. Auf jeden Fall war ich nicht mehr würdig genug, mir von Saftärschen geile Anträge machen zu lassen. Ich habe die Kanone abgegeben und meinen Vorgesetzten gesagt, was ich von ihm halte. Das hat mir eine Anklage wegen Beleidigung und dreißig Tage eingebracht. Danach war ich für den Staatsdienst wirklich nicht mehr geeignet. Da machte ich mich auf die Reise nach Los Angeles.«

»Um ein Star zu werden?«

»Um von einem puritanischen Kaff in eine Stadt zu kommen, in der es so viele schöne Mädchen gibt, daß sich kaum noch jemand nach ihnen umschaut.«

Gortham lachte.

Er dachte, daß er einen guten Griff getan hatte. Sie war verbittert. Bei diesen Erlebnissen konnte das gar nicht ausbleiben. Sie hatte keine Hemmungen, und ihr Lebensziel bestand allem Anschein nach darin, sich in der Sonne zu aalen und mit einem attraktiven Mann ins Bett zu gehen. Von einem Extrem ins andere: Er hatte wirklich einen guten Griff getan.

Das Telefon schellte und riß ihn aus seinen Gedanken. Er hob ab und meldete sich. »Moment.«

Gortham wandte sich an Laura Christie.

»Geh schon mal nach oben, und mach dich schön!« sagte er. »Ich komme gleich nach.«

Sie erhob sich träge, warf ihm einen glutvollen Blick zu und verschwand mit wiegenden Hüften in der Villa.

»Ja?« fragte Gortham dann.

»Denise Shine«, sagte der Mann am anderen Ende der Leitung und gab die Adresse durch. »Sie braucht eine Überdosis.«

Es klickte. Die Leitung war tot. Gortham legte auf und strich sich über die Haare. Er schenkte sich noch einen Whisky ein, schaute zum Schlafzimmerfenster der Villa hoch und sah Laura, die sich weit aus dem Fenster beugte und ihm mit ihren schwingenden Brüsten unmißverständlich zu verstehen gab, worauf sie wartete.

»Gleich«, sagte Gortham.

Wenn alles gut war, mußte es jeden Moment an der Tür läuten.

Zwei Minuten verstrichen noch, dann läutete es. Gortham stand auf und öffnete. Vor der Tür stand der uniformierte Angestellte eines privaten Depeschendienstes.

»Für Sie, Sir«, sagte er, schaute zur Uhr und nickte. »Punkt fünf Uhr. Auf uns kann man sich verlassen.«

Gortham nahm den dicken braunen Umschlag entgegen, gab fünf Dollar Trinkgeld und warf die Tür wieder ins Schloß. Auf dem Weg nach oben riß er den Umschlag auf. Er brauchte die Summe nicht zu zählen. Es waren 30.000 Dollar in mittleren, gebrauchten Scheinen. Wie immer.

Als Laura Christie eine Stunde später ermüdet und schweißgebadet, aber zufrieden aus dem Schlafzimmer kam, um ins Bad zu gehen, lag der Umschlag noch auf dem Tisch. Sie blieb stehen, warf einen schnellen Blick zurück und sah Gortham im Bett liegen, das Gesicht in die entgegengesetzte Richtung zum Fenster gewandt. Seine dichtbehaarte, muskulöse Brust hob und senkte sich unter einem gleichmäßigen Atem.

Er schlief, und das war kein Wunder.

Auf nackten Füßen huschte Laura Christie zum Tisch, nahm den Umschlag an sich und warf einen Blick auf den Inhalt. Geld! Mehr Geld, als sie jemals auf einem Haufen gesehen hatte. Gebrauchte, mittlere Scheine. Adressiert an Bruce Gortham. Kein Absender, aber mit dem Hinweis versehen, daß der Umschlag um Punkt 5 Uhr zugestellt werden müsse. Auf der Vorderseite die Banderole der Firma. *Lacombe Express Service.*

Laura Christie legte den Umschlag genauso auf den Tisch, wie sie ihn gefunden hatte. Dann ging sie ins Bad, nachdem sie sich davon überzeugt hatte, daß Gortham noch friedlich schlief und nichts bemerkt hatte.

Das Verteilersystem war einfach und auch von einem Laien leicht zu begreifen: Die von der Lazy Brown verwalteten Werbegelder staffelten sich nach Einschaltquoten, für die es einen bestimmten Punkteschlüssel gab. Jeder Punkt bedeutete eine gewisse Summe. Mit zunehmender Punktezahl steigerte sich die Summe zu wirklich astronomischen Beträgen.

Broadway und Golden Gate waren die Hyänen der Branche. Sie verschlangen gemeinsam beinahe mehr als 75 % des von Lazy Brown verwalteten Etats. Dafür brachte jede Serie in einer Stunde Sendezeit auch mehr als fünfzehn Minuten Werbespots unter.

»Okay«, sagte ich zu dem Mann, der mir das alles haarklein auseinandergesetzt hatte.

»Sie haben alles begriffen?«

»Ganz sicher.«

»Dann kann ich Sie in die Chefetage entlassen. Jemand bringt Sie nach oben.«

Es war ein livrierter Botenjunge, der mich in die Chefetage brachte. Eine Sekretärin musterte mich eingehend, war allem Anschein nach zufrieden mit mir und meldete mich telefonisch an. Dann gab sie mir mit einem gnädigen Wink zu verstehen, daß ich auserwählt sei, das Heiligtum von Lazy Brown betreten zu dürfen.

Die Tür öffnete sich automatisch. Eine dickgepolsterte Doppeltür. Dahinter befand sich sein Büro, das an eine teure Luxussuite im besten Hotel der Stadt erinnerte.

Der Boß saß an einem leichtgeschwungenen eleganten Schreibtisch im futuristischen Stil. Mitte Dreißig, sehr groß, schulterlanges pechschwarzes Haar, das Gesicht einer Puppe und mit einem Körper versehen, wie ihn ein wirklich begnadeter Künstler erschaffen hatte.

Ich reagierte, als hätte jemand einen Eimer kaltes Wasser über mich gekippt. Ich stand da wie bestellt und nicht abgeholt. Meine Augen saugten sich regelrecht an dem hinreißenden Geschöpf fest. Sosehr ich mich auch bemühte, in den ersten Sekunden konnte ich den Blick nicht von ihr abwenden.

»Das dauert nicht lange, Mister.«

Eine glockenklare Stimme, der sich ein amüsiertes, melodisches Lachen anschloß.

Und dann riß der Zauber. Ich stürzte in die Wirklichkeit zurück und spürte, daß ich heiße Ohren bekam.

»Das geht den meisten so«, sagte die schwarzhaarige Schöne, stand auf, kam mir entgegen und gab mir die Hand. »Ich kann das verstehen. Beinahe alle Besucher erwarten hinter einem Chefschreibtisch wie diesem einen gesetzten älteren Herrn mit grauen Haaren und strengem Blick. Ich bin Angela Chapman.«

»Jerry Cotton.«

Sie deutete auf einen der Sessel. Ich setzte mich.

»Whisky?«

»Wenn Sie auch etwas trinken, gern.«

Ich bekam einen Dimple. Sie nahm sich einen Martini mit Eis, und setzte sich mir gegenüber.

»Broadway und Golden Gate«, begann sie dann von sich aus. »Das ist wie Dynamit und Lunte. Man darf die beiden nicht zusammenbringen, sonst gibt es eine unkontrollierbare Explosion. Die beiden erfolgreichsten Serien, die das Land je hatte, werden in derselben Stadt produziert. Man belauert sich, man sucht nach Schwächen des anderen, und wenn einer die Möglichkeit dazu erhält, stößt er dem anderen das Messer in den Rücken.«

»Geld«, sagte ich.

»Geld auf der einen Seite, Prestige auf der anderen«, antwortete Angela Chapman. »Zwei Giganten, von denen einer auf der Strecke bleiben wird.« Ich stellte das Glas aus der Hand und schaute sie fragend an.

»Sommer wurde ermordet«, sagte die schwarzhaarige Schöne. »Ich kannte den Mann. Ich mochte ihn. Was ich Ihnen sage, darf auf keinen Fall an die Öffentlichkeit. Können Sie das garantieren?«

»Wenn es sich um keine Verbrechen handelt, sicherlich.«

Angela Chapman stand auf. Wie ein schönes Raubtier lief sie einige Schritte durch das riesige Büro und setzte sich wieder. Der Saum des langen roten Rocks rutschte an ihren Beinen hinauf. Sie hatte wirklich schöne Schenkel. Es schien ihr natürlich, daß ich sie mit einem kurzen Blick bewunderte.

»In Überlegung mit den Geldgebern haben wir beschlossen, in Zukunft nur noch eine Serie, Golden Gate oder Broadway, mit Geld auszustatten, um diesen Partisanenkampf hinter den Kulissen zu beenden.«

»Was bedeutet das konkret?«

»Das bedeutet, die erfolgreichste Serie, die mit den höchsten Einschaltquoten der nächsten Monate, bekommt den ganzen Werbeetat für Jahre garantiert, um noch größer und besser werden zu können.«

»Viel Geld?«

»Mehr Geld, als jemals in der Branche geflossen ist.« Angela Chapman nickte. Mit einem goldenen Dupont zündete sie sich eine Zigarette an. »Aber Zahlen spielen wohl keine Rolle, oder?«

Ich schüttelte den Kopf. »Kann dieser Beschluß durchgesickert sein?« fragte ich.

Angela Chapman wehrte entschieden ab. »Unmöglich«, antwortete sie.

»Sagt Ihnen der Name Lemmy Everdell etwas?«

»Nein.«

»Er war einer Ihrer Angestellten. Man fand ihn heute morgen tot in den San Gabriel Mountains. Nach den ersten Untersuchungen der Polizei scheint es, als habe ihn jemand aus einem Sportflugzeug oder aus einem Helikopter über dem unwegsamen Gebiet abgeworfen.«

Angela Chapman zuckte zusammen. Sie rauchte einen tiefen Zug, nahm das drahtlose Telefon vom Tisch und forderte Unterlagen über Lemmy Everdell an.

»Das ist schrecklich«, sagte sie dann, stand auf und schenkte sich noch einen Martini ein. »Bringen Sie das in Zusammenhang mit dem Geschehen bei den Außenaufnahmen von Golden Gate?«

Ich zuckte mit den Schultern. »Der Verdacht läßt sich nicht so einfach von der Hand weisen«, gab ich zu. »Aber soviel ich weiß, ist noch nicht bewiesen, ob das eine Verbrechen etwas mit dem anderen zu tun hat.«

Die Sekretärin brachte die Personalakte von Lemmy Everdell. Zwei Minuten lang vertiefte sich die schöne Chefin von Lazy Brown Promotion darin. Dann schaute sie mich an und schüttelte den Kopf.

»Everdell bekleidete eine Stellung innerhalb der Verwaltung, die ihm keinen Einblick in die große Geschäftspolitik ermöglichte«, sagte sie überzeugt. »Er verwaltete die Krankenakten unserer Angestellten und koordinierte die Urlaubspläne. Seit zehn Jahren bei der Firma und nie in irgendeiner Hinsicht aufgefallen.«

So ungefähr hatte ich es mir vorgestellt. Dennoch hatte ich ein unangenehmes Gefühl, wenn ich an Everdells Tod dachte und ihn mit dem in Verbindung brachte, was ich eben von Angela Chapman erfahren hatte.

Eine der Serien, Broadway oder Golden Gate, würde in wenigen Monaten sterben. Allem Anschein nach hatte noch niemand eine Ahnung davon. Da wurde Geld in ungeheurer Menge freigesetzt. Es ging um Sein oder Nichtsein.

»Kann ich Ihnen sonst noch behilflich sein, Mr. Cotton?«

»Ich glaube nicht«, antwortete ich.

»Sie halten sich an Ihr Versprechen?«

»Natürlich.«

»Kennen Sie sich in den Kreisen von Golden Gate aus?«

»Ich kenne Parker, den Regisseur«, antwortete ich.

Angela Chapman lächelte undurchsichtig. »Ein guter Mann«, sagte sie. »Golden Gate hat ihm viel zu verdanken. Aber er ist auch ein schwieriger Zeitgenosse, der kein Blatt vor den Mund nimmt und den es wenig interessiert, ob er die Gefühle seiner Mitmenschen damit verletzt.«

»Vielleicht muß man so sein, wenn man in seinem Job etwas erreichen will.«

»Vielleicht.« Angela Chapman zuckte mit den Schultern.

Sie stand auf und legte die Personalakte Everdells auf ihren futuristischen Schreibtisch. »Ich bin heute abend zu der Party einer kleinen Schauspielerin eingeladen, die das Zeug hat, große Karriere zu machen und von uns deshalb im Auge behalten wird.«

»Hat sie mit Golden Gate zu tun?«

Angela Chapman lachte. »Leute, die noch etwas werden wollen, müssen mit Golden Gate oder Broadway zu tun haben. Die Kleine heißt Denise Shine. Bei der Gelegenheit lernen Sie einige Leute kennen.«

Ich brauchte nicht lange zu überlegen. Es war wichtig, Menschen dieser Branche kennenzulernen. Und nur ein

Idiot würde das Angebot ablehnen, eine Frau wie Angela Chapman zu einer Party zu begleiten.

»Die ganze Sache hat etwas Delikates«, sagte Angela. »Danny Leyonne ist mit der Kleinen befreundet – vielleicht haben sie auch etwas miteinander. Leyonne arbeitet für Broadway, obgleich sein Großvater, Vincente Leyonne, Besitzer der Golden-Gate-Produktion ist.«

»Ist das nicht seltsam?« fragte ich.

»Vielleicht können Sie das Danny heute abend selbst fragen.«

»Wann?« fragte ich.

»Holen Sie mich um zehn ab!« sagte sie und nannte mir ihre Adresse in Beverly Hills.

»Frack und Zylinder?«

»Abendgarderobe«, antwortete sie.

Ich nickte ihr zu und verließ das Büro.

In den Abendausgaben sah ich Danny Leyonne zum erstenmal. Ein Foto in der Pose der zornigen jungen Männer der 60er Jahre. Eine Mischung zwischen Marlon Brando, James Dean und Clark Gable. Er versuchte Brandos zorniges Gesicht zu machen, hatte eine Figur wie Dean, aber seine Erscheinung war so elegant und auf Frauen anziehend wie die Clark Gables.

VINCENTE LEYONNES ENKEL
WILL GOLDEN GATE VERNICHTEN!

Die Balkenüberschrift war reißerisch, aber der Artikel hielt, was die Überschrift versprach.

Parker und ein Mann namens Erwin Wainscott, der Produktionschef bei Golden Gate war, deuteten durch die Blume an, daß Danny Leyonne mit Sommers Tod wenigstens indirekt zu tun haben könnte. Sie brachten ihn in die Nähe des Einbruchs, der sich vor einiger Zeit bei Golden Gate ereignet hatte.

Danny kannte die Räumlichkeiten, und er wußte, angeblich nach eigenen Aussagen, auch die Zahlenkombination des Stahlschranks, in dem die Drehbücher aufbewahrt wurden.

NÄHRTE VINCENTE LEYONNE
DIE SCHLANGE AN DER EIGENEN BRUST?

Die Frage schien, den Artikeln nach, wirklich berechtigt, und ich fragte mich, warum noch keiner der Kollegen aus Los Angeles auf diesen jungen Mann gekommen war.

TRAUMROLLE FÜR VINCENTES ENKEL,
WENN ES GOLDEN GATE NICHT MEHR GIBT?

Was sie unter die Leser brachten, war purer Sprengstoff. Es heizte die Gemüter noch mehr auf und rückte Broadway zumindest in die Komplicenschaft.

Für heute abend, daran gab es keinen Zweifel, gab es genügend Gesprächsstoff.

Es war ein unterdrückter Schrei aus einem der Nebenräume. Wir hörten ihn trotz der brüllenden Discomusik. Angela Chapman warf mir einen fragenden Blick zu.

Burt Parker hatte getrunken. Sein Blick war glasig, aber er wirkte keineswegs wie ein Betrunkener.

»Komische Sitte«, sagte er und schaute dabei Angela

und mich an. »Warum schreien die Mädchen heute erst um Hilfe und geben sich schließlich doch freudig hin?«

»Um keinen schlechten Namen zu bekommen und nicht durch Männer wie dich zu Huren abgestempelt zu werden, Parker.«

Parker grinste, legte seine Hände hinter die Ohren und lauschte. »Nichts mehr zu hören«, sagte er amüsiert. »Die Form ist gewahrt.«

»Wo ist Denise Shine?«

Angela Chapman zuckte mit den Schultern.

Burt Parker lachte. »Das war sie«, sagte er. »Ihre Stimme erkenne ich auch in einer brüllenden Meute von Footballfans.«

»Danny Leyonne ist nicht gekommen.«

»Natürlich nicht.« Angela Chapman deutete auf einen eleganten Mann mit verpflastertem Gesicht. »Das ist Wainscott. Danny und er, habe ich mir sagen lassen, haben heute nachmittag kontrovers verhandelt.«

»Aber die Kleine ist doch seine Freundin, oder wie immer man das nennen will.«

Erneut lachte Parker. »War«, sagte er. »Denise hat mich angerufen. Danny versuchte sie heute mit aller Macht von Golden Gate loszueisen. Natürlich ergebnislos, denn die Kleine hat Zukunft bei uns, wenn auch nicht in der augenblicklich laufenden Serie.«

Während er es sagte, verlor er plötzlich alle Farbe. Schweiß brach ihm aus, und seine Pupillen flackerten wie im Fieber. »Mein Gott, nein!«

Es klang wie der heulende Klageton eines Hundes. Dann stürmte er los. Er rannte gegen einige Gäste und bahnte sich eine Weg zur Tür des Nebenzimmers. Sie war von innen verschlossen. Mit beiden Fäusten trommelte er dagegen.

»Denise!«

»Verdammt, was ist los?« fuhr ich Parker an.

»Das Drehbuch«, stammelte er. »Laut Drehbuch stirbt sie ...«

Zwei Yards Anlauf waren für die Tür ausreichend. Ich knallte mit der linken Schulter dagegen, sprengte das Schloß und flog ins Schlafzimmer. Über die Schulter rollte ich ab und war mit einem Satz wieder auf den Beinen.

Es war dunkel. Undeutlich war das Bett zu sehen. Ein leichter warmer Wind blähte die Gardinen vor dem offenen Fenster. Ich sprang auf die helle Öffnung zu, beugte mich nach draußen und zuckte sofort wieder zurück. Im letzten Moment entdeckte ich den nach unten schwebenden Transportkorb, den auch die Fensterputzer benutzten, und sah den hochaufgerichteten dunklen Schatten im Korb.

Eine Kugel fuhr schräg an mir vorbei und klatschte gegen die Fassade.

Kein Schußgeräusch, nur ein schwacher Mündungsblitz.

Jemand hatte das Licht eingeschaltet. Wütend drehte ich mich um.

Parker stand neben dem Bett, auf dem Denise Shine lag. Angela Chapman stand an der offenen Tür. Hinter ihr drängten sich weitere Personen, versuchten hereinzukommen und wurden von Angela zurückgedrängt. Nur Erwin Wainscott, der Mann mit dem verpflasterten Gesicht, huscht noch ins Zimmer, bevor Angela die Tür ins Schloß warf.

Meine Gedanken jagten sich. Noch kauerte ich am Fenster. Einige Sekunden ließ ich verstreichen. Dann beugte ich mich erneut nach draußen.

Es war wie in einem schlechten Film: Der Transportkorb schwebte langsam an der Fassade hinauf. 17 Stockwerke hoch, und er war leer.

Dem Unbekannten zu folgen war auch diesmal genauso sinnlos wie am Nachmittag bei Allert. Ich hatte nur eine große, in ein schwarzes Trikot gekleidete Gestalt gesehen. Auf der Straße konnte der Kerl mich über den Haufen rennen, ohne daß ich ihn erkannte.

Parkers Blick war nicht mehr glasig. Wainscott hielt die Luft an, und Angela Chapman lehnte an der Wand neben der Tür.

Denise Shine sah noch genauso blendend aus wie vor zwei Stunden, als sie Angela und mir die Tür geöffnet hatte. Der weiße Hosenanzug schmiegte sich wie eine zweite Haut um ihren Körper. Die langen blonden Haare waren auf dem Kissen wie ein Teppich gebreitet. Ihr Make-up war noch perfekt. Nur über dem linken Auge zeichnete sich eine rote Schwellung ab. Auf den ersten Blick sah es aus, als habe man ihr einen Schlag versetzt.

Der rechte Ärmel des Hosenanzugs war hochgeschoben. Der Arm war mit einer Venenklemme fachgerecht abgebunden, und in der Armbeuge steckte noch die Spritze. Ihre Augen waren geschlossen. Es sah aus, als schlafe sie. Aber das täuschte. Denise Shine, der man bei Golden Gate eine steile Karriere vorausgesagt hatte, war tot.

Parker zitterte wie Espenlaub, als ich ihn beiseite schob und versuchte, das Mädchen wiederzubeleben.

Wainscott stürmte aus dem Schlafzimmer. Das Telefon stand nebenan im Gang. Lautstark und aufgeregt verlangte er nach der Polizei und einem Rettungswagen. Die übrigen Gäste, so schien es, hatten sich in andere Zimmer zurückgezogen oder die Party eilig verlassen.

Der Schweiß rann mir in Strömen über das Gesicht.

»Kann denn niemand die Spritze wegnehmen?« fragte Angela Chapman.

Parker wollte es tun. Mit einem Fluch vertrieb ich ihn vom Bett. Der Mann, der es gewohnt war, immer die erste Geige zu spielen, gehorchte wie ein kleines Kind.

Angela Chapman begann zu weinen. Wainscott kam zurück. Er legte ihr den Arm um die Schulter und sprach leise und beruhigend auf sie ein.

Ich nahm das alles nur am Rande wahr, während ich versuchte, wieder Leben in den schönen jungen Mädchenkörper zu pumpen. Es waren mechanische Bewegungen, bei denen ich nicht nachdachte. Dann nämlich hätte ich damit aufgehört. Dann hätte mein Verstand mir gesagt, daß es sinnlos war. Denise war schon so weit weg, daß niemand sie mehr zurückholen konnte.

Wie lange das alles dauerte, wußte ich nicht. Ich hatte das Gefühl für Zeit völlig verloren.

»Okay, Jerry«, sagte Angela Chapman irgendwann. »Okay.«

Ich richtete mich auf, rieb mir den Schweiß von der Stirn und schaute mich um. Die Tür war geöffnet. Wainscott und Parker standen auf dem Gang. Sie sprachen leise miteinander. Sonst war es ruhig in der Wohnung. Jemand hatte die Party bei Denise für beendet erklärt, und die Gäste waren verschwunden.

Das machte nichts. Niemand war als Zeuge wichtig. Denises Mörder war mit dem Transportkorb vom Dach gekommen, hatte sich bis zum offenen Schlafzimmerfenster hinabgleiten lassen, sie überrascht und getötet. Anschließend war er mit dem Korb wieder nach unten verschwunden. Hätte ich gleich nach dem ersten unterdrückten Schrei reagiert, würde das Mädchen vielleicht noch leben. Oder ich hätte den Killer erwischt. Oder er mich.

Ich verdrängte diese Gedanken.

Parkers Reaktion fiel mir ein, sein überraschender Spurt zur Schlafzimmertür. Er hatte etwas geahnt.

»Was war, Parker?« fragte ich den Regisseur, als ich in den Gang trat und mir eine Zigarette anzündete.

»Das Drehbuch«, antwortete er leise. »Eine begabte, junge Schauspielerin verzweifelt an ihrem Job, bekommt dann noch Streit mit ihrem Freund und nimmt sich schließlich mit einer Überdosis das Leben.«

Mir standen buchstäblich die Haare zu Berge. Es war ein mörderisches Drehbuch. Für die zweite Person von Golden Gate war die Phantasie eines Drehbuchschreibers zur schrecklichen Wirklichkeit geworden.

»Er hat es angekündigt und versprochen«, sagte Wainscott.

»Was?«

»Daß er uns vernichten will, G-man.«

Ich starrte ihn an. Ich hatte ihn erst vor einigen Stunden kennengelernt. Er hatte etwas an sich, was mir nicht gefiel. Was es genau war, wußte ich nicht.

»Er hat es angekündigt!«

»Reden Sie doch keinen Unsinn, Mann!« fuhr ich ihn an. »Haben Sie Danny Leyonne vielleicht gesehen?«

Wainscott schüttelte den Kopf. »Es gab einen Streit zwischen Denise und ihm. Danny versuchte sie auf den anderen Kanal zu holen, aber sie lehnte ab. Danny ...«

Ich stoppte seine Phantasie mit einer ärgerlichen und barschen Handbewegung. Wainscott schwieg verkniffen. Jetzt noch. Sobald die Reporter ihn etwas fragten, würde er die eben geäußerten Anschuldigungen wiederholen.

Zwei Stunden später saß ich zusammen mit Angela Chapman in der Lounge meines Hotels. Sie trank den vierten Martini kurz nacheinander. Ich gewann den Eindruck, als versuche sie sich zu betrinken, um die schrecklichen Ereignisse zu verdrängen.

»Parker hat völlig recht«, sagte die schöne, schwarzhaarige Frau dann. »Jemand legt es darauf an, Golden Gate zu erledigen.«

»Wegen des Geldes ...?«

Angela Chapman schüttelte den Kopf.

»Niemand weiß davon, daß es in Zukunft nur noch eine Serie geben wird«, sagte sie sicher. »Da spielen persönliche Dinge eine Rolle, Jerry. Vielleicht auch Rache. Ich weiß es nicht.«

Sie griff nach meiner Hand und rückte dicht an mich heran. Es tat mir wohl, selbst wenn wohl nur Denises Tod der Auslöser für ihr Annäherungsbedürfnis war.

Der Kellner kam. »Telefon, Mr. Cotton.«

Ich folgte ihm an die Rezeption.

Es war Phil, der sich aus New York meldete. Die Geschehnisse in Los Angeles hatten auch am Hudson eine dankbare Presse gefunden. Es schien beinahe so, als habe jemand dafür gesorgt, daß alle Geschehnisse um Golden Gate als Agenturberichte auch an die überregionalen Zeitungen gemeldet wurden.

Phil hatte mit Harold Carmichael gesprochen, dem Mann, der bei der Broadway-Produktion die Fäden in der Hand hielt. Carmichael sprach von absurden Anschuldigungen. Er kündigte gerichtliche Schritte an. Seiner Aussage nach brauchte Broadway gar nicht auf solche Machenschaften zurückzugreifen, um in der Publikumsgunst ganz oben zu stehen. Angeblich hatten sie die besseren Schreiber und die besseren Ideen für die nächsten zehn Folgen von Broadway. Golden Gate befinde sich ohnehin auf dem absteigenden Ast.

Für alle Fälle wollte Phil in New York weiter die Geschäftspolitik von Broadway beobachten und sich sofort melden, wenn er etwas herausfand, was uns hier weiterhelfen konnte.

Als ich in die Lounge zurückkehrte, war Angela Chapman verschwunden.

»Sie ist oben«, sagte der Kellner, bei dem ich mich nach ihr erkundigte. »Sie hat sich den Schlüssel geben lassen.«

Ich verstand nicht, was das zu bedeuten hatte, und folgte ihr.

Die Tür war nur angelehnt. Die Dusche lief. Im Zimmer lagen ihre Kleidungsstücke auf dem Boden verstreut. Ich nahm mir einen Whisky und wartete.

Ich dachte an Danny Leyonne, den ich persönlich nicht kannte. Er hatte sich vielleicht im Zorn zu Äußerungen hinreißen lassen, die ihm sehr gefährlich werden konnten. Noch gab es keinen begründeten Verdacht, daß er mit den Ereignissen etwas zu tun hatte. Aber sobald sich das änderte, konnte der Staatsanwalt aus dem, was schon bekannt war, eine Anklage zimmern, die so leicht nicht zu erschüttern war.

Angela Chapman kam aus dem Bad. Augenblicklich wurden meine Gedanken in andere Richtungen gelenkt. Das konnte auch gar nicht anders sein.

Sie hatte sich ein weißes Badelaken um die Hüften geschlungen und frisches Make-up aufgelegt. Die Flut der langen schwarzen Haare rahmten ihr klares Gesicht ein. Die roten Lippen waren sinnlich geöffnet, und ihr herrlich gewachsener Busen hob und senkte sich unter den schweren Atemzügen.

Ich starrte sie an und stellte auf den ersten Blick fest,

daß sie nicht betrunken war. Die Martinis hatten ihr nichts ausgemacht.

Mit tänzelnden, beinahe lasziven Schritten kam sie auf mich zu.

Ihre Arme schlangen sich um meinen Nacken, die vollen roten Lippen preßten sich auf meinen Mund.

»Laß mich hierbleiben, bitte!« sagte sie. »Ich will nicht nach Haus. Es ist so einsam.«

Ich hielt sie fest an mich gedrückt und streichelte die schwarzen Haare. Reich, verwöhnt, tausend Bekannte – und doch niemand, wenn sie einen Menschen nötig hatte. Die Welt, in der sie lebte, war kalt. Da drang keine Wärme nach innen.

»Ich kann das alles nicht begreifen, Jerry«, sagte Angela irgendwann in der Nacht. Sie saß im Bett, vom hellen Mondlicht überflutet. »Erst Sommer, dann Denise Shine. Da gibt es ein Drehbuch voller Morde, und ein Verrückter läßt sie Wirklichkeit werden.«

Sie griff nach den Zigaretten. Ihr Dupont schnappte auf. Im Widerschein der Flamme spiegelte sich ihr ernstes Gesicht. Sie gab mir eine der angezündeten Zigaretten. »Manchmal möchte ich alles hinschmeißen«, sagte sie leise.

»Warum tust du es nicht?«

»Ich weiß es nicht. Vielleicht kann ich es gar nicht. Es ist zu einem Bestandteil meines Lebens geworden. Wahrscheinlich würde mir etwas fehlen. Nicht sofort, aber später. Es gibt Menschen, die Arbeit und Verantwortung brauchen wie das tägliche Brot. Ich gehöre dazu.«

Sie legte ihren Kopf auf meine Brust und starrte auf einen hellen Fleck auf der gegenüberliegenden Wand.

»Was ist mit Golden Gate?« fragte ich. »Aus New York hörte ich, mit der Serie gehe es bergab.«

Ihr Blick kehrte von der gegenüberliegenden Wand zu mir zurück. »Sie haben einige Prozentpunkte Einschaltquoten eingebüßt«, antwortete sie. »Das ist aber nichts Besonderes. Das ist mal der einen Serie und mal der anderen Serie passiert. Das hat nichts zu sagen.«

Ich rauchte noch einen Zug und drückte die Zigarette in den Aschenbecher. »Ein günstiger Augenblick für jemanden, der Golden Gate den Gnadenstoß versetzen will, oder?«

»Es wäre wirklich ein günstiger Augenblick«, sagte sie leise. »Man hat die Serie ins Gerede gebracht, und man hat ihr Schaden zugefügt. Normalerweise würde Golden Gate sich wieder erholen. Aber wenn ...«

»... wenn es einen Hauptdarsteller erwischt, dann ist es aus«, vollendete ich, als sie stockte.

»Das ist richtig.«

»Ist Carmichael das zuzutrauen?«

»Ich kenne Carmichael sehr gut. Ich würde es ihm nicht zutrauen, Jerry«, sagte sie. »Er hat die Broadway-Produktion zu einem schlechten Zeitpunkt übernommen und sie wieder groß gemacht. Mit viel Arbeit, sehr guten Darstellern und ausgezeichneten Ideen. Ihm würde ich diese Machenschaften wirklich nicht zutrauen, aber man weiß nie, ob es innerhalb solcher Produktionen nicht eine graue Eminenz gibt. Ich meine einen, der unsichtbare Fäden zieht und seine eigenen Pläne hat.«

Ich hatte auch schon daran gedacht, aber bislang hatte Phil in New York nichts herausgefunden, was einen solchen Verdacht stützte. Noch, so schien es, gab Harold Carmichael den Ton an. Noch hatte er das Ruder von Broadway fest in der Hand.

Das Telefon schellte. Ich schrak auf.

Ich hob ab.

»Cotton?«

»Am Apparat«, antwortete ich.

Der Anrufer lachte. Es klang nicht unsympathisch und nicht feindlich.

»Du hast einen verhängnisvollen Fehler gemacht«, sagte der Mann. »Du gehörst nicht in diese Stadt, nicht in diese Kreise. Du hättest in New York bleiben sollen, anstatt deine Nase in Dinge zu stecken, die dich nichts angehen.«

Das klang ernst. Ich kam erst gar nicht in Versuchung, es auf die leichte Schulter zu nehmen.

»Und du bringst andere Leute in Gefahr, Cotton. Weiß die Lady, wie gefährlich es ist, Umgang mit dir zu haben?«

»Du kannst sie selber fragen«, antwortete ich.

Angela Chapman schaute mich verständnislos an.

»Du hast von nun an genau fünf Sekunden, um zu verschwinden«, sagte der Anrufer.

Ich ließ den Hörer fallen. Vielleicht war es ein Witz, vielleicht wollte ein Verrückter sehen, wie schnell ein G-man laufen konnte. Ich durfte es darauf nicht ankommen lassen. Zuviel war schon passiert.

Mit einem Satz sprang ich aus dem Bett, griff nach Angelas Arm und zog sie hinter mir her aus dem Hotelzimmer in den schmalen Gang. Sie verstand nicht, worum es ging, aber sie widersetzte sich auch nicht. Ihre weibliche Intuition sagte ihr, daß ich nicht plötzlich den Verstand verloren hatte, sondern genau wußte, was ich tat. Mit beiden Armen umklammerte ich ihre Taille und warf sie zu Boden. Dann ließ ich mich über sie fallen und deckte sie mit meinem Körper.

Zwei Sekunden später brach in meinem Zimmer die Hölle los. Eine fürchterliche Explosion zerriß das Bett und ließ eine Seitenwand einstürzen. Feuer und Rauch schlugen aus der offenen Tür in den Gang hinaus. Steine und Holzsplitter jagten wie Geschosse über mich hinweg und klatschten an die Seitenwand.

Dann war es vorbei.

Angela Chapman schrie. Sie bäumte sich unter mir auf, versuchte aufzustehen und wegzulaufen. Daß sie nackt war, störte sie nicht. Der Fluchtgedanke beherrschte sie.

»Okay!« brüllte ich sie an. »Okay, Angela! Es ist vorbei! Hast du mich verstanden?«

Sie beruhigte sich.

Andere Zimmertüren flogen auf. Gäste erschienen verschlafen und entsetzt auf dem schmalen Hotelgang. Ihre weitaufgerissenen Augen waren auf Angela Chapman und mich gerichtet.

»Die Hausfeuerwehr!« schrie ich.

Ich sprang auf. Feuerlöscher hingen auf dem Gang. Ich riß zwei von ihnen von der Wand. Jemand warf mir einen Morgenmantel zu. Im Rennen streifte ich ihn über und sah, daß Angela von einer Frau ebenfalls mit einem Morgenmantel versorgt wurde. Dann stürmte ich ins Zimmer zurück.

Staub wallte und machte die Orientierung beinahe unmöglich. Ich konzentrierte mich auf das brennende Bett, oder besser, auf das, was davon übriggeblieben war. So gut es möglich war, legte ich einen Schaumteppich über alles, was brannte, und wich dann zurück.

Mit dem zweiten Feuerlöscher, den ich im Vorraum abgestellt hatte, erledigte ich den Rest.

Mein Gesicht war rußgeschwärzt und schweißüberströmt, als ich in den Hotelgang zurückging und die ersten Angestellten mit weiteren Feuerlöschern erschienen.

Es gab nicht mehr viel zu tun. Sie erledigten ihre Arbeit, wie sie es bei vielen Übungen gelernt hatten.

Angela Chapman stand in der Tür des gegenüberliegenden Zimmers. Sie schaute mich an und schüttelte noch immer verständnislos den Kopf.

Ich ging zu ihr, legte ihr den Arm um die Schultern und lächelte sie beruhigend an. »Ich hoffe, du hast eine gute Versicherung, Angela«, sagte ich. »Von deiner Garderobe ist nicht viel übriggeblieben.«

Ihr starres, wie eine Maske wirkendes Gesicht glättete sich. Die Mundwinkel verzogen sich. Sie erwiderte mein Lächeln.

»Auf jeden Fall ist es nicht langweilig mit dir, G-man«, sagte sie. »Aktion in allen Lagen. Ich könnte mich daran gewöhnen.«

Der diensthabende Nachtmanager kam. In seinem Windschatten andere Männer, die alle einen Morgenmantel trugen und selbst darin noch wichtig aussahen.

»Was ist geschehen?« fragte der Manager, ein kleiner Mann mit spitzer Nase und dünnen Lippen.

»Das Zimmermädchen hat vergessen, eine Dynamitladung unter meinem Bett wegzuräumen«, antwortete ich. Durch die Pressemeldungen wußten sie, wer ich war und womit ich beschäftigt war. »Rufen Sie die Polizei, wenn Sie wollen! Was mich und Miss Chapman angeht, machen wir Ihnen keine Schwierigkeiten. Vorausgesetzt, wir bekommen ein anderes Zimmer mit der gleichen schönen Aussicht und einen Cognac für die Nerven.«

Der spitznäsige kleine Mann atmete erleichtert auf. Das Hotel hatte einen Ruf zu verlieren – und er einen Job.

»Luna Suite!« brüllte er einen Angestellten an. »Verdammt, Hank, bringen Sie Miss Chapman und Mr. Cotton in die Luna Suite! Sorgen Sie für alles, was nötig ist!«

Wir folgten dem Angestellten namens Hank, der sich wirklich die größte Mühe gab.

»Kann ich noch etwas für Sie tun?« fragte er.

»Lassen Sie die Sachen, die noch brauchbar sind, sofort herbringen!« sagte ich.

»Und die Speisekarte«, verlangte Angela Chapman. »Ich habe Hunger.«

Ich wußte nicht, ob sie das Küchenpersonal extra für uns weckten, auf jeden Fall bekamen wir eine Stunde später ein Menü, wie man es auch im Restaurant nicht besser haben konnte.

Während der ganzen Zeit hatten wir es vermieden, über das Vorgefallene zu sprechen. Erst nach dem Dessert, bei Kaffee und Cognac, beantwortete ich Angela Chapmans fragende Blicke.

»Jemand wollte mir angst machen«, sagte ich, »Nur angst machen, nicht mich umbringen. Mich töten – das wäre zu einfach gewesen. Er hätte den Funkzünder nur etwas eher betätigen müssen. Ich soll mich nicht mehr um die Sache kümmern. Sie mögen mein Gesicht nicht . . .«

»Oder du bist auf der richtigen Spur, Jerry«, unterbrach mich Angela. »Man will dich davon abbringen.«

Auf der richtigen Spur! Das konnte nur heißen, daß Danny Leyonne diese Spur war. Denn alles, was ich bislang gehört hatte, war gegen Danny Leyonne gerichtet.

EIN DREHBUCH VOLLER MORDE

Denise' Shines Tod schlug Wellen wie vorauszusehen. Die Zeitungen übertrafen sich mit Sensationsmeldungen. Parker und Wainscott streuten Gerüchte aus, an denen auch der FBI nicht länger vorbeikonnte. Danny Leyonne bekam eine Publicity, die er sich vor einigen Tagen nicht hätte träumen lassen.

WER IST DER NÄCHSTE?

Sie hatten Angst, das war unverkennbar. Einige Hauptdarsteller, das Aufnahmeteam, die Drehbuchschreiber.

Das Buch der laufenden Aufnahmen hatte ich gelesen. Parker wehrte sich zwar mit Händen und Füßen dagegen, aber Wainscott und vor allen Vincente Leyonne sahen ein, daß sie es nicht länger vor dem FBI geheimhalten konnten.

Sam Sommer und Denise Shine. Die beiden Darsteller, die laut Drehbuch sterben sollten, waren wirklich tot. Was diesen Teil der Serie anging, war mit keinen weiteren Opfern mehr zu rechnen. Vorausgesetzt, der Täter hielt sich wirklich an das Script.

Ich hatte da meine Zweifel. Der Zwischenfall mit mir hatte nicht im Drehbuch gestanden, und ich dachte, daß man mich erledigen würde, wenn ich den Schuldigen wirklich gefährlich wurde. Ob das nun in einem Script stand oder nicht.

Logan Unkler rief mich ins Office. Sie hatten Danny Leyonne vorgeladen. Er war mit seinem Anwalt angerückt, einem honorigen, bekannten Mann, den Broadway ausgesucht und bezahlt hatte. Danny machte einen gefaßten, beinahe überheblichen Eindruck auf mich, als ich ihm zum erstenmal gegenübertrat.

Sein Anwalt hieß Mal Kaiser. Deutsche Abstammung,

korrekt gekleidet, wachsame Augen, wachsamer Geist. Er musterte mich eingehend. Sein Gesichtsausdruck verriet mir nicht, ob er etwas gegen mich hatte oder mich akzeptierte. Das konnte mir im Grunde egal sein. Als FBI-Agent hatte er mich zu akzeptieren, ob ich nun aus New York oder aus Los Angeles kam.

Bei Leyonne war das anders. Seine Blicke drückten wenig Freundlichkeit aus. Er grinste mich an, als ich mich ihm gegenübersetzte und mich vorstellte.

»Ich habe gehört, Ihnen ist gestern nacht heiß unterm Arsch geworden«, sagte er in einem Tonfall, den ich ihm bei seinem eleganten Aussehen nicht zugetraut hatte.

»Richtig.« Ich nickte. Sein grinsendes Gesicht störte mich. »Aber im Gegensatz zu Ihnen macht es mir nichts aus. Ich bin es gewohnt, daß man auf mich losgeht.«

Danny zuckte zusammen und warf einen schnellen Blick auf Mal Kaiser. Der Anwalt verzog keine Miene. Nur seine Augen lachten.

»Mein Anwalt sagt, es sei besser für mich, wenn ich mich mit Ihnen unterhalte. Ich glaube das nicht, aber er versteht mehr davon. Ich habe nicht viel Zeit.«

Warum, zum Teufel, machte sich ein netter Junge wie Danny Leyonne so unsympathisch? Sein Auftreten, davon war ich überzeugt, entsprach ganz und gar nicht seinem Wesen.

Vielleicht war er unsicher und glaubte, diese Unsicherheit mit einer rüpelhaften, überheblichen Art verdecken zu können. Ich war mit nicht sicher.

»Sie hatten Streit«, sagte ich.

»Mit wem meinen Sie?«

»Mit der Golden-Gate-Produktion, insbesondere mit Erwin Wainscott.«

Danny schaute Kaiser an. Der nickte.

»Er behandelte mich schlecht. Da habe ich ihn geschlagen. Das ist alles.«

»Worum ging es?«

Kaiser schüttelte, genau wie ich erwartete, den Kopf.

Danny grinste.

»Sie haben gedroht, die Golden-Gate-Produktion zu vernichten«, sagte ich.

Das Grinsen blieb auf seinem Gesicht. Er war wirklich unsicher. Er spielte mir Theater vor. Ich hatte nicht daran gedacht, daß ich es mit einem ausgebildeten Schauspieler zu tun hatte. Er hatte Angst, er war unsicher, aber er wollte es auf keinen Fall zugeben.

»Haben Sie gedroht, die Golden-Gate-Produktion zu vernichten?« fragte ich.

Wieder der unsichere, fragende Blick zu Kaiser. »Diese Unterstellung ist doch unsinnig, G-man«, sagte Kaiser. »Die Golden-Gate-Produktion ist eine Institution. Wie kann ein Mann wie Danny eine Institution vernichten?«

»Wainscott bauscht das auf«, sagte Danny, bevor ich die gleiche Frage noch einmal an ihn richten konnte.

»Sie waren vor einigen Tagen noch im Produktionsgebäude. Sie kennen die Sekretärin, Sie wissen, wo die Drehbücher aufbewahrt werden, und Sie kennen den Code des Stahlschranks. Stimmt das?«

»Ja.« Das kam schnell und trotzig.

»Theoretisch hätten Sie die Möglichkeit gehabt, sich das Drehbuch auszuleihen, es zu fotokopieren und wieder zurückzulegen.«

»Theoretisch, ja.«

Kaiser rollte die Augen und legte die Stirn in Falten.

Danny schwieg.

»Was ist, Mr. Leyonne?«

Mit einem Ruck stand Danny auf, strich sich die dunklen, wie gelackt sitzenden Haare zurück und drehte sich demonstrativ zum Fenster.

»Ich habe keine Lust mehr«, sagte er. »Verdammt, ich habe keine Lust mehr, mir Fragen stellen zu lassen. Kann ich verschwinden, Kaiser?«

Der Anwalt erhob sich ebenfalls und nickte. Dann wandte er sich an mich. »Wenn Sie mehr wissen wollen, lassen Sie meinem Mandanten eine offizielle Vorladung zukommen.«

Er fühlte sich dabei garantiert nicht wohl in seiner Haut.

Er hatte als Anwalt einen guten Namen und konnte sich an den Fingern einer Hand ausrechnen, daß Danny wegen seiner Weigerung, sich weiter mit mir zu unterhalten, immer mehr in die Problemzone geriet.

»Okay«, sagte ich, denn ich hatte keinen Grund, ihn gegen seinen Willen festzuhalten. »Haben Sie vor, die Stadt in den nächsten Tagen zu verlassen, Mr. Leyonne?«

»Und wenn?«

Warum, verdammt, ging er so hart auf Gegenkurs? Ich verstand ihn nicht.

»Im Fall einer geplanten Abreise müssen Sie den FBI verständigen«, sagte ich. »Ihr Anwalt wird Sie beraten, was diesen Punkt angeht. Halten Sie sich jederzeit zur Verfügung!«

Die Tür fiel hinter den beiden ins Schloß. Logan Unkler, der das Gespräch im Nebenzimmer mitgehört hatte, kam herein und zuckte mit den Schultern.

»Mit dem Jungen stimmt was nicht«, sagte er. »Er macht auf mich den Eindruck eines Menschen, der tief enttäuscht worden ist und es nun allen heimzahlen will. Er sucht die Konfrontation und will sich damit vielleicht in eine Situation bringen, in der ihm gar nichts anderes mehr übrigbleibt, als auszupacken. Er hat Angst, das Falsche zu sagen. Aber vor wem hat er Angst?«

Ich wußte es nicht. Ich wußte nur, daß wir in einer Einbahnstraße gelandet waren. Sommer war tot. Denise Shine war tot. Auf mich war ein Sprengstoffanschlag verübt worden. Als Warnung gedacht, nicht um mich zu töten. Wer auch immer hinter allem steckte, kannte sich aus. Er wußte, was er damit heraufbeschwor, wenn er einen G-man tötete.

»Glauben sie, daß Danny Leyonne mit den Mordanschlägen etwas zu tun hat?« fragte mich Unkler.

»Es wäre nicht schwer für ihn gewesen, an das Drehbuch heranzukommen. Auf jeden Fall konnte er Informationen wertvoller Art an Dritte weitergeben. Insbesondere Informationen über die Waffe, mit der Maggie Ferries auf Sommer zu schießen hatte. Er konnte Denise Shine anrufen und sie zu einem bestimmten Zeitpunkt dazu veranlassen, ins Schlafzimmer zu gehen, wo der Killer lauerte. Er brauchte sie zum Beispiel nur kurz vor dem Verbrechen anzurufen und zu ihr sagen, er hätte im Schlafzimmer einen Brief für sie hinterlassen. Man kann ihn mit wirklich allem in Verbindung bringen, Sir. Ein wackliges Indiziengerüst, sicherlich, aber ein guter Ankläger baut schnell die stützenden Querstreben ein.«

Unkler nickte nachdenklich. »Das gefällt mir nicht«, sagte er.

Ich stimmte ihm aus vollem Herzen bei. Danny Leyonne war noch nie aufgefallen. Nicht im Privatleben, nicht im Beruf. Ein mittelmäßiger Schauspieler, der der eigenen Familie den Rücken kehrte und es auf eigene Faust schaffen wollte. Aber er schaffte den großen Durchbruch nicht. Das konnte einen jungen Mann schon verbittern.

Vielleicht glaubte er auch, sein Großvater blockiere seinen Weg. In diesem Fall schien es natürlich, daß ein solcher Mann auf Rache sann. Danny hatte theoretisch alle Möglichkeiten, um Golden Gate zu schaden. Er war einfach dafür prädestiniert, als böser Bube aufgebaut zu werden. Vielleicht schob man ihn in den Vordergrund, um uns damit den Blick auf den wirklich Schuldigen zu verdecken.

»Wir sollten ihn beobachten«, sagte ich zu Unkler. »Wenn es so ist, wie ich annehme, braucht man ihn nur gewisse Zeit als Bösewicht. Danach muß man trachten, ihn loszuwerden.«

Unkler telefonierte sofort. Er setzte zwei Kollegen auf Danny an und orderte Bewachung rund um die Uhr an.

Ob das was half, wagte ich zu bezweifeln. Sobald Danny auf die Schatten aufmerksam wurde, würde er versuchen, sich der Bewachung zu entziehen. Ich hielt ihn für intelligent genug, das zu bewerkstelligen.

»Mehr können wir gar nicht tun«, sagte Unkler. »Was haben Sie vor, Jerry?«

»Den Killer finden«, antwortete ich.

»Wir haben bisher nichts in der Hand.«

»Wir haben noch den Fall Lemmy Everdell«, widersprach ich.

»Bislang deutet nichts darauf hin, daß sein Tod etwas mit dem Geschehen um Golden Gate zu tun hat.«

»Ich bin davon überzeugt, Sir«, sagte ich. »Angela Chapman versucht innerbetrieblich herauszufinden, ob Everdell nicht doch eine Möglichkeit hatte, an geheime Interna heranzukommen und sie weiterzutragen. Solange ich von dort keine Nachricht erhalte, bleibt mir die Santa Ana Bar in Santa Monica. Everdell trug ein Streichholzbriefchen der Bar in der Tasche. Ich habe

Informationen über die Bar. Es handelt sich um einen üblen Laden. Rauschgift, Prostitution und Glücksspiel in Räumen, aus denen man bei einer Razzia schnell verschwinden kann. Wie kommt ein kleiner Angestellter dort zurecht?«

»Das würde mich auch interessieren, Jerry.«

Etwas stimmte nicht mit Gortham. Nach den schlechten Erfahrungen bei der Polizei wollte Laura Christie ihre Nase nie wieder in anderer Leute Angelegenheiten stecken und vor allen Dingen der Polizei nicht mehr helfen, aber das Pflichtbewußtsein war ihr eingeimpft – und dagegen war nichts zu machen.

Gestern nacht war Gortham für einige Stunden einfach aus der Villa verschwunden, war dann zurückgekehrt, hatte sie geweckt, mit ihr eine Flasche Champagner getrunken und auf irgendein Erfolgserlebnis angestoßen, über das er nichts Näheres sagen wollte.

Ein Umschlag mit viel Geld, zugestellt durch einen Depeschendienst und dann noch zu einem ganz bestimmten Zeitpunkt, das war an sich schon verdächtig. Sie rief sich alles genau in Erinnerung. Er hatte telefoniert und sie nach oben geschickt. Sie versuchte vom Schlafzimmerfenster aus zu lauschen, aber von Gorthams Seite fiel kein einziges Wort. Das deutete darauf hin, daß er einen Auftrag erhalten hatte. Wenige Minuten danach war der Umschlag mit dem Geld gekommen. Vielleicht die Vorauszahlung für den Job, den er gestern nacht zu erledigen hatte?

Das ging der schönen Texanerin nicht aus dem Kopf. Sie dachte auch noch daran, als sie neben Gortham in der Sonne lag und seine Finger wie selbstverständlich sanft, beinahe zärtlich die Kurven ihres nackten Körpers nachstrichen.

Schöne, gepflegte Hände, die mit einer Frau umzugehen verstanden. Kräftige Handgelenke und muskulöse Arme. Seine Figur war durchtrainiert und wies viele Narben auf, die man sich nicht bei normalen Unfällen zuziehen konnte. Die Narbe einer Schußverletzung direkt über der Hüfte. Narben von Messerstichen unterhalb des Rippenbogens und am Oberarm. Dann eine Menge kleinerer Narben die aussahen, als stammten sie von Splittern, wie es sie gab, wenn man sich der Nähe eines explodierenden Schrapnells befunden hatte. Kriegsverletzungen, dafür hielt Laura Christie die meisten Narben. Aber Gortham war nicht alt genug, um an einem Krieg teilgenommen zu haben, den Amerika geführt hatte. Vielleicht die letzten Tage von Vietnam?

Sie öffnete die Augen und schaute ihn an, als er sich zur Seite drehte und nach den Zigaretten griff, die neben der Decke auf dem Rasen lagen.

Vietnam kam nicht in Frage, errechnete Laura. Er war auch dafür zu jung.

Gortham drehte sich zu ihr. Zärtlichkeit lag in seinem Blick. Wärme in den Augen, die manchmal so kalt waren, daß man einen Schüttelfrost davon bekommen konnte.

»Hast du einen Wunsch?« fragte er.

»Laß uns heiraten!«

Er richtete sich auf. Er verschluckte sich am Rauch der Zigarette. Ihre Antwort verblüffte ihn so, daß er sekundenlang nichts dazu sagen konnte.

Laura lachte schallend auf, legte ihm die Arme um den Nacken und zog ihn zu sich herab.

»Das war doch ein Witz«, sagte sie. »Du mußt nicht erschrecken. Ich klebe nicht fest. Wir haben zwar noch nicht darüber gesprochen, aber du kannst mich wegschicken, wann immer du willst. Ich finde mich überall allein zurecht.«

Gortham stimmte in das Lachen ein. Besonders lustig oder überzeugend klang es nicht.

»Wie lange kennen wir uns?« fragte er.

»Zwei Tage und drei Nächte«, antwortete Laura.

Gortham nickte. »Es ist seltsam«, sagte er leise. »Ich fange an, mich an dich zu gewöhnen. Ich frage mich, warum ich mich früher nicht an eine Frau gewöhnen konnte.«

»Da gibt es mehrere Möglichkeiten«, antwortete Laura. »Du hattest keine Zeit. Oder dein Leben war so aufregend und unstet, daß du dich nicht mit einer Frau belasten konntest. Oder du hast es nicht wirklich gewollt. Oder die Frauen haben dir allesamt nicht gefallen. Oder du wirst alt und kommst in die Midlife-crisis.«

Während sie redete, ließ er sie nicht für eine Sekunde aus den Augen. Gleichzeitig dachte er an seinen Job, und es fiel ihm ein, daß sie mit einer Möglichkeit den Nagel auf den Kopf getroffen hatte: Sein Leben war so gefährlich und zu unstet, daß er sich nicht mit einer Frau belasten konnte. »Was hältst du davon, wenn wir für heute nacht nach Las Vegas verschwinden?«

»Das wäre phantastisch«, antwortete sie.

»Okay.« Mit einem Satz erhob er sich. »Ich rufe den Flughafen an und chartere eine Maschine.«

»Kannst du fliegen?«

Er lächelte. »Mit allem, was sich in der Luft halten läßt.«

Laura schaute ihm nach, als er zur Villa ging. Er entsprach völlig dem Typus Mann, den sie sich in ihren Jungmädchenträumen immer gewünscht hatte. Dynamisch, erfolgreich, selbstbewußt. Ein Mann, bei dem sie sich sicher aufgehoben fühlte, dem sie auch dann vertrauen konnte, wenn er einmal Entscheidungen traf, mit denen sie nicht einverstanden war.

Sie hatte sich verliebt, und sie war ehrlich genug, sich das selbst einzugestehen. Aber etwas mahnte sie zur Vorsicht. Gortham war auch ein gefährlicher Mann. Kalt, berechnend, unbarmherzig. Vielleicht sogar brutal, wenn es sein mußte. Etwas stimmte nicht mit ihm. Sie mußte vorsichtig sein.

Die Zeitungen lagen neben ihr auf dem Rasen. Gortham hatte sieben Stadtausgaben gekauft, nicht eine überregionale Zeitung.

EIN DREHBUCH VOLLER MORDE!
WER IST DER NÄCHSTE?

Die Überschriften sprangen sie an. Innerhalb von zwei Tagen waren zwei Schauspieler der Golden Gate ermordet worden. Laut Drehbuch hatten sie in der Serie ohnehin sterben müssen, aber ein Killer hatte das Geschehen in die Wirklichkeit verlegt.

Das letzte Opfer, eine junge Schauspielerin namens Denise Shine, war gestern nacht gestorben. Der Mörder war in ihr Schlafzimmer eingestiegen, im 17. Stock eines Hochhauses, und hatte ihr eine Überdosis Rauschgift gespritzt. Dabei hatte er den Transportkorb benutzt, mit dem man an der Fassade auf und niedergleiten konnte.

In derselben Nacht hatte es einen Sprengstoffanschlag auf einen FBI-Agenten gegeben.

Allem Anschein nach brachte man das eine Verbrechen mit dem anderen in Zusammenhang. Es konnte sich um denselben Täter handeln.

Sie schaute auf die Tür, durch die Gortham in die Villa verschwunden war. Er war gestern nacht weggewesen. Er hatte sich heimlich aus dem Haus geschlichen. Sie hatte so getan, als hätte sie es nicht bemerkt. Seine Gestalt und seine Größe entsprachen ungefähr der des Mannes, den der FBI-Agent gerade noch verschwinden sah.

Laura rieb sich die Augen, legte die Zeitungen beiseite und zündete sich eine Zigarette an.

Verdammt, du bist kein Bulle mehr! redete sie sich selbst ein. Gebrauche deinen Verstand, Mädchen! Tausende Männer aus Los Angeles sehen, was Gestalt und Größe angeht, genauso aus wie Gortham!

Aber etwas mit ihm stimmte nicht ...

Der Anruf, der Umschlag mit dem vielen Geld, sein Verschwinden in der Nacht. Es war heiß, aber sie spürte eine Gänsehaut.

Noch einmal blätterte sie die Zeitungen durch. Ganz hinten, beinahe versteckt war die Meldung, daß die Mountain Police die Leiche eines Mannes gefunden hatte, der offensichtlich von einem Hubschrauber oder einem Sportflugzeug über unwegsamem Gelände abgeworfen worden war.

Die Gänsehaut breitete sich über ihren ganzen Körper aus. Sie krümmte sich zusammen. Die Finger, die die Zigarette hielten, zitterten.

Er konnte alles fliegen, was sich in der Luft hielt, hatte er eben erst gesagt.

»In Ordnung, Laura.«

Erschreckt schaute sie auf.

Bruce Gortham stand in der offenen Verandatür der Villa und streckte den Daumen in die Luft.

»Wie lange brauchst du, um dich fertigzumachen?«

»Wie lange bleiben wir?«

»Morgen mittag sind wir zurück.«

»Zwei Minuten«, sagte sie.

Er lachte. Er sah aus wie ein großer gefährlicher Junge, der plötzlich zahm geworden ist, sich aber in jeder Sekunde wieder ändern kann.

»Du hast eine Stunde. Ich muß noch einmal weg.«

»Okay.«

Sie winkte ihm zu, als er in die Villa ging. Kurz darauf wurde der Wagen gestartet. Er hatte das Haus durch den vorderen Eingang verlassen, wo sich auch die Garage befand.

Laura Christie stand auf, versetzte den Zeitungen einen Fußtritt und nahm sich vor, nicht mehr über die verdammten Meldungen nachzudenken. Sie machte sich damit nur selbst verrückt. Sie war nach Los Angeles gekommen, um die verdammte Zeit in der Uniform eines texanischen Bullen zu vergessen.

Der Kollege aus Los Angels, der mich nach Santa Monica begleitete, hieß Alan Bates. Er war 45 Jahre alt, verheiratet, hatte sechs Kinder und war irischer Abstammung. Ein Mann, der aussah wie ein glückloser Staubsaugervertreter nach dem dritten Rausschmiß. Er schwitzte unentwegt, seitdem mich Logan Unkler mit ihm bekanntgemacht hatte. Die schütteren dunklen Haare klebten an seinem Schädel, als käme er gerade aus dem Bad. Er hatte wachsame helle Augen und bewegte sich wie ein Raubtier. Als guter Beobachter und Menschenkenner kam man erst gar nicht auf die Idee, ihn für harmlos zu halten.

Diesen Fehler beging der Mann von der Santa Ana Bar, der die Gäste auswählte. Er ließ nur die ein, von denen er den Eindruck hatte, sie hätten Geld in der Tasche. Er hielt

Bates für einen abgebrannten Typen, der sich hier bei einem Bier die Sexshow ansehen und hinterher seinen Appetit zu Hause bei seiner Frau oder Freundin stillen würde.

Er streckte die Hand aus und hielt Bates zurück, während er mich passieren ließ.

Der Türsteher war Kubaner. Er war groß und hatte breite Schultern. Schon seine äußere Erscheinung flößte Respekt ein. Aber er verstand sich nicht auf Menschen. Er unterschätzte sie, während er sich eine Klasse zu hoch einstufte.

Ich blieb stehen und schaute mich um.

Mit einer knappen, nicht einmal unfreundlichen Bewegung streifte Alan Bates die Hand des Kubaners ab.

»Okay«, sagte er auf seine gemütliche Art. »Der Anzug ist aus Kaschmirwolle, das hast du jetzt fühlen können. Von nun an halte deine Hände fern von mir! Wenn dir das schwerfällt, dann steck dir einen Finger in die Nase.«

Bates wollte weitergehen. Der Kubaner schob sich ihm in den Weg. Er schüttelte den Kopf, und in seinen dunklen Augen blitzte es tückisch auf.

»Na schön«, sagte er, »wenn du es auf die sanfte Tour nicht begreifst, dann legen wir eben eine andere Platte auf.«

Der Besuch in der Santa Ana Bar stand von Beginn an unter einem schlechten Stern, so schien es.

Ich sah Bates' Körper etwas nach links pendeln, sah die Faust des Kubaners an ihm vorbeizischen und hörte einen trockenen Knall. Bates hämmerte ihm seine Faust mitten auf die fliehende Stirn, fing den Kerl dann auf und legte ihn sanft neben dem Eingang ab.

»Später wird er sich wundern und es für besser halten, von dem Vorfall kein Aufsehen zu machen.« Bates grinste. »Ich bin in der Gegend aufgewachsen. Ich weiß, wie der Mann von der Straße denkt und reagiert.«

»Hoffentlich«, sagte ich.

Bates nickte. »Wir trennen uns«, sagte er. »Auf diese Art kann der eine etwas für den anderen tun, wenn es notwendig ist.«

Dagegen hatte ich nichts einzuwenden. Mit Phil wäre ich nicht anders vorgegangen. Für einen Moment dachte ich an meinen Freund in New York. Vielleicht wäre ich etwas lockerer in diese Bar gegangen, wäre Phil bei mir gewesen. Nach den vielen Jahren, die wir schon ein Team waren, konnte der eine sich blind auf den anderen verlassen.

Aber vielleicht tat ich Alan Bates damit unrecht. Auch er verstand seinen Job. Unkler hatte ihn mir als einen Mann beschrieben, der noch nie einen folgenschweren Fehler begangen oder die Übersicht verloren hatte. Und warum sollte mir Unkler Dinge erzählen, die nicht zutrafen?

Ich betrat die Santa Ana Bar als erster. Ein großer, rauchgeschwängerter Raum. Er war verwinkelt und unübersichtlich. Es gab zwei langgezogene Theken. Die kleine, runde Bühne befand sich in der Mitte, von jedem Platz aus gut sichtbar.

Grelle Scheinwerfer tasteten gierig über den Körper einer blonden Halbnackten, die nicht mehr ganz taufrisch war und sicher schon bessere Tage erlebt hatte. Die Musik, nach der sie sich ausgezogen hatte, kam vom Band. Es gab zwar ein Klavier, aber allem Anschein nach hatte sich der Pianist in diesem schmierigen Laden eine ansteckende Krankheit zugezogen.

Als ich mich durch die ersten Gäste baggerte, die die kleine Tanzbühne dicht umlagerten, um die Show hautnah miterleben zu können, flammte das Licht wieder auf. Die Blondine hatte sich ausgezogen. Mehr konnte sie nicht tun. Mehr erwartete auch niemand von ihr.

Einige Pfiffe gellten durch die plötzliche Helle. Der Frau wurden eindeutige schmierige Anträge lautstark nachgerufen. Dann wandten sich die Gäste wieder den Drinks und anderen Mädchen zu, von denen es hier genügend gab.

Zur Elite gehörten die Mädchen hinter den Bars. Sie hatten nicht viel Arbeit. Die meisten Gäste saßen an Tischen.

Eine reine Zweiklassengesellschaft. Wer Geld genug hatte, versuchte bei einem hübschen Barmädchen sein Glück. Wer nicht, landete unweigerlich an der Seite der weniger ansehnlichen Animiermädchen. Freiberufliche, die sich hier abendweise einkauften und für alles bezahlen mußten. Die Drinks, sofern sie nicht von den Gästen ausgegeben wurden, die Zimmer, den Bettwäsche-Service.

Ich versuchte mir Lemmy Everdell, den kleinen Angestellten von Lazy Brown Promotion, hier vorzustellen. Ich kannte ihn durch Angelas Beschreibung etwas besser und hatte auch Fotos von ihm gesehen. Er paßte hier nicht rein. Wenigstens paßte er nicht zu den mehr oder minder abgetakelten Freudenmädchen, die hier Jagd auf den Kunden machten. Wenn sich Everdell hier aufgehalten hatte, dann vielleicht um zu spielen. Oder es hatte ihn jemand hierherbestellt.

»Sir?« fragte ein junges brünettes Mädchen, stützte die Ellenbogen auf die Theke und beugte sich so weit nach vorn, daß ich ihr bequem in den tiefen Ausschnitt der Bluse schauen konnte. Sie trug keinen BH. Sie konnte sich das auch leisten.

»Eine Dose Budweiser«, bestellte ich im Hinblick auf die schmierigen Gläser. »Und einen Whisky für dich.«

Bei Budweiser sah sie mich noch skeptisch an, bei Whisky leuchteten ihre Augen. Sie sah in mir den Gast, auf den sie den ganzen Abend gewartet hatte. Ich schaute mich um, während sie die Getränke holte. Von Alan Bates, meinem Kollegen aus Los Angeles, war nichts zu sehen. Das beunruhigte mich nicht. Nicht ich sollte auf ihn, sondern er sollte auf mich aufpassen. Wie er das tat, war seine Sache. Ich war sicher, daß er mich nicht einen Moment aus den Augen verlieren würde.

Die Brünette brachte die Getränke und deutete fragend auf meine Zigarettenschachtel. Ich nickte und gab ihr Feuer.

»Zum erstenmal hier?« fragte sie und schaute mich dabei an, als sei etwas an mir, was sie besonders faszinierte.

»Ja.«

»Sie kommen mir bekannt vor.«

»Natürlich«, sagte ich. »Aber ich bin inkognito hier und will auf keinen Fall bekannt werden. Sie wissen doch, wie das endet: Autogramme, Autogramme.«

»Okay.«

Sie war noch immer nicht sicher, wo sie mich einordnen sollte.

Zehn Minuten später kannte ich ihren Lebenslauf und alle durchgemachten Kinderkrankheiten. Sie hieß Claire, war 23 Jahre alt und arbeitete hier neben ihrem Studium und ihrer Tätigkeit als Gelegenheitsmodel. Sie studierte Politologie und Rechtswissenschaft, rechnete sich aber später in beiden Berufen keine Chance aus und wartete hier in der Santa Ana Bar mehr oder weniger auf jemand, der sie beim Film oder beim Fernsehen unterbringen konnte. Ohne Zweifel hielt sie mich für den Mann mit den richtigen Verbindungen.

Ganz behutsam brachte ich das Gespräch auf Everdell. Angeblich hatte ich die Adresse der Bar von ihm und erwartete ihn auch.

Mit Everdell konnte sie so lange nichts anfangen, bis ich ihr ein Foto von ihm zeigte. Dann war sie plötzlich zugeknöpft bis zum Hals hinauf. Es kostete mich zwei weitere Whisky, um aus ihr herauszubringen, daß Everdell ein guter, von der Geschäftsleitung gerngesehener Gast war, der keine Rechnung zu bezahlen brauchte. Er hatte sich selten an der Bar aufgehalten, sondern meistens in einem der illegalen Spielzimmer, in denen Claire sich angeblich nicht auskannte.

Inzwischen war der kubanische Türsteher einmal kurz aufgetaucht. Er hatte sich nach Bates und mir umgesehen, ohne auch nur ein Wort fallenzulassen.

Bates saß, wie ich jetzt entdeckte, nicht weit von mir entfernt. Er trank sein Bier und zog ein Gesicht, daß jedes Mädchen von ihm abschreckte. So wie er sah jemand aus, der ernsthaft darüber nachdenkt, ob er sich erschießen oder doch lieber erhängen solle.

Ich redete noch zehn Minuten mit Claire. Dann stand ich auf und ging in den Waschraum. Bates mußte mir folgen, wenn alles in Ordnung war. Dann konnte ich mit ihm sprechen.

Zwei Minuten verstrichen. Ich hatte mir die Hände schon zweimal gewaschen, als die Tür aufgestoßen wurde. Anstelle von Bates erschienen zwei Männer, von denen einer einen 38er in der Hand hielt.

»Okay«, sagte der Kerl mit der Waffe, ein wahres Pickelgesicht, »piß dich aus und dann verschwinde, Mann!«

Ich schaute ihn an. Er sah nicht wie das blühende Leben aus. Er hatte unstet flackernde Augen wie eine Junkie, der unbedingt den nächsten Schuß braucht.

»Was soll die Show?« fragte ich und deutet auf die Waffe in seiner Hand.

Sein Partner, ein untersetzter Mann, trat einen Schritt auf mich zu.

»Du tust, was mein Freund sagt. Das ist besser für dich. Und auch für uns.«

»Das ist dein Freund?« fragte ich und schüttelte vorwurfsvoll den Kopf. »Weiß deine Mutter davon, mit welchen Typen du dich abgibst?«

Der Untersetzte starrte mich entgeistert an. In diesem Moment zweifelte er wahrscheinlich an meinem Verstand.

»Wie meinst du das?« fragte er dann lauernd.

Ich deutete auf den Pickligen. »Der ist krank«, sagte ich.

Die Aufmerksamkeit der beiden unsympathischen Zeitgenossen war ganz und gar auf mich konzentriert. Das war wichtig, denn hinter ihnen wurde die Tür des Waschraumes langsam aufgeschoben. Alan Bates glitt unentdeckt in den Waschraum.

»Sag das noch einmal!« fauchte der Picklige und hob die Hand mit dem 38er. »Sag das noch einmal, und ich mache dich alle!«

»Du bist krank«, sagte Bates, streckte seine Rechte sehr weit nach vorn und drückte dem Pickligen den Lauf seiner Dienstwaffe ins Genick.

Alle Farbe wich auf einen Schlag aus dem Gesicht des Pickligen. Der Untersetzte hielt den Kopf zwischen die Schultern gezogen und biß die Zähne zusammen, daß es knirschte.

Bates nahm dem Pickligen ohne Schwierigkeiten die Kanone ab und steckte sie ein. »Wo hat man das Girl hingebracht?« fragte er dann mit tiefer, unheilgeschwängerter Stimme.

Ich wußte augenblicklich Bescheid. Mit dem Girl konnte niemand anders als Claire, die junge brünette Barfrau, gemeint sein.

Jemand war wohl darüber gestolpert, daß sie sich zu lange und über die falschen Dinge mit mir unterhalten hatte.

Der Picklige schwieg, bis Bates den Hammer der Dienstwaffe zurückzog. Das knackende Geräusch ließ ihn um einen halben Kopf kleiner werden.

»Nach oben«, stieß er dann panisch hervor.

Ich stellte mich neben die Tür. Als jemand den Waschraum betreten wolle, hielt ich die Tür von innen zu.

»Wasserrohrbruch«, sagte ich. »Dauert noch einige Zeit. Geh auf den Parkplatz!«

»Scheißladen!« fluchte der Gast.

»Was heißt das, oben?« fragte ich.

»Nach oben, zu Martin.«

Martin Pellgrim war als Besitzer in den Büchern eingetragen, aber Bates hielt ihn für einen Strohmann. Wir hatten uns auf dem Weg hierher darüber unterhalten.

»Zum Verhör?«

Als er sich zierte, verstärkte Bates den Druck des Revolverlaufs. Man mußte schon sehr tapfer und kaltblütig sein, jetzt noch zu schweigen.

Der Picklige war weder tapfer noch kaltblütig. Er nickte. Seine trüben Augen wurden rund und traten ihm aus den Höhlen. »Mann, da kann ich doch nichts für!« sagte er mit zitternder Stimme. »Sie hätte wissen müssen, daß das ein Bulle ist. Sie hätte sich nicht mit ihm unterhalten dürfen.«

Der Untersetzte hatte sich bislang aus allem herausgehalten. Er suchte nach einer Chance, die Kurve zu kratzen, und versuchte es in einem Moment, in dem ich mich gerade voll auf ihn konzentriert hatte.

Er rannte auf mich zu und versuchte mir den Kopf in den Bauch zu rammen, um mich von der Tür wegzubekommen. Er rechnete nicht damit, daß Bates schießen würde.

Natürlich schoß Bates auch nicht. Trotzdem hatte sich der Untersetzte verrechnet.

Ich sah ihn heranstürmen, sah seinen nach vorn gestreckten, geduckten Kopf und hielt ihn mir mit einem trockenen Aufwärtshaken vom Leib.

Er war zwar schwer, aber er konnte nicht viel vertragen. Mit rudernden Armen segelte er durch den Waschraum, stieß mit dem Rücken eine der Pendeltüren zu den Toilettenkabinen auf und verschwand im Abteil. Hinter ihm schloß sich die Tür wieder.

Ich schaute nach. Der Kerl lag neben der Schüssel, hielt die Augen geschlossen und mußte einen schönen Traum haben, denn er lächelte entrückt in seiner Bewußtlosigkeit.

»Okay«, sagte ich, als Bates mich fragend anschaute.

Er warf mir seine Handschellen zu. Ich schloß die eine um das Handgelenk des Untersetzten und die zweite um das Warmwasserrohr, das durch die enge Kabine lief. Wenn er das aus der Wand reißen konnte, was ich nicht glaubte, würde er gleich heiß duschen.

»Gehen wir!« sagte Bates zu dem Pickligen. »Hast du noch eine Mutter?«

Der Picklige nickte.

»Und magst du sie? Und sie dich?«

Erneut nickte er.

»Okay«, sagte Bates. »Dann stell keinen Unsinn an, damit sie später nicht um dich trauern muß!«

Er hatte wirklich eine komische Art, einem Menschen begreiflich zu machen, daß er mitten in einer Krisensituation steckte.

Wir gingen los. Den Waschraum schloß ich ab und stellte zwei Stühle vor die Tür, so daß es für die Gäste aussah, als sei er wirklich außer Betrieb. Das würde zwar nicht viel nutzen.

Aber vielleicht fand man den Untersetzten dadurch doch etwas später als normal.

Eine schmale Treppe führte nach oben. Der Gang war halbdunkel und knickte nach einigen Yards scharf nach rechts ab.

Bates hielt den Pickligen zurück und deutete auf den Knick.

»Dahinter, erste Tür rechts«, sagte der Picklige. Er verströmte einen unangenehmen Geruch. Wahrscheinlich hatte er sich in die Hosen gemacht.

»Schildwachen vor der Tür?«

»Nein.«

Ich zweifelte nicht daran, daß er die Wahrheit sagte. Nachdem er die Hosen schon voll hatte, würde er den Mut nicht aufbringen, uns anzulügen.

»Okay.«

Bates schob ihn weiter. Ich hielt mich dicht neben den beiden und hielt den Revolver schußbereit in der Hand.

Die Luft war rein.

Wir passierten den Knick. Dann hörte ich ihre Schreie. Gedämpft durch eine schwere Doppeltür. Schreie einer Frau, der man fürchterlich wehtat.

»Nein ... Bitte ...«

Jemand lachte meckernd. Ich merkte mir die Tonlage. Den Kerl wollte ich mir gesondert vornehmen.

»Ich will alles wissen, verdammt ...«

Meine Hand lag auf dem Türgriff. Vorsichtig drehte ich ihn und zog die erste der Doppeltüren nach außen auf. Dann warf ich Bates einen warnenden Blick zu, drehte den zweiten Türgriff und stieß die Tür mit einem harten Ruck nach innen auf.

Bates war wirklich ein Mann, der nie die Übersicht verlor. In dem Moment, als ich die Tür aufstieß, versetzte er dem Pickligen einen Stoß. Der Mann konnte sich nicht dagegen wehren. Er segelte als erster in den Raum.

Ich sprang ihm nach, stieß ihn um und ließ mich ebenfalls fallen.

Zwei Schüsse peitschten gleichzeitig auf.

Der erste kam von dem Kerl, der neben dem Fenster stand und so dünn war, daß das Jackett um seine Glieder schlotterte. Der zweite wurde von Bates abgefeuert.

Die Kugel des Dünnen fegte über mich hinweg, sirrte durch die offenen Türen und bohrte sich in die Seitenwand des halbdunklen Ganges.

Bates' Kugel traf ihn in die Schulter. Ich sah das Jackett aufstauben. Von der Wucht getrieben, schleuderte er zurück, durchbrach rückwärts das Fenster und war plötzlich verschwunden.

Dann stand ich wieder auf den Beinen.

Claire, das brünette Barmädchen, lag vor der zerschlissenen Couch auf dem Boden. Nackt. Sie blutete im Gesicht. Mit weitaufgerissenen Augen, beinahe wahnsinnigen Augen starrte sie mich an.

Martin Pellgrim stand zwei Yards von mir entfernt. Zwischen seinen Wulstlippen qualmte eine Zigarre. Seine

Hand zuckte rasend schnell in die offene Schreibtischschublade, in der eine Waffe lag.

Ich sprang vor. Mein rechter Fuß traf die Lade und hämmerte sie zu, während seine eingeklemmte Hand sich drin um den Griff einer Waffe spannte und er vor lauter Schreck durchzog. Die Kugel fuhr schräg durch das Holz des Schreibtischs und flog aus dem zerbrochenen Fenster. Im nächsten Augenblick knallte ich ihm die Faust ins Gesicht.

Ich traf die Zigarre, spürte den brennenden Schmerz auf meinem Handrücken und sah die Rauchwolken aus seinem Bart steigen, als die Glut ihm tief die Haut einbrannte.

Seine Augen wurden riesengroß. Sein Mund stand weit offen. Der Schmerz nahm ihm die Luft. Er brachte keinen Ton hervor.

Bates hechtete zum Fenster und schaute nach draußen. Es ging nur einen Stock hinab. Der Dünne, der durch das Fenster gebrochen war, hatte sich wahrscheinlich nicht gleich das Genick gebrochen.

Beinahe im selben Moment flog die Seitentür des Zimmers auf. Weder Bates noch ich hatten der Tür Beachtung geschenkt.

Es war der Kubaner. Mit beiden Händen umspannte er eine 45er. In seinen Augen glühte tödlicher Haß.

Ich kenne diesen Ausdruck im Gesicht eines Menschen. Es war sinnlos, die Hände zu heben und sich zu ergeben. Er würde doch schießen. Und zwar so lange, bis sich keine Kugel mehr im Magazin der 45er befand.

Claire schrie vor Angst gellend auf. Das lenkte den Kubaner für den Bruchteil einer Sekunde ab. Der Schrei ließ ihn zögern, den Finger zu krümmen und mich als ersten zu durchlöchern.

Ich sprang auf ihn zu, erwischte ihn mit den Füßen voran an der Brust und schleuderte ihn zu Boden.

Er drückte ab. Die Kugel peitschte in die Decke und ließ Kalk auf Pellgrim rieseln, der in diesem Moment wieder Luft bekam und einen gurgelnden Schrei ausstieß.

Ich stürzte nach links. Aus den Augenwinkeln sah ich, daß der Kubaner die 45er Automatic noch immer in den Fäusten hielt. Noch immer glühte tödlicher Haß in seinen Augen. Ich versuchte mich aus seiner Nähe zu rollen. Sein Waffenlauf folgte mir. Er drückte ab, als er mich noch nicht richtig anvisiert hatte. Staub wallte aus dem Teppich, als die Kugel durch das billige, verdreckte Material schlug.

Das alles spielte sich binnen einer einzigen Sekunde ab. Und die brauchte Bates, um vom Fenster herumzuwirbeln, aus dem er nach dem Dünnen Ausschau gehalten hatte.

Er schoß. Mit der Ruhe, die man erst nach vielen Jahren in unserem gefährlichen Beruf bekam. Er schoß gezielt. Zweimal.

Rasend schnell hintereinander.

Als ich meine Drehung beendet hatte, war die Gefahr gebannt.

Der Kubaner hatte die 45er fallengelassen. Rechts und links in Schulterhöhe färbte sich sein weißes Hemd rot. Genau dort hatten ihn die Kugeln aus Bates' Dienstwaffe erwischt. Er konnte die Arme nicht mehr bewegen, starrte auf sein eigenes Blut, kippte um und verlor das Bewußtsein.

Pellgrim hatte seine gebrochene Hand aus der Schreibtischschublade gezogen. Mit der anderen klopfte er sich den qualmenden Bart, und sein Blick glich dem eines

Wahnsinnigen, der jeden Moment einen Anfall erleiden kann.

Ich stand auf, ging neben Claire in die Knie und ließ es geschehen, daß sie sich wie ein ängstliches Tier an mich klammerte. Sie zitterte und stieß leise, klagende Laute aus.

»Es tut so weh«, sagte sie. »Es tut so weh.«

Sie ließ mich los, preßte ihre Hände auf den Unterleib und tastete dann nach ihren Nieren. Erst dann sah ich die blutunterlaufenen Stellen, die von harten Tritten stammten.

Bates hatte die Doppeltür geschlossen und den Riegel von innen vorgelegt. Im Nebenzimmer, davon hatte er sich überzeugt, hielt sich niemand mehr auf. Die Tür war zum Gang hin ebenfalls verriegelt. Jetzt stand der Kollege am Schreibtisch und telefonierte nach der Metropolitan Police und einem Rettungswagen.

Während er das tat, waren seine Augen auf Pellgrim gerichtet, der mit dem Rücken an der Wand stand und sich kaum noch auf den Beinen halten konnte.

»Es tut so weh, Jerry ...«

Ich streichelte die brünetten Haare der Studentin, die so fürchterlich dafür büßen mußte, daß sie mir einige Fragen nach Everdell beantwortet hatte.

»Es tut so weh ...« Dann sackte sie zusammen.

Ich fing sie auf und legte sie vorsichtig auf die Couch. Dann drehte ich mich zu Pellgrim um. Er zuckte zusammen wie unter einem Schlag. Mein Blick flößte ihm offenbar Furcht ein.

»Wann und mit wem hat Everdell sich hier getroffen?« fragte ich, lauschte überrascht dem Klang meiner Stimme und fand, daß sie fremd klang. Ich hätte sie beinahe nicht erkannt.

In einem Anflug von Heroismus schüttelte Pellgrim den Kopf. Ich tat einen Schritt auf ihn zu. Daß ich die Waffe noch immer in der Hand hielt, wurde mir erst bewußt, als seine Augen angstvoll in die schwarze Mündung starrten.

Sirenengeheul drang von der Straße herauf. Ein Streifenwagen der Metropolitan Police mußte sich ganz in der Nähe befunden haben.

»FBI!« brüllte Alan Bates aus dem Fenster. »Riegelt den ganzen Saustall hermetisch ab! Laßt keinen rein oder raus! Fordert Verstärkung an! Ich will sie alle. Verstanden?«

»Verstanden, Sir!« schallte es von der Straße herauf.

Pellgrim sackte das Kinn auf die Brust. Was um ihn herum geschah, bekam er sichtlich nicht mehr mit. Panische Angst machte ihn handlungsunfähig.

»Everdell«, sagte ich leise und ging noch einen Schritt auf ihn zu.

Er preßte sich gegen die Wand, als wollte er sich in ihr verbergen. Mein Anblick mit der Waffe in der Hand war zuviel für seine zerrütteten Nerven.

»Ich kenne den Mann nicht!« schrie er. »Mein Gott, ich kenne ihn nicht.«

Mit einem Ruck riß ich Everdells Foto aus der Tasche und hielt es ihm dicht vor die Augen.

»Ich kenne den Mann nicht, mit dem er sich getroffen hat!«

Ich steckte das Foto wieder ein.

Weitere Streifenwagen trafen ein. Unten wurde geschossen. Nur wenige Schüsse. Dann herrschte Stille. Mittendrin das Zerplatzen einige Gasgranaten. Die Metropolitan Police leistete ganze Arbeit. Vielleicht waren inzwischen auch einige Kollegen vom Rauschgiftdezernat eingetroffen. Die Jungens wußten sehr genau, wie man die aufgebrachten, in Panik geratenen Gäste einer miesen Bar beruhigt.

»Everdell hatte hier Narrenfreiheit«, sagte ich.

»Das wurde angeordnet.«

»Von wem, Mann?« brüllte ich ihn an.

»Von Harry Seneca!« brüllte Pellgrim zurück.

Bates zuckte zusammen. Ich warf ihm einen schnellen fragenden Blick zu. Ihm sagte der Name Harry Seneca mehr als mir. Ich ließ es dabei bewenden. Erklären konnte er mir das alles später. Jetzt mußte ich mich um Pellgrim kümmern. Er befand sich in einer Verfassung, in der er selbst seine eigene Mutter verraten hätte.

»Wann hat Seneca das angeordnet?«

»Vor einigen Wochen.«

»War Everdell schon vorher Gast?«

»Nein. Er kam, nannte seinen Namen, und wir wußten Bescheid. Seneca hatte uns angerufen und gesagt, daß es von nun an keinen wichtigeren Gast als Everdell gebe.«

»Er hat gespielt?«

»Ja.«

»Mädchen?«

»Ja.«

»Namen, verdammt!«

»Lynn, Mary, Barbara und einige andere.«

»Mit wem gab er sich am meisten ab?«

»Mit Lynn Vargas.«

»Wann war er zuletzt hier?«

»Vorgestern!«

»Er war mit Lynn Vargas zusammen?«

»Ja.«

»Anschließend traf er sich mit einem Mann, den du nicht kennst?«

»Genauso ist es gewesen.«

»Kannte Lynn den Mann?«

»Das weiß ich nicht.«

Er sackte an der Wand immer tiefer. Ich warf einen schnellen Blick auf Claire. Das Mitleid, das für Martin Pellgrim in mir aufkam, fiel in sich zusammen wie ein abgestellter Springbrunnen.

»Mir ist schlecht«, sagte er weinerlich. »Mir ist schlecht.«

»Dann kotz auf den Teppich!« schrie Bates. »Du kommst sowieso nicht mehr hierher zurück.«

Pellgrim fiel auf die Knie. Ich steckte den 38er ein. Noch immer heulten die Sirenen auf der Straße. Jemand polterte gegen die Tür.

Bates ging, öffnete, ließ einige Polizisten in Zivil herein, zwei Sanitäter mit einer Trage und einen jungen Arzt, der wie ein Hippie aussah.

Der Doc schaute sich um, schüttelte den Kopf, und seine langen braunen Haare flogen wie die einer Frau.

Bates deutete auf Claire. »Man hat das Mädchen brutal mißhandelt, Doc.«

»Der?« fragte der Hippie, den wirklich niemand auf den ersten oder auch zweiten Blick für einen Medizinmann halten konnte. Er deutete auf Pellgrim.

Bates nickte.

Pellgrim streckte dem Arzt seine gebrochene Hand entgegen. Der Doc schob sie beiseite. Pellgrim heulte wie ein getretener Hund.

»Mann«, sagte der Doc, »wer ein junges Mädchen so zurichtet, sollte nicht so empfindlich sein.«

Er war mir so sympathisch, daß ich ihn am liebsten umarmt hätte. Er gab den Sanitätern einen Wink. Sie stellten die Trage neben die Couch, während der Hippie

Claire untersuchte und sich mit ernstem Gesicht wieder aufrichtete. Er nahm seinen Koffer, gab ihr eine Spritze und legte eine Infusion an. Ernst, ruhig, mit ausgeglichenen Bewegungen. In seinen hellen Augen lag keine Freundlichkeit mehr.

»Sie verblutet innerlich, wenn nicht ein kleines Wunder geschieht«, sagte er mit beherrschter Stimme. Aber seine Augen drückten deutlich den Abscheu gegen die Menschen aus, die Claire so zugerichtet hatten. »Wir bringen sie weg und schicken einen anderen Wagen.«

Pellgrim verfiel wieder in einen heulenden Klagelaut. Einer der Polizisten in Zivil packte ihn und drückte ihn auf die Couch, auf der Claire eben noch gelegen hatte.

»Seid ihr fertig mit ihm, G-men?«

Bates nickte. »Sofort Lieutenant«, sagte er. »Mit den anderen auch.«

»Dann haben wir beide Zeit, Pellgrim«, sagte der Lieutenant, den ich nicht kannte, aber den ich der Narcotic Squad zuordnete.

Bates nickte mir zu.

Zusammen mit ihm verließ ich Pellgrims Privatzimmer. Bates blieb im Gang stehen und wandte sich noch einmal um.

»Einer deiner Leute soll uns Lynn Vargas bringen, Lieutenant«, sagte Bates. »Pellgrim weiß, wo sie zu finden ist. Okay?«

»Eine Hand wäscht die andere, G-man«, antwortete der Lieutenant, und Pellgrim begann wieder zu jammern.

Ich brauchte einen Kaffee, einen Cognac und zwei Zigaretten, bis ich das alles weggesteckt hatte, bis sich meine Nerven beruhigt hatten und meine Finger nicht mehr zitterten. Wie dicht Bates und ich am Tod vorbeigehuscht waren, wurde mir erst richtig klar, als wir nicht weit entfernt in einem gemütlichen, kleinen Café saßen, in dem die Welt noch in Ordnung war.

»Wer ist Seneca?« fragte ich dann.

»Die Nr. 1 im organisierten Verbrechen der Stadt«, antwortete Bates. »Zehn ehemals verfeindete Familien hat er wieder zusammengebracht, und sie haben ihn dafür auf den Thron gehoben. Man sagt, er habe die Hände in allem, was Gewinn bringt. Wahrscheinlich ist das etwas übertrieben. Er beherrscht die Rauschgiftszene, das illegale Glücksspiel, kontrolliert die Buchmacher und die große Prostitution. Wahrscheinlich fingert er noch mehr, aber dafür gibt es keine Beweise.«

Ich starrte meinen Kollegen verblüfft an. »Und was ist mit dem, was du gerade aufgezählt hast? Gibt es dafür Beweise?«

»Mehr als genug«, antwortete Bates. »Aber sie taugen nichts vor Gericht. Zweimal haben wir es in den letzten beiden Jahren versucht. Zweimal ist er uns durch die Maschen geschlüpft. Er hat eine Anklage gegen den FBI beim Obersten Bundesgericht eingereicht. Wegen Rassismus, Verfolgung und Unterdrückung einer ethnischen Minderheit.«

Ich verschluckte mich am Cognac und hustete. »Ist das ein Witz?« fragte ich schließlich atemlos.

Bates schüttelte den Kopf. »Harry Seneca hat einen italienischen Paß«, sagte er. »Beide Eltern waren naturalisierte Amerikaner, aber als seine Mutter schwanger mit ihm war, sorgte sein Vater dafür, daß er in Palermo zur Welt kam und Italiener wurde.«

»Was ist aus der Anklage beim Obersten Bundesgericht geworden?«

»Die schwebt noch«, antwortete Bates. »Aber man hat

uns unmißverständlich klargemacht, daß es diplomatische Verwicklungen mit einem verbündeten Land geben könne und wir die Finger gefälligst von Seneca zu lassen hätten, solange wir nicht wirklich etwas Handfestes gegen ihn vorbringen können.«

Das war Amerika. Das Land der unbegrenzten Möglichkeiten. Man konnte es im Moment verfluchen, aber letztlich mußte man doch zu dem Schluß kommen, daß es so in Ordnung ist. Daß es Gesetze gibt, die jedermann schützten, solange eine unabhängige Jury ihn nicht für schuldig befunden hat. Diese Verfassung, auf die wir eingeschworen sind, hat schon manchem dicken Fisch ein Schlupfloch im Netz gelassen, aber sie hat auch viele normale Bürger beschützt, die sich aus irgendeinem Grund in den Maschen des Gesetzes verfangen hatten, ohne schuldig zu sein. Lieber zwei Schuldige laufenlassen, als einen Unschuldigen bestrafen.

»Wir haben Pellgrims Aussage«, sagte ich. »Seneca gewährte Everdell Narrenfreiheit in der Santa Ana Bar, die offensichtlich der Mafia gehört. Das heißt, Everdell war der Mafia von Nutzen. Jetzt ist er tot, weil man auf seine Dienste verzichten konnte. Aus einem Flugzeug über den San Gabriel Mountains in unwegsames Gelände geworfen.«

»Was heißt das schon, Jerry?« fragte Bates und bestellte noch einmal Kaffee für uns.

Bates legte den Finger auf die Wunde. Es bewies wirklich nichts. Nur, daß sich Everdell und Seneca von irgendwoher kannten. Wichtig war in diesem Moment allein der Mann, mit dem sich Everdell in der Santa Ana Bar am Tage seines grausamen Todes getroffen hatte. Den brauchten wir. Wenn sich von ihm eine Verbindung zu Seneca herstellen ließ, dann war das ein weiterer Mosaikstein in der Beweiskette gegen den Italiener, der den FBI vor dem Obersten Bundesgericht verklagt hatte.

Der Kaffee kam. Ich zahlte und lehnte mich auf meinem Platz zurück. Ich dachte an die freundliche Studentin Claire, die zwischen die Mühlsteine geraten war, ohne überhaupt zu begreifen, worum es ging. Ich stand auf, ging an die Theke und fragte nach dem Telefon. Ich rief im University Hospital an, in das Claire gebracht worden war. Es dauerte einige Minuten, bis ich einen Arzt an die Strippe bekam, der mir etwas sagen konnte.

»Sie wird nicht überleben, Sir«, sagte der Doc.

»Ist das sicher?«

»Ich bin nicht der liebe Gott.«

»Danke.«

Ich ging zu Bates an den Tisch zurück, setzte mich und griff nach den Zigaretten.

»Was ist?« fragte er.

»Sie stirbt, sagt der Arzt. Aber gleichzeitig sagt er auch, daß er nicht der liebe Gott sei.«

Bates massierte sich die Schläfen. Er sah grau aus. Seine Wangenmuskeln zuckten, als er die Zähne zusammenbiß. Trauer lag in seinem Blick. Trauer um ein junges Mädchen, von dem er nur wußte, daß sie Claire hieß und eine Studentin war, die sich in der Santa Ana Bar etwas dazuverdient hatte.

Ich schlürfte den Kaffee. Mir war übel. Ich fühlte mich leer, und ich hatte Sehnsucht nach Angela Chapman.

Ich ging noch einmal telefonieren.

»Hast du Zeit?« fragte ich Angela.

»Ich bin der Chef«, antwortete sie. »Schwierigkeiten?«

»Können wir uns sehen?«

»Wann immer du willst.«

»Okay, ich komme nach Beverly Hills.«

»Ich warte auf dich.«

Bates stand auf und trat zu mir an die Theke. »Kennst du Wainscott?« fragte er.

»Den Produktionschef von Golden Gate?«

Bates nickte.

»Was ist mit ihm?«

»Seine Familie gehört zu denen, die Seneca vereinigte und unter sein Kommando brachte.«

Ganz langsam nahm ich es in mich auf. »Und Vincente Leyonne?«

»Stand auf der anderen Seite. Es gab zwei Blöcke. Sie haßten einander. Aber um ihr Geschäft nicht zu beeinträchtigen, ließen sie es nicht zu offenen Feindseligkeiten kommen.«

»Und jetzt?«

»Jetzt gibt es nur noch einen Block. Nur noch Seneca.«

»Es ist gut, das zu wissen, Alan«, sagte ich. »Werdet ihr jetzt diese Spur verfolgen?«

»Natürlich. Wir werden auch Lynn Vargas vernehmen. Vielleicht kommt etwas dabei heraus.«

»Okay, wir sehen uns später.«

»Du warst ein guter Partner«, sagte Bates.

Ich schaute ihn an und grinste. »Genau das gleiche habe ich gerade von dir gedacht.«

In dieser Nacht gewann Laura Christie beim Glücksspiel in Las Vegas 35.000 Dollar und den bestimmten Eindruck, daß sie sich bei Bruce Gortham getäuscht hatte. Er war nicht gefährlich. Nicht für sie. Sie verliebte sich Hals über Kopf in diesen Mann. So wie er war, mit all den Narben, mit all den dunklen, undurchsichtigen Stellen, die sein Leben aufwies. Sie liebte ihn. Sie wünschte sich, daß sie immer zusammenbleiben könnten. Sie fand ihn phantastisch.

Mit spitzen Fingern streichelte sie seinen muskelstrotzenden Rücken, als er aus dem Bad kam und sich auf das Bett setzte. Er war müde, das war ihm anzusehen, und er schien Probleme zu haben, über die er kein Wort verlor.

»Warum legst du dich nicht hin, Bruce?«

Er legte sich neben sie. Geschmeidig glitt sie über ihn, deckte ihn mit ihrem Körper zu, bettete ihr Gesicht auf seine Brust und schloß die Augen. Irgend etwas machte ihm Sorgen. Sie spürte es mit der Intuition einer verliebten Frau. Aber sie wollte ihn nicht danach fragen. Sie spürte seine Hände über ihren Rücken wandern, hinab bis zum Gesäß, an den Schenkeln hinab, und an den Innenseiten wieder nach oben. Mit einem zischenden Geräusch sog sie die Luft ein. Es regte sie auf, und sie konnte ihre Begierde nicht unterdrücken.

Plötzlich stoppten seine streichelnden Bewegungen. Ohne besonderen Grund. Sekunden später läutete das Telefon. Es war, als habe Bruce Gortham es geahnt. Träge drehte er sich auf die Seite, griff zum Hörer und meldete sich.

Laura Christie glitt von ihm herunter. Sie schwang die langen Beine aus dem Bett und wollte aus dem Zimmer gehen.

Gortham zog sie wieder ins Bett zurück.

»Bist du nicht allein?« fragte der Anrufer.

Laura lag so dicht bei ihm, daß sie alles verstehen konnte.

»Nein.«

»Die Texanerin?«

»Ja.«

»Verdammt ...«

»Mischt euch nicht in mein Privatleben ein!«

Sekundenlanges Schweigen am anderen Ende der Leitung.

»Es gibt Schwierigkeiten, Gortham«, sagte der Anrufer dann.

Gortham lackte glucksend. »Natürlich, sonst würdest du mich wohl auch nicht in Las Vegas anrufen.«

»Diesmal ist es wirklich ernst.«

»Für euch oder für mich?«

»Für dich und für uns. Sie haben Pellgrim.«

Gortham tastete zum Nachttisch. Er nahm sich eine Zigarette aus der Schachtel. Laura gab ihm Feuer.

»Hast du mich nicht verstanden?«

»Doch.«

»Komm sofort nach Los Angeles zurück!«

»Nicht vor morgen mittag. Ich melde mich dann.«

Er legte auf und versetzte dem Apparat einen wütenden Stoß, daß er vom Bett auf den Boden fiel. Der Hörer kippte von der Gabel. Deutlich war das Freizeichen zu hören.

Laura wich zurück. Es lag etwas Gefährliches in seinen Augen. Als kämpfe er gegen etwas an, spannten sich seine Muskeln. Schweigend rauchte er und starrte aus halbgeschlossenen Augen zur Zimmerdecke.

»Mach das Licht aus!« sagte Gortham.

Laura gehorchte. Die Leuchtreklame von SAND'S CASINO warf einen rötlichen Schatten ins Zimmer.

»Ich werde demnächst aus den Staaten verschwinden«, sagte Gortham. Seine Hand tastete nach ihr und legte sich auf ihren Busen. »Willst du mitkommen?«

»Wohin?«

»Vielleicht Rio, vielleicht in die Karibik. Weg von hier.«

Es kam überraschend für Laura. Eigentlich hatte sie

sich so ein Angebot immer gewünscht. Aber in diesem Moment wußte sie nichts darauf zu erwidern.

»Ich gebe dir eine Sicherheit«, sagte Gortham. »Genug Geld, um ein Jahr leben zu können, wenn du mich satt hast oder wenn etwas mit mir passiert. Hunderttausend Dollar. Wirklich nur zu deiner eigenen Sicherheit. Du bist ja noch jung, Kleines.«

Laura nahm sich ebenfalls eine Zigarette. »Ich brauche kein Geld.«

»Das weiß ich«, antwortete er schroff. »Aber wenn du mit mir gehst, wirst du es nehmen.«

»Ist es schlimm?«

Gortham richtete sich auf. Er starrte auf die rote Neonreklame von SAND'S CASINO. »Noch nicht. Aber es kann schlimm werden. Es ist besser, wenn du nichts weißt und dich um nichts kümmerst. Es ist gefährlich.«

»Ich war mal ...«

»Bulle«, vollendete er und lachte leise auf. »Ich weiß. Es ist auch für einen ehemaligen Bullen gefährlich, dem man dreißig Tage wegen Beleidigung verpaßt hat und der anschließend aus dem Dienst geworfen wurde.«

»Ich werde dich begleiten«, sagte Laura plötzlich entschlossen. Sie wunderte sich selbst darüber.

Seine Hand streichelte sie. »Das habe ich gehofft«, sagte er. »Aber stell keine Fragen!«

Laura Christie stellte keine Fragen. Sie schloß die Augen. Obgleich sie es nicht wollte, dachte sie an die Toten von Golden Gate und an den Mann, den man aus einem Flugzeug in die unwegsame Einsamkeit der San Gabriel Mountains geworfen hatte. Sie dachte an den Sprengstoffanschlag auf den G-man, an den Umschlag mit dem Geld und daran, daß er sich nachts heimlich aus der Villa geschlichen hatte.

Ganz plötzlich wurde ihr schwindlig. Die Angst griff mit kalter Hand nach ihrem Herzen und schnürte ihr die Luft ab.

Sie liebte ihn, sie wollte zusammen mit ihm das Land verlassen, aber sie wußte nichts von ihm, und tief in ihr gab es diesen fürchterlichen Verdacht.

»Du kannst fliegen«, sagte sie nach einer ganzen Weile. »Kannst du auch einen Menschen töten?«

»Ja«, antwortete Gortham mit heiserer Stimme. »Warum nicht?«

Die Waffe, mit der Sommer erschossen worden war, war schon einmal beim Mord an einem Buchmacher verwendet worden. Mafiasache!

Allert hatte sie in seinem Besitz gehabt und an den unbekannten Killer weitergegeben.

Allert stand der Mafia nahe!

Lemmy Everdell war aus einem Flugzeug in die San Gabriel Mountains geworfen worden, nachdem er sich mit einem Unbekannten in der Santa Ana Bar in Santa Monica getroffen hatte.

Eine Mafiabar!

Er hatte Seneca gekannt.

Die Nr. 1 der Mafia!

Alle Ereignisse hingen mit der Golden-Gate-Produktion zusammen.

Dort gab es Wainscott.

Er stammte aus einer Mafiafamilie! Wainscott war bei Vincente Leyonne beschäftigt.

Leyonne hatte ebenfalls der Mafia angehört!

Das alles ging mir durch den Kopf, als Angela Chapman aufstand, um noch einen Kaffee zu kochen.

»Was ist geschehen, Jerry?« fragte sie. Bislang hatten wir nicht darüber gesprochen.

»Ein junges Mädchen wurde totgetreten, weil es sich mit mir über den falschen Mann unterhalten hat. Über Lemmy Everdell, deinen Angestellten.«

Angela blieb in der Tür stehen und senkte den Blick.

»Hast du mehr über ihn herausbekommen?« fragte sie dann.

Ich nickte und zögerte einen Moment. »Everdell kannte einen Mann namens Harry Seneca. Seneca hat in Los Angeles die Fäden des organisierten Verbrechens in der Hand.«

»Was willst du damit sagen?«

»Wenn Everdell für einen Mann wie Seneca wichtig war, dann kann er nicht der harmlose Bursche gewesen sein, für den ihn alle gehalten haben, Angela.«

»Ich werde es herausfinden«, sagte sie leise und überzeugt. »Ich machte uns jetzt einen Kaffee, Jerry.«

Sie ging in die kleine Küche. Ich setzte mich im Bett auf und massierte mir die pochenden Schläfen.

Harry Seneca und Vincente Leyonne mochten sich nicht. Sie hatten immer auf verschiedenen Seiten gestanden, wenn auch innerhalb einer Organisation. Wenn Everdell doch erfahren und weitergetragen hatte, daß es im nächsten Jahr nur noch eine der großen Serien, Broadway oder Golden Gate, geben sollte, dann konnte das Seneca auf den Plan gerufen haben. Er konnte sich mit Broadway verbrüdert und versprochen haben, dafür zu sorgen, daß es Golden Gate im nächsten Jahr nicht mehr geben würde. In diesem Fall verdiente er nicht nur eine Menge Geld, er konnte sich gleichzeitig auch an Vincente Leyonne rächen, indem er das Lebenswerk des alten Mannes einfach zerstörte. Schon Angela hatte angedeutet, daß es nicht allein um Geld und Prestige ging, sondern daß auch Rachegefühle eine Rolle spielten. Man schob Danny Leyonne vor und baute den Jungen zum Bösewicht auf, um den FBI und die Polizei in eine falsche Richtung zu locken.

In meinen Schläfen hämmerte es.

Seneca versuchte den Alten zu zerstören. Rachegelüste! Gewinnsucht spielte eine untergeordnete Rolle. Der Alte hatte immer gegen ihn gestanden, hatte ihn wahrscheinlich damals, als er noch eine Rolle innerhalb der ehrenwerten Gesellschaft gespielt hatte, auch bekämpft und auszuschalten versucht.

Die Kollegen aus Los Angeles wußten sicher mehr darüber. Ich mußte mich ins Bild setzen lassen. Es war wichtig.

Wenn meine Überlegungen zutrafen, dann spielte Erwin Wainscott eine große Rolle. Seine Familie hatte unter Seneca gedient, war also gegen Vincente Leyonne gewesen. Es gab so etwas wie Loyalität innerhalb der Mafia. Wenn Seneca je etwas für seine Familie getan hatte, war Wainscott verpflichtet, auch etwas für Seneca zu tun.

Auf dem Nachttisch stand noch eine halbvolle Dose Coke. Ich stürzte den Inhalt auf einen Zug hinunter. Mein Hals war trocken. Ich hatte das Gefühl, als verzischte die Flüssigkeit in meinem Rachen.

Phil hatte gegen Carmichael ermittelt, den Boß von Broadway, der in New York residierte. Bislang hatte er nichts herausgefunden. Ich griff nach dem Telefon und wählte Phils Privatnummer. Es dauerte eine Weile, bis er sich verschlafen meldete.

»Weißt du, wie spät es ist?« fragte er vorwurfsvoll«.

Ich hatte den Zeitunterschied vergessen und lächelte.

»Ein anständiger G-man macht rund um die Uhr Dienst«, sagte ich.

»Ich denke, dir hat die Sonne das Gehirn verbrannt!«

Nachdem wir so die ersten Freundlichkeiten ausgetauscht hatten, kam ich zum Grund meines Anrufes. »Hast du was über Carmichael in Erfahrung gebracht?«

»Nein«, antwortete Phil.

Angela kehrte ins Schlafzimmer zurück. Auf einem Tablett standen die Tassen. Sie hatte etwas Gebäck dazugelegt. Der Geruch des frischen, aromatischen Kaffees durchzog das Schlafzimmer. Ein angenehmer Geruch. Sie stellte alles auf den kleinen Tisch ab, schob ihn dicht ans Bett heran und setzte sich neben mich.

»Von Carmichael muß es eine Querverbindung nach Los Angeles geben. Zu einem Mann namens Harry Seneca, der hier die Fäden in der Hand hält.«

Sekundenlanges Schweigen am anderen Ende der Leitung. Dann meldete Phil sich wieder.

»Ich habe nichts dergleichen gehört«, sagte er. »Morgen früh hake ich noch einmal nach. Für meine Begriffe ist die Broadway-Produktion ein sauber betriebenes Unternehmen.«

»Es geht um viel Geld, um viel Macht und vielleicht auch um Vergeltung«, erklärte ich meinem Freund in New York. »Der Boß der Golden Gate, Vincente Leyonne, gehörte früher der ehrenwerten Gesellschaft an. Damals war die Mafia in zwei Machtblöcke gespalten. Er leitete den einen Block, Harry Seneca den anderen Block. Sie haben sich nie ausstehen können. Ob sie sich ernsthaft bekriegt und gegeneinander um Marktanteile gekämpft haben, weiß ich nicht. Es ist aber möglich. Ich denke, Seneca will dem Alten eins auswischen und hat sich mit Broadway verbrüdert. Er erledigt die Golden-Gate-Produktion, vereint eine Menge Geld und kann gleichzeitig eine alte Rechnung gegenüber Leyonne begleichen.«

Phil unterbrach mich nicht. Auch Angela hörte gespannt zu. Schließlich ging es im gewissen Sinne ja sie und ihre Firma an. Sie lehnte sich mit der Schulter an mich. Die Wärme ihrer Haut durchströmte mich.

»Paßt das mit dem Geschehen in Los Angeles zusammen?« fragte Phil.

»Nahtlos«, antwortete ich.

»Ich rufe dich an, sobald ich etwas Neues weiß, Jerry. Morgen mittag. Okay?«

»Okay, schlaf weiter!«

Ich legte auf und trank einen Schluck von dem herrlich duftenden Kaffee. Mit den Fingern strich sie beruhigend durch mein Haar.

»Es ist ein so verdammt schmutziges Geschäft«, sagte sie leise. »Geld und Macht.«

Geld, Macht und Rache. Die Gedanken drehten sich in meinem Kopf.

Ich konnte sie nicht ordnen. In mir keimte der Verdacht, daß ich etwas übersehen hatte, daß ich etwas falsch einschätzte, einen falschen Zusammenhang zwischen einigen Dingen sah.

Vincente Leyonne starb um 3 Uhr nachts. Eine halbe Stunde später stellte der Arzt akutes Herzversagen fest. Eine Folge von Aufregung und Streß, dem der Alte während der letzten Tage ausgesetzt gewesen war. Eine klare Sache. Begreiflich für jeden.

Um 4 Uhr wurde Danny Leyonne durch die Nachricht vom Ableben seines Großvaters aufgeschreckt. Er verbrachte die Nacht in einem kleinen Hotel in Long Beach.

Dory Meinunger, die bei ihm war, weinte leise, saß zusammengekrümmt im Bett und barg ihr Gesicht in den Handflächen, während Danny unruhig durch den kleinen Raum lief, am Fenster stehenblieb und auf die San Pedro Bay hinausstarrte, die wie ein Spiegel im hellen Mondlicht lag.

Er zündete sich eine Zigarette an, rauchte einen Zug, öffnete das Fenster, schnippte die Zigarette nach draußen und sog die klare, frische Seeluft in seine Lungen. Er schloß die Augen. Warm und feucht spürte er Tränen an seinem Gesicht hinabrinnen. Was immer es zwischen dem Alten und ihm in letzter Zeit an Mißhelligkeiten gegeben hatte, er hatte seinen Großvater geliebt. Jetzt bereute er es bitter, ihn wegen seiner Zugehörigkeit zur Mafia, wegen des schmutzigen Geldes, das der Don in seine Erziehung und Ausbildung gesteckt hatte, beleidigt zu haben. Doch Danny konnte ihm nicht mehr sagen, daß ihm seine Äußerungen leid taten.

Mit dem Handrücken rieb er sich die Tränen von den Wangen und wandte sich wieder um.

»Es tut mir leid«, sagte Dory Meinunger, die wie er kleine Nebenrollen in der Broadway-Produktion spielte.

»Sie werden behaupten, daß ich ihn umgebracht habe«, sagte Danny dumpf.

Dory Meinunger schaute ihn aus großen Augen verständnislos an. »Wer?«

»Wainscott, die Presse, alle.«

Danny Leyonne setzte sich neben das Mädchen mit den kurzen dunklen Haaren. Mit dem Rücken lehnte er sich an das Bettende.

Sein Blick strich ausdruckslos durch das offene Fenster in die Weite des pazifischen Ozeans.

»Das ist doch Unsinn!«

Natürlich war es Unsinn, aber Danny kannte die Presse, kannte Wainscott, der ihn noch nie hatte ausstehen können, mit dem es immer Streit gegeben hatte, wenn sie sich begegnet waren.

Danny dachte an das letzte Gespräch vor zwei Wochen mit Dr. Bushard, dem Leibarzt von Vincente.

»Er hält sich ausgezeichnet, Danny. Um ihn brauchen wir uns keine Sorgen zu machen. Die Arbeit, der Streß, alle Aufregungen sind Medizin für ihn gewesen, auch wenn sich das sonderbar anhört. Sein Zustand hat sich gebessert. Ich fürchte, der Alte wird eines Tages noch auf meinem eigenen Grab tanzen.«

Jetzt war er tot.

Herzstillstand. Jetzt, zu einem Zeitpunkt, als es mit der Golden Gate Schwierigkeiten gab, wo die Gesellschaft einen kühl und klar denkenden Mann mit Übersicht und Erfahrung wie ihn dringend nötig hatte. Vincentes Tod war ein neuerlicher Schlag für Golden Gate. Noch schrecklicher, noch mehr Unheil nach sich ziehend als Sommers Tod und der Tod von Denise Shine. Vincentes Tod konnte unter Umständen den Abstieg für Golden Gate bedeuten.

Das hatte er sich vorgestern, nach dem Streit mit seinem Großvater, noch sehnlichst gewünscht. Jetzt jedoch ließ der Gedanke kein Triumphgefühl mehr in ihm aufkommen.

»Er war alt«, sagte Dory Meinunger, rückte dichter an ihn heran und streichelte beruhigend seinen Arm. »Sehr alt.«

Danny nickte.

»Es ging ihm vorher schon schlecht. Aber sein Arzt hat mir vor kurzer Zeit noch versichert, daß der Zustand des Don noch nie besser gewesen sei.«

»Ein Rückschlag.«

Danny nickte dumpf. »Vielleicht«, antwortete er, rutschte auf das Bett zurück, streckte sich und zog das dünne Laken über sich. Obgleich es höllisch warm war, zitterte Danny Leyonne. Er schloß die Augen, preßte die Zähne zusammen, und seine Tränen netzten das weiße Bettlaken.

Es war still an diesem Morgen. Eine gedrückte Stimmung machte das Atmen im Presseraum der Golden-Gate-Produktion schwer. Rauch hing in der Luft. Die Reporter und Journalisten, die auf eine Erklärung von Erwin Wainscott, dem nun ersten Mann der Golden Gate warteten, spielten mit ihren Bleistiften oder kauten auf einem Chewing Gum. Es lag geballte Spannung in der Luft.

Erwin Wainscott saß mit einigen anderen Vorstandsmitgliedern an einem quergestellten Tisch, an der Frontwand des kleinen Raumes. Kaffee stand vor ihnen auf dem Tisch. Alle sahen sie unausgeschlafen und mitgenommen aus. Der Schrecken der Nacht stand ihnen noch ins Gesicht geschrieben.

Ich saß zwischen den Reportern. Niemand hatte nach einem Ausweis gefragt oder Notiz von mir genommen. Alan Bates hatte mir die Nachricht von Vincente Leyonnes Tod noch vor dem Aufstehen durchgegeben. Mit einer Stimme, in der alle Zweifel dieser Welt schwangen.

Ich beobachtete Wainscott und die anderen, die ich bis auf Parker nicht kannte. Der Regisseur saß am linken Ende des Tisches und sah aus wie immer. Genau wie seine Schauspieler verstand er es, ausgezeichnet sein Gefühlsleben nicht an die Oberfläche dringen zu lassen.

Wainscott ließ seinen Blick über die Anwesenden streichen. Sekundenlang schaute er mich an. Um seine Mundwinkel zuckte es. Ich glaubte schon, er wollte das Wort an mich richten, mich vielleicht aus dem Saal weisen. Dann zog er das Mikrofon zu sich heran und schaltete es ein.

»Sie wissen alle, was heute nacht geschehen ist«, sagte er mit leiser, aber doch deutlicher und gefaßter Stimme. »Vincente Leyonne weilt nicht mehr unter uns. Der Mann, dem sein Arzt noch vor einigen Wochen eine eiserne Gesundheit bescheinigte. Er wurde aufgerieben in einem Kampf, mit dem die Golden Gate nichts zu tun hat, der aber gegen sie gerichtet war und zum Ziel hatte, unsere Gesellschaft, unsere Serie, vom Bildschirm zu verbannen. Mord, Totschlag, Erpressung, Intrige. Der große alte Mann stemmte sich dagegen. Er bot, wie es seine Art war, allen Widernissen die Stirn und zerbrach, als sein Enkel Danny in die Geschehnisse um Golden Gate hineingezogen wurde. Ich war Zeuge, als es zu einer Aussprache zwischen dem alten Mann und dem Enkel kam. Danny Leyonne leugnete nicht, daß er den Feldzug gegen Golden Gate aus vollem Herzen unterstützte. Im Gegenteil, er versprach dem alten Mann, alles zu tun, um sein Lebenswerk zu zerstören. Er nannte ihn einen alten Narren und einen Verbrecher, der sein Unternehmen mit Blut- und Tränengeld der Mafia aufgerichtet habe. Er sagte sich von ihm los, und er sagte der Golden Gate den Kampf an. Sein Junge – so hat Mr. Leyonne seinen Enkel immer genannt – stand völlig unter dem Einfluß der Konkurrenz, die nach der ersten Stelle strebt. Sein Junge unter dem Einfluß einiger Dunkelmänner, die nicht vor Mord zurückschreckten, um ihr Ziel zu erreichen! Sein Junge gegen ihn, der Vaterstelle an ihm vertreten hatte. Das war zuviel für den alten Mann. Er starb, weil er nicht mit dieser Schande leben wollte. Sein Herz hörte auf zu schlagen, weil er nicht mehr wollte, daß es weiterschlug. Vincente Leyonne hat den Kampf aufgegeben. Die Golden-Gate-Produktion aber besteht weiter. Sie wird weiterhin kämpfen und sich nie aufgeben.«

Wainscott setzte sich.

»Sie geben also Danny die Schuld?« fragte einer der Reporter.

Wainscott schwieg einige Sekunden. Er rieb sich die Augen. Dann schüttelte er den Kopf. »Nein. Die wahren Schuldigen sind jene, die den Jungen dazu gebracht haben, schreckliche Dinge zu tun und sich gegen die eigene Familie zu stellen.«

»Sie spielen auf Broadway an, Mr. Wainscott?«

»Ich kann mich nicht daran erinnern, diesen Namen genannt zu haben. Ich werde ihn auch nicht nennen.«

»Weil Sie nicht davon überzeugt sind? Oder weil Sie befürchten, daß Broadway mit juristischen Schritten gegen die Golden Gate vorgehen würde?«

Wainscott lächelte zum erstenmal. »Sie sind Journalisten«, sagte er. »Wenn Sie es so darstellen wollen, ist es allein Ihre Sache. Ich habe einen Namen genannt: Danny Leyonne! Bringen Sie mit Danny in Verbindung, wen immer Sie wollen. Ich werde Ihnen nicht widersprechen, aber ich werde auch keine Erklärung dazu abgeben. Können Sie das verstehen?«

Sie verstanden es. Wainscott holte zum Gegenschlag aus. Vincente war tot, er war der neue Boß. Das war zwar noch nicht offiziell bekanntgegeben, aber es würde zweifellos so geschehen.

»Hat Danny sich gemeldet?«

»Nein«, antwortete Wainscott.

»Wird er sich melden?«

»Fragen Sie ihn selbst! Er arbeitet bei einer bekannten

Produktion. Ich glaube nicht, daß man ihn, der nun so im Rampenlicht der Öffentlichkeit steht, verstecken wird. Ich glaube vielmehr, daß man ihn gerade jetzt vor den eigenen Karren spannen wird. Aber ich glaube nicht daran, daß dieser Karren den angestrebten Gipfel erreicht. Wir von Golden Gate, und vielleicht auch die Polizei und der FBI, werden etwas dagegen tun. Das sind wir dem großen alten Mann schuldig, dem sein Stolz und sein Ehrgefühl verboten, mit der Schmach weiterzuleben.«

Während er den FBI nannte, schaute er mich an. Ohne jede Regung, ohne Freundlichkeit. Dabei wurde ich das Gefühl nicht los, daß er mich auslachte.

»Das ist alles. Wenn Sie noch Fragen haben, wenden Sie sich am Nachmittag an unsere Presseabteilung!«

Ohne Murren erhoben sich die Reporter und verließen in aller Ruhe den kleinen Saal. Ich blieb sitzen, schlug die Beine übereinander und zündete mir eine Zigarette an. Ein Mädchen brachte mir einen Kaffee. Wainscott hatte das Girl geschickt.

Von Anfang an hatte er natürlich damit gerechnet, daß ich nicht gleichzeitig mit den Reportern gehen würde. Jetzt verabschiedete Wainscott die anderen Herren und kam dann zu mir. Er setzte sich neben mich und schaute mich von der Seite an.

»Das war eindrucksvoll«, sagte ich, trank einen Schluck und stellte die Tasse auf einem Nebenstuhl ab. »Sehr eindrucksvoll.«

»Hätte ich etwas anderes sagen können?« fragte er mich.

Ich zuckte mit den Schultern. »Sie haben den Alten verehrt?«

Er nickte.

»Und Sie hassen Danny?«

»Allerdings.«

Seine Offenheit erstaunte mich.

»Der Alte hat ihn aufwachsen lassen wie seinen eigenen Sohn«, sagte Wainscott. »Er hat alles getan, um dem Jungen einen Platz vor der Kamera zu sichern. Er hat sich an schlechten Produktionen beteiligt, nur damit Danny eine Rolle bekam. Er hat Regisseure gekauft, Gesellschaften daran erinnert, daß sie ihm noch einen Gefallen schuldig waren. Er hat alles getan.«

Ich nickte nachdenklich. Das war neu für mich, aber ich glaubte nicht daran, daß Wainscott mich anlog. Warum sollte er?

»Danny sollte reifen. Er sollte sich den Wind um die Ohren wehen lassen, um schließlich in den Schoß der Familie zurückzukehren und hier Karriere zu machen. Broadway kam dazwischen. Die Kerle gaben ihm kleine Rollen und nährten in ihm die Hoffnung, daß sie ihn nach einer gewissen Übergangszeit zum Star machen würden. Sie haben sich den Jungen gezogen, um ihn eines Tages gegen Golden Gate einzusetzen.«

Ich schaute ihn zweifelnd an.

Wainscott zuckte mit den Schultern. »Denken Sie darüber, wie sie wollen, aber denken Sie als Polizist! Danny hat nie viel getaugt. Er taugt jetzt weniger denn je. Aber ich bin natürlich nicht objektiv.«

»Die Golden-Gate-Produktion gehört nun Ihnen?«

Sekundenlang schwieg Wainscott. Dann zuckte er mit den Schultern. »Keine Ahnung«, sagte er. »Im Grunde spielt das keine Rolle. Ich leite die Geschicke von Golden Gate seit mehr als zehn Jahren. Daran wird sich nichts ändern. Mr. Leyonne hat gewollt, daß ich sein Nachfolger werde. Falls es ein Testament gibt, das etwas anderes aussagt, wäre es mir gleichgültig. Meine Person ist nicht wichtig.«

»Was ist für Sie wirklich wichtig?«

»Daß Golden Gate fortbesteht«, antwortete er.

Ich stand auf. »Sie möchten gern, daß wir gegen den Jungen vorgehen?«

»Ja.« Er schaute mir in die Augen. »Ich möchte es gern, aber ich weiß, daß Sie keine Möglichkeiten haben. Das respektiere ich. Wenn Danny etwas getan hat, ich sage ›wenn‹, dann hat er es nicht aus eigenen Stücken getan.«

»Broadway?«

»Wer sonst?«

»Warum?«

»Manche können den Rachen nicht vollbekommen.«

»Was bedeutet es für den anderen, wenn man eine Serie ausschalten kann?«

»Viele Millionen an Mehreinnahmen. Mehr künstlerische Möglichkeiten, aufwendigere Produktionen, die einmalig sind ...«

»... und noch mehr Gewinn abwerfen?«

»Genauso ist es.«

»Darüber bestimmen die Werbeträger?«

»Darüber bestimmen die Werbeträger und Lazy Brown.«

»Das heißt, wenn eine Produktion verschwindet, bekommt die andere alle zur Verfügung stehenden Mittel.«

»Ich denke, ja.« Wainscott nickte. »Ich habe mich nie darum gekümmert. Was Geld anging, hielt Mr. Leyonne die Fäden in der Hand. Das war gut so, denn ich hatte mich um viele andere Dinge zu kümmern.«

»Und das wird sich nun ändern?«

»Ich weiß es nicht. Lieber wäre es mir gewesen, wenn alles beim alten geblieben wäre.«

Ich ließ ihn nicht aus den Augen. Er wirkte ruhig, gelassen und überzeugend. Aber was bedeutete das schon bei einem Mann, der seit vielen Jahren im Showbusineß tätig war?

Ich trank den letzten Schluck Kaffee im Stehen.

»Kennen Sie Harry Seneca?« fragte ich dann.

Sein Gesichtsausdruck blieb gelassen, als er nickte. Dann lächelte er fein. »Ich kenne ihn, weil meine Familie mit ihm zu tun hatte«, sagte er. »Wenn Sie mich dagegen fragen, ob ich mit Seneca verkehre, muß ich nein sagen.«

»Kennt Danny ihn?«

»Wahrscheinlich nicht.«

»Nach dem, was Sie der Presse über Danny mitgeteilt haben, wird man erst einmal eine Hexenjagd auf ihn veranstalten.«

»Das hoffe ich!«

»Warum?«

»Es wäre nicht gerecht, wenn er davon profitierte, daß er alles getan hat, um Golden Gate zu schaden.«

Das war seine Meinung, und dabei blieb er. Eines konnte ich ihm nicht absprechen, auch wenn ich ihm nicht traute: Er war ehrlich. Ein Mann, der aus seinem Herzen keine Mördergrube machte. Er haßte Danny und hielt ihn für schuldig an allen Schwierigkeiten, die Golden Gate hatte.

Ich verabschiedete mich von ihm.

Als ich die Tür erreichte, fragte er: »Was werden Sie tun?«

Langsam drehte ich mich wieder zu ihm um und schaute ihn fragend an. »Was müßte der FBI denn Ihrer Meinung nach tun?«

Sekunden verstrichen, dann winkte Wainscott mit einer müden Handbewegung ab.

Ich verließ das Gebäude, trat an die frische Luft und atmete einmal tief durch. Dann wandte ich mich dem gemieteten Cadillac zu und verließ das Gebäude der Golden-Gate-Produktion.

»Danny Leyonne hat angerufen«, sagte mein Kollege Alan Bates, als ich mich mit ihm in der Stadt traf. »Er behauptet, sein Großvater Vincente sei umgebracht worden. Sein Anwalt, also der vom Broadway, hat offiziell Anklage gegen Unbekannt erstattet. Die Staatsanwaltschaft wird eine Obduktion anordnen.«

»Begründung?«

»Der Alte stand angeblich Wainscott und dessen Hintermännern im Weg.«

Ich griff nach dem Kaffee und trank einen Schluck. »Welche Hintermänner?«

»Die Mafia. Keine besonderen Namen, Jerry.«

»Wainscott kennt Seneca und macht daraus keinen Hehl. Aber er will nichts mit ihm zu tun haben. Er dreht den Spieß um. Er behauptet, Danny und die Broadway-Produktion hätten Verbindung zu Seneca.«

»Wir werden es herausfinden«, sagte Bates. »Ich habe mit Lynn Vargas und den anderen Mädchen aus der Santa Ana Bar gesprochen. Everdell war dort wirklich ein gerngesehener Gast. Wir haben eine Beschreibung des Mannes, mit dem er sich am Vorabend seines Todes getroffen hat. Der Mann sieht aus wie ein Partyhai, dunkelhaarig, elegant, durchtrainiert.«

Ich zündete mir eine Zigarette an, während Bates in die Tasche griff und eine Phantomzeichnung hervorholte. Er strich sie glatt und legte sie vor mich auf den Tisch.

Zwei Sekunden starrte ich das Bild an. Dann sah ich den Mann vor mir, der so eilig und grußlos die Liberty Bar von Tony Allert verlassen hatte. Ein markantes

Gesicht. Hochgewachsen. Dunkle Augen, die kalt und unbarmherzig wirkten. Der Zeichner hatte es sehr gut getroffen.

»Kennen Sie ihn, Jerry?«

»Ich sah den Mann vorgestern in der Liberty Bar, als es Allert erwischte. Als er mich erblickte, stand er auf und verließ die Bar. Es gibt keinen Beweis dafür, aber ich denke, er ist der Mann, der den heißen 38er von Allert kaufte, mit dem Sommer erschossen wurde.«

Ganz langsam wich die Farbe aus Bates Gesicht. Er rieb sich die Augen mit dem Handrücken, warf noch einen Blick auf die Zeichnung und steckte sie wieder ein.

»Wir wissen nichts über den Mann«, sagte er dann. »Lynn Vargas hat ihn gesehen, einige andere Mädchen auch. Er war offenbar nur einmal in der Santa Ana Bar, sprach mit Everdell, traf irgendeine Verabredung mit ihm und ...«

Bates unterbrach sich selbst. Er wollte sagen, daß dieser Mann Everdell auf dem Gewissen habe. Das brauchte er nicht extra zum Ausdruck zu bringen. Dafür sprach alles, wenn dieser Mann wirklich bei Allert den 38er erstanden hatte, der im Requisitenwagen ausgetauscht worden war und mit dem Maggie Ferries anschließend die tödlichen Schüsse auf Sommer abgegeben hatte.

Ich schloß für einen Moment die Augen. Ich sah den großen dunklen Schatten in dem Transportkorb, der langsam nach unten geschwebt war, nachdem jemand Denise Shine die tödliche Dosis Rauschgift gespritzt hatte. Gestalt und Größe paßten überein ...

Wir hatten unseren Mann, aber wir hatten keine Ahnung, wo wir nach ihm suchen mußten. In Senecas Umgebung?

Ich war nervös. Wir waren sicherlich ein Stück weitergekommen. Aber nun brauchten wir dringend den Mann, von dem der Zeichner das Phantombild angefertigt hatte. Von ihm aus würde eine direkte Spur zu den Hintermännern des Geschehens führen.

»Ich habe einige Männer losgeschickt. Sie gehen mit dem Phantombild hausieren«, sagte Bates.

»Sie werden ihn in Senecas Umgebung finden«, sagte ich. »Wenn mich nicht alles täuscht, ist es ein Killer der Mafia!«

Alan Bates lächelte. »Wir suchen natürlich auch in diese Richtung, Jerry«, sagte er. »Nur mit einem mußt du dich vertraut machen: Broadway hat mit Schwierigkeiten der Golden-Gate-Produktion nur insofern zu tun, als sie ein Konkurrenzunternehmen ist.«

»Wer hat denn etwas gegen Golden Gate?«

Alan Bates antwortete nicht. Er lächelte nur.

»Glaubst du vielleicht, die läuten ihren eigenen Untergang ein?«

»Nein«, antwortete der Kollege aus Los Angeles. »Im Gegenteil. Sie versuchen vielmehr an die Spitze zu ziehen. Nichts in diesem Geschäft ist so wichtig wie Publicity, die den Zuschauer an den Bildschirm lockt.«

Ich trank den Kaffee. Ich hatte ebenfalls daran gedacht, den Gedanken aber wieder weggeschoben. Jetzt, als Bates erneut den Anstoß gab, kam er wieder in mir auf.

»Wo ist Danny?«

»Verschwunden. Er verbrachte die Nacht zusammen mit einer jungen Kollegin in einem kleinen Hotel in Palm Beach. Allem Anschein nach hat er unsere Leute bemerkt und sich still und heimlich abgesetzt.«

Ein kalter Schauer rieselte mir über den Rücken. Wainscott stand gegen ihn und versuchte, ihn in die Büßerecke zu treiben.

Ein ziemlich leichtes Spiel nach der Auseinandersetzung, die der Junge mit seinem Großvater Vincente gehabt hat. Danny fühlte sich bedroht, das war natürlich. Nun versuchte er auf eigene Faust, seine Probleme zu lösen.

»Hat Vincente ein Testament hinterlassen?« fragte ich.

Bates wußte es nicht. Es war unmöglich, es so schnell herauszufinden. Der Inhalt würde ja erst bei der offiziellen Testamentseröffnung bekannt gegeben werden.

»Wir müssen Danny finden«, sagte Alan.

»Wir werden ihn finden. Er ist inzwischen so bekannt, daß er sich nicht mehr verstecken kann.«

»Was ist mit dem Mädchen, mit dem er die Nacht verbracht hat?«

»Wir haben mit ihr gesprochen. Danny war nach der Nachricht vom Tod seines Großvaters verstört. Und er hat eine Waffe bei sich.«

»Vielleicht geht er auf Wainscott los.«

»Einige unserer besten Männer lassen Wainscott nicht aus den Augen.«

Ich atmete erleichtert auf. »Dann werden wir ihn finden«, sagte ich. Und ich glaubte es auch.

Laura Christie hielt sich allein in der Villa auf. Gortham war in der Innenstadt von Los Angeles. Gegen Mittag wollte er zurücksein. Seit sie Las Vegas verlassen hatten, war kein Wort mehr über ihr letztes Gespräch im Hotel gefallen. Gortham hatte noch einige Dinge zu erledigen. Anschließend wollte er die USA verlassen. Zusammen mit ihr.

Laura fühlte sich niedergeschlagen. Immer deutlicher wurde der schönen Ex-Polizistin aus Texas bewußt, daß sie sich in den falschen Mann verliebt hatte. Gortham, das bedeutete für sie keine Zukunft. Sie trank ihren dritten Whisky. Im allgemeinen machte sie sich nichts aus Alkohol. Etwas Wein zum Essen, hin und wieder einen Long Drink. Das übliche Pensum eines Gelegenheitstrinkers. Jetzt trank sie mehr, als ihr gut tat. Aber das tiefe Gefühl von Trauer ließ sich nicht hinunterspülen.

Sie war unsicher. Wie sollte sie sich verhalten? Gortham aufgeben? Die Villa ohne eine Nachricht verlassen und nie wieder zurückkehren?

Der Geldumschlag war verschwunden. Heute morgen, als er das Haus verließ, hatte er ihn beiseite geschafft. Ein Beweisstück gegen ihn?

Dessen war sie fast sicher. Er machte reinen Tisch. Was er zurückließ, durfte ihn nicht belasten. Es durfte ihn mit keinem der Verbrechen in Zusammenhang bringen, die er vielleicht begangen hatte.

Etwas hatte er wohl noch zu erledigen. Hier in Los Angeles. Der Anruf, den er in Las Vegas erhalten hatte, war eindeutig. Es gab Schwierigkeiten. Für Gortham und für seinen Auftraggeber. Der Name Pellgrim war gefallen.

Die Zeitungen lagen aufgeschlagen auf dem Schreibtisch. Die Schlagzeilen schrien den Namen Pellgrim regelrecht heraus. Es hatte eine Razzia in Pellgrims Bar gegeben. Der FBI hatte zugeschlagen, zusammen mit der Narcotic Squad. Ein Mädchen war getötet worden, andere Menschen wurden zum Teil schwer verletzt.

Laura Christie zitterte. Sie zündete sich eine Zigarette an, um ihre aufgescheuchten Nerven zu beruhigen.

Die Schreibtischschublade war abgeschlossen. Sie zögerte einen Moment. Dann griff sie nach federnden Klinge des Brieföffners. Behutsam schob sie die Klinge zwischen die Oberkante des Schreibtischs und das Schloß. Ein kurzer Ruck. Das einfache Schloß schnappte auf.

Die Zigarette war vom Aschenbecher gerollt und hatte einen häßlichen schwarzen Streifen in die Mahagoniplatte gefressen. Es stank nach verbrannter Möbelpolitur. Mit dem Handballen versuchte sie den Schaden so weit zu beheben, daß er auf den ersten Blick nicht auffiel. Es gelang nicht. Sie nahm einige Papiere, zog sie an sich heran und wollte sie über die verbrannte Stelle schieben.

Ein Foto fiel aus dem Stapel Papiere. Es war zwischen einigen Seiten versteckt gewesen. Vielleicht hatte Gortham es deshalb vergessen.

Eine Strandaufnahme, vielleicht in Santa Monica aufgenommen. Gortham mit einer gutaussehenden dunkelhaarigen Frau. Sie strömt Sex aus. Dazu kam der blasierte Blick jener Reichen, die sich jeden Luxus erlauben können. Neben den beiden stand ein zweiter Mann. Den kannte sie. Sein Gesicht hatte sie in den Zeitungen gesehen.

Erwin Wainscott, Produktionschef der Golden-Gate-Produktion.

Laura rauchte noch einen Zug. Dann drückte sie die Zigarette im Aschenbecher aus. Warum sie das Foto an sich nahm, statt es wieder zurückzuschieben, wußte sie selbst nicht. Anschließend sichtete sie den Inhalt der Schublade.

Papiere, Aufzeichnungen, Namen und Daten. Zwei Pässe, die auf einen anderen Namen lauteten. Visa aus Afrika und Südostasien. Ein Militärausweis. Légion Étrangére, Colonel. 12 Jahre zurück. Gortham war damals hagerer gewesen. Aber er hatte schon diesen kalten, beinahe unerbittlichen Blick, vor dem sie sich heute gefürchtet hatte. Er drückte aus, daß etwas bevorstand. Schwierigkeiten, die er aus dem Wege räumen würde – koste es, was es wolle.

Dazwischen Fotos in Uniform. Gortham als Fallschirmjäger in gefleckter Tarnuniform mit umgeschnalltem Fallschirm und einer Uzi. Auf allen Fotos hatte er den unerbittlich harten Glanz in den Augen.

Sie dachte an die Narben, an seinen gestählten Körper, an seine Kraft, seinen Willen und sein Durchsetzungsvermögen. Sie dachte an die Toten von Golden Gate, an den Sprengstoffanschlag, an die Schwierigkeiten, die es augenblicklich gab und die er aus dem Weg zu räumen hatte. An seinen letzten Auftrag. Sie war sicher, dieser letzte Auftrag bedeutete weitere Morde.

Langsam zog sie das Telefon an sich heran, suchte die Nummer des FBI und tippte die Nummer ein.

»FBI-Zentrale«, meldete sich eine sympathische Frauenstimme.

Laura zögerte eine Sekunde. Sie liebte Gortham. Sollte sie ihn verraten? Irgend etwas, das stärker war als ihre Liebe, trieb sie dazu.

»Schicken Sie sofort jemanden vorbei!« sagte sie aufgeregt. »1724 Beverly Drive . . .«

Ihre Stimme riß jäh ab. Ihr Kopf flog hoch. Gortham stand in der Tür. Hochaufgerichtet. Seine Augen waren die gleichen wie auf den Fotos in der Tarnuniform. Nur hielt er diesmal keine Uzi in den Händen. Jetzt war es ein 38er mit aufgeschraubtem Schalldämpfer.

Laura ließ den Hörer fallen. Krachend schlug er auf die Schreibtischplatte.

»Hilfe!« stieß sie hervor. »Hilfe!«

»Schade«, sagte Gortham mit ruhiger Stimme. »Ich dachte, ich könnte mich auf dich verlassen, Laura!«

Sie nahm den Hörer, legte ihn auf und schüttelte entsetzt den Kopf. »Bruce, ich ...«

Gortham hob die Waffe und feuerte.

Ich wollte mich gerade von Alan Bates verabschieden, als die Meldung kam.

»1724 Beverly Drive«, gab die Zentrale durch. »Ein Hilferuf, direkt an den FBI gerichtet.«

Bates meldete sich auf seine ruhige, gelassene Art. »Spezial Agents Bates und Cotton sind in der Nähe. Wir übernehmen.«

Bates startete, noch während er sprach. Ich griff ins Handschuhfach und setzte das Rotlicht aufs Dach. Dann klammerte ich mich am Haltegriff über dem Seitenfenster fest. Bates zog den Wagen quer über den Santa Monica Boulevard.

Die Reifen radierten über den weichen Asphalt, als der Buick einen Riesensatz nach vorn machte und den Boulevard in nördlicher Richtung hinaufschoß.

Ich wollte sagen, daß ein Hilferuf noch lange kein Grund war, einen G-man aus New York umzubringen. Ich verbiß es mir. Bates beherrschte den Wagen und den Verkehr, der um ihn herum brandete. Er nutzte jede Lücke, fand mit traumwandlerischer Sicherheit den freien Weg um Wagenkolonnen herum und immer wieder ein Loch, wenn es durch den entgegenkommenden Verkehr gefährlich für uns wurde.

Links auf unseren Weg passierten wir die University of California and Los Angeles, dahinter Bel Air und die Santa Monica Mountains. Der Verkehr wurde dichter. Die meisten Fahrer verhielten sich diszipliniert. Beim ersten Ton der heulenden Sirene, die in ihr Wageninneres drang, wichen sie nach rechts aus und machten den nötigen Platz.

Hinter uns wendeten zwei Streifenwagen der Metropolitan Police und schlossen sich uns an. Vielleicht war ihnen von ihrer Zentrale ebenfalls der Hilferuf an den FBI durchgegeben worden. Nun befanden sie sich automatisch hinter dem richtigen Fahrzeug.

Bates tippte die Bremse, um mich und die uns folgenden Streifenwagen zu warnen. Dann riß er das Steuer herum, schlingerte quer zur Fahrbahn, überfuhr das Grün des Mittelstreifens, ließ eine Dreckfontäne hinter sich aufsteigen und schaffte mit wedelndem Heck gerade noch die Einfahrt in den Beverly Drive.

Schweiß stand ihm auf dem Gesicht. Mit dem Handrücken wischte er darüber hinweg. Ein feines Lächeln spielte um seine verkniffenen Mundwinkel.

»Früher habe ich das eleganter geschafft«, sagte er leise, aber doch erleichtert, den Wagen so sicher bis dicht an den Bestimmungsort herangebracht zu haben. »Ich werde langsam alt.«

Nr. 1724 war eine zurückversetzte Villa. Das breite weiße Tor aus Schmiedeeisen stand offen. Reifenspuren zeichneten sich auf dem Kiesweg ab.

»Zentrale an Bates!«

»Bates hier«, meldete ich mich, denn mein Kollege fuhr langsam die breite, etwas gewundene Einfahrt hinauf. Er steuerte mit der linken Hand. Mit der rechten holte er die Dienstwaffe aus der Halfter und legte sie sich auf den Schoß.

»Ein Haus der Interhome Agentur. Der Name des Mieters ist Bruce Gortham. In Los Angeles nicht bekannt. Möglicherweise ein Falschname.«

»Okay«, sagte ich. »Wir sind da.«

»Sofort Meldung, sobald wir wissen, was sich ereignet hat. Ende.«

»Ende.«

Ich kippte das Mikro in die Halterung zurück.

Bates saß geduckt hinter dem Steuer. Sein Kopf bewegte sich langsam von rechts nach links. Selbst wenn ein Regenwurm den Kopf aus dem satten Grün des Rasens gestreckt hätte, wäre es ihm möglicherweise nicht entgangen.

»Da ist keiner mehr«, sagte er, als er den Buick vor dem Eingangsportal quer stellte.

Ich traute dem Frieden nicht. Ich stieß die Seitentür auf, ließ mich aus dem Wagen auf den Kiesweg fallen und rollte mich hinter die Kaktushecke vor der Garage.

Das Tor stand offen. Zwei Stellplätze. Jetzt stand noch ein weißer Cadillac in der Garage.

»Okay!« schrie Bates.

Das war das Zeichen dafür, daß er mir Feuerschutz geben würde, falls jemand auf uns wartete und uns einen heißen Empfang bereiten wollte.

Ich sprang auf, drehte mich um die Kaktushecke und jagte mit langen Sätzen auf die Garage zu.

Niemand erwartete mich. Benzingeruch hing noch in der Luft. Vor ganz kurzer Zeit war hier ein Wagen gestartet worden.

»Was ist?«

»Nichts!« schrie ich zurück.

»Ich geh' ins Haus, Jerry!«

»Okay.«

Warum ich blieb, wußte ich nicht zu erklären. Man tut manchmal Dinge, für die es keine Erklärung gibt. Ich umrundete den weißen Caddy. Die Garage war an die

Villa angebaut. Es gab eine Verbindungstür. Sie stand offen. Dahinter war eine kleine Treppe mit sieben Stufen. Dann erneut eine offene Tür. Dahinter befand sich die Empfangshalle, die Bates in dieser Sekunde betrat.

»Stehenbleiben, Bates!«

Meine Stimme überschlug sich.

»Stehenbleiben! Keinen Schritt weiter!«

Wie magisch war mein Blick auf den dünnen Haardraht gerichtet, der seitlich an den Treppenstufen entlanglief und durch die Empfangshalle führte.

Bates stand wie ein Denkmal. Er hielt den 38er in beiden Händen. Nur seine Augen drehten sich vorsichtig in meine Richtung, als ich in der Halle erschien.

»Okay«, sagte ich.

Bates entspannte sich.

Mit einem kurzen Kopfnicken deutete ich auf den feinen Haardraht, den man leicht übersehen konnte, wenn man nicht auf ihn vorbereitet war.

Bates schluckte trocken. Sein Adamsapfel tanzte auf und nieder. Schweiß rann über sein schmales Gesicht. Er leckte die spröden Lippen und stieß die angehaltene Luft mit einem zischenden Geräusch aus.

»Heilige Scheiße!« sagte er, was eigentlich gar nicht zu ihm paßte. Aber in dieser Situation war es durchaus angebracht, fand ich.

»Verfolge das Ding! Ich gehe in die Garage zurück. Die Cops sollen dem Haus fernbleiben.« Ich ging in die Garage zurück.

»Alles runter vom Grundstück!« schrie Bates nach draußen.

Kies knirschte unter schweren, eiligen Schritten. Die Cops verschwanden, ohne daß Bates eine weitere Erklärung abgeben mußte.

Der Draht führte in den Kofferraum des weißen Cadillac, der nicht geschlossen war, weil er den Draht sonst abgeklemmt hätte. Vorsichtig hob ich den Deckel.

Es mochten an die 15 Kilo Dynamit sein, die sich im Kofferraum befanden. Verbunden mit einem roten und einem schwarzen Kabel, die von einem kleinen grauen Zündkasten abzweigten. In den Zündkasten hinein verlief der verdammte, kaum zu sehende Haardraht.

In diesem Moment schwitzte ich genauso wie Bates. Wäre mein Kollege weitergelaufen, hätte ich den Haardraht nicht in der wirklich letzten Sekunde gesehen, hätte ihn durchtrennt und damit das Dynamit gezündet. Schon die Menge im Kofferraum des weißen Cadillac reichte aus, die Villa dem Erdboden gleichzumachen und alles zu vernichten, was der Bewohner an Spuren hinterlassen hatte.

Ich ging in die Halle zurück.

»Unter der Treppe zum ersten Stock«, sagte Bates leise. »Bestimmt zehn Kilo. Der Kerl muß verrückt sein.«

»Er ist es gewohnt, gründlich zu arbeiten«, sagte ich. »Ruf die Kollegen vom Himmelfahrtskommando, damit sie hier aufräumen!«

Bates benutzte das Telefon in der Halle.

»Okay«, sagte ich, rieb mir den Schweiß von der Stirn und stieg mit einem großen Schritt über den Draht hinweg.

Das Wohnzimmer war ebenso verlassen wie das Schlafzimmer. Im Büro fand ich sie.

Hintenüber gesunken lag sie im Sessel. Zu Lebzeiten war sie eine der Schönen von Los Angeles gewesen.

Sie war tot. Ihr Mörder hatte es nicht bei einer Kugel belassen.

»Er ist es wirklich gewohnt, gründliche Arbeit zu leisten«, sagte Bates, der das Büro hinter mir betrat. »Mein Gott! Ich wollte, ich hätte den Kerl vor mir!«

Er ballte die Hände zu Fäusten und zitterte am ganzen Leibe.

Bruce Gortham stand mit dem De Tomasa Deauville eine halbe Meile entfernt am Beverly Glen Boulevard. Seine Augen waren starr in östliche Richtung gerichtet. Dort mußte der Feuerball in den Himmel aufsteigen. Selbst auf diese Entfernung hin mußte die fürchterliche Explosion zu hören und vielleicht sogar noch eine leichte Druckwelle zu spüren sein. 40 Kilo Dynamit! Das war eine mehr als ausreichende Menge. Kein Stein würde auf dem anderen bleiben. Die Cops und die FBI-Agenten, die das Haus betraten, brauchten keine Beerdigung mehr. Von ihnen würde man genausowenig finden wie von der Ex-Polizistin aus Texas.

Gortham rauchte. Er fühlte sich okay. Er hatte einen Fehler begangen und ihn gleich wieder ausgebügelt. Ein Mann wie er konnte sich an keine Frau hängen, an keinen Freund. Ein Mann wie er war wie ein Tiger: einsam und gefährlich.

Zehn Minuten verstrichen. Eine halbe Stunde. Nichts geschah. In der Ferne gellten hin und wieder Sirenen. Aber das war ein natürliches Nachmittagskonzert in dieser Stadt.

Gorthams Gesicht wirkte wie aus Granit gemeißelt. Er biß die Zähne zusammen. Hart traten die Wangenknochen hervor.

Es war schiefgegangen. Er verstand nicht warum. Aber es war unleugbar schiefgegangen. Jetzt würden sie Laura Christie finden.

Und viele Dinge, die seine Identität lüfteten. Sie hatten sein Bild und konnten sich vielleicht einiges zusammenreimen!

Aber das reichte nicht aus, um den ganzen Plan zu kippen. Das reichte nur aus, die Jagd auf ihn zu eröffnen. Daran war er gewöhnt. Es gab tausend Schlupflöcher durch die er entkommen konnte. Wo immer auf dieser Welt man ihn schon gesucht hatte, nie hatte ihn jemand erwischt.

Das würde auch diesmal nicht anders sein.

Gortham stieg aus, ging zur gegenüberliegenden Telefonzelle und tippte ruhig und gelassen eine Nummer in den Apparat.

»Golden-Gate-Produktion«, meldete sich eine Frauenstimme.

»Geben Sie mir Mr. Wainscott!«

»Sir, im Moment ist Mr. Wainscott ...«

»Halten Sie den Mund!« unterbrach Gortham die Telefonistin. »Schaffen Sie ihn augenblicklich an den Apparat, oder ich kann Ihnen versichern, daß Sie heute abend keine Job mehr haben! Verstanden?«

»Moment, Sir!«

Es dauerte nicht einmal eine Minute.

»Kann jemand in der Leitung hängen?« fragte Gortham.

»Bist du wahnsinnig, hier anzurufen, Mann?«

»Also ist niemand in der Leitung. Jetzt hör mir ganz genau zu, Wainscott! Der FBI ist in der Villa. Die G-men finden ein totes Mädchen und vierzig Kilo Dynamit, die aus einem mir unerklärlichen Grund nicht hochgegangen sind. Sie werden kombinieren und einige Schlüsse ziehen. Aber das ist keine Gefahr für dich und auch nicht für Angela Chapman. Es gibt nichts, was mich in eure Nähe rückt. Sie werden auf Seneca tippen und dort den Hebel ansetzen. Alles, was erledigt werden muß, muß heute erledigt werden.«

Am anderen Ende der Leitung stöhnte Wainscott auf.

»Hat Danny sich gemeldet?« fragte Gortham.

»Ja.«

»Du weißt, wo er ist?«

»Nein. Er hat Angela angerufen, um einige Informationen zu bekommen. Sie hat ihn vertröstet. Er wird sich im Laufe des Nachmittags wieder melden.«

»Okay.« Gortham massierte sich die Schläfe. »Schreib dir auf, was ich dir sage!« Es dauerte einen Moment, bis Wainscott soweit war.

»Angela soll ihn um elf heute abend nach Whittier bestellen. Los Nietos Road, Ecke Santa Fé Springs Road. Dort ist eine alte TEXACO-Station, die stillgelegt ist. Dahinter ein Tanklager, das noch benutzt wird. Direkt an einem Nebengleis der Union Pacific Rail Road, auf dem Tankwagen abgefertigt werden. Dort soll er hinkommen. Um Punkt elf, Wainscott. Nicht früher, nicht später.«

»Er ist ein mißtrauischer Hund«, wandte Wainscott ein.

»Es ist Angelas Sache, wie sie ihn dorthin lockt.«

»Und wenn nicht ...«

»Sie soll ihn begleiten, Wainscott. Verdammt, sie soll ihn begleiten und ihm erzählen, dort würden sie sich mit jemand treffen, der ihm mehr über die Machenschaften innerhalb der Golden-Gate-Produktion erzählen kann. Er ist scharf auf dich.« Gortham lachte gurrend. »Verdammt scharf. Er wird seinen Arsch riskieren, wenn er dich bei einer faulen Sache erwischen kann. Stimmt's?«

»Das denke ich auch.«

Gortham zündete sich eine Zigarette an. Er rauchte

einen tiefen Zug. »Du telefonierst in die Schweiz, Wainscott. Du gibst das Konto frei. Ich werde es mir bestätigen lassen und erfahren, wenn du einen Trick einbaust.«

»Das würde mir nicht im Traum einfallen.«

»Das ist auch besser für dich, denn sonst holt dich der Teufel!«

Wainscott schluckte trocken.

»Zwischen Golden Gate und Lazy Brown ist alles geregelt?« fragte Gortham.

»Alles. Die Verträge treten in Kraft, sobald wir nächsten und übernächsten Monat die besseren Einschaltquoten haben. In diesem Fall ist Broadway aus dem Rennen. Das hat Angela mit den Geldgebern so geregelt, und deren Okay steht schon lange fest.«

Erneut lachte Gortham. »Dann hast du dein Ziel erreicht«, sagte er. »Du wirst der mächtigste Mann von Hollywood, Wainscott, und du hast keinen lästigen Partner mehr.«

»Heißt das, Angela Chapman ...«

»Es ist der sicherste Weg. Ich bin es gewöhnt, gründliche Arbeit zu leisten. Ich erwarte Reisegeld. Zweihunderttausend Dollar. Hinterleg es auf der Pico Rivera Station in einem Schließfach! Den Schlüssel packst du in einen kleinen, wattierten Umschlag und deponierst ihn an der Reception des Whittier Narrow Motel. Sei großzügig, und gib dem Portier einen Hunderter! Kennwort: Fireball. Alles verstanden?«

»Alles verstanden.«

»Dann werden wir uns niemals wiedersehen, Wainscott.«

»Okay«, antwortete Wainscott. Es hörte sich nicht so an, als sei er darüber traurig.

Gortham hängte ein, verließ die Telefonkabine,

schnippte die angerauchte Zigarette auf die Straße und ging zu seinem De Tomasa Deauville zurück.

Bevor er startete, ließ er sich noch einmal alles durch den Kopf gehen. Er hatte keinen Fehler begangen.

»Colonel Jean Frontier, Fallschirmjäger der Fremdenlegion. Sir Henry Alboni mit gefälschtem Diplomatenpaß. Jake Looperdale aus Brisbane.«

Mit einer wütenden Handbewegung schob Alan Bates die Ausweise beiseite.

»Nicht zu vergessen Bruce Gortham«, sagte ich. »Im Moment firmiert er unter diesem Namen.«

Das Telefon läutete. Ein Captain der Mordkommission meldete sich und gab den Namen des Mädchens durch.

»Laura Christie«, sagte er. »Ex-Polizistin aus Texas. Unehrenhaft wegen Vorgesetztenbeleidigung und Veröffentlichung pornographischer Fotos aus dem Dienst entlassen. Sonst ein unbeschriebenes Blatt. Bislang haben wir niemanden gefunden, mit dem sie in Los Angeles bekannt gewesen ist. Die Nacktfotos, die von ihr veröffentlicht worden sind, lassen den Schluß zu, daß sie hier eine Stellung in einer Produktion suchte, die schlüpfrige Filme herstellt. Sobald wir mehr wissen, melden wir uns wieder.«

Bates legte auf. Erneut starrte er die falschen Pässe an. Es lief eine Anfrage in Washington. Dringlichkeitsstufe 1. Der Bericht aus Washington konnte nicht mehr lange auf sich warten lassen. Vorausgesetzt, sie hatten etwas über diesen Mann, dessen wirklichen Namen wir nicht kannten. Zunächst nannten wir ihn Bruce Gortham.

Die Nachfrage bei der Interhome-Agentur hatte nichts gebracht. Gortham hatte sich nach einer exclusiven Villa umgeschaut und für sechs Monate gemietet, nachdem ihm das Objekt in 1724 Beverly Drive gefallen hatte.

Die Miete wurde im voraus entrichtet, zudem eine Kaution von 20.000 Dollar hinterlegt. Ebenfalls in bar. Bargeschäfte dieser Größenordnung waren zwar nicht alltäglich, aber man hatte geglaubt, daß Gortham für gewisse Zeit ein sicheres Nest brauchte. Wahrung der Intimsphäre eines Kunden war oberstes Gebot bei der Interhome-Agentur.

»Was ist mit Danny?« fragte ich, um das elende Schweigen zu brechen, das wie ein schwerer Fluch in dem kleinen Büro hing.

Bates zuckte mit den Schultern. »Nichts«, antwortete er. »Aber wir schnappen ihn sicherlich, bevor er irgendwelchen Unsinn anstellt.«

Das hoffte ich auch, aber überwältigend waren meine Hoffnungen nicht.

Phil rief aus New York an. Er hatte sich Carmichael und die Broadway-Produktion noch einmal vorgenommen. Erneut ohne Ergebnis. Wenn Bates mit seiner Vermutung recht behielt, was ich beinahe glaubte, würde uns aus New York niemals eine andere Nachricht erreichen.

»Okay, Phil«, sagte ich. »Inzwischen liegt der Verdacht nahe, daß Golden Gate die Anschläge selbst zu verantworten hat. Ein einfaches Mittel, um in die Schlagzeilen zu kommen und Zuschauer an den Bildschirm zu locken. Das Drehbuch voller Morde scheint genau für diesen Zwecke geschrieben worden zu sein.«

»Das kann doch nicht wahr sein«, stöhnte Phil.

»Ich melde mich, sobald wir hier mehr wissen.«

Bates Sekretärin brachte Kaffee und etwas Gebäck. Wir steckten in der Klemme. Wir konnten uns weder nach vorn noch zurück bewegen. Wir hatten einen Verdacht, hatten einige Leichen, und wir hatten den Killer. Wenigstens wußten wir, mit wem wir es zu tun hatten. Aber eine Verbindung zu Golden Gate oder zu Harry Seneca hatte sich trotz allem noch nicht so stark herausgefiltert, daß auch der Staatsanwalt etwas damit anfangen konnte.

Wir brauchten Gortham, oder wie der Kerl auch immer hieß. Und wir mußten Danny Leyonne finden. Irgendwie hatte ich das Gefühl, daß der letzte Streit zwischen ihm und Vincente Leyonne nicht alle Familienbande zerrissen hatte.

Vielleicht gab es ein Testament. Vielleicht hatte der Alte bestimmt, daß nach seinem Tod Danny an die Firmenspitze gehörte und dann erst Wainscott. Im Moment war Danny das, was wir eine »wandelnde Leiche« nannten.

Nämlich ein Mann, der im Grunde schon tot war und es nur noch nicht wußte.

Nach dem ersten Gespräch mit Angela Chapman war Danny Leyonne ruhiger geworden. Nicht er, sondern Wainscott und dessen Hintermänner hatten den toten Don auf dem Gewissen. Angela hatte ihm diesen Glauben einsuggeriert. Seitdem klammerte er sich daran. Er mochte die Frau, die von jedem in Hollywood, nicht nur wegen ihrer geschäftlichen Machtposition, angehimmelt wurde. Er vertraute ihr. Sooft sie sich in letzter Zeit unterhalten hatten, hatte sie ihm immer das Gefühl gegeben, daß sie nicht nur auf seiner Seite stand, sondern auch an seinen künstlerischen Erfolg glaubte. Sie versuchte, einige Sponsoren auf ihn aufmerksam zu machen. Wenn ihr das gelänge, würde der Erfolg nicht ausbleiben. Wer die Produktion bezahlte, redete auch bei der Besetzung mit. Dann kam niemand mehr an ihm vorbei.

Es war 6 Uhr, als Danny Leyonne erneut zum Telefon griff. Er rief Angelas Privatnummer an. Sie meldete sich sofort.

»Wahrscheinlich hast du recht, Danny«, sagte sie. »Der Don ist keinen normalen Tod gestorben. Jemand hat ein Gespräch zwischen ihm und Wainscott abgehört.«

Danny Leyonne erbleichte. »Ich werde ...«

»Du wirst nichts, Danny«, fuhr ihn Angela Chapman scharf in die Parade. »Wir werden das zusammen erledigen, sobald wir einen schlüssigen Beweis haben. Der Mann will sich mit uns treffen.«

»Wer ist es?«

»Ich bin nicht sicher, aber ich denke, ich kenne ihn. Wenigstens an der Stimme. Jemand von Golden Gate.«

Danny schluckte. Seine Hände ballten sich zu Fäusten. Er preßte sich den Hörer so hart gegen das Ohr, daß es schmerzte. »Will er Geld?«

»Wahrscheinlich.«

»Jede Summe, wenn er uns einen Beweis liefert, Angela.«

»Wir werden uns mit ihm treffen«, vertröstete sie. »Heute abend um elf, in Whittier, Los Nietos Road. Auf einem alten Tanklager mit Gleisanschluß. Ich kenne die Gegend. Nicht sehr einladend, aber man kann sicher sein, nicht belauscht zu werden. Darauf kommt es dem Mann allem Anschein nach an.«

Dannys Gedanken überschlugen sich. Der Kerl traute ihnen anscheinend nicht, wenn er sich einen solchen Treffpunkt ausdachte.

Für diesen Fall hatte er sich den richtigen Ort ausgesucht.

Er konnte dort warten und kontrollieren, ob sie auch wirklich allein kamen.

»Okay«, erklärte Danny. »Ich bin in einem Motel in Boyle Hights. Sunrise Inn.«

»Hat dich jemand erkannt?«

»Ich habe mir alles in den Bungalow kommen lassen und einen Bademantel mit Kapuze angezogen, als der Kellner kam. Niemand hat mich erkannt.«

»Hast du genug auf dem Zimmer?«

»Alles, was ich brauche.«

»Okay, dann laß dich nicht sehen, Danny! Ich komme gegen zehn. Kein Telefonat mehr! Wir wollen kein Risiko eingehen. Einverstanden?«

»Danke, Angela«, sagte Danny Leyonne.

Das Gespräch riß ab. Danny legte auf, setzte sich auf das Bett und griff nach der Whiskyflasche.

Wainscott! Dachte er. Du verdammter Hund! Ich habe dir nie getraut!

Er lehnte sich mit dem Rücken an die Wand, zog die Knie an und griff nach den Zigaretten. Vielleicht würde der Ausflug nach Whittier ihm wirklich etwas Handfestes bringen. Vielleicht konnte er dann endlich schlüssig beweisen, daß er mit den Schwierigkeiten bei Golden Gate nichts zu tun hatte.

Er stand auf, zog die Gardinen vor das Fenster und legte sich hin. Telefonisch gab er an die Reception einen Weckauftrag für 9.30 Uhr.

Zweimal versuchte ich Angela Chapman zu erreichen. Zweimal vergeblich. Beim ersten Telefonat befand sie sich in einer Konferenz. Beim zweitenmal sagte mir ihre Sekretärin, daß sie zu einem wichtigen Treffen nach Santa

Barbara unterwegs sei und Kontakt mit mir aufnehmen würde.

Noch immer keine Spur von Danny Leyonne ...

Washington meldete sich und schickte uns eine Telex über Gortham.

Der Mann hieß Thomas Anaheim, war ausgebildeter Mariner, anschließend wegen Betrugssachen in PX-Läden unehrenhaft entlassen. Er hatte sich der Festnahme durch Flucht entzogen, war bei der Fremdenlegion aufgetaucht und hatte einen anderen Namen angenommen.

Die nächste Eintragung deutete auf eine Zwischenstation als Söldner in Mittelafrika hin. Anschließend war er auf den Ölfeldern um Bharein aufgetaucht, dann in Beirut. Er hatte einige Kommandounternehmen geführt, sein Honorar kassiert und war wieder verschwunden. In Wien und London brachte man ihn mit den Morden an Diplomaten in Verbindung. In Paris sollte er die Finger in einem schweren Sprengstoffanschlag gehabt haben.

Blut und Leichen säumten seinen Weg, bevor er jetzt als Bruce Gortham wieder in Los Angeles aufgetaucht war. Ein Berufskiller, Berufsterrorist, ganz wie es gerade verlangt wurde.

Eine Spur hatte er immer hinterlassen, aber nie war sie so deutlich gewesen, daß man ihn schnappen konnte. Inzwischen – nahm man in Washington an – war er ein wohlhabender Mann. Es war leicht möglich, daß er sich zur Ruhe setzte und völlig in der Versenkung verschwand.

»Keine Hinweise darauf, daß er mit der Mafia in Verbindung steht«, sagte Bates. Es klang enttäuscht.

Ich zuckte mit den Schultern und tippte auf den Bericht. »Das hat nichts zu sagen«, erwiderte ich. »Er ist ein Mann, der sich für die richtige Summe vor jeden Karren spannen läßt. Warum nicht vor den der Mafia, vor den von Harry Seneca?«

Wir warteten. Etwas anderes blieb uns nicht übrig.

Die Kollegen, die auf Wainscott angesetzt waren, meldeten sich.

Wainscott verließ die Studios und betrat in diesem Moment gerade die Filiale der First National Bank in Beverly Hills.

»Er verschwindet mit einem Angestellten in die hinteren Büros«, gab der G-man durch.

»Einer von euch auf die andere Seite der Bank!« ordnete Bates an. »Dort gibt es einen zweiten Ausgang.«

»Schon geschehen.«

»Okay, meldet euch, wenn er die Bank wieder verläßt! Ich schicke euch einen zweiten Wagen, der euch ablöst, wenn ihr befürchtet, daß Wainscott auf euch aufmerksam geworden ist. Ende.«

Bates lehnte sich im Sessel zurück. Der Aschenbecher quoll über. Die Luft war kaum noch zu atmen. Der halbe Papierkorb war gefüllt mit Pappbechern, aus denen wir Kaffee getrunken hatten.

Um acht meldete sich die Mordkommission noch einmal. Sie hatten etwas bei der toten Ex-Polizistin gefunden und dem zunächst keine Bedeutung beigemessen. Jetzt waren sie anderen Sinnes geworden. Bates blieb im Büro. Ich machte mich auf den Weg.

Das Tanklager befand sich 50 Yards von der Straße versetzt. Hier war es so einsam, daß sich Fuchs und Hase gute Nacht sagten. Um 6 Uhr war der letzte Tankwagen abgefertigt und über den Schienenweg abtransportiert worden. Zwei Mann Personal waren hier eingesetzt. Sie reichten völlig aus. Zehn Minuten, nachdem der Tankwagen abgefertigt war, packten die Leute ihre Taschen und verschwanden nach Hause.

Von dem Moment an arbeitete Gortham wie ein Besessener. Sechs verschiedene Ladungen hatte er angebracht. Er arbeitete mit dem gleichen Haardraht wie in der Villa.

Wodurch heute mittag die Sprengung vereitelt worden war, wußte er nicht. Diesmal würde es klappen. Diesmal hatte er es nicht mit FBI-Agenten, sondern mit einer Frau und einem dummen Jungen zu tun. Dazu kam, daß es dunkel war.

Die Falle war tödlich. Weder Angela Chapman noch Danny Leyonne konnten entkommen, wenn sie hier auftauchten.

Erschöpft lehnte sich Gortham an einen Tankkessel. Obgleich überall übergroß Rauchverbotsschilder aufgestellt waren, zündete er sich eine Zigarette an.

50 Yards entfernt brandete der Verkehr über die Kreuzung Santa Fé Springs Road und Los Nietos Road. Noch eine Stunde, dann würde es ruhiger werden. Von 9.30 Uhr an könnte man die Kreuzungen zum Kinderspielplatz umfunktionieren.

Auf eine Codewort hin hatte ihm die Bank in der Schweiz bestätigt, daß ein bestimmtes Konto für ihn freigegeben war und sich auch nicht mehr sperren ließ. Wainscott hatte bezahlt. Zwei Millionen!

Wenig genug im Hinblick auf den Gewinn, den er selbst in den nächsten Jahren erzielte. Im Hinblick darauf, daß er, Gortham, ihn in zwei Stunden zum Alleinerben der Golden-Gate-Produktion machen würde, die allein ein 50faches seines bescheidenen Honorars wert war. Zwei Millionen. Er hatte diesen Preis verlangt, und er dachte nicht weiter darüber nach.

Das mit den 200.000, die Wainscott zum Whittier Narrow Motel bringen sollte, würde auch in Ordnung gehen. Danach das Feuerwerk, die letzen beiden Opfer. Dann war sein Auftrag in den Vereinigten Staaten erledigt. Die Schweiz stand auf seinem Programm. Den nötigen Paß dazu trug er in der Tasche. Martin Hürliman, geboren in Boston, Schweizer Staatsbürger mit Diplomatenpaß. Einige kleine Korrekturen im Aussehen, eine andere Haarfarbe, eine etwas schlaffere Haltung und der Blick eines gehetzten Geschäftsmannes, der zuviel Aufsichtsratsposten bekleidete, dann war Hürliman fertig.

Keine Beanstandungen, keine wirklichen Kontrollen auf den Flughäfen.

Der Paß war eine Doublette. Es gab Hürliman, die Daten stimmten und auch die Stellung des Mannes. Genau wie die Paßnummer. Wenn sie alles in den Computer eingaben, würde keine rote Lampe aufleuchten, denn Hürliman, der in Boston geboren war und in Zürich wohnte, hatte weder seinen Paß als verloren gemeldet noch eine Ahnung davon, daß jemand anders unter seinem Namen reiste.

Gortham lachte leise in sich hinein.

Noch zwei Stunden trennten ihn von der großen Freiheit in einem anderen Land.

Wieder einmal ...

Captain Ken McCaine zog den Kopf tief zwischen die kompakten Schultern und plusterte sich auf wie ein Vogel in der Kälte.

Sein Doppelkinn zitterte. Die Ader an seinem Hals quoll hervor. Seine Gesichtsfarbe hatte ein ungesundes Violett angenommen.

Der auslösende Faktor war, daß ich ihn einen hirnverbrannten Idioten genannt hatte – und das auch wirklich meinte, obgleich es sonst nicht meine Art ist, jemanden zu beschimpfen oder zu beleidigen.

»New York«, keuchte Captain McCaine, als er sich wieder gefangen hatte. »In New York können Sie auf der Polizei rumtrampeln, soviel Sie wollen, Mann. Hier sind wir ...«

Mit einer wilden Handbewegung schnitt ich ihm das Wort ab. Mein Zeigefinger stieß auf das Foto, das auf seinem Schreibtisch lag. Sie hatten es bei der toten Texanerin gefunden und ihm zunächst keinerlei Bedeutung beigemessen.

Der Killer, den wir unter dem Namen Bruce Gortham führten, stand in der Mitte des Gruppenfotos unter Palmen. Rechts von ihm Erwin Wainscott. An seiner linken Seite schmiegte sich meine Freundin Angela Chapman an ihn!

McCaine wollte noch etwas sagen. Ich hämmerte die Faust auf den Schreibtisch. Das Telefon machte einen Satz und klirrte auf den Boden. Der Becher mit Kaffee fiel um und versaute einige Unterlagen.

»Ich hoffe, Sie haben einen Schutzengel, McCaine«, sagte ich diesmal etwas leiser. »Der Umstand, daß Sie dieses Foto stundenlang zurückgehalten haben, anstatt pflichtgemäß dem FBI Meldung zu machen, kann einige Menschen das Leben kosten.«

Die violette Farbe wich aus seinem Gesicht. Sein Doppelkinn zitterte noch immer, aber jetzt wurde er bleich. Rückwärts tastete er sich an seinen Stuhl heran und ließ sich schwer auf das Polster fallen.

Seine Augen waren rund. In seinen dunklen Pupillen lag vage Furcht.

Ich riß das Telefon vom Boden. Es war noch in Ordnung. Sekunden später hatte ich Alan Bates an der Strippe.

»Gortham, Wainscott und Angela Chapman sind ein Verein«, sagte ich und wunderte mich selbst darüber, wie ruhig ich es über die Lippen brachte.

»Ach ja?« fragte Bates lediglich. Das war gespielt. Mit Sicherheit hatte es ihn genauso überrascht wie mich.

»Was ist mit Wainscott?«

»Er verließ die Bank durch den Hinterausgang«, berichtete Bates. »Er hat zweihunderttausend Dollar in bar abgehoben, sitzt in einem Drive-in am Rosemead Boulevard und ißt zu Abend.«

»Danny?«

»Nichts.«

Ich wollte ihn nach Angela Chapman befragen, aber er kam mir zuvor.

»Ich würde im Moment keinen Gedanken daran verschwenden, Jerry«, sagte er leise. »Sie ist eine schöne Frau. Seltsamerweise bringt man Schönheit mit Gemeinheit selten in Verbindung. Du hast dir keinen Vorwurf zu machen.«

Hatte ich das wirklich nicht? Ich hatte mit ihr meine Nächte verbracht, hatte sie an meinen Sorgen teilhaben lassen und dabei vielleicht Dinge erzählt, die sie an Wainscott oder Gortham weitergetragen hatte.

»Verdammt, ich sage, du hast dir keinen Vorwurf zu machen, G-man!«

»Okay«, sagte ich. »Schickt jemanden nach Bel Air! Vielleicht ist sie doch nicht nach Santa Barbara gefahren.«

»Sicherlich nicht«, antwortete Bates düster. »Sie wird sich mit Danny treffen und vielleicht mit einem Killer, den wir unter dem Namen Bruce Gortham führen. Aber wir haben Wainscott und benutzen ihn als Scout. Ich hole dich im Revier ab.«

Ich legte auf. McCaine starrte mich noch immer aus großen Augen an. Schweiß perlte von seiner Stirn und rann ihm über das feiste Gesicht.

Er hatte einen Fehler begangen, aber warum, verdammt, hatte ich ihn angeschrien? Ich hatte auch einen Fehler begangen. Ich war auf eine schöne Frau reingefallen. Niemand hatte mich dafür angeschrien.

»Okay, McCaine«, sagte ich leise und legte dem Captain die Hand auf die Schulter. »Okay, vergessen Sie's! Ich bin sicher, wir haben Glück.«

Erwin Wainscott wußte nicht, daß es ein G-man war, der plötzlich hinter seinem Wagen senkrecht in die Höhe stieg und ihm den 38er so dicht unter die Nase hielt, daß Wainscott zu schielen begann, als er in die dunkle Mündung schaute.

»Zwei Sekunden, Wainscott«, sagte der G-man ohne Hast und ohne seine Stimme dabei besonders drohend zu erheben. »Du kannst nur einmal eine falsche Antwort geben.«

Wainscott hob sich unwillkürlich auf die Zehenspitzen. Angst breitete sich auf seinem Gesicht aus. Er versuchte sicherlich, den hageren Mann mit den dünnen Lippen einzuordnen, aber er kannte ihn nicht.

»Wo und wann treffen sich Gortham und Danny Leyonne?«

Bates und ich standen zwei Fahrzeuge entfernt. Das heißt, wir kauerten dahinter. Wir konnten alles sehen und alles verstehen. Der Staatsanwalt hätte vielleicht mit einem Augenzwinkern gesagt, daß es nicht die richtige

Methode für einen G-man sei, einen Mann zu befragen. Aber es ging um Menschenleben. Wenigstens um ein unschuldiges Menschenleben.

»TEXACO Tanklager, Los Nietos, Ecke Santa Fé Springs Road. Um elf!«

Es kam wie aus der Pistole geschossen. Ich konnte das Gesicht des hageren G-man nicht sehen, aber es mußte sehr überzeugend und entschlossen aussehen, wenn Wainscott so schnell redete.

»Nur eine falsche Antwort«, sagte der G-man.

Wainscott sackte ein Stück in sich zusammen. »Das ist die Wahrheit . . .«

»Hände hinter den Kopf, die Stirn aufs Wagendach. FBI!«

Bates und ich verließen die Deckung hinter dem Lincoln. Wainscotts Blick ruckte zu uns herum. Sein Gesicht verzerrte sich zu einer kaum noch menschlichen Fratze. Er ballte die Hände. Es sah aus, als wolle er auf uns losgehen. Aber da war der hagere G-man schon um den Wagen herum, drahte ihm den Arm auf den Rücken und stieß ihn nicht unfreundlich, aber sehr bestimmt gegen die Karosserie.

»Zehn Minuten vor elf«, sagte ich.

Bates nickte, drehte sich herum und folgte mir. Wir nahmen den Washington Boulevard, über Pico Rivera. Kein Rotlicht, keine Sirene. Die Gegend war verlassen wie ein Friedhof um Mitternacht. Jedes Fahrzeug würde auffallen, falls jemand darauf achtete.

Ich war sicher, Gortham wartete nicht. Wenigstens nicht so dicht um diesen Bezirk.

Das Funksprechgerät quäkte. Ich hob ab.

»Wainscott hat einen Koffer dabei. Zweihunderttausend Dollar. Er soll sie in der Pico Rivera Station deponieren, den Schlüssel in einen Umschlag legen und an der Reception des Whittier Narrow Motel mit dem Codewort Fireball hinterlegen.«

»Dann hinterlegt ihr den Umschlag!« ordnete ich an, während Bates mit dem Tempo herunterging, den Motor abstellte und den Wagen nach kurzem lautlosen Gleiten anhielt. »Bleibt in der Nähe! Keiner soll den Helden spielen. Falls Bates und ich hier noch nicht fertig sind und Gortham auftaucht, dann schnappt ihn! Lebend!«

»Okay.«

Ich warf Bates einen schnellen Blick zu. Er deutete mit dem ausgestreckten Zeigefinger auf das Heck eines Chevy, das gerade noch aus der Einfahrt auf das Tanklager herausschaute.

Es war Angela Chapmans Wagen.

Ich nickte Bates zu. Wir stiegen aus und trennten uns. Das Gelände war nicht besonders groß, aber wir mußten Angela suchen, und ich war sicher, daß wir bei ihr auch Danny Leyonne finden würden.

Geduckt huschte ich an den Gleisanlagen entlang und suchte immer wieder Deckung hinter abgestellten Tankwagen. Im Unterbewußtsein dachte ich an die feinen Haardrähte, die durch die Villa gespannt gewesen waren. Gortham war ein gründlicher Mann, der sein Fach gelernt hatte. Ein solcher Mann verfiel immer wieder auf die Methode, die er am besten beherrschte.

Für den Bruchteil einer Sekunde sah ich auf der anderen Seite des Platzes den Schatten von Bates.

Dann entdeckte ich Angela und Danny.

Sie gingen dicht nebeneinander, beinahe wie ein Liebespaar. Es fehlte eigentlich nur noch, daß sie sich an den Händen hielten. Angela redete auf den jungen Mann ein. Ich konnte nichts verstehen.

Sie blieben stehen. Danny schaute sich um. Mißtrauisch. Sein Gesicht hatte in diesem Moment wenig Jungenhaftes.

»Okay«, sagte Angela. »Komm weiter!«

Sie löste sich von Danny Leyonne und ging einige Schritte voraus. Dann blieb sie stehen und schaute sich nach dem Jungen um.

In dieser Sekunde flog ich förmlich hinter der Deckung des Tankwagens hervor.

Sie sah mich. Danny sah mich auch. Angela stieß einen warnenden Schrei aus. Danny war viel zu langsam. Vielleicht erkannte er mich auch und wußte, daß von mir keine Gefahr für ihn ausging.

Bevor er reagieren konnte, war ich bei ihm.

»Renn zurück!« schrie ich ihn an. »So weit, wie du in einer halben Minute kommst, Danny. Verdammt, renn!«

Bates kam auf der anderen Seite des Platzes hinter einem Waggon hervor.

»Renn, du Dummkopf!« schrie er.

Danny drehte sich um.

Ich warf Bates einen gehetzten Blick zu. Wir wußten beide, was passieren konnte.

»Treib ihn an, Mann!« schrie ich Bates zu. »Treib ihn so weit, wie du ihn kriegen kannst!«

Angela lachte hysterisch. Sie stand nur fünf Yards von mir entfernt. Beinahe kraftlos hingen ihre Arme an den Seiten hinab.

Ich hörte Dannys und Bates' Schritte auf dem Kopfsteinpflaster. Ein wildes Stakkato. Je länger ich Angela aufhalten konnte, um so größer war ihre Chance, es zu überleben. Daß ich mit mehr als einem Bein mitten in der Hölle stand, daran verschwendete ich in diesem Moment keinen Gedanken.

Ich starrte die Frau an. Eine trügerische, herzlose Schönheit. Ein heißer Körper mit einer Seele aus Eis.

»Du und Wainscott«, sagte ich leise. »Du machst die Verträge, bringst die Sponsoren dazu, eine Serie sterben zu lassen und der anderen alles Geld zu geben. Alles auf der Basis von unbestechlichen Einschaltquoten. Alle stimmen zu, und der Tanz ums große Geld kann beginnen. Golden Gate muß in die Schlagzeilen, Golden Gate muß von Mord und Totschlag verfolgt werden. Das lockt die Zuschauer an den Schirm, das treibt die Einschaltquoten in die Höhe. Ein Mann findet sich, der die Morde für euch erledigen will. Für einen hohen Preis. Aber das Geld spielt keine Rolle. Mit der richtigen Publicity bekommt Golden Gate die notwendigen Einschaltquoten, kann Broadway auf den zweiten Platz verweisen und damit vom Geld abschneiden. Das ist der unweigerliche Tod der Serie.«

Sie lächelte, aber sie sah nicht schön aus in diesem Moment. Oder lag es einfach nur daran, daß ich sie plötzlich mit anderen Augen sah?

»Ein kleiner Angestellter, Everdell, durchschaut das Spiel. Wainscott kennt Harry Seneca. Er bittet ihn um einen Gefallen. Er soll Everdell als Vorzugsgast in der Santa Ana Bar bedienen lassen. Seneca tut das, aus welchem Grund auch immer ...«

»Weil er mich kennt, weil er wie alle Männer in mein Bett will. Er ist in meinem Bett gewesen, Jerry.«

»Auf jeden Fall erscheint Gortham, schleppt Everdell ab und tötet ihn auf unmenschliche Art und Weise. Damit wird der Verdacht auf die Mafia gerichtet. Die Waffe, mit der Sommer erschossen wird, kommt ebenfalls von einem Mann, der der Mafia nahesteht. Alles ist gut durchdacht. Sicherlich hat Gortham die Generalstabsarbeit geleistet. Alles weist von Golden Gate weg. Ihr bekommt die Publicity, denn jemand schrieb ein Drehbuch voller Morde, das Gortham Wirklichkeit werden ließ. Ihr erreicht die nötigen Einschaltquoten, ihr kassiert das ganze Geld. Aber da ist Danny, und da ist Vincente. Sie müssen beide verschwinden. Vincente würde das Spiel nicht mitspielen. Und nach seinem Tod, so besagt es der letzte Wille des alten Mannes, soll Danny vor Wainscott die Golden-Gate-Produktion übernehmen. Vincente ist tot, und Danny, der letzte Stolperstein, sollte heute abend sterben.«

Ihre Schultern fielen nach vorn. Der Mantel teilte sich. Sie trug ein enganliegendes Kleid, das jede Kurve ihres Körpers naturgetreu nachzeichnete. Die oberen Knöpfe des Kleides standen auf. Ihr Busen wölbte sich über dem Ausschnitt. Sie lockte, sie lächelte. Irgendwie schien sie noch nicht begriffen zu haben, daß es aus war. Wir hatten das Spiel durchschaut, wir hatten es gestoppt.

Langsam wich sie zurück. Schritt für Schritt.

Ich blieb stehen. »Es geht von hier aus nicht mehr weiter, Angela«, sagte ich leise. »Das ist die Endstation. Das Drehbuch voller Morde hat seinen Zweck erfüllt. Golden Gate steht an der Spitze. Die Leute werden verrückt nach der Serie sein und die Einschaltquoten phantastisch. Golden Gate kommt in den Genuß aller vorbereiteten Verträge, aber Golden Gate gehört Danny Leyonne. Hier ist wirklich Endstation.«

Ich dachte an Danny und Bates. Sie mußten weit genug gekommen sein. Ich dachte an Gortham. Die Kollegen hatten ihn am Whittier Narrow Motel erwischt. Es konnte gar nicht anders sein. Gortham war zu sehr von sich selbst überzeugt, als daß er das Gelingen seines letzten teuflischen Planes auch nur in Zweifel zog.

Angela lachte, erst leise, dann immer lauter. Dann drehte sie sich mit einem Ruck um.

»Bleib stehen!« schrie ich. »Angela ...«

Ihr Lachen klang mir noch immer in den Ohren, als sie den ersten Haardraht vor die Füße bekam, ihn im Laufen zerriß und damit die erste Explosion auslöste.

Seitlich von mir stieg eine Feuersäule in den Himmel. Einen Sekundenbruchteil später die Zweite. Wie ein glühender Lavastrom floß das Benzin auf den Hof und schnitt ihr den Weg ab.

Ich hörte sie schreien. Vielleicht bildete ich es mir auch nur ein. Dann erfolgte die nächste Explosion. Einmal dort, wo sie sich jetzt gerade befinden mußte, und einmal hinter mir.

Die Druckwelle schleuderte mich zu Boden.

Gortham war teuflisch. Er hatte an alles gedacht. Vor allem daran, daß die Opfer, die versuchten, dem ersten Flammensee zu entkommen, unweigerlich in die nächste Feuerhölle rennen mußten.

Zwei der auf dem Abstellgleis stehenden Waggons flogen in die Luft und schnitten auch diesen Fluchtweg ab.

Ich sprang auf und schaute mich um. Ein Zittern befiel mich. Sekundenlang nur. Dann zwang ich es nieder. Ruhig bleiben, ruhig bleiben ...

Das Feuer hatte mich eingeschlossen. Noch hatte es mich nicht erreicht, noch konnte ich atmen. Aber der Sauerstoff würde mir binnen kurzer Zeit vom Feuer weggefressen werden.

Ich sah keinen Ausweg mehr. Ich hatte Danny und Bates in Sicherheit gejagt und mich selbst preisgegeben. Vielleicht würden sie es in meinem Nachruf, vielleicht auf meinen Grabstein schreiben. Ganz sicher würden irgendwelche Leute davor stehenbleiben und mich für einen Idioten halten.

Man kann es eben nicht allen recht machen.

Sonderbare Gedanken für einen Mann, der um diese Zeit eigentlich in New York in seinem Bett sein sollte.

Noch einmal löste sich ein Tankwaggon auf. Noch einmal schoß das Feuer in den Himmel. Noch einmal wurde ich zu Boden geschleudert, rollte einige Yards, und die Hitze trieb mich wieder hoch.

Zwischen mir und der Flammenwand befanden sich kaum noch zehn Yards.

Dann hörte ich die Sirene. Irgendwo aus den Flammen heraus. Dann das heulende Motorengeräusch, und der Ton der Sirene schwoll zu einem wahren Inferno an.

Ein Streifenwagen der Metropolitan Police Los Angeles. Er schoß durch die Flammen auf den beinahe kreisrunden Flecken des Hofes zu, den die Flammen noch nicht gefressen hatten und auf dem ich stand. Er jagte auf die nächste Flammenwand zu, wurde mit einem gekonnten Manöver beinahe auf der Stelle gedreht und stoppte neben mir.

Erst in dieser Sekunde erkannte ich hinter dem Steuer Alan Bates.

Tief zusammengeduckt. Auf dem schmalen Gesicht einen Ausdruck, als könne er sich gar nichts Schöneres vorstellen, als seinen Arsch für einen Kollegen aus New York zu riskieren.

Die Tür flog auf. Ich sprang in den Wagen. Der Sauerstoff war knapp geworden, eigentlich gleich null. Fetter Rauch war in meine Lungen gedrungen. Ich keuchte, zog die Tür gerade noch zu und wurde nach hinten in die Polster gedrückt, als Bates Gas gab und den gleichen Weg zurück einschlug.

Sekundenlang gab es nur Feuer um uns herum. Die Reifen knallten infolge der Hitze weg wie Luftballons. Die Kühlerhaube flog weg. Der Vergaser explodierte, und das Flammenmeer nahm kein Ende.

Dann jedoch riß es plötzlich auf. Bates ließ den Wagen noch einige Yards auf den Felgen über das Kopfsteinpflaster rutschen, trat dann die Bremse und sprang hinaus.

Ich folgte ihm auf der anderen Seite, sah seinen Schatten vor mir und rannte ihm nach. Es ging bis zu einem alten Verwaltungsgebäude. Meine Lungen waren leer und ausgepumpt, als ich mich dahinter der Länge nach zu Boden warf und neben Bates landete.

Die nächste Explosion zerstörte den Streifenwagen der Metropolitan Police, mit dem Bates mich aus dem Flammenmeer herausgeholt hatte.

Ich drehte mich zu ihm um. Mit dem Rücken lehnte er an der Steinfassade, strich sich über das rußgeschwärzte Gesicht, und seine weißen Zähne blitzten.

»Hast du gedacht, ich lasse mir von einem New Yorker G-man das Leben retten und mir anschließend nachsagen, er habe sich für mich geopfert?« fragte er in einem beißenden Tonfall.

»Daran habe ich nicht einen Moment gedacht«, antwortete ich keuchend. »Aber ein New Yorker Kollege hätte mich nicht erst medium braten lassen, bevor er mich rausholt, wie es sich gehört.«

Er lachte. Es war mehr ein Husten. Dann spuckte er aus und schüttelte den Kopf.

»Wäre ich Humphrey Bogart und wir beide in Casablanca, dann würde ich sagen: ›Ich glaube, das ist der Beginn einer wunderbaren Freundschaft!‹«

Ich schwieg nicht, weil ich erschöpft war, sondern weil

mir kaum Luft zum Atmen blieb. Ich schwieg, weil er recht hatte und weil selbst ein New Yorker G-man es nicht treffender hätte ausdrücken können.

Als sie uns wenig später nebeneinander auf Tragen in einen Rettungswagen schoben und uns Sauerstoff gaben, kam die Nachricht, auf die ich die ganze Zeit gewartet hatte.

Bruce Gortham war gefaßt. Ein G-man hatte den Portier gespielt und ihm statt des erwarteten Umschlags einen 38er entgegengestreckt. Der Hausdiener des Whittier Narrow Motels, der ebenfalls ein G-man war, hatte ihn schließlich, als er zu flüchten versuchte, mit dem Staubsaugerrohr niedergeschlagen.

Zwei Monate später erhielt ich in New York eine Einladung nach Los Angeles. Danny Leyonne war wirklich der große Mann geworden. Die von Angela Chapman geschlossenen Verträge mit den Geldgebern wurden erfüllt. Golden Gate war fortan die einzige Serie, die jeden Rahmen sprengte. Zu diesem Zeitpunkt waren Erwin Wainscott und Bruce Gortham von einer Jury zum Tode verurteilt worden.

Ich flog nicht nach Los Angeles.

ENDE